EMMA HUNTER ist das Pseudonym einer erfolgreichen deutschen Autorin. Emma liebt Kaffee über alles, muss mindestens einmal am Tag an die frische Luft (am besten ins Grüne), und ihre größte Schwäche ist vermutlich Sahnetorte, zu der sie quasi nie nein sagen kann. Filme und Serien, die sie mag, schaut sie so oft, dass sie die Dialoge auswendig mitsprechen kann. Ihr Lieblingsbuch ist *Jane Eyre*, und wenn sie Urlaub macht, fährt sie am liebsten nach England.

Verführung und Verrat ist der zweite Teil ihrer atemlos-prickelnden Reihe rund um Liebe, Sehnsucht und Intrigen im mondänen Bath des späten 18. Jahrhunderts.

Außerdem von Emma Hunter lieferbar:

SOMERSET. Sehnsucht und Skandal

EMMA HUNTER

Verführung und Verrat

Die Somerset-Saga

Roman

PENGUIN VERLAG

Sollte diese Publikation Links auf Webseiten Dritter enthalten,
so übernehmen wir für deren Inhalte keine Haftung,
da wir uns diese nicht zu eigen machen, sondern lediglich
auf deren Stand zum Zeitpunkt der Erstveröffentlichung verweisen.

MIX
Papier | Fördert
gute Waldnutzung
FSC® C014496

Klimaneutral*
Druckprodukt
ClimatePartner.com/14044-1912-1001

Penguin Random House Verlagsgruppe FSC® N001967

1. Auflage 2022

in der Penguin Random House Verlagsgruppe GmbH,
Neumarkter Straße 28, 81673 München
Redaktion: Anita Hirtreiter
Umschlaggestaltung: www.buerosued.de
Umschlagabbildung: ILINA SIMEONOVA / Trevillion Images,
www.buerosued.de
Gesamtherstellung: GGP Media GmbH, Pößneck
Printed in Germany
ISBN 978-3-328-10897-9
www.penguin-verlag.de

1.

»Das ist er«, wisperte Rebecca Seagrave hinter ihrem Fächer und deutete so dezent sie konnte mit dem Kopf in Richtung des Mannes. Die Bewegung geriet dann aber doch etwas auffälliger als beabsichtigt, denn heute trug sie ihren neuen ausladenden Strohhut mit den drei rot gefärbten Federn darauf.

Sie hatte ihn einfach aufsetzen müssen. Es war Ende April, die Frühlingssonne schien herrlich warm, und endlich wehte einmal kein Wind.

Sie saßen auf einer der vielen Bänke, die die Wege zwischen den sauber gestutzten Rasenflächen hier in den Spring Gardens in Bath säumten. Der leichte Duft von Apfelblüten zog zu ihnen herüber, die Vögel zwitscherten, und sie schauten den Booten zu, die vor der Pulteney Bridge von einer Uferseite zur anderen pendelten. Im Hintergrund war das leise Rauschen der Staustufe zu hören.

Betty Hartley, Rebeccas Gesellschafterin und Freundin, sah von ihrer Tüte mit Aprikosenkeksen auf, die sie gerade an einer der Buden erstanden hatte. Jeden Sonntag konnten die Spaziergänger hier im Park am Fluss Avon nicht nur im Pavillon frühstücken und sich mit Kaffee und Tee erfrischen. Es gab auch immer ein paar zusätzliche Bäcker und fliegende Händler, die die Besucher an ihren Ständen mit Köstlichkeiten versorgten. »Und mit dem willst du wirklich Geschäfte machen?«, fragte Betty zweifelnd, hatte ihre Aufmerksamkeit aber schon wieder auf den Inhalt ihrer

Papiertüte gerichtet und suchte offenbar nach dem Keks, der ihr am meisten zusagte. Dabei waren sie sowieso alle von derselben Sorte.

»Ich will nicht, ich muss«, erwiderte Rebecca und versuchte, Mr. Castledown nicht allzu offensichtlich zu beobachten. Der Mann mochte um die fünfzig sein, verfügte über eine beeindruckende Körperfülle, und selbst auf gut zwanzig Schritt Entfernung erkannte sie, wie tief die Augen in seinem aufgedunsenen Gesicht versunken waren. Immer wieder kratzte er sich an seiner verwahrlosten Perücke – bei einem eingefleischten Junggesellen, dem mehrmals im Jahr seine Bediensteten davonliefen, würde es Rebecca nicht wundern, wenn er sogar Läuse hätte.

Er würde es jedenfalls merken, wenn sie ihn die ganze Zeit über so unverhohlen anstarrte, und sich dann womöglich noch einbilden, sie hätte Interesse an ihm.

Was vollkommen lächerlich wäre, denn Rebecca interessierte sich nicht für Männer. Und schon gar nicht für ein so grobschlächtiges und ungepflegtes Exemplar wie diesen Castledown.

Rebeccas Gasthaus, das White Lion, war eines der besten Coffee Houses hier in Bath, und es florierte. Viele der adeligen und gut betuchten Besucher der Stadt gehörten zu ihren Stammkunden. Sie kamen wegen der angenehmen Atmosphäre und vor allem auch wegen Rebeccas Kaffeekreationen. Sie verfeinerte das herbe Getränk nämlich nicht nur mit Milch und Zucker, sondern auf Wunsch auch mit cremiger Sahne oder Gewürzen wie Zimt und Vanille. Deshalb war das White Lion auch besonders beliebt und

Rebecca als erfolgreiche Geschäftsfrau und junge Witwe von gerade mal fünfundzwanzig Jahren finanziell unabhängig. Zudem besaß sie eine ganze Reihe an Grundstücken im Umland von Bath. Wieder zu heiraten würde bedeuten, dass alles, was sie besaß, das Eigentum ihres neuen Mannes wurde und sie jegliche Rechte daran verlor.

Das war das Allerletzte, was Rebecca wollte.

Das zotige Lachen der Männer, mit denen Castledown am Eingang des Pavillons stand, wehte zu ihnen herüber und übertönte sogar die Musik, die vom Inneren des Gebäudes herausdrang. Sie rauchten, prosteten sich mit ihren halb gefüllten Portweingläsern zu und schienen sich gar nicht mehr beruhigen zu können.

»Ich möchte ja mal wissen, was so lustig ist«, kommentierte Rebecca feindselig. Es fühlte sich immer seltsam an, unangenehm eigentlich, wenn eine ganze Gruppe so ausgiebig lachte und man nicht wusste, wieso. Ihr wäre es lieber, Castledown würde weniger Späße machen und sich stattdessen verabschieden, denn dann konnte sie ihn endlich ansprechen, ohne viel Aufsehen dabei zu erregen.

»Nein, vermutlich willst du das nicht«, sagte Betty mit ihrem üblichen trockenen Humor und hatte inzwischen einen Keks ausgewählt, den sie mit spitzen Fingern aus der Tüte holte und noch einmal voller Vorfreude betrachtete.

Sie biss hinein, und man konnte das feine Knuspern des frischen Mürbteigs hören. Mit dem Finger wischte sie sich einen kleinen Klecks Aprikosenmarmelade von ihrer Lippe, schloss dann genießerisch die Augen und seufzte leise, während sie kaute.

Rebecca starrte ihre Freundin an. »In Ordnung. Ich will auch einen«, verlangte sie, zog sich ihren seidenen Handschuh von der Rechten und griff in die Tüte, die Betty ihr mit einem verschwörerischen Lächeln hinhielt.

Eigentlich war Betty als Gesellschafterin ihrer gemeinsamen Freundin Isabella Wilkinson nach Bath gekommen. Schon an ihrem ersten Tag in der Stadt hatte Rebecca die beiden jungen Frauen kennengelernt und sie auf Anhieb gemocht. Isabella und Betty waren damals spazieren gewesen, und der Duft von frisch gebrühtem Kaffee hatte sie in das White Lion gelockt. Es hatte nicht lange gedauert, und die drei Frauen hatten Freundschaft geschlossen. Mittlerweile war Isabella mit einem der erfolgreichsten britischen Tuchhändler verheiratet und verbrachte gerade ihre Flitterwochen auf dem Kontinent. Betty war in Bath geblieben, leistete Rebecca Gesellschaft und half ihr auch bei der Führung des White Lion. Und sie hatte Rebecca mit ihrer Liebe zu Kuchen und Gebäck angesteckt.

Aber das war ja auch das Gute am Witwendasein – es war egal, ob man zu viel Kuchen aß, zu viel Wein trank oder jeden Tag an einem Spieltisch seine Ersparnisse verjubelte. Keiner redete einem mehr rein oder verbot einem am Ende noch etwas. Der ungeschriebene Verhaltenskodex, der für noble Damen galt, war für Witwen eher ein Leitfaden als eine tatsächliche Beschränkung. Man durfte sich durchaus einige Freiheiten erlauben, und die Gesellschaft würde es einem schon verzeihen, hatte Rebecca gelernt.

Meistens zumindest. Über ihren kleinen Ausrutscher mit dem Tuchschmuggel war ja leider noch kein Gras gewachsen.

Zugegebenermaßen war ihre illegale Schmuggelei auch kein kleiner Ausrutscher mehr gewesen, sondern fiel eher unter die Kategorie kriminelle Machenschaft. Zwei Jahre lang hatte Rebecca heimlich feinste Seiden- und Baumwollstoffe geschmuggelt. Zwar nicht sie selbst, aber sie war die Kontaktperson der Kapitäne und Offiziere gewesen, die in Bristol landeten, und hatte die von ihnen illegal eingeführten Stoffe in Bath verkauft. Im Sommerhaus ihres verstorbenen Mannes hatte sie die Tuche ballenweise aufbewahrt und nach und nach unter die High Society gebracht. Das war alles ganz wunderbar gelaufen, bis die Krone Alexander Wilkinson auf sie angesetzt hatte. Wie ein Bluthund hatte er ihre Spur aufgenommen und sie schließlich auf dem Ball des Duke of Somerville gestellt. Zum Glück war dann aber ihre Freundin Isabella eingeschritten, die Wilkinson erst wenige Tage zuvor geheiratet hatte. Schützend hatte sie sich vor Rebecca gestellt und sie vor einer Verhaftung bewahrt. Rebecca hatte Isabella und ihrem Ehemann Alexander damals geschworen, die Finger von der Schmuggelei zu lassen. Und daran hielt sie sich auch.

Trotzdem war hinter vorgehaltener Hand das Gerücht aufgekommen, sie sei eine Schmugglerin, und ihr Ruf als zuverlässige Geschäftspartnerin hatte darunter etwas gelitten.

Ziemlich sogar, musste sie sich eingestehen. Denn nun saß sie hier, auf einer Bank in den Spring Gardens, und krümelte ihr Kleid mit Aprikosenkeksen voll, während sie darauf wartete, einen potenziellen Geschäftspartner auf seinem Nachhauseweg abzupassen. Schließlich ignorierte der Mann seit Wochen ihre Briefe.

Ihm jetzt aufzulauern war zwar nicht sehr professionell, doch man musste eben das Beste aus jeder Situation machen. Sie biss in ihren Keks und konzentrierte sich für einen Moment nur auf die fruchtige Süße der Aprikosenmarmelade und das feine, buttrige Aroma des Mürbteigs, das sich sofort auf ihrer Zunge ausbreitete.

Dabei war es ihr nie um die Schmuggelei an sich gegangen, sinnierte sie mit halb geschlossenen Lidern, während sie kaute. Sie hatte schlicht und ergreifend das Geld gebraucht.

Nach dem dritten Keks war es so weit. Castledown hatte sein Glas geleert, zog höflich den Dreispitz und verabschiedete sich von seiner kleinen Herrenrunde. Er klemmte sich den Spazierstock unter den Arm und lief mit breiten, watschelnden Schritten in Richtung des Parkausgangs.

»Ich spreche ihn an«, verkündete Rebecca, stand auf und klopfte die Krümel von ihrem Kleid.

»Wirklich?«, fragte Betty noch mit halb vollem Mund und schluckte angestrengt, während sie ebenfalls nach oben kam.

»Natürlich tue ich das. Was ist schon dabei?«

Gestern Nacht, als sie wie so oft stundenlang wach gelegen hatte, hatte sie das hier jedenfalls noch für eine blendende Idee gehalten. Allmählich beschlichen sie allerdings Zweifel, ob die Strategie wirklich aufgehen würde – aber wie sollte sie denn sonst an Castledown herankommen? Er gehörte nämlich zu der Sorte Mann, die mit jemandem wie Rebecca gar nicht sprach, zumindest nicht über geschäftliche Angelegenheiten. Nicht etwa, weil er besonders reich war. Er besaß noch nicht einmal einen Titel. Der Grund dafür war einfach: Rebecca war eine Frau, und das schien es ihm offenbar völlig unmöglich zu machen, mit ihr zu verhandeln.

Nun, sie würde ihn heute eines Besseren belehren.

Rebecca bemerkte, wie schnell Castledown sich auf den Ausgang zubewegte, raffte ihr Kleid und beschleunigte ihre Schritte.

»Meinst du nicht, es wird ihn … erzürnen, wenn du ihn jetzt so einfach ansprichst? Er hat deine Briefe ja sicherlich nicht ohne Grund unbeantwortet gelassen«, versuchte Betty sie von hinten aufzuhalten. Es raschelte, als sie die Papiertüte mit den übrigen Keksen in ihrer Rocktasche verschwinden ließ.

»Ja. Den Grund kenne ich. Und du auch. Zwischen unseren Beinen baumelt einfach kein … lassen wir das. Seine *angeblichen Gründe* lasse ich jedenfalls nicht gelten, glaub mir.«

Vor dem Parkeingang, der von einem gusseisernen Zaun flankiert war, wartete bereits eine Kutsche. Ziemlich sicher eine angemietete, denn Castledown war zwar reich, aber eine eigene Kutsche zu unterhalten würde wohl auch seine Mittel übersteigen.

Der Mann warf einen Blick über die Schulter, er musste die hastigen Schritte auf dem Kiesweg hinter sich gehört haben. Einen Moment lang bildete Rebecca sich sogar ein, dass sein Blick auf ihr hängen geblieben war.

»Sir?«, rief sie, als sie nur noch fünf Schritte hinter ihm war.

Keine Reaktion.

»Mr. Castledown?«, versuchte sie es erneut.

Er konnte sie gar nicht mehr überhört haben, es sei denn, er wäre taub. Mittlerweile hatte er die Kutschtür geöffnet, stellte den ersten Fuß auf das Treppchen, und Rebecca spürte förmlich, wie Ärger in ihr hochstieg. Und Scham.

Sie lief ihm hinterher wie ein Schoßhündchen, sprach ihn an, und er ignorierte sie einfach, obwohl er sie doch ganz genau gesehen und gehört haben musste.

Ihre Wangen begannen zu brennen, denn die ersten Spaziergänger warfen ihr neugierige Blicke zu. Besser gesagt mitleidige. Am Ende dachten sie noch, Rebecca wäre Castledowns Verflossene oder vielleicht sogar eine bezahlte Dame.

Kurz bevor er die Kutschtür hinter sich zuzog, meinte Rebecca, eine wedelnde Handbewegung erkannt zu haben. So, als würde er sie verscheuchen wollen.

Einen Moment lang war sie wirklich versucht, die letzten Meter nach vorne zu hechten, mit der Faust gegen die verschmutzte Glasscheibe zu hämmern und diesem Mann einige unflätige Verwünschungen an den Kopf zu werfen.

»Rebecca!«, hörte sie Bettys warnende Stimme, die sie zweifellos davon abhalten wollte, sich noch weiter zum Gespött zu machen.

Aber das war ihr egal. Sie würde es trotzdem tun und diesem Flegel zeigen, dass er sie nicht einfach überhören konnte. Nur weil sie eine Frau war, hieß es verdammt noch mal nicht, dass sie unsichtbar war!

Einen Schritt machte sie noch nach vorne, als sich plötzlich etwas rechts von ihr in den Büschen bewegte. Ein Eichhörnchen sprang heraus und querte mit weit ausladenden Sprüngen direkt vor ihren Schuhspitzen den Weg. Nur einen Wimpernschlag später brach etwas Schwereres, Größeres aus dem Unterholz hervor. Ein Hund, der beinahe mit Rebecca kollidiert wäre, aber in letzter Sekunde einen erstaunlich geschickten Bogen um sie machte. Laut hechelnd folgte er der Spur des Eichhörnchens, das inzwischen auf einen Baum geflohen war. Der Hund war etwa kniehoch, weiß mit braunen Flecken und ein paar schwarzen Tupfern und hatte kleine Spitzohren, von denen eines eingeknickt war. Er zog eine rote Lederleine hinter sich her. Offenbar hatte er sich losgerissen, seine Stummelbeinchen machten es ihm allerdings schwer, mit dem Eichhörnchen mitzuhalten. Mit den Vorderpfoten patschte er gegen den Stamm, als er sich aufrichtete und aufgeregt nach oben in Richtung des Eichhörnchens schnupperte.

Für einen Augenblick war Rebecca so perplex von der Verfolgungsjagd, dass sie gar nicht mehr auf Castledown geachtet hatte. Der saß längst in der Kutsche und schaute nach draußen. Und zwar genau zu ihr.

Er hatte sie also tatsächlich gehört, aber beschlossen, sie auflaufen zu lassen. Sonst würde er jetzt auch nicht so selbstgefällig grinsen.

Schwer atmend sah Rebecca der Kutsche hinterher, als sie anfuhr.

»Ich hatte schon befürchtet, du fängst an zu schreien«, sagte Betty, die nun neben ihr stand.

Zu Recht, denn Rebecca war kurz davor gewesen, ihrem Zorn freien Lauf zu lassen und einfach loszubrüllen wie eine Furie. Damit hätte sie sich vollends lächerlich gemacht und erst recht die Blicke aller auf sich gezogen.

Aber dann war ja dieser Hund dazwischengekommen.

Beide Frauen sahen nach unten, denn mittlerweile hatte er von dem Baum abgelassen und sich mit erwartungsvoll wedelnder Rute vor sie hingesetzt. Sein Interesse für das Eichhörnchen war offenbar einer plötzlichen Faszination für die Kekstüte gewichen, die Betty wieder aus ihrer Rocktasche hervorgeholt hatte.

»Na, mein Kleiner?«, fragte ihre Freundin mit freundlicher, lockender Stimme. »Willst du auch einen Keks?«

Sie tätschelte ihn am Kopf, und Rebecca atmete mit einem Stoßseufzer aus.

Immerhin fand der Hund ihre Gesellschaft nicht so unerträglich wie dieser Castledown.

2.

»Natürlich bist du nicht auf diesem Dinner, um mit meiner Gattin zu plaudern«, stellte Mr. Symmons fest.

Gerade hatten sie sich vom Tisch erhoben, und Rebecca hatte ihrem väterlichen Freund und Anwalt bedeutet, dass sie etwas mit ihm zu besprechen hatte. Sie standen jetzt ein wenig abseits von den anderen Gästen, direkt neben dem mit Marmor eingefassten Kamin. Zwar brannte kein Feuer darin, aber hier im Dining Room der Familie Symmons war es sowieso warm genug. Sicherlich lag das an den Dutzenden Bienenwachskerzen, die nicht nur am Kronleuchter über dem Tisch, sondern auch in den Kandelabern auf den Anrichten angesteckt waren. Sie dufteten angenehm und tauchten alles in ein feierliches Licht, und überall funkelte und glitzerte es. An der Decke, die mit vergoldetem Stuck verziert war, an den Wänden, wo sich goldgerahmte Landschaftsmalereien und Familienporträts aneinanderreihten, und selbst im polierten Tafelsilber spiegelte sich der Kerzenschein. Hübsch arrangierte Blumenbouquets wechselten sich auf der lang gezogenen Dinnertafel mit goldenen Etageren ab, auf denen kleine Pralinen und schokolierte Früchte drapiert lagen, und Rebecca war mehrmals versucht gewesen, sich eine davon zu stibitzen.

Das durfte sie aber nicht, denn die Früchte waren erst zur Nachspeise vorgesehen.

Außerdem war Rebecca auch nicht hier, um das Dinner mit Symmons' erlauchten Gästen zu genießen.

Sie hatte etwas Geschäftliches zu erledigen, und das schien auch Symmons nicht entgangen zu sein. Seine Feststellung gerade eben hatte ziemlich resigniert geklungen.

Rebecca lächelte schuldbewusst und strich langsam einige Falten aus ihrer bordeauxroten Seidenrobe. Wenn sie größere Geschäfte abschloss, wie damals, als sie noch mit geschmuggelten Stoffen gehandelt hatte, oder heute mit einigen Lieferanten für das White Lion, trug sie das Kleid gern. Gar nicht unbedingt, weil sie damit ihr Gegenüber beeindrucken konnte, auch wenn ihr dieser Umstand ziemlich gelegen kam. Wenn man sich nicht sofort einigte und verhandeln musste, bekam man als Frau nämlich stets mehr Gegenwind, als es bei einem Mann der Fall wäre. Deshalb musste man auch jedes zur Verfügung stehende Mittel nutzen – und schönes Aussehen verwirrte die Zweifler und Konkurrenten.

Außerdem fühlte sie sich wohl in dem Kleid. Betty und Isabella hatten sich nämlich ganz ähnliche Kleider nähen lassen, zwar aus anderen Stoffen, aber in dem gleichen Schnitt. Das gefiel Rebecca, denn immer, wenn sie es trug, erweckte das ein heimliches Gefühl von Verbundenheit in ihr.

»Richtig«, gab sie zu. »Ich wollte Sie nämlich um einen Gefallen bitten.«

Symmons hantierte mit seiner Pfeife und war gerade dabei, mit einem kleinen Stößel den Tabak festzustopfen. »Nur zu«, lud er sie ein, weiterzusprechen.

»Würden Sie mir ein kurzes Gespräch mit einem Ihrer Gäste heute Abend ermöglichen?«

Er hielt in der Bewegung inne. Zwei oder drei Atemzüge lang schien er nachzudenken, fuhr dann aber ohne aufzusehen fort, den Tabak im Pfeifenkopf festzustopfen.

Einige der anderen männlichen Dinnergäste schauten auffällig häufig zu ihnen herüber und tuschelten miteinander. Sicher über sie.

Zwar waren ihr seit der peinlichen Episode in den Spring Gardens vor einer Woche keine Gerüchte darüber zu Ohren gekommen. Aber das hieß noch nichts. Getratscht wurde immer, manchmal eben bloß etwas vorsichtiger. Rebecca schüttelte den Unwillen ab, der bei der Erinnerung an ihren Parkbesuch in ihr hochkam. Schon den ganzen Abend über hatte sie damit zu kämpfen. Schließlich war ja auch *er* hier und hatte sie an der Dinnertafel genau wie in den Spring Gardens wie Luft behandelt.

»Mit Castledown, habe ich recht?«, wollte Symmons wissen und begutachtete dabei den Tabak im Pfeifenkopf.

»Genau der.« Rebecca versuchte, nicht allzu missmutig zu klingen. Ganze zwei Mal hatte er heute Abend über den Tisch zu ihr gesehen. Besser gesagt, er hatte sie abschätzig gemustert. Als wolle er ihr sagen: *Gibst du noch immer nicht auf?*

Bei ihren letzten Worten hatte sich eine eigentümliche Mischung aus Tadel und Stolz auf Symmons' Miene geschlichen. Seit zehn Jahren kannten sie sich inzwischen schon. Damals war Rebeccas Vater, Dr. Richard Parker, der ja eigentlich nur ihr Adoptivvater war, mit seiner halbwüchsigen Tochter nach Bath zurückgekehrt. Fünf Jahre lang hatten sie zuvor in der Karibik gelebt, wo Rebeccas Mutter, eine gebürtige Spanierin, kurze Zeit vorher an einem Fieber gestorben war. Mr. Parker hatte daraufhin beschlossen, dass die Kolonien für seine mutterlose fünfzehnjährige Adoptivtochter nicht der passende Ort waren. Er hatte sie hier in Bath auf eine Schule für höhere Töchter geschickt, wo Rebecca sich schnell mit Symmons' Tochter Celia angefreundet und viele Nachmittage gemeinsam mit ihr hier im Stadthaus der Familie verbracht hatte. Mittlerweile war Celia verheiratet, wohnte in einer der Grafschaften im Norden Englands, und sie schrieben sich nur selten Briefe. Umso mehr freute es Rebecca, dass sie noch immer Kontakt mit ihrer Familie hatte und mit Celias Vater sogar befreundet war. Symmons kannte viele der Reichen und Begüterten, die in Bath wohnten, und vor allem auch diejenigen, die Grundstücke besaßen oder solche an- und verkaufen wollten.

Und genau deshalb war sie hier.

Sie hatte ein paar Tage gebraucht, um ihr Erlebnis in den Spring Gardens zu verdauen. Aber dann hatte sie sich einen anderen Plan zurechtgelegt. Sie würde Castledown dazu bringen, mit ihr zu reden. Schon aus Prinzip, weil sie ihm seinen Dünkel nicht zugestehen wollte. Außerdem hatte Rebecca ja auch nicht vor, mit ihm alleine das Gespräch zu suchen. Wenn Mr. Symmons heute Abend eine kurze Unterredung arrangierte, konnte Castledown nämlich gar nicht anders, als darauf einzugehen – alles andere wäre ein Affront. Nicht nur ihr, sondern auch Symmons gegenüber, einem der renommiertesten Anwälte der Stadt. Und das war etwas, das sich nicht einmal Mr. Castledown leisten konnte.

Im Hintergrund räumten drei Diener den Tisch ab und deckten ihn neu, um das Dessert aufzutragen. Die anwesenden Gäste würden sich in der Zwischenzeit zurückziehen – die Männer in den Card Room oder gelegentlich auch in die Bibliothek, und die Damen in den Salon. Nach einem Weilchen fand man sich dann wieder zum Kaffee oder Tee am Tisch zusammen.

Ein vornehmes Dinner war eben eine rigide Angelegenheit. Nachdem die Gastgeber zu Tisch gebeten hatten, wurde die Vorspeise aufgetragen, meistens war das eine Suppe, gefolgt von den beiden Hauptgängen. Jeder dieser Gänge umfasste nicht nur Fleisch und Fisch, sondern auch eine ganze Reihe an Beilagen wie Gemüse oder Salate. Die Gesprächsthemen während eines solchen Abendessens waren auf Belanglosigkeiten wie das Wetter, die Neuankömmlinge in der Stadt oder womöglich noch die erfolgreichsten Rennpferde der Saison festgelegt. Schließlich gehörten die Pferderennen, die jedes Jahr im Juni und Juli stattfanden, zu den wichtigsten Ereignissen des Jahres und waren ein Tummelplatz für die englische High Society, die die Sommermonate in Bath verbrachte.

Worüber man in jedem Falle nicht sprach, waren Geschäfte oder gar Politik – zumindest nicht, solange Damen anwesend waren.

Was Rebecca die meisten Dinnerparties ziemlich verleidete. Denn eigentlich tat sie genau das am liebsten: sich über Geschäfte und Politik auszutauschen, zu diskutieren und mehr darüber zu erfahren, was andere Menschen über das Zeitgeschehen dachten.

Sobald die Damen sich in den Salon zurückgezogen hätten, um angenehm seichte Unterhaltungen zu führen, würden sich die Männer genau diesen Themen widmen.

»Castledown ist nicht unbedingt das, was man einen guten Verhandlungspartner nennen könnte«, gab Symmons zu bedenken.

Ja, das hatte sie auch schon bemerkt. »Sie haben ihn immerhin zu einem Dinner eingeladen, wie verkehrt kann der Mann also sein?«, entgegnete Rebecca.

Daraufhin beugte Symmons den Kopf zu ihr und sagte mit vertraulich gesenkter Stimme: »Ich sehe, was du tust, Rebecca. Glaube nicht, dass mir all das verborgen geblieben ist.«

Noch immer duzte er sie, obwohl sie doch schon längst erwachsen war. Und irgendwie fühlte es sich gut an, ganz vertraut.

Symmons war so eine Art Ersatzvater für Rebecca geworden. Ihr Adoptivvater, Mr. Richard Parker, war als Schiffsarzt bei der Navy und ständig in Übersee, und ihren leiblichen Vater hatte sie nie kennengelernt. Sie mochte Symmons, dem immer ein paar seiner schütteren grauen Haare unter der Perücke hervorragten, der stets nach Pfeifentabak roch und sich ausschließlich in der Farbe Grün, seiner Lieblingsfarbe, kleidete.

Doch anscheinend war sie nicht vorsichtig genug gewesen mit ihren Geschäften, denn er hatte ihre versteckte Agenda erkannt.

»Was genau meinen Sie?« Besser, sie gab sich ahnungslos.

»Die Grundstücke. Die vielen Grundstücke, die du aufkaufst, seit dein Mann verstorben ist. Du machst es zwar geschickt, aber allmählich fällt es auf.«

»Und trotzdem haben Sie mich eingeladen.« Sie faltete die Hände vor dem Bauch und musterte Symmons wachsam. Eigentlich erwartungsvoll.

Er schnaufte angestrengt, doch er konnte es ihr nicht abschlagen. Natürlich konnte er das nicht, schließlich hatte er eine Schwäche für Rebecca und ihr schon mehr als einmal aus der Patsche geholfen, wenn sie Hilfe gebraucht hatte.

»Also gut«, brummte er. »Warte hier kurz, und komm dann in die Bibliothek. Unauffällig«, fügte er hinzu und deutete mit dem Kopf in Richtung der drei anwesenden Junggesellen, die bereits ihren Frack richteten und die Perücken glatt strichen. Sicherlich, um zu Rebecca herüberzukommen und ein Gespräch zu beginnen, ehe sie sich in den Card Room zurückziehen, Portwein trinken und rauchen würden.

Das passierte ziemlich häufig.

Rebecca war als junge wohlhabende Witwe sehr darauf bedacht, eine adrette Erscheinung abzugeben. Sie kleidete sich modisch und hatte eine ganze Kiste voll Cremes und Lotionen, die sie jeden Abend benutzte. Natürlich weckte sie das Interesse der Männer, denn sie war im gebärfähigen Alter und genau das, was viele Junggesellen suchten: Erfahren, mit ausreichend finanziellen Mitteln ausgestattet und ohne große Erwartungen mehr, was Beziehungen anging.

Rebecca ignorierte die drei Verehrer, die schon den halben Tisch umrundet hatten, und folgte Symmons. Zwar hatte er sie gebeten, noch etwas zu warten, aber sie wollte jetzt nicht das Risiko eingehen und sich in ein Gespräch verwickeln lassen.

Eine Hand im Rücken, die andere fest um den Pfeifenkopf gelegt, mit der er bei Unterhaltungen meist wild gestikulierte, als wäre sie ein Taktstock, verschwand Symmons gerade um die Ecke. Rebecca folgte dicht dahinter und sah, wie er Castledown statt in den Card Room in die Bibliothek schleuste. Noch ehe die beiden die Tür hinter sich zugezogen hatten, war sie bei ihnen.

»Ah, da bist du ja bereits«, stellte Symmons fest, und Rebecca meinte den Hauch eines Vorwurfs herauszuhören. »Mrs. Seagrave hat mich um ein gemeinsames Gespräch gebeten«, erklärte er an Castledown gewandt und zog gleichzeitig die Tür zu, damit die anderen Gäste sich nicht zu ihnen gesellen konnten. Das war unhöflich von Symmons, und ganz sicher würde er sich von seiner Gemahlin eine Standpauke dafür einhandeln.

Rebecca warf ihm einen dankbaren Blick zu.

Noch nie war sie in seiner Bibliothek gewesen, und allein schon der kalte Rauchgeruch, der zwischen den Regalen hing, verriet, dass dieser Raum die Domäne des Hausherrn war. Die dunkelroten Perserteppiche, ein klobiger, etwas angestaubter Schreibtisch aus Walnussholz, auf dem eine Whiskeyflasche samt einem halben Dutzend benutzter Gläser standen, und der beinahe kniehohe, gefährlich schiefe Stapel an alten Zeitungen neben einem der Sessel komplettierten Rebeccas Verdacht – das hier war Symmons' Rückzugsort, den kaum jemals ein Bediensteter und schon gar keine Frau betrat.

»Mh«, machte Castledown statt einer Antwort, benetzte seine wulstigen Lippen und sah Symmons verstimmt an. Als wäre ein Gespräch mit ihr eine Zumutung.

Rebecca schluckte ihren Stolz und auch den bissigen Kommentar herunter, der ihr auf der Zunge lag. »Mr. Castledown.« Sie senkte höflich den Kopf und setzte sich, ohne von einem der beiden Männer aufgefordert zu werden, auf einen der freien Sessel. Wenn dieser Mann ihr Gegenüber die Etikette schon für vollkommen überflüssig hielt, dann tat sie das eben auch. Und je länger sie sich Castledown so ansah, desto stärker wurde ihr Verdacht, dass sie bei diesem Gespräch ohnehin mit harten Bandagen kämpfen musste.

»Nun seien Sie doch nicht so, Castledown!«, tadelte Symmons ihn prompt, lehnte sich gegen den Schreibtisch und begann, Whiskey in drei Gläser zu schenken. Likörgläser, wie Rebecca irritiert feststellte. Vermutlich waren alle Whiskeygläser bereits benutzt. »Hören Sie Mrs. Seagrave doch erst einmal zu.« Einladend deutete er auf einen der freien Sessel, auf den sich jetzt auch Castledown mit einem leisen Ächzen niederließ, und reichte seinen beiden Gästen jeweils ein gut gefülltes Glas.

Rebecca konnte die Ablehnung, die von diesem Mann ausging, geradezu körperlich spüren.

Aber sie ignorierte das dumpfe Gefühl in ihrer Magengegend und sagte: »Ich möchte Ihnen ein Geschäft vorschlagen. Es geht um eines Ihrer Grundstücke, das ich kaufen will.«

Kurz wurde es ganz still im Raum, nur noch das Geklapper des Geschirrs von der Abendtafel war zu hören.

»Trinken wir erst einmal«, erwiderte Castledown dann, hob das Glas wie zum Gruß und sah sie dabei mit einem seltsamen Glanz in den Augen an. Ein unangenehmer Schauer lief Rebecca über den Rücken, eine Art Fluchtinstinkt, den sie entschieden ignorierte. Sie würde alles daransetzen, dieses Grundstück zu bekommen. Sie würde sogar einem Mann zuprosten, der sie schon mehrmals beleidigt hatte, ohne sie jemals kennengelernt zu haben.

Zögerlich hob sie das Glas. Es machte ihr nichts aus, zu trinken. Ganz im Gegenteil: Gegen den ein oder anderen Schluck Madeira am Abend in ihrem Salon hatte sie nichts einzuwenden. Aber sie hatte von den beiden Hauptgängen kaum etwas angerührt, denn es hatte Leber gegeben, und sie hasste den schweren metallenen Geschmack davon. Es war eine etwas exzentrische Vorliebe des Gastgebers, dass Innereien serviert wurden. Auf vornehmen Hausgesellschaften gab es für gewöhnlich Braten oder Filetstücke – Innereien waren eigentlich dem ärmeren Teil der Bevölkerung vorbehalten. Als der zweite Gang dann auch noch eingelegter Aal in Gelee gewesen war, hatte Rebecca lediglich ein paar Gabeln voll Kartoffeln in geschmolzener Butter zu sich genommen und alle Hoffnungen auf den Nachtisch gesetzt.

Doch das Dessert kam ja nun erst.

Allerdings war bereits der Duft von feinem Käsekuchen, zu dem es bestimmt das leicht säuerliche, angewärmte Rhabarberkompott geben würde, durch den Flur gezogen, als sie in die Bibliothek gekommen waren. Dazu wurde frisch gebrühter Kaffee mit viel Sahne serviert, und natürlich der obligatorische Tee, der auf keiner Hausgesellschaft fehlen durfte.

Rebeccas Magen knurrte vernehmlich und riss sie aus ihrem kurzen Tagtraum.

Was furchtbar peinlich war, denn Castledown hatte es gehört, und Rebecca meinte, so etwas wie ein hämisches Grinsen auf seinem Gesicht zu erkennen. Sicher war sie sich allerdings nicht, denn der Mann hatte eine geradezu unlesbar stoische Miene.

Sie musste auf jeden Fall vorsichtig sein. Der Whiskey würde sofort anschlagen, und dann hätte Rebecca ihre Sinne nicht mehr beisammen, um die Verhandlung zu führen.

Vermutlich war das auch genau das, was Castledown wollte. Er sah sie herausfordernd an, als wolle er sagen: *Wenn du mit mir verhandeln möchtest wie ein Mann, dann solltest du auch trinken wie ein Mann.*

Er schien zu übersehen, dass Männer ziemlich dämlich sein konnten, wenn sie abends zusammenkamen und in angetrunkenem Zustand ihre Geschäfte abschlossen. Je mehr Alkohol ins Spiel kam, desto eher arteten Verhandlungen in Prahlerei und Gehabe aus und desto weniger regierte die Vernunft. Oft genug hatte Rebecca genau das im White Lion beobachten können.

»Sie fallen auf, Mrs. Seagrave«, sagte Castledown, nachdem er einen tiefen Zug aus seinem Glas genommen hatte. Rebecca überlegte noch, ob sie diesen Umstand gut oder schlecht finden sollte, als er weitersprach: »Besonders seit letztem Sommer. Wir wissen schließlich beide, dass Ihr – wie soll ich es wohl nennen? – *Nebenerwerb* ein unschönes Ende gefunden hat.«

Die Schmuggelei. Natürlich ließ er es sich nicht nehmen, sie darauf hinzuweisen. »Und was hat das mit meinem Grundstückskauf zu tun?«

»Sie sind keine ernst zu nehmende Geschäftspartnerin mehr.«

Das war Rebecca in seinen Augen vermutlich auch nie gewesen. Aber nun konnte er zumindest einen halbwegs nachvollziehbaren Grund nennen.

»Das Einzige, was Sie interessieren sollte, ist das Geld, das Sie für Ihr Grundstück bekommen, oder nicht?«

»Von welchem Grundstück reden wir hier eigentlich?«, erkundigte sich Castledown. Er besaß einige Landflächen rund um Bath. Die meisten hatte er an Bauern verpachtet, und ein oder zwei lagen einfach brach. Genauso wie das Stück Land, für das Rebecca sich interessierte.

»Ihr Grundstück bei Epping.«

Lange sah er sie einfach nur an. Und dann begann er zu lachen. Sein Bauch zuckte, die dunkelrote Seidenweste spannte sich darüber, und es würde sicher nicht mehr lange dauern, bis einer der Knöpfe darauf einfach abplatzte.

Weder Rebecca noch Mr. Symmons stimmten mit ihm ein, denn ihr war klar, dass er sie auslachte.

»Was wollen Sie damit?«, fragte er und wischte sich mit einem Taschentuch die Augen ab.

»Das hat Sie nicht zu interessieren, wenn der Preis stimmt.«

»Natürlich interessiert es mich«, widersprach er und wandte sich an Symmons. »Und Sie unterstützen diese Verrücktheit auch noch?«

Symmons hob abwehrend beide Hände. »Mrs. Seagrave hat mich lediglich um eine gemeinsame Unterredung gebeten, von mehr weiß ich nicht.«

Und ob er das tat, er ahnte es zumindest, und Rebecca rechnete es ihm hoch an, dass er sich von Castledowns Spott nicht anstecken ließ.

»Es handelt sich um ein wertvolles Stück Land, das Sie mir da abkaufen wollen«, stellte Castledown schließlich fest.

Das stimmte. Denn das Areal bei Epping war nicht einfach nur ein Stück Land. Es war ein sogenanntes Burgage. Das waren Grundstücke, an die Wahlstimmen geknüpft waren. Der Besitzer eines Burgage hatte also das Recht, bei den Parlamentswahlen seine Stimme für einen Kandidaten abzugeben. Und das war es auch, was Rebecca eigentlich wollte und worauf sie seit inzwischen vier Jahren hinarbeitete: Sie wollte wählen dürfen. Für Frauen war das in England quasi unmöglich. Außer in der Handvoll Bezirken, in denen das Burgage-Recht zählte.

»In der Tat, das ist es. Und wir können es ruhig aussprechen. Es geht mir um die Wahlstimme«, gab sie zu. Was sollte sie auch herumlavieren, Castledown hatte es ja sowieso schon angedeutet. Rebecca kaufte ganz gezielt Burgages auf, um mit den Wahlstimmen ihren Kandidaten ins Parlament zu bringen. Einen Mann, der ihre eigenen Interessen vertrat, und nicht die der alteingesessenen Elite oder des Adels.

»Maßen Sie sich etwa an, in die Politik zu gehen? Sie?«

»Was wollen Sie denn damit sagen, *ich*?« Rebecca hatte sich darauf eingestellt, dass sie Gegenwind bekam, im Grunde wunderten sie auch der Spott und das Gelächter nicht. Aber gerade im Moment kam es ihr so vor, als hielte Castledown sie tatsächlich für minderbemittelt.

»Sie haben sich doch schon einmal etwas vorgenommen, was Sie vollkommen in den Sand gesetzt haben. Damals, als Sie gezwungen gewesen waren, Ihren illegalen Tuchschmuggel aufzugeben, oder nicht?«

Wie konnte er überhaupt so genau wissen, dass …

»Und jetzt versuchen Sie etwas anderes«, fuhr Castledown fort. »Ich sage Ihnen mal eines.« Mit einem vernehmlichen Ächzen beugte er sich nach vorne, als würde er ihr etwas Vertrauliches sagen wollen. Bei jeder seiner Bewegungen verströmte er einen leicht modrigen Geruch. »Lassen Sie lieber die Finger von der Politik. Es ist nicht das richtige Pflaster für Sie.«

Symmons räusperte sich etwas angestrengt und war vermutlich drauf und dran, das Gespräch einfach zu beenden. Ohnehin müsste das Dessert längst aufgetragen worden sein.

»Ach? Und Sie meinen das beurteilen zu können?«, erwiderte Rebecca spitz.

»Bisher habe ich lediglich von Ihnen gehört und Sie heute Abend miterlebt. Und glauben Sie mir: Sie haben nicht das Zeug dazu. Ihnen fehlt das Format, das Frauen benötigen, wenn sie in der Politik bestehen wollen. Ich denke da an die Duchess of Devonshire oder die anderen hochgestellten Ladies mit ihrer Anmut, ihrer edlen Herkunft, ihrem tadellosen Benehmen und ihren exzellenten Beziehungen bis an den Königshof. Sie glauben doch nicht ernsthaft, dass Sie es mit solchen Damen aufnehmen können?«

Kurz war Rebecca wie erstarrt. Und dann spürte sie, wie ihr Puls nach oben schnellte.

»Ich habe Ihnen ein Geschäft vorgeschlagen, und Ihre einzige Antwort darauf ist, mich zu beleidigen? Ist das wirklich das Verhalten eines Gentlemans?«, fragte sie, so gelassen wie möglich. Das Flattern in ihrer Stimme konnte sie trotzdem nicht ganz verbergen, was sie maßlos ärgerte.

Er versucht, dich zu verunsichern und damit seine anmaßenden Behauptungen zu bestätigen. Merkst du das nicht?

Als ob dieser Mann, der ein paar Grundstücke im hintersten Winkel von Somerset besaß, überhaupt beurteilen könnte, ob sie sich für die Politik eignete. Er kannte sie ja noch nicht einmal.

Dennoch spürte Rebecca ein leises, schmerzhaftes Ziehen hinter dem Brustbein.

»Ich gebe Ihnen lediglich einen Ratschlag. Sie mögen verheiratet gewesen und jetzt verwitwet sein, Gott hab Ihren Mann selig. Aber Sie können Ihre Herkunft nicht vertuschen – Sie sind die Bastardin einer spanischen Hure, und daran ändert auch nichts, dass der Bruder des Viscounts Sie adoptiert hat.«

Rebecca blinzelte.

»Castledown …«, warnte Symmons ihn, machte vorsorglich einen Schritt zwischen sie beide und hob beschwichtigend die Hände.

Für einen Moment war Rebeccas Gehirn von dieser Ungeheuerlichkeit wie leer gefegt. Doch schon mit dem nächsten Atemzug schaffte sie es wieder, sich zu sammeln. Es war wichtig, dass sie nun keinen Fehler beging. Zwar war sie als Gastwirtin des White Lion einiges gewohnt, aber eine solch niederträchtige Beleidigung hatte ihr wirklich noch niemand an den Kopf geworfen.

»Und wissen Sie was?«, fuhr Castledown fort. »Der Grundstückspreis für Bastarde ist höher als für andere, sogenannte *Geschäftspartner*.« Er wartete kurz. »Dreitausend Pfund, dann gehört es Ihnen.«

Rebecca hielt die Luft an. Die Summe war geradezu astronomisch. Es war völlig unmöglich, dass sie …

»Zweitausend«, entgegnete sie und versuchte, die Hände locker zu lassen, die sich um das Likörglas krampften.

»Dreitausend, oder wir kommen nicht ins Geschäft.«

Vielleicht sollte sie all das nicht persönlich nehmen, und es hatte gar nichts mit ihr zu tun. Möglicherweise witterte dieser Mann lediglich eine Geschäftschance, und das war sein normales Gebaren, um den größtmöglichen Profit daraus zu schlagen. Und im Grunde musste Rebecca diesem Mann sogar Respekt zollen. Denn er behandelte sie gerade wirklich wie einen Verhandlungspartner. Oder Gegner, vielmehr, definitiv aber nicht wie eine Dame. Es war eine Unverschämtheit, was er da gesagt hatte. Aber so wie Rebecca diesen Mann einschätzte, verhielt er sich jedem anderen Geschäftspartner gegenüber genauso, selbst Symmons hatte sie vor ihm gewarnt.

»Zweitausendfünfhundert«, verlangte sie. Ihr wurde warm. Die Korsage und das Unterkleid darunter, das sie wie alle vornehmen Damen trug, klebten an ihrem Körper, und der altbekannte Schmerz, der sie die letzten vier Jahre über begleitet hatte und immer dann ausbrach, wenn sie ihn am wenigsten gebrauchen konnte, meldete sich in ihrer Seite. Die Summe, die sie ihm gerade vorgeschlagen hatte, war noch immer viel zu hoch. Sie würde Rebeccas Reserven empfindlich schrumpfen lassen, und ein oder zwei Wochen lang würde sie sogar Probleme haben, das laufende Geschäft im White Lion zu finanzieren, wenn sie den Handel nun abschloss.

»Ich bleibe bei dreitausend.«

Natürlich würde er keinen Shilling von seiner Forderung abrücken. Alleine schon, um ihr zu beweisen, dass sie nicht das Zeug zur Geschäftsfrau hatte und dass ihr Ziel, dieses Stück Land und das zugehörige Wahlrecht zu bekommen, ein Hirngespinst war, für das sie auch noch eine absurde Menge Geld ausgab.

Aber sie wollte es so sehr. Das Grundstück, das Wahlrecht. Sie musste es haben.

Vermutlich wäre Castledown einer der Ersten, die wie die Aasgeier über das White Lion und ihren Besitz herfallen würden, sollte Rebecca bankrottgehen und das Gasthaus verkaufen müssen.

Die Sache war nur – das würde nicht passieren.

Rebecca würde ihm seine verdammten dreitausend Pfund bezahlen, und sie würde trotzdem ihr Geschäft weiterführen können.

Sie würde schon eine Lösung finden, das hatte sie bisher schließlich immer.

»In Ordnung, dreitausend Pfund.« Sie leerte das Glas, unterdrückte den Impuls, zu husten, weil der Alkohol sie in die Kehle biss, und streckte ihm die Hand hin.

Und im gleichen Moment wusste sie, es war ein Fehler.

»Hand drauf!«, verlangte sie und wartete, dass er einschlug.

Obwohl sie insgeheim damit gerechnet hatte, er könnte ihr den Handschlag verweigern, kam er ihrer Aufforderung dennoch nach und grinste zufrieden. »Geschäfte sind eben nichts für Frauen.«

Jetzt konnte sich Rebecca nicht mehr zurückhalten. »Sie vergessen etwas, Mr. Castledown. Dieses Grundstück hat einen Wert, der nicht mit Geld zu bemessen ist. Es geht um das Recht, zu wählen. Es geht darum, mitbestimmen zu können, was in diesem Land passiert. Dreitausend Pfund sind ein Spottpreis dafür.«

Sie erhob sich. »Setzen Sie den Kaufvertrag auf, Symmons, seien Sie so gut und schicken Sie ihn mir morgen zur Unterzeichnung.«

Dann nickte sie und verließ mit erhobenem Haupt die Bibliothek.

Sie fühlte sich nicht mal halbwegs so selbstsicher, wie sie gerade vorgab. Denn sobald sie die dreitausend Pfund morgen bezahlte, hatte sie tatsächlich ein Problem.

Ein ziemlich großes sogar.

3.

Als Rebecca von dem Dinner nach Hause gekommen war, hatte sie in ihrem Salon die dicken Geschäftsbücher aufgeklappt, sich eine Flasche Madeira geschnappt und nachgerechnet. Und je länger sie rechnete, desto mehr überkam sie das Bedürfnis, sich zu betrinken.

Egal, wie sie es drehte und wendete, sie würde am nächsten Tag ihre Kassen vollkommen leer räumen, und es würde Monate dauern, ehe sie wieder einigermaßen liquide war.

Es war schon nach vier Uhr morgens, als sie beschloss, an die frische Luft zu gehen. Das tat sie oft, wenn sie nachts nicht schlafen konnte.

Ein blaues Leuchten lag über den Straßen, als sie das White Lion verließ. Ihre Absätze klackerten leise auf den Pflastersteinen, und sie spürte die Kühle der Dämmerung, die unter ihr Cape kroch. Sie mochte es, so früh unterwegs zu sein. Die Morgenstimmung war verheißungsvoll und die Luft noch frisch und sauber, denn erst in einer Stunde würden die Öfen und Kamine angesteckt werden und der Geruch von Ruß und Rauch wieder über die Stadt ziehen.

Sporadisch säumten Öllampen die Straßen und beleuchteten die Säulen und eleganten Sprossenfenster, die so viele der Häuser hier zierten. In Bath gab es sehr viel weniger solcher Lampen als in London, aber dort war es bei Nacht auch deutlich gefährlicher, und Licht war vonnöten.

Sie winkte einem der Nachtwächter zu, die sie bereits kannten, denn die letzten Jahre über war sie des Öfteren nachts unterwegs, auf der Suche nach … Erleichterung? Was war es eigentlich, das sie zu dieser Unzeit hinaustrieb? Eine gewisse Unruhe oder vielleicht sogar Beklemmung, die sie durch die Bewegung und den Sternenhimmel über ihr besänftigen konnte. Und wie immer funktionierte es auch heute.

Bereits nach den ersten Schritten spürte Rebecca, wie sie ruhiger wurde und das Gefühl der Enge in der Brust verschwand. Außerdem hatte sie die letzten Stunden über einiges von dem Madeira getrunken und merkte, dass sich alles um sie herum ein klein wenig drehte. Sie atmete tief ein und aus und hatte den Eindruck, dass ihr Kopf wieder etwas klarer wurde. Ihr Ziel war der Royal Crescent, denn dort konnte man ganz wunderbar zusehen, wie die Sonne aufging.

Sie war schon länger nicht mehr hier gewesen. Um genau zu sein, seit sie sich letztes Jahr von Phillip Parker getrennt hatte, dessen Familie hier ja wohnte. Er war einer der beiden Männer, mit denen sie seit dem Tod ihres Ehemannes nähere Bekanntschaft geschlossen hatte. Streng genommen war Phillip sogar ihr Cousin. Aber sie waren nicht blutsverwandt, denn Rebeccas Adoptivvater war der jüngste Bruder von Viscount John Parker, der Phillips Vater war.

Ganze drei Wochen lang hatte es gedauert, bis Rebecca das Verhältnis mit Phillip zu eng geworden war. Sie waren sich nähergekommen, vor allem körperlich. Rebecca hatte sich nach Berührungen und Zärtlichkeiten gesehnt und ein so starkes Verlangen danach verspürt, dass sie kurz davor gewesen war, sich zu zeigen.

Sich selbst, Rebecca Seagrave.

Doch dazu hatte ihr der Mut gefehlt. Die Nacht der Tragödie vor vier Jahren, als Rebeccas Mann gestorben war, hatte ihre Spuren hinterlassen, und nun musste sie sich eben mit den Konsequenzen arrangieren. Und die bedeuteten auch, dass sie keinen Mann mehr an sich heranlassen durfte.

Rebeccas plötzlicher Rückzug hatte Phillip damals natürlich vor den Kopf gestoßen. Er war wirklich verliebt in sie gewesen, und sie hatte ihn ebenfalls sehr gemocht.

Nach ihrer Trennung hatte sie ihn und die Umgebung des Royal Crescent gemieden.

Für gewöhnlich verbrachten die Parkers nämlich den Sommer über in Bath, und die Dame des Hauses, Lady Alice, setzte alles daran, ihre drei Söhne standesgemäß zu verheiraten. Bestimmt würde zumindest einer der drei Brüder dieses Jahr seinem Schicksal nicht entfliehen können und sich verloben müssen. Das hielt die drei aber nicht davon ab, das Nachtleben in Bath noch in vollen Zügen zu genießen. Rebecca waren bereits Gerüchte über die Ausschweifungen von Philip und seinen zwei älteren Brüdern Edward und James zu Ohren gekommen. Deshalb war es nicht ausgeschlossen, dass einer von ihnen erst in den frühen Morgenstunden in Richtung Haustür torkelte und Rebecca womöglich ihrem Verflossenen in die Arme lief.

Heute war ihr das egal, denn sie musste nachdenken. Das konnte sie am besten, wenn sie auf den Horizont blickte, und auf der Wiese vor dem Crescent hatte man eine ganz wunderbare Aussicht nach Osten über die Stadt. Tautropfen benetzten die Grashalme des akkurat gemähten Rasens, als sie dort ankam, die ersten Vögel waren erwacht und begannen lautstark zu zwitschern, und unten, vom Flussbett des Avon her, kroch eine dichte Nebelbank die Anhöhe hinauf.

Sie stand noch nicht lange, die Arme unter ihrem Cape um den Körper geschlungen, als sie Schritte auf dem Kiesweg hinter sich hörte.

Sie warf einen schnellen Blick über die Schulter. Ein Mann von stattlicher Größe, breitschultrig und mit einem leuchtenden Blondschopf, er war sicherlich ein Bediensteter, führte einen Hund an der Leine aus.

Sie schenkte ihm keine weitere Beachtung, sondern wandte sich wieder nach vorne, wo sich am Horizont ein purpurner Streifen gebildet hatte, der zusehends heller wurde. Allmählich mischte sich auch ein erster Hauch Orange darunter.

Und dann traf sie die Erkenntnis, und sie spürte, wie ihr schlagartig warm wurde.

Sie kannte diesen Mann, und ihr war auch so, als hätte sie diesen Hund schon einmal gesehen.

Vorsichtig wandte sie den Kopf und betrachtete ihn erneut. Er blickte völlig versunken auf seinen Hund hinab, der wiederum voller Konzentration an einigen Grashalmen schnüffelte.

Der Mann war kein Bediensteter.

Keine fünf Schritte entfernt von ihr stand Henry Langford, der Duke of Somerville.

Ebenjener Duke, auf dessen Maskenball vor nicht ganz einem Jahr ihre Schmuggelei aufgeflogen war.

Rebecca blinzelte, reckte den Kopf und sah genauer hin. Konnte es wirklich sein, dass der Duke of Somerville, einer der reichsten und bekanntesten Männer des Landes, gerade wie ein Butler einen Hund spazieren führte? Noch dazu in der Morgendämmerung, zu einer Zeit, zu der der Hochadel für gewöhnlich in seinen feinen Seidenbetten lag und vor der Mittagsstunde auch nicht aufstand?

Er trug einen ganz bestimmt sündhaft teuren Gehrock aus dunkelblauem Samt, und aus einer der Jackentaschen ragte nachlässig ein spitzenbesetztes Taschentuch hervor. Seine Krawatte hatte er gelockert, und der Hemdkragen stand weit geöffnet, so als wäre ihm irgendwann diese Nacht zu warm geworden. An einer Seite war das Hemd aus der Hose hervorgezogen, und auf einem der seidenen Kniestrümpfe prangte ein handtellergroßer Weinfleck. Es war ihm anzusehen, dass er nicht etwa früh aufgestanden und sich für den Tag bereit gemacht, sondern sich die Nacht in einem Club oder auf irgendeiner Feier um die Ohren geschlagen hatte. Seine kurzen blonden Haare standen ihm wild vom Kopf ab, und Rebecca meinte sogar einen leichten Bartschatten auf Kinn und Wangen erkennen zu können. Genau wie vor einem Jahr war seine Haut leicht gebräunt, ein warmer Honigton, der eigentlich unschicklich war, aber die Farbe stand ihm gut. Vor allem brachte sie das Eisblau seiner Augen zum Leuchten, sogar jetzt, im Dämmerlicht des Morgens.

Selten bekam Rebecca das Haupthaar von Männern zu Gesicht, denn auch wenn sich die Mode langsam änderte und immer mehr Gentlemen ihre echten Haare zeigten, trugen die meisten von ihnen trotzdem noch eine Perücke. Eine Sekunde lang stellte Rebecca sich vor, wie es wäre, mit den Fingern durch Somervilles volles blondes Haar zu fahren. Ob es sich weich anfühlen würde? Sofort schüttelte sie den Gedanken wieder ab.

Der Hund nieste, Rebecca meinte ein gemurmeltes »Gesundheit, Frederick!« gehört zu haben, und als der Duke den Kopf hob, sah sie vorsichtshalber weg, nach vorne über die Eichenwipfel, zur aufgehenden Sonne.

Es könnte sogar sein, dass sie rot anlief. Sie hatte den Mann heimlich beobachtet, und nun fühlte sie sich ertappt, und ihre Wangen brannten. Außerdem merkte Rebecca, dass sie noch immer angetrunken war, und blinzelte, um das wattige Gefühl in ihrem Kopf loszuwerden. Sie widerstand dem Impuls, erneut zu ihm zu schauen.

Am besten wäre es, er übersah sie jetzt und ging weiter.

Zugegebenermaßen eine ziemlich lächerliche Hoffnung. Es war noch beinahe Nacht, die Straßen waren leer gefegt und sie stand mutterseelenallein auf der weitläufigen Wiese vor dem Royal Crescent und starrte ihn noch dazu ungeniert an.

Wie, in Gottes Namen, sollte er sie da wohl übersehen?

Rebecca versuchte zu hören, was da neben ihr vor sich ging, vernahm aber nichts mehr außer dem Gezwitscher der Vögel. Trotzdem wusste sie, dass er noch da war, denn auch wenn sie ihn nicht mehr hörte oder sah, nahm sie seine Anwesenheit wahr. Genau wie damals in der Nacht des Maskenballs beeindruckte Somerville sie alleine schon durch seine körperliche Präsenz. Und genau wie damals meldete sich ein Kribbeln in ihrem Nacken, von dem sie auf der Stelle beschloss, es zu ignorieren.

Rebecca riskierte einen weiteren Blick.

Versonnen schaute der Duke seinem Hund beim Schnüffeln zu, der kurze Stummelbeinchen, aber einen langen, etwas zu wohlgenährten Körper hatte. Tatsächlich. Das gleiche braun-weiß gescheckte Fell mit ein paar schwarzen Tupfern, die gleichen Spitzohren, von denen eines so süß eingeknickt war. Das war wirklich der Hund, der ihr letzte Woche in den Spring Gardens vor die Füße gelaufen war und sie davon abgehalten hatte, sich vor aller Augen zu blamieren.

Vermutlich war einer seiner Vorväter einmal ein Corgi gewesen. Seltsam, dass ein Duke sich keinen eleganten Rassehund hielt, sondern irgendeinen kurzbeinigen, pummeligen Mischling sein Eigen nannte. Und noch viel ungewöhnlicher war, dass er diesen auch noch selbst spazieren führte.

Ein feines Lächeln verzog die Mundwinkel des Dukes, was Rebecca stutzig machte. Dann sah er auf. Nicht suchend, wie man es tat, wenn man den Blick von jemandem auf sich spürte, aber noch nicht wusste, in welche Richtung man schauen musste.

Er sah sie geradewegs an, und als sich ihre Blicke trafen, hielt Rebecca den Atem an. Die Augen, das schimmernde Eisblau, das schon damals bei ihrer ersten Begegnung so hypnotisierend auf sie gewirkt hatte – sie versank darin. Einen winzigen Moment nur, doch der reichte, dass sich das leichte Kribbeln von ihrem Nacken in den ganzen Körper ausbreitete.

Der Alkohol. Es musste der Alkohol sein, der ihr so die Sinne vernebelte.

Und dennoch schaffte sie es nicht, ihren Blick loszureißen. Obwohl sie einander bereits viel zu lange in die Augen sahen, als es der Anstand gebot.

Zögerlich nickte er ihr zu, widmete sich dann aber wieder seinem Hund. Rebecca war versucht, erleichtert auszuatmen, als sie bemerkte, wie er innehielt und dann mit leicht verengten Augen doch wieder zu ihr schaute, als würde er versuchen, sich an etwas zu erinnern. Folgsam ließ der Hund von seinem Grasbüschel ab, als Somerville leise mit der Zunge schnalzte und die letzten Meter zu Rebecca überwand.

Erinnerungen kamen in ihr hoch. Damals auf dem Maskenball des Dukes war alles so schnell gegangen. Einer von

Alexander Wilkinsons Feinden, Christopher Ashbrook, war dort aufgetaucht. Er hatte sich an Wilkinson für irgendeine alte Geschichte rächen wollen und sie alle mit seiner Waffe bedroht. Plötzlich hatte auch der Duke im Raum gestanden und ihnen geholfen, Ashbrook zu überwältigen. Kurz danach hatte Somerville sich allerdings schon wieder rargemacht.

Während er näher kam, nahm sie ihn genauer in Augenschein. Seine Kieferknochen waren ausgeprägt und kantig, die Nase bildete eine gerade, symmetrische Linie in seinem Gesicht, und sie meinte, den Hauch eines Lächelns auf seinen Lippen erkennen zu können. Aber vielleicht war das einfach ihre normale Form. Er sah so vollkommen anders aus als viele der englischen Aristokraten mit ihren länglichen Gesichtern, den dominanten Nasen und manchmal sogar leicht abstehenden Ohren.

Dann ging ein Leuchten durch seine Augen. »Wir kennen uns, nicht wahr?«, stellte er fest.

Kein *Verzeihen Sie, Madam*, kein *Entschuldigen Sie die Frage.* Der Duke verhielt sich nicht gerade wie ein Gentleman.

Aber sie trafen sich hier ja auch wie zwei umhergeisternde Seelen, die Übriggebliebenen einer durchwachten Nacht, und alleine diese Tatsache setzte vermutlich höfliche Regeln und Etikette außer Kraft – zumindest bis zu einem gewissen Punkt. Trotzdem machte sie einen leichten Knicks, so wie es sich vor einer Person, die gesellschaftlich weit über ihr stand, gehörte.

»Ja, leider«, murmelte Rebecca dabei.

Der Duke zog überrascht seine dunkelblonden Augenbrauen hoch. Sie rahmten sein Gesicht perfekt, und die wenigen Falten, die darüber auf seiner Stirn auftauchten, durchbrachen die Regelmäßigkeit seiner makellosen Züge und machten ihn irgendwie … männlicher. Und attraktiver, musste Rebecca sich eingestehen. Sie sah ihm an, wie er nachdachte, lange und angestrengt, als versuche er wirklich, sich zu erinnern. Vermutlich hatte er so viele weibliche Bekanntschaften, dass für ihn ein Gesicht dem anderen glich.

Und vermutlich war das auch besser so, denn die Umstände, unter denen Rebecca dazu gezwungen worden war, mit der Schmuggelei aufzuhören, gehörten ganz sicher nicht zu ihren Sternstunden. Ein Teil von ihr wünschte, dass er sich einfach nicht entsinnen konnte und nun mit höflichem Gruß weiterzog. Ein ziemlich kleiner Teil zugegebenermaßen, denn eigentlich mochte sie die Art und Weise, wie der Duke sie gerade ansah. Diese offene, beinahe verblüffte Neugierde, dieser Reiz des Unbekannten, der ihm so sehr ins Gesicht geschrieben stand.

Und etwas meldete sich in ihrem Bauch, was sie schon lange tief in sich vergraben hatte. Etwas Primitives, Körperliches, das mehr wollte und nach Nähe verlangte.

Denn sie hatte es geliebt, abends im Schein des Feuers ihre Finger über die verschwitzte Haut und die festen Muskeln ihres Ehemannes gleiten zu lassen, wenn er sich über ihr aufgestützt und sie so durchdringend angeblickt hatte, dass sie alles um sich herum vergaß. Sie hatte es geliebt, die schiere Stärke seines Körpers wahrzunehmen, seine Männlichkeit zwischen ihren Beinen zu spüren und sich ihm hinzugeben, wenn er in sie eindrang und es nur noch sie beide gab, ihre erhitzten Körper und die heftige, unkontrollierbare Leidenschaft, die zwischen ihnen gebrannt hatte. Es hatte sie laut und zügellos gemacht und es ihr ermöglicht, eine dunkle, sinnliche Seite an sich selbst zu entdecken und sie auszuleben.

Aber das würde nie wieder passieren, denn inzwischen konnte sie sich niemandem mehr zeigen. Und das bedeutete auch, dass sie sich von niemandem mehr beeindrucken lassen durfte. Vor allem sollte sie die ungeteilte Aufmerksamkeit eines Mannes nicht so sehr genießen, wie sie es gerade tat. Sie sollte den Duke mit ein paar passenden höflichen Worten abweisen und diesen ganzen Vorfall wieder vergessen.

Gerade im Moment hatte sie beileibe andere Probleme.

Deinen drohenden Ruin, zum Beispiel.

»Jetzt erinnere ich mich. Sie sind Mrs. Seagrave. Die Besitzerin des White Lion.« Vermutlich war es seine gute Erziehung, die ihn davon abhielt, die Umstände hervorzuheben, unter denen sie sich das erste Mal begegnet waren. »Was machen Sie denn zu dieser unchristlichen Zeit hier?«, wollte er wissen.

»Das könnte ich Sie auch fragen, Euer Gnaden.«

Er hob seine Rechte und wedelte mit der schmalen roten Lederleine. »Ich führe meinen Hund spazieren.« Bei der Bewegung rutschte sein Kragen noch etwas weiter auf, und Rebecca konnte einen Blick auf die Haut an seinem Hals und seinem Schlüsselbein erhaschen. Sie war ebenso leicht gebräunt wie die in seinem Gesicht. Rebecca sah das Spiel seiner Muskeln unter dem dünnen Hemd, riss den Blick aber sofort wieder los und starrte angestrengt nach vorne.

»Ich wundere mich ein wenig, dass Sie sich tatsächlich an mich erinnern«, bekannte sie. Das tat sie wirklich. Dieser Mann hatte den Ruf, einer der berüchtigtsten Schwerenöter in ganz England zu sein. Er war eine zweifelhafte Berühmtheit mit seiner unstillbaren Feierwut und den nicht enden wollenden Skandalen, in die er verwickelt war. Vielleicht hätte er sich an ihr Gesicht erinnert, aber dass er sogar noch ihren Namen zusammenbekam, überraschte sie.

Eine Weile sagte keiner etwas, doch der Duke schaute sie noch immer durchdringend an. »Das passiert recht selten, aber ich habe meine Frage wirklich ernst gemeint: Was machen Sie denn hier?«, wollte er erneut wissen. Obwohl er mehr als eine Armlänge entfernt von ihr stand, konnte Rebecca den Whiskey in seinem Atem riechen.

Sie schluckte. »Nachdenken«, brachte sie schließlich hervor.

Wieder nickte er, sein Blick tastete über ihr Gesicht und blieb auf ihren Lippen hängen. Einen Atemzug lang, dann noch einen, und dann erst sah er weg, und eine angenehme Gänsehaut lief Rebeccas Rücken hinab. Was seltsam war, denn sie war es gewohnt, dass ihr Männer im White Lion ein Quäntchen zu viel Aufmerksamkeit zollten.

Für gewöhnlich ließ sie das kalt. Sie stellte mit einigen deutlichen Sätzen und einer unmissverständlichen Körpersprache sicher, dass die Herren umgehend wieder auf Abstand gingen. Gerade im Moment war es aber, als wären ihre Füße im Boden festgewachsen. Die Stimme des Dukes hatte einen sanften, fürsorglichen Tonfall gehabt. So, als würden sie sich schon eine halbe Ewigkeit kennen und als wäre es seine Aufgabe, auf sie achtzugeben.

Ihr Herz machte einen kleinen Satz bei dem Gedanken, aber sie schüttelte das Gefühl gleich wieder ab.

Vollkommen lächerlich, wie sie gerade auf den Duke reagierte. Ihr war schließlich klar, was für ein Typ Mann er war.

Ein Weiberheld. Ein Libertin der schlimmsten Sorte. Er wusste, wie man Frauen manipulierte, und genau das tat er doch gerade auch mit ihr, oder nicht?

»Dann werden wir das nun wohl gemeinsam tun«, stellte er fest, verschränkte die Arme vor der Brust und starrte genauso wie Rebecca mit neu erwachtem Interesse der aufgehenden Sonne entgegen.

Rebecca runzelte die Stirn, aber das genügte ihm offenbar schon als Antwort.

»Sie glauben doch wohl nicht ernsthaft, dass ich Sie hier alleine weiter herumstehen lasse. Mitten in der Nacht.«

»Natürlich glaube ich das.«

»Nun, dann täuschen Sie sich«, sagte er ungerührt.

»Sosehr mich Ihr ritterliches Angebot auch ehrt, aber nein danke – ich benötige keine Begleitperson. Außerdem sind wir hier in Bath, Euer Gnaden, nicht in London. Die Welt ist hier noch in Ordnung. Sie müssen sich also wirklich keine Sorgen machen.«

Er lachte leise in sich hinein, es klang rau und eigentlich eher wie ein missglücktes Husten. Vermutlich hatte dieser

Mann den Abend damit verbracht, eine Pfeife nach der anderen zu rauchen, obszöne Mengen an Wein zu trinken und … den Rest stellte sie sich lieber gar nicht erst vor. Seine Kleidung war sicher nicht von alleine in diesen derangierten Zustand geraten. Aber so wenig sie es wollte, drängte sich ihr ein Bild auf. Davon, wie sie mit ihrer Hand seinen Hemdkragen über seiner Brust noch etwas weiter öffnete, mit ihren Fingerspitzen über seine warme Haut fuhr und sie … *Oh Gott.*

Sie räusperte sich, ignorierte die Hitze, die durch ihren Körper wallte, und sagte: »Glauben Sie mir, ich weiß mehr über die dunklen Seiten dieser Stadt, als Sie annehmen, und es gibt nichts, was ich zu befürchten hätte.« Sie rechtfertigte sich gerade, dabei war sie ihm doch gar keine Erklärung schuldig.

Gerade war das aber nebensächlich, denn sie musste dieses Bild aus ihrem Kopf bekommen und dieses Kribbeln aus ihren Handflächen verbannen.

Zudem wuchs der Wunsch in ihr, dem Duke mitzuteilen, dass sie weder hilflos war noch Angst hatte, wenn sie nachts durch die Straßen lief. Sie war eine erwachsene Frau und hatte von niemandem etwas zu befürchten.

Außer von diesem unverschämt gut aussehenden Duke womöglich, flüsterte ihr eine gehässige Stimme im Kopf zu. *Und du dumme Gans fällst auch sofort auf ihn herein.*

»Ach richtig, Sie haben ja bereits … Verbindungen zur Unterwelt«, stellte der Duke mit schleppender Stimme fest.

Ja, da hatte er recht, auch wenn sie diese die letzten Monate über hatte einschlafen lassen. Denn Rebecca war wirklich nicht stolz darauf. Aber die Schmuggelei war eben die einzige Möglichkeit gewesen, schnell an Geld zu kommen. Für die Grundstücke, damit sie die Wahlstimmen bekam.

»Das liegt alles in der Vergangenheit«, sagte sie bestimmt.

»Freut mich zu hören. Eine so schöne Frau wie Sie auf der falschen Seite des Gesetzes zu sehen, würde mich auch schmerzen.«

Rebecca überlegte noch, was sie schlimmer fand. Das plumpe Kompliment, das er ihr gerade gemacht hatte, oder die Tatsache, dass er sie tatsächlich für eine Kriminelle hielt.

»Spielt auch eigentlich keine Rolle«, fuhr er fort, als sie nicht antwortete. »Ich werde Sie trotzdem nicht alleine hier herumstehen oder nach Hause gehen lassen.« Er sah nach unten zu seinen Füßen, wo Frederick gerade begonnen hatte, an Rebeccas Schuhen zu schnuppern.

»Komm, Frederick, wir gehen noch einmal in die Stadt.«

Beinahe hätte Rebecca geschnaubt, aber sie hielt sich im letzten Moment zurück. »Ich möchte noch nicht zurück.«

Er nickte. »Dann bleiben wir eben hier.«

»Sie sind aufdringlich«, warf Rebecca ihm vor. Sie wollte alleine sein, in Gottes Namen, und nachdenken. Ganz sicher wollte sie sich nicht mit einem angetrunkenen und äußerst berüchtigten Vertreter des Hochadels herumschlagen, dessen Anwesenheit sie irgendwie … aus dem Konzept brachte.

»Möglicherweise«, gab er zu. »Ich würde es aber eher als umsichtig und gut erzogen bezeichnen. Außerdem haben Sie meine Frage noch nicht beantwortet.«

»Welche Frage?«

»Wie kommt es eigentlich, dass Sie so alleine hier herumstehen? Gibt es denn keinen Ehemann, der sich um Sie sorgt?«

»Nein.«

»Dann eben einen Liebhaber?«

Schon wieder spürte Rebecca, dass ihre Wangen brannten. Hatte dieser Mann denn überhaupt kein Anstandsgefühl?

»Wieso fragen Sie mich das eigentlich gerade?«

Er zuckte mit den Schultern. »Ein natürliches Maß an eigennützigem Interesse, nehme ich an.« Er meinte wohl wirklich, sie wäre für ein kleines Abenteuer zu haben, und deshalb lotete er gerade seine Chancen aus. Es war unglaublich.

Als ob du ihn nicht selbst eben bewundert hättest und dir vorgestellt hast, wie …

»Wir können das Ganze hier abkürzen. Meine Antwort lautet nein«, erklärte sie.

»Auf welche Frage?«

Rebecca warf dem Duke einen vernichtenden Blick zu und erkannte dabei sein schadenfrohes Grinsen. Schuldbewusst hob er die Hände. Dabei fiel ihm die Leine aus der Hand, was sein Hund sofort ausnutzte, um mit der Nase im feuchten Gras im Zickzack über den Rasen zu stromern. Vermutlich folgte er einer der unzähligen Kaninchenspuren, die sich über die Wiese vor dem Royal Crescent zogen.

»Vergessen Sie es einfach wieder und verzeihen Sie mir meine Fragerei, ob es einen Mann an Ihrer Seite gibt.

Ich bin vermutlich noch etwas beschwingt von heute Nacht.«

Oh ja, den Eindruck hatte sie auch. Denn er versuchte gerade allen Ernstes, mit ihr zu flirten. Wobei sie die Letzte war, die ein solches Verhalten verurteilte. Die rigiden Vorschriften, mit denen der Kontakt zwischen Männern und Frauen in der Öffentlichkeit und sogar hinter geschlossenen Türen reglementiert war, fand Rebecca im Grunde absurd. Und schließlich sollte jeder nach seiner Fasson glücklich werden.

Das Beunruhigende war nur: Somervilles Annäherungsversuche machten etwas mit ihr. Vielleicht, weil er ein Duke war und sie gar nicht anders konnte, als davon beeindruckt zu sein, wenn ein so hochgestellter Mann sich für sie interessierte. Vielleicht, weil er sie die ganze Zeit über mit seinem durchdringenden Blick ansah und es sich dabei ganz deutlich um mehr als rein höfliches Interesse handelte.

Jedenfalls erwachte etwas in ihr, ein Wunsch, eine Sehnsucht. Immerhin war sie Witwe. Sie würde sich Affären und Liebschaften sogar erlauben dürfen – viele Witwen taten das.

Nur würde dich niemand zur Affäre haben wollen, sobald er dich einmal gesehen hätte. »Wissen Sie was, ich verspüre gerade nicht mehr die geringste Lust, mir diesen Sonnenaufgang anzusehen. Ich möchte nach Hause in mein Bett.«

»Warum erzählen Sie mir das jetzt?«, wollte er mit einem anzüglichen Grinsen wissen.

Am liebsten hätte sie ihn geohrfeigt. Wirklich, am liebsten hätte sie dem Duke of Somerville eine Ohrfeige verpasst. Ihre Hand zuckte, aber sie hielt sich zurück. Natürlich würde sie ihn nicht schlagen. Stattdessen drehte sie sich schwungvoll um und ließ ihn einfach stehen. Gerade eben hatte er noch großspurig getönt, dass er sie begleiten würde – obwohl sie das gar nicht wollte –, und nun tat er so, als wüsste er von nichts und machte sich sogar lustig über sie.

Er konnte ihr gestohlen bleiben.

Und auch wenn sein Herr noch einen oder zwei Augenblicke brauchte, um zu reagieren, beschloss Frederick scheinbar von alleine, Rebecca zu folgen, und lief vor Begeisterung hechelnd neben ihr her. Somerville setzte sich ebenfalls in Bewegung, und es war sinnlos, sich weiter zu widersetzen. Der Duke war offenbar ein Mann, der stets seinen Willen bekam.

»Ich brauche niemanden, der mich auf meinen Spaziergängen begleitet.« Aus dem Augenwinkel heraus warf sie dem Duke einen prüfenden Blick zu, während sie nebeneinander herliefen. Er nickte. Zustimmend, einvernehmlich. Er hatte ihr doch gar nicht zugehört. »Und schon gar nicht brauche ich einen Mann an meiner Seite, um mich sicher und glücklich zu fühlen«, setzte sie hinterher und fragte sich im selben Moment, wieso sie das eigentlich gerade gesagt hatte. Wahrscheinlich hatte sie prüfen wollen, ob er ihren Worten noch folgte. Außerdem schien der Madeira ihre Zunge zu lockern und sie ganz sentimental zu machen. Denn das, was sie da soeben ausgesprochen hatte, war ein wunder Punkt bei ihr. Gottlob wusste der Duke das nicht, denn bisher hatte er sich benommen wie ein Flegel. Vermutlich wollte sie ihm deshalb auch klarmachen, dass seine Annäherungsversuche und seine charmanten Worte bei ihr wirkungslos verhallten.

Demonstrativ verschränkte sie die Arme vor der Brust. Dann wurde ihr klar, wie wenig souverän das wirken musste, und ließ ihre Hände wieder locker an den Seiten baumeln.

»Dann präferieren Sie wohl eher die Damenwelt?«, fragte er mit einem arglosen Schulterzucken.

Rebecca war ihm beinahe dankbar, dass er ihr Eingeständnis nun schon wieder ins Lächerliche zog. Denn es lenkte davon ab, dass sie sich ihm gerade offenbart und ihm ihre innerste Überzeugung mitgeteilt hatte. Oder zumindest das, was sie sich ständig einbläute.

»Auch nicht«, erwiderte sie.

»Was brauchen Sie denn dann, um glücklich zu sein, wenn Sie mir die Frage erlauben?« Es klang beinahe versöhnlich.

Sie wandte sich ihm zu und sah ihm ins Gesicht. Die ersten Sonnenstrahlen leuchteten über die Straße, verfingen sich in seinen Augen, und er kniff sie ein wenig zusammen.

Eigentlich hatte sie gar nicht vor, diesem impertinenten Menschen noch eine einzige, sinnvolle Antwort zu geben. Vielleicht war es die Müdigkeit, die sie dazu trieb, oder die Tatsache, dass dieser Mann noch viel betrunkener war als sie selbst und sich sowieso an nichts mehr erinnern würde, was sie gerade besprachen. Jedenfalls antwortete sie: »Ich werde glücklich sein, wenn ich mein Ziel erreicht habe.«

»Und das wäre?«

»Ich werde an den nächsten Parlamentswahlen teilnehmen und einen Abgeordneten ins Unterhaus bringen«, erklärte sie.

Seine Brauen wanderten nach oben. »Sie wollen an den Wahlen teilnehmen? Als Frau?«

»Richtig.«

»Aber … wieso, in Gottes Namen? Heiraten Sie doch lieber wieder oder nehmen Sie sich einen Liebhaber! Führen Sie meinetwegen noch Ihr Coffee House und genießen Sie das Leben. Aber vergeuden Sie es nicht mit so schrecklichen Dingen wie Wahlen und Politik!« Er schien es wirklich ernst zu meinen.

Inzwischen hatten sie den kreisförmig angelegten Circus passiert und liefen auf dem breiten Gehsteig die George Street entlang, in der die ersten Fensterläden geöffnet wurden und Kamine zu rauchen begannen.

»Vergeuden würde ich meine Zeit eher mit all den Dingen, die Sie mir da gerade aufgezählt haben.«

»Sie haben ja keine Ahnung«, sagte er und klang ziemlich überzeugt.

»Doch, ich habe Ahnung. Denn anders als die meisten Frauen und im Übrigen auch Männer möchte ich in meinem Leben etwas erreichen und Verantwortung übernehmen, anstatt es in einer endlosen Reihe an oberflächlichen Hausgesellschaften, Picknicken und langweiligen Abenden im Salon zu verbringen.«

Dir bleibt auch gar nichts anderes übrig, als deine beruflichen Ambitionen auszuleben, denn eine Familie wirst du ja niemals haben.

Rebecca schluckte schwer und schob diesen grässlichen Gedanken sofort von sich, wie jedes Mal, wenn er ihr dämmerte.

»Mit Verlaub – Sie sind weder adelig noch haben Sie sonst irgendeine bedeutende Stellung in der Gesellschaft inne. Politischen Einfluss werden Sie ohne einen Ehemann an Ihrer Seite niemals bekommen.«

Ein leichtes Stechen setzte in Rebeccas Seite ein, das sie mit einem tiefen Atemzug zu kontrollieren versuchte. Das, was der Duke da gerade von sich gab, hatte frappierende Ähnlichkeit mit Castledowns Aussagen. Und wenn sie es noch öfter hörte, würde sie am Ende noch anfangen, diesen Unsinn selbst zu glauben.

»Sie meinen, ich sollte mir einen Mann zulegen, damit ich all meine Besitztümer aufgeben und ihn dabei unterstützen kann, wie *er* Karriere macht? Vielleicht bekommt er sogar einen Sitz im Parlament, was für ihn als Mann ja durchaus möglich wäre? Und mich hält er dann am besten aus seinen *Männerangelegenheiten* heraus, damit ich ungestört seine Strümpfe flicken, mir Zeitungsberichte über ihn durchlesen und mir den Kopf darüber zerbrechen kann, ob ich in meinem hübschen Salon als Nächstes wohl lieber grünen oder schwarzen Tee trinken sollte?«

»Wäre das denn nicht die viel angenehmere Variante?«

»Für jemanden ohne jegliche Ambitionen vielleicht. Für jemanden, der verantwortungslos ist und dessen einziger Lebenszweck darin besteht, sich zu vergnügen, mag der Gedanke, nur zuzusehen, wie alles an einem vorbeiläuft, durchaus verlockend klingen.«

Sie sah ihn direkt an. Sie meinte ihn und seinen Lebenswandel, und er verstand sie genau.

In unzähligen Zeitungen hatte sie über ihn gelesen, da der Duke of Somerville offenbar eines der Lieblingsobjekte der Journalisten war. Dieser Mann hatte alles. Geld, Einfluss, er besaß sogar einen ererbten Sitz im Parlament. Und es war ihm vollkommen egal. All das war ihm vollkommen egal. Das Einzige, was dieser Mann tat, war trinken, feiern und sich in den Betten der Londoner Damenwelt zu vergnügen. Wie konnte er seinen privilegierten Status und seine Möglichkeiten bloß so vergeuden?

Sein Gesicht verfinsterte sich. »Ich verstehe, was Sie mir damit sagen wollen. Sie halten mich für einen dieser nutzlosen Vertreter des Hochadels, dieser dekadenten Pfauen, die das Geld verprassen, das andere Leute für sie verdienen.«

»Das habe ich mit keiner Silbe behauptet.« Das stimmte nicht ganz, denn sehr wohl hatte sie ihm etwas in der Art gerade vorgeworfen. Zu Recht, wie sie fand. Auch wenn sie wusste, dass es im Grunde eine absolute Unverschämtheit war, einem Duke so etwas ins Gesicht zu sagen.

»Verkaufen Sie mich nicht für dumm.«

Rebecca konnte spüren, wir ihr das Gespräch entglitt. Es hatte mit einem harmlosen Flirt begonnen und war nun in einen regelrechten Streit ausgeartet. Aber trotzdem schaffte sie es jetzt nicht, einzulenken und sich bei ihm zu entschuldigen. Sie hatte das, was er ihr gerade gesagt hatte, schon so oft gehört. Und sie war es leid.

»Ich glaube eher, dass *Sie mich* für dumm halten. Und für unfähig. Vermutlich, weil ich eine Frau bin. Einem Mann hätten Sie niemals so einen Vorschlag gemacht. Sie hätten ihn bekräftigt, ihm auf die Schulter geklopft und ihm viel Erfolg bei seinen ambitionierten Zielen gewünscht!«

»Das White Lion, dem Himmel sei Dank«, seufzte er, als sie endlich in die Milsom Street eingebogen waren und das Gasthaus vor ihnen auftauchte.

»Männer wie Sie sind der Grund, warum ich in die Politik möchte.« Sie konnte sich einfach nicht zurückhalten.

»Tatsächlich?«

»Weil sich nie etwas verändern wird, wenn nur Menschen mit so wenig Interesse und Respekt für die politischen Aufgaben in diesem Land eine Stimme haben.«

Der Duke lächelte nachlässig und sagte freundlich: »Es wird Zeit, dass Sie sich ein wenig ausruhen. Schlafen Sie gut.«

Er ignorierte einfach, was sie sagte. Weil es für ihn ja sowieso keine Rolle spielte. Wer war sie denn schon? Ein Niemand. Er würde schlafen gehen, am frühen Nachmittag aufwachen und sich dann in den nächsten Abend voller Alkohol, Vergnügungen und Dekadenz stürzen.

Sie nickte ihm knapp zu und wandte sich ab, und für einen kurzen Moment meinte sie nun doch, in seinen Augen etwas Hartes erkannt zu haben. Ärger womöglich? Als sie die Treppe zum Nebeneingang des White Lion nahm, rang sie mit sich. Eigentlich sollte sie ihn um Verzeihung bitten. Schließlich kannte sie diesen Mann gar nicht persönlich, sondern lediglich die vielen reißerischen

Artikel über ihn. Vielleicht tat sie ihm unrecht? Zudem war er ein Duke. Niemals hätte sie auf diese Weise mit ihm sprechen dürfen. Es war ein unentschuldbarer Fauxpas.

Und trotzdem tat sie nichts.

Sie sperrte auf, und die Tür fiel hinter ihr ins Schloss, ohne dass sie sich noch einmal umgedreht hatte. Sie hörte die Schritte des Dukes, die sich mit den Geräuschen der erwachenden Stadt vermischten, und langsam und tief atmete sie aus.

Das hier würde noch ein Nachspiel haben, davon war Rebecca überzeugt.

4.

»Ihre Mutter, die Dowager Duchess, wünscht heute Abend Ihre Anwesenheit beim Dinner in Willow Hall«, begrüßte ihn sein noch etwas verschlafen wirkender Kammerdiener Egbert. Vermutlich hatte er auf Zehenspitzen in seinem beengten Bedienstetenschlafzimmer unter dem Dach aus der Luke gespäht, damit ihm ja nicht entging, wenn der Duke über die Wiesen zum Royal Crescent zurückkehrte. Denn noch bevor Henry den Schlüssel aus seiner Tasche gezogen hatte, war die Tür schwungvoll aufgegangen und Egbert hatte ihn, ein wenig außer Atem, aber mit einladend ausgestrecktem Arm und einer Verbeugung, hereingelassen. Einen flüchtigen Moment war sein Blick auf Henrys vom taunassen Gras feuchten Strümpfen und dem Rotweinfleck darauf hängen geblieben, doch seine Miene blieb undurchschaubar. Für den Butler gehörte es zu seinem Berufsethos, Dinge wahrzunehmen, aber so zu tun, als würde er sie nicht sehen.

Als Frederick sich ausgiebig schüttelte, hatte sich allerdings nicht einmal der sonst so kontrollierte Egbert mehr im Griff und verzog für den Bruchteil einer Sekunde das Gesicht. Der Hund hinterließ nämlich überall, wo er sich befand, feuchte Pfotenabdrücke, Haare und den ein oder anderen fliegenden Speicheltropfen. Was dem Butler zweifellos ein Gräuel war.

»Natürlich wünscht meine Mutter das«, antwortete Henry schließlich verdrossen. Sie war gerissen genug, es nicht ihm persönlich, sondern über seinen Bediensteten mitteilen zu lassen. Auf diese Weise konnte Henry nicht mehr vorgeben, ihren Brief nicht gelesen zu haben. Und er konnte ihre Aufforderung auch nicht mehr so einfach ignorieren.

Was möglicherweise schon das eine oder andere Mal passiert war.

Oder vielleicht auch öfter.

Ziemlich oft sogar, musste er sich eingestehen. Dabei hatte er gegen ein Dinner mit seiner Mutter und seinen Geschwistern noch nicht einmal etwas einzuwenden. Eigentlich konnten das wirklich angenehme, manchmal sogar vergnügliche Abende werden, denn Henry liebte seine drei jüngeren Schwestern Eliza, Jane und Amelia und seine bisweilen sehr durchsetzungsfähige Mutter. Unterhaltsam waren die Abende aber nur bis zu dem Moment, an dem die Dowager Duchess Henrys Lebenswandel ansprach.

Genau wie diese Frau gerade eben.

Als ob sie gewusst hätte, was sie sagen musste, um ihn zu treffen. Allerdings war es auch naheliegend, das Gespräch darauf zu bringen, schließlich berichteten die Zeitungen mit unerfreulicher Regelmäßigkeit über Henrys Eskapaden. Dennoch: Hatte diese Frau, *Mrs. Seagrave*, ihn tatsächlich gerade als vergnügungssüchtig und verantwortungslos bezeichnet? Ihn, einen Duke? Er war inzwischen achtundzwanzig und seit mehr als einem Jahrzehnt in der Beau Monde unterwegs, aber noch niemals hatte sich jemand eine solche Unverfrorenheit herausgenommen. Dann und wann hatte er möglicherweise in Clubs oder auf Dinnerparties versteckte Drohungen oder spöttische Kritik erhalten. Das gehörte jedoch zum guten Ton unter Gentlemen. Adelige oder gut betuchte Männer trafen sich zu geselligen Abenden, um sich in angetrunkenem Zustand vom Glücksspiel, oder vielmehr den etwas raffinierteren und vor allem nüchternen Gegnern, die Taschen leeren zu lassen. Anschließend kam es des Öfteren zu erhitzten Diskussionen, bei denen man sich durchaus auch mal Beleidigungen an den Kopf warf.

Von Damen der Gesellschaft war er das jedenfalls nicht gewohnt.

Mit unruhigen Fingern löste Henry seine Krawatte vom Hals und legte sie achtlos auf einer Anrichte ab, auf der auch eine unterarmhohe, weiß glänzende Porzellanfigur stand. Sie hielt eine kleine Harfe unter dem Arm, vermutlich sollte sie Apoll, den Gott des Lichts und der schönen Künste, darstellen. Als seine Schwester Eliza ihm diese Figur schenkte, hatte sie aber wahrscheinlich etwas anderes im Sinn gehabt als sein kaum vorhandenes Interesse an Musik und Literatur. Ziemlich sicher war es ein versteckter Seitenhieb gegen Henrys ausschweifendes Liebesleben gewesen, denn seine Schwester meinte erstaunliche Parallelen zwischen den unzähligen Herzensdamen dieser griechischen Gottheit und Henrys häufig wechselnden Liebschaften zu erkennen …

Henry räusperte sich und sah in den lang gezogenen goldgerahmten Spiegel, der zu seiner Linken die Flurwand schmückte.

Er war kein schöner Anblick.

Sein Haupthaar war verstrubbelt und stand ihm wild vom Kopf, seine Augen waren rot gerändert, inzwischen säumten sie sogar einige feine Fältchen, und auf seinem Kinn sprossen unverkennbar die ersten dunkelblonden Bartstoppel.

Wenn dein Vater dich so sehen könnte, würde er sich im Grabe umdrehen, meinte er bereits die tadelnde Stimme seiner Mutter zu hören und grinste dabei sein Spiegelbild an.

Nein, auch das half nichts. Er sah erbärmlich aus. Ungepflegt, abgerissen und müde.

Aber das Gute war ja, dass das Erscheinungsbild für einen Duke sowieso keine Rolle spielte. Egal wie lang die Nacht – oder wie früh der Morgen war –, für gewöhnlich gaben sich die Menschen in seiner Gegenwart aufmerksam und freundlich. Sehr viel freundlicher als diese Mrs. Seagrave gerade eben. Besonders Frauen waren um ihn herum richtiggehend zahm. Weil sie sich geehrt fühlten, dass ein Duke Interesse an ihnen zeigte. Zumindest war das bei den verheirateten Damen der Fall. Die unverheirateten hofften womöglich auf seine Gunst, irgendwann musste schließlich auch er heiraten. Und selbst die etwas verruchteren Ladies, die nur nächtliche Vergnügungen suchten, waren ihm oft genug nicht abgeneigt.

Ein dezentes Räuspern holte Henry in die Gegenwart zurück. Egbert stand noch immer hinter ihm, und Henry drückte ihm die Leine in die Hand.

»Hier, geben Sie Frederick sein Frühstück, wir mussten eine Extrarunde drehen.« *Mit einer bisswütigen Dame*, wollte er schon hinzufügen, aber Egbert würde es ja ohnehin nicht verstehen und bloß milde nicken.

Er sah dem Diener und seinem Hund hinterher, wie sie den Flur entlang nach hinten trotteten. Fredericks Krallen klackerten leise über das Parkett. Henry mochte das Geräusch. Erst jetzt sah er, dass Egbert sein Hemd nicht ganz sauber in die Hose gesteckt hatte und es hinten seinen Gehrock ausbeulte, und es entlockte ihm ein Schmunzeln. Irgendwie beruhigte es ihn, an seinem sonst geradezu beängstigend perfekten Butler einen kleinen Fehler zu entdecken. Zumindest kamen ihm dann seine eigenen Unzulänglichkeiten, oder wie hatte sein Vater immer gesagt – *sein himmelschreiendes Unvermögen* –, nicht mehr ganz so … himmelschreiend vor.

Seit Jahren lag der alte Duke bereits unter der Erde, und trotzdem fühlte Henry sich noch immer von ihm verfolgt. Die missbilligend zusammengezogenen buschigen Brauen, das Kopfschütteln, das leise Zischen, wenn Henry wieder etwas falsch gemacht hatte. Wie oft schwebte ihm dieses Bild vor Augen, egal wobei. Manchmal passierte es ihm sogar in seinem Schlafzimmer, wenn er sich gerade mit einer Dame vergnügte. Oder mehreren.

Er stürzte sich dann umso hingebungsvoller in seine Affären. Schon aus Prinzip, um seinem alten Herrn eins auszuwischen. Auch wenn es vollkommen albern war, schließlich lebte der Duke ja gar nicht mehr. Und wer glaubte schon an Geister?

Vermutlich tat er ziemlich viel in seinem Leben aus genau diesem Grund. Sein Widerwille, eine Ehe einzugehen. Seine ausschweifenden Feiern, sein unverhohlenes Desinteresse für die Politik oder sein gänzlich unaristokratisches Faible für sportliche Betätigungen. All das hatte seinen Vater zur Weißglut gebracht und war eine Rechtfertigung dafür gewesen, den eigenen Sohn zu verabscheuen.

Als Egbert und Frederick verschwunden waren und sich Ruhe über den Flur legte, blieb Henry noch eine Weile stehen und starrte mit leerem Blick auf den weiß glänzenden Apoll.

Er mochte sie nicht, diese Stille. Deswegen hatte er sich auch Frederick geholt, denn mit einem Hund an der Seite war es eigentlich nie ruhig. Ständig hechelte, schnarchte oder fiepte er, kratzte sich hinter dem Ohr oder tat sonst irgendetwas, was Hunde eben so taten.

Alles war besser als Stille.

Denn mit ihr kam auch der Druck hinter Henrys Rippen, und er wurde immer stärker, je länger sie anhielt.

Henry räusperte sich, um die beklemmende Empfindung zu durchbrechen, die sich gerade in ihm breitmachte, dehnte den Kopf nach links und rechts, und es knackte vernehmlich. Allmählich kündigten sich die ersten Kopfschmerzen an. Was hatte er letzte Nacht eigentlich alles getrunken? Er konnte sich nicht erinnern. Aber es spielte gerade auch keine Rolle, beschloss er. Bis er schlafen ging, würde er das Dröhnen in seinem Schädel nämlich in Schach halten können. Und zwar mit einem Schluck Portwein.

Er steuerte den Salon an, in dem immer einige Flaschen davon bereitstanden.

Seine Schritte auf dem dichten Perserteppich waren lautlos, und es roch hier im Salon ein wenig staubig. Was kein Wunder war, schließlich war Henry erst vorgestern ohne Vorankündigung angekommen. Schon einige Monate war er nicht hier gewesen, denn er hatte wirklich versucht, dem Wunsch seiner Mutter nachzukommen und den Rest der Saison in London zu verbringen.

Bereits nach wenigen Wochen war es ihm allerdings zu viel geworden. Er hatte dem Parlament und den Londoner Soireen und Hausgesellschaften den Rücken gekehrt und war hierhergekommen. Einmal mehr hatte er sich der Verantwortung entzogen.

Und offenbar erkannten das jetzt auch schon vollkommen Fremde.

Mrs. Seagrave, zum Beispiel. Er wusste noch nicht einmal ihren Vornamen, was sie jedoch nicht davon abhielt, ihn zu beleidigen.

Er hätte keinen Respekt vor den politischen Aufgaben in diesem Land, hatte sie ihm vorgeworfen. Eine Frechheit. Was glaubte sie eigentlich, wer sie war, dass sie solche Anschuldigungen machen konnte?

Er räusperte sich.

Eigentlich hatte sie recht, musste Henry sich eingestehen. Seit er denken konnte, hatte sein Vater ihn auf seine politische Karriere vorbereitet. Er war einer der führenden Männer der Whigs gewesen, der Opposition zur Krone, und selbstredend hätte sein Sohn in seine Fußstapfen treten sollen.

Hatte er aber nicht. Weniger, weil er nicht das Zeug dazu gehabt hätte, sondern weil er es einfach nicht wollte.

Henry hatte es gehasst, wirklich gehasst, den trockenen Ergüssen seines Vaters über die verschiedenen aristokratischen Familien und deren Verbandelungen mit der Krone zu lauschen. Meist konnte er sich auch nicht besonders lange konzentrieren, was nicht selten in einigen gut platzierten Stockschlägen resultiert war. Zwar hatten die den jungen Henry erst einmal dazu gebracht, den Ausführungen seines Vaters zu folgen, aber schon aus Trotz hatte er sich genau deshalb noch viel weniger mit der ganzen Materie beschäftigen wollen. Leider hatte er jedoch keine Wahl gehabt, schließlich hatte er nur drei jüngere Schwestern. Also musste er eines Tages das Vermächtnis der Familie Langford, der Dukes of Somerville, weiterführen.

Der Tag war dann schneller gekommen, als es ihm lieb gewesen war. Vor vier Jahren hatte seinen Vater ein folgenschwerer Reitunfall ereilt, von dem er sich nie wieder erholt hatte. Keinen Monat später war er verstorben, und Henry war gezwungen gewesen, sein Erbe sehr viel früher anzutreten als beabsichtigt.

Aber – so hatte er herausgefunden – das Oberhaupt der Familie zu sein und den Titel des Dukes innezuhaben, hatte auch seine Vorteile. Zum Beispiel, dass er endlich eigene Entscheidungen treffen konnte. Unter anderem, zu keiner der elendiglich langen und ermüdenden Parlamentssitzungen zu erscheinen und sich auf den Bänken dort den Rücken krumm zu sitzen. Das mochte verwerflich sein – oder wie hatte die Dame es doch gerade genannt? Verantwortungslos. Dabei stimmte das noch nicht einmal, denn er hatte ja bereits politische Erfahrungen gesammelt. Sobald er nämlich volljährig gewesen war, hatte sein Vater sichergestellt, dass sein Sohn über die vielen Ländereien der Familie als Abgeordneter ins Unterhaus gewählt worden war. Sehr zu Henrys Verdruss.

Das britische Parlament bestand aus zwei Kammern: dem Oberhaus, oder auch House of Lords genannt, in dem alle Sitze dem britischen Adel und dem Klerus gehörten und ausschließlich vererbt wurden. Und dann gab es noch das Unterhaus, oder House of Commons, in dem die Vertreter alle sieben Jahre neu gewählt wurden.

Damals hatte Henry sich gefügt – zumindest kurzzeitig – und die Wahl zum Abgeordneten des Unterhauses angenommen, was seinen Vater offenbar äußerst beglückt hatte. Allerdings nur, bis er erkannte, dass Henry bei jeder, aber wirklich jeder Abstimmung grundsätzlich gegen das stimmte, was die Linie seines Vaters im Oberhaus gewesen wäre. Er hatte getobt. Noch heute legte sich auf Henrys Gesicht ein zufriedenes Grinsen, wenn er daran dachte.

Er griff nach einem der kristallenen Gläser, die fein säuberlich vor einem Arsenal an Alkoholika aufgereiht standen. Der Salon war geräumig und mit den beiden dunkelgrün bespannten Sofas, dem Schreibtisch mit passendem Stuhl und dem Cembalo, dessen rote Bemalung den Blumenranken der Wandtapeten ähnelte, geschmackvoll eingerichtet. Der Raum hatte alles, was ein Salon brauchte, aber trotzdem konnte Henry sich nicht erinnern, hier jemals einen Abend verbracht zu haben.

Er ging in die Knie und begutachtete die anderen Flaschen, die auf der mehrstöckigen Etagere aus dunkel poliertem Rosenholz untergebracht waren. Er öffnete einige davon, roch prüfend daran und entschied sich für ein Gläschen Madeira Malmsey. Der war süßer und lag ein bisschen weicher auf der Zunge als Portwein, und Henry meinte auch immer, einen Hauch Vanille hervorzuschmecken.

Ein ganz klein wenig wie der Duft, den er an Mrs. Seagrave wahrgenommen hatte, als er ihr nahe gekommen war.

Ganz kurz hatte er sich nicht einmal mehr auf das konzentrieren können, was sie gesagt hatte, denn er hatte sich vorgestellt, seine Nase in ihren üppigen dunkelbraunen Locken zu vergraben, ihren Duft aufzusaugen und mit seiner Zunge die empfindliche Stelle hinter ihrem Ohr bis hinunter an ihr Schlüsselbein entlangzufahren. Sicher schmeckte sie genauso süß wie Vanille. Vielleicht täuschte er sich aber auch, und sie schmeckte ganz anders. Schwerer, sinnlicher und einen Hauch mystisch, wie Patchouli womöglich …

Henry nahm den ersten Schluck. Diese Frau hatte ihn beleidigt, regelrecht beschimpft, und er fantasierte über ihre weiche Haut.

Wo hast du eigentlich deinen letzten Rest Würde gelassen?

Vermutlich hatte er diesen in seinem Bestreben, anders zu sein, als seine Familie es von ihm erwartete, bereits vor Jahren verloren.

Der Wein brannte sanft seine Kehle hinab. Ein warmes, beruhigendes Gefühl breitete sich von seinem Magen bis in seine Brust aus, und Henry ließ unwillkürlich einen Seufzer von sich.

Ein bisschen seltsam war es schon, dass er ausgerechnet dieser Gastwirtin wieder begegnet war. In seinem beschwipsten Zustand hatte er einige Momente gebraucht, bis er sich erinnert hatte.

Sie war die Schmugglerin gewesen, eine überaus attraktive Schmugglerin, die damals auf seinem Schloss Willow Hall geistesgegenwärtig und ganz undamenhaft diesem bewaffneten Irren ihr Knie zwischen die Schulterblätter gerammt hatte. Henry hatte seine liebe Not gehabt, den Vorfall vor den Gästen und vor allem den versammelten Journalisten, die auf jeden seiner Bälle kamen, geheim zu halten.

Sie so plötzlich wieder zu treffen fühlte sich unwirklich an, ein kleines bisschen, als würde er träumen. Mehrmals war sein Blick auf ihren vollen Lippen hängen geblieben, was absolut unpassend gewesen war, schließlich war sie eine Dame der Gesellschaft. Aber es hatte ihm Spaß gemacht, sich auf einen kleinen Schlagabtausch mit ihr einzulassen.

Außerdem war es reichlich seltsam, dass sie mitten in der Nacht alleine vor dem Crescent herumstand. Natürlich hatte er sie dort nicht alleine lassen können. Zudem gab es unangenehmere Dinge, als eine hübsche Dame nach Hause zu eskortieren. Er hätte sie vermutlich auch nicht von der Bettkante gestoßen, hätte es sich ergeben. Wobei sie ja nicht das geringste Interesse an ihm hatte, das war mehr als offensichtlich gewesen. Schade eigentlich.

Henry stand im Salon und starrte gedankenversunken auf die Stuckverzierung an den Wänden, als es klopfte. Vehement und ungeduldig.

Er sah sich um, ob irgendjemand kam, und öffnete. Entweder Egbert, oder vielleicht die Köchin. Aber nichts rührte sich, und das Haus war von erwartungsvoller Stille erfüllt.

Es klopfte noch einmal.

Er musste wohl selbst öffnen, und das war ja auch seine eigene Schuld.

Schließlich war er aus London geflohen und hatte sich hier in seinem Apartment im Royal Crescent verschanzt. Außer seinem Leibdiener Egbert hatte er niemanden mitgenommen und gehofft, damit einige Tage der Aufmerksamkeit der Dowager Duchess zu entkommen.

Ja, er war vor seiner eigenen Mutter davongelaufen, gestand er sich ein, als er den Flur zur Eingangstür entlangschritt, sein halb gefülltes Portweinglas in der Hand. Wenige Monate vor seinem neunundzwanzigsten Geburtstag hatte sie mit der Entschlossenheit eines Heerführers die Zügel über sein Leben an sich gerissen – beziehungsweise die Hoheit über seinen Terminkalender, ihn die letzten Wochen von einem Londoner Ball zum nächsten geschleift und ihm eine ganze Schar an Heiratskandidatinnen vorgestellt.

Das war nämlich – zumindest in den Augen seiner Mutter – Henrys dringendstes Problem. Er war Junggeselle. Zwar genoss er das Leben in vollen Zügen, aber auf diese Weise wurde er seiner Aufgabe nicht gerecht. Der einen Aufgabe, die noch viel wichtiger war, als in der Politik mitzumischen, nämlich Erben in die Welt zu setzen und die Dynastie fortzuführen. Selbstredend durfte Henry dabei nicht irgendeine edle Dame zur Frau nehmen, es musste natürlich eine Vertreterin des Hochadels sein.

Noch immer rührte sich nichts in den Tiefen des Hauses, deshalb öffnete er selbst die Tür.

»Henry«, begrüßte Eliza ihn überrascht. Ihr Blick irrte von seinem Weinglas über seine Schulter in den leeren Flur. »Bist du ganz alleine hier?«

»Nein, aber …« Eliza wartete seine Antwort nicht ab, sondern ging einfach an ihm vorbei nach drinnen, als wäre er tatsächlich der Butler. Henry zuckte mit den Schultern und schloss die Tür.

»Hier hast du dich also versteckt, wusste ich es doch. Mama möchte, dass du …«, plapperte sie los.

»Ich weiß«, unterbrach Henry sie mit verdrossen verzogenen Mundwinkeln. »Egbert hat es mir bereits ausgerichtet.«

»Ah, der ist wohl auch hier?«

»Egbert und Frederick. Und eine Köchin, aber die ist wohl immer hier und hält das Haus in Schuss. Wo kommst du überhaupt so früh her?«, wollte er wissen. Die Sonne war doch gerade erst aufgegangen. Selbst ein erfahrener Kutscher brauchte eine knappe Stunde von Willow Hall bis hierher.

»Ich bin Frühaufsteherin, das weißt du doch«, entgegnete sie leichthin. »Ich habe die Kutsche aus Willow Hall genommen, Mama hat sicher nichts dagegen.«

Sie weiß also noch nicht, dass du hier bist.

Das sagte er natürlich nicht, denn so, wie er Eliza kannte, würde sie sich sofort auf ein Streitgespräch einlassen, und darauf hatte er nun wirklich keine Lust. Nicht auf noch eines an diesem frühen Morgen. Außerdem beschlich ihn beim Anblick ihrer zerzausten Haare der Verdacht, dass Eliza den Kutscher dazu gezwungen hatte, sie selbst an die Zügel zu lassen. Je früher der Tag, desto geringer das Aufsehen, das sie damit erregen würde. Es wäre nicht das erste Mal, dass das passierte.

So war sie, seine Schwester. Immer für eine Überraschung gut und immer ein klein wenig verrückt. Sie trug ein fliederfarbenes Reisekleid, das hinten ausgestellt war und ganz wunderbar zu ihren dunkelblonden Haaren passte. Ihre Stimme war etwas tiefer, als sie vielleicht zu einer vornehmen Dame passen würde, und Henry hatte sich schon des Öfteren gefragt, ob sie vielleicht heimlich rauchte. Sie war die zweitälteste der vier Langford-Geschwister, bereits vierundzwanzig, und zog deshalb genauso wie Henry seit einiger Zeit die Heiratsbemühungen ihrer Mutter auf sich. Ihr geteiltes Schicksal hatte sie die letzten Wochen über noch enger zusammengeschweißt.

Vielleicht lag es an dem relativ geringen Altersunterschied oder daran, dass Eliza einen so unabhängigen Geist hatte, aber Henry fühlte sich ihr mehr verbunden als seinen anderen beiden Schwestern Jane und Amelia. Er verbrachte gern Zeit in ihrer Gesellschaft. Natürlich kam ihm auch gelegen, dass man mit Eliza eher Reitausflüge machte, zum Rudern ging und womöglich die eine oder andere Partie Tennis spielte, als im Salon zu sitzen.

Meistens frönte Eliza ihrer Leidenschaft für körperliche Betätigungen aber nur in und um Willow Hall, ganz im Privaten. Nach außen hin war sie eine zuvorkommende und kultivierte junge Dame, die nicht wie Henry mit Ausschweifungen und Skandalen für Aufsehen sorgte. Ein schwarzes Schaf in der Familie reichte auch durchaus. Außerdem war sie eine Frau, und selbst den adeligen Damen bekamen Skandale und Fauxpas sehr viel weniger als ihren männlichen Verwandten.

Eliza war in den Salon gelaufen, ihr Blick blieb auf der geöffneten Flasche Madeira hängen, und erst jetzt drehte sie sich zu Henry um und musterte ihn.

»Ich sehe schon, du hast eine etwas längere Nacht hinter dir.« Sie hielt inne und stellte dann mit langsamer Stimme fest: »Du hast noch gar nicht geschlafen.«

»Es ist sieben Uhr morgens, Eliza, wie sollte ich da …«

Aber sie hatte sich bereits abgewandt, zupfte sich die Handschuhe von den Fingern und ließ sich mit Schwung auf eines der Sofas fallen. Voller Tatendrang sah sie sich um. »Wollen wir frühstücken? Ich habe einen Bärenhunger.«

Henry seufzte. »Natürlich. Ich lasse Egbert ein Frühstück mit zwei Gedecken auftragen.«

»Sehr gut. Und dann reiten wir aus? Du hast doch ein oder zwei Pferde hier?«

»Hm«, machte Henry, der vor seinem inneren Auge schon einen langen, anstrengenden Vormittag auf dem Rücken eines Pferdes sah. Schlagartig befiel ihn ein geradezu bleiernes Gefühl von Müdigkeit. Manchmal fragte er sich, ob das Leben mit einer angepassten, allerdings sicher auch deutlich langweiligeren Schwester, der man Vorschläge auch ganz einfach abschlagen konnte, nicht doch leichter wäre.

»Lass uns erst einmal frühstücken, was meinst du?«, sagte er, während er mit Nachdruck an der Bedienstetenglocke zog. Bis dahin würde ihm vielleicht eine Möglichkeit einfallen, Eliza anderweitig zu beschäftigen. Denn er brauchte Schlaf, und zwar dringend.

5.

Es war nach zehn Uhr vormittags, als Rebecca sich aus dem Bett gequält hatte und zum Frühstück im Salon erschienen war. Das Coffee House war um diese Zeit bereits gut besucht, und neben dem verführerischen Duft von frisch gebrühtem Kaffee, der bis zu ihr in den ersten Stock zog, drangen auch das Klappern von Geschirr und die gedämpften Stimmen der Gäste herauf. Für gewöhnlich stand Betty sehr viel früher auf als Rebecca, gesellte sich aber gern für ein zweites Frühstück zu ihr. Besonders, wenn es frische Waffeln mit Kirschkompott gab.

Gerade eben hatte die Köchin einen vollen Teller davon zu ihnen nach oben gebracht. Sie waren außen knusprig goldbraun und innen ganz fluffig weich und warm, und allein schon bei dem feinen Geruch lief Rebecca das Wasser im Mund zusammen. Das war kein Wunder, schließlich hatte sie sich gestern das Dessert bei den Symmons gespart und war nach ihrer Unterredung mit Castledown hungrig und wütend nach Hause gefahren, um ihre Finanzen durchzurechnen. Und sich vor dem Royal Crescent mit dem Duke of Somerville zu streiten. Aber darüber wollte sie gerade nicht weiter nachdenken …

Rebecca biss in das erste Stück Waffel, auf das sie zuvor das Kompott geträufelt hatte, und genoss das kräftige Aroma der Kirschen, das sich mit einer leichten Zimtnote und der Süße der Waffeln mischte. Sie gab einen wohligen Seufzer von sich.

»Rebecca, das …«, hörte sie Bettys Stimme von hinten. Sie klang alarmiert.

Rebecca hatte ihr vorhin von dem wenig durchdachten gestrigen Grundstückskauf berichtet. Sofort hatte ihre Freundin von ihrer Waffel abgelassen und einen Blick in die Geschäftsbücher des White Lion und auf die Papiere über Rebeccas Einlagen bei den Banken geworfen. Und das, obwohl Betty alles, was mit Zahlen zu tun hatte, normalerweise mied. Rebecca bemühte sich redlich, ihrer Freundin die Grundzüge der Mathematik beizubringen. Zu Bettys Stärken würde das Rechnen trotzdem nie zählen. Sie las viel lieber. Besser gesagt verschlang sie jeden Text, der in ihre Reichweite kam, auch wenn es nur ein paar Zeilen waren. Vor einigen Wochen hatte sie sogar begonnen, selbst zu schreiben. Das durfte natürlich niemand mitbekommen, und Rebecca tat ihr den Gefallen und gab vor, nichts davon zu ahnen. Betty versteckte ihre Schreibversuche oder warf sie sofort in den Papierkorb, aber das hielt sie nicht davon ab, es weiter zu versuchen.

Wenn also selbst Betty erkannte, dass Rebecca sich finanziell übernahm und im Grunde bankrott war, sobald sie heute den Kaufvertrag für das Grundstück unterzeichnete, dann sah es wirklich nicht mehr gut aus.

Rebecca beschloss, Bettys vorwurfsvollen Blick zu ignorieren und weiter ihre Waffel zu genießen. Obwohl sie ihr plötzlich sehr viel weniger gut schmeckte als gerade eben noch.

»Wenn du heute die dreitausend Pfund bezahlst, sind deine ganzen Ersparnisse weg«, fuhr Betty fort. »Du kannst vielleicht noch nicht einmal die Lebensmittel für das White Lion …«

»Ich weiß«, unterbrach Rebecca sie. Das hatte scharf geklungen, doch im Moment hatte sie keine Lust, sich eine Moralpredigt anzuhören, auch wenn ihre Freundin recht hatte. Sie legte die Gabel beiseite, tupfte sich den Mund sauber und erhob sich.

»Du könntest zur Bank gehen«, schlug Betty vor, nahm eine der vielen Schreibfedern vom Tisch und kontrollierte anschließend die gläsernen Tintenfässchen, die daneben aufgereiht standen. Vermutlich wollte sie später wieder etwas zu Papier bringen. Heimlich, in ihrem Zimmer, versteht sich.

Rebecca schüttelte den Kopf und zog sich, die noch halb gefüllte Kaffeetasse in den Händen, auf das Sofa zurück. Auf dem Beistelltischchen daneben schob sie den Wollkorb etwas zur Seite, damit sie die Tasse samt Untertasse wieder abstellen konnte.

Wie in jedem Salon einer Dame stand natürlich auch bei Rebecca ein Korb mit Sticksachen, Wolle und verschiedenen Garnen. Hin und wieder einmal, wenn sie wirklich Lust darauf hatte, oder wenn sie dringend etwas ausbessern musste, nahm sie das eine oder andere davon zur Hand. Das war allerdings selten, und besonders die letzten vier Jahre über war der Korb eigentlich nur noch ein Staubfänger. Rebecca hatte sich den eleganten Schreibtisch ihres verstorbenen Mannes in den Salon stellen lassen, und sie nutzte die Zeit, die sie hier verbrachte, um über Bilanzen und Rechnungen zu schauen und Buch zu führen. Und ihr gefiel der Gedanke, dass ihr Salon eben nicht ein typischer Damensalon war, in dem man nichts anderes tat, als sich mit Handarbeiten und Teegesellschaften die Zeit zu vertreiben. Ihr Geschäft war Teil ihres Lebens, ein sehr wichtiger sogar, und das sollte auch in ihren Räumlichkeiten zum Ausdruck kommen.

»Die Ehefrauen und Töchter der Bankiers gehörten leider zu meinen besten Kundinnen – seitdem ich von heute auf morgen mit den Tuchverkäufen aufgehört habe, sind die nicht mehr ganz so gut auf mich zu sprechen.« Die Ladies hatten sich damals eine neue und sehr viel teurere Quelle für ihre Stoffe suchen müssen, denn natürlich wurden feine Tuche, die nicht geschmuggelt waren, besteuert. Und das nicht zu knapp. »Schon vor Wochen war ich bei zweien der Bankhäuser, um weitere Kredite aufzunehmen. Es lief nicht gut …« Rebecca schnitt eine Grimasse, die Betty sofort zum Lachen brachte. Das war eine der schönsten Seiten an ihr. Sie lachte immer und über alles und versprühte meistens gute Laune, egal wie verfahren die Situation gerade war.

»Und was, wenn du das Grundstück einfach doch nicht kaufst?«

»Ich brauche diese Wahlstimme«, beharrte Rebecca.

»Aber was ist denn mit den anderen Grundstücken hier in Somerset, an die eine solche Wahlstimme gekoppelt ist? Muss es denn ausgerechnet das von Castledown sein?«

»Muss es nicht, aber ich komme aus der Abmachung mit ihm jetzt nicht mehr heraus.«

»Wer sagt denn das?«

Rebecca warf ihrer Freundin einen anerkennenden Blick zu. »Ich sage das. Leider«, erklärte sie dann aber nachdrücklich. »Wenn ich meine Hand darauf gegeben habe, mache ich keinen Rückzieher mehr. Das geht einfach nicht.« Castledown dachte ja ohnehin schon, sie sei nicht ganz richtig im Kopf, weil sie sich auf einen so absurd hohen Preis eingelassen hatte.

Bettys Aufmerksamkeit lag längst auf dem Bücherregal an der Wand, wo sie ein weiteres Tintenfässchen entdeckt hatte, das sie zu sich holte. Zwar hatte es den Anschein, als würde sie gar nicht mehr zuhören, aber das war nicht so. Selbst wenn man meinte, dass Betty etwas ganz anderes tat oder vielleicht sogar las, bekam sie alles mit, was um sie herum gesprochen wurde.

»Vielleicht wäre es besser, du könntest nicht mit Grundstücken wild irgendwelche Wahlberechtigungen aufkaufen. Zumindest für das White Lion«, murmelte Betty und stocherte mit ihrer Schreibfeder in dem ebenfalls ausgetrockneten Tintenfässchen herum. Vermutlich hatte sie gehofft, Rebecca würde es überhören, denn sie warf ihr einen linkischen Blick zu.

»Entschuldige mal! Ich dachte, wir sind Freundinnen und *helfen* einander, statt uns Vorwürfe zu machen!« Mit einem deutlich vernehmbaren Klirren stellte Rebecca die Kaffeetasse wieder ab, aus der sie gerade hatte trinken wollen. Es war das schöne Service mit dem Goldrand und den rosafarbenen Tulpen drauf, und normalerweise ging sie sehr viel sorgsamer damit um.

»Freundinnen sind auch dafür da, sich gegenseitig vor Fehlern zu bewahren, oder nicht? Ich verstehe nicht, was du mit den Wahlstimmen eigentlich erreichen willst. Das … das ist wie eine Obsession von dir.«

»Ist es auch. Na und?«

Betty atmete gequält aus. »Meinst du nicht, du könntest dir vielleicht einen etwas … günstigeren Zeitvertreib suchen?«, schlug sie dann vor, ruhiger diesmal.

»Könnte ich, aber will ich nicht. Außerdem stehe ich so kurz vor dem Ziel.«

Es mochte schon stimmen, was Betty da sagte. Was sie gerade im Begriff war, zu tun, glich unternehmerischem Selbstmord. Sie übernahm sich heillos und gefährdete sogar das White Lion. Schuld daran war allerdings Castledown, der diesen vollkommen überhöhten Preis verlangt hatte, und nicht ihre Absicht, in die Politik zu gehen. Oder?

Rebecca fühlte sich unbehaglich und rutschte auf dem Sofa hin und her, fand aber keine bequeme Position. Also lupfte sie den Rock und zog ihre Beine kurzerhand in den Schneidersitz nach oben.

»Jetzt, da ich Castledowns Grundstück besitze, fehlt mir nur noch ein einziges weiteres, damit ich die Stimmenmehrheit in unserem Bezirk habe und meinen Wunschkandidaten ins Parlament wählen kann. Ein einziges! Vierunddreißig Grundstücke sind es insgesamt im Bezirk, mit zwölf Stimmen kann ich einen der drei aufgestellten … Betty? Hörst du mir noch zu?«

Betty starrte sie verständnislos an und begann dann voller Inbrunst den Kopf zu schütteln. »Du immer mit deinen komischen Berechnungen! Zahlen hier, Zahlen da. Ich hasse Zahlen! Und eigentlich ist mir auch egal, wie viele Stimmen der eine und wie viele Stimmen der andere braucht. Ich begreife einfach nicht, *warum* du das alles so unbedingt willst. Wenn du das Geld statt für verwahrloste Grundstücke zum Beispiel für die *Gesellschaft für das Wohl von Müttern und Kindern* ausgibst und damit Frauen hilfst, die es wirklich nötig haben, tust du doch ein viel besseres Werk. Immerhin hast du diese Vereinigung vor drei Jahren mitbegründet und sie seitdem regelmäßig mit Spenden unterstützt. Ich habe es in deinen Geschäftsbüchern gelesen.«

»Vielleicht hätte ich dir doch keine Mathematik beibringen sollen …«, murmelte Rebecca. Ihre Mundwinkel zuckten, sie wurde aber gleich wieder ernst. »Einfach nur Geld da drauf zu werfen, wo der Haufen gerade am meisten stinkt, ist doch viel zu kurz gedacht«, erklärte sie. »Wir müssen eben in diesem Land die Gesetze ändern. Ich habe es mit eigenen Augen gesehen, Betty. Vor vier Jahren in den Houses of Parliament. Ich war dabei, als Hunderte Männer abgestimmt haben, wie die Zukunft unseres Landes aussehen wird. Wie die Zukunft von so vielen Menschen aussehen wird!«

Gemeinsam mit ihrem Ehemann hatten sie als Besucher auf dem Dachboden der St. Stephen's Chapel in den Houses of Parliament gesessen und die Sitzung verfolgt. Das war der einzige Platz im Unterhaus, an dem auch Frauen erlaubt waren. Jedenfalls hatte der Prime Minister dort seine Brandrede für die Abschaffung der Sklaverei gehalten. Damals hatte Rebecca gemeint, die Politik regelrecht spüren zu können. Sie war von der erhabenen, aufgeladenen Stimmung der Abgeordneten, die lautstark und vehement diskutiert hatten, wie elektrisiert gewesen. Ihr war klar geworden, dass hier im Parlament täglich Probleme verhandelt und gelöst wurden, die sie alle betrafen. Sie hatte sich von dem Nervenkitzel und der Aufregung anstecken lassen, die über der gesamten Versammlung gelegen hatte, und vor Pitt, dem brillanten Redner, Ehrfurcht empfunden.

Selten hatte sie etwas oder jemand so beeindruckt. Und einen kurzen Augenblick lang hatte sie die Macht und die Möglichkeiten erkannt, die Politik wirklich darstellte.

Keine zwei Wochen später hatte sie ihren Mann in dem furchtbaren Brand im White Lion verloren.

Die Zeit danach war schwer gewesen, denn sie hatte all ihre Lebensfreunde verloren und überhaupt keinen Sinn darin gesehen, warum sie überlebt hatte, ihr Mann aber nicht. Und dann hatte sie in einer der vielen durchwachten Nächte den Entschluss gefasst, etwas Neues zu wagen. Etwas, wofür es sich zu kämpfen lohnte und wodurch sie auch das Vermächtnis ihres Mannes bewahren konnte. Ihr Ehemann Robert hatte selbst drei Burgages besessen und die damit verbundenen Wahlstimmen auch genutzt. Rebecca hatte diese geerbt und würde nun das weiterführen, was seine Leidenschaft gewesen war und was er auch an sie hatte weitergeben können: sein Interesse und Engagement für die Politik. Schon drei Tage später hatte sie das erste Grundstück gekauft.

Natürlich gab es Grenzen für das, was sie als Frau in der Politik erreichen konnte. Politisch ambitionierte Frauen waren eher im Hintergrund tätig, denn Abgeordnete im Parlament würden sie niemals werden können. Oftmals organisierten sie die Wahlkämpfe der Kandidaten und stellten deren finanzielle Unterstützung sicher. Zudem waren sie exzellent vernetzt, luden zu Empfängen ein und arrangierten Treffen zwischen Abgeordneten und einflussreichen Persönlichkeiten. Und es gab eine Reihe an Frauen, die ihre eigenen politischen Interessen direkt durch den Abgeordneten, der für ihr Stück Land im Parlament saß, vertreten ließen.

Genau das wollte Rebecca auch tun.

»Weißt du, was wir alles bewirken könnten, wenn wir einen Mann im Parlament hätten, der in unserem Sinne abstimmt?«, fragte sie.

»Es gibt Hunderte Abgeordnete, Rebecca. Was kann da eine Stimme ausmachen?«

»Darum geht es doch nicht. Wir brauchen jemanden, der Gesetzesentwürfe einreicht, immer und immer wieder. Jemanden, der in den Ausschüssen und Abstimmungen für unsere Rechte kämpft, deine und meine, und für all diejenigen, die keine Stimme haben. Wir sind nicht so machtlos und unbedeutend, wie wir immer denken. Wir haben Möglichkeiten, wir müssen sie eben nur ergreifen.«

»Wenn du ruiniert bist, wirst du gar nichts mehr ergreifen.«

»Du redest schon wie der alte Symmons«, beschwerte sich Rebecca.

»Irgendjemand muss hier doch vernünftig sein.« Betty hatte offenbar ihre Suche nach einem vollen Tintenfässchen aufgegeben und blätterte in dem Stapel Zeitungen, der jeden Morgen ins White Lion geliefert wurde. Sicherlich brauchte sie neuen Lesestoff.

»Wenn wir beide vernünftig wären, säßen wir jetzt nicht hier«, entgegnete Rebecca. »Du wärst schon längst mit irgendeinem Bauern im Dartmoor verheiratet und würdest jeden Tag auf dem Feld deinen Lebensunterhalt und den deiner Familie verdienen. Und ich hätte inzwischen einen der vielen Gentlemen geehelicht, die mir die letzten vier Jahre über einen Antrag gemacht haben.«

Statt einer Antwort klemmte Betty sich zwei Zeitungen unter den Arm. Eine Falte hatte sich zwischen ihren Augenbrauen gebildet, und ein Weilchen starrte sie nachdenklich auf den Fußboden. Aber noch bevor sie antworten konnte, klopfte es an der Salontür und Renata, ihr Dienstmädchen, steckte den Kopf zur Tür herein. »Madam? Mr. Symmons ist hier.«

»Sehr gut, bitten Sie ihn doch herauf!«

6.

Es war warm. Ungewöhnlich warm für einen Apriltag, denn der Himmel war wolkenlos und erlaubte der Sonne, ihre ganze Kraft zu entfalten.

Rebecca beobachtete Betty ein Weilchen dabei, wie sie mit der Schuhspitze in der bröckeligen Erde zwischen zwei Grasbüscheln herumstocherte. Dann hob sie den Blick, kniff ein Auge vor der grellen Sonne zusammen und sah sich um.

Sie waren in Walcott, einem verschlafenen Nest eine Stunde südlich von Bath, wenn man eine Kutsche nahm. Der Ort hatte schon bessere Zeiten gesehen, denn er bestand lediglich aus einigen zusammengedrängten grauen Bauernhäusern aus Stein und zwei verkommenen Stallgebäuden. Und dann gab es noch das alte, verfallene Gefängnisgebäude von Walcott, dessen halb eingestürzter Turm alles in der Umgebung überragte.

»Und das soll der Flecken sein?«, vergewisserte sich Betty und blinzelte in Richtung des Gefängnisses.

»Das habe ich zumindest gehört.«

»Was heißt das denn genau, *gehört*?«

Rebecca zuckte arglos mit den Schultern. Es war besser, wenn Betty nicht alles wusste. Als Symmons bei ihnen im White Lion aufgetaucht war, hatte sie den Salon vorsorglich verlassen. Vermutlich, um nicht dabei zu sein, wie Rebecca ihren eigenen Untergang besiegelte. Irgend so etwas hatte Betty jedenfalls gemurmelt, als sie sich in Richtung ihres Zimmers verzogen hatte.

Symmons hatte ihr den von Castledown bereits unterschriebenen Kaufvertrag unterbreitet und ihr ebenfalls erklärt, dass es vollkommen hirnrissig war, eine solch gigantische Summe für dieses Stück Land zu zahlen. Rebecca hatte sich trotzdem nicht umstimmen lassen.

Ganz besonders nicht nach ihrem Zusammenstoß mit dem Duke. Mehr denn je wollte sie jetzt beweisen, dass sie es schaffte. Aus eigener Kraft und ohne einen männlichen Beschützer oder Gönner an ihrer Seite.

Sie würde sich durchsetzen und ihr Ziel erreichen, und das tat man nun mal nicht, indem man zauderte, sondern indem man Entscheidungen traf und diese mit allen Konsequenzen durchzog.

Nachdem sie Symmons angewiesen hatte, sich bei ihrer Bank um die Zahlung zu kümmern, und er bereits im Begriff gewesen war, sich zu verabschieden, hatte sie ihn noch einmal am Ärmel festgehalten und einfach nur angesehen. Mehr war auch gar nicht nötig gewesen, denn Symmons wusste genau, was sie von ihm wollte. Ihr fehlte ein weiteres Grundstück. Ein einziges Burgage mit Wahlrecht bräuchte sie noch, damit sie in ihrem Bezirk die Stimmenmehrheit besaß und ihren Kandidaten ins Unterhaus einziehen lassen konnte.

Zwar war sie auch alleine in der Lage, herauszufinden, welche Grundstücke dafür infrage kamen, allerdings wusste sie nicht, wie es um die jeweiligen Verkaufschancen stand. Viele der Burgages waren nämlich seit Jahrzehnten, vielleicht sogar Jahrhunderten im Besitz der lokalen Elite, die es als ihre Aufgabe und ihr Vermächtnis ansah, von ihrem Stimmrecht Gebrauch zu machen. Einige dieser Familien stellten sogar Abgeordnete für das Parlament. In diesen Fällen war es sinnlos, ein Kaufangebot zu machen, denn die Eigentümer würden das Stück Land niemals aufgeben.

Aber da gab es noch die anderen. Diejenigen, die dringend Geld brauchten, die kein Interesse an der Politik hegten oder aus irgendwelchen anderen unerfindlichen Gründen nicht allzu sehr an den Grundstücken hingen.

Das Gefängnis von Walcott, hatte Symmons mit einem resignierten Seufzer gesagt und sich verabschiedet, bevor sie weitere Details hatte erfragen können.

Schon am frühen Nachmittag hatten sie in der Kutsche dorthin gesessen.

»Und was machen wir jetzt?« Betty warf einen flüchtigen Blick über die Schulter und vergewisserte sich, dass ihre Mietkutsche dort im Schatten einiger kahler Krüppeleichen noch dastand. Als hätte sie Angst, an diesem verlassenen Flecken zurückgelassen zu werden.

Rebecca räusperte sich. Auch sie fühlte sich nicht unbedingt wohl hier. Wieder sah sie zu den Wohngebäuden, denn sie hatte den Eindruck, dass sie beobachtet wurden. »Wir fragen jemanden. Ganz einfach.« Mit der Linken raffte sie ihren Rock, umklammerte mit der Rechten ihren Sonnenschirm fester und schritt voran in Richtung der Häuser. Vermutlich war es eine dumme Idee gewesen, den Schirm mitzunehmen, obwohl er sie einigermaßen vor der Hitze und den Sonnenstrahlen schützte. Ohnehin war ihr Hautton etwas dunkler als bei vielen anderen englischen Frauen – das Erbe ihrer spanischen Mutter –, und bereits nach kurzer Zeit in der Sonne zierten ihre Nase kleine, dunkle Sommersprossen. Um jeden Preis wollte Rebecca sie vermeiden, schließlich galten sie als unschicklich und grob. Leider war ein Sonnenschirm jedoch auch ein Zeichen von Reichtum und Wohlstand, was die Bauern hier in Walcott sicherlich nicht besonders wohlwollend aufnehmen würden.

Und irgendwie hatte Rebecca den Eindruck, dass Betty gerade ganz ähnliche Gedanken durch den Kopf gingen.

Inzwischen hatte sie zu Rebecca aufgeschlossen und lief mit einem ungewohnt grimmigen Zug um die Mundwinkel neben ihr her. Das war seltsam, weil sie doch auf dem Land aufgewachsen war und erst seit knapp einem Jahr in Bath lebte.

Vielleicht hatte sie das Gefühl, nicht mehr dazuzugehören, überlegte Rebecca. Oder dass sie durch ihr neues Leben als Rebeccas Gesellschafterin und rechte Hand ihre wahre Herkunft verraten hatte. Erst zweimal hatte Betty bisher ihre Eltern auf deren Bauernhof bei Lydford besucht, und sie war immer auffallend schweigsam zurückgekommen. Vielleicht war ihr Aufenthalt nicht so verlaufen, wie sie gehofft hatte. Vermutlich hatten ihre Eltern verlangt, dass sie zurückkehrte und sich in das Leben einfügte, das eigentlich für sie vorgesehen gewesen war. Aber offenbar konnte oder wollte Betty es nicht mehr. Das freute Rebecca natürlich, weil sie ihre Freundin gern an der Seite hatte und sie ihr bei der Führung des Gasthauses unglaublich viel half. Besonders jetzt, da sie mit so vielen anderen Dingen beschäftigt war, die sich um die Parlamentswahlen drehten. Auf jeden Fall konnte sie Betty ansehen, dass sie schnellstmöglich wieder von hier wegwollte.

Mittlerweile waren sie bei den Häusern angekommen, die von Steinzäunen eingefriedet waren. Entschlossen lief

Rebecca den schmalen Feldweg bis zur Eingangstür entlang und klopfte, woraufhin die rissige gelbe Farbe unter ihren Fingerknöcheln abblätterte.

Es dauert eine Weile, bis jemand öffnete.

»Mylady«, begrüßte sie ein Mann, sichtlich überrascht. Er hatte kurze Haare und einen Schnauzbart, beides war ergraut. Seine beige Kniebundhose und die Weste waren ausgebeult, und darunter kam ein fleckiges Hemd zum Vorschein. Es stand so weit offen, dass sogar seine Brustbehaarung zu sehen war. Außerdem war er Franzose, denn auch wenn er ein englisches Wort benutzt hatte, verriet ihn seine Aussprache.

»Mein Name ist Mrs. Rebecca Seagrave, ich bin die Wirtin des White Lion in Bath.« Kurz pausierte sie, wartete auf eine Reaktion ihres Gegenübers, und als nichts kam, fuhr sie fort: »Ich habe gehört, es gibt hier ein Burgage in der Gegend. Das alte Gefängnis. Sagt Ihnen das was?«

Der Mann schüttelte verständnislos den Kopf, und sein Blick flackerte zu Betty, die sich im Hintergrund hielt.

»*Élection parlementaire.* Ein Grundstück mit Wahlrecht«, konkretisierte sie.

Schließlich deutete der Mann in Richtung des Gefängnisses. »Ja, hier drüben. Fragen Sie nach Mr. Bratton. Er lebt in dem Haus, das dort angrenzt.«

»Besten Dank.« Rebecca nickte dem Mann zu und war schon beinahe bei der Gartentür, als er sagte: »Aber ihm gehört das Grundstück mit dem Wahlrecht nicht. Er wohnt dort nur«, konkretisierte er und deutete mit dem Daumen über die Schulter.

Rebecca blieb stehen. »Wem gehört es denn dann?«

Der Mann machte eine linkische Kopfbewegung. »Dem Duke.«

Rebecca konnte spüren, wie ihr alles Blut aus dem Gesicht wich.

»Welchem Duke?« Ihre Stimme hörte sich etwas zu hoch und dünn an, und die Frage war auch wirklich dämlich. Sie wusste genau, um welchen Duke es sich handelte. Es gab in dieser Gegend nämlich nur einen, der Land besaß. Sie wollte es bloß nicht wahrhaben.

»Das Grundstück gehört den Langfords. Dem Duke of Somerville.«

Kurz schloss Rebecca die Augen und schluckte den bitteren Geschmack herunter, der ihr plötzlich auf der Zunge lag. Als sie die Augen wieder öffnete, bemerkte sie Bettys seltsamen Blick. Rebecca kommentierte ihn nicht. Sie verabschiedete sich mit einem Winken von dem Mann, und auch ihre Begleiterin bedankte sich für das kurze Gespräch. »Los, Betty, wir kehren nach Bath zurück. Hier können wir nichts mehr ausrichten.«

Rumpelnd fuhr die Kutsche an, und geraume Zeit sagte keiner von ihnen etwas. Immer wieder warf Betty ihr Blicke zu, fragende Blicke, die Rebecca ignorierte und stattdessen aus dem Fenster schaute. Sie beobachtete die Frühlingslandschaft, die an ihnen vorbeizog, spielte mit der Borte des Sonnenschirms, der ihr quer über dem Schoß lag, und hüllte sich in Schweigen.

Am Horizont konnten sie einige Reiter ausmachen. Rebecca kniff die Augen zusammen, um genauer sehen zu können. Es mussten ein Mann und eine Frau sein, die im Galopp über einen Weg ritten und sich irgendetwas zuriefen. Es sah ein wenig so aus, als lieferten sie sich ein Wettrennen. Rebecca bildete sich sogar ein, einen blonden Haarschopf erkennen zu können, der im Sonnenlicht weithin sichtbar leuchtete und erstaunliche Ähnlichkeit mit dem von Somerville hatte.

Sofort schüttelte sie den Kopf. Sie bildete sich etwas ein. Das Antlitz dieses Mannes verfolgte sie wie ein Schatten. Sogar im Schlaf, in den frühen Morgenstunden, war der Duke ihr heute erschienen. Er hatte sie wieder so angesehen, mit seinem funkelnden, anzüglichen Blick, sich über sie gebeugt und ihr etwas ins Ohr geflüstert, und ihr war im Traum ganz warm geworden. Vielleicht auch in Wirklichkeit, denn als sie erwacht war, mit hämmerndem Herzen und einem ungewohnten Pochen zwischen den Beinen, war sie ganz verschwitzt gewesen.

»Ausgerechnet der Duke!«, entfuhr es ihr leise, was Betty natürlich nicht entgangen war. Sie hatte doch die ganze Zeit nur darauf gewartet, dass Rebecca sich endlich erklärte.

»Wie meintest du?«, hakte sie nach.

»Hätte es nicht irgendjemand anderes sein können, der dieses Grundstück besitzt?«, fuhr Rebecca auf.

Betty schien nicht im Geringsten überrascht von ihrem Ausbruch. Sie legte den Kopf schräg und fragte mit schleppender Stimme: »Was mag es wohl sein, das dich so sehr gegen den Duke aufbringt?«

Das hatte jetzt schon richtiggehend argwöhnisch geklungen, und einen Moment lang überlegte Rebecca, ob

Betty heute früh vielleicht bereits wach gewesen war und mitbekommen hatte, dass Somerville sie nach Hause begleitet hatte. Immerhin ging ihr Zimmerfenster hinaus zur Straße.

»Letztes Jahr hatte er mir einen recht vernünftigen Eindruck gemacht«, fügte Betty an.

»Letztes Jahr, genau.«

»Aber?«

»Aber seitdem gab es eben … einen Zwischenfall.«

Betty fixierte sie. Offenbar ahnte sie doch noch nichts.

Rebecca fühlte sich nun gezwungen, weiterzuerzählen. »Letzte Nacht, um genau zu sein.«

In Bettys Augen schlich sich Unglauben.

»Ich konnte nicht schlafen und war spazieren, und da bin ich ihm zufällig über den Weg gelaufen …«

Ihre Begleiterin schlug sich die Hand vor den Mund. »Ihr habt doch wohl nicht …«

»Betty! Was denkst du denn?«

Vermutlich wäre Bettys Verdacht noch nicht einmal so weit hergeholt, wenn es nach dem Duke gegangen wäre.

»Er hat darauf bestanden, mich nach Hause zu eskortieren, und dabei sind wir in einen Streit geraten.« Sie machte eine kurze Pause und zog eine schmerzvolle Grimasse. »Ich habe ihn beschimpft und beleidigt, um genau zu sein.«

Ihr Blick heftete sich auf Betty, und fast schon ängstlich wartete sie auf die Reaktion ihrer Gesellschafterin. Die aber blieb ungerührt.

»Hm«, machte Betty nur. »Das war dumm.«

»Ich konnte ja nicht wissen, dass ausgerechnet *dieser Mann* genau das Burgage besitzt, das ich kaufen möchte«, verteidigte sich Rebecca und fächelte sich mit der flachen Hand Luft zu. Schon wieder war ihr warm geworden.

»Konntest du nicht, aber einen Duke zu beschimpfen ist vermutlich niemals eine gute Idee.«

»Er war dreist!«

»Das hält dich doch auch sonst nicht davon ab, ruhig zu bleiben und die Situation zu meistern. Im White Lion erntest du oft unpassende Bemerkungen. Das war noch nie ein Problem für dich.«

Das stimmte. Warum hatte sie sich überhaupt derart provozieren lassen? Das war unnötig und dumm von ihr gewesen, Betty hatte vollkommen recht. Außerdem – wenn sie sich zu solch unbedachten Reaktionen hinreißen ließ, hatte sie in der Politik wirklich nichts verloren, dann würde sich Somervilles Vorwurf sogar bewahrheiten.

Politischen Einfluss werden Sie ohne einen Ehemann an Ihrer Seite niemals bekommen, klangen seine Worte in ihr nach.

Und ob sie das würde.

Sie musste ihm einen Brief schreiben. Einen vernünftigen Brief, in dem sie sich für ihr Betragen entschuldigen und ihm ein Angebot für das verfallene Gefängnis machen würde. Zwar konnte das bei Weitem nicht mehr so großzügig sein, wie sie es Castledown unterbreitet hatte, aber vielleicht würde es ja dennoch ausreichen.

Noch bevor sie in Richtung Walcott aufgebrochen waren, hatte Rebecca einer Geldverleiherin einen Besuch abgestattet. Wenn Damen der Oberschicht verwitwet und vermögend waren, gingen sie kaum jemals einer Beschäftigung nach. Was sie aber des Öfteren taten, war, Kredite zu vergeben und Investitionen zu tätigen, um so ihr Vermögen auf vornehme Art und Weise zu vermehren. Mrs. Timsbury war genau wie Rebecca Mitglied in der *Gesellschaft für das Wohl von Müttern und Kindern*. Umso schwerer war es ihr gefallen, die Frau um Geld zu bitten. Zwar hatte die Dame ihr einen kurzzeitigen Kredit eingeräumt, jedoch zu den üblichen, horrenden Zinsen, die man selbst von Freunden und guten Bekannten verlangte. Rebecca war sogar versucht gewesen, ihre Bitte wieder zurückzuziehen. Allerdings würde sie das Geld dringend brauchen, um das White Lion am Laufen zu halten. Und um das weitere Grundstück zu kaufen. So wie sie Somerville einschätzte, würde der seine Korrespondenzen ja ohnehin nicht selbst abarbeiten, sondern seine ganzen lästigen Geschäfte an einen Verwalter abgeben. Wer immer das war, mit diesem Mann ließ sich doch mit Sicherheit reden. Sie würde das Grundstück kaufen, Somerville würde es nicht einmal mitbekommen, und alles wäre in bester Ordnung.

Wichtig war vor allem, dass sie den Duke nicht mehr persönlich traf. Irgendetwas schien er an sich zu haben, das sie … verunsicherte. Heute am frühen Morgen war sie gar nicht sie selbst gewesen.

Das würde ihr nicht noch einmal passieren, und diese letzte Hürde mit dem fehlenden Grundstück würde sie auch noch nehmen.

Nichts und niemand konnte sie davon abhalten, ihr Ziel zu erreichen. Auch kein charmanter Duke, der mit

Zweideutigkeiten um sich warf und den Frauen den Kopf verdrehte. Ganz besonders der nicht.

7.

Lady Rosalind Langford, Dowager Duchess of Somerville, war eine beeindruckende Erscheinung. Für eine Frau war sie groß gewachsen, aber dennoch feingliedrig, und sie umgab diese natürliche Eleganz und Raffinesse, die jeden unweigerlich in ihren Bann zog.

Zweifellos hatte sie vom Salon im ersten Stock aus Henry und Eliza über die Wiesen nach Willow Hall reiten gesehen und sich deshalb in der Eingangshalle platziert – man konnte sie praktisch nicht übersehen.

Gerade eben hatten die Geschwister die Pferde dem Stallmeister übergeben und durch das Hauptportal die Eingangshalle betreten. Als sie ihre Mutter am Ende des Flurs entdeckten, verabschiedete Eliza sich umgehend. »Entschuldige, ich muss mich frisch machen«, flüsterte sie, winkte der Dowager Duchess vom Ende des Ganges zu, raffte ihr Kleid und erklomm mit schnellen, polternden Schritten die Treppen, Frederick im Schlepptau. Henry konnte es ihr nicht verdenken, denn Lady Rosalinds Miene drückte ganz eindeutig Missbilligung aus. Und während der Blick der Dowager Duchess ihrer Tochter nach oben folgte, schien sich dies nur noch zu verstärken. Die Tür zu

Elizas Zimmer schlug zu, Lady Rosalind spitzte die Lippen ein wenig und sah nun Henry entgegen. Erwartungsvoll. Henry räusperte sich und kam gemessenen Schrittes näher.

Eigentlich war Rosalind ja ein Name, der zaghaft und lieblich klang. Nach einer scheuen Blume, die sich im Wind beugte und bei Regenwetter und Kälte sofort ihre Blüte schloss.

Diese Vorstellung konnte nicht unpassender sein für seine Mutter, fand Henry.

Die Dowager Duchess war resolut, zielstrebig und äußerst durchsetzungsfähig. Sie hatte immer diesen besonderen, wissenden Glanz in den Augen, wenn sie sich mit jemandem unterhielt. Er machte deutlich, dass sie ganz genau zuhörte und ihr keine Regung ihres Gegenübers entging. Sie interpretierte, kalkulierte, und im Geiste war sie dem Gespräch vermutlich schon drei Schritte voraus. Manchmal hatte man sogar den Eindruck, sie beeinflusste die Unterhaltung so subtil, dass genau das Ergebnis dabei herauskam, das sie sich wünschte. Dabei war sie sehr wohl auch in der Lage, zaghaft und lieblich zu wirken – allerdings tat sie das immer bewusst und zu einem bestimmten Zweck.

Heute waren ihre brünetten Locken, in die sich die ein oder andere graue Strähne gestohlen hatte, zu einer voluminösen Frisur aufgetürmt. Ein schwarzes Spitzentuch, das darauf festgesteckt war, vollendete das Kunstwerk. Sie trug eine dunkelgrüne Seidenrobe mit langen Ärmeln und ein dazu passendes Brusttuch, ebenfalls aus schwarzer

Spitze. Noch immer sah sie beeindruckend und schön aus, fand Henry, obwohl sie beinahe fünfzig war.

Wie die meisten aristokratischen Ladies mittleren Alters legte sie Wert auf Etikette. Henry hatte sogar das Gefühl, dass die ungeschriebenen Regeln, die seit so vielen Jahrzehnten das Leben der Dowager Duchess vorgegeben hatten, inzwischen Teil ihrer Identität geworden waren und sie sie deshalb immer unnachgiebiger einforderte. Oder es fiel ihm jetzt erst so richtig auf, da er selbst Duke geworden war. Allein aufgrund seiner Stellung war er nämlich nun in der Lage, sich ebendieser Etikette zu widersetzen – und das tat er ganz bewusst und wann immer sich die Gelegenheit dazu ergab.

Einfach nur, weil er es konnte. Und weil Henry in vielen Aspekten dieser ungeschriebenen Verhaltensregeln weniger einen moralischen Leitfaden, sondern vielmehr eine Beschränkung seiner Freiheiten sah.

In jedem Falle war es vorschnell gewesen, davon auszugehen, dass es sich bei diesem Dinner um eine informelle Zusammenkunft handelte, wie Eliza ihm beim Frühstück glaubhaft versichert hatte. Natürlich tat es das nicht, schließlich hatte *seine Mutter* dazu eingeladen. In seiner Reitkleidung, mit schlammbespritzten Stiefeln, dem leichten Pferdegeruch, der ihn umgab, und ohne seine Perücke kam er sich gerade im Moment ziemlich fehl am Platze vor.

So gern er nämlich gegen Regeln verstieß und auffiel – die wahre Herrin des Hauses, diejenige, die auf Willow Hall die Entscheidungen traf, blieb die Dowager Duchess.

»Mutter.« Henry hauchte ihr einen Kuss auf die Wange, und ein seliges Lächeln legte sich auf ihr Gesicht. So wie jedes Mal, wenn sie Henry sah.

»Du siehst müde aus, mein Sohn.« Ein leichter Tadel hatte sich in ihre Augen geschlichen, als sie Henrys Blick weiterhin festhielt.

»Eliza und ich sind den ganzen Tag ausgeritten, das hat mich doch ein wenig …«

»Hm«, machte sie, und Henry konnte sich die Mühe sparen, seine Ausflüchte weiter auszuführen. Sie wusste ohnehin, warum er so erschöpft aussah, und hatte es nur nicht lassen können, ihn dezent darauf hinzuweisen. Wie sie es eben so machte, seine Mutter. Mittlerweile waren sie in die Bibliothek spaziert, in der Henrys zweitjüngste Schwester Jane saß und las. Nichts hatte sich hier verändert. In der Mitte des Raumes standen auf riesigen, aus Persien importierten Teppichen zwei Sofas einander gegenüber, die mit dunkelgrünem Brokat bespannt waren. Vor den beinahe deckenhohen Fenstern befand sich die beachtliche Sammlung von Grünpflanzen, die seiner Mutter gehörte. In den vergoldeten Übertöpfen kamen sie ganz besonders schön zur Geltung. Die Wände waren allesamt mit fein säuberlich eingeräumten Bücherregalen gesäumt. Henry hatte seine Mühe gehabt, nach dem Maskenball das beschädigte Regal ausbessern zu lassen, ohne dass seine Mutter es bemerkte. Denn während der Auseinandersetzung zwischen Wilkinson und seinem Widersacher war ein Schuss gefallen. Gott sei Dank hatte die Kugel keinen der Anwesenden erwischt, sondern sich in das Regal gebohrt. Seine Vertuschungsversuche waren ihm offenbar gelungen, denn bisher hatte die Dowager Duchess ihn noch nicht drauf angesprochen. Und auch nicht, dass eines ihrer Lieblingsbücher, eine alte Ausgabe von Shakespeares *Ein Sommernachtstraum*, plötzlich verschwunden war. Die Kugel hatte es nämlich zerfetzt, und Henry hatte es zur Sicherheit versteckt. Bis heute war er nicht dazu gekommen, es mit einer möglichst ähnlich aussehenden Ausgabe zu ersetzen.

Jane sah von ihrem Buch auf und begann breit zu grinsen, als sie ihren großen Bruder bemerkte. Statt einer überschwänglichen Umarmung, wie sie es noch vor wenigen Jahren getan hätte, erhob sie sich langsam und legte ihm zur Begrüßung nur die Hand leicht auf den Unterarm. Höflich und zurückhaltend, ganz wie es einer vornehmen jungen Dame gebührte. Die Bestrebungen der Dowager Duchess, ihre Kinder gut zu erziehen, schienen zumindest bei ihrer mittleren Tochter zu fruchten.

Jane trug eines dieser modernen, gerade geschnittenen Seidenkleider mit einer hohen Taille und dazu elegante weiße Seidenhandschuhe, die ihr bis über die Ellenbogen reichten. Henry musterte sie eingehend und nickte ihr dann anerkennend zu, was ihr ein kleines stolzes Lächeln entlockte. Letztes Jahr hatte sie ihr Debüt in London gegeben und war vor Queen Charlotte präsentiert worden, und auf den anschließenden Bällen der Londoner Saison hatte Jane sofort zahlreiche Verehrer gehabt.

Auch sie hatte volles blondes Haar, allerdings mit einem leichten Rotstich. Ein Umstand, den sie aus ganzem Herzen verabscheute. So sehr, dass sie vor einigen Jahren mit

Bleichmittel versucht hatte, ihre Haare aufzuhellen – was lediglich zu einem seltsamen Gelbton und einigen Wochen Hausarrest geführt hatte.

Argwöhnisch musterte Jane Henrys zerzauste Frisur, und er versuchte, sich mit der flachen Hand seine leicht gewellte, kurze Mähne glatt zu streichen. Ohne Spiegel ein hoffnungsloses Unterfangen.

»Über dein Erscheinungsbild hättest du dir womöglich etwas früher Gedanken machen können, Henry«, kommentierte Lady Rosalind seine Bemühungen.

»Aber das ist doch jetzt in Mode, Mama. Ohne Perücke und mit kurz geschnittenen Haaren, ich habe darüber gelesen«, verteidigte Jane ihren Bruder. Ein halbherziger Versuch, denn sie schaffte es dabei nicht, das spöttische Funkeln aus ihren Augen zu verbannen.

»Nur dass Henry seine Haare nicht so trägt, weil es in Mode ist, sondern weil er den halben Tag mit Eliza durch die Gegend geritten ist, habe ich recht?«

Henry rieb sich mit der Hand über den Nacken und suchte noch nach den passenden Worten zu seiner Entschuldigung, aber das fröhliche Geplapper von Eliza und Amelia drang vom Flur her zu ihnen, gefolgt von Fredericks Hecheln, und ersparte ihm eine Antwort.

Außerdem öffneten sich die Flügeltüren auf der anderen Seite der Bibliothek. Mit unbewegter Miene trat ein Butler ein und bat die Dowager Duchess, im Dining Room Platz zu nehmen, da der erste Gang des Abendessens gleich serviert werde. Neben dem Breakfast Room, mehreren Salons, einer Bibliothek, einem Ballsaal, einem Musikraum und mehr Schlafzimmern, als man an zwei Händen abzählen konnte, gab es auf Willow Hall auch einen eigenen Raum, in dem die Familie zu Abend aß. Er war in einem warmen Korallenton gestrichen, von den Wänden blickten mehrere Vorfahren – die Dukes und Duchesses of Somerville – mit gewohnt blasiertem Ausdruck und starrem Blick von ihren Ölporträts herab, und erst vor wenigen Jahren hatte ihre Mutter den gesamten Raum von Chippendale neu möblieren lassen. Ein langer Mahagonitisch und passende gepolsterte Stühle im chinesischen Stil wurden von zwei Anrichten zu beiden Seiten des Raumes ergänzt. In einem Kamin prasselte leise ein Feuer, und an den Wänden waren alle Kerzenleuchter angesteckt.

Es war schön, mit seinen Geschwistern und seiner Mutter wieder hier zu sein, fand Henry, hatte aber keine Zeit, seinen Gedanken weiter auszuführen, denn die Vorspeise wurde aufgetragen. Eine leichte Artischockensuppe, die schon nach dem ersten Löffel half, Henrys rumorenden Magen zu beruhigen. Gleich nach dem Frühstück war er mit Eliza aufgebrochen, und Frederick war auch mitgekommen, der in einer eigens angefertigten Schale stets vor Henry auf dem Sattel Platz fand. Sie waren über die Wiesen und Wege südlich von Bath geritten und hatten einigen Pächtern und Dörfern, die den Somervilles unterstanden, Besuche abgestattet. Die viele frische Luft und der Wind hatten Henry trotz seiner Müdigkeit belebt und ihn vor allem hungrig gemacht.

Der zweite Gang bestand aus Makrele mit Fenchel, und der leichte Duft von Fisch und Minze zog durch den Raum, als die beiden Butler das Gericht servierten. Henry unterhielt sich mit seinen Schwestern und seiner Mutter über Neuigkeiten aus Bath und den Ländereien, und das Gespräch plätscherte dahin, ohne in unangenehme oder gar gefährliche Fahrwasser zu geraten. Ein leichtes Nicken der Dowager Duchess war das Zeichen, dass sie mit dem Essen beginnen konnten.

Das taten auch alle, bis auf Eliza. Die starrte auf ihren Teller und begann dann mit ihrer Gabel, die Fenchelstückchen von ihrem Fisch an den Rand des Tellers zu sortieren. Natürlich entging das Lady Rosalind nicht. Die Gabel auf halbem Wege zum Mund hielt sie inne und sah ihre Tochter einfach nur an.

»Was denn, wir sind doch unter uns?«, verteidigte die sich und erwiderte trotzig den durchdringenden Blick ihrer Mutter.

»Das tut nichts zur Sache«, antwortete die Dowager Duchess. »Dein Verhalten ist kindisch.«

Henry musste sich ein Grinsen verkneifen, Jane tupfte sich etwas zu ausführlich die Lippen sauber, und selbst Amelia beugte sich so weit über ihren Teller, dass man ihr Gesicht nicht mehr genau erkennen konnte. Eliza zuckte mit den Schultern und klaubte in aller Seelenruhe weiter in ihrem Essen herum.

»Nimm dir ein Beispiel an deiner Schwester Jane. Sie ist drei Jahre jünger als du und besitzt bereits vollendete Manieren.«

Alle sahen nun Jane an, die auffällig schnell ihre Hand, in der sie eine Gabel hielt, wieder auf dem Tisch ablegte. Die argwöhnische Stille, die sich über sie legte, wurde von einem lauten Schmatzen durchbrochen, das von unter dem Tisch zu ihnen drang.

»Hast du schon wieder den Hund gefüttert? Vom Tisch?«, fragte ihre Mutter, und sie klang regelrecht aufgebracht.

»Aber er ist auch hungrig«, verteidigte sich Jane.

»Er ist vor allem zu dick«, warf Eliza ein, hob die Tischdecke an und warf einen Blick darunter, was Frederick prompt mit einem auffordernden Fiepen beantwortete.

Die Dowager Duchess atmete hörbar aus und nahm einen tiefen Zug aus ihrem kristallenen Rotweinglas, aber als das erwartungsvolle Klopfen von Fredericks Rute auf dem Boden zu hören war, konnte auch sie nicht anders und musste schmunzeln.

Seit ihr Vater nicht mehr unter ihnen weilte, waren die Familiendinners so viel angenehmer geworden. Sie waren locker und unterhaltsam, und auch wenn ihre Mutter es sich die letzten Jahre über zur Aufgabe gemacht hatte, ihre Kinder wegen ihrer fehlenden Manieren zurechtzuweisen, schaffte sie es doch immer, ihren Humor dabei nicht zu verlieren. Und, so vermutete Henry, heimlich genoss sie sogar das Chaos, das unweigerlich ausbrach, wenn alle vier Geschwister gemeinsam am Tisch saßen. Selbst jetzt noch, obwohl sie doch alle schon erwachsen waren. Amelia, das Nesthäkchen, war zwar letzten Winter erst neunzehn geworden und deshalb noch nicht volljährig, aber das spielte keine Rolle. Heitere Stimmung und offene Gespräche hatte es bei Abendessen mit ihrem Vater nicht gegeben.

Oft war es so leise gewesen, dass man das Ticken der Wanduhr und das Kauen der Anwesenden hatte hören können. Unterhaltungen waren stets gezwungen gewesen und angetrieben von einer unterschwelligen Angst, dass man etwas Falsches sagte. Keines der Geschwister hatte sich getraut, einfach sie selbst zu sein, geschweige denn, das zu sagen, was sie dachten.

Sie hätten es zu spüren bekommen. Selbst wenn der alte Duke nichts gesagt hätte, nicht vor den Mädchen. Aber in stummer Missbilligung und unausgesprochener Enttäuschung, denn darin war ihr Vater Meister gewesen. Vor allem, wenn es um Henrys fehlendes politisches Interesse gegangen war. Täglich hatte er es ihm vorgeworfen, bei jeder sich bietenden Gelegenheit, und der Duke hatte keinen Zweifel daran gelassen: Henry war der Erstgeborene, der einzige Sohn, der Erbe einer Dynastie, und er war eine Enttäuschung.

Der dritte Gang wurde aufgetragen. Er bestand aus hauchdünn geschnittenem Roastbeef in einer kräftigen Rotweinsoße, dazu gab es Wurzelgemüse.

In einer silbernen Schale brachte ein Butler gekochte Möhren und Sellerie. Es dampfte, als der Diener den Deckel anhob und Henry davon anbot, und der feine Geruch von zerlassener Butter stieg ihm in die Nase. Er nickte, der Butler begann zu schaufeln, und erst nach dem vierten Löffel gab Henry ihm zu verstehen, dass es nun genug war. Es mochte unmännlich sein, aber Henry liebte Buttergemüse, und wenn er den Abend schon nicht in einem Gentlemen's Club verbrachte, wo die prüfenden, zumeist spöttischen Blicke seiner Freunde und Bekannten auf ihn gerichtet waren, würde er auch essen, was er wollte.

»Ich bin umgeben von Barbaren«, murmelte Lady Rosalind verdrossen, beobachtete Henry, wie er sich eine vollgeladene Gabel in den Mund schob, und führte langsam und bedacht ihre Gabel mit einem winzigen Stückchen Roastbeef zum Mund. Sie nahm sich Zeit, schluckte, tupfte dezent mit ihrer Serviette über die Mundwinkel und sagte dann: »Henry.«

Es war so weit. Jetzt kam der Grund, warum Henry hier war. Warum er eigentlich hier war, abgesehen von einem Dinner mit seiner Mutter und seinen Schwestern.

»Dein Aufbruch letzte Woche aus London war reichlich überhastet«, stellte Lady Rosalind fest, legte die silberne Gabel beiseite und sah Henry abwartend an. Nein, eigentlich war es herausfordernd, und er merkte, dass ihm unter dem bohrenden Blick seiner Mutter warm wurde.

»Ich verspürte das plötzliche Bedürfnis nach der Ruhe und Abgeschiedenheit von Bath«, versuchte er es. Natürlich war das Unsinn, schließlich war Bath nach London die zweitgrößte Stadt im Königreich. Aber auch wenn eine gehörige Portion Sarkasmus in seiner Antwort mitgeschwungen hatte, war sie noch nicht einmal gelogen, denn er hatte die Bälle und Soireen in London ja wirklich sattgehabt. Sechs Wochen lang hatte er sich dem Willen seiner Mutter unterworfen. Zusammen mit ihr und seinen drei Schwestern hatte er in ihrem Stadtpalais am St. James's Square residiert und Lady Rosalind zuliebe – und stets auch in ihrer Begleitung – eine Abendveranstaltung nach der nächsten absolviert. Beinahe ein Dutzend junger Damen hatte er kennengelernt, mit ihnen getanzt, sich mit ihnen ausgetauscht, er hatte sich sogar schon mit ihren Müttern unterhalten, und es hatte ihn so unglaublich ermüdet. Lady Rosalind war es wohl wirklich ernst, ihren Sohn noch diese Saison zu verloben.

»Man sieht dir an, wie gut du dich erholt hast«, bemerkte sie trocken.

»Lasst es uns doch aussprechen. Er ist davongelaufen.« Eliza musterte ihn aus schmalen Augen. »Und hat mich ganz alleine mit Mama auf die übrigen Bälle gehen lassen«, ergänzte sie leise und gehässig, und ihr Blick wurde nun regelrecht stechend. Sie nahm ihm übel, dass er sich bei Nacht und Nebel einfach aus dem Staub gemacht hatte, erkannte Henry.

»Ganze zwei Tage lang, denn dann habt ihr euch ja auch alle hierher auf den Familiensitz zurückgezogen«, erwiderte er deshalb und bedachte seine Schwester mit einem vielsagenden Blick.

Sofort verzog wieder ein Schmunzeln ihre Mundwinkel. Sie war ihm nicht ernsthaft böse, sondern freute sich nur, dass Henry jetzt sein Fett wegbekam. Schließlich war er nicht das einzige der Langford-Geschwister, das die Dowager Duchess dringend unter die Haube bringen wollte. Wenn Eliza nicht innerhalb der nächsten zwei oder drei Jahre eine passende Partie machte, wäre es womöglich zu spät. Zumindest für einen Ehemann, der in Lady Rosalinds Augen angemessen war. Mitgiftjäger oder verarmte Landadelige würde sie noch zuhauf bekommen, selbst wenn sie auf die dreißig zuging. Aber darauf würde sich die Dowager Duchess niemals einlassen. Und Eliza schien ohnehin kein Kandidat gut genug zu sein. Was seltsam war, denn eigentlich war sie eine so freundliche und liebenswerte Person. Wer sie näher kannte, wusste, wie unprätentiös und angenehm im Umgang sie eigentlich war. Es passte gar nicht zu ihr, dass sie an jedem der Kandidaten, die ihr präsentiert wurden, etwas auszusetzen hatte.

Lady Rosalinds Heiratsbemühungen konzentrierten sich diese Saison sowieso mehr auf Henry, sonst wäre sie ja wohl kaum mit ihren Töchtern sofort abgereist, nachdem er selbst London verlassen hatte.

»Ich wollte eben nicht …«, begann er schließlich, denn die Augen seiner Mutter waren noch immer erwartungsvoll auf ihn gerichtet. »Diese ganzen jungen Damen, die du mir ständig vorstellst …«, nahm er einen zweiten Anlauf und atmete dann gequält aus. Wie sollte er sagen, dass es ihm zutiefst widerstrebte, diese vielen jungen Dinger kennenzulernen, sich zu unterhalten, zu prüfen, abzuwägen, die eine gegen die andere, und am besten dabei noch irgendwie auf sein Bauchgefühl oder zumindest seinen Verstand zu hören, ob es sich dabei vielleicht um eine passende Kandidatin handelte? Um eine Frau, mit der er die nächsten vierzig Jahre seines Lebens verbringen wollen würde und die er sich als Duchess an seiner Seite vorstellen konnte?

Und gleichzeitig ärgerte sich Henry. Weil er sich noch immer damit schwertat, zu widersprechen. Die jahrelang angelernte Vorsicht, die er bei seinem Vater an den Tag hatte legen müssen, weil er sonst Prügel oder andere Sanktionen hatte ertragen müssen, saß ihm noch immer in den Knochen, auch wenn er das vollkommen lächerlich fand.

Schließlich war er inzwischen der Duke, ein erwachsener Mann, selbstbewusst und so wehrhaft, dass er noch kein einziges Mal in seinem Leben zu einem Duell gefordert worden war. Das Schloss, in dem sie sich befanden, und all die Ländereien gehörten ihm. Wieso schaffte er es nicht, seine Mutter in ihre Schranken zu verweisen, statt sich Ausflüchte zu überlegen, die ihm ohnehin keiner abnahm, am wenigsten er selbst?

Weil sie vielleicht recht hat, meldete sich eine Stimme ganz leise in seinem Bewusstsein, als er auf sein Weinglas starrte, das er zwischen den Fingern hin und her drehte. Und weil er seine Mutter liebte und ihre Meinung respektierte, ging ihm auf. Weil er bei ihr nicht das Gefühl hatte, dass sie rücksichtslos irgendwelche dynastischen Interessen verfolgte, wie es sein Vater getan hatte, sondern weil sie wirklich wollte, dass es ihm gut ging.

»Du hast nicht verstanden, worum es bei einer Ehe geht«, erklärte Lady Rosalind nun und klang dabei nachsichtig. Fast schon versöhnlich, als hätte Henry einfach noch nicht begriffen, was im Leben wichtig war.

Dabei hatten sie dieses Gespräch die letzten Jahre bereits unzählige Male geführt.

Aber bitte, er würde es ein weiteres Mal über sich ergehen lassen.

Er warf seiner Mutter einen verdrießlichen Blick zu. »Die Ehefrau ist die Säule der Weisheit, die Hüterin der Werte und eine unschätzbare Stütze bei allen repräsentativen Aufgaben eines Dukes. Ich weiß, Mama«, leierte er die Litanei herunter.

Eliza schnaubte – sie kannte die Argumente ja ebenfalls zur Genüge –, und Amelia hielt sich die Serviette vor den Mund, kicherte aber trotzdem. Vermutlich waren alle gerade froh, nicht selbst im Mittelpunkt der Kritik zu stehen.

»Du machst dich wohl über mich lustig«, stellte seine Mutter an Henry gewandt fest, konnte es jedoch nicht lassen, auch Amelia einen kurzen, aber wirkungsvollen Blick zuzuwerfen, woraufhin diese schuldbewusst die Lippen aufeinanderpresste.

»Nein, ganz sicher nicht. Es ist nur nicht so, dass wir darüber noch niemals gesprochen hätten«, erklärte Henry.

»Dann sollte es selbst dir allmählich einleuchten. Außerdem wird es langsam wirklich Zeit für …«

»Legitime aristokratische Erben. Ja, Mama, auch das habe ich verstanden.« Mit den Augen zu rollen wäre jetzt sicher keine gute Idee, deswegen unterließ Henry es auch. Die Versuchung war trotzdem ziemlich groß.

»Ja, das auch. Aber es geht um mehr. Du benötigst eine Duchess an deiner Seite, eine Gastgeberin in deinem Haus, die dich repräsentieren, Gesellschaften geben und deine Angelegenheiten für dich regeln kann, während du abwesend bist.«

»Wo sollte ich denn bitte sein?«, wollte Henry wissen.

»In Westminster. Im Parlament. Wo denn wohl sonst?« Nachdem der alte Duke gestorben war, hatte Henry seinen Sitz im Unterhaus aufgegeben und zusammen mit dem Titel auch den ererbten Familiensitz im Oberhaus übernommen – und war bisher keine fünf Mal zu Sitzungen erschienen. Natürlich ließ seine Mutter es sich nicht nehmen, ihn, wann immer sich die Gelegenheit bot, ganz subtil darauf hinzuweisen …

»Ich wage zu behaupten, dass diese Aufgaben jede Lady mit einem Minimum an Erziehung und Ausbildung erfüllen könnte«, sprang ihm nun Jane zur Seite. »Sie muss doch nicht zwingend dem Hochadel angehören. Vielleicht solltest du Henry bei der Auswahl einfach ein wenig mehr Freiheiten lassen.«

»Freiheiten? Die habe ich ihm die letzten zehn Jahre gewährt. Und was ist dabei herausgekommen?«

Stille legte sich über den Tisch.

»Richtig. Gar nichts, außer einer nicht enden wollenden Reihe an Skandalen und amourösen Abenteuern, die jeder anständigen Lady die Schamröte ins Gesicht treiben.«

Henry spürte ein Stechen im Nacken. »Ist es denn wirklich nötig, dass wir hier vor …«, versuchte er, seine Mutter zum Schweigen zu bringen, und deutete dezent in die Runde.

»Wie sagte Eliza vorhin so passend? *Wir sind doch unter uns.* Außerdem brauchst du deine Schwestern nicht für dumm zu verkaufen. Sie sind alt genug, haben Augen im Kopf und sind vor allem des Lesens mächtig. Und bei den Meldungen, die die letzten Jahre über dich durch die Presse gegeistert sind, wäre es geradezu lächerlich, so zu tun, als hättest du dir nichts zuschulden kommen lassen.«

Sie hatte ja recht. Mit geradezu unheimlicher Treffsicherheit hatten die Journalisten Henrys viele Affären mit den Ladies der Society, mit Opernsängerinnen und Schauspielerinnen aufgespürt und in ihren Magazinen darüber berichtet.

»Umso wichtiger ist es, dass du nun eine der hochgestellten Töchter ehelichst, die über jeden Zweifel erhaben ist. Du, Henry, brauchst eine Ehefrau, die den Überblick über mehrere Anwesen gleichzeitig behält. Die Dutzende an Bediensteten führen kann. Die vollendete Manieren besitzt und auch einen Sinn für Politik hat.«

Henry atmete hörbar aus und legte die Serviette schwungvoll neben seinem Teller ab.

»Nur eine Dame mit der besten Ausbildung und Erziehung, eine wirklich aristokratische Lady, wird dir all das bieten können. Das ist doch der eigentliche Grund, warum ich so auf eine vornehme Herkunft deiner Zukünftigen poche.«

»Das garantiert doch noch lange nicht, dass sie das können!«, kommentierte Eliza und fuhr fort: »Niemand kann das. Du suchst nach einem Ideal, das es in Wirklichkeit gar nicht gibt.«

»Natürlich können sie …«, widersprach Lady Rosalind ihrer ältesten Tochter.

»Ich könnte es nicht«, unterbrach Jane sie dann. »Du etwa, Amelia?«

»Das klingt ganz schön einschüchternd«, gab diese zurück.

»Ist es auch.«

Lady Rosalind sah ungläubig in die Runde. »Habt ihr euch jetzt gegen mich verbündet?«

Während die Butler das Dessert auftrugen, kleine Schälchen mit gewürfeltem Lakritz, Marzipan und kandiertem Ingwer, kam Henry ins Grübeln.

Es war rührend, wie seine Schwestern ihm zur Seite standen. Vielleicht spürten sie, dass Henry das Thema wirklich belastete. Oder sie hatten schlicht die Befürchtung, dass der rigorose Wille ihrer Mutter auch sie eines Tages treffen würde.

Vielleicht war es aber einfach das, was Geschwister eben füreinander taten. Wenn einer Hilfe brauchte, waren die anderen da, ohne das Ganze zu hinterfragen oder eine Gegenleistung zu erwarten. Sie unterstützten einander bedingungslos.

Das war nicht selbstverständlich. Er hatte genügend Familien kennengelernt, bei denen das ganz anders war. Wo zwischen den Geschwistern Neid und Missgunst, Konkurrenzdenken und vollkommenes Unverständnis herrschte.

Vermutlich war die gegenseitige Unterstützung auch das gewesen, was sie – zumindest ein klein wenig – vor dem Zorn und der Missbilligung des Vaters geschützt hatte.

Zusammen waren sie stärker als alleine. Henry hatte das schon früh gelernt, auch wenn es meist er gewesen war, der versucht hatte, die Mädchen von dem Groll ihres Vaters abzuschirmen und dessen Aufmerksamkeit auf sich zu ziehen. Schließlich war das ja seine Aufgabe als großer Bruder, oder nicht?

In jedem Falle war es schön, zu wissen, dass er auf seine Schwestern und vor allem Eliza zählen konnte. Das

Problem an dem Status eines Dukes war nämlich, dass man viele Freunde hatte. Sehr viele sogar, und gleichzeitig aber keinen einzigen. Denn alle wollten etwas von einem. Die Assoziation mit seinem Namen und seinem Reichtum, seine Verbindungen, seine Loyalität im House of Lords, oder auch einfach nur eine vergnügliche Nacht …

Vielleicht hatte die Dowager Duchess sogar recht. Wahrscheinlich war es einfach an der Zeit, sich nach einer Frau an seiner Seite umzusehen. Einer Ehefrau, keiner Affäre, denn die hatte er zur Genüge, und obwohl es ihm Spaß machte, sich auf Abenteuer einzulassen, blieb dabei oftmals ein schaler Beigeschmack zurück. Genauso war es die letzten Nächte in Bath ja auch gewesen. Für gewöhnlich zog er dann am nächsten Abend schon wieder los, um eine neue Eroberung zu machen oder mit Bekannten in einem Gentlemen's Club die Nacht zum Tag zu machen, um diese Leere in ihm drinnen irgendwie zu füllen. Eine Ehefrau wäre eben einfach … da. Sie würden sich über Alltägliches unterhalten, gemeinsam frühstücken oder dinieren und möglicherweise auch Ausflüge unternehmen.

Dabei hatte Henry nie heiraten wollen. Das wusste er bereits, seit er ein Kind war. Er hatte die vielen aristokratischen Ehen gesehen, und sie waren ihm unfrei und gezwungen vorgekommen. Eine Ehe war eine strategische Allianz, eine Pflichterfüllung, die man aus dynastischen Gründen einging, die aber nichts mit einer freien Wahl und schon gar nichts mit echten Gefühlen zu tun hatte. Die holte man sich außerhalb des Ehebettes, wenn man ein

Mann war. Auch hochgestellte, verheiratete Frauen taten das, nur mussten die sehr viel vorsichtiger sein, um dabei kein Aufsehen zu erregen.

Seine Mutter hatte entschieden, dies nicht zu tun, aber zugesehen, wie sein Vater eine Geliebte nach der anderen verschliss und eine ganze Schar an Bastarden in die Welt setzte. Es hatte an ihr genagt, über Jahre. Das hatte Henry ihr angesehen, auch wenn sie noch so sehr versucht hatte, es zu verstecken. Er hatte sie gespürt, diese Aura der Traurigkeit und Enttäuschung, die die Dowager Duchess so oft umgeben hatte, obwohl sie mit stoischer Anmut die Ausschweifungen ihres Ehemannes ertragen und sich liebevoll um ihre vier Kinder gekümmert hatte.

Sie hatte eben die ihr auferlegte Verantwortung übernommen. Ganz im Gegensatz zu ihm, Henry Langford, dem fünften Duke of Somerville, der alles tat, um seinem Erbe nicht gerecht zu werden.

Ja, das war es, wovor er sich eigentlich fürchtete. Zu enttäuschen. Seine Mutter war von ihrer Ehe und von seinem Vater bitter enttäuscht gewesen, sein Vater hingegen furchtbar enttäuscht von seinem einzigen Sohn – Enttäuschung schien sich durch seine Familie zu ziehen, und wenn Henry eine Ehefrau hätte, würde er auch sie unweigerlich enttäuschen.

Weil das immer passierte. Vielleicht wäre er ihr nicht treu. Vielleicht würde er niemals sein politisches Erbe antreten wollen. Vielleicht würde er wie so viele der Aristokraten enden, die jede Nacht dem Alkohol und dem Glücksspiel verfielen, und sein gesamtes Vermögen verlieren.

Völlig versunken hatte er einen Lakritzwürfel zwischen den Fingern hin und her gedreht, ließ ihn dann aber auf seinem Dessertteller liegen und erhob sich.

Seine Mutter schien ihm anzusehen, dass er trüben Gedanken nachhing. Sie gab ihm einen kleinen Stups, als sie ebenfalls aufstand, hakte sich bei ihm unter und begleitete ihn in seine Räume. Dort, wo er auf Willow Hall seine Korrespondenzen erledigte, las, trank und rauchte. Sein Reich, in das selten eine Frau einen Fuß hineinsetzte.

Die Dowager Duchess nahm seine Hand, als sie bereits vor der Tür zu seinem Schreibzimmer standen. »Du weißt, dass ich recht habe, Henry. Sosehr du auch versuchst, dich dagegen zu wehren, es ist das einzig Richtige. Heirate, gründe eine Familie. Du wirst sehen, es muss nicht so sein, wie du es bei deinem Vater kennengelernt hast. Du kannst es besser machen. Du hast die Möglichkeit, alles ganz anders zu machen. Sieh es als Chance und nicht als Bedrohung, verstehst du? Stelle dich deiner Verantwortung, und du wirst sehen, dass etwas ganz Wunderbares daraus entstehen wird.«

Sie senkte die Stimme, als spräche sie etwas Verbotenes aus. »Außerdem bist du ein Mann. Wenn du so sehr an … gewissen Freiheiten hängst, dann wirst du sie dir auch nach einer Eheschließung erlauben können.«

Es war dämmrig im Flur, und er konnte den Ausdruck in ihren Augen nicht erkennen, doch er meinte, einen gewissen Schmerz aus ihrer Stimme herauszuhören. Etwas, mit dem sie sich schon vor Jahrzehnten abgefunden hatte.

»Um meine Ehe genauso zugrunde zu richten, wie es

mein Vater getan hat?«, erwiderte Henry ebenso leise, aber scharf. »Ganz sicher nicht.«

»Urteile nicht, mein Sohn.«

»Du hast es ihm also tatsächlich verziehen?«

Lange sah sie ihn an. Sie legte ihm die Hand auf die Wange und streichelte leicht darüber. »Auch du wirst seine Beweggründe eines Tages verstehen«, sagte sie, drehte sich um und schritt langsam durch den Flur in Richtung des Salons.

Das würde er nicht. Er würde niemals verstehen, was diesen Mann angetrieben hatte.

Trotzdem hatte Henry das Gefühl, dass sich etwas in ihm veränderte. Als hätte sich etwas in Bewegung gesetzt. Ein Rädchen, das in ein anderes griff und dieses ebenfalls bewegte.

Und in diesem Moment fasste er einen Entschluss: Er würde seiner Mutter Zugeständnisse machen und sich verloben.

Das hieß noch lange nicht, dass er nun alles so machen würde, wie sein Vater es von ihm verlangt hatte. Gott, nein, sein ganzes Leben war darauf ausgerichtet, genau das nicht zu tun.

Aber zumindest würde er damit seine Mutter glücklich machen. Außerdem wusste er auch nicht, ob er ihre ständigen Hinweise und Forderungen noch länger aushalten konnte.

Er würde eine aristokratische Lady heiraten und endlich erwachsen werden und sich so verhalten, wie es einem Duke gebührte.

Er blickte auf den Tisch vor sich, auf dem er im Mondlicht einen Stapel an Briefen ausmachen konnte, der bereits so hoch war, dass er gefährliche Schlagseite bekam. Durch seine Aufenthalte in London und Bath hatte er die Verwaltung seiner Ländereien vernachlässigt. Das Ergebnis war ein riesiger Haufen an Papierkram, der nun auf ihn wartete.

Denn egal, was die Presse über ihn schrieb und was die Gesellschaft über ihn tratschen mochte, zumindest diese Aufgabe nahm er für gewöhnlich ernst und hatte stets einen guten Überblick über seine Pächter und die Ländereien, die er sein Eigen nannte.

Ganz oben lag ein Schreiben, dessen Handschrift weit und verschnörkelt war. Die bauchigen Buchstaben waren eindeutig nicht die Handschrift eines Mannes. Seit wann schrieben Frauen Geschäftsbriefe?

Er griff danach und brach das Siegel.

Noch ehe er sich den Inhalt vornahm, wanderte sein Blick nach unten. Als er *Rebecca Seagrave* las, runzelte er die Stirn.

Schon wieder diese Frau.

Auf welche Weise würde sie ihn wohl diesmal beleidigen?

Er begann zu lesen, und ein kleines, aber äußerst befriedigtes Lächeln stahl sich auf seine Lippen.

8.

»Ein Besucher, Madam«, kündigte Renata an. In der Aussprache des Dienstmädchens schwang noch immer ein leichter polnischer Akzent mit, aber es war erstaunlich, wie die junge Frau es innerhalb weniger Jahre geschafft hatte, sich ein beinahe perfektes Englisch anzueignen. Erst vor wenigen Jahren war sie mit einem Mann aus Polen nach England gekommen. Den hatte sie mittlerweile nicht mehr, denn er hatte sie zusammen mit ihrer süßen kleinen Tochter einfach sitzen gelassen. Als Rebecca vor drei Jahren auf die junge Polin aufmerksam geworden war, hatte diese kurz davorgestanden, sich auf nicht ganz ehrbare Weise den Lebensunterhalt für ihre kleine Familie zu verdienen. Rebecca hatte die beiden im Haus der *Gesellschaft für das Wohl von Müttern und Kindern* untergebracht, Renata hatte Englisch gelernt und war inzwischen eine wertvolle Hilfe im White Lion.

Und jetzt stand sie im Türstock und blickte ganz verschreckt drein, als hätte sie gerade ein Gespenst gesehen. Sie fixierte Rebecca und Betty, die völlig überrumpelt vom Schreibtisch aufsahen.

»Madam?«, wiederholte Renata.

Die zwei Freundinnen warfen sich einen fragenden Blick zu, und beinahe gleichzeitig senkten sie die Köpfe und sahen an sich herunter.

Beide waren schlicht gekleidet und trugen sogar ausgefranste, alte Schürzen über ihren Röcken. Gerade hatten sie den Weinlieferanten eingewiesen und einige neue Kaffeeproben getestet und nun die Einkäufe in die Geschäftsbücher eingetragen. Dabei hatte Rebecca aus Versehen mit dem Ellenbogen ein Tintenfässchen umgestoßen, das Schreibpult damit geflutet und die Hälfte der darauf liegenden Geschäftsbriefe unleserlich gemacht. Die letzten Minuten hatten sie damit verbracht, hektisch die Tinte wieder aufzuwischen und die Schreiben zu retten. Zwar hatten ihre Kleider keinen Schaden davongetragen, ihre Hände waren jedoch tintenverschmiert, und sosehr sie ihre Finger auch mit der groben Wurzelbürste schrubben würden, die schwarzen Flecken darauf wären sicher tagelang noch sichtbar.

Auf dem Schreibtisch herrschte noch immer vollkommenes Chaos. Zusammengeknüllte, vollgesogene Putzlappen häuften sich neben schwarz getünchten Papieren, und auf dem Boden lagen die Geschäftsbücher und Bilanzen verteilt, die sie in aller Eile vor der schwarzen Flut hatten retten müssen.

»Um wen handelt es sich denn?«, erkundigte Rebecca sich bei dem Dienstmädchen und war versucht, eine locker gewordene Strähne aus der Stirn zu streichen. Im letzten Moment hielt sie sich davon ab. Schwarze Tintenstreifen im Gesicht hatten ihr gerade noch gefehlt.

Es konnte nur ein weiterer Geschäftsbesuch sein. Ein neuer Wein- und Spirituosenhändler womöglich, der seine Waren vorstellen wollte. Vornehmer Besuch kam grundsätzlich erst nachmittags und niemals, ohne sich vorab per Brief anzukündigen.

Es folgte ein kurzes Schweigen, das Dienstmädchen trat von einem Fuß auf den anderen, und Rebecca beschlich ein ungutes Gefühl.

»Der Duke of Somerville, Madam.«

Betty war neben ihr zur Salzsäule erstarrt. Einen Augenblick sagte keiner etwas, und Rebecca hörte bloß noch ein Rauschen in den Ohren.

»Soll ich … soll ich ihn heraufbitten?«, schlug Renata vor.

»Jaja, natürlich, machen Sie das.« Was blieb ihr auch anderes übrig? Die Gaststube war gut besucht, in den Nebenräumen stapelten sich die neuen Waren, und in ihrem Schlafgemach konnte sie ihn ja schlecht empfangen. Wenn sie den Duke nicht düpieren und ihn im Innenhof treffen wollte, blieb also nur der Salon, der gerade aussah wie ein Schlachtfeld.

Rebeccas Blick schnellte von links nach rechts, als sich das Dienstmädchen auf den Weg nach unten machte. Man hörte ihre Schritte auf der Holztreppe und leise Stimmen von unten. Hastig stapelte sie die Geschäftsbücher und Briefe aufeinander und schob sie unter den Sekretär. Mit etwas Glück würde der Duke sie gar nicht bemerken. Dann fiel ihr Blick auf ihre mit schwarzen Flecken übersäte Schürze.

So, wie sie gerade aussah, konnte sie dem Duke keinesfalls unter die Augen treten.

Mit fliegenden Fingern band Rebecca die Schürze los. Betty tat es ihr nach, knüllte ihre kurzerhand zusammen und streckte eine Hand fordernd in Richtung von Rebecca aus. Bedachte, schwere Schritte bewegten sich die Stufen nach oben, und Rebecca wurde furchtbar warm.

Wieso kam er überhaupt hier ins White Lion? An einem Vormittag? Ganz sicher hatte es etwas mit dem Brief zu tun, den sie gestern an die Familienresidenz nach Willow Hall geschickt hatte, aber hätte er seinen Besuch nicht zumindest ankündigen können? Betty wedelte ungeduldig mit ihrer ausgestreckten Hand, und Rebecca kam der Aufforderung nach und drückte ihr die eigene Schürze in die Hand. Sie fragte sich noch, was Betty damit nun eigentlich anstellen wollte, als die schon zum Schreibtisch hastete, sich über den Papierkorb beugte und einige Schmierblätter daraus nach oben hob. Schnell stopfte sie die beiden Schürzen hinein, raffte auch die schwarz getränkten Putzlappen auf dem Tisch zusammen, beförderte die ebenfalls in den Korb und drapierte die Papiere wieder flüchtig darüber.

Jemand klopfte leise an, die Salontür öffnete sich, und beide Frauen drehten sich so schwungvoll nach vorne, als hätte man sie gerade bei etwas Verbotenem ertappt. Eigentlich war es lächerlich, was für ein Aufhebens sie um den Besuch des Dukes machten.

Renata kam herein, Rebecca glättete noch rasch ihr Kleid und tastete prüfend über ihre Hochsteckfrisur. Erst als sie nickte, ließ das Dienstmädchen den Duke eintreten.

Er senkte den Kopf ein wenig, um durch die niedrige Tür zu kommen, und als er eintrat, heftete sich sein Blick sofort auf Rebecca. Ein Gefühl von Aufregung rollte bei seinem Anblick durch ihren Körper, das sie selbst überraschte.

Einen Moment lang starrten sie einander an, und Rebecca meinte, einen aufmerksamen, neugierigen Ausdruck auf seinem Gesicht erkennen zu können. Ein bisschen so, als wollte er prüfen, ob sich sein Eindruck, den er im Dämmerlicht des Morgens bekommen hatte, auch bei Tageslicht bestätigen würde. Was vermutlich kein besonders guter war. Aber das beruhte ja schließlich auf Gegenseitigkeit, nicht wahr?

Eigentlich war es gut, dass sie sich nun wiedersahen und ihre Geschäfte nicht schriftlich abwickelten. Heute war sie nüchtern und ausgeschlafen und würde sicher nicht mehr so auf ihn reagieren wie vor drei Tagen. Sie war flatterhaft und emotional gewesen. Ganz und gar nicht so, wie sie für gewöhnlich Gespräche führte, und das würde sie ihm jetzt auch beweisen.

Heute trug Somerville einen Dreispitz und eine Perücke – es war das erste Mal, dass Rebecca ihn bewusst mit Perücke sah –, einen himmelblauen samtenen Gehrock und eine passende beige Hose. Rebecca würde sich nicht wundern, wenn die Schnallen auf seinen Schuhen aus echtem Silber waren.

Worüber sie sich allerdings sehr wohl wunderte, war, wie genau sie gerade sein Erscheinungsbild in Augenschein nahm. Das tat sie bei Geschäftspartnern doch sonst nicht? Sie konzentrierte sich ausschließlich auf die Verhandlungen, die sie führte, und ließ sich nicht … ablenken.

Und das würde sie auch jetzt nicht zulassen.

Sie atmete tief ein, machte einen höflichen Knicks, genauso, wie es sich gehörte, und setzte ein freundliches, aber bestimmtes Lächeln auf.

Er erwiderte es, mit einem solchen Strahlen darin und einer Offenheit, dass Rebeccas Herz einen Moment stolperte. Sofort wappnete sie sich innerlich.

Sie kannte das Spiel. Er war charmant und sympathisch und zog auf diese Weise jeden in seinen Bann. Das machte er nicht, weil er freundlich sein wollte oder weil es seinem Naturell entsprach.

Selbstverständlich bezweckte er etwas damit.

Er nahm die Menschen für sich ein, egal ob Mann oder Frau, und setzte dann seinen Willen durch. Genau das hatte sie bei ihm nämlich schon einmal erlebt. Als er auf Willow Hall urplötzlich in der Bibliothek aufgetaucht war. Er war trotz der Bewaffnung ihres Widersachers in aller Seelenruhe auf den Mann zugegangen. Einige lange Momente hatte Somerville ihn mit seiner bloßen Präsenz und seinem beschwörenden Blick davon abgehalten, abzudrücken.

Damals hatte sie ihn bewundert. Für seinen Mut, sich einfach in die Schusslinie dieses Verrückten zu stellen, für seine Geistesgegenwart und die schiere Kraft, körperlich, aber auch mental, die er ausgestrahlt hatte und die bei Vertretern der Aristokratie so selten war. In der Regel zogen die es nämlich vor, in Gefahrensituationen andere vorzuschieben, denn sie sahen ihr eigenes Leben als wertvoller an als das aller anderen.

Offenbar war der Duke anders.

Ein- oder zweimal hatte sie nach dem Zwischenfall in der Bibliothek im letzten Jahr sogar von ihm geträumt, sie erinnerte sich noch genau daran. In ihren Träumen hatten sie immer angenehm geplaudert, sie hatte ihm in die Augen geblickt und seine Hände hatten sie berührt, nur ganz leicht. Wie sein Ärmel damals, als sie Ashbrook zu Fall gebracht hatten …

Rebecca räusperte sich, drehte sich von ihm weg und fragte: »Wollen Sie sich nicht setzen, Euer Gnaden?« Sie deutete auf die Chaiselongue und die Sessel neben dem Kamin.

»Das ist zu freundlich, Madam, aber ich möchte Ihre Zeit nicht allzu lange beanspruchen.«

Das klang nicht so, als würde er ein Geschäft aushandeln wollen, stellte Rebecca mit wachsendem Unbehagen fest und wandte sich Betty zu.

»Darf ich bekannt machen? Miss Betty Hartley. Sie haben sich ja bereits einmal kennengelernt.« Sie deutete auf ihre Freundin, die zum zweiten Mal einen höflichen Knicks machte, sich aber in Schweigen hüllte.

»Ah, die Dame mit der schlagkräftigen Faust.«

Jetzt errötete Betty. Wobei sich Rebecca nicht ganz sicher war, denn Betty hielt den Kopf vorsichtshalber gesenkt. Hatte er womöglich auch auf andere Frauen diese Wirkung? Vielleicht lag es gar nicht an ihr, dass dieser Mann sie so sehr beeindruckte. Vielleicht ging es ja allen so?

»Die hat sie in der Tat, eine ganz besondere Gabe für eine Frau, nicht wahr?«, fragte Rebecca nachdrücklich und nickte Renata zu, die ein Tablett mit einem Teeservice zur Tür hereinbalancierte.

Natürlich war es Betty heute unangenehm, dass sie Ashbrook damals mit einem gut platzierten Faustschlag außer Gefecht gesetzt hatte. Immer mehr versuchte sie, das Idealbild einer Dame, vielleicht keiner vornehmen, aber zumindest einer respektablen Frau, zu erfüllen. Sie kleidete sich eleganter, und sie versuchte sich dann und wann sogar an kunstvollen Stickereien. Doch sie war breit gebaut und kräftig, und Rebecca hatte das Gefühl, dass ihre Freundin sich dafür genierte. Dabei war Rebecca sogar stolz auf Betty und ihre Fähigkeiten. Sie sollte sich für ihre Herkunft und die Talente, die ihr in die Wiege gelegt worden waren, nicht schämen. Und schon gar nicht vor einem Duke, der selbst genügend Gründe hätte, sich zu schämen.

Einen Moment sah der Duke Rebecca überrascht an, als könne er nicht ganz einordnen, wie sie ihren Satz gemeint hatte. »Aber durchaus«, beeilte er sich dann zu sagen. »Ich habe sogar meinen Schwestern von der wehrhaften Dame berichtet, und die lagen mir anschließend tagelang in den Ohren, dass sie ebenfalls Faustschläge lernen wollten.«

Rebecca war sich nicht sicher, ob das wirklich stimmte. Doch das spielte keine Rolle, denn was der Duke gerade gesagt hatte, verfehlte seine Wirkung nicht. Betty sah überrascht zu ihm, und Rebecca meinte sogar erkennen zu können, wie die Verblüffung auf ihren Zügen in Stolz umschlug.

Für den Duke hatte es überhaupt keinen Grund gegeben, auf Rebeccas Lob einzugehen und so freundlich zu sein. Wirklich nicht.

Rebecca beobachtete ihn von der Seite und spürte ein seltsames Gefühl hinter ihrem Brustbein, ein leichtes Ziehen, das sie eigentlich gar nicht spüren wollte.

»Betty, lässt du uns einen Moment alleine?«, bat sie. Betty knickste erneut und verließ den Raum, ein kleines Lächeln auf den Lippen. Somerville sah ihr nach und wartete noch kurz, bis sich die Tür schloss. Erst dann drehte er sich wieder zu Rebecca um und sah sie unverwandt an. Und erwartungsvoll, irgendwie. So, als wüsste er selbst nicht genau, was nun folgen würde.

Und jetzt, da sie alleine waren, hatte Rebecca das Gefühl, dass sich zwischen ihnen etwas veränderte. Eine Anspannung baute sich auf, und ein gefährliches Knistern lag in der Luft, das ihren Körper erfasste und sich bis in ihre Fingerspitzen zog.

Sie erwiderte seinen Blick und nahm die leichten Schatten unter seinen Augen wahr, ebenso wie die feinen Fältchen auf seiner Stirn, die kantigen Kieferknochen, die seinem Gesicht eine Herzform gaben, und ein leichtes Blinzeln, als er erkannte, wie sie ihn musterte.

Das Blau seiner Augen kam ihr mit einem Mal noch durchdringender und intensiver vor, und sie überkam das Bedürfnis, etwas zu sagen. Irgendetwas, um diese seltsame Verbindung, die nun zwischen ihnen herrschte, zu durchbrechen.

»Tee?«, bot sie ihm an und benetzte die Lippen. Sie hatte es gar nicht bewusst getan. Natürlich nicht, sie war ja nicht verrückt. Aber sie merkte ganz genau, wie sein Blick auf ihren Lippen hängen blieb, wie sein Adamsapfel hüpfte, als er schwer schluckte und er es erst ein paar Atemzüge später wieder schaffte, ihr in die Augen zu sehen.

Und ein völlig irrationales Gefühl der Befriedigung lief ihr Rückgrat hinab, als sie erkannte, welche Wirkung sie auf ihn hatte.

Hör auf mit diesem Unsinn!, rief sie sich zur Vernunft, drehte sich demonstrativ von ihm weg und deutete auf das Gedeck und die Porzellankanne, aus deren Hals eine kleine Dampfwolke aufstieg. Als sie bemerkte, dass ihre Hände leicht zitterten, zog sie sie schnell ein und ballte sie zwischen ihren Rockfalten zu Fäusten.

»Nein, danke«, sagte er mit rauer, plötzlich ganz veränderter Stimme und machte einen Schritt auf sie zu.

9.

Was geschah hier schon wieder zwischen ihnen?, fragte sich Henry, während er etwas näher an Mrs. Seagrave herantrat. Wieso schaffte er es einfach nicht, eine ganz normale Unterhaltung mit dieser Frau zu führen, ohne sie ständig anzustarren, als wäre er nicht ganz richtig im Kopf?

Das ärgerte ihn.

Dabei hatte er bisher einige überaus interessante Dinge erfahren. Zum einen hatte diese Frau eine Schwachstelle, nämlich ihre Begleiterin, für die sie sich offenbar verantwortlich fühlte und von der sie wollte, dass es ihr gut ging.

Und zum anderen war Mrs. Seagrave aufgeregt. Seine Anwesenheit machte sie nervös, und dass jetzt lediglich eine Armlänge Abstand zwischen ihnen war, schien sie bloß noch weiter zu verunsichern. Das verriet nicht nur das Zittern ihrer Hände, das sie mit den Fäusten zu verstecken versuchte, sondern auch der überraschte Glanz in ihren Augen. Ein goldener Kranz lag darin, der sich mit dunkleren, satten Brauntönen mischte. Er verlieh ihren Augen ein Funkeln und auch etwas Geheimnisvolles, fand Henry, als würde man in einen geschliffenen Zirkon schauen.

Allerdings hatte er sie nicht als eine Frau eingeschätzt, die sich von ihm beeindrucken ließ. Weder davon, dass er hier persönlich aufgekreuzt war, noch von seiner Körpergröße. Er wusste, dass sie wirkte, vor allem, weil er durch sein regelmäßiges Rudertraining auch muskulös und kräftig gebaut war.

Manchmal spielte er diesen Trumpf aus, wenn er Damen kennenlernen wollte. Nicht die Ladies, die ihm seine Mutter präsentierte. Die anderen, die in ihrer Lebensführung etwas offener waren und einem nächtlichen Stelldichein nicht abgeneigt wären.

Oder er nutzte seine Statur, wenn er in eine Auseinandersetzung unter Männern geriet. Immer dann, wenn alle Beteiligten schon so viel getrunken hatten, dass die höfliche Zurückhaltung, die man für gewöhnlich einem Duke entgegenbrachte, nicht mehr galt. Das waren die Momente, in denen andere, sehr viel archaischere Qualitäten zählten, und alleine seine Körpergröße und seine breiten Schultern schüchterten seine Gegner dann bereits ein.

Und was von beidem ist diese Frau für dich? Deine Gegnerin? Oder versuchst du sie gerade aus ganz anderen Gründen zu beeindrucken?

Vor zwei Tagen hatte sie ihm voller Überzeugung seine Nutzlosigkeit vorgeworfen, und seitdem war sie ihm nicht mehr aus dem Kopf gegangen. Anfangs hatte er gedacht, es wäre sein Ärger darüber gewesen, dass sie ihn so offensichtlich beleidigt hatte. Aber dann hatte er gemerkt, dass da noch etwas anderes war und er ihre Abneigung und Feindseligkeit auf eine ihm unerklärliche Weise sogar anziehend fand. Sonst wäre er auch nicht von Willow Hall bis hierher ins White Lion nach Bath gekommen, sondern hätte einfach einen seiner Verwalter geschickt.

Dass sie jetzt mit einem Mal so nervös wurde, sagte ihm vor allem eines: Sie wollte dieses Grundstück bei Walcott unbedingt haben. Sonst hätte sie auch niemals diesen Brief geschrieben, in dem sie zu Kreuze gekrochen war, sich für ihr Verhalten entschuldigt und ihm ein wirklich großzügiges Kaufangebot gemacht hatte. Rebecca Seagrave war eine stolze und selbstbewusste Frau. Sie wäre nicht plötzlich so freundlich zu ihm, wenn sie nicht dringend etwas von ihm bräuchte.

Und das gefiel Henry, zumindest sich selbst gegenüber konnte er es sich ja eingestehen.

»Euer Gnaden, es tut mir aufrichtig leid, was ich vorgestern zu Ihnen gesagt habe«, erklärte sie schnell, aber entschieden. »Es war unhöflich und unangebracht, und ich wünschte, ich könnte die Zeit zurückdrehen und es einfach ungeschehen machen. Ich hatte wirklich kein Recht, Sie derart …«

»Mrs. Seagrave«, unterbrach er ihren Redefluss mit ruhiger Stimme und sah ihr in die Augen, »ich werde nicht an Sie verkaufen.«

Stille legte sich über den Raum.

»Wie bitte?«

»Ich werde mein Grundstück in Walcott nicht an Sie verkaufen«, wiederholte er.

Etwas blitzte in ihren Augen auf, und es erinnerte Henry an den Widerstand, den er selbst so oft in sich gespürt hatte. Immer dann, wenn er Diskussionen mit seinem Vater hatte führen müssen, zum Beispiel, und noch nicht gewillt war, von seinem Standpunkt abzurücken.

Im Grunde hatte Henry auch gar nichts anderes von dieser Frau erwartet. Er hatte ja schon vor dem Royal Crescent bemerkt, dass sie sich nur zu bereitwillig auf einen Streit mit ihm einließ.

»Wie kommt es, dass Sie so sehr an einem verfallenen Gefängnis hängen?«, erkundigte sie sich und kräuselte dabei ganz leicht die Nase.

Einige dunkle Sommersprossen hatten sich darauf gebildet, und auch wenn respektable Damen alles dafür taten, ihre blasse, durchscheinende Haut zu bewahren und sogar giftige weiße Cremes und Puder benutzten, um ihre natürliche Bräune zu übertünchen – Mrs. Seagrave standen die Sprenkel auf ihrer Nase hervorragend. Einige der Sommersprossen hatten sich sogar auf ihre vollen Lippen geschlichen, und es sah faszinierend aus. Ein kleines Stück war ihr Mund jetzt geöffnet, und Henry spürte bei dem Anblick ein leichtes Ziehen in seinem Magen, das sich in sein Rückgrat fortpflanzte und bis hinauf unter seiner Kopfhaut spürbar war.

»Wir wissen ja nun beide, dass es nicht um die paar verwitterten Steine und den sauren Rasen auf diesem Grundstück geht, nicht wahr?«, fragte er und riss den Blick von ihren Lippen los.

»Offenbar«, stellte sie fest. Es klang ein wenig verdrossen. Vermutlich hatte sie nicht damit gerechnet, dass er sich mit seinen Besitztümern auskannte. Sie musste eine wirklich schlechte Meinung von ihm haben, und das störte ihn. Außerdem ließ das den Wunsch in ihm wachsen, sich zu beweisen und ihr zu zeigen, dass er nicht der verwöhnte, ahnungslose Trottel war, für den sie ihn hielt.

»Es ist Ihnen wirklich ernst mit der Politik. Sie wollen das Burgage, das an diesem Grundstück hängt, damit Sie bei der nächsten Wahl die Stimme davon besitzen«, stellte Henry deshalb fest. Ein bisschen sagte er es auch, damit er seine Aufmerksamkeit von den vielen zauberhaften Kleinigkeiten, die ihm in ihrem Gesicht aufgefallen waren, wieder auf den eigentlichen Inhalt des Gesprächs lenken konnte. Gerade hatte er Schwierigkeiten, sich zu konzentrieren. »Dann machen Sie doch andere Kaufangebote«, schlug er vor. »Das Gefängnis von Walcott ist beileibe nicht das einzige Burgage in diesem Landstrich.«

»Und dennoch möchte ich genau dieses eine«, beharrte sie und bemühte sich um ein freundliches Lächeln, von dem sie beide wussten, dass es im Grunde eine Kampfansage war.

Und langsam beschlich ihn eine Ahnung, warum sie es ausgerechnet auf das alte Gefängnis abgesehen hatte. Die meisten Familien, die Burgages besaßen, würden diese niemals aufgeben. Vermutlich war er der einzige Grundbesitzer, bei dem zumindest noch in der Theorie die Chance bestand, dass er es veräußern würde.

Er nickte. »Ich kenne Sie kaum, aber es würde mich sehr wundern, wenn Sie nicht bereits eine gewisse Zahl der besagten Burgages Ihr Eigen nennen würden. Sie haben also schon einige Wahlstimmen in der Tasche, oder nicht?«

»Dafür, dass Sie die Politik so sehr verabscheuen, kennen Sie sich erstaunlich gut aus«, entgegnete sie säuerlich. Er hatte also ins Schwarze getroffen, und das schien ihren Widerwillen nur noch weiter anzustacheln.

»Sie scheinen überrascht«, stellte er fest, und erst jetzt sah er den leichten grauen Streifen auf ihrer Stirn, vermutlich stammte er von ihren tintenverschmierten Fingern. Einen winzigen Moment lang flammte der Impuls in ihm auf, den Fleck fortzuwischen. Immerhin stand er nahe genug an ihr dran, er müsste bloß den Arm ausstrecken. Außerdem fragte er sich, wie es sich anfühlen würde, ihre Haut zu berühren. Sicher weich und warm und …

Er räusperte sich und hatte sich wieder im Griff.

Vehementer, als er es eigentlich beabsichtigt hatte, erklärte er: »Deswegen kann ich Ihnen auch sagen, dass Sie sich bei der nächsten Wahl eben doch etwas mehr auf Ihr Glück verlassen müssen als auf eine Stimmenmehrheit, damit Ihr Wunschkandidat ins Parlament einzieht. Mein Grundstück jedenfalls behalte ich.«

»Was haben Sie eigentlich gegen mich?«, fragte sie und verschränkte die Arme vor der Brust. So als müsste sie ein Bollwerk gegen ihn errichten.

Und allmählich beschlich Henry das Gefühl, dass es hier gar nicht mehr unbedingt um die Sache an sich ging. Er hatte ihr eine Absage erteilt, und nun könnten sie es einfach auf sich beruhen lassen. Aber weder sie noch er schienen das zu wollen.

Es ging um ein Machtspiel. Es ging darum, den anderen herauszufordern und womöglich einen wunden Punkt zu treffen.

»All das spielt doch keine Rolle für Sie«, fuhr sie fort. »Sie nehmen doch nicht einmal Ihren Sitz im Oberhaus wahr, weil Sie sich so wenig für das politische Geschehen in diesem Land interessieren. Bisher war für Sie das Gefängnis in Walcott nur eine Wiese mit einem verfallenen Gebäude darauf, das Sie an irgendeinen armen Schlucker vermieten.«

»Vielleicht hat sich das nun geändert.«

»Sie hängen also wirklich an dieser einen Wahlstimme?«

Er zuckte mit den Schultern, und kurz, ganz kurz nur erlaubte er sich ein kleines, befriedigtes Lächeln. Egal, was sie sagte oder tat, diese Diskussion konnte sie schon gar nicht mehr gewinnen.

Das schien sie aber offenbar anders zu sehen, denn sie reckte das Kinn hoch. »Ich glaube, es geht Ihnen um etwas ganz anderes. Sie wollen sich für das, was ich Ihnen vor zwei Tagen an den Kopf geworfen habe, revanchieren. Sie machen sich einen Zeitvertreib daraus, mir meine Bemühungen um Wahlstimmen zu durchkreuzen. Nicht nur, weil ich Sie beleidigt habe, sondern auch, weil ich eine Frau bin und Sie mir ja bereits erklärt haben, dass es vollkommen vermessen und unpassend für mich wäre, in der Politik mitmischen zu wollen. Ganz ohne einen Mann an meiner Seite.«

»Reden Sie sich nicht wieder in Rage, Mrs. Seagrave«, sagte er leise und in einem absichtlich ruhigen Tonfall, denn er bekam das Gefühl, dass diese Frau wie ein Vulkan war, der jeden Moment zu explodieren drohte. Eine leichte Röte hatte sich auf ihre Wangen geschlichen, und auch wenn es vollkommen unpassend war, fand er ihre Wut attraktiv. Sie kam ihm vor wie eine Kämpferin, eine Amazone, und er konnte die Energie, die von ihr ausging, beinahe körperlich spüren. Und er ahnte die Verletzlichkeit, die eigentlich hinter ihrem Zorn steckte, und irgendwie berührte ihn das. Einen irren Moment lang erwog er sogar, ihr das Grundstück doch noch zu überlassen. Aber das durfte er jetzt aus Prinzip schon nicht mehr tun. »Ich verkaufe Ihnen das Grundstück nicht. Und das tue ich nicht, weil ich Ihnen eins auswischen möchte, sondern weil ich vermutlich nicht ganz so einfältig, uninteressiert und *nutzlos* bin, wie Sie meinen. Die Wahlen stehen nächstes Jahr an, und ich wäre töricht, wenn ich Ihnen das Grundstück nun einfach so zu einem normalen Preis veräußern würde.«

»Ist es das? Sie wollen ein höheres Angebot?«

»Es geht nicht immer nur um Geld, Mrs. Seagrave.«

Das hatte herablassender geklungen, als er es beabsichtigt hatte. Henry holte bereits Luft, um sich dafür zu entschuldigen, aber Mrs. Seagrave kam ihm zuvor.

»Nein?«, fragte sie bitter. »Wenn Geld für Sie keine Rolle spielt, dann seien Sie so gut und erklären mir, worum es Ihnen eigentlich geht.«

Er wurde das Gefühl nicht los, dass sie auf eine ganz bestimmte Antwort von ihm lauerte.

»Um Kalkül, Macht und die Tatsache, dass bis zur Wahl noch mehr als ein Jahr vergehen wird. Wer weiß, was bis dahin noch passiert«, erklärte er.

»Wie meinen Sie das?«

»Die politische Lage auf dem Kontinent ist unsicher, wir befinden uns im Krieg mit Frankreich. Auch die Machtverhältnisse innerhalb dieses Landes verschieben sich. Vielleicht brauche ich die Stimme in einem Jahr doch selbst, um einen Mann für mich im Unterhaus sitzen zu haben? Alles ist offen, und es liegt in meiner Verantwortung, vorausschauend zu handeln.«

Und das war noch nicht einmal gelogen. Es wäre vorschnell von ihm, das Grundstück so kurz vor der Wahl einfach aufzugeben. Obwohl er mit seiner Weigerung ein klein wenig auch seinem kindischen Trotz nachgab, es dieser Frau heimzuzahlen.

Sie lachte. Kurz, aber hart. »Herzlichen Glückwunsch, Euer Gnaden. Sie scheinen tatsächlich Ihr politisches Gewissen entdeckt zu haben. Oder zumindest die Möglichkeit, ein politisches Gewissen und eine Art Verantwortungsgefühl zu entwickeln.«

»Verantwortungsgefühl – möglicherweise«, sagte er und beugte sich ein bisschen näher zu ihr, so als wolle er ihr ein Geheimnis anvertrauen. Seine Nasenspitze berührte eine ihrer weichen, glänzenden Haarsträhnen, und er roch Vanille und noch etwas anderes. Zimt vielleicht, und es fügte sich zu einer verführerischen Mischung, die so perfekt zu dieser Frau passte, dass er gar nicht anders konnte, als ihren Duft tief in sich aufzusaugen. »Außerdem mag ich es, wenn ich meinen Willen durchsetzen kann. Besonders bei Frauen«, flüsterte er in ihr Ohr und hörte, wie sie nach Luft schnappte. Aber noch im gleichen Moment drehte er sich um und lief in Richtung Eingangstür. Das war auch besser so, denn ihr Duft und vor allem die unmittelbare Nähe zu ihr hatte etwas in ihm ausgelöst. Einen angenehmen, verlockenden Druck der Erregung in seiner Brust, der ihm bis in die Zehenspitzen lief und diesen völlig widersinnigen Wunsch in ihm aufkeimen ließ, sie berühren zu wollen.

»Dann haben Sie wohl noch keine passende Gegnerin gefunden, denn bei mir werden Sie Ihren Willen ganz sicher nicht durchsetzen«, hörte er sie antworten, als er schon im Türstock stand. Er drehte sich nicht um, doch er spürte, wie sich ein gänzlich unerwartetes Gefühl der Befriedigung in ihm ausbreitete.

Das hier zwischen ihnen war noch nicht zu Ende, erkannte er mit einem leisen Lächeln auf den Lippen. Und das gefiel ihm. Sehr sogar.

10.

Noch ehe sich Somervilles Schritte auf der Treppe mit dem Stimmengewirr und dem Geschirrgeklapper aus dem Gastraum vermischten, klopfte es schon wieder. Ohne darauf zu warten, dass Rebecca hereinbat, erschien ein Kopf im Türspalt.

»War das …?« Tom Millers Brauen wanderten verdächtig weit nach oben, als er die Tür weiter aufzog und mit dem Daumen über die Schulter deutete.

Rebecca gab ein Geräusch von sich, das erschreckende Ähnlichkeit mit einem Ächzen hatte.

»Der Duke of Somerville. Ja.«

Die Augen noch immer weit aufgerissen, begann Tom: »Was … warum …«

Es geschah selten, dass Tom um Worte rang. Eigentlich hatte Rebecca das in dem Jahr, in dem sie inzwischen befreundet waren, noch nie erlebt.

Abwehrend hob sie ihre Linke. »Ich möchte jetzt nicht darüber reden.«

Hastige Schritte näherten sich, und nun steckte auch Betty den Kopf zur Tür herein. »Was um alles in der Welt wollte der Duke of Somerville hier?«

»Ich hätte es nicht treffender formulieren können«, bekräftigte Tom und marschierte in den Salon.

»Ich glaube, mich befallen gerade fürchterliche Kopfschmerzen, ich brauche etwas Ruhe und …«

»Rebecca«, unterbrach Betty sie drohend und schloss die

Salontür hinter sich, »denk noch nicht mal dran, uns das jetzt nicht zu erzählen.«

Angestrengt stöhnte Rebecca und rieb sich mit Daumen und Zeigefinger über die geschlossenen Augenlider. »Also gut. Er hat es sich nicht nehmen lassen, mir persönlich mitzuteilen, dass er das Grundstück nicht an mich verkaufen wird.«

»Wir reden von einem Burgage?«, erkundigte sich Tom und nickte dankbar, als Betty auf das noch unberührte Teeservice deutete. Sie schenkte eine Tasse ein, ließ vier Zuckerstückchen reinfallen – Tom Miller hatte eine Vorliebe für stark gesüßte Getränke – und gesellte sich dann zu ihnen auf das Sofa. Eigentlich war es erstaunlich, dass Tom Miller, der Stellvertreter des wichtigsten Tuchhändlers des Landes, ausgerechnet mit einer ehemaligen Tuchschmugglerin befreundet war.

Aber Tom war eben … anders. Er war der uneheliche Sohn eines Laskars, der indischen Matrosen, die auf den unzähligen Handelsschiffen von und nach Indien angeheuert hatten. Seine Mutter war Engländerin gewesen und hatte ihren Sohn alleine großgezogen. Gemeinsam mit seinem besten Freund Alexander Wilkinson hatte Tom sich nach oben gearbeitet. Der Tuchhandel der beiden war vermutlich der erfolgreichste im ganzen Königreich. Mittlerweile belieferten sie sogar die Krone, und Tom war in der ganzen Stadt bekannt und respektiert. Obwohl er auffiel, denn seine Haare waren rabenschwarz und sein Hautton war dunkler als bei den meisten anderen Engländern. Sein Markenzeichen war aber seine ausgefallene Garderobe. Sie war elaboriert und richtete sich immer nach den neuesten Moden, die Stoffe waren edel und die Farben bunt. Stets trug er goldene Ringe an den Fingern und glänzende Seidenwesten, und er besaß eine schier unerschöpfliche Hut- und Spazierstockkollektion.

Das Beste an Tom war allerdings sein Humor und sein nicht zu bremsender Optimismus. Er war ein angenehmer Zeitgenosse und ein guter Redner, wortgewandt und einnehmend, und man konnte gar nicht anders, als ihn zu mögen. Zudem war er intelligent und ein überaus talentierter Geschäftsmann.

Und er war der Kandidat, den Rebecca ins Parlament schicken würde.

Wenn sie denn das dafür nötige zwölfte Grundstück irgendwo auftreiben konnte. Das Problem war nämlich, dass die lokale Elite, all diejenigen, die ebenfalls Grundstücke mit Stimmen besaßen, niemals für jemanden wie Tom stimmen würden. Schon aus Prinzip nicht, weil er ein Emporkömmling war und eine andere Hautfarbe hatte. Als Tuchhändler, der einen mit den neuesten Moden ausstattete, war er annehmbar. Auf der Straße wurde er gegrüßt, und die meisten Menschen unterhielten sich auch höflich mit ihm. Als Vertreter im Parlament war Tom für diese Männer jedoch undenkbar.

»Und wieso verkauft er nicht?«, riss seine Stimme Rebecca aus ihren Überlegungen.

»Weil …« Was sollte sie ihm nun sagen? Weil sie ihn tags zuvor beleidigt hatte und er sich nun rächen wollte?

»Ich glaube, er denkt, dass Frauen in der Politik nicht

mitmischen sollten.« So direkt hatte Somerville das nicht formuliert, aber er hatte es zumindest angedeutet. Und irgendetwas musste Rebecca doch nun sagen, oder nicht?

»Was für ein Narr.«

Das war der Grund, warum Rebecca Tom Miller so sehr mochte. Er schaffte es immer, das Richtige zu sagen. Außerdem bewertete er nicht. Er hatte Rebecca nie zum Vorwurf gemacht, dass sie Tuchschmugglerin gewesen war, obwohl sie damit doch eigentlich eine direkte Konkurrentin von ihm und Alexander Wilkinson gewesen war.

Denn er hatte verstanden, warum sie es getan hatte. Überhaupt verstanden Tom und sie sich sehr gut, schließlich hatten sie mehr Gemeinsamkeiten, als es auf den ersten Blick erkennbar war. Sie selbst war als Bastardin groß geworden, und noch immer ließ die vornehme Gesellschaft sie spüren, dass sie eine Außenseiterin war. Genauso wie er. Wobei sie sich die Schwierigkeiten und Vorurteile, die Tom aufgrund seiner Herkunft hatte erdulden müssen, vermutlich noch nicht einmal vorstellen konnte.

Jedenfalls hatten sie schnell gemerkt, dass sie beide das gleiche Ziel verfolgten: Menschen, für die sonst niemand spricht und die stets ignoriert werden, sollten eine Stimme im Parlament bekommen. Und genau deshalb hatten sie sich zusammengetan.

»Aber wir geben jetzt nicht so einfach auf, oder?« Prüfend blieb sein Blick auf Rebecca hängen. Es war ein Leichtes gewesen, Tom davon zu überzeugen, dass er sich als Kandidat für das Unterhaus aufstellen lassen sollte. Er wollte es selbst fast noch mehr als Rebecca.

»Wo denkst du hin? Jetzt geht es doch erst richtig los.« Gerade war sie sich allerdings selbst nicht so ganz sicher, wie genau sie das anstellen sollten. »Mir fällt schon was ein. Versprochen.«

Aber Tom hatte sich längst abgewandt und starrte in Richtung des Papierkorbs, aus dem tintengetränkte Putzlappen herausragten. Mit dem ausgestreckten Finger deutete er darauf, holte schon Luft, um eine Frage zu stellen, fing dann jedoch Rebeccas verdrossenen Blick auf und ließ es sein. Schulterzuckend wandte er sich an Betty. »Gibt es eigentlich auch Häppchen?«

Ein Leuchten ging durch Bettys Augen. »Natürlich!«

Sofort stand sie auf und machte sich auf den Weg nach unten. Toms warme braune Augen folgten ihr, bis sie im Türrahmen verschwunden war.

Rebecca hatte nie gefragt, was das zwischen Betty und ihm war. Oder ob da überhaupt etwas war. Als Betty und Tom sich letztes Jahr kennengelernt hatten, hatten alle den Eindruck, ihre Gesellschafterin hätte sich rettungslos in den gut aussehenden Tuchhändler verschossen. Auf einigen Spaziergängen entlang des Avon hatte Rebecca sich absichtlich ein paar Schritte zurückfallen lassen, damit die beiden Zeit bekamen, ungestört miteinander zu reden. Nach einem Weilchen hatte sich Bettys Vernarrtheit allerdings gelegt, und seit letzten Herbst schien sich eine Freundschaft zwischen ihnen entwickelt zu haben – rein platonisch natürlich. Und Rebecca schätzte beide zu sehr, um mit unbedachten Nachfragen etwas aufzuwühlen, was beide offenbar hinter sich gelassen hatten. Zumindest vermutete Rebecca das.

Tom beobachtete sie, während auch sie sich nun eine Tasse Tee eingoss.

»Rebecca?«

»Ja?«

Schweigen. »Du wirst aber nicht wieder irgendeine … fragwürdige Sache machen, um an dieses eine fehlende Grundstück zu kommen, oder?«

Langsam drehte sie sich zu ihm und sah ihn an. Auffällig lange und ohne die Zuckerdose und den kleinen Silberlöffel abzulegen, die sie noch in den Händen hielt. Toms Blick irrte auf beides, und dann schien ihm die ganze Situation doch unangenehm zu werden.

»Was denn!«, verteidigte er sich. »Es ist ja nicht so, dass du bisher ein völlig unschuldiges und unbescholtenes Leben geführt hättest.«

Und jetzt konnte sich Rebecca nicht mehr zurückhalten und musste breit grinsen. »Nein, keine Sorge, Tom. Dieses Mal geht alles mit rechten Dingen zu.«

Hoffe ich zumindest. Aber das sprach sie natürlich nicht aus.

11.

Leise schloss Rebecca die Tür zu ihrem Schlafzimmer. In der Rechten hielt sie einen Kandelaber, auf dem vier Kerzen brannten, und mit der Linken schob sie den Riegel vor. Er gab ein schabendes metallenes Geräusch von sich, und ein oder zwei Atemzüge lang hielt sie inne, um sich für das zu wappnen, was nun folgen würde.

Betty war einmal auf den Riegel aufmerksam geworden und hatte sie danach gefragt. Man schloss nicht einfach so sein Schlafzimmer ab. Eigentlich war es sogar gefährlich, denn sollte im White Lion jemals wieder ein Brand ausbrechen, würde Rebecca ihre Flucht damit deutlich komplizierter machen. Sie hatte sich eine Ausrede einfallen lassen und ihre Freundin abgewimmelt – und Betty hatte inzwischen ein feines Gespür dafür, wann sie bei Rebecca besser nicht weiter nachbohrte.

Im Übrigen schob Rebecca den Riegel ja auch wieder zurück, sobald sie bettfertig war. Nur wollte sie *bis dahin* eben ungestört bleiben.

Ein Teil von Rebeccas allabendlichem Ritual war, alle sechs Kandelaber in ihrem Schlafzimmer anzustecken. Sie mochte den heimeligen Orangeton und die angenehme Wärme, die die Kerzen verströmten. Außerdem benutzte sie in ihrem Schlafzimmer nicht die billigen Talgkerzen, die meist einen strengen Geruch verströmten, sondern leistete sich teure Wachskerzen, manchmal sogar echtes Bienenwachs, das immer so fein duftete.

Sie versuchte eben das, was nun kam, so angenehm wie möglich zu gestalten. Denn noch immer fiel es ihr schwer.

Mrs. Rebecca Seagrave fürchtete sich davor, sich auszuziehen – es war lächerlich und bestürzend zugleich.

Sorgsam stellte sie den Kerzenständer auf ihrem Kosmetiktisch ab. Er war beinahe so groß wie ihr Schreibtisch im Salon. Eine Unmenge an Tiegeln, Fläschchen und Döschen stand darauf, und das flackernde Kerzenlicht warf ihren Schatten verzerrt und übergroß an die Wand – ein nicht ganz wahrheitsgetreues Abbild der Wirklichkeit. Ein Trugbild.

Genauso wie du selbst.

Die wirkliche, die echte Rebecca Seagrave kam immer erst abends zum Vorschein. Wenn sie in ihrem luxuriösen Schlafzimmer mit den dunkelroten Seidentapeten und dem verschnörkelten Himmelbett aus Ebenholz alleine war. Die Vorhänge daran waren nicht aus festem Brokat oder Samt, wie er sonst für Bettvorhänge verwendet wurde, sondern aus durchscheinendem cremefarbenem Musselin. Seit dem Feuer, in dem ihr Mann in ihrem gemeinsamen Schlafzimmer ums Leben gekommen war, hatte Rebecca das Gefühl, dort sonst keine Luft mehr zu bekommen. Der Gedanke war natürlich völlig unsinnig. Man erstickte nicht in seinem Bett, nur weil die Vorhänge zugezogen waren. Aber oftmals fiel es Rebecca schwer, ihre Empfindungen in rationale Gedanken zu übersetzen.

Mit langsamen, bedachten Bewegungen zog sie ihr tiefblaues, einfach geschnittenes Seidenkleid aus und hängte es in ihrem Boudoir auf, entledigte sich der Hüftkissen, die mit einem Band über ihrer Korsage angebracht waren, ihres Unterrocks und ihrer Strümpfe und schlüpfte in die weichen Fellpantoffeln, die vor dem Schminktisch standen.

Anschließend löste Rebecca die Klammern aus ihren Haaren, die ihr in schweren dunkelbraunen Wellen auf die Schultern fielen, und bürstete sie mit vorsichtigen, aber bestimmten Bewegungen aus.

Sie hatte beschlossen, dass sie ihr abendliches Ritual zelebrieren musste, denn vielleicht verlor es ja dann irgendwann auch seinen Schrecken. Deshalb schenkte sie sich ein Glas Likör ein, eine sirupartige hellgelbe Flüssigkeit. Zitronenlikör, einer ihrer Stammkunden hatte ihr das ausgefallene Getränk von seiner Grand Tour aus Italien mitgebracht. Sie nippte an dem Glas, spürte das kühle Getränk und den fruchtigen Geschmack auf der Zunge und konzentrierte sich einen Moment lang nur auf das kräftige Zitronenaroma, das in ihrem Mund explodierte. Jeden Abend trank sie ein Gläschen davon, und sie hatte wirklich das Gefühl, dass sie damit einen Hauch der Sonne und Wärme Italiens in ihr spärlich beleuchtetes Schlafzimmer brachte. Für ein Weilchen schloss sie die Augen und musste lächeln, als sie sich Zitronenbäumchen vorstellte, die in sonnengebleichten Terrakottatöpfen auf einer Terrasse standen und sich sanft im lauen Sommerwind Siziliens hin und her wiegten …

Mit einem Räuspern stellte sie das Glas wieder ab und betrachtete nun ihr Spiegelbild. Die üppigen, dunkel gewellten Haare, um die sie so viele Frauen beneideten. Ihre fein gezeichneten Gesichtszüge, die vollen Lippen, die kleine gerade Nase.

Ein Schnauben entfuhr ihr. All das war doch nur Schein.

Wie immer wusch sie sich an dem schmalen Waschtisch zuerst Gesicht und Hände, rieb sich trocken und genoss es, das raue Handtuch auf ihrer Haut zu spüren. Sie griff nach dem dunkelgrünen Glasfläschchen und tupfte sich Gerstenwasser auf Gesicht und Dekolleté, bevor sie eine nach

Kakao und Rosen duftende Creme auftrug und langsam einmassierte. Auch auf ihren Händen, denn die waren heute von ihren vergeblichen Versuchen, die Tintenflecken mit der Wurzelbürste loszuwerden, rot und aufgeraut. Sie ließ die Creme einziehen, nahm noch einen letzten, kräftigen Schluck des Zitronenlikörs, inspizierte ihre Fingernägel, zupfte dann einige Flusen von dem Handtuch, das auf dem Schminktisch neben ihr lag – und war sich vollkommen bewusst, was sie da gerade tat. Sie versuchte, Zeit zu schinden. Als ob es weniger schlimm werden würde, wenn sie damit wartete.

Mach es einfach.

Langsam öffnete sie die Korsage, die vorne geschnürt wurde und an einer Stelle an der Innenseite sogar zusätzlich mit weichen Tüchern ausgekleidet war, damit die Streben des Korsetts nicht so stark drückten. Rebecca ließ sich absichtlich nur Korsagen anfertigen, die vorne geschnürt wurden, damit sie in der Lage war, sich selbst an- und auszukleiden. Seit dem Unfall hatte sie sich dabei nicht mehr helfen lassen.

Loch für Loch lockerte sie die Schnüre mit ihren Fingern und fädelte sie dann heraus, und für einen winzigen Moment schloss sie die Augen, als der Druck der Korsage auf ihren Bauch und Brustkorb nachließ und sie sich plötzlich frei und leicht fühlte.

Zögerlich öffnete sie die Augen und erkannte sofort den beinahe handtellergroßen Flecken auf ihrem Unterkleid, links von ihrem Nabel.

Sie schluckte. Es nässte schon wieder. Mit einer schnellen Bewegung streifte sie sich die Korsage von den Schultern und zog sich das Unterkleid über den Kopf, ließ beides achtlos zu Boden fallen und starrte ihr nacktes Ich im Spiegel an.

Das war sie. Die wirkliche Rebecca, ungeschützt und unverhüllt.

Von ihren Hüftknochen über ihren Bauch bis hinauf zu ihren Brüsten zogen sich Narben. Hässliche, verknotete und aufgeworfene Haut, die rot schimmerte und manchmal sogar noch nässte. Sie erinnerte Rebecca an die Haut eines Reptils, einer Schlange womöglich.

Sie war wie eine Gestalt aus einem Albtraum.

Manchmal, wenn Rebecca die Augen schloss, erinnerte sie sich daran, wie ihr Körper vor dem Unfall gewesen war. Dann fuhr sie mit den Fingern ihre nackte Haut entlang, von der seidig weichen Unterseite ihrer Brüste über die Rippen und ihre fein geschwungene Taille nach unten zu ihren schmalen Hüften. Aber ihre Erinnerung zerplatzte, sobald ihre Fingerspitzen über die Stellen mit den Verbrennungen strichen. Sie spürte die dicken und rauen Stellen, die Wülste und roten Unebenheiten, die sich wie ein Netz über ihren gesamten Bauch bis zu ihren Brüsten spannten.

Es war damals bei dem tragischen Feuer im White Lion passiert, als ihr Mann ums Leben gekommen war. Er hatte geschlafen, und sie hatte versucht, ihn aus dem Bett zu ziehen, das bereits Feuer gefangen hatte. Doch er war vom Rauch bewusstlos und viel zu groß und schwer für sie gewesen. Das Bett war kollabiert, die brennenden Balken waren auf ihren Körper hinabgeregnet, ihr Kleid hatte Feuer gefangen und ihre enge Korsage hatte die Haut darunter versengt. Irgendjemand hatte sie aus dem Feuer gerettet, bis heute wusste sie nicht, wer.

Wochenlang hatte sie nach dem Unfall das Krankenbett nicht verlassen. Mit leerem Blick und einer dumpfen Taubheit in ihrer Brust hatte sie ihre Verletzungen ertragen. Damals war sie fast froh gewesen um ihre verbrannte Haut, denn der rasende Schmerz hatte Rebecca von dem in ihrem Inneren abgelenkt. Von ihrem gebrochenen Herzen, das so viel schwerer zu ertragen war und ihre Seele verdüstert hatte.

Sie hatte sich die Schuld am Tod ihres Mannes gegeben und erst viele Monate nach dem Unglück eingesehen, dass es sinnlos war, sich mit Selbstvorwürfen zu zerfleischen. Die Pfeife, die ihrem Ehemann Robert im Schlaf aus der Hand gefallen sein musste, hatte das Bett in Brand gesetzt. Selbst wenn sie oder die Bediensteten ihn noch aus dem Haus hätten bringen können, wäre er seinen Verletzungen vielleicht erlegen.

Es hatte wehgetan, sich das einzugestehen. Aber die Erkenntnis war auch befreiend, wie ihr irgendwann aufging. Schließlich hätte Robert nicht gewollt, dass sie sich den Rest ihres Lebens grämte. Er hätte gewollt, dass sie weiterlebte, glücklich war und an ihren Träumen und Ambitionen arbeitete, und genau das hatte sie dann getan.

Übrig geblieben waren ihre Narben. Nicht immer schmerzten sie, doch sie erinnerten Rebecca jeden einzelnen Tag an die schreckliche Nacht.

Zu Anfang hatte sie noch Hoffnung gehabt. Hatte Cremes benutzt, so viele verschiedene. Sie hatte Verbände um ihre Körpermitte gewickelt und war bis nach London gereist, um Apothekern einen Besuch abzustatten. Sie hatte sich übel riechende, geradezu ekelhafte Pasten auf die Haut geschmiert.

Aber jeden Abend, wenn sie sich vor dem Spiegel ihrer Kleider entledigt und so sehr gehofft hatte, dass die Narben ein klein wenig zurückgegangen waren, dass sie nur ein winziges bisschen weniger rot oder groß wären, war sie enttäuscht worden.

Nichts hatte sich verändert, die Narben waren eher noch schlimmer geworden, hatten sich zu dunkelroten Geschwülsten verhärtet, manche waren im ersten Jahr sogar immer wieder aufgebrochen.

Nach einer Weile waren ihr Unglauben und ihre Bestürzung in Wut übergegangen, wenn sie sich nackt im Spiegel gesehen hatte. Auf ihren Körper, weil er einfach nicht mehr heilen wollte. Auf ihren Ehemann, dass er sie im Stich gelassen hatte. Auf alles und jeden, und sie wusste noch nicht einmal, wieso.

Der Groll hatte sich in ihrer Seele eingenistet, und wie ein böser Dämon hatte er bloß darauf gewartet, immer wieder aus ihr hervorzubrechen.

Aber auch ihre Wutanfälle waren vorübergegangen. Man hatte sie ihr nachgesehen, denn sie hatte ihren Mann verloren, und so plötzlich verwitwet war es ja kein Wunder, dass sie verrückt wurde, oder nicht?

Inzwischen hatte Rebecca ihr Aussehen akzeptiert und viele Strategien entwickelt, von ihrem Makel abzulenken und ihre Selbstzweifel zu überspielen. Außer dem Arzt, der sie nach dem Unglück einige Tage lang behandelt hatte, ahnte niemand, was sich unter ihrer elaborierten Garderobe verbarg.

Das Gefühl der Scham und der Unzulänglichkeit war ihr ohnehin bereits wohlbekannt gewesen. Schließlich hatte sie ihrem Mann Robert trotz vier Jahren Ehe keine Kinder schenken können. Auch wenn er stets versucht hatte, sich nichts anmerken zu lassen, hatte sie seine Enttäuschung darüber, dass sie keine richtige Familie waren, immer gespürt – und es hatte ihr zu schaffen gemacht. Ihr Körper hatte nicht das getan, wofür er eigentlich bestimmt worden war: nämlich Kinder auf die Welt zu bringen. Und jetzt trug er auch noch diese knotigen Brandnarben. Es hatte lange gedauert, bis Rebecca ihre Unzulänglichkeiten hatte akzeptieren können. Monate, eigentlich Jahre.

Bis zu dem Tag, an dem im White Lion dieser Mann zu Besuch gewesen war, ein ehemaliger Marineoffizier. Er war bei einem Angriff der Franzosen in ein Feuer geraten und hatte völlig vernarbte Arme gehabt. Das Seltsame war, er hatte sie nicht versteckt. Während des Kartenspiels hatte er sogar seine Ärmel hochgekrempelt und allen, die ihn unverhohlen angestarrt hatten, gesagt: *Schaut ruhig. Meine Arme mögen anders aussehen, aber sie tun trotzdem noch ihren Dienst, genauso gut wie jedes andere paar Arme auch.*

Er hatte gelacht und sich weiter dem Kartenspiel gewidmet.

Und dann war Rebecca ins Nachdenken gekommen. Natürlich hatte sie nicht mehr so makellose Haut wie früher. Sie schmerzte und juckte oftmals, und jeden Tag musste

Rebecca sie eincremen, sonst wurden die Narben noch rauer und unnachgiebiger. Aber ihre Entstellung war auch ein Zeichen dafür, dass sie das furchtbare Feuer überlebt hatte und auch später nicht an einem Wundfieber gestorben war.

Im Grunde waren ihre Narben doch ein Zeichen ihrer Stärke und nicht von Schwäche, fand sie.

Nur fanden das eben die Männer nicht.

Ekelhaft, hatte einmal einer zu ihr gesagt. Es war ihm bloß herausgerutscht, aber sie hatte es trotzdem gehört. Er war der einzige Mann, dem sie sich nach dem Unfall jemals gezeigt hatte. Es wäre ihre erste gemeinsame Liebesnacht gewesen. Doch als seine Hände ihren vernarbten Bauch berührt hatten, war er ganz erschrocken gewesen und sogar aus dem Bett aufgesprungen. Zwar hatte er sich schon im nächsten Atemzug für seine unbedachte Reaktion stammelnd und sichtlich überfordert entschuldigt, aber Rebecca hatte ihn dennoch hinausgeworfen. Noch nie in ihrem Leben hatte sie sich so sehr geschämt wie an diesem Abend und den Tagen danach. Zweimal hatte sie dem Mann einen Besuch abstatten wollen, nur um ihm ihre Lage und ihre Geschichte zu erklären. Er hatte sich immer verleugnen lassen.

All das hatte ihre Schmach und das Gefühl der Erniedrigung bloß noch schlimmer gemacht. Ein Mensch, den sie mochte und sogar begehrt hatte, fand sie abstoßend und hatte sich sogar angewidert von ihr abgewandt – wegen ihrer Narben.

Damals hatte sie sich geschworen, dass sie so etwas nie wieder erleben wollte. Deshalb würde sie keine Beziehung mehr eingehen und sich um Himmels willen auch nicht mehr verlieben. Das würde nämlich bedeuten, dass sie ihr Herz öffnen würde und sie sich zeigen müsste. Obwohl bereits von vornherein klar war, dass sie zurückgestoßen und verletzt werden würde. So wie sie aussah – wer konnte sie da schon attraktiv finden, sich zu ihr hingezogen fühlen oder sie gar lieben? Es ging einfach nicht.

Dabei wünschte sie es sich so sehr. Wieder jemanden an der Seite zu haben, der alles mit ihr teilte, ihr Leben und auch ihr Bett. Ihre Sehnsucht nach Berührung und körperlicher Nähe war mit ihrem Entschluss, sich keinem Mann mehr zu zeigen, nicht einfach weggegangen. Sie war noch da, und manchmal hatte Rebecca das Gefühl, dass sie sie innerlich zerriss.

Jeden Tag zeigte sie sich als resolute, durchsetzungsfähige Frau. Sie war Jungunternehmerin und strebte politischen Einfluss an. Aber nichts davon konnte ihre Einsamkeit aufwiegen, ebenso wenig wie ihre Angst, sich so zu zeigen, wie sie wirklich war, mit all ihren Narben und Unzulänglichkeiten.

Rebecca wurde von den Menschen respektiert, manchmal sogar bewundert. Niemand ahnte jedoch, was wirklich in ihr vorging. Nicht einmal ihren engsten Freundinnen Isabella und Betty hatte sie bisher davon erzählen können. All das für sich zu behalten, dieses riesige Geheimnis, diese Bürde, machte sie einsam. Verzweifelt einsam, manchmal. Deshalb hatte sie auch ein zweites Mal versucht, sich auf einen Mann einzulassen. Phillip Parker war nett und gutherzig gewesen. Vielleicht hätte er sogar über ihre Narben hinweggesehen. Rebecca wusste es nicht, denn sie hatte es nie so weit kommen lassen. Sie hatte die Beziehung abgebrochen, noch ehe sie sich ihm hätte offenbaren können. Weil ihr klar geworden war, dass Phillip eine Familie wollte, dass er Kinder liebte und sich selbst welche wünschte. Und sie wusste doch, dass sie keine bekommen konnte, das hatten die vier kinderlosen Ehejahre ja gezeigt. Sie hatte Phillips Leben nicht zerstören wollen und sich von ihm getrennt.

Rebecca atmete tief aus und griff nach dem Fläschchen mit dem Öl vom Meerrettichbaum, ein teurer Import aus Indien, den sie beinahe jeden Abend auf ihre Narben strich und das diese reduzieren sollte. Direkt daneben stand ein kleines Behältnis mit Laudanum. Ganz selten nahm Rebecca ein paar Tropfen davon. Nur dann, wenn sie keine Kraft mehr hatte, eine weitere durchwachte Nacht durchzustehen, und sie es müde war, zu grübeln und sich Sorgen zu machen. Aber das passierte inzwischen kaum noch. Am nächsten Morgen musste sie bei klarem Verstand sein, und das Laudanum setzte sie für gewöhnlich mehr als nur eine Nacht lang außer Gefecht. Und eigentlich fand sie es feige, sich in das Vergessen einer Droge zu flüchten, statt die Probleme anzugehen, die sich vor ihr auftaten.

Nun gut. Das mit dem Probleme lösen hatte heute womöglich nicht ganz so gut geklappt.

Zuerst das Malheur mit dem Tintenfässchen, bei dem ein Gutteil ihrer Korrespondenzen und Einkaufslisten zerstört worden waren. Dann das sehr unerfreuliche Gespräch mit dem Duke of Somerville, der es sich nicht hatte nehmen lassen, ihr höchstpersönlich mitzuteilen, dass er ihre politischen Ambitionen durchkreuzen würde. Und als sie ihrem Anwalt Symmons einen Besuch abgestattet hatte, hatte ihr dieser auch noch mit sichtlichem Unbehagen mitgeteilt, dass in ihrem Wahlkreis jedes, wirklich jedes einzelne Burgage, das nicht einer alteingesessenen Familie gehörte, im Besitz dieses verdammten Dukes of Somerville war.

Der Duke. Er bedeutete Ärger, das hätte sie sich eigentlich schon denken können, als sie ihm bei Sonnenaufgang dort vor dem Crescent begegnet war und er ihr allen Ernstes Avancen gemacht hatte.

Und jetzt hatte er sie auflaufen lassen, obwohl er genau wusste, wie wichtig all das für ihre politischen Ziele wäre.

Und zu allem Überfluss hatten sie sich auch noch so völlig unpassend, regelrecht zweideutig voneinander verabschiedet. Was war eigentlich in sie gefahren, als sie zu ihm *Bei mir werden Sie Ihren Willen ganz sicher nicht durchsetzen* gesagt hatte? Als hätten sie eine Affäre verhandelt.

Und dann auch noch das anzügliche Grinsen, das sie auf seinem Gesicht zu erkennen geglaubt hatte, als er ihren Salon verließ.

Dieser Mann verweigerte ihr den so wichtigen Grundstücksverkauf und hatte sie herausgefordert. Damit war er zu ihrem Widersacher geworden. Zu ihrem Feind. Und trotzdem hatte er diese … Wirkung auf sie. Er versuchte, ihr Ziel zu vereiteln, und gleichzeitig war er charmant, attraktiv und …

Rebecca säuberte ihre ölverschmierten Finger an einem Tuch, begutachtete den Fleck auf ihrem Unterkleid und schrubbte – möglicherweise etwas vehementer als notwendig – diesen mit Seife über ihrer Waschschüssel heraus.

Er war doch sowieso der Letzte, auf den sie sich einlassen würde.

Verwöhnt, selbstherrlich, arrogant. Suchte sich jeden Abend eine neue Gespielin für sein Bett.

Niemals, wirklich niemals würde sie sich ihm offenbaren. Er würde sie doch auslachen, wenn er sie nackt sah. Das, oder er würde sich angewidert zurückziehen und aufspringen, als hätte er sich an ihr verbrannt, genauso wie es ihr anderer Liebhaber auch gemacht hatte.

Wie jeder normale Mann auf sie reagieren würde.

Sie wrang das Unterkleid aus, schüttelte sich das Wasser von den Händen und hing das Wäschestück über einen der Balken ihres Himmelbetts. Die Vorhänge zog sie ja ohnehin nie zu. Über Nacht würde es trocknen, und morgen würde niemand mehr etwas davon ahnen.

Eine leichte Gänsehaut überzog ihren Rücken, denn noch immer war sie nackt. Rebecca stöhnte frustriert, als sie sich in ihr langärmeliges Nachthemd kämpfte. Der grobe Stoff rieb über ihre Brustwarzen, die sich unter der Berührung sofort aufstellten. Wie sehr vermisste sie es. Die Hände eines Mannes auf ihrem Körper, auf ihren empfindlichsten Stellen. Sie setzte sich auf die Bettkante, griff nach dem Tiegel und cremte auch ihre Beine ein. Eine feine Duftwolke von Kakao und Rose umfing sie, und sie massierte von ihren Knien über die Oberschenkel, strich über die zarte Haut auf deren Innenseite und kurz, nur ganz kurz, berührten ihre Finger auch ihre Scham, die Haare, die sich dort immer etwas rau anfühlten, aber doch so weich waren. Wieder stöhnte Rebecca, diesmal leiser und gequälter. Sie schloss die Augen, ließ sich nach hinten auf die weiche Bettdecke sinken und begann mit ihren Fingern zu kreisen, sanft, in ihrem ganz eigenen Rhythmus. Sie spürte, wie sie feucht wurde und sich Erregung von ihrer Mitte in ihren gesamten Körper ausbreitete, eine Wärme und ein wohliges Gefühl. Es katapultierte sie hinaus aus ihrem Schlafzimmer, in eine Welt aus schönen Empfindungen und angenehmer Erregung, in der auch ein Hauch des animalischen Verlangens mitschwang, das in Rebeccas Körper stets glühte und schon so lange unbefriedigt war. Rebecca verstärkte den Druck ihrer Finger und das Kreisen, und dann tauchte ein Gesicht vor ihr auf, *sein* Gesicht, sein Lachen, seine leuchtend blauen Augen und der durchdringende, anzügliche Blick, seine großen, warmen Hände …

Rebecca schrak nach oben. Sie sah sich benommen um und schüttelte leicht den Kopf, als könnte sie damit auch das Bild loswerden, das gerade vor ihrem inneren Auge aufgetaucht war.

Was, um Himmels willen, stimmte denn nicht mit ihr?

Sie hatte gerade an ihn gedacht, an den Duke, während sie sich …

Sofort stand sie auf, schrubbte sich die Hände mit Seife über der Waschschüssel und verdrängte das letzte Gefühl von Lust, das in ihrem Unterkörper noch nachklang.

Dieser Mann war dabei, ihren Lebenstraum zu zerstören, und sie fantasierte sogar noch über ihn?

Aber halt – er würde ihren Lebenstraum nicht zerstören. Denn so einfach würde sie ihr Ziel nicht aufgeben, nur weil es der Laune dieses einzelnen, selbstbezogenen Dukes entsprach.

Rebecca fasste einen Entschluss. Sie würde jetzt nicht im White Lion sitzen bleiben und darauf hoffen, dass sie nächstes Jahr wie durch ein Wunder doch genügend Stimmen für Tom bekam.

Sie musste das machen, was alle anderen Politiker auch taten. Sie musste einen Gönner finden. Am besten eigentlich eine Gönnerin. Eine reiche Frau, die verstand, was Rebecca erreichen wollte. Die ihre Ziele nicht als Hirngespinst abtat, sondern ihr half, diese in die Tat umzusetzen. Eine Witwe oder eine Erbin mit Lebenserfahrung und Geld. Viel Geld.

Es gab sie ganz bestimmt irgendwo, aber Rebecca würde sie in so kurzer Zeit hier in Bath vermutlich nicht finden. Es würde noch Monate dauern, bis vor Ort die Sommersaison begann. Gerade im Moment tummelte sich die High Society nämlich noch in London, und deshalb musste sie auch dorthin reisen. Sie musste innerhalb der Beau Monde Verbindungen knüpfen, denn die prägte die Politik mindestens ebenso viel wie die Debatten im Parlament.

Der Duke würde an sie verkaufen.

O ja, das würde er. Sie würde ihm ein Angebot machen, das er gar nicht ausschlagen konnte, genauso wie sie es bei Castledown gemacht hatte. Und sollte er trotzdem darauf beharren, nicht zu verkaufen – aus Prinzip oder weil er sich und ihr irgendetwas beweisen wollte –, dann würde sie eben einen anderen Weg finden, ihn dazu zu bewegen. Rebecca griff nach dem Likörglas, schenkte es erneut voll und leerte das Glas in einem Zug. Genau das würde sie tun. Der Duke würde nicht gewinnen, denn er hatte keine Ahnung, mit wem er sich gerade angelegt hatte.

Diese Nacht schlief Rebecca tief und fest bis zum ersten Hahnenschrei.

12.

»Ein Spaziergang in den Vauxhall Gardens! Immerhin.« Triumphierend hielt Rebecca ihrer Freundin das Schreiben unter die Nase. Betty schielte auf das Papier, konnte die Unterschrift darauf aber wohl nicht entziffern.

»Und mit wem?«, fragte sie und versuchte, ein Niesen zu unterdrücken, was jedes Mal in einem furchtbar niedlichen Geräusch endete.

Schon seit sie hier in London angekommen waren, litt Betty unter einer laufenden Nase und heftigen Niesattacken. Wegen der schlechten Luft, hatte sie behauptet, dabei waren sie noch nicht einmal in einem Viertel, in dem der Gestank und der Ruß von vielen Schornsteinen die Luft verpestete. Sie hatten ein Apartment am vornehmen Bedford Square bezogen. Alle Gebäude hier gehörten zum

Besitz des Duke of Bedford, der die meisten Wohnungen aber über Pächter vermieten ließ. Mrs. Rosewood, eine rüstige Witwe jenseits der sechzig, war ihre Landlady und hatte sie gestern mit Tee und Gebäck herzlich empfangen und sie in ihr neues Londoner Zuhause eingewiesen: zwei Schlafzimmer, einen Salon, einen Ankleideraum sowie ein Dienstmädchen und eine Köchin, die Rebecca und Betty versorgen würden.

Eine passende Wohnung anzumieten war ein Leichtes gewesen, schließlich hatte Rebecca als Gastwirtin über die Jahre hinweg genügend Kontakte gesammelt. Aber dann hatten ihre Schwierigkeiten auch schon begonnen. Eine Unterkunft zu finden war eine Sache. Als Neuankömmling in London auf Hausgesellschaften, Picknicks oder in die Oper eingeladen zu werden – also der eigentliche Grund, warum man nach London kam –, dagegen eine ganz andere. Dazu musste man die *richtigen* Leute kennen, und ganz offenbar tat Rebecca das nicht. Fünf Briefe hatte sie geschickt und damit alle Kontakte, über die sie in London verfügte, angeschrieben. Isabella und Alexander waren im Grunde ihre wichtigste und wertvollste Bekanntschaft. Doch die beiden würden noch einige Wochen auf sich warten lassen und ließen es sich gerade irgendwo in Italien gut gehen. In jedem Falle hatte Rebecca innerhalb eines halben Tages vier Absagen erhalten. Man habe gerade keine Ausflüge oder Abendgesellschaften geplant, aber Rebecca könne gern mal auf einen Hausbesuch kommen.

Was sicher nicht der Wahrheit entsprach. Natürlich würden die Herrschaften, darunter eine Baroness, ein verwitweter Marquess und die Ehefrauen zweier Abgeordneter im Unterhaus, auf Abendgesellschaften oder in die Oper gehen. Sie hatten nur keinerlei Interesse, dabei eine einfache Gastwirtin aus der Provinz mitzunehmen. Dass das White Lion eines der besten Häuser in Bath war, spielte wohl keine Rolle. Rebecca arbeitete für ihr Einkommen, und war nicht adelig und damit auch niemand, mit dem man unbedingt gesehen werden wollte.

Doch das war alles nicht so schlimm, denn einer ihrer Kontakte hatte ihr ja jetzt angeboten, sie zu einem vergnüglichen Nachmittagsspaziergang in die Vauxhall Gardens zu begleiten. Ein Anfang war also gemacht.

Einfach nur spazieren gehen konnte sie natürlich auch alleine. Einen Ausflug in einen der Parks machte man jedoch nie um seiner selbst willen. Es ging darum, gesehen zu werden, sich mit Freunden auszutauschen und neue Bekanntschaften zu schließen. Auch ohne Begleitung würde sie in einem der Pleasure Gardens durchaus Menschen kennenlernen. Ziemlich sicher wären das aber vornehmlich Männer, die ganz bestimmte Absichten hegten. Und daran hatte sie ja nun wirklich kein Interesse.

Das war auch ein Unterschied zu Bath. Natürlich stellte man dort ebenfalls seinen Reichtum zur Schau, vergnügte sich auf Bällen, badete in den heißen Quellen, verspielte sein Geld und verbrachte ein paar angenehme Wochen in der Sommerfrische. Die Nähe zum Parlament in Westminster bedeutete allerdings, dass man sich in London niemals nur zum Vergnügen traf. Alles, aber wirklich alles, was man hier tat, war mit Bedeutung aufgeladen und hatte potenziell auch Auswirkungen. Jeder Opernbesuch, jeder Abend im Theater oder auf einem Ball und jeder Spaziergang in einem der Parks war eine strategische Entscheidung.

»Der bayerische Botschafter, Graf von Haslang, hat uns beide zu einem kleinen Ausflug in die Vauxhall Gardens geladen«, erklärte Rebecca schließlich. Dass der Graf ein alter Schmugglerkontakt war, dessen Botschaft mehr einem Tuchlager glich als einer tatsächlichen Botschaft, war ja zunächst mal vollkommen nebensächlich.

»Diesen Namen habe ich noch nie gehört – ich wusste gar nicht, dass du Botschafter zu deinem Bekanntenkreis zählst.«

»Jetzt weißt du es«, antwortete Rebecca. Möglicherweise etwas zu schnell, das merkte sie, als ihre Freundin ihr einen zweifelnden Blick zuwarf.

Bevor Betty allerdings noch etwas sagen konnte, nieste sie erneut und putzte sich lautstark die Nase. »Ich werde das Gefühl nicht los, dass du mir etwas verschweigst«, nuschelte sie dann in ihr Taschentuch.

»Möglicherweise«, gab Rebecca zu. »Aber ich habe meine Gründe dafür.«

Und über die möchte ich jetzt nicht sprechen – sie sagte es nicht, doch Betty verstand auch so.

Mittlerweile war Rebecca aufgestanden, zum Fenster gegangen und hatte sich mit beiden Händen auf dem marmornen Fenstersims abgestützt. Sie blickte auf das Frühlingsgrün, das in der kleinen Parkanlage am Bedford Square auf den Bäumen spross, und meinte sogar, zwischen den gusseisernen Zaunstangen noch einige späte Tulpenblüten hervorblitzen zu sehen. Was vollkommen verrückt war, denn Tulpenzwiebeln kosteten ein Vermögen – sie in einem quasi öffentlichen Park anzupflanzen war ein unglaublicher Luxus. Aber sie logierten eben auch im Londoner West End – und wo konnte man Luxus erwarten, wenn nicht hier? Ohnehin besuchte diese kleine Grünanlage nur ein ganz erlauchtes Publikum.

Viele der Häuser hier am Bedford Square waren erst vor knapp zwanzig Jahren errichtet worden. Alles sah ordentlich und sauber aus, und selbst auf der breiten Straße vor den Gebäuden herrschte ein gewisser Hauch von Exklusivität – die Menschen trugen farbenfrohe, exquisite Kleider, und die Kutschen waren vornehm und modern. Mondäne Gebäude und Reichtum war Rebecca durchaus schon aus Bath gewohnt. Doch selbst das war hier anders. Alles war noch ein wenig teurer und besonderer, und vielleicht auch ein wenig übertriebener. Vermutlich machte das die Nähe zum Königshof.

Und noch etwas war Rebecca aufgefallen, als sie bei ihrer Ankunft mit der Kutsche die ersten Ausläufer der Stadt durchquert hatten. Es gab hier sehr viel mehr arbeitende Frauen als in Bath. Das war kein Wunder, denn eine ganze Armee an alleinstehenden Männern ging hier in London ihren Tätigkeiten nach: Jura- und Medizinstudenten, Anwälte, Ärzte, Geistliche und Angestellte. Sie alle benötigten weibliche Arbeitskräfte für die Organisation und die Bewältigung ihres täglichen Lebens. Die niederen Arbeiten erledigte praktisch kein Mann selbst. Waschfrauen und Näherinnen, Putzfrauen, Köchinnen und Dienstmädchen und natürlich auch eine unglaubliche Menge an Freudenmädchen tummelten sich hier in London, bewohnten kleinste Zimmer oder Apartments und sorgten dafür, dass das Leben der Junggesellen reibungslos und angenehm verlief – egal, um welche Aspekte des Wohlbefindens es sich dabei handelte.

Nur umfassten ihre Aufgaben stets die Haushaltsführung. Zu allen anderen Berufen hatten sie keinen Zugang. Weil sie eben Frauen waren. Einfältig, ungebildet, irrational – nicht in der Lage, Probleme zu lösen. Rebecca kannte die Vorurteile gegenüber dem weiblichen Geschlecht zur Genüge und fand, dass die meisten davon vollkommener Schwachsinn waren.

»Du kommst natürlich mit auf unseren Ausflug in den Park«, erklärte Rebecca, als sie sich umdrehte. Denn Betty war die letzten Minuten über auffällig schweigsam gewesen.

Ein Weilchen war bloß das leise Knistern des Feuers zu hören, und Betty brauchte noch nicht einmal zu sprechen. Rebecca wusste auch so, dass irgendetwas nicht stimmte.

»Ich möchte aber nicht«, sagte Betty schließlich.

»Und wieso nicht?«

»Die Adeligen, dieser ganze Pomp hier in London, das ist nicht meine Welt«, erklärte sie.

Schon gestern bei ihrer Ankunft hatte Rebecca dieser Verdacht beschlichen. Sie hatte gespürt, dass ihre Freundin sich in ihrer neuen Umgebung nicht ganz wohlfühlte. »Meine auch nicht. Aber findest du wirklich, dass sich abzugrenzen und völlig von dieser Welt abzuschotten eine gute Strategie ist?«, gab Rebecca zu bedenken.

»Strategie wofür?«

»Na, um die Welten ein wenig aufzuweichen. Sie durchlässiger zu machen.«

»Wer sagt denn, dass ich das möchte? Du willst in die Politik gehen, du musst dich quasi dieser Welt öffnen. Das verstehe ich ja. Nur heißt das nicht, dass ich das auch muss. In Bath habe ich dich ja schließlich auch nie auf Bälle, Soireen oder Theaterabende begleitet. Ich habe dich bei der Arbeit im White Lion unterstützt und bin dann und wann mit dir spazieren gegangen, und alles war in schönster Ordnung.«

»Betty«, Rebecca setzte sich zu ihrer Freundin auf das Kanapee und sah ihr tief in die Augen, »was ist eigentlich los?«

Betty schnaufte tief und angestrengt. Dann sagte sie: »Ich habe Angst.«

Mit einem Nicken versuchte Rebecca, noch mehr aus ihrer Freundin herauszulocken. Aber die starrte verbissen auf ihr zusammengeknülltes Taschentuch in ihren Händen und schwieg.

»Wovor fürchtest du dich?«, versuchte Rebecca es erneut. Als wieder keine Antwort kam und Betty bloß weiterhin das Taschentuch in ihren Händen knetete, fuhr sie fort: »Vor den abfälligen Reaktionen, oder? Dass du etwas falsch machst und sie erkennen, dass du eine Bauerntochter bist. Das ist es, nicht wahr? Du kannst es ruhig sagen.«

»Niemand von denen will doch, dass so jemand wie ich in ihrer Gegenwart ist. Selbst bei dir erfinden sie Ausreden, warum sie dich nicht in ihrer Gesellschaft haben wollen.«

Touché.

Dennoch wollte sie Betty in ihrer Meinung nun nicht bestätigen. Weil Rebecca es falsch und vermessen fand, dass ihre Freundin sich so kleinmachte.

Einen winzigen Moment überlegte sie noch – dann schob sie ihre Bedenken beiseite, holte tief Luft und sagte: »Ich verrate dir mal was. Auch ich habe manchmal Angst. Vor der Gesellschaft und auch vor Männern.«

»Du? Angst vor Männern? Ich glaube dir kein Wort.«

»Und doch ist es so. Was damals bei dem Brand im White Lion passiert ist … ich möchte jetzt nicht darüber reden. Aber es hat Narben hinterlassen, auf meinem Körper und meiner Seele.«

Da. Sie hatte es angesprochen. Zumindest angedeutet, zum ersten Mal. Und es war ihr leichtergefallen, als sie es sich ausgemalt hatte.

Betty war ganz ernst geworden und betrachtete Rebecca mit gebanntem, fast schon ehrfürchtigem Blick. Völlig in Gedanken zog sie die Nase hoch und merkte das vermutlich noch nicht einmal. Vielleicht spürte sie oder ahnte sie zumindest, was es für Rebecca bedeutete, über den Unfall zu reden.

»Und was tust du dagegen, wenn du die Angst verspürst?«, fragte sie dann zaghaft, als fürchte sie, Rebecca zu verschrecken.

»Ich konzentriere mich auf das, was ich gut kann. Sachen, in denen ich mich sicher fühle. Von denen ich weiß, dass sie Eindruck hinterlassen. Ich ziehe besonders edle Kleider an, ich frisiere mich schön. Ich diskutiere mit Menschen und messe mich mit ihrem Intellekt.«

»Aber das ist es ja. Du hast doch gar keinen Grund für deine Angst. Es gibt nichts, wofür du dich schämen müsstest.«

»O doch, das gibt es. Nur ahnt niemand etwas davon, weil ich all das zu gut verstecke.«

Betty schwieg, und vermutlich wartete sie darauf, dass Rebecca weiter ausführte, worum genau es sich dabei handelte.

Aber auch wenn Rebecca sich ein klein wenig geöffnet hatte, war sie noch nicht bereit, mehr von sich zu zeigen. Deshalb sagte sie: »Du liest so viel, Betty, du könntest mit Leichtigkeit ein Gespräch über Literatur oder die neuesten Artikel im *Gentleman's Magazine* führen. Oder in der *Morning Post*, oder dem *Morning Chronicle*. Im Grunde liest du sie doch alle. Nenne mir eine Dame, die es in dieser Hinsicht mit dir aufnehmen kann.«

»Hm«, machte sie nur.

»Wenn du möchtest, können wir dir einen Tutor anstellen. Für Französisch zum Beispiel. Außerdem können wir an deinem Akzent arbeiten …«

»Und was, wenn ich das nicht will?«

Rebecca hielt inne, denn Betty hatte recht. Wieso sollte sie überhaupt versuchen, sich zu verstellen? Das Problem lag doch nicht an Betty. Es lag an der Gesellschaft.

»Also ich finde, du bist ganz wunderbar, genau so, wie du bist. Und wenn du nicht mitkommen möchtest, dann musst du das natürlich nicht. Aber zur Leihbibliothek gehen wir jetzt trotzdem – nicht auszudenken, wenn dir morgen Nachmittag der Lesestoff ausgeht, während ich mit Graf von Haslang unterwegs bin«, sagte Rebecca augenzwinkernd.

Und nun lächelte Betty sogar schon wieder.

13.

Er fasste die Ruder fester und zog. Einmal, ein zweites Mal. Das Boot gewann an Geschwindigkeit, und sein Körper passte sich der Bewegung an und erinnerte sich. Schon nach wenigen Zügen spürte Henry, wie seine Muskeln warm wurden. Leise hörte er das regelmäßige Platschen der Paddel im Wasser, und wie immer beruhigte ihn das Geräusch. Das Quaken einiger Enten am Ufer mischte sich darunter, und Henry konzentrierte sich nur noch auf das kraftvolle Ziehen. Allmählich kam ein wenig Fahrtwind auf, der kühl über seinen Körper strich. Heute war ein besonders schöner Apriltag gewesen, und selbst die untergehende Sonne fühlte sich noch angenehm warm an. Für gewöhnlich vermied Henry sie nicht, denn seiner Meinung nach schien sie hier in England ohnehin viel zu selten. Er liebte es, die Sonnenstrahlen auf seiner Haut zu spüren, ebenso wie die durchdringende Wärme, die er jedes Mal in sich aufsaugte wie ein Schwamm. Deshalb war Henry im Gesicht auch stets leicht gebräunt, und im Gegensatz zu den meisten anderen hochgestellten Herrschaften war es ihm egal, ob sich ein etwas dunklerer Teint schickte oder nicht. Manchmal machte er Dinge sogar absichtlich, damit er auffiel und die Leute – und vor allem die Journalisten – etwas zu reden hatten, sinnierte Henry, während er den See im St. James's Park entlangruderte und vor dem Bug zwei Blesshühner, die offenbar gerade aufeinander losgegangen waren, erschreckt auseinanderstieben. Oberflächliche Auffälligkeiten lenkten die Menschen nämlich von den viel gravierenderen Problemen ab, die sich dann und wann vor einem auftaten. Einmal hatte er sich zum Beispiel einen Vollbart wachsen lassen und die pikierten Blicke und reißerischen Artikel, die er daraufhin geerntet hatte, richtiggehend genossen. Damals hatte er sich gerade nach einer längeren Liaison von der Countess of Cavan getrennt, und er hatte es tatsächlich geschafft, dass dieser Umstand für einige Wochen nicht publik wurde.

Im Grunde war das ganze Theater, das er immer um seine Person veranstaltete, Berechnung. Sorgfältig hegte er seinen Ruf, und das Bild, das die Öffentlichkeit von ihm hatte, war lediglich eine konstruierte Version seiner selbst. Genauso wie der Henry, den er aus Trotz seinem Vater gegenüber gegeben hatte, eigentlich gar nicht er selbst war. Ja, er hatte nicht besonders viel übrig für Politik und lange Sitzungen im Parlament. Aber abgrundtief gehasst hatte er all das eigentlich nur, weil sein Vater ihn so rücksichtslos und gewaltvoll dazu gezwungen hatte. Wenn er vollkommen ehrlich zu sich selbst war, hatte er die Sitzungen im Unterhaus sogar ganz vergnüglich gefunden.

Das würde er natürlich niemals zugeben.

Und das Grundstück, das diese Frau unbedingt von ihm hatte kaufen wollen – er hatte es ihr verweigert, weil sie es so unbedingt gewollt hatte. Aufgrund ihrer mehrfachen Entschuldigungen und des recht ansehnlichen Angebots hatte er sich ja beinahe genötigt gefühlt, es zu verkaufen. Und sobald Henry das Gefühl hatte, dass er zu irgendetwas gedrängt wurde und er eigentlich keine freie Entscheidung mehr hatte, tat er immer das genaue Gegenteil.

Außerdem wolltest du sie herausfordern.

Mrs. Seagrave. Irgendetwas hatte sie an sich, das ihn reizte. Er hatte noch nie eine Frau kennengelernt, die in die Politik gehen wollte. Berufliche Ambitionen, die über eine vorteilhafte Heiratspartie und möglicherweise die Hoheit über die Besitztümer hinausgingen, war er von Frauen nicht gewohnt. Natürlich kannte er die Duchess of Devonshire, die seit Jahrzehnten bei Wahlkämpfen mitmischte. Jeder kannte sie.

Die junge Frau aus Bath war aber anders. Sie wollte es so unbedingt, dass er es geradezu körperlich hatte spüren können. Es war, als würde ein Feuer in ihr brennen, und auch wenn es ihm auf den ersten Blick völlig widersinnig vorkam, fand Henry das anziehend. Außerdem war ihm völlig klar gewesen, dass diese Frau nicht aufgeben würde. Wenn sie nicht eine Möglichkeit fand, eine der anderen

Familien mit Burgages zum Verkauf zu bewegen – und das war äußerst unwahrscheinlich –, würde sie nach Chancen suchen, ihm doch noch ein Grundstück abzuluchsen. Oder ihn auf irgendeine andere Weise dazu bringen, dass er seine Wahlmänner für ihren Kandidaten abstimmen ließ. Schließlich wäre das für sie auch eine Möglichkeit, das zu bekommen, was sie so unbedingt wollte: einen Abgeordneten im Unterhaus.

In jedem Fall hatte er diese Frau nicht zum letzten Mal in seinem Leben gesehen, und der Gedanke daran stimmte ihn irgendwie froh.

Sie war clever. Sie würde sich etwas einfallen lassen, und er hatte sogar bereits darüber nachgedacht, was das sein könnte. Vielleicht würde sie ihm ein höheres Angebot machen. Oder ihm ein Gegengeschäft vorschlagen. Was immer es war, er freute sich schon darauf, ebenso wie auf den wütenden Ausdruck auf ihrem hübschen Gesicht, wenn er ihr erneut eine Absage erteilte.

Kurz vor dem gegenüberliegenden Seeufer wendete Henry das Boot mit geschickten, sparsamen Bewegungen. Er liebte es, zu rudern und die Kraft seiner Arme und Schultern in die der Riemen zu übersetzen und das Boot über das Wasser gleiten zu lassen. Er genoss es, sich dabei zu verausgaben und den Schweiß auf seinem Körper zu spüren. Außerdem half ihm die Regelmäßigkeit der Bewegung, ruhig zu werden und zu sich zu finden. Zu Hause in Willow Hall ruderte er beinahe täglich auf dem kleinen Fluss hinter dem Anwesen und hier in London auch dann und wann einmal. Später würde noch seine Schwester Eliza dazukommen, aber er hatte ihr abgerungen, dass er das Boot zunächst eine Stunde für sich hatte.

Er hatte Ruhe gebraucht und nachdenken wollen, was hier in London gar nicht so einfach war. Aber in den Abendstunden auf dem See im exklusiven St. James's Park, keine fünf Gehminuten von seinem Stadtpalais, ging das ganz wunderbar. Wenn der König oder seine Gemahlin nicht gerade wieder eine Gartenparty oder einen Maskenball im Park direkt vor dem Palast veranstalteten, verstand sich.

Weil die Sonne noch so kräftig schien und sich das Gros der respektablen Gesellschaft gerade ohnehin beim Abendessen oder irgendeiner Hausgesellschaft befand, hatte er beschlossen, heute ohne Hemd zu rudern. Er hatte es noch nicht einmal getan, um von irgendeiner anderen Missetat abzulenken, sondern einfach nur, weil er die Freiheit genießen und die letzten Sonnenstrahlen auskosten wollte, die sich wie Kupfer auf die ruhige Seeoberfläche ergossen.

In seinem privaten Ruderboot, das stets hier am See vertäut lag, hatte sich die letzten Wochen über Regenwasser gesammelt, deshalb hatte er seinen Gehrock, die Halsbinde und sein Hemd einfach am Ufer zurückgelassen. Diebe verirrten sich nicht in diese Anlage, dafür sorgten nicht zuletzt die Parkwächter, die bis Mitternacht hier patrouillierten.

Übermorgen um diese Zeit wäre er schon auf einem Ridotto in den Ranelagh Gardens. Das waren kleine Konzerte mit Maskerade, Essen und Getränken, und sie waren bei der Londoner Beau Monde gerade sehr in Mode. Er würde seiner Mutter den Gefallen tun und sich mit einigen Damen unterhalten und sicherlich auch mit ihnen tanzen. Das hatte er Eliza ebenfalls versprochen. Sollte Henry sich nämlich nicht dem Wunsch der Dowager Duchess fügen, würde die ihre gesamte Aufmerksamkeit Eliza widmen, die sich dann vor Tanzpartien und langweiligen Unterhaltungen mit Heiratskandidaten kaum retten könnte. Allmählich müsste Eliza beim See auftauchen. Bei dem Gedanken stahl sich ein Grinsen auf sein Gesicht. Wenn sie ihn so unbekleidet sah, würde sie ihn sicherlich auslachen.

Das Wichtige aber war: Sie würde nicht urteilen. Ganz egal, was Henry in seinem Leben bisher angestellt hatte, Eliza hatte darüber gelacht, vielleicht den Kopf geschüttelt oder ihn womöglich noch ein wenig verspottet. Doch niemals würde sie ihn für etwas verurteilen, egal, wie sehr er über die Stränge schlug. Und selbst wenn sie ihn kritisierte, was durchaus mal passieren konnte, tat sie es nie von oben herab, sondern immer mit einem gewissen Wohlwollen. Wahrscheinlich war Eliza der Mensch, der ihm am nächsten stand.

Deshalb kannte er auch ihre kleinen Geheimnisse. Zum Beispiel, dass sie ebenso gern ruderte wie er. Sie war es gewesen, die ihren Ruderausflug zum Sonnenuntergang vorgeschlagen hatte. Ziemlich sicher, damit sie ebenfalls einmal an die Riemen konnte, schließlich war es für Eliza hier in London ohne Henry kaum jemals möglich, zu rudern. Sie durfte sich lediglich in das Boot setzen und zusehen, wie sie ein galanter Herr oder womöglich ein Butler über den See schipperte. Henry war schon gespannt, ob sie Fortschritte gemacht hatte. Bestimmt hatte sie die letzten Tage über die Gelegenheit genutzt und in den frühen Morgenstunden auf Willow Hall trainiert, denn dort sah es keiner, und seine Mutter und die anderen Schwestern schliefen um die Zeit ja ohnehin noch.

Henry war am Ende des Sees angekommen, nutzte den Schwung für ein rasches Wendemanöver und ruderte den letzten Sonnenstrahlen entgegen, die sich über die Baumwipfel stahlen. Wenn ihn nicht alles täuschte, hatte er gerade eben zwei Damen am Seeufer ausgemacht. Er legte sich wieder mehr ins Zeug, um den Abstand zu ihnen zu erhöhen. Wahrscheinlich erkannten sie auf diese Distanz gar nicht, dass er kein Hemd trug. Und falls ja, würden sie sich mit Sicherheit pikiert abwenden und das Weite suchen, wie es die noblen Ladies des Londoner West End eben so machten.

14.

»Ist der wirklich nackt?«, fragte Betty und starrte gebannt zwischen den Zweigen nach vorne. Sie blinzelte, als hätte sie nicht richtig gesehen.

»Ich befürchte, ja. Wobei … eine Hose wird er ja noch tragen, oder nicht?« Einen Moment noch schauten sie nach vorne, dann konnte Rebecca nicht anders. Sie prustete los, aber hielt sich sofort die Hand vor die Lippen.

»Vielleicht ist er ja auch betrunken. Ich habe gehört, hier in der Nähe soll es einige Gentlemen's Clubs geben.«

Vorsichtshalber spähte sie über die Schulter, so als täten sie hier gerade etwas Verbotenes. Was unsinnig war, schließlich taten *sie* hier gar nichts Unschickliches.

Sie waren gerade aus einer der Leihbibliotheken zurückgekehrt, hatten einige Bücher für Betty mitgenommen und sich nun den Sonnenuntergang im St. James's Park ansehen wollen. Dann war ihnen allerdings dieser kaum bekleidete Mann auf dem Ruderboot dazwischengekommen, und sie hatten ihren Augen nicht getraut.

Außer ihm war weit und breit niemand zu sehen. Durften sie eventuell gar nicht hier sein? Hatten sie etwas übersehen und war dieser Park nur für private Nutzung offen? Aber ihre Landlady hatte ihnen doch versichert, dass sie durch den Park spazieren konnten. Es gab sogar einen Nachtwächter hier, hatte sie berichtet, der bis Einbruch der Dunkelheit seine Runden drehte, ehe er den Zaun um den Park verschloss.

Mit dem Rücken zu ihnen ruderte der Mann in ihre Richtung, und jetzt, da er Zug um Zug näher kam, konnte man auch mehr erkennen. Seine definierten Muskeln spannten sich bei seinen Bewegungen, die geschmeidig und kraftvoll waren. Er hatte die Statur einer römischen Gottheit, fand Rebecca.

Natürlich hatte sie schon nackte Männer gesehen. Das war inzwischen aber ein Weilchen her, und nun merkte Rebecca, wie sie bei dem Anblick tatsächlich errötete. Betty schien es nicht anders zu gehen, denn sie schaute beinahe erschrocken auf den See hinaus. Als der Ruderer kurz vor dem Ufer war und sich auf ein Wendemanöver vorbereitete, duckten sie sich gleichzeitig tiefer in die Büsche. Leise hörten sie die gleichmäßigen Ruderschläge auf dem Wasser, und das Boot entfernte sich wieder. Allerdings konnte Rebecca nun durch das lichte Frühlingsgrün der Zweige das Gesicht des Mannes genauer erkennen.

Das durfte ja wohl nicht …

»Ist das wirklich Somerville?«, flüsterte Betty entgeistert.

Rebecca starrte nach vorne. »Ja.«

Sie hatte gewusst, dass die Langfords ihr Stadtpalais ganz in der Nähe hatten, nur hatte sie wirklich nicht damit gerechnet, dass sie hier zu dieser Stunde dem Duke über den Weg laufen würden. Oder sie ihn auf dem Wasser entdeckten, halb nackt. Hatte dieser Mann denn überhaupt kein Gefühl für Anstand und Sitte? So etwas machten Hafenarbeiter oder die Männer, die in der Dunkelheit und der Hitze der Mienen arbeiteten. Aber doch kein Gentleman. Vor allem hier, mitten in London. War dieser Mann denn vollkommen von Sinnen?

»Schau mal, ich glaube, er hat seine Kleider dort abgelegt.« Betty deutete mit dem Finger nach vorne ans Ufer, wo ein Haufen im Gras lag. Inzwischen hatte der Duke wieder ein beträchtliches Stück zurückgelegt und folgte der leichten Krümmung des Sees. Ein oder zwei Ruderschläge noch, dann wäre er aus ihrem Sichtfeld verschwunden.

Vom Kauern schmerzten Rebecca allmählich die Knie, und als Somervilles immer kleiner werdende Gestalt von ein paar noch recht kahlen Büschen verschluckt wurde, stützte sie sich am Boden ab. Mit einem leisen Ächzen kam sie nach oben und befreite ihr Kleid von einigen vertrockneten Blättern.

Wieso war sie eigentlich noch überrascht?

Sie wusste doch schon, dass Somerville sich durch die Welt bewegte, als gehöre sie ihm. Er war schamlos, selbstherrlich und ignorant, und offenbar war es ihm auch völlig egal, welche Auswirkungen sein Verhalten auf seine Umgebung hatte.

Sie waren hier doch nicht in irgendeinem dieser Gentlemen's Clubs, die berühmt für Zügellosigkeiten waren und zu denen nur Männer Zutritt hatten.

Sie waren in der Öffentlichkeit, verdammt noch mal.

Es war eine spontane Eingebung, die sie hinter den Büschen hervortreten und direkt auf das Ufer zuhalten ließ. Vielmehr auf den Kleiderhaufen, der dort lag.

»Rebecca?« Betty hastete hinter ihr her. »Du machst doch jetzt nicht das, was ich denke, dass du …« Sie verstummte, als Rebecca nach den Kleidern griff. Ein Hemd, eine Halsbinde und ein Gehrock.

»Rebecca! Bist du verrückt geworden? Leg das sofort wieder hin!«, flüsterte Betty hitzig und sah sich um, ob sie jemand beobachtete.

»Ich nehme seine Kleider mit«, erklärte Rebecca das Offensichtliche, während sie hastig alles zusammenraffte.

»Spinnst du?«

»Nein. Aber der gute Mann hat eine Lektion verdient.« Sie faltete die Kleider zu einem kleinen Paket und klemmte es sich unter den Arm. »Soll er doch sehen, wie er bloß mit einer Hose bekleidet nach Hause kommt.«

»Leg das wieder hin.« Betty versuchte, nach den Anziehsachen zu greifen, aber Rebecca drehte sich weg und begann zu laufen, um aus der Reichweite ihrer Freundin zu gelangen. Und ehe der Duke wieder umkehrte und womöglich noch auf sie aufmerksam wurde.

»Lass mich, ich weiß, was ich tue!«

Nein, das wusste sie nicht, aber sie verspürte trotzdem das dringende Bedürfnis, dem Mann seine Arroganz heimzuzahlen. Sie war seine erklärte Gegnerin, denn er hatte auf sie herabgesehen, als wäre sie nicht ernst zu nehmen, und das würde er jetzt zu spüren bekommen.

Sehr wohl war sie nämlich ernst zu nehmen.

»Du bist verrückt geworden«, murmelte Betty, während sie hinter ihr herhastete. Vorsichtshalber wickelte Rebecca ihr Halstuch um das Bündel, damit es nicht ganz so auffällig war.

Sie waren schon fast am Eingang des Parks, als ihnen eine junge Dame entgegenkam. Ganz alleine, was seltsam war. Sie trug eine fliederfarbene Robe à l'anglaise, die eine sehr schmale Taille besaß, aber hinten weit ausgestellt war, und immer eine so wunderschöne Figur machte. Ein farblich passender Hut, der ihre dunkelblonden Haare bedeckte, rundete das Erscheinungsbild der Dame ab. Sie mochte Anfang, Mitte zwanzig sein, und auf ihrer hübschen, kleinen Himmelfahrtsnase befanden sich ein paar Sommersprossen, was Rebecca sofort auffiel. Denn für gewöhnlich überschminkten die noblen Damen solche

Makel. Der jungen Frau standen die Sommersprossen aber ausgesprochen gut, und Rebecca fühlte sich ihr auf Anhieb verbunden, denn sie selbst weigerte sich ebenfalls, ihre Sommersprossen unter Schichten von Puder zu verstecken.

»Sie sehen so aus, als würden Sie vor etwas flüchten«, sagte die Dame im Vorübergehen und schmunzelte. Ihre Stimme war ein wenig rauchig, gar nicht das, was Rebecca von dieser zierlichen jungen Lady erwartet hatte. Kurz blieb der Blick der Frau auf dem Kleiderbündel hängen, ehe er wieder nach oben wanderte. Rebecca fielen die blauen Augen auf, und irgendetwas daran, vielleicht war es die leuchtend helle Farbe oder auch die Form, kam ihr bekannt vor.

»Eher vor jemandem …«, murmelte Betty, und erst jetzt sah die Frau auch zu Betty.

»Gehen Sie lieber nicht an den See, wenn Sie keine unschickliche Begegnung machen wollen«, warnte Rebecca.

»Wieso?«, wollte die Frau wissen und war nun stehen geblieben.

»Ein kaum bekleideter Mann rudert dort. Warten Sie vielleicht, bis der Parkwächter ihn aufgegriffen hat und ihn hoffentlich in Gewahrsam nimmt, ehe Sie sich dort hineinwagen.« Mit dem Daumen deutete Rebecca über die Schulter in Richtung See. Gerade eben beschlich sie nämlich ein schlechtes Gewissen. Wenn der Duke auf seinem Heimweg irgendeiner Dame begegnete, wäre es wirklich ein Skandal.

Die Frau verzog einen Mundwinkel. »Aha«, sagte sie nur, und irgendetwas an ihrer Reaktion verriet Rebecca, dass sie wenig überrascht war. Und schon gar nicht schockiert. »Nun, ich fürchte mich nicht, aber haben Sie Dank, dass Sie mich darauf aufmerksam gemacht haben«, verabschiedete sich die Dame, nickte auch Betty zu und lief weiter, etwas schneller als gerade eben noch.

»Ich werde das Gefühl nicht los, dass sie weiß, von wem wir gesprochen haben«, sagte Betty, als sie weitergingen. Dann fuhr sie fort, diesmal allerdings leiser: »Sie hat auf dein Paket geschaut.«

»Unsinn, hat sie nicht. Niemand wird merken, dass wir die Kleider des Dukes entwendet haben.«

Zwar konnten sie sich dessen nicht sicher sein, aber es brachte ja jetzt auch nichts, sich weiter darüber Gedanken zu machen. Sie würden auf dem schnellsten Wege nach Hause laufen, Rebecca würde die Kleider unter ihrem Bett verstecken und heute Nacht würde sie schlafen wie ein Baby.

Eins zu null für mich, Somerville.

15.

Möglicherweise hätte sie es sich besser überlegen sollen. Also das mit Graf von Haslang. Denn irgendetwas störte Rebecca an diesem Mann. Sie waren gerade aus der Kutsche ausgestiegen und hatten das Eingangsportal zu den Ranelagh Gardens passiert. Dabei hielten sie selbstverständlich gebührenden, sittsamen Abstand, was Rebecca dazu nutzte, den Grafen aus dem Augenwinkel heraus zu betrachten. Er war ein alleinstehender Mittvierziger mit Hakennase und etwas abfallenden Mundwinkeln und gar nicht viel größer als Rebecca selbst. Sein Markenzeichen war seine elaborierte Garderobe. Kaum verwunderlich, schließlich war er ein berüchtigter Schmuggler. Heute trug er einen lilafarbenen samtenen Gehrock, auf dem an den Taschen und am Kragen Blumen aus Silberfäden und kleine Perlen aufgenäht waren. Sein Aufzug war extravagant und teuer und zog die Blicke auf sich – was der Graf ganz ohne Zweifel auch beabsichtigte.

Abgesehen von seiner Eitelkeit war Haslang allerdings höflich und besaß sogar einen gewissen herben Charme. Trotzdem hatte er etwas an sich, das Rebecca immer unangenehmer wurde, je mehr Zeit sie in seiner Gegenwart verbrachte.

Dabei war der Ausflug in die Vauxhall Gardens gestern eigentlich gut verlaufen. Haslang hatte sich nett mit ihr unterhalten und ihr auch mehrere Herrschaften vorgestellt und sie gleich für den nächsten Tag zu einer Abendveranstaltung in die Ranelagh Gardens eingeladen. Neben Vauxhall war Ranelagh die zweite große Gartenanlage in London. Allerdings kostete der Eintritt mit zwei Shilling doppelt so viel wie in den Vauxhall Gardens, und entsprechend ausgesucht war hier deshalb auch das Publikum.

Die Adligen, Reichen und Schönen der Stadt waren unter sich und tummelten sich auf den weitläufig angelegten Spazierwegen, am chinesischen Pavillon und vor allem in der Rotunde, einem kunstvoll bemalten und exotisch beleuchteten Amphitheater, in dem es sich herrlich die Zeit vertreiben ließ.

Eine Besonderheit hier in Ranelagh waren die regelmäßig stattfindenden Ridottos, auf denen man sich manchmal sogar bis in die frühen Morgenstunden vergnügte. Es war genau das, was Rebecca gesucht hatte, denn solche abendlichen Unternehmungen waren perfekt, um neue Bekanntschaften zu schließen. Und waren die schon etwas angeheitert, war es auch einfacher, sie in ein Gespräch zu verwickeln und mehr über sie und ihre Absichten zu erfahren.

Jetzt spazierten sie den Weg entlang, der rechts und links von sauber getrimmten Buchen flankiert war und direkt zum Eingang der Rotunde führte. Überall an den Wegrändern leuchteten bunte Lampions, und ein nicht enden wollender Besucherstrom bewegte sich in Richtung des Gebäudes, teils in ausgefallenen Kostümen mit Turbanen, Kaftanen und venezianischen Masken, teils aber auch in eleganten, ausladenden Abendroben, wie man sie sonst nur am Königshof sah.

»Sie fallen auf, Mrs. Seagrave«, bemerkte der Graf, während sie nebeneinander herliefen, und Rebecca war sich nicht ganz sicher, wie er das gerade gemeint hatte.

»Meinen Sie nicht eher, die Aufmerksamkeit, die man uns schenkt, gebührt Ihnen und Ihrer exquisiten Garderobe, bester Graf?«

Neben seinem prunkvollen Gehrock trug er schließlich auch eine besonders eng anliegende Kniebundhose und knallrote Schnallenschuhe mit hohen Absätzen. Mit seiner weit ausladenden Perücke wäre er vorhin fast an einem hervorstehenden Ast hängen geblieben. Offenbar war Haslang einen so breiten Kopfputz selbst noch nicht gewohnt. Es gab einen Begriff für diese Art von Kleidung. Oder vielmehr für diese Art von Mann. In der Gesellschaft und auch in der Presse waren sie früher oft herablassend als *Macaroni* bezeichnet worden. Oft kamen junge und auch nicht mehr ganz so junge Männer von ihrer Grand Tour, einer Reise auf den Kontinent, zurück und kleideten sich dann in ganz besonders farbenfrohen Stoffen und auffälligen Schnitten. Heute nannte man sie eher *Dandy*. Männer, die mit ihrem Kleidungsstil und der Art, wie sie sich gaben, die Aufmerksamkeit der anderen auf sich zogen. Weil es ihnen gefiel. Manchmal beschlich Rebecca sogar der Verdacht, sie wollten mit ihrem übertriebenen Aussehen sogar die vorherrschende Mode des Adels karikieren. Das war aber vermutlich nicht das Motiv des Grafen, schließlich besaß er ja selbst einen Titel und auch eine prahlerische, etwas selbstbezogene Ader, hatte sie den Eindruck.

Haslang drehte sich zu ihr und sah sie forschend an. So lange, dass es ihr schon unangenehm wurde.

»Sie sind bildschön, Mrs. Seagrave«, stellte er fest.

Was war das? Etwa ein Kompliment? Wieso hatte es dann wie eine Drohung geklungen?

»Und Sie wissen ganz genau, welche Wirkung Sie auf die Männerwelt haben, mit Ihren dunklen, üppigen Haaren und einem Gesicht, als wären Sie einem Gemälde entsprungen«, fuhr der Graf fort. »Nach allem, was ich weiß, sind Sie außerdem eine wohlhabende Witwe.«

»Worauf wollen Sie hinaus?« Rebecca bemühte sich nicht mehr, freundlich zu klingen, denn sie spürte, dass irgendwas in dem Grafen brodelte.

»Sie benutzen mich doch nur«, sagte er geradeheraus und blieb mitten auf dem Weg stehen. Keine zwanzig Schritt vor ihnen ragte die mächtige Rotunde auf, die innen bereits festlich beleuchtet war und aus der Musik zu ihnen herausdrang. Vor dem immer dunkler werdenden Abendhimmel und der Silhouette der Baumschatten im Park erinnerte sie Rebecca an eine gigantische Laterne.

Trotzdem versuchte sie sich auf ihr Gegenüber zu konzentrieren. Gerade im Moment fiel es ihr allerdings schwer, auszumachen, ob Haslang seine Worte noch im Spaß gesagt hatte oder ob es bereits ein ernst gemeinter Vorwurf war.

Er hatte nämlich ins Schwarze getroffen. Nach ihrem gestrigen Ausflug hatte sie eigentlich gar keine Zeit mehr mit ihm verbringen wollen, denn der Mann war ihr beileibe nicht sympathisch. Aber sie hatte über ihn heute Abend eben weitere Bekanntschaften machen wollen und deswegen eingewilligt, ihn zu dem Ridotto zu begleiten.

»Das klingt fast so, als wäre ein Abend in Damenbegleitung eine Zumutung für Sie«, scherzte Rebecca und versuchte damit, die Schärfe aus dieser Unterhaltung zu nehmen. Beschwichtigend legte sie ihre behandschuhte Rechte auf seinen Unterarm und sah ihm in die Augen. Sie trug einmal mehr ihre dunkelrote Robe und darüber ein samtenes schwarzes Cape und hatte auch ihren Schmuck angelegt. Ein silbrig glitzerndes Kropfband mit einem Rubintropfen in der Mitte und dazu passende Girandole-Ohrringe.

»Ich weiß schon, was Sie möchten, Mrs. Seagrave. Ihr Interesse an meiner Person rührt einzig und allein an meinen Beziehungen zur Beau Monde.«

Rebecca bemühte sich um ein warmes, einnehmendes Lächeln. Ganz leicht legte sie den Kopf schräg, damit sie Haslang noch ein kleines Stückchen näher kam.

»Und wenn es so wäre?«, fragte sie mit gesenkter Stimme. Sie wusste, sie hatte unlautere Absichten. Jetzt ihre weiblichen Reize einzusetzen und so verführerisch zurückhaltend und sanft zu sein, würde jeden Gentleman davon abbringen, ernsthaft böse mit ihr zu werden.

»Nun, gern stehe ich Ihnen zu Diensten, Mrs. Seagrave. Aber eine Leistung verlangt allerdings auch eine gewisse Gegenleistung. Sie verstehen doch?«

»Absolut, bester Graf. Und da wir ja gerade ohnehin so offen reden, haben Sie keine Scheu, sich mitzuteilen«, lud sie ihn ein und spürte schon den Widerwillen in ihr aufkeimen.

Er nickte. »Eine Schande, dass Sie mit Ihrem Nebenerwerb aufgehört haben.«

Erwartungsvoll sah er sie an. Wieso war sie eigentlich nicht überrascht?

»Ganz und gar nicht, Haslang. Meine Ambitionen haben sich eben verlagert.«

»Dabei wäre für mich ein Kontakt in Bath so hilfreich. Und wichtig«, plauderte er weiter, hakte Rebecca dann bei sich unter und sah ihr vielsagend in die Augen.

Das wollte er also. Er würde sie hier vorstellen, und dafür musste sie ihn bei seinen Geschäften von Bath aus unterstützen.

Aber das ging nicht. Das hatte sie Isabella und auch Alexander versprochen. Außerdem wollte sie in die Politik. Sie konnte sich krumme Geschäfte schlicht nicht mehr leisten.

Sie kam jedoch nicht mehr dazu, Haslang eine Absage zu erteilen, denn etwas direkt vor ihnen erregte ihre Aufmerksamkeit. Oder vielmehr jemand.

16.

Dann würde er sich jetzt eben darauf einlassen. Da ihn seine Eskapaden für gewöhnlich in andere Gefilde zogen, war Henry noch nicht besonders oft in den Ranelagh Gardens gewesen. Am liebsten besuchte er Gentlemen's Clubs und private Bälle, denn dort war das Publikum ausgesuchter, und vor allem erhielten Journalisten sehr viel seltener Zutritt.

Heute Abend störte Henry deren Anwesenheit allerdings nicht – eigentlich wäre ihm der ein oder andere Bericht in der Presse sogar ganz recht. Jetzt, wo er sich doch fest vorgenommen hatte, auf dem Pfad der Tugend zu wandeln, sinnierte er, während er vor dem hohen Eingang zur Rotunde stehen geblieben war. Schließlich war er mit seiner Mutter und Eliza anwesend und würde sich heute auch vorbildlich benehmen. Lady Rosalind hatte ihm bereits angekündigt, dass mindestens zwei passende junge Damen ebenfalls hier waren. Er solle sich doch für jede etwas Zeit nehmen und sie näher kennenlernen. Ein Tanz und einige Minuten höflicher Unterhaltung würden schon ausreichen, hatte sie vorgeschlagen. Henry hatte sich gefügt, denn er hatte ein schlechtes Gewissen gehabt. Wegen der Episode im St. James's Park.

Vor drei Tagen hatte er nämlich halb nackt in einem Busch am Seeufer gekauert und darauf gewartet, dass Eliza ihm neue Kleidung brachte.

Sein Versteck schien wohl nicht gut genug gewesen zu sein. Jedenfalls musste es irgendjemand mitbekommen haben, der sein Missgeschick dann an die Presse verpfiffen hatte. Es hatte sogar eine Karikatur von ihm gegeben, die seine Mutter ihm gestern wortlos auf den Frühstückstisch geknallt hatte.

Der Skandal-Duke schlägt wieder zu!

Dieses Mal war es ihm aber tatsächlich unangenehm gewesen. Außerdem konnte er ja auch gar nichts dafür. Jemand hatte ihm seine Anziehsachen gestohlen. Er konnte nur von Glück reden, dass er sich mit Eliza verabredet hatte und sie kurz danach am Seeufer aufgetaucht war. Unmöglich hätte Henry nämlich mit nacktem Oberkörper nach Hause spazieren können, da der Skandal sogar für seine Verhältnisse etwas zu heftig gewesen wäre. Eliza hatte ihn zuerst lauthals ausgelacht, ihm dann jedoch aus der Patsche geholfen. Recht schnell hatte Henry aber das Gefühl bekommen, dass sie mehr über diese unglückliche

Angelegenheit wusste, als sie zugab. Dennoch hatte sie ihm geschworen, es niemandem zu erzählen, schon gar nicht ihrer Mutter. Das hatte sich dank des Zeitungsartikels ja ohnehin erledigt gehabt …

Sie betraten die Rotunde. Eigentlich war sie eine riesige, runde Halle mit einem hohen Kuppeldach und vielen Nischen an den Seiten. Man konnte sich dort einen Tisch anmieten und dinieren, der Musik der Kapelle lauschen oder tanzen, und für einen besseren Überblick begab man sich auf die Galerie und spazierte dort auf und ab. In der Mitte des Saals befand sich ein gigantischer Kamin mit offenem Feuer, damit die Rotunde auch im Winter genutzt werden konnte. Wenn nicht gerade ein Ridotto oder andere Tanzveranstaltungen stattfanden, wurden in dem Gebäude besonders gern Konzerte veranstaltet. Sogar Mozart war vor einigen Jahrzehnten hier aufgetreten.

Ein Butler hatte die Langfords inzwischen am Rand der Tanzfläche entlanggeführt und ihnen einen Tisch zugewiesen, aber noch ehe Henry sich setzen und seine erste Tasse Tee hatte trinken können – er würde heute nüchtern bleiben, hatte er sich vorgenommen –, hielt seine Mutter ihn am Arm fest.

»Dort drüben.« Sie deutete zu einer jungen Dame, die sich eine mit Blumenranken bemalte Maske vor das Gesicht hielt. Das war nicht ungewöhnlich, schließlich waren sie auf einem Ridotto, da gehörte Verkleidung eben dazu. Er selbst hatte beschlossen, ohne Maske zu erscheinen, und trug auch nur einen schlichten dunkelblauen Frack. Und Henry wäre es lieber, besagte junge Dame hätte ebenfalls von einer Kostümierung abgesehen, denn dann könnte er zumindest das Gesicht der Frau erkennen, bevor er sie ansprach oder zu einem Tanz aufforderte.

»Miss Mary Delmford, Tochter des Earl of Grafton«, erklärte Lady Rosalind. »Sie ist zweiundzwanzig und verbringt ihre erste Saison in London.«

Henry seufzte.

»Stell dich nicht so an.« Eliza stieß ihn leicht mit dem Ellenbogen an. »Ich kenne sie. Sie ist hübsch. Und nett.«

Hübsch und nett. War das jetzt wohl das, wonach er suchte?

»Verstehe. Und abgesehen davon?«

»Sie liest gern, ist charmant und freundlich, mein Sohn«, hörte er die verdrossene Stimme seiner Mutter von hinten. »Lern sie doch erst einmal kennen, und mach dir dein eigenes Bild von ihr.«

Henry spürte, wie ihn irgendetwas in den Rücken stieß, was sich verdächtig nach dem zusammengefalteten Fächer seiner Mutter anfühlte.

Eliza hielt sich eine behandschuhte Faust vor die Lippen und schaffte es nur mit Mühe, eine ernste Miene zu bewahren.

»Freu dich nicht zu früh, für dich hat sie sicher auch den ein oder anderen Kandidaten parat«, murmelte Henry ihr aus dem Mundwinkel zu.

»Es passiert selten, aber dein Bruder hat recht. Dort hinten steht Lord Chelmsford, der sicher darauf brennt, dich um einen Tanz zu bitten.«

Mittlerweile war es eine Art Wettbewerb zwischen Henry und Eliza geworden, den jeweils anderen zu verspotten, wenn er dazu gezwungen wurde, neue Bekanntschaften zu machen. Das machte das ganze Hofieren von Kandidatinnen weniger unangenehm und verkrampft, und man hatte immer das Gefühl, einen Verbündeten an seiner Seite zu haben. Denn auch wenn sie es nicht zugaben, hatte doch jeder ein Auge auf den anderen. Und wenn es offensichtlich wurde, dass die neue Bekanntschaft unsympathisch war, schritt der jeweils andere ein. Auf diese Weise hatten sie sich gegenseitig schon Stunden an langweiligen Unterhaltungen und erzwungenen Tanzpartien erspart.

Henry schenkte Eliza ein kurzes, sarkastisches Lächeln und verabschiedete sich in Richtung von Miss – wie war ihr Name noch gleich?

Egal, sie würden ja sowieso wieder vorgestellt werden, denn die junge Dame hatte garantiert eine Schar an Tanten, großen Brüdern oder Gesellschafterinnen dabei, die auf sie und ihre Unbeflecktheit achten würden. Schließlich waren sie in den Ranelagh Gardens. Zwar war es der edelste der Londoner Lustgärten, zumindest was das Publikum anging. Aber es gab auch in diesem Park jede Menge kaum beleuchtete Seitenwege und versteckte Nischen, in denen man vielleicht doch den Verführungen der Liebe erlag. Ganz besonders, wenn einen der *Skandal-Duke* um ein Tänzchen bat.

Er näherte sich der jungen Dame, und sofort wurden zwei betagtere Ladys an ihrer Seite auf ihn aufmerksam, senkten den Kopf und knicksten, genauso wie die Dame auch. Henry setzte ein gewinnendes Lächeln auf und nickte den beiden Ladys zu. »Miss …«

»Mary Delmford, Tochter des Earl of Grafton, Euer Gnaden«, erklärte die Dame zur Rechten von Miss Delmford. Die senkte nun die Maske und sah Henry an, und einen kurzen Moment kreuzten sich ihre Blicke.

Eigentlich war es faszinierend, wie schnell sich entschied, ob man jemanden interessant fand oder nicht. Ein Herzschlag vielleicht, oder zwei, und schon wusste man, ob man gern ein Gespräch mit dieser Person führen wollte oder sie lediglich zu dem obligatorischen Tanz bitten und den restlichen Abend die Nähe dieser Dame meiden würde.

Letzteres war hier nämlich genau der Fall.

Die Augen von Miss Delmford waren klein und versteckten sich in ihrem breitflächigen Gesicht. Ihre vollen Lippen waren geschminkt, und als sie lächelte, entblößten sie eine charmante kleine Lücke zwischen den Schneidezähnen. Sie war auf ihre eigene Weise hübsch, fand Henry. Er musste seiner Schwester recht geben. Trotzdem war sie für ihn nicht attraktiv. Vor allem auch, weil der durchdringende Duft von Lilien, den sie verströmte, ihm das Atmen schwer machte.

Außerdem lenkte ihn gerade etwas ab, erkannte er, und ließ den Blick einen Moment lang nach links schweifen. Zufällig eigentlich, aber dann hielt er verblüfft inne.

Betrunken war er noch nicht, konnte er auch gar nicht sein, da er seit gestern keinen Tropfen Alkohol zu sich genommen hatte.

»Mrs. Seagrave?«, fragte er. Vor lauter Überraschung hatte er gar nicht darüber nachgedacht, wie unhöflich es war, noch während einer Vorstellung mit einer jungen

Dame eine andere anzusprechen. Doch jetzt war es ohnehin zu spät.

Mrs. Seagrave starrte nach vorne, und Henry meinte, einen inneren Kampf auf ihrem Gesicht erkennen zu können. Ihre Mundwinkel zuckten, sie schien drauf und dran zu sein, so zu tun, als hätte sie ihren Namen gar nicht gehört, hatte er den Eindruck, aber dann wandte sie sich ihm doch zu.

Sie sah ihn an, und ein dünnes Lächeln lag auf ihren Lippen. »Euer Gnaden.«

Sie knickste, wandte sich dann allerdings wieder ab und ihrem Begleiter zu. Henry kannte ihn. Graf von Haslang, der etwas zwielichtige bayerische Botschafter. Er war ein stadtbekannter Schmuggler, der aber aufgrund seiner hohen Stellung bisher noch nicht belangt worden war.

Ein leises Räuspern riss ihn aus seinen Gedanken, und er wandte sich wieder Miss Delmford zu. »Dürfte ich Sie um den nächsten Tanz bitten?«, fragte er sofort. Die Phrase kam ihm schon wie von selbst über die Lippen, so oft hatte er sie die letzten Wochen über von sich gegeben. Er bot der jungen Dame seine Hand an, sie griff danach und sie bewegten sich durch die Menschenmenge zur Tanzfläche.

Einige Paare hatten bereits Aufstellung genommen, und Stimmengewirr und Lachen dröhnten durch die hohe Halle. Sie reihten sich einander gegenüber ein. Die Taftkleider der Damen raschelten, der Mann neben ihm zog noch einmal seine Handschuhe zurecht, und schon begann das nächste Musikstück, ein Menuett, das Henry mit Miss Delmford tanzte. Währenddessen lächelte er ihr mehrmals aufmunternd zu, und sie amüsierten sich sogar über die etwas schief gestimmte Klarinette, die so schräg aus der Kapelle hervortönte.

Trotzdem war Henry nicht ganz bei der Sache.

Mrs. Seagrave war tatsächlich in London – er hatte ja eigentlich schon damit gerechnet. Sie war so felsenfest überzeugt davon, in die Politik zu wollen, dass ihr Weg sie über kurz oder lang ohnehin nach London geführt hätte. Was aber tat sie in Gesellschaft von diesem Haslang? Sie hatte ihm doch gesagt, sie hätte die Schmuggelei hinter sich gelassen.

Der Mann war unsympathisch und verkehrte nicht gerade in den besten Kreisen. Ein- oder zweimal war Henry ihm in einem Gentleman's Club begegnet, hatte bisher aber noch kein Wort mit ihm gewechselt.

Und obwohl er es nur ungern zugab, es passte ihm nicht, dass Mrs. Seagrave die Begleiterin des Grafen war. Warum auch immer.

Als der Tanz vorüber war, brachte er Miss Delmford zurück zu ihren Anstandsdamen, verabschiedete sich mit einer freundlichen, aber nichtssagenden Floskel und gesellte sich wieder zu Eliza und seiner Mutter, denen er mit einem kaum merklichen Kopfschütteln zu verstehen gab, dass die junge Dame sein Interesse nicht hatte wecken können.

Gerade im Moment beschäftigte ihn nämlich etwas ganz anderes.

17.

Das war doch jetzt gar nicht so schwer gewesen.

Als sie den Duke vorhin am Eingang zur Rotunde von hinten erkannt hatte, zwei Damen an seiner Seite, war ihr sofort der Puls nach oben geschnellt. Aber Somerville hatte sich glücklicherweise nicht umgesehen und auch sonst keine Notiz von ihr genommen. Und die Rotunde war bereits so gut besucht gewesen, dass sie ihre Chancen ganz gut eingeschätzt hatte, eine Unterhaltung mit diesem Mann am heutigen Abend vermeiden zu können. Dennoch hatte sie ihn immer wieder aus dem Augenwinkel heraus beobachtet, und als er sich plötzlich auf den Weg in ihre Richtung gemacht hatte, war ihr wirklich kurz das Herz stehen geblieben. Glücklicherweise war er aber gar nicht zu ihr, sondern zu der Dame neben ihr gegangen.

Bemerkt hatte er sie ja dann trotzdem. Doch sie hatte sich distanziert und höflich gegeben, und damit war das Problem gelöst. Sicherlich würde er sie heute Abend nicht ansprechen, denn er war zu sehr damit beschäftigt, junge Damen zum Tanz aufzufordern.

Außerdem waren sie erklärte Feinde, oder nicht?

Nichtsdestotrotz kämpfte Rebecca mit dem Anflug eines schlechten Gewissens. Die Karikatur, die über den Duke im *Gazetteer* erschienen war, hatte es wirklich in sich gehabt.

Während des nächsten Tanzes zog Rebecca sich an den Rand der Rotunde zurück, zu einer der vielen Logen, in denen die festlich gedeckten Tische standen und die Gäste sich von den vielen Butlern Essen und Getränke auftragen ließen. Zwar hatte Haslang versucht, sie ebenfalls zu einem Tanz zu bewegen, aber sie hatte dankend abgelehnt, woraufhin der Graf sich rasch eine andere Dame gesucht hatte.

Sie nahm einen Schluck aus ihrem Bowleglas und beobachtete das Geschehen um sie herum. Das tat sie gern und viel, auch zu Hause im White Lion. Sie musste noch nicht einmal verstehen, was die Menschen sprachen. Sie schaute in ihre Gesichter, achtete auf deren Körperhaltung und Gestik und erfuhr mehr über sie, als es in einem Gespräch vielleicht möglich gewesen wäre. Ob sie selbstsicher waren oder zurückhaltend. Ob sie ihr Gegenüber mochten oder vielleicht sogar ein Anliegen hatten. Oder ob sie jemanden verabscheuten.

Genau wie diese Dame, die gerade Rebeccas Aufmerksamkeit auf sich gezogen hatte. Sie beobachtete den Duke of Somerville, während er tanzte, und auch wenn sie lächelte, huldvoll andere Gäste grüßte und immer wieder an ihrem Champagnerglas nippte, waren die Zeichen für ihre Abneigung da. Das kurze Zucken der Lippen, die plötzlich zu Boden gewandten Augen, das heftige Atmen, das auf ihrem ausgeschnittenen Dekolleté so deutlich sichtbar war.

Unauffällig kam Rebecca näher und stellte sich neben die Frau. Sie roch angenehm, nach etwas Blumigem, Frühlingshaftem. Genauso sah ihre taftige lindgrüne Robe à l'anglaise auch aus. Auf ihrem durchscheinend weißen Dekolleté glitzerte eine Diamantenhalskette, und Rebecca meinte sogar, in ihrer lockigen Hochsteckfrisur einige Edelsteine glitzern zu sehen.

Zweifellos war die Dame reich, aber noch nicht besonders alt. Rebecca schätzte sie auf Anfang dreißig. Sie kam noch ein Stückchen näher.

»Er erregt Ihr Missfallen«, stellte sie fest, den Blick nach vorne auf den Duke gerichtet.

Keine Antwort. Aber die Tatsache, dass die Frau vollkommen reglos dastand und noch nicht einmal mehr mit ihrem Fächer wedelte, verriet Rebecca, dass sie ihre Worte sehr wohl verstanden hatte.

»Meines auch«, fuhr sie dann fort. Die Lady warf ihr einen flüchtigen Blick zu, aber sagte noch immer nichts. »Und ich frage mich, wie vielen Anwesenden es in diesem Saal wohl ähnlich geht.«

Es war gewagt, eine fremde Frau, die vermutlich sogar adelig war, auf diese Weise anzusprechen. Doch irgendetwas in ihrem Gesicht, vielleicht der harte Zug um ihren Mund, verriet Rebecca, dass sie keine dieser zartbesaiteten Ladies war, die beim ersten kritischen Wort sofort rot anliefen, sich hektisch Luft zufächelten und umgehend das Gespräch beendeten.

»Wer sind Sie eigentlich?«, fragte die Dame schließlich.

»Rebecca Seagrave, die Besitzerin des White Lion in Bath.« Sie knickste. Vorsichtshalber, denn je länger Rebecca neben dieser Frau stand, desto sicherer wurde sie sich über deren adelige Herkunft.

»Bath?« Es klang, als würde sie von einem abgelegenen Nest sprechen und nicht von einem der mondänsten Kurorte im ganzen Königreich.

Dabei ging es gar nicht um Bath. Sondern darum, dass

Rebecca Gastwirtin war und die Dame sie nun spüren lassen wollte, wie weit sie in der Hierarchie unter ihr stand. Rebecca merkte, wie Widerwillen in ihr aufkeimte, unterdrückte ihn allerdings.

»Und was mag der Duke of Somerville wohl getan haben, um *Ihr* Missfallen zu erregen?«, fragte die Dame. Es klang herablassend und spöttisch, aber damit konnte Rebecca umgehen.

»Er existiert«, antwortete sie ungerührt, und jetzt hatte sie es doch geschafft.

Der Dame blieb einen winzigen Moment lang der Mund offen stehen. Außerdem konnte Rebecca förmlich zusehen, wie sich die Überraschung in ihrem Gesicht in etwas verwandelte, was man vage als Amüsement bezeichnen könnte. Sie neigte leicht den Kopf. Mit etwas gutem Willen würde diese Bewegung sogar schon als höflicher Gruß durchgehen.

»Lady Sybil Hayes, Countess of Cavan«, stellte sie sich schließlich vor. »Und ich bin überaus erstaunt, wie offenherzig Sie mit Ihrer Abneigung dem Duke gegenüber umgehen.«

»Hocherfreut.« Rebecca nickte ebenfalls, zuckte dann die Achseln und sagte: »So wie ich ihn einschätze, macht ihm das nichts.«

Noch immer hatte sich die Countess zu keiner eindeutigen Aussage über den Duke hinreißen lassen, obwohl man ihr die Abneigung ihm gegenüber ganz genau ansehen konnte. Aber das war in Ordnung. Schließlich sprach man nicht mit irgendeiner dahergelaufenen Frau über einen so hochstehenden Adeligen wie den Duke of Somerville, egal wie wenig man ihn leiden konnte. Immerhin hatte Rebecca jedoch das Interesse der Countess geweckt. Und das war ein erster Erfolg.

»Ah, wen haben wir denn da?«, entfuhr es der Countess plötzlich, eine Tonlage höher als gerade eben noch. Eine junge Lady war vor ihnen stehen geblieben, und sofort erkannte Rebecca sie wieder. Das war die Frau, die Betty und ihr neulich im St. James's Park entgegengekommen war. In dem Moment, als sie mit der Kleidung des Dukes das Gelände verlassen hatte.

»Lady Eliza Langford«, begrüßte die Countess die Frau, »darf ich Sie mit Mrs. Rebecca Seagrave aus Bath bekannt machen?«

Die Dame nickte, und Rebecca blieb eine Antwort im Hals stecken.

Die Schwester des Dukes. Vor drei Tagen waren sie der Schwester des Dukes in die Arme gelaufen. Rebecca starrte die Frau an, sicherlich völlig entgeistert, denn genau so fühlte sie sich gerade. Fieberhaft versuchte sie sich zu erinnern, was genau sie damals mit der Frau gesprochen hatte. Nichts, was man ihr anlasten könnte, oder? Betty hatte allerdings bemerkt, dass Miss Langford das Kleiderbündel unter ihrem Arm aufgefallen war.

Aber, rief sich Rebecca zur Vernunft: Sie war die Schwester des Dukes. Wenn ihre Persönlichkeit der ihres Bruders auch nur ansatzweise ähnelte, hätte sie die Begegnung mit ihr und Betty bereits nach zwei Wimpernschlägen wieder vergessen.

Trotzdem wurde Rebecca wachsam.

Statt der blasierten, vielleicht sogar desinteressierten Miene, die Rebecca von Miss Langford erwartet hatte, lächelte sie jedoch. Offen und überraschend herzlich. »Freut mich, Ihre Bekanntschaft zu machen.« Das war zwar bloß eine Floskel, doch es hatte ehrlich geklungen.

»Lady Cavan, ich habe Sie schon lange nicht mehr bei uns gesehen«, wandte sich Miss Langford mit einem kleinen, vielsagenden Lächeln an die Countess und stellte sich neben sie.

Ganz langsam drehte Rebecca den Kopf, um einen besseren Blick auf Miss Langford zu haben. Hatte sie sich da auch nicht gerade verhört? *Bei uns gesehen* – das konnte nur bedeuten, dass Lady Cavan im Hause der Langfords zu Besuch gewesen war. Und zwar ganz sicher nicht bei Miss Langford oder ihrer Mutter. Dazu verhielt sich Lady Eliza mit der Countess viel zu wenig vertraut.

Lady Cavan war eine Verflossene des Dukes, ging Rebecca auf. Eine ihm äußerst wenig wohlgesonnene Verflossene, wie es schien. Das war ja überaus interessant …

»Die vielen Verpflichtungen. Sie wissen ja«, antwortete die Countess vage. Aber Miss Langford schien auch gar nicht weiter darüber nachzudenken, denn ihr Blick hatte sich nun auf Rebecca geheftet. Lange und durchdringend schaute sie Rebecca an.

»Ich bilde mir ja ein, dass wir uns schon irgendwann einmal gesehen haben«, überlegte sie laut.

Haben wir.

Und ich bin geliefert.

Noch während Rebecca sich das Hirn zermarterte, um mit einer glaubhaften Erklärung zu antworten, erkannte sie, wie über das Gesicht von Lady Eliza ein Aufleuchten ging und die Schwester des Dukes plötzlich versuchte, sich ein Lächeln zu verkneifen. Tatsächlich. Sie hielt sich die behandschuhte Faust vor die Lippen, hatte dann aber ihre Contenance wiedergefunden. »Sind Sie zum ersten Mal in London?«, fragte sie verdächtig beiläufig. Beinahe so, als wollte sie von ihrer vorherigen Feststellung ablenken. Weil sie ja beide bereits wussten, dass sie stimmte.

»Nein, aber mein letzter Aufenthalt ist bereits ein Weilchen her. Damals war ich zu Besuch bei einer Parlamentssitzung.«

Sie spürte ganz genau, wie nun sowohl Miss Langford als auch Lady Cavan sie ein wenig irritiert ansahen.

»Im Unterhaus«, fuhr Rebecca ungerührt fort. »Als Frau geht das durchaus, wenn man sich nicht scheut, bis auf den Dachboden zu steigen und durch den Lüftungsschacht zu spähen. Es ist uns ja untersagt, die normale Besuchergalerie zu betreten.«

Kurz herrschte Stille. »Meinen Sie das ernst?«, fragte Miss Langford.

»Aber ja«, bekräftigte Rebecca. »Wieso sollten wir die Politik denn bloß den Männern überlassen?«

»Besonders, wenn sie dafür überhaupt kein Interesse aufbringen«, murmelte Miss Langford. Zwar nur halblaut, doch Rebecca hatte es verstanden. Und sie war fasziniert, denn das war ein Seitenhieb gegen ihren Bruder. Ganz eindeutig.

Sie war drauf und dran, noch einmal nachzuhaken, als Graf von Haslang vor ihnen auftauchte.

»Mrs. Seagrave, aber wo sind Sie denn? Sie müssen mir die Ehre des nächsten Tanzes erweisen, seien Sie so gut«, redete er drauflos, fasste sie am Arm und zog sie mit sich.

Was ganz schön unhöflich und grob war. Er hatte ihr noch nicht einmal die Möglichkeit gegeben, sein Angebot abzulehnen. Beinahe so, als wollte er sie von den beiden Frauen wegbringen. Rebecca schaffte es gerade noch, ihnen entschuldigend zuzuwinken, ehe sie in die Menge eintauchten. Eine Wolke von Alkoholdunst zog an ihr vorüber, und Rebecca vermutete stark, dass sie von Haslang stammte. Was hatte er in der kurzen Zeit gemacht, eine ganze Portweinflasche geleert?

»Ich hätte Sie bei Ihren Tanzaufforderungen für etwas charmanter gehalten«, sagte Rebecca schließlich und machte sich von ihm los, als sie sich für den nächsten Tanz zwischen den anderen Paaren einreihten.

Die ersten Takte erklangen, sie drehten sich einmal im Kreis, und dann raunte Haslang: »So war das nicht ausgemacht.« Es klang richtiggehend feindselig. »*Ich* nehme Sie mit auf die Veranstaltungen und stelle Sie vor. Das machen Sie nicht selbst.«

Rebecca war so überrumpelt von dem Vorwurf, dass sie kurz sogar ihre Schrittfolge vergaß, hatte sich jedoch sofort wieder im Griff. »Aber, aber, warum denn gleich so beleidigt?«, versuchte sie ihn wieder zu beruhigen. Denn das Letzte, was sie gebrauchen konnte, war, Aufsehen zu erregen.

»Ich bin nicht beleidigt, ich bin verstimmt. Durchaus, das bin ich«, gab er zu. »Schließlich habe ich es mir zur Aufgabe gemacht, Sie in der Londoner Gesellschaft vorzustellen. Und nun machen Sie das alles selbst.«

Darum ging es also. Er wollte, dass er sie Herrschaften vorstellte, damit er dann im Gegenzug einen Gefallen von ihr einfordern konnte. Was genau das war, hatte er ihr ja vorhin schon verraten. Sie sollte seine Komplizin in Bath werden.

Nur würde das nicht passieren. Rebecca würde keine Minute mehr länger als nötig in der Gesellschaft des Grafen verbringen. Sie würde jetzt ein Unwohlsein vorschützen und das Ridotto verlassen. Was für eine dumme Idee es gewesen war, sich ausgerechnet an diesen Mann zu wenden!

Sie drehten sich beim Tanz, und kurz fasste er dabei an ihre Taille. Es war keine leichte, stützende Berührung, damit er ihr bei der Drehung half. Sondern er griff fest zu. Zwar trug Rebecca heute wieder eine ihrer stärkeren Korsagen, aber es tat trotzdem weh. Verwirrt blickte sie Haslang ins Gesicht, und als sie den harten Glanz in seinen Augen sah, wurde ihr klar, dass genau das auch seine Absicht gewesen war. Als wollte er sie für ihr eigenmächtiges Handeln bestrafen. Was glaubte dieser Mann eigentlich, wer er war?

»Kommen Sie mit mir nach draußen«, forderte er mit einem Mal. Sie standen einander wieder gegenüber, und das vorderste Pärchen begann erneut mit einer Tanzfigur.

Rebecca musste ein Schnauben unterdrücken. »Ich denke nicht daran.« Für wie dumm hielt er sie eigentlich?

Er bedrohte sie ja fast schon. Das Letzte, was sie tun würde, wäre, jetzt mit ihm nach draußen in die Dunkelheit zu gehen. »Vielleicht ist Ihnen Ihre vorherige Tanzpartnerin ja etwas geneigter?«, schlug Rebecca vor und sah sich bereits um. Konnte sie den Tanz einfach so abbrechen, oder würde es zu sehr auffallen? Sie spürte, wie ihr der Schweiß ausbrach und ihr Unterkleid am Körper zu kleben begann.

»Nein, denn ich möchte mit Ihnen nach draußen, Mrs. Seagrave. Für ein harmloses Gespräch, hier ist es bloß viel zu laut und hektisch. Sie haben von mir nichts zu befürchten.«

Und ob sie das hatte. Der Mann war betrunken und hatte sie gerade gegen ihren Willen auf die Tanzfläche gezwungen. Sie hatte kein Aufsehen erregen wollen und sich deshalb nicht widersetzt.

Für gewöhnlich ließ sich Rebecca nicht so schnell einschüchtern. Aber die Gegenwart des Grafen und vor allem die Rücksichtslosigkeit und unterdrückte Wut, die in seinen Berührungen und Worten zum Ausdruck kamen, wurden ihr doch unangenehm. Eigentlich wollte sie nur noch weg von ihm.

»Besuchen Sie mich und meine Gesellschafterin morgen Nachmittag am Bedford Square, was meinen Sie?«, schlug sie vor.

»Wir sprechen heute Abend schon.«

Der Tanz war vorüber, Rebecca wollte sich bereits abwenden, aber er hielt ihre Hand fest und zog sie mit sich von der Tanzfläche. Rebecca stemmte sich gegen den

Mann, doch er war viel zu kräftig für sie, und sie merkte, wie tatsächlich so etwas wie Angst ihr Rückgrat nach oben kroch.

»Lassen Sie mich!«, verlangte sie, ihre Forderung blieb allerdings wirkungslos. Wieder versuchte sie, sich loszumachen, und die ersten Umstehenden warfen ihnen neugierige Blicke zu.

Musste sie jetzt wirklich eine Szene machen? Anfangen zu schreien und ihn von sich stoßen? Man würde sie für eine bezahlte Dame halten.

Im Augenwinkel konnte Rebecca eine Bewegung ausmachen, ein dunkler, großer Schatten, der sich plötzlich vor sie schob und sich dem Grafen in den Weg stellte. Der blieb so abrupt stehen, als hätte man ihm eine Ohrfeige verpasst.

Somerville. Wie aus dem Boden gestampft stand er auf einmal vor ihnen, mit vor der Brust verschränkten Armen und einem so düsteren Gesichtsausdruck, dass selbst Rebecca einen Moment lang erschrak. Er fixierte Graf von Haslang und sagte mit gefährlich leiser Stimme: »Sie lassen sofort Mrs. Seagrave los.«

»Ich wüsste nicht, was Sie das …«

»Finger weg!«, forderte er, schärfer diesmal.

Der Graf richtete sich kerzengerade auf und versteifte sich. »Ich muss doch sehr bitten.«

Langsam machte Somerville einen weiteren Schritt auf Haslang zu und stand nur noch eine Handbreit vor ihm. Er war mehr als einen Kopf größer als der Graf und sah drohend auf ihn herab. Vor der hoch aufragenden Gestalt und den breiten Schultern des Dukes sah der Bayer richtiggehend schmächtig aus. »Ich wiederhole mich ungern, Haslang. Sie verlassen augenblicklich diese Veranstaltung.«

»Euer Gnaden, ich glaube wirklich, es handelt sich hier um ein Missverständnis«, versuchte Rebecca, die Anspannung zwischen den beiden Männern zu entschärfen. So dankbar sie dem Duke auch war, dass er sie gerade vor einer wirklich unangenehmen Szene bewahrte, bekam sie allmählich Angst, dass diese beiden Männer gleich aufeinander losgehen würden.

»Das hier ist kein Missverständnis«, antwortete Somerville, den Blick weiterhin warnend auf Haslang gerichtet. »Ich weiß, was ich gesehen habe. Nun machen Sie schon, Haslang, und verschwinden Sie, ehe ich meine guten Manieren vergesse.«

Der Graf schnaubte. »Dieser kleine Vorfall hier wird noch ein Nachspiel haben, Mrs. Seagrave«, sagte er eingeschnappt und verschwand erhobenen Hauptes durch das Eingangsportal.

»Ist bei Ihnen alles in Ordnung?«

Rebecca reagierte nicht sofort. Völlig perplex sah sie Haslangs Silhouette in der Tür verschwinden, ignorierte die pikierten Blicke der Umstehenden und atmete tief aus. Erst jetzt merkte sie, dass ihre Hände zitterten. Das taten sie so oft und verrieten dabei jedes Mal, wie nervös sie eigentlich war. Sie verschränkte sie ineinander.

»Rebecca?«, fragte er leise.

Ihren Vornamen. Er hatte gerade ihren Vornamen benutzt. Sie sah zu ihm auf und erkannte den fragenden, besorgten Ausdruck in seinen Augen. Und für einen Moment gab sie nach und ließ sich davon einwickeln, und ein angenehmes, sanftes Kribbeln breitete sich in ihrem Körper aus. Er hatte sie beobachtet und auf sie achtgegeben, vielleicht schon, seit er sie heute Abend das erste Mal entdeckt hatte. Ihr Herz machte einen kleinen, schmerzhaften Satz bei der Erkenntnis. Sie schluckte, denn sie wollte etwas antworten, aber sie wusste einfach nicht, was.

»Somerville, heute ganz der Gentleman«, hörte Rebecca eine spöttische Stimme hinter ihnen und drehte sich herum. Die Countess of Cavan hatte nun ebenfalls zu ihnen aufgeschlossen, Miss Langford im Schlepptau.

»Sybil«, sagte der Duke, mit ruhiger, aber unterkühlter Stimme.

Rebecca war sich nicht sicher, ob das nun eine Begrüßung oder eine Warnung gewesen war. Es war offensichtlich, dass er keinen Wert auf die Gegenwart der Countess legte und noch viel weniger auf ihre Meinung zu dem, was hier gerade passiert war. Und es wirkte, denn die Countess spitzte die Lippen ein wenig und schwieg zunächst, während Miss Langford ihren Bruder mit einem vorwurfsvollen Blick bedachte.

»Warum denn so abweisend, Somerville? Oder ist dir dein selbstloser Einsatz jetzt plötzlich unangenehm?«, konnte es sich Lady Sybil dann doch nicht verkneifen zu sagen.

Vermutlich hatte sie recht. Zwar hatte sein Auftauchen die drohende Auseinandersetzung zwischen Haslang und ihr unterbunden, jedoch waren einige der anderen Gäste auf sie aufmerksam geworden, und obwohl schon längst der nächste Tanz begonnen hatte, wurde noch immer geschaut und getuschelt.

»Entschuldige, vermutlich bin ich noch etwas irritiert von Graf von Haslangs unverschämtem Verhalten«, erklärte er nun.

Sie kannten sich wirklich gut, die Countess und der Duke. Sie duzten sich sogar. Eigentlich wollte sie es gar nicht wahrhaben, aber die Erkenntnis versetzte ihr tatsächlich einen Stich. Ganz sicher hatten die beiden ein Verhältnis gehabt, mit allem, was dazugehörte. Oder vielleicht hatten sie es sogar noch?

Es war bizarr, doch das störte Rebecca.

Bestimmt lag es nur an der Dankbarkeit, die sie dem Duke gegenüber in diesem Moment empfand. Aber zu wissen, dass er mit dieser Dame bereits …

Sie öffnete ihren Fächer, wedelte sich Luft zu und erkannte, wie Lady Cavan den Blick zwischen ihr und Somerville hin- und herschweifen ließ und anschließend die Augen verengte.

Sie dachte doch wohl nicht ernsthaft, dass auch sie ein Verhältnis mit dem Duke hatte und er ihr deswegen zur Seite gesprungen war?

Das war naheliegend, musste sie zugeben. Und das Schlimmste war, sie konnte die Vermutung, die gerade im Raum stand, jedoch niemand offen aussprach, jetzt noch nicht einmal abstreiten. Auch wenn sie gerade nichts lieber getan hätte als das.

Selbst dem Duke entging die angespannte Stille zwischen ihnen nicht.

»Darf ich dich um den nächsten Tanz bitten, Sybil?«, fragte er und bot ihr seine Hand an.

Ein zufriedenes Lächeln erschien auf dem Gesicht der Countess. Als hätte es zwischen ihnen beiden gerade einen Wettbewerb um die Aufmerksamkeit des Dukes gegeben und als hätte Lady Cavan dabei gewonnen.

Lächerlich. Sie musste dringend mit ihr sprechen und klarstellen, in welchem Verhältnis sie zum Duke stand.

Als die Musik erneut zu spielen begann, bat Miss Langford sie an den Tisch ihrer Familie, und Rebecca lernte die Dowager Duchess, Lady Rosalind, kennen. Nachdem der Duke ohne die Countess an den Tisch zurückgekehrt war, stellte er Rebecca noch den Marquess of Belford und eine gewisse Baroness Elversham vor. Sie unterhielt sich angenehm mit ihren neuen Bekanntschaften und sah dem Duke mit spöttischem Desinteresse – so redete sie es sich ein – dabei zu, wie seine Mutter ihn mit einer Handvoll junger, zweifellos aristokratischer Damen bekannt machte. Sie tanzten miteinander und lernten sich offenbar kennen.

Es war bereits kurz vor Mitternacht, als Rebecca es schaffte, sich unter einem Vorwand von den Langfords davonzustehlen, denn Eliza war ganz versessen darauf gewesen, mehr über Rebeccas politische Ambitionen zu erfahren. Sie ließ sich von einem der Butler ein Glas Whiskey bringen, stellte sicher, dass es auch randvoll war, und zog sich damit nach draußen in den chinesischen

Pavillon zurück. Sie brauchte Ruhe, denn sie musste sich einen Plan zurechtlegen, wie sie jetzt weiter verfahren könnte.

Haslang konnte sie als ihren Türöffner ja nun abschreiben. Allerdings war die Countess of Cavan eine überaus interessante und vielversprechende Bekanntschaft. Sie musste ihr nur deutlich machen, dass sie nicht das geringste Interesse an diesem unmöglichen Duke hatte – außer vielleicht, ihn auszumanövrieren und ihn dazu zu zwingen, ihr doch noch das Grundstück zu verkaufen.

Ohne Eile schritt sie an der Baumreihe entlang zum Pavillon, der wie eine überdachte kleine Insel aus Holz in der Mitte eines rechteckigen Sees lag. An den Giebeln waren rot gestrichene Drachenfiguren angebracht, das Dach hatte einen exotischen Schwung, und viele bunte Lampions mit chinesischen Schriftzeichen darauf tauchten alles in ein sanftes, warmes Licht.

Rebecca nahm den ersten Schluck, spürte das Brennen des Alkohols auf ihrer Zunge und suchte sich ein ruhiges Plätzchen. Neben einigen Pärchen, die offensichtlich die Ruhe und das schummrige Licht hier draußen ausnutzten, befand sich auch eine Gruppe junger Männer hier im Pavillon, die irgendein Spiel mit einem Kreisel spielten und dabei laut johlten und lachten.

Mit den Unterarmen lehnte Rebecca sich auf das breite, rot gestrichene Holzsims, stellte ihr Glas vor sich ab und starrte in die Dunkelheit.

Sie stand noch nicht lange, als sie langsame, schwere Schritte hinter sich hörte. Sie fuhr herum – einen Augenblick lang hatte sie befürchtet, dass Haslang doch noch auf dem Gelände war und sich nun anschlich.

Unwillkürlich atmete sie aus, als sie erkannte, wer dort hinter ihr stand. Offenbar hatte sich Somerville von seinen vielen neuen Bekanntschaften losgeeist und sie gesucht.

Erwartungsvoll blieb sein Blick auf ihr hängen, beinahe so, als fragte er um Erlaubnis, dass er sie stören und sich zu ihr gesellen durfte. Rebecca antwortete nicht, sondern drehte sich einfach wieder zurück, was einem Einverständnis gleichkam.

Ebenso wie sie lehnte er sich auf das Geländer und schaute hinaus aufs Wasser, das sich wie eine dunkle Fläche vor ihnen spannte. Die Lichter am Pavillon spiegelten sich glitzernd auf der Oberfläche, die von einer leichten Brise ein wenig aufgeraut war.

Rebecca spürte ganz genau, wie sein Oberarm sie an ihrer Schulter berührte. Das war kein Zufall. Es konnte gar kein Zufall sein, denn der Mann war stocknüchtern und hatte Kontrolle über seine Gliedmaßen. Außerdem war genügend Platz neben ihr, dass er einen zumindest halbwegs sittsamen Abstand zu ihr halten könnte. Er *wollte* sie berühren, und das Schlimme daran war, dass Rebecca es sogar noch genoss. Sie spürte seinen muskulösen Arm an ihrer Schulter und die Wärme, die durch ihr Seidenkleid bis zu ihrer Haut sickerte. Sie wartete noch einige Atemzüge, ehe sie eine Handbreit von ihm wegrückte. Gerade so viel, dass ihre Arme keinen Kontakt mehr hatten.

»Sollten Sie Ihre Aufmerksamkeit nicht Ihrer Familie und gewissen jungen Damen widmen?«, fragte sie.

Vielleicht auch, um sich selbst wieder zur Vernunft zu bringen.

Die noch dazu alle umwerfend schön sind, kroch trotzdem noch eine gehässige Stimme in ihr Bewusstsein. *Schön, aristokratisch und reich.*

Der Duke lächelte. »Sie zählen sich wohl nicht dazu?«

»Ich habe über Sie gelesen, Somerville. Sie scheinen ein hoch gehandelter Heiratskandidat zu sein, und so wie es aussieht, setzt Ihre Mutter alles daran, dass es sich dabei nicht nur um ein Gerücht handelt.«

»Sie haben recht. Ich werde heiraten, vermutlich sogar noch diese Saison«, gab er zu. Diesmal sagte er es ohne jeglichen Spott, es war eine nüchterne Feststellung gewesen. Als Rebecca bemerkte, dass sie gerade die Luft angehalten und ihr Körper sich angespannt hatte, zwang sie sich sofort wieder, ruhig weiterzuatmen.

Natürlich würde der Duke heiraten, das war doch nichts Neues.

Sein Blick blieb auf Rebeccas Whiskeyglas hängen. Kurz verharrte er darauf, und dann zog er es zu sich, aufreizend langsam, so als wartete er auf ihren Protest. Er hob es an seinen Mund und nahm einen tiefen Zug.

Sie sah ihm dabei zu und spürte, wie ihr Herz schneller schlug. Als er das Glas wieder abstellte, blieb ihr Blick darauf hängen, an der Stelle, wo gerade seine Lippen gewesen waren. Offensichtlich ganz in Gedanken versunken strich er nun über den Rand.

Einen winzigen Moment lang stellte sie sich vor, wie es wäre, seine Lippen mit ihren zu berühren und ihn zu schmecken. Sicher wären sie weich, aber er wäre kein sanfter Küsser. Er würde die Führung übernehmen, und ganz bestimmt würde er dabei auch ihren Kopf festhalten, mit dem Daumen über ihre Wange streichen und … überall in Rebeccas Körper machte sich Wärme breit, ebenso wie eine Aufregung, die sie wirklich, wirklich nicht spüren sollte.

Er sah sie an, mit einem seltsamen Glanz in den Augen. Beinahe so, als hätte er in ihren Kopf schauen können und gesehen, was darin vor sich ging.

Dabei war die Tatsache, dass er einfach aus ihrem Glas trank, eine Unverschämtheit. Es war besitzergreifend und raumeinnehmend – und unglaublich attraktiv, musste Rebecca sich eingestehen. Es war eine so vertraute Geste, die sofort wieder die Verbindung zwischen ihnen herstellte, die Rebecca gerade eben noch unterbrochen hatte.

Mit einem Finger schob er ihr das Glas wieder hin. Er entschuldigte sich noch nicht einmal dafür. Als wäre sowieso klar, dass er daraus trinken durfte.

Weil sie zu ihm gehörte.

Hör auf, so einen Unsinn zu denken! Er ist dein Feind, schon vergessen?

Konnte sie … einen Moment zögerte sie, aber traute sich dann doch nicht, ebenfalls zu trinken. Es wäre eine so eindeutige Reaktion gewesen, ein Eingeständnis, das sie ihm nicht geben wollte und durfte. Wenn sie das tat, würde er nur denken, dass sie ihn anziehend fände.

Rebecca schluckte.

»Versprechen Sie mir, dass Sie nie wieder in die Nähe von Graf von Haslang kommen. Sie brauchen ihn nicht«, riss er sie aus ihren Gedanken und sah ihr dabei in die Augen. Schon wieder spürte Rebecca dieses warme Kribbeln, und sofort wandte sie den Blick ab und schaute nach vorne ins Dunkel. Sie fühlte sich ein bisschen, als würde sie schweben.

»Deswegen haben Sie mich Ihren Bekannten vorgestellt? Damit ich auch andere Kontakte in London habe?«

Es war beängstigend, wie gut dieser Mann über Rebeccas Position Bescheid zu wissen schien.

»Möglicherweise?«

»Wissen Sie, dass Mitleid manchmal auch ziemlich erniedrigend sein kann?«

Er lachte leise. »Als Mitleid würde ich es nicht bezeichnen. Eher, dass ich damit meinen Vorsprung ein wenig verringert habe.«

»Wie meinen Sie das?«

»Nun, ich gehe davon aus, dass Sie nicht zum Vergnügen nach London gereist sind, sondern eine Agenda verfolgen. Eine politische Agenda. Und ich gehe ebenfalls davon aus, dass diese wiederum irgendetwas mit mir zu tun hat.«

Wie selbstgefällig er das sagte. »Sie halten sich wohl für den Nabel der Welt.«

»Ganz sicher nicht.« Er wandte sich ihr zu und musterte sie von der Seite. Erneut griff er nach ihrem Glas und nahm einen großen Schluck, ohne die Miene dabei zu verziehen. Was kein Wunder war, dieser Mann war ja offenbar ein leidenschaftlicher Trinker. Er kam ein Stückchen näher an sie heran, und sie konnte den Whiskey in seinem Atem riechen. »Aber für Sie bin ich das womöglich schon.«

Rebecca entkam ein Lacher. »Ihre Arroganz ist unermesslich.«

Er hob die Arme in die Luft. »Wir spielen doch hier ein Spiel, nicht wahr? Sie haben es sich zur Aufgabe gemacht, Wahlstimmen zu finden. Ich besitze einen guten Teil der Stimmen in unserem gemeinsamen Wahlkreis, und Sie haben ja sogar versucht, mir eines dieser Grundstücke mit Stimmrecht abzukaufen. Meine Vermutung, dass Sie hier irgendetwas gegen mich planen, hat also weniger etwas mit Arroganz, sondern vielmehr mit Berechnung und einem Minimum an politischem Kalkül zu tun. Sie haben sich doch in Bath schon als meine Gegnerin auserkoren, dann ist es nur fair, wenn wir auf einem einigermaßen gleichen Niveau beginnen, meinen Sie nicht?«

»Es ist also ein Spiel für Sie? Ein Zeitvertreib?«, fragte sie, laut und vehement.

Natürlich ist es das. Er ist ein Duke, verdammt noch mal. Wenn eine Landpomeranze wie du es mit ihm aufnehmen möchte, lacht er doch nur darüber.

»Kann sein. Vielleicht aber behalte ich einfach gern im Blick, wenn jemand etwas gegen mich plant. Das ist es nämlich, was man auf dem Londoner Parkett lernt: Umsicht. Sie, Mrs. Seagrave, scheinen das allerdings noch nicht so ganz verstanden zu haben.«

»Ach«, machte sie, »habe ich das wohl nicht?«

Plötzlich beugte er sich nach vorne und kam so nah an sie heran, dass sie schon meinte, seine Wange auf ihrer zu spüren. Sie nahm die Wärme wahr, die von ihm ausging, und sie konnte sogar sein Eau de Toilette riechen. Es trug eine herbe und frische Note und erinnerte Rebecca an eine Meeresbrise. Sie merkte, wie sie unwillkürlich tief einatmete, und ihr wurde ein bisschen schwindelig.

Gleichzeitig legte er seine andere Hand in ihren Nacken und hielt sie fest. Sanft, aber bestimmt zog er sie noch näher an sich heran, und Rebeccas Herz begann wie wild in ihrer Brust zu schlagen. Er legte einen Arm um ihre Taille, drehte sie ein klein wenig mit sich, beinahe so wie ein inniger, eng umschlungener Tanz. Sie spürte seinen muskulösen, kräftigen Körper an ihrem, selbst durch die vielen Schichten von Seide und Brokat hindurch, und einen Moment lang blitzte das Bild seines nackten, verschwitzten Oberkörpers vor ihr auf. Er hatte ihre Position inzwischen so weit verlagert, dass sie einen unverstellten Blick auf die Rotunde hatte.

»Den Mann mit dem modernen Zylinderhut dort drüben vor dem Eingang der Rotunde, sehen Sie den?«, raunte er in ihr Ohr. Sie spürte sogar seinen Atem auf ihrer Haut.

Rebecca nickte.

»Und der Mann auf der anderen Seite des Pavillons, mit der Zigarre in der Hand, sehen Sie den auch?«

»Ja.«

»Und den bei dem blühenden Apfelbaum, der sich so angeregt mit einer Dame im gelben Kleid unterhält?«

»Was genau wollen Sie mir damit …«

»Ssh«, machte er und brachte sie damit zum Schweigen. Sein Daumen streichelte über ihre Wange, und Rebecca wurde ganz still. Nicht weil Somerville es von ihr verlangte, sondern weil diese kleine, sanfte Berührung es ihr für einen

Augenblick unmöglich machte, etwas zu sagen, geschweige denn einen einzigen klaren Gedanken zu fassen.

»Das sind Journalisten. Bei der *World*, dem *Gazetteer* und dem *Morning Chronicle*. Den einflussreichsten Zeitungen des Landes. Sie sind hier, und sie sehen alles. Glauben Sie mir, wenn Sie einmal auffallen, stehen Sie morgen in der Zeitung, und die Herrschaften schrecken vor nichts zurück. Unbekannte, junge Dinger wie Sie, die an der Seite von Männern mit zweifelhaftem Ruf wie Haslang oder mir gesehen werden, sind übrigens ihr Lieblingsobjekt.«

Rebecca rührte sich nicht. Sie schaffte es auch nicht, zu antworten. Das lag weniger an dem, was der Duke ihr gerade ins Ohr geflüstert hatte, sondern vielmehr an der unmittelbaren Nähe zu ihm und dem ungewohnten Flattern, das sich gerade in ihrem Magen breitmachte.

Sie räusperte sich, machte sich von ihm los und zauberte ein wissendes Lächeln auf ihr Gesicht. »Und wie kommen Sie darauf, dass nicht genau das auch mein Ziel ist?«

Somervilles Brauen wanderten nach oben, beinahe erschrocken sah er nun aus.

»Ohne aufzufallen auf die Versammlungen der High Society zu gehen – wir wissen ja nun beide, dass ich dann gleich zu Hause bleiben könnte. Ich sage Ihnen mal eines«, und jetzt war sie es, die näher an ihn herantrat. Sie musste sich ein wenig auf die Zehenspitzen stellen, um an sein Ohr zu reichen. »Jede Aufmerksamkeit ist gute Aufmerksamkeit, wenn man noch ein unbeschriebenes Blatt ist. Was genau dann über mich berichtet wird, lassen Sie nur meine Sorge sein.«

Die Miene des Dukes war unlesbar geworden, aber Rebecca ahnte trotzdem, wie wenig er mit dieser Wendung des Gesprächs gerechnet hatte.

Sie deutete auf das Glas, das noch halb gefüllt vor ihnen stand. »Trinken Sie es ruhig aus, Somerville. Ich fahre jetzt nach Hause.«

Mit einem Knicks verabschiedete sie sich und ließ ihn einfach stehen. Erst als sie ein Dutzend Schritte auf dem Kiesweg in Richtung Rotunde hinter sich gebracht hatte, atmete sie aus. Lang und sogar mit einem leisen Stöhnen.

Nichts von dem, was sie da gerade behauptet hatte, stimmte. Sie hatte keine Aufmerksamkeit erregen wollen und schon gar nicht von der Presse. Doch sie hatte sich diesen kleinen Triumph in dem Gespräch einfach nicht verwehren können. Sie schritt an dem Mann mit dem Zylinderhut vorbei, traute sich aber nicht einmal, ihn anzusehen, denn sie spürte seinen durchdringenden, fragenden Blick auf sich. Er hatte ihr Gespräch mit dem Duke mitbekommen. Und ganz sicher war er nicht der Einzige. Am besten, sie würde die nächsten ein oder zwei Tage vorsichtshalber nicht in die Zeitungen schauen.

18.

»Dein Abend schien ja voller Überraschungen gewesen zu sein«, sagte Eliza beiläufig, während sie mit den Fingerspitzen über die zartgrünen Blätter am Gebüsch entlangstrich.

Der Garten im Innenhof des langfordschen Palais war abgeschottet von dem Trubel der Londoner Straßen, eine von einer ganzen Schar an Gärtnern sauber gepflegte Idylle inmitten der Stadt. Sauber und gepflegt war der Garten allerdings nur, solange Henry und sein Hund nicht anwesend waren. Denn Frederick liebte es, sich im Gras zu wälzen, die Bäume zu markieren und nach einem Henry nicht ersichtlichen System bis zur völligen Erschöpfung tiefe Löcher in den Rasen zu buddeln. Und das tat er auch jetzt. Voller Inbrunst grub er im Beet mit den Frühlingsblumen und war schon mit der gesamten vorderen Körperhälfte in dem Loch verschwunden, sehr zum Ärger der Gärtner, die sich zwar hinter den kleinen Schuppen am anderen Ende des Innenhofs zurückgezogen hatten, aber bereits finstere Blicke in Richtung von Frederick warfen.

Henry hatte sich bereit erklärt, seine Schwester in die kleine Gartenanlage zu begleiten – ihm war klar gewesen, dass sie mit ihm reden wollte, und zwar ohne dass Jane oder Amelia – oder gar die Dowager Duchess – zugegen waren. Und er machte sich auch nicht die Mühe, herauszufinden, was genau sie mit *Überraschungen* gerade gemeint hatte, denn sie würde sowieso gleich weitersticheln.

»Solch illustre Damengesellschaft«, stellte sie prompt fest, blieb stehen und sah ihn herausfordernd an. Oder schelmisch, vielmehr.

»Und welche Dame meinst du genau?«, wollte er nun doch wissen. Das war eine berechtigte Frage, fand er, denn gestern Abend hatte er nicht nur mehrere Heiratskandidatinnen kennengelernt, die bei seiner Mutter regelrechte Begeisterungstürme ausgelöst hatten, sondern war auch Sybil über den Weg gelaufen, deren Gesellschaft er die letzten Monate über aus gutem Grund gemieden hatte. Und dann war da noch …

»Rebecca Seagrave«, sagte Eliza mit einer ganz besonderen Betonung und fixierte Henry dabei. »Ihr scheint euch ja schon einmal begegnet zu sein, oder warum hast du es dir nicht nehmen lassen, sie vor diesem bayerischen Grafen zu retten?«

»Ja, wir sind uns schon einmal begegnet«, räumte er ein. »Und natürlich konnte ich nicht einfach zusehen, wie dieser zwielichtige Haslang sie von der Tanzfläche schleift. Kein Gentleman könnte das.«

»So?« Eliza hob zweifelnd die Augenbrauen. »Seltsam, dass du der Einzige warst, der darauf aufmerksam geworden war. Man hätte ja fast meinen können, du hast sie beobachtet.«

»Hm«, machte Henry und starrte auf seine staubigen Schuhspitzen. Hatte er auch. Das lag aber sicherlich an seinen wenig beeindruckenden Tanzpartnerinnen. Die Bekanntschaften, die er zwangsweise an diesem Abend gemacht hatte, waren alle so ermüdend gewesen. Und dann hatte er eben Mrs. Seagrave im Blick behalten, was war schon dabei? Zudem hatte sie eine Unterhaltung mit der Countess of Cavan begonnen. Er wusste nicht warum, aber ihn hatte das gestört. Als die zwei ihre Köpfe zusammengesteckt hatten, war ihm ganz warm geworden. Wieso musste sich Mrs. Seagrave denn von allen Damen, die an diesem Abend anwesend waren, ausgerechnet Sybil als Gesprächspartnerin aussuchen? Was hatten die beiden zu besprechen?

»Ihre Gesellschafterin ist übrigens die mit dem Kinnhaken«, sagte Henry.

Eliza riss die Augen auf. »Die von dem Ball letztes Jahr?«

»Ja, genau die.«

»Ich muss sie kennenlernen«, erwiderte Eliza sofort. »Ich werde Mrs. Seagrave gleich eine Nachricht schicken, ich hatte mich sowieso gut mit ihr unterhalten. Du weißt, dass sie in die Politik möchte?«, plauderte Eliza weiter. »Ich finde das faszinierend. Und mutig. Ich muss unbedingt mehr darüber erfahren.«

»Hm«, machte Henry erneut, und es wurde ihm ein wenig unwohl. Sollte Eliza herausfinden, dass er derjenige war, der Mrs. Seagrave von ihrer politischen Karriere abhielt, würde sie ihm die Hölle heißmachen.

Und trotzdem versuchte er Eliza gerade nicht davon abzuhalten, sich mit Rebecca Seagrave in Verbindung zu setzen, erkannte er.

Weil du sie selbst gern wiedersehen möchtest.

War es denn so? Letzte Nacht war er mehrmals aufgewacht, und jedes Mal hatte er das Gefühl gehabt, dass er gerade von Mrs. Seagrave geträumt hatte. Noch in dem Augenblick, in dem er die Lider aufgeschlagen hatte, war die Erinnerung an seinen Traum aber schon wieder verloren gewesen. Oder hatte er sich das nur eingebildet?

Verlegen rieb er sich über den Kopf, brachte seine Haare damit in Unordnung und fragte: »Was war eigentlich mit deinen Tanzpartnern?« Auch um auf andere Gedanken zu kommen. »Lord Palgrave hat sogar zwei Tänze mit dir absolviert. Dürfen wir ihn heute Nachmittag zum Tee erwarten?«

Eliza verzog das Gesicht. »Ich befürchte, ja.«

»Er war nett«, versuchte Henry ihr gut zuzureden. »Und er sah auch gar nicht so schlecht aus, er geht sogar regelmäßig in Boxclubs.«

Jetzt sah Eliza fast schon gequält aus.

»Eliza, was ist eigentlich los?« Er sah sie forschend an. »Warum wehrst du dich so gegen eine Heirat?«

»Du dich doch auch!«, konterte sie.

»Nein, ich habe mich letzte Woche bereit erklärt, mich noch diese Saison zu verloben. Schon mehrere junge Männer wollten Jane näher kennenlernen, und bisher hat sie alle Besuche abgewiesen. Nicht weil sie nichts für sie übriggehabt hätte, sondern deinetwegen. Weil die Voraussetzung für ihre eigene Hochzeit eigentlich wäre, dass du zumindest verlobt bist.«

Eliza war stehen geblieben. Lange Zeit sagte sie nichts, sondern sah ihn einfach nur an. Einen schrecklichen Moment lang hatte Henry sogar den Eindruck, dass ihr Kinn zitterte.

»Weil ich einfach nicht möchte«, flüsterte sie und klang dabei so verzweifelt und traurig, dass es Henry bis ins Mark ging.

»Jemanden an seiner Seite zu haben kann auch schön sein«, beschwichtigte Henry. Zwar glaubte er selbst noch nicht so recht daran, doch ihre Mutter wurde schließlich nicht müde, ihnen genau das zu predigen.

»Ich weiß«, seufzte Eliza.

»Aber warum willst du dann keine …«

»Ich möchte gerade nicht darüber reden«, unterbrach sie ihn mit einer knappen, aber bestimmten Handbewegung. »Und wenn du vermeiden möchtest, dass die Gärtner deinem Hund demnächst Arsen unter sein Futter mischen, hilfst du mir jetzt, die Löcher wieder zuzuschütten.«

Sie war in die Hocke gegangen, wehrte Fredericks Versuche ab, ihr ein schlabberiges Küsschen zu geben, und schob mit beiden Händen die frisch aufgeworfene dunkle Erde zurück in die beachtliche Kuhle, die der Hund in der kurzen Zeit gegraben hatte.

19.

Rebecca saß auf dem Bett und nippte abwesend an ihrer Tasse, während sie versuchte, sich auf die Lektüre des Parlamentsberichts zu konzentrieren. Inzwischen war der Tee kalt geworden, sie verzog das Gesicht und stellte die Tasse mit einem leisen Klirren wieder auf der Untertasse ab.

Zum dritten Mal begann sie, ein und denselben Satz zu lesen, verlor schon in der zweiten Zeile den Faden und ließ die Zeitschrift schließlich auf ihren Schoß sinken. Das Papier raschelte unter ihren Fingern, und sie starrte zum Fenster.

Nein, eigentlich starrte sie zu dem Haufen.

Dem Kleiderstapel des Dukes, der vorwurfsvoll auf dem geschnörkelten Sessel vor dem Fenster lag.

Überhaupt war der Duke die letzte Nacht über in ihren Gedanken ziemlich präsent gewesen. Weit nach Mitternacht war sie mit der Mietkutsche nach Hause gekommen, und erst im Morgengrauen hatte sie einige Stunden Schlaf gefunden. Sie hatte im Bett gelegen, die Holzmaserung an der Decke angestarrt und sich eingebildet, an den Stellen, wo Somerville ihren Körper berührt hatte, noch immer das leichte Prickeln auf der Haut zu spüren. Seine Hand war warm gewesen, und auch wenn es eine besitzergreifende Geste gewesen war – es hatte sich gut angefühlt, ihm so nahe zu sein. Unglaublich gut.

Langsam stand sie auf und schlenderte zum Fenster. Sie hatte sich die Kleider seit dem Abend im St. James's Park nicht mehr angesehen. Vermutlich war es das schlechte Gewissen gewesen, das sie den Stapel – und damit auch ihre Missetat – einfach ignorieren hatte lassen.

Jetzt war sie allerdings doch neugierig geworden. Sie zog das Hemd unter dem Gehrock hervor, schüttelte es aus und hielt es gegen das Licht. Es war aus etwas rauerer Baumwolle gefertigt und ziemlich groß, fand sie. Aber schließlich war der Duke auch ein großer Mann. Und kräftig, geradezu muskulös. Kein Wunder, wenn er so viel ruderte. Gestern hatte sie seine Muskeln sogar unter dem Frack gespürt, als sie ihn berührt hatte. Sie betrachtete das Hemd und rang mit sich. Ob es wohl auch den Duft des Eau de Toilette trug, den sie gestern an ihm wahrgenommen hatte? Aber nein, sie würde nun nicht an seinem Hemd riechen wie eine liebestolle Halbwüchsige.

Das wäre lächerlich, natürlich würde sie das nicht tun.

Ihr Blick war auf das Hemd gerichtet. Ein Moment verging, dann noch einer. Schließlich raffte sie es mit beiden Händen, schloss die Augen und vergrub ihre Nase in dem festen Stoff. Sie atmete tief ein, und der frische, herbe Geruch von Zedernholz und einem Hauch Zitrone, der sich mit Somervilles ganz eigenem Duft mischte, hüllte sie ein und transportierte sie wieder in den chinesischen Pavillon. Er ließ ein warmes Flattern in ihrem Bauch entstehen. Sie sah sein Gesicht vor sich, das Funkeln in seinen Augen, das sein Begehren ausdrückte und genau das widerspiegelte, was auch in ihr vorging.

Kurz spürte sie noch der Empfindung nach, dann ließ sie das Hemd sinken und starrte den Stoff an.

Sie hatte ein Problem. Ein ernsthaftes Problem.

Der Duke of Somerville hatte ihre Pläne durchkreuzt, sie ausgelacht und sie anschließend geradezu herausgefordert. Er war ihr Gegner und trotzdem mochte sie ihn, und dieses Gefühl schien bei jeder ihrer Begegnungen stärker zu werden. Gestern Abend hatte sie seine Aufmerksamkeit sogar richtiggehend genossen. Ihr Herz hatte ungewohnt heftig in ihrer Brust gepocht, als er sich für sie mit diesem Haslang angelegt hatte. Vermutlich hätte er auch nicht davor zurückgeschreckt, sich mit diesem Mann zu prügeln. Schon wieder hatte er auf sie achtgegeben, und ihr Herz – ihr verräterisches, schwaches Herz – war ein kleines bisschen geschmolzen.

Und als er dann auch noch zu ihr nach draußen gekommen war und sie seine Nähe gespürt hatte, seine Berührungen und die Hitze seines Körpers, die auch sie zum Glühen gebracht hatte – Rebecca wusste, sie stand am Abgrund.

Nur einen Schritt weiter, und sie würde fallen. Sie würde sich in diesen Mann verlieben, der nichts ernst nahm und immer nur spielte und genau das verkörperte, was sie so sehr verabscheute: verantwortungslose und verschwenderische Dekadenz.

Es gab tausend Gründe, warum sie sich keine Gefühle für diesen Mann erlauben durfte. Sie machten Rebecca schwach und lenkten sie von ihren Zielen ab, denn wenn sie in der Politik wirklich eine Chance haben wollte, musste sie all ihre Kräfte bündeln und sich nur auf ihre Karriere konzentrieren. Außerdem, und das war vielleicht noch wichtiger, würde sie sich sowieso nicht auf den Duke einlassen können. Einen Kuss konnte sie sich womöglich noch erlauben, aber mehr ging einfach nicht. Unweigerlich würde jedoch genau das passieren. Sie hatte gesehen und gespürt, wie wenig man sich seinem Willen entziehen konnte. Er würde mehr wollen, sie würde seinem Wunsch und auch ihrem Verlangen nachgeben, und dann würde er sie nackt sehen. Und das ging einfach nicht.

Sie konnte es sich ruhig eingestehen: Es war feige, sich, oder besser gesagt ihren Körper, für den Rest ihres Lebens zu verstecken. Aber das Risiko war einfach zu hoch. Wer konnte schon wissen, wem der Duke an seinen unzähligen alkoholschwangeren Abenden von ihrer Entstellung erzählen würde? Und was, wenn er sich für irgendetwas an ihr rächen wollte und sogar mutwillig über ihre Narben tratschte?

Sich Somerville zu öffnen würde nicht nur bedeuten, dass ihre mühsam aufgebaute Selbstachtung an einem einzigen Abend womöglich wieder in Scherben vor ihr lag. Es konnte ihrem Ruf außerdem empfindlich schaden und sogar ihre Karriere beeinträchtigen.

Deshalb durfte sie ihren Gefühlen für den Duke auch auf keinen Fall mehr Raum geben.

Achtlos ließ sie das Hemd zurück auf den Stapel fallen, zog die Wolldecke von ihrem Bett und warf sie darüber.

Sie würde den Kleiderstapel ignorieren, ebenso wie ihre Schwäche für Somerville, denn dann würde sie von alleine wieder weggehen. So war es doch, oder nicht?

Außerdem sollte sie sich gerade auf etwas ganz anderes konzentrieren. Sie hatte den Parlamentsbericht nämlich nicht ohne Grund lesen wollen. Die Countess of Cavan hatte für heute einen Besuch angekündigt, und Rebecca wollte kompetent wirken und sie beeindrucken. Lady Sybil war genau das, was sie gesucht hatte – ebenso verwitwet wie sie selbst, äußerst wohlhabend und gut vernetzt in der Londoner High Society. Und das Wichtigste: Sie konnte den Duke nicht leiden.

Vielleicht musste sie auch gar nicht mit Wissen und politischer Kompetenz punkten, um die Countess auf ihre Seite zu ziehen. Denn wenn Lady Sybils Abneigung dem Duke gegenüber nur groß genug war, würde sie sicherlich jede Möglichkeit nutzen, sich an dem Mann zu rächen. Das musste Rebecca aber eben erst herausfinden.

Die Countess of Cavan und der Duke.

Es wäre interessant zu wissen, weshalb sie ihr Verhältnis beendet hatten. Ob einer von beiden wohl das Interesse verloren hatte? Vermutlich Somerville, weil er eben so war. Das würde auch die Animositäten seitens der Countess erklären, sinnierte Rebecca. Allerdings schien der Duke ebenfalls nicht besonders gut auf Lady Sybil zu sprechen zu sein … Sie würde es herausfinden, obwohl sie dabei natürlich auf der Hut sein musste. Sie machte sich keine Illusion darüber – sie war nicht auf der Suche nach einer Freundin, sondern einer Geschäftspartnerin und Verbündeten, und genau so würde sie die Countess auch behandeln.

Keine zwei Stunden später war Lady Sybil angekommen und saß in dem zugegebenermaßen etwas kleinen

Salon der Mietwohnung von Rebecca und Betty. Misstrauisch – oder war es sogar schon verächtlich? – beäugte sie die Inneneinrichtung. Zwei hellblaue Sofas auf elegant geschwungenen Eichenholzfüßen, stuckverzierte Wände, an denen einige goldgerahmte Landschafts- und Tierporträts hingen, ein mit Marmor eingefasster Kamin, auf dessen Sims einige hübsche Porzellanfiguren standen. Es war nichts einzuwenden gegen diesen Salon, auch wenn eine Countess sicher anderes gewöhnt war. Rebecca hatte alle Zeitungen durchgeblättert, die sie im Haus gehabt hatten, um mehr über Lady Cavan zu erfahren. Nach einer Weile hatte sie aufgegeben und einfach Betty gefragt, die sich ja ohnehin alles zu merken schien. Die Countess logierte am exklusiven Grosvenor Square, besaß ein Saisonticket für die Oper und die Ranelagh Gardens und wurde in der Klatschspalte des Magazins *Bell's Weekly Messenger* als eine einflussreiche, aber sehr unterkühlte Belle der Gesellschaft betitelt. Außerdem stand sie der königstreuen Partei sehr nahe, hatte Betty zu berichten gewusst.

Nach einem kurzen Austausch an Förmlichkeiten war Lady Sybils Blick dann auf Betty hängen geblieben. Einmal, dann ein zweites Mal. Schließlich warf sie ihrer Gastgeberin einen auffordernden Augenaufschlag zu, den Rebecca jedoch ignorierte.

Marissa, ihr Dienstmädchen, brachte Tee herein, und als sie die Tür lautlos hinter sich zugezogen hatte, fragte Lady Sybil an Betty gewandt: »Würden Sie mir ein Glas Wasser bringen?«

Betty schien ganz perplex von der Aufforderung.

»Ich werde unser Dienstmädchen rufen«, erwiderte Rebecca stattdessen und sah die Countess dabei mit einem überaus freundlichen Lächeln an.

Es war vollkommen klar, was die Countess beabsichtigte. Sie wollte ein vertrauliches Gespräch führen, und zwar mit Rebecca alleine. Oder sie sah in Betty keine angemessene Gesprächspartnerin. Egal, was von beidem der Fall war, Rebecca würde es nicht akzeptieren.

Betty blinzelte und erhob sich schließlich. »Entschuldigen Sie mich.«

»Du kannst gern hierbleiben. Alles, was ich mit der Countess besprechen möchte, darf auch meine Freundin und Gesellschafterin Miss Hartley hören«, erklärte Rebecca nachdrücklich und ohne den Blick dabei von der Countess abzuwenden. Vermutlich war es nicht besonders schlau, die Frau zu kritisieren, von der sie etwas brauchte. Aber eine Sache war ihr wirklich ein Anliegen: Das hier war eine Unterhaltung zwischen ebenbürtigen Geschäftspartnerinnen und nicht zwischen einer Countess und einer Gastwirtin, und je früher Lady Sybil das verstand, desto besser.

Außerdem gab es eine Grenze, fand Rebecca, und die zog sie in ihrem Freundes- und Familienkreis. Es spielte keine Rolle, wer der oder die Betreffende war und welch wichtige Rolle sie für Rebecca spielte. Wenn jemand eine ihr nahestehende Person angriff oder beleidigte, und sei es King George höchstpersönlich, würde Rebecca dagegen vorgehen.

»Wie recht Sie doch haben, meine liebe Mrs. Seagrave!«, räumte die Countess mit einem herzlichen Lächeln ein, von dem Rebecca wusste, dass es falsch war. Interessant, wie schnell sie sich fügte. Allmählich bekam Rebecca wirklich das Gefühl, dass die Countess sie ebenso sehr brauchte wie andersherum. Und der Teufel sollte sie holen, wenn das nicht etwas mit dem Duke zu tun hatte.

Mit einer kleinen, aber unmissverständlichen Handbewegung brachte sie Betty dazu, sich wieder zu setzen. Dennoch war ihr anzusehen, dass sie sich ärgerte.

Langsam goss Rebecca den Tee in die Tassen und reichte eine davon der Countess.

»Lassen Sie uns ganz offen sprechen, Lady Cavan«, begann sie. »Wie Sie ja vielleicht schon wissen, möchte ich in die Politik gehen.«

»Ein ambitioniertes Vorhaben«, erwiderte die Countess und nahm einen Schluck Tee. Offenbar schmeckte er ihr nicht besonders, denn sie hielt kurz inne, ehe sie die Tasse wieder abstellte. Eine Lady vom Format der Countess würde sich natürlich nicht dazu hinreißen lassen, auf irgendeine Weise ihren Unmut darüber kundzutun.

»Ambitioniert, ja. Aufgrund des Burgage-Systems in meinem Wahlkreis aber keine Unmöglichkeit.«

»Das klingt überaus spannend«, erklärte die Countess und lud Rebecca damit ein, weiterzusprechen. Und endlich zum Punkt zu kommen.

»Damit ich den von mir präferierten Kandidaten aber sicher in das Unterhaus wählen kann, fehlt mir noch eine Stimme für die Mehrheit.«

»Aha«, machte ihr Gegenüber. »Bei wem handelt es sich denn um Ihren präferierten Kandidaten?«

»Um einen jungen, sehr tüchtigen Geschäftsmann aus Bath«, erklärte sie. Das war vage, aber sie wollte die Kontrolle über das Gespräch noch nicht abgeben, und fuhr deshalb fort: »Sie wissen ja um das Problem mit den Burgages: Wer einmal eines besitzt, gibt es ungern wieder her.«

»Natürlich«, bekräftigte die Countess. Dabei konnte Rebecca sich nicht vorstellen, dass sie jemals damit in Berührung gekommen war.

»Außer man hat nicht besonders viel übrig für die Politik«, ergänzte Rebecca langsam und nachdrücklich.

»Wie der Duke of Somerville, zum Beispiel«, bemerkte die Countess mit einem kleinen, schwer zu deutenden Lächeln. Sie hatte eine Liebschaft mit diesem Mann gehabt, deshalb hatte Rebecca auch vermutet, dass Lady Sybil um das politische Desinteresse des Dukes wusste. Offenbar hatte sie sich nicht getäuscht.

»Ich sehe schon, wir verstehen uns.« Rebecca erwiderte das Lächeln der Countess.

»Und nun möchten Sie, dass ich mit dem Duke spreche? Da muss ich Sie leider enttäuschen, Sie haben ja selbst gesehen, dass er keinen Wert mehr auf meine Meinung gibt.«

Keinen Wert mehr. Da war sie, die leise, aber bittere Enttäuschung, die in den Worten der Countess mitschwang. Oder war es sogar schon Schmerz gewesen? Auch wenn es natürlich gemein war, das zu denken – es war genau das, was Rebecca brauchte.

»Nein, das wird nicht nötig sein. Ich habe ihm bereits ein angemessenes Kaufangebot gemacht, das er ausgeschlagen hat. Vermutlich, weil es ein Zeitvertreib für ihn war, die Pläne einer ambitionierten Frau zu durchkreuzen.«

Rebecca hatte ihre Worte gerade mit Bedacht gewählt, und es würde sie schon sehr wundern, wenn sich die Countess darin nicht auf die eine oder andere Weise wiederfinden würde.

»Wenn wir ihm ein neues Angebot machen«, fuhr sie fort, »vielleicht sogar über einen Strohmann … ein wirklich lukratives Angebot, Sie verstehen, was ich meine …«

Die Countess nickte.

»… dann wird er es nicht mehr ausschlagen können«, schloss Rebecca.

So, jetzt war es heraus. Sie bat nicht gern jemanden um Hilfe, und jedes Mal, wenn sie es tat, musste sie zuerst ihren Stolz herunterschlucken, ehe ihr die Worte über die Lippen kommen wollten. Am liebsten würde sie alle ihre Probleme alleine lösen – doch manchmal ging das eben nicht. Außerdem war sie der festen Überzeugung, dass der Duke sein Grundstück sehr wohl verkaufen würde. Das Angebot musste noch nicht einmal so astronomisch hoch sein, wie sie es Castledown unterbreitet hatte. Es durfte nur eben nicht von *ihr* stammen.

»Sie brauchen Geld von mir«, stellte die Countess dann fest.

»Richtig. Mir geht es aber eigentlich auch darum, diese Männerdomäne endlich aufzubrechen und Einfluss zu nehmen, verstehen Sie?«

»Ich verstehe Sie gut, sehr gut sogar. So wie ich Sie einschätze, wissen Sie jedoch auch um meine Allianzen mit den königsnahen Tories. Wieso sollte ich also ausgerechnet Sie und Ihren unabhängigen Kandidaten unterstützen?«

»Weil es für Sie vielleicht nicht unbedingt um den Parlamentssitz geht. Sondern darum, einem gewissen Duke nicht immer seinen Willen zu lassen.« Sie fixierte Lady Sybil, die ihren Blick erwiderte, ohne ein einziges Mal zu blinzeln. Es war gewagt, diesen Umstand auszusprechen, denn die Countess konnte es durchaus auch als Beleidigung auffassen, Rebeccas Vermutung empört zurückweisen und das Gespräch umgehend beenden.

»Wie kommen Sie eigentlich darauf, dass ich ihm eins auswische, indem ich ihm eine sicherlich nicht unerhebliche Geldmenge in den Rachen werfe, für ein überteuertes Grundstück noch dazu?«, wollte die Countess wissen. »Er wird sich auf den Handel einlassen und sich dann zufrieden die Hände reiben, wenn ihm das klar wird.«

Darüber hatte Rebecca sich auch schon Gedanken gemacht. Sie holte bereits Luft, um zu einer glühenden Rede über weibliche Solidarität anzusetzen. Und um zu erklären, wie sehr sich der Duke ärgern würde, wenn er herausfand, dass er sein Grundstück doch an Rebecca verloren hatte. Aber die Countess kam ihr zuvor.

»Um was für ein Grundstück handelt es sich eigentlich?«, wollte sie wissen.

»Um ein kleines Areal bei Walcott, südlich von Bath. Darauf steht ein verfallenes Gefängnis, und einige Bauernkaten grenzen daran, die auch schon bessere Tage gesehen haben. Als ich dort war, wohnte ein Franzose auf dem …«

»Ein Franzose, sagten Sie?«

»Ganz genau. Aber das spielt keine Rolle, denn der Wahlmann, der die Stimme für das Burgage abgeben wird, ist schließlich Engländer.«

»Ich verstehe.« Die Countess war ins Grübeln gekommen, was gut war. Gedankenverloren rührte sie mit dem kleinen Silberlöffel in der Teetasse, was ein leises, klimperndes Geräusch verursachte.

»Außerdem, wer weiß. Vielleicht kann mein Kandidat bei einigen ausgesuchten, der Krone wirklich wichtigen Abstimmungen doch die Position der Tories beziehen. Er ist da sehr offen …«, versuchte Rebecca, die Überlegungen der Countess noch etwas zu ihren Gunsten zu beeinflussen.

Wobei sie gar nicht vorhatte, Tom im Sinne der Tories abstimmen zu lassen. Er hatte seinen eigenen Kopf, und in allen wichtigen Themen waren Rebecca und er sich ohnehin einig. Vor allem, was die Rechte von Frauen, Arbeitern und allen anderen unterdrückten Minderheiten hier im Königreich betraf. Das würde sie selbstredend der Countess nicht auf die Nase binden. Und wenn Lady Sybil nur ansatzweise politisches Gespür hatte, wusste sie, dass man sich auf bloße Aussagen ohnehin nicht verlassen konnte. Wichtig war gerade lediglich, dass Rebecca der Countess ein weiteres Zugeständnis machte und damit eine gewisse Bereitschaft signalisierte, für sie auch in Zukunft eine wertvolle Bekanntschaft zu sein. So war eben der Lauf der Politik. Man vernetzte sich, knüpfte hilfreiche Kontakte und erwies sich gegenseitig Gefälligkeiten.

»Gut«, sagte die Countess schließlich. »Ich bin einverstanden. Wie viel brauchen Sie?«

»Ich denke, eintausendfünfhundert Pfund wären ein Angebot, das er nicht ausschlagen kann.«

Die Countess nickte. »Das ist viel Geld, aber wenn wir einen Strohmann involvieren, wird der Duke vermutlich verkaufen. Da haben Sie die Lage ganz richtig eingeschätzt.«

»Das sind großartige Neuigkeiten!« Rebecca versuchte, ihre Begeisterung im Zaum zu halten. Beinahe hätte sie vor Aufregung in die Hände geklatscht, riss sich aber im letzten Moment zusammen.

»Sagen Sie mal, Mrs. Seagrave, was ist Ihnen eigentlich wichtiger? Dieses Grundstück zu besitzen oder Somerville eins auszuwischen?«

»Das Grundstück natürlich. Somerville interessiert mich nicht«, erklärte Rebecca, und es klang in ihren Ohren so überzeugt, dass sie es sich beinahe selbst abnahm.

»Ich hatte in den Ranelagh Gardens gestern ja wirklich den Eindruck, dass er eine Schwäche für Sie hat …«

»Seien Sie ganz unbesorgt, das beruht wirklich nicht auf Gegenseitigkeit«, versuchte Rebecca, die Countess zu beruhigen. Es war eine glatte Lüge. Die ganze Nacht hatte sie über ihn fantasiert und vorhin sogar an seiner Kleidung gerochen. Obwohl sie niemand dabei beobachtet hatte, war Rebecca ihr Verhalten im Nachhinein sogar selbst peinlich.

Umso besser, dass sie jetzt eine einflussreiche Verbündete hatte, mit der sie Pläne gegen den Duke schmiedete. Damit würde sie nicht nur das Grundstück bekommen, sondern auch ihre unsinnigen Gefühle wieder in den Griff kriegen. Und dann wäre alles wieder in bester Ordnung.

»Sehr gut, wir werden dem Duke nämlich eine Lektion erteilen«, bekräftigte die Countess, und sie schien von ihrem Vorhaben immer überzeugter zu sein. »Ich besitze außerdem beste Verbindungen zu gewissen einflussreichen Journalisten, die nicht davor zurückschrecken, uns dabei zu unterstützen. Ein gewisser George …«

»… Nestor«, ergänzte Betty die Countess, und beide schauten nun verblüfft zu ihr. »George Nestor, der beim *Morning Chronicle* die Society-Berichte schreibt«, führte Betty weiter aus, als wäre es das Selbstverständlichste der Welt.

Noch immer schwieg Lady Sybil, aber sie blinzelte. Sie war wohl wirklich überrascht.

Und Rebecca war es ebenfalls. Bisher hatte Betty kein Wort gesagt, nur vorsichtig an ihrem Tee genippt und sich dann und wann mit einem Taschentuch dezent die Nase getupft. Betty hatte gerade mit einem Infekt zu kämpfen, aber es war natürlich undenkbar, sich in der Gegenwart einer Countess die Nase zu putzen.

»Im Gegensatz zu den Berichten im *Gazeteer*, der *World* oder dem *Gentleman's Magazine* ist der Ton, den Nestor im Zusammenhang mit Somerville anschlägt, meist recht rau«, berichtete Betty. »Außerdem ist im *Chronicle* die Wortwahl eindeutig kritischer als in den anderen Zeitungen.«

Stolz flammte in Rebecca auf. Eigentlich sollte sie sich nicht wundern, denn bei Betty passierte so etwas öfter. Meist saß sie ganz still da und hörte zu, manchmal vergaß man sogar, dass sie anwesend war. Und dann gab sie plötzlich etwas von sich, das verriet, dass sie die ganze Zeit über mitgedacht hatte. So oft war man versucht, Betty zu unterschätzen, denn mit ihren brünetten, etwas matten Haaren und ihrer kräftigen Statur sah sie ziemlich unscheinbar aus. Dabei war sie nicht nur schlau, sondern auch unheimlich belesen, und die Countess hatte sicher mit vielem gerechnet, aber bestimmt nicht damit, dass Rebeccas Gesellschafterin aus der meist sehr subtilen Wortwahl der Journalisten herauslesen konnte, wer dem Duke gewogen war und wer nicht.

»Das haben Sie ganz richtig erkannt«, erwiderte die Countess zögerlich, der das Kompliment nicht gerade leicht über die Lippen zu kommen schien. Nichtsdestotrotz hatte sie es gesagt, was Rebecca ihr hoch anrechnete.

»Ich werde noch heute mit meiner Bank korrespondieren«, erklärte die Countess und erhob sich. »Sie hören von mir.«

Damit verabschiedete sie sich und nickte sogar Betty knapp zu, der, sobald Lady Sybil ihnen den Rücken gekehrt hatte, vor Genugtuung ein kleines Lächeln über die Lippen huschte.

Die Eingangstür schlug zu, nachdem Marissa die Countess nach draußen begleitet hatte. Kurz herrschte Stille, bis Betty umständlich ein Taschentuch aus ihrer Rocktasche fummelte und sich dann ausgiebig schnäuzte.

»Du magst sie nicht«, murmelte sie in ihr Taschentuch, noch während sie sich die Nase putzte. Draußen war das Klappern der Hufe zu hören, als die Kutsche anfuhr.

»Sie wollte dich aus dem Raum komplementieren«, verteidigte sich Rebecca.

»Ja, aber das ist es nicht.«

Betty hatte recht. Irgendetwas, es war nur ein Gefühl, das tief in ihrer Magengrube saß, sagte Rebecca, dass sie sich eigentlich einen anderen Verbündeten suchen sollte, denn die Countess war gefährlich.

Nicht im herkömmlichen Sinne, sie war ja nicht kriminell. Doch sie hatte etwas an sich, das sie Rebecca unsympathisch machte. Ein Zug in ihrem Gesicht womöglich? Der stets etwas leere Ausdruck in ihren Augen?

Fehlende Loyalität, ging Rebecca auf.

Diese Frau würde nicht davor zurückschrecken, an einem Tag ihre Freunde zu unterstützen und ihnen schon am nächsten Tag ein Messer in den Rücken zu rammen.

Aber sie hatte gerade eine Zusage bekommen, ihr Plan schien wirklich aufzugehen, und das auch noch sehr viel schneller, als sie es ursprünglich angenommen hatte.

Zudem war sie auch nicht nach London gekommen, um eine Freundin zu finden, oder nicht? Alle Beziehungen, die sie hier aufbaute, waren rein geschäftlich. Insgeheim fragte sie sich jedoch, ob die Ladies der Beau Monde überhaupt zu etwas anderem fähig waren …

Gerade, als sie sich erneut Tee eingießen wollte, kam Marissa mit einem Brief auf einem Silbertablett. Er war von Miss Eliza Langford, und sie fragte darin, ob sie morgen nicht gemeinsam in den Vauxhall Gardens spazieren gehen wollten. Ganz ausdrücklich bat sie sogar, dass auch Miss Betty Hartley sie dabei begleitete.

»Wir sollten sie treffen. Sie hat uns mit den Kleidern ihres Bruders gesehen«, gab Betty zu bedenken.

»Ebenjener Bruder, gegen den ich gerade intrigiere …«, ergänzte Rebecca mit schmerzhaft verzogenen Mundwinkeln.

»Tust du doch gar nicht. Du versuchst lediglich, ihm zu einem hohen Preis ein Grundstück abzukaufen, an dem dir wirklich sehr gelegen ist. Er macht ein lukratives Geschäft, und du bekommst dein Wahlrecht – was ist da schon dabei?«

»Nichts, eigentlich.«

»Eben«, bestätigte Betty. »Weißt du, was ich eigentlich glaube?« Sie nieste laut, ehe sie sagte: »Miss Langford will lernen, wie man Kinnhaken verteilt.«

20.

Damit war Betty der Wahrheit ziemlich nahegekommen, denn schon kurze Zeit, nachdem sie sich am nächsten Tag in den Vauxhall Gardens getroffen hatten und dort den Kiesweg unter den Torbögen entlangspaziert waren, wandte Miss Langford sich an Betty.

»Miss Hartley«, begann sie, »also sagen Sie mal. Wie haben Sie das eigentlich damals gemacht, als Sie diesen Verrückten einfach niedergestreckt haben?«

Betty schmunzelte und warf Rebecca einen kurzen Blick zu, ehe sie antwortete: »Das war reiner Zufall, Mylady.«

Was nicht im Geringsten stimmte, dachte Rebecca, denn Betty war mit vier älteren Brüdern aufgewachsen, mit denen sie sicherlich des Öfteren Kämpfe ausfechten hatte müssen. Außerdem – wie Betty ihr eines Abends in weinseliger Stimmung erzählt hatte – war sie ein Ass im Armdrücken und besiegte an guten Tagen sogar ihre Brüder. Betty war wehrhaft und stark, und das war natürlich auch Miss Langford nicht entgangen.

Die schien noch nicht so schnell aufgeben zu wollen und hakte sich bei Betty unter. Sie tat es einfach so. Kein einziges Mal hatte sie sich nach ihrer oder Bettys Herkunft erkundigt, stattdessen behandelte sie beide, als kannten sie sich bereits eine halbe Ewigkeit. Als wären sie Freundinnen, obwohl weder Rebecca und schon gar nicht Betty adelig waren und im sozialen Gefüge weit unter Miss Langford standen. Und sosehr Rebecca auch darauf achtete, sie konnte keine Falschheit im Gesicht von Eliza Langford erkennen.

»Ich glaube Ihnen kein Wort, Miss Hartley. Ich würde nur wirklich gern wissen, wie man das macht. Ein einziger Schlag! Mein Bruder wollte uns ja partout nicht verraten, wie Sie das geschafft haben«, plauderte sie weiter.

Miss Langford war heute ganz anders als in den Ranelagh Gardens. Sie kam ihr gelöster und aufgedrehter vor, und immer mehr beschlich Rebecca das Gefühl, dass sie sich auf dem Ridotto sehr zurückgehalten hatte und gar nicht wirklich sie selbst gewesen war. Heute sprühte sie geradezu vor Energie, und genauso wie ihr Bruder strahlte sie etwas Positives und Einnehmendes aus, dem man sich einfach nicht entziehen konnte.

»Ihrem Bruder ist wohl nicht daran gelegen, wehrhafte Schwestern zu haben?«, erkundigte sich Rebecca.

»Offenbar nicht. Deswegen müssen wir jetzt auch schnell machen, Miss Hartley, und Sie müssen mir alles erzählen, bevor er kommt.«

Rebecca war gerade dabei, die Kordeln ihres Sonnenschirms zu entwirren, hielt dann aber in der Bewegung inne. »Er kommt?«, fragte sie, einigermaßen entsetzt. Das hatte weder besonders gewählt noch freundlich geklungen, zu mehr war sie gerade im Moment jedoch nicht fähig.

»Aber ja, er hat darauf bestanden, als ich ihm von unserem kleinen Ausflug berichtet hatte.«

»Das stört Sie doch nicht?«, erkundigte sich Eliza mit Unschuldsmiene, ließ Rebecca aber dennoch nicht aus den Augen. Ein Funkeln lag darin, als würde sie sich diebisch über irgendetwas freuen.

Kurz flackerte so etwas wie Panik in Rebecca auf. Sie versuchte sich zu erinnern, wie sie sich in den Ranelagh Gardens dem Duke gegenüber verhalten hatte. War sie unbedacht gewesen und hatte den Eindruck erweckt, eine Schwäche für ihn zu haben? Hatte sie ihn am Ende sogar angehimmelt, wie die vielen anderen Damen an diesem Abend, oder warum sah seine Schwester sie nun so vielsagend an?

Rebecca bemerkte, dass sie vor lauter Schreck die Luft angehalten hatte, und atmete aus.

Das war das Allerletzte, was sie wollte. Den Eindruck erwecken, sie wäre in den Duke verliebt. Weil es absolut nicht stimmte. In keiner Weise.

Rebecca lockerte ihr gestärktes Brusttuch ein wenig, das sie zu ihrem fliederfarbenen Satinkleid trug. Ihr war wirklich warm geworden, und sie spannte ihren Schirm auf, um den Sonnenstrahlen zu entgehen.

»Ganz und gar nicht«, hörte Rebecca sich schließlich sagen und spürte, wie ihre beiden Begleiterinnen sie neugierig musterten. War sie am Ende auch noch rot angelaufen? Ihre Wangen kamen ihr gerade so erhitzt vor. »Ich dachte nur, wir blieben unter uns«, schloss sie.

Was für eine dämliche Bemerkung. Sie waren in den Vauxhall Gardens. Man kam hier nicht her, um ungestört spazieren zu gehen, man kam hierher, um zu sehen und gesehen zu werden.

Aber Rebecca war gerade nervös geworden. Sie war im Begriff, mit der Countess of Cavan Pläne gegen den Duke zu schmieden, und so wie sie Lady Sybil einschätzte, würde er nicht besonders gut dabei wegkommen. Und nun musste sie den Nachmittag mit ihm verbringen.

Großartig.

»Henry wird uns nicht weiter stören. Es ist angenehmer, Zeit mit ihm zu verbringen, als Sie es sich vermutlich vorstellen. Sie haben ihn nur immer in den falschen Situationen erlebt.«

»Offenbar …«

Das Gespräch plätscherte dahin. Betty erklärte tatsächlich, wie sie gelernt hatte, zuzuschlagen – zeigen konnte sie es hier im Park vor aller Augen aber natürlich nicht.

Sie hatten gerade eine Runde vollendet, als Miss Langford sie wieder durch das Eingangshaus nach draußen auf die Straße dirigierte, um auf ihren Bruder zu warten. Sie standen dort noch nicht lange, als eine Kutsche vorfuhr, eine Mietkutsche, wie sich Rebecca wunderte, und er ausstieg.

Einer der Kutscher kam vom Bock herunter und öffnete die Tür, und sobald Rebecca den Duke dort ausmachen konnte, wurde sie ganz nervös. Ihr rasender Herzschlag dröhnte ihr in den Ohren, als sein Blick einige Momente länger, als es eigentlich notwendig war, auf ihr liegen blieb und er auch noch dieses unwiderstehliche Lächeln auf sein Gesicht zauberte. Rebecca sah weg, denn den Teufel würde sie tun und es jetzt erwidern. Er sollte ruhig wissen, dass sie ihm nicht wohlgesonnen war.

Er begrüßte seine Schwester mit einem Kuss auf die Wange und nickte Rebecca und Betty zu.

Die Kutsche fuhr an, und in der Staubwolke, die die Räder hinterließen, bemerkte Rebecca das schwarze Säckchen, das auf dem Boden lag, genau dort, wo Somerville ausgestiegen war. Und der schien ebenfalls darauf aufmerksam geworden zu sein. Ein oder zwei Atemzüge lang schaute er darauf.

»He, Sie da!«, rief er dann laut der Kutsche hinterher, bückte sich und hob den Geldbeutel auf. Mit dem Ledertäschchen über dem Kopf wedelnd lief er dem Gefährt hinterher. »Das ist doch Ihrer, nicht wahr?«, fragte er, und die großen Augen, die der Kutscher machte, waren Antwort genug. Somerville wartete nicht, bis der Mann von seinem Kutschbock heruntergestiegen war, sondern lief um das Gefährt herum und reichte ihm den Beutel nach oben. Der Kutscher überschlug sich fast vor Dankbarkeit. Es war ihm sichtlich unangenehm, dass ein Duke ihm etwas reichte, doch Somerville winkte bloß ab und kehrte etwas außer Atem zu seinen Begleiterinnen zurück.

Natürlich. Somerville hatte nicht nur eine äußerst sympathische Schwester. Nein, er war offenbar auch noch ein guter Mensch, der sogar Bediensteten half. Das machte es ihr ja *bedeutend* einfacher, ihn zu verabscheuen, dachte sich Rebecca verdrossen.

»Das war … freundlich von Ihnen«, sprach Betty das aus, was sie vermutlich alle gerade dachten.

»Wenn mir das passieren würde, wäre ich ebenso erleichtert, meinen Geldbeutel zurückzubekommen«, sagte Somerville und bedeutete ihnen mit dem ausgestreckten Arm, dass sie durch das Empfangshaus zurück in den Park laufen sollten.

»Nur dass in deinem Geldbeutel vermutlich um einiges mehr Geld wäre als in diesem. Mit den paar Pfund des Kutschers hättest du ja sowieso nichts anfangen können«, kommentierte Miss Langford trocken.

»Spielt doch keine Rolle, wie viel der Beutel enthielt«, erwiderte Somerville.

Ja, bei dir ganz sicherlich nicht, dachte Rebecca bei sich.

Somerville gehörte zum alten Geld. Sein Reichtum bestand aus unzähligen Ländereien in Somerset, Cornwall und auch hier in London. Sollte er jemals seinen Geldbeutel verlieren, würde es ihn vermutlich nicht einmal schmerzen, wenn er Hunderte von Pfund enthalten hätte. Das Vermögen der Langfords war beträchtlich, und Geld zu besitzen war für diesen Mann und auch seine Schwestern eine Selbstverständlichkeit. Niemand würde ihm seinen Reichtum jemals vorwerfen oder krummnehmen, wie es so oft bei Industriellen, Bankern oder Händlern – der neuen aufstrebenden Elite – der Fall war. Auf der anderen Seite des Kanals sah es da schon ganz anders aus. Dort würde man ihn genau dafür guillotinieren …

Aber sie kam nicht mehr dazu, weiter über den unermesslichen Reichtum der Langfords zu sinnieren, denn sobald sie den Park betreten hatten, winkte ihnen vom Säulensalon, wo man sich Erfrischungen kaufen konnte, ein Mann entgegen. Voller Enthusiasmus kam er zu ihnen herübergelaufen.

»Lord Palgrave, welche Überraschung!«, sagte Eliza, und das höfliche Lächeln in ihrem Gesicht schien irgendwie eingefroren zu sein. Außerdem, hatte Rebecca den Eindruck, spannte sich ihr gesamter Körper an. Ihre Schultern waren hochgezogen, und die Hände umklammerten den Griff ihres Sonnenschirms. Es war offensichtlich, dass ihr die Gegenwart dieses Mannes unangenehm war. Obwohl der eigentlich einen sehr freundlichen Eindruck machte.

»Geht es Ihnen heute besser, Mylady?«, erkundigte er sich höflich und lächelte dabei.

Eliza brauchte kurz, doch dann beeilte sie sich zu sagen: »Aber ja, ich bin fast wiederhergestellt. Ein bisschen frische Luft und ein wenig Schlaf, und ich bin wieder ganz genesen.«

Miss Langford hatte ein Unwohlsein bisher gar nicht erwähnt gehabt …

»Das freut mich zu hören, dann steht einer Verabredung morgen Nachmittag zum Tee in Ihrem Palais ja nichts entgegen?«

Lord Palgrave schien nicht lange zu fackeln. Es war offensichtlich, dass er Miss Langford näher kennenlernen wollte, und die Etikette sah nun eben mal vor, dass man das bei einer kleinen Teeparty in Gegenwart der Familie tat. Nur schien Miss Langford seine Begeisterung für einen gemeinsamen Nachmittag im langfordschen Salon nicht ganz zu teilen, denn ihr Blick wanderte hektisch von links nach rechts, beinahe so, als suche sie nach einer Ausrede – einer weiteren.

Rebecca überlegte nicht lange. »Oh, wie schade nur, dass wir morgen bereits zu einem Ausflug entlang der Themse verabredet sind, nicht wahr, Miss Langford?« Sie blickte beschwörend in deren Richtung.

Miss Langford blinzelte, verstand glücklicherweise aber sofort.

»Genauso ist es. Ein andermal vielleicht, bester Palgrave«, flötete sie, und die Erleichterung war ihr richtiggehend anzusehen. »Und jetzt entschuldigen Sie uns.« Sie hielt ihm die Hand hin, er hauchte einen Kuss darauf, doch seiner perplexen Miene war anzusehen, dass er die Abfuhr sehr wohl verstanden hatte und sie ganz und gar nicht das war, was er eigentlich erwartet hatte.

Vermutlich würde er sich kein weiteres Mal um eine Verabredung bemühen, und als Eliza sich ihm abgewandt hatte und neben Rebecca davonschritt, ließ sie lange und hörbar die Luft durch die Backen entweichen. Rebecca warf Somerville einen flüchtigen Blick zu. Die Hände im Rücken verschränkt, war er mit einem Mal sehr schweigsam geworden und sah mit nachdenklicher Miene zu Boden, während sie unter den Triumphbögen entlangliefen.

Möglicherweise passierte das nicht zum ersten Mal. Und auch wenn der Duke sich völlig aus der Unterhaltung zwischen seiner Schwester und diesem Palgrave herausgehalten hatte, schien er die Reaktion seiner Schwester nicht gut zu finden.

»Also, Miss Hartley, wo waren wir stehen geblieben?« Wieder hakte sich Eliza bei Betty unter, und die beiden jungen Frauen schritten zügig voran, sodass Rebecca und der Duke außer Hörweite gerieten.

Während er neben ihr herspazierte, begann Somerville zu schmunzeln. »Sie haben gerade gelogen«, stellte er fest. Er hatte den Kopf ganz leicht in ihre Richtung gebeugt, und seine nachdenkliche Stimmung schien plötzlich wie weggeblasen.

»Ich habe Ihre Schwester vor einem unangenehmen Nachmittag gerettet, wenn Sie es schon nicht tun.«

»Palgrave ist ein guter Mann und wirklich kein schlechter Kandidat. Ich verstehe nicht, was sie gegen ihn hat.«

Rebecca zuckte die Achseln. »Sie mag ihn eben nicht.«

»Sie mag keinen der potenziellen Heiratskandidaten, die meine Mutter ihr vorstellt«, bekannte Somerville.

Rebecca nickte. »Es ist nur so: Wenn Ihre Schwester für diesen oder auch für andere Männer nichts übrighat, sollten Sie sie nicht dazu zwingen, Zeit mit ihnen zu verbringen.«

»Schön, wenn Sie das so sehen. Aber dann haben Sie die Zwänge noch nicht ganz verstanden, die mit einer adeligen Herkunft einhergehen. Es gehört nun mal zu unserem Leben dazu. Angemessen heiraten, eine Familie gründen …«

»Sagt der beinahe dreißigjährige Junggeselle …«, konnte sich Rebecca nicht verkneifen zu sagen.

»Auch ich habe mich meinem Schicksal gefügt«, erklärte er voller Überzeugung. »Ich werde mich noch diesen Sommer verloben, und Eliza wird das ebenfalls tun.«

Es klang ziemlich endgültig, und Rebecca blieb abrupt stehen. Da war er schon wieder, dieser Widerwille, der immer in ihr aufkeimte, wenn sie eine Unterhaltung mit dem Duke führte und er eines seiner verschrobenen Argumente hervorbrachte. Sie konnte gar nicht anders, als sich zu ärgern.

Dieses Mal würde sie ruhig bleiben. Sie atmete einmal tief ein und aus. »Sehen Sie es nicht? Oder wollen Sie es nicht sehen?«, fragte sie freundlich und mit einem Lächeln, das ihren Sarkasmus jedoch kaum verbarg.

»Was meinen Sie?«

»Ich habe selten jemanden kennengelernt, der die Gesellschaft von Verehrern weniger genossen hat als Ihre Schwester, Euer Gnaden. Das war nicht nur heute der Fall, sondern auch kürzlich in den Ranelagh Gardens.«

Er warf ihr einen Seitenblick zu und runzelte dabei die Stirn, räumte zu ihrer Überraschung aber ein: »Ja, das ist mir durchaus auch schon aufgefallen.«

»Und es liegt Ihnen nichts daran, ihr das Ganze einfach zu ersparen?«

Er sah sie lange an, das leuchtende Blau seiner Augen schimmerte im hellen Tageslicht, und Rebecca wappnete sich, damit sie sich davon nicht wieder einlullen ließ.

»Was, wenn sie es bereut? Was, wenn sie es in zehn oder fünfzehn Jahren bereut, nicht geheiratet und keine Familie gegründet zu haben? Die meisten alleinstehenden Frauen mittleren Alters verfluchen ihr Schicksal und ihre Einsamkeit«, stellte er leise fest.

Sie wurde das Gefühl nicht los, dass er nicht nur von seiner Schwester, sondern auch von ihr, Rebecca, sprach. Und er hatte recht. Denn gerade in diesem Moment fand sie sich in seinen Worten so sehr wieder, dass sie schlucken musste.

»Und aus diesem Grund maßen Sie sich an, über Ihre erwachsene Schwester zu bestimmen?«, sagte sie daher schärfer, als sie es eigentlich meinte. Einfach bloß, um sich selbst von diesem unangenehmen Gefühl abzulenken, das sich gerade in ihrer Brust breitmachte. Diese Enttäuschung, mit der sie sich bereits vor so langer Zeit arrangiert hatte. »So wie ich Ihre Schwester kennengelernt habe, weiß sie sehr wohl, was sie möchte. Oder eben was nicht, und sie hat sich darüber sicher schon Gedanken gemacht. Und liegt Miss Langfords Glück nicht auch in Ihren Händen? Sie sind schließlich ihr großer Bruder.«

»Eben, deshalb sollte sie heiraten«, beharrte er.

»Sie missverstehen mich doch gerade absichtlich. Es ist ganz alleine die Entscheidung von Miss Langford, ob sie heiraten möchte, meinen Sie nicht? Respektieren Sie das und lassen Sie ihr die Freiheit, wenn Sie Ihre Schwester nicht unglücklich machen wollen.«

Der Duke sah sie überrascht an, hatte Rebecca den Eindruck, und einen kleinen Moment lang spürte sie Stolz in sich aufsteigen, denn sie hatte tatsächlich das Gefühl, etwas bewirkt zu haben. Zumindest zum Nachdenken hatte sie ihn gebracht, und das gab ihr eine gewisse Genugtuung.

Sie waren so versunken in das Gespräch gewesen, dass sie gar nicht bemerkt hatten, wie Betty und Miss Langford stehen geblieben waren, um auf sie zu warten.

»Und was machen wir nun eigentlich morgen?«, erkundigte sich Miss Langford voller Tatendrang. »Nachdem Sie mir schon so heroisch aus der Zwickmühle geholfen haben, sollten wir wirklich den Nachmittag miteinander verbringen.«

Somerville warf Rebecca einen eigentümlichen Blick zu. »Wie wäre es mit dem Panorama am Leicester Square?«, schlug er vor. »Die Eintrittskarten gehen auf mich.«

21.

Er hatte nicht anders gekonnt, als sich für Elizas nächsten Ausflug mit Mrs. Seagrave selbst einzuladen.

Als sie gestern in ihrer Diskussion für seine Schwester Partei ergriffen und an seine Verantwortung als großer Bruder appelliert hatte, hatte ihn das ziemlich unvorbereitet getroffen.

Und es beschäftigte ihn noch weiter, denn auch wenn er es ihr gegenüber nicht sofort hatte zugeben wollen, musste er Mrs. Seagrave im Stillen recht geben. Egal, ob Eliza ihre Entscheidung, nicht heiraten zu wollen, in fünfzehn Jahren womöglich bereuen würde – es war und blieb einzig ihre Entscheidung. Denn sie war nicht wie er die Erbin eines Titels, sie musste weder den Sitz im House of Lords annehmen noch die unzähligen Ländereien verwalten. Sicherlich, die Konventionen sahen vor, dass Eliza als älteste Schwester zuerst heiraten musste, bevor die jüngeren das konnten. Aber das war nicht in Stein gemeißelt, und natürlich wäre es möglich, sich diesem Brauch zu widersetzen. Und was ritt ihn eigentlich, dass er Eliza genau das absprach, was er sich selbst so sehr wünschte?

Der Gedanke, dass seine Schwester zu etwas gezwungen wurde, was sie aus tiefstem Herzen verabscheute, machte ihn ganz krank. Deshalb würde er Eliza auch nicht das gleiche Schicksal aufbürden, das ihm blühte, nur weil er es als Familienoberhaupt vielleicht konnte und *weil es eben immer schon so gewesen war*, dass die Töchter eines Dukes heirateten.

So oft hatte Henry dieses Argument aus dem Mund seines Vaters gehört, und es rief in ihm inzwischen bereits eine körperliche Abwehr hervor.

Das, was er als seine wichtigste Aufgabe sah, nämlich seine Schwestern und seine Mutter zu beschützen, würde er ja auch machen. Aber eben nach seinen eigenen Regeln und Wertvorstellungen, hatte er beschlossen.

Natürlich war es amüsant gewesen, sich einen Wettstreit mit Eliza zu liefern, wer die schlimmsten oder langweiligsten Tanzpartnerinnen oder -partner hatte. Es hatte sich gut angefühlt, sein Leid zu teilen und jemanden zu haben, der die eigene Misere so gut verstand. Zudem hatte es von der Ernsthaftigkeit abgelenkt, die im Grunde hinter der Suche nach einer Braut und einem Bräutigam lauerte. Und der Tatsache, dass sie beide eine Entscheidung treffen mussten, die ihr restliches Leben bestimmen würde, obwohl sie noch nicht bereit dafür waren.

Aber das hatte nun ein Ende, er würde mit seiner Mutter reden, sobald sich die Gelegenheit ergab, und ihr seinen Entschluss mitteilen, dass Eliza sich nicht verloben und auch keine Kandidaten mehr kennenlernen musste, wenn sie das nicht wollte. Er war der Duke, und er hatte das Recht, das zu bestimmen.

Und es fühlte sich gut an. Zum ersten Mal, seit er den Titel übernommen hatte und für etwas Verantwortung übernehmen musste, das seine Familie betraf, fühlte es sich gut und richtig an.

Das war der Verdienst von Mrs. Seagrave, denn sie hatte eine Empfindung, die sich schon lange in Henry geregt hatte, ganz offen in Worte gefasst. Sie hatte ihn mit der Nase auf etwas gestoßen, das er die ganze Zeit über geahnt, aber trotzdem ausgeblendet hatte.

Dabei hätte diese Frau jeden Grund, nicht gut auf die Langfords zu sprechen zu sein, weil Henry ihr in seinem kindischen Eigensinn dieses Grundstück verweigerte.

Trotzdem machte sich eine gewisse Leichtigkeit, fast schon Euphorie in seiner Brust breit, als er völlig in seine Gedanken versunken mit Eliza die Straßen in Richtung

Leicester Square entlanglief. Sein Blick schweifte zu seiner Schwester.

Sie hatte sich heute für ein naturweißes Kleid aus Seidenbrokat entschieden, bedruckt mit blauen Blumen. Ein solches Kleid konnte sie nur an ganz besonders trockenen und freundlichen Tagen bei einem Spaziergang durch London tragen, hatte sie ihm erklärt, als sie losgegangen waren. Sonst wäre der Saum binnen kürzester Zeit von Schlamm und Unrat verschmutzt. Und über längere Strecken einen der Sweeper zu beschäftigen, Männer und Frauen, die mit einem Reisigbesen in der Hand den Weg vor einem säuberten, war für keinen der Beteiligten angenehm.

Heute Mittag war einiges los, und mehrmals waren sie auf der kurzen Strecke vom St. James's zum Leicester Square sogar Bekannten begegnet. Henry hatte lediglich die Hand zum Gruß gehoben, war dann aber weitergelaufen.

Er wollte nachdenken, und auch Eliza schien ganz in ihre Gedanken versunken und lief schweigend neben ihm her.

Bei seinem Gespräch mit Mrs. Seagrave gestern war Henry etwas passiert, was er bisher nicht gekannt hatte. Ein warmes Gefühl hatte sich hinter seinem Brustbein gebildet, und es war mit jedem Atemzug stärker geworden und hatte sich von dort in seinen ganzen Körper ausgebreitet. Es hatte sich angefühlt, als wäre er gerade in einem eiskalten Gewässer geschwommen und würde sich nun wieder abtrocknen und die Wärme würde zurück in die Gliedmaßen kribbeln.

Zu spät bemerkte Henry, dass ein schwachsinniges Grinsen auf seinem Gesicht lag und Eliza ihn dabei stirnrunzelnd beobachtete. Sofort wurde er wieder ernst, richtete seine Krawatte und sah ganz besonders konzentriert dem Ende der Panton Street entgegen, die in den Leicester Square mündete.

»Miss Delmford also«, stellte Eliza mit einem süffisanten Lächeln fest. Denn eigentlich hatte Henry auf Wunsch seiner Mutter für heute Nachmittag eine Kutschfahrt mit der jungen Dame geplant gehabt.

»Ich habe mich entschlossen, sie näher kennenzulernen.« Irgendeine Dame musste er schließlich heiraten, oder nicht? Außerdem war die Unterhaltung während des Ridottos nicht ganz so ermüdend gewesen wie mit vielen anderen jungen Ladies. Vielleicht gab es sogar Anknüpfungspunkte für sie beide, und das musste Henry eben herausfinden.

»So fasziniert kannst du von Miss Delmford aber nicht sein. Sonst würdest du nicht mit uns in das Panorama gehen, statt mit ihr durch den Hyde Park zu kutschieren.«

Erraten. Er hatte sie in einer knappen Nachricht um eine Verabredung für den darauffolgenden Tag gebeten. Und so verrückt ihm das selbst vorkam, er war sogar ein wenig erleichtert gewesen, das Treffen einen weiteren Tag aufzuschieben.

»Damen, die einen faszinieren, sind ja auch kaum die richtigen, um sie zu heiraten, meinst du nicht?«

»Nein? Möchtest du dich in deiner Ehe lieber langweilen?«, wollte sie wissen, und Henry tat sich schwer, auszumachen, ob Ironie dabei mitschwang oder ob seine Schwester es tatsächlich auch so meinte.

»Tut man das nicht in jeder Ehe?«, hielt er ihr entgegen.

Eliza zog als Antwort eine schmerzhafte Grimasse. »Das befürchte ich leider auch …«

Dass er Mrs. Seagrave viel einnehmender fand als Miss Delmford und diese Frau ihn tatsächlich faszinierte, ließ Henry lieber unerwähnt. Zum einen spielte das für seine Heiratspläne keine Rolle, und zum anderen sah die junge Frau aus Bath in ihm vermutlich sowieso den Antichristen. Das schien ihn allerdings nur noch mehr anzustacheln, ihr das genaue Gegenteil zu beweisen …

Der Leicester Square eröffnete sich vor ihnen, ein weitläufiger Platz mit einer abgezäunten, aber etwas verlotterten Grünfläche in der Mitte, die eine Statue von King George I. im Zentrum hatte. Dicht an dicht gebaute Häuserzeilen säumten den Platz, und Barkers Rotunde mit dem Panorama lag linker Hand. Über das breite Kopfsteinpflaster, das die Gartenanlage umgab, ratterten Kutschen, einige der altmodischen Sedanstühle wurden die Straßen entlanggetragen und jede Menge Spaziergänger waren unterwegs und genossen das milde Frühlingswetter.

»Dort sind sie ja!«, rief Eliza aus und winkte Mrs. Seagrave und Miss Hartley eifrig mit ihrem Sonnenschirm.

Mrs. Seagrave trug heute nicht die Farbe Rot, wie sie es so oft tat, sondern ein leicht ausgestelltes lilafarbenes Kleid. Das schwarze Seidencape, das darüberlag, schimmerte in der Sonne. Außerdem schmückte ihren Hals ein farblich passendes schwarzes Kropfband. Sie hatte keinen Hut auf und puderte ihre wunderschönen dunkelbraunen Haare Gott sei Dank auch nicht, und wie jedes Mal, wenn Henry ihr begegnete, konnte er die Augen nicht mehr von ihr abwenden.

Als sie näher kamen, verschränkte sich sein Blick mit ihrem.

Eigentlich hatte er damit gerechnet, einen spöttischen, vielleicht sogar kritischen Ausdruck in ihren Augen zu erkennen, wie meistens, wenn sie sich gegenübertraten. Aber heute hatte er den Eindruck, dass eine Ernsthaftigkeit darin lag, und eine gewisse Verletzlichkeit, mit der er nicht gerechnet hatte.

Als hätte sich seit gestern etwas zwischen ihnen verändert und als gäbe es mittlerweile ein unsichtbares Band, das sie zusammenhielt. Ohne dass er sich bewusst darum bemühte, fand ein stummer Austausch zwischen ihnen statt, eine Art persönliche Begrüßung, die gar keiner Worte bedurfte. Als wollte sie ihm sagen: *Ich weiß, warum du gekommen bist. Ich weiß, dass zwischen uns etwas ist, das nichts mit unserer Rivalität oder einem Gefallen gegenüber deiner Schwester zu tun hat. Sondern mit dir und mir.*

Es war nur ein winziger Augenblick zwischen ihnen, aber Henry hatte ihn trotzdem wahrgenommen und dabei unwillkürlich den Atem angehalten.

Eliza umarmte die beiden Frauen und begrüßte sie mit einem Kuss auf die Wange und beendete damit den Moment zwischen ihm und Mrs. Seagrave.

Was auch besser war, denn wenn sie sich noch ein paar

Augenblicke länger so angestarrt hätten, wäre es peinlich geworden.

Henry setzte ein Lächeln auf, von dem er wusste, dass es freundlich, aber nicht zu nahbar wirkte, und nickte beiden Frauen höflich zu.

Gerade stand eine ganze Gruppe an Besuchern vor der Kasse am Eingangsportal, das mit seinen gewaltigen Säulen mehr an einen griechischen Tempel erinnerte als an ein erst kürzlich erbautes Londoner Stadtgebäude.

Vor zwei Jahren hatte der Maler Robert Barker die eigens für die Ausstellung seiner Panoramabilder gebaute Rotunde am Leicester Square eröffnet. Man zahlte drei Shilling, erhielt kleine gedruckte Orientierungspläne, auf denen die wichtigsten Orte und Gebäude auf den Leinwänden erklärt waren, und konnte dann innerhalb der Rotunde zwischen den beiden Plattformen hin und her spazieren und die Dutzenden Meter langen Gemälde auf sich wirken lassen. Es gab eine Stadtansicht von Edinburgh und den Blick auf London vom Südufer der Themse gesehen. Henry war erst einmal im Panorama gewesen, doch es hatte ihn beeindruckt, und er freute sich schon auf den erneuten Besuch.

Falls er es überhaupt schaffte, sich auf die Kunstwerke zu konzentrieren. Gerade schaute er nämlich die ganze Zeit über verstohlen zu Mrs. Seagrave und entdeckte immer weitere Details an ihr, die ihn in ihren Bann zogen. Die feinen Härchen, die sich aus ihrer Frisur gelöst hatten und sich nun in ihrem hinreißenden Nacken kräuselten und von denen er so gern wissen würde, wie weich sie sich zwischen seinen Fingern anfühlten. Oder die zwei winzig kleinen Falten, die sich in ihren Augenwinkeln bildeten, wenn sie herzhaft lachte, und die Henry so attraktiv fand, dass ihm jedes Mal, wenn er sie bemerkte, der Puls nach oben schnellte. Oder ihr umwerfendes Dekolleté, das ihre vollen Brüste erahnen ließ. Henry versuchte wirklich, nicht daraufzustarren, als wäre er ein Halbwüchsiger, der zum ersten Mal in seinem Leben eine Frau mit den Augen eines Mannes sah.

Der Andrang an der Kasse war so groß, dass sie beschlossen, oder vielmehr Eliza beschloss, noch eine Runde auf dem Platz zu drehen und die erste Besuchertraube abzuwarten, ehe auch sie sich die Ausstellung ansahen.

»Mrs. Seagrave möchte einen Abgeordneten für das Unterhaus stellen«, erzählte Eliza, während sie am gusseisernen Zaun der kleinen Grünanlage entlangspazierten.

Henry nahm ihr keinen Deut ihrer unwissenden Naivität ab, die sie gerade aufsetzte. Natürlich sagte Eliza das jetzt nicht zufällig, und er warf ihr ein drohendes Lächeln zu, das sie vollkommen ignorierte. Sie spazierte neben Mrs. Seagrave, die es angesichts des gerade angeschnittenen Themas vorzog, die blühenden Margeriten im Gras zu ihrer Rechten zu betrachten.

»Über Burgages«, fuhr Eliza fort. »Davon besitzen wir ja auch einige, nicht wahr, Bruder?«

»Hm«, machte Henry nur.

Eliza blieb stehen. »Jetzt verstehe ich!«

»Ach wirklich?«, fragte er.

»Mein Bruder ist mal wieder äußerst eigensinnig, habe ich recht? Sie wollten ihm eines der Burgages abkaufen, aber er rückt sie nicht heraus«, wandte sie sich nun an Mrs. Seagrave.

»Das ist er, in der Tat. Aber machen Sie sich keine Gedanken, es gibt immer Mittel und Wege, das zu erreichen, was man möchte. Auf die eine oder andere Weise.«

Das klang … bedrohlich. Und vermutlich hatte Mrs. Seagrave auch genau das beabsichtigt. Dabei machte es ihr offenbar überhaupt nichts aus, dass der Mann, von dem sie gerade sprach, direkt neben ihr stand.

Er konnte nicht anders. Er beugte sich ganz nah zu ihr und raunte: »Ich bin schon so gespannt.« Er atmete ihren Duft von Vanille und Zimt ein und musste wirklich einige Momente um seine Konzentration ringen.

»Hör auf, mit ihr zu flirten, sie ist meine Freundin!« Eliza schlug mit der flachen Hand nach Henry und lachte. Ein bisschen so, als sähe sie es als ihre Aufgabe, ihn daran zu erinnern. Weil man es eben so tat. Im Grunde aber machte es ihr gar nichts aus, dass er so viel Interesse an ihrer Freundin zeigte. Doch Eliza drehte sich sofort wieder um und begann, Miss Hartley in ein Gespräch zu verwickeln.

Und als hätte Mrs. Seagrave nur darauf gewartet, dass ihre beiden Begleiterinnen sie nicht mehr beachteten, streckte sie plötzlich ihre kleine, behandschuhte Hand nach ihm aus, berührte ihn damit an seiner Schulter und neigte den Kopf in seine Richtung: »Sie haben keine Ahnung, worauf Sie sich einlassen, Somerville.«

Einige Sekunden lang brauchte Henry, ehe er es schaffte, seine Aufmerksamkeit von der Berührung ihrer Hand an seiner Schulter zurück zu den Worten zu lenken, die sie gerade gesagt hatte.

Er schluckte schwer, denn ihre weiche, lockende Stimme zu hören, löste etwas in ihm aus.

Ein kraftvoller, schwer zu kontrollierender Drang rollte durch seinen Körper. Begehren, erkannte er, und es machte sich gerade in diesem Moment nur allzu deutlich in seiner Hose bemerkbar, stellte er mit wachsendem Unbehagen fest.

Er wollte mehr von dieser Frau spüren als nur ihre Hand auf seiner Schulter. Bedeutend mehr.

Ein kleines, siegessicheres Lächeln erschien auf ihren Lippen, als wüsste sie ganz genau, was sie da gerade tat. Als spielte sie mit ihrer Stimme, ihren Berührungen und ihren Reizen, und einige Herzschläge lang brachte Henry das wirklich aus der Fassung. Was seltsam war, denn sie war beileibe nicht die erste Frau, die ihre weiblichen Reize bei ihm einsetzte. Sie zog ihre Hand zurück, trotzdem meinte Henry noch immer den sanften Druck auf seiner Schulter zu spüren.

Er richtete seine Krawatte. Sie war weder locker noch saß sie schief, aber er tat das immer, wenn er sich sammeln musste und ein oder zwei Sekunden Zeit brauchte, um wieder Herr über seine Gesichtszüge zu werden. Und seinen Körper.

»Was ich Sie schon seit unserem ersten Zusammentreffen fragen wollte, Mrs. Seagrave. Wer wäre denn eigentlich der Kandidat, der für Sie ins Unterhaus einziehen würde?«, erkundigte er sich. Ein absolut unverfängliches Thema, bei dem sie ganz sicher nicht mehr Gefahr liefen, erneut miteinander zu flirten.

»Ein junger, ambitionierter Geschäftsmann aus Bath. Der Prokurist eines erfolgreichen Tuchhändlers. Tom Miller ist sein Name. Er war letztes Jahr auch bei Ihrem berüchtigten Maskenball, Sie erinnern sich womöglich?«

Nein, gerade im Moment tat er das nicht.

»Und Sie haben keinerlei Vertrauen, dass einer der anderen Burgage-Besitzer ebenfalls für ihn stimmt? Dann bräuchten Sie auch kein weiteres Grundstück.«

Mrs. Seagrave nickte. »Sie erinnern sich also wirklich nicht an ihn«, stellte sie fest. »Denn wenn Sie das täten, wüssten Sie auch, dass mit Sicherheit keiner der alteingesessenen Großgrundbesitzer für ihn stimmen würde.«

Henry sah sie nur fragend an.

»Er ist eben … anders als die anderen Kandidaten.« Sie zögerte kurz. »Er ist der uneheliche Sohn eines Laskars. Zwar kaufen die Herrschaften gern in seinem Stoffladen in Bath ein und schätzen ihn auch, aber dass ein Mann mit indischen Wurzeln ihre Interessen vertritt – das würden sie niemals freiwillig zulassen.«

Jetzt konnte Henry sich wieder daran entsinnen. Der Mann hatte einen Arm einbandagiert und war ein sehr lebensfroher und lustiger Geselle gewesen, der immer einen gewissen Schalk in den Augen gehabt hatte. Ein sympathischer Kerl.

»Ich könnte Ihnen eine meiner Stimmen geben«, stellte er schulterzuckend fest. Und das war auch nicht einfach so dahingesagt. Denn nun, da er verstanden hatte, was

Mrs. Seagrave eigentlich plante – einen Mann mit dunkler Hautfarbe, der anders war und vielleicht auch anders dachte als so viele der aalglatten, ambitionierten jungen und auch älteren Männer, die das Parlament bevölkerten –, war sein Interesse geweckt. Perfektion und Angepasstheit war etwas, das er seit seiner Kindheit mit dem strengen Regiment und der Unterdrückung seines Vaters verbunden hatte. Und wann immer er die Möglichkeit hatte, versuchte er, aus diesen vorgegebenen Pfaden auszubrechen.

»Dazu müsste ich mich aber auf Ihr Wort verlassen können«, erwiderte Mrs. Seagrave. »Ich habe zu viel investiert, um auf halbherzige Zusagen zu vertrauen. Mein gesamtes Vermögen, um genauer zu sein. Wenn Sie es sich aus irgendwelchen Gründen nächstes Jahr doch anders überlegen und einem anderen Kandidaten Ihre Gunst erweisen, wäre alles umsonst gewesen. Ich müsste sieben Jahre auf die nächste Wahl warten, bis ich erneut eine Chance bekäme.«

Natürlich war das eine äußerst pessimistische Sichtweise auf den Lauf der Dinge, vor allem, was seine Ehrbarkeit betraf, aber Henry konnte es ihr noch nicht einmal verdenken. Er bemerkte, wie sie ihn von der Seite beobachtete.

»Ich vertraue Ihnen nicht«, sagte sie schließlich. »Außerdem funktioniert so auch nicht Politik. Jeder, der sich dabei auf seinen gesunden Menschenverstand und vielleicht auch ein Fünkchen Anstand verlässt, tut das vergebens. Schauen Sie doch einmal die Reformbemühungen des jungen Charles Grey an. Es ist sinnvoll, was er vorschlägt, und es wäre gut für alle: ein auf drei Jahre gewähltes Parlament. Geringere Wahlkosten. Alle seine Anträge sind sang- und klanglos gescheitert.«

Im Grunde musste er ihr zustimmen, aber er kam noch nicht einmal dazu, eine Antwort zu formulieren.

»Der Erlass, um Grausamkeiten gegen Tiere zu stoppen«, fuhr sie fort. »Oder unseren Arbeitern einen Mindestlohn zu zahlen. Alle, die diese Gesetzesentwürfe vorgeschlagen haben, hatten sich auf die Moral und den Verstand der Parlamentsabgeordneten verlassen – umsonst. Denn sie alle sind gescheitert.«

Eigentlich sollte Henry das nicht überraschen. Mrs. Seagrave war so überzeugt davon gewesen, in die Politik zu gehen, dass sie sich mit der ganzen Materie auseinandergesetzt haben musste. Natürlich hatte sie *Ahnung*, wovon sie sprach. Vermutlich hatte sie in ihrem Leben sogar mehr der Journals aus dem House of Commons, die regelmäßig veröffentlicht wurden, gelesen als er.

»Sie haben sich keinen guten Zeitpunkt ausgesucht, um neue Strömungen im Unterhaus zu verankern. Wir führen gegen Frankreich Krieg. Erst kürzlich wurde ein Gesetz erlassen, das unsere Freiheit einschränkt, und auch wenn sich viele hinter vorgehaltener Hand darüber echauffieren – jeder hält seine Kritik zurück, aus lauter Angst, für einen Radikalen gehalten zu werden. Es weht ein scharfer Wind für die Opposition. Die Whigs haben einen großen Teil ihrer Anhänger an die Third Party verloren, diese neue Partei, die dem König und dem Prime Minister vollkommen nach dem Mund redet …«

Er sprach nicht weiter, denn er hatte Mrs. Seagraves erstaunten, geradezu faszinierten Blick erkannt.

»Was schauen Sie so?«

»Nichts, ich … dachte nur nicht, dass Sie sich ernsthaft mit politischen Themen beschäftigen.«

»Nicht immer, und zumeist nicht ganz freiwillig, aber ja. Das tue ich tatsächlich. Mehr, als Sie wohl vermutet haben.«

Und es schien seine Begleiterin äußerst zu beeindrucken, wie Henry mit ziemlicher Befriedigung feststellte. Er unterdrückte ein Grinsen, das sich bei dieser Erkenntnis schon auf seinem Gesicht ausbreiten wollte. Stattdessen stellte er mit einem befriedigten Lächeln fest: »Ich habe Sie überrascht.«

»Das haben Sie in der Tat«, gab sie zu.

»Gut so«, sagte er. »Denn es wird heute nicht das einzige Mal bleiben.«

Er hörte genau, wie Mrs. Seagrave scharf einatmete.

22.

Was hatte sie sich eigentlich dabei gedacht, in den Vorschlag des Dukes einzuwilligen, einen weiteren Nachmittag in seiner Gesellschaft zu verbringen? Und was, um alles in der Welt, hatte sie sich dabei gedacht, ihn dann auch noch so … zweideutig herauszufordern? Und ihn sogar zu berühren?

Irgendwie war es einfach passiert. Sie hatte gespürt, dass er auf sie reagierte, dass sie diejenige war, die die Kontrolle in dem Gespräch haben konnte, wenn sie zusätzlich zu ihrem politischen Wissen auch ihre weiblichen Reize ausspielte, und sie hatte herausfinden wollen, wie weit sie gehen konnte.

Das war weder seriös noch etwas, was sie für gewöhnlich tat. Mit solchen Verhaltensweisen konnte man sehr schnell in Verruf geraten. Vor allem, wenn die Männer dann von ihr und ihrer Weiblichkeit eingeschüchtert waren oder gar Angst bekamen.

Aber so verrückt ihr das auch vorkam, sie hatte das Gefühl, dass dieser Mann die Unüberlegtheit erst in ihr hervorbrachte. Das war schon bei ihrem ersten Zusammentreffen so gewesen. Etwas Kraftvolles und Sinnliches schwelte zwischen ihnen, und je mehr Zeit Rebecca in der Gegenwart von Somerville verbrachte, desto weniger hatte sie der Anziehungskraft, die zwischen ihnen bestand, entgegenzusetzen.

Schweigend stand sie mit Miss Langford und Betty ein wenig abseits im Schatten eines Weißdornbusches und beobachtete Somerville.

Er hatte sich gerade für sie in der Schlange an der Kasse angestellt und plauderte angeregt mit seinem Vordermann. Als er den Geldbeutel aus seiner Tasche holte, sah sie, wie sich sein Gehrock zwischen seinen Schulterblättern ein wenig spannte und ganz leichte Falten warf, und nur mühsam riss sie ihren Blick davon los.

Den ganzen Tag über hatte sie bereits diese Nervosität

befallen. Sie hatte kaum etwas gefrühstückt und Betty ihr ofenwarmes Scone zugeschoben, die sich nicht zweimal hatte bitten lassen und sich sofort darüber hergemacht hatte. Die Butter, die nach dem Verstreichen auf dem Gebäckstück geschmolzen war, hatte verführerisch geduftet, ebenso wie die frisch gekochte Erdbeermarmelade, von der Betty sich einen Klecks daraufgelöffelt hatte. Genießerisch hatte sie nach dem ersten Bissen geseufzt, aber selbst das hatte Rebecca nicht aus der Reserve locken können. Nach einer halben Tasse Kaffee waren ihre Hände ganz zittrig geworden, und sie hatte sich den restlichen Tag an Wasser und warmen Kamillensud gehalten.

Und genau das, was Rebecca instinktiv erwartet hatte, war dann auch passiert. Ihre Handflächen waren in ihren Handschuhen so feucht geworden, dass der Stoff auf ihrer Haut klebte, und mehrmals während ihrer Unterhaltung hatte sie die Kontrolle über ihre Stimme verloren, und sie war ihr nach oben hin ausgebrochen. Es hatte nur noch gefehlt, dass sie albern zu kichern angefangen hätte …

Zu allem Überfluss hatten sie sich dann auch noch gut unterhalten, und Rebecca hatte festgestellt, dass Somerville sich in der aktuellen Politik des Landes sehr viel besser auskannte, als sie vermutet hatte.

Sie war von ihm beeindruckt, und sie spürte es ganz genau. Es fehlte nicht mehr viel, und sie würde abrutschen und die Kontrolle über ihr Herz verlieren, das immer mehr anfing, sich zu diesem unverschämt gut aussehenden Mann hingezogen zu fühlen.

Mittlerweile war er zurückgekehrt und verteilte die Eintrittskarten. Rebecca reichte er das Billett als Letztes. Ihre Finger schlossen sich darum, aber er ließ es nicht sofort los. Ein oder zwei Atemzüge, länger hielt er es gar nicht fest. Aber das reichte, dass sie verwundert zu ihm aufsah. Ein eigentümlicher Glanz lag in seinen Augen, eine Art Versprechen, bei dem Rebecca ganz warm wurde.

Es ging ihm genauso wie ihr, wurde ihr klar, und das, was sie da gerade taten, war gefährlich.

Es war wie ein Machtspiel zwischen ihnen, eine Art Mutprobe, bei der jeder von ihnen immer ein kleines Stückchen weiterging.

Wann würde es enden?

Sie musste dringend mit Lady Sybil sprechen. Sie musste wissen, wie viel Geld die Countess ihr zur Verfügung stellen könnte und wer ihr Strohmann wäre, und dann würden sie dem Duke ein Angebot unterbreiten und er würde endlich wieder aus ihrem Leben verschwinden.

Sie passierten die überraschend schmale Tür hinter den Säulen des Eingangsportals und nahmen durch einen düsteren Flur ein paar Treppen nach oben. Der Duke bedeutete ihnen, vorzugehen, und zu wissen, dass er direkt hinter ihr war, sandte Rebecca eine Gänsehaut den Rücken hinab.

Schließlich betraten sie den ersten, riesigen Ausstellungsraum, und kurz war Rebecca sprachlos von dem Anblick, der sich ihr bot.

Vor ihnen eröffnete sich ein geradezu gigantisches Gemälde, das entlang der Rundung des Gebäudes angebracht war. Es war der Blick auf London und Westminster, und auf Anhieb erkannte Rebecca einige der Gebäude wieder. Das Panorama war eine Attraktion in London, die Eintrittspreise gesalzen, aber einen so grandiosen Anblick hatte Rebecca wirklich nicht erwartet.

In der Decke waren Fenster eingelassen, nein, eigentlich bestand das Dach fast nur aus Glas. In Orangerien hatte Rebecca so etwas schon einmal gesehen. Auf diese Weise konnte das Tageslicht ungehindert einfallen, was die Malerei noch echter und eindrucksvoller wirken ließ.

Eine Säule lief von der Raummitte bis unter das hohe Glasdach, und sie befanden sich auf einer Art erhöhter Plattform, auf der man sich frei bewegen konnte, um sich das Gemälde aus verschiedenen Positionen ansehen zu können. Sie war gesichert durch ein metallenes Geländer, und überall verteilt standen gepolsterte Stühle, auf denen man sich ausruhen und das Panorama auf sich wirken lassen konnte.

Betty war mindestens ebenso beeindruckt wie Rebecca und betrachtete das Bild mit großen Augen, was Miss Langford ziemlich amüsierte. Vielleicht war es Zufall, doch Rebeccas Schritte führten sie stets wie von selbst in die Nähe des Dukes. Zwar warf ihr Betty dann und wann einen prüfenden Blick zu, aber dennoch hielt sie sich recht beharrlich an Miss Langford. Als Somerville Rebecca die Ansicht von London erklärte und auf die einzelnen, hervorstechenden Gebäude bis hin zur St. Paul's Cathedral einging, musterte sie ihn verstohlen von der Seite.

Mit einem Arm deutete er nach vorne, und bei jeder Bewegung verströmte er die für ihn so typische Mischung aus seinem frischen Eau de Toilette, das Rebecca immer ein wenig an Zedernholz und den Geruch des Meeres erinnerte, und seinem eigenen, verführerischen Duft. Er ließ ihr Herz ein bisschen schneller schlagen.

Ihr Blick heftete sich auf seine hohen Wangenknochen, und ihr fiel ein kleines Muttermal darauf auf. Ihre Augen wanderten weiter, zu seiner geraden Nase, seinen geschwungenen Lippen, die sich immer wieder verzogen, wenn er lächelte oder sprach, und dem kleinen Grübchen in seiner rechten Wange. Es sah so hinreißend aus, dass sie ihre Augen nicht mehr abwenden konnte.

Erst als er mitten im Satz verstummte und ihren durchdringenden Blick erwiderte, bemerkte Rebecca, dass sie ihn unverhohlen anstarrte, und sah sofort nach vorne. Aus dem Augenwinkel erkannte sie trotzdem, wie seine Kiefermuskeln arbeiteten. Er atmete aus und trat einen Schritt von ihr weg. Beinahe ärgerlich kam er ihr vor. Was kein Wunder war, denn sie hatte überhaupt nicht zugehört, was er ihr gerade erklärt hatte.

Mit einem resignierten Zug um die Mundwinkel drückte er ihr einen der Ansichtspläne in die Hand, schlenderte zur gegenüberliegenden Seite der Plattform und richtete geraume Zeit das Wort nicht mehr an sie.

Das war in Ordnung, fand Rebecca. Sie war sogar erleichtert, ihn nicht mehr um sich herumzuhaben und dieses Kribbeln nicht mehr zu spüren, das sie jedes Mal befiel, wenn er in ihrer Nähe war.

Eine gute halbe Stunde verbrachten sie mit der Ansicht von Albion Mills in London, ehe sie die Treppe nahmen, um in das erste Stockwerk zu gelangen. Dort wurde das etwas kleinere, aber sicherlich nicht minder beeindruckende Stadtpanorama von Edinburgh ausgestellt. Miss Langford hatte mit Betty bereits die Treppe nach oben genommen, und etwas langsamer folgten Rebecca und der Duke. Rebecca bereute in diesem Moment, heute kaum etwas gegessen zu haben, denn bei den vielen Stufen begannen ihre Knie zu zittern.

Das schien auch Somerville zu merken. Kommentarlos fasste er sie am Arm und dirigierte sie bei einem Treppenübergang zur Seite, ließ einige Besucher, eine Gruppe junger Männer, passieren und schirmte sie vor ihren neugierigen Blicken ab. Er sah ihr prüfend ins Gesicht und wartete, bis Rebeccas Atemzüge sich wieder beruhigt hatten. Dann bedeutete er ihr, weiterzugehen.

Sie sprachen nicht miteinander, aber trotzdem hatte Rebecca den Eindruck, dass eine gewisse Anspannung zwischen ihnen lag. Nicht einfach nur das Knistern, das sie inzwischen so gut kannte. Somerville strahlte etwas Entschlossenes, fast schon Grimmiges aus, das sie sich nicht erklären konnte.

An das Ende der Treppe schloss sich ein dunkler Korridor an, der zum nächsten Panorama führte. Das sei Absicht, hatte Somerville ihnen an der Kasse berichtet, denn die Künstler wollten, dass sich die Augen der Besucher erholten, bevor sie das zweite Panorama bewundern könnten.

Es war so dunkel, dass Rebecca Angst bekam zu stolpern, und unwillkürlich griff sie nach Somervilles Ärmel. Das schickte sich nicht, aber es war immerhin besser, als hinzufallen. Kurz versteifte sich der Duke unter ihrer erneuten Berührung, fasste sie dann jedoch am Handgelenk und führte sie den Korridor entlang.

Er lief neben ihr, seine Schritte dröhnten im finsteren Flur, aber sie wurden immer langsamer und zögerlicher. Etwas ging in ihm vor, das spürte Rebecca. Als dachte er nach oder rang mit sich.

Plötzlich blieb er stehen, und überrascht hielt auch sie inne.

»Es reicht jetzt«, sagte er.

Noch bevor Rebecca verstand, was er eigentlich damit gemeint hatte, zog er sie nach links in eine Seitennische, die so weit um die Ecke ging, dass sie vollkommen vor den Blicken der anderen Besucher verborgen waren. Mit den Füßen stieß Rebecca gegen einen metallenen Eimer und einen Besenstiel, der leise schepperte, aber mehr nahm sie nicht wahr, denn ihre ganze Aufmerksamkeit lag bei Somerville. Mit einem Arm stützte er sich schwer gegen die Mauer hinter ihr, und im schwachen Licht, das die eine Talgkerze in einer Halterung an der Wand verströmte, konnte sie ein gefährliches Funkeln in seinen Augen erkennen.

»Rebecca«, flüsterte er mit rauer, düsterer Stimme, ohne den Blick von ihr abzuwenden, »erzähl mir nicht, dass du es nicht auch spürst.«

»Was spürst?« Das Atmen fiel ihr schwer, denn ihr Herz schlug so wild in ihrer Brust, dass sie es nicht mehr richtig schaffte, Luft zu holen. Und ein angenehmes, aufgeregtes Prickeln durchlief gleichzeitig ihren Körper. Es war wie ein

Sog, der sie zu ihm hinzog, und jeden Augenblick, den sie in seiner unmittelbaren Nähe verbrachte, wurde er stärker.

»Das, was zwischen uns ist«, sagte er und kam mit seinem Gesicht ganz nah an ihres heran.

Sie nahm die Kraft wahr, die er ausstrahlte, und war kurz davor, ihre Hand zu heben, denn sie wollte ihn berühren und seinen Körper und seine Muskeln spüren.

Das darfst du nicht.

Sie schluckte, ehe sie die Lider schloss und sagte: »Es spielt keine Rolle, was zwischen uns ist.«

Er blieb still, und erst als sie die Augen wieder öffnete, fragte er: »Nein, tut es das nicht?«

Seine Hand kam an ihrer Seite zum Liegen, genau über ihren Narben, und Rebecca zuckte zusammen.

Doch sofort ließ er sie über ihre Taille nach unten zu ihrem Rock wandern. Sie trug keine Hüftkissen, und das merkte auch Somerville, denn seine Finger legten sich um ihre Hüfte, vorsichtig, aber dennoch bestimmt. Ihre Form schmiegte sich perfekt in seine Hand, und er drückte ganz leicht zu. Rebecca stöhnte leise, und sie ließ ihren Hinterkopf gegen die Wand sinken.

Er würde sie um den Verstand bringen. Eine Berührung von ihm, die Hand, die er auf ihren Körper legte, und schon war sie nicht mehr in der Lage, klar zu denken.

Sie zwang sich, seinem Blick standzuhalten. »Wir sind Gegner«, sagte sie mit belegter Stimme und so überzeugt, wie es ihr möglich war. »Gefühle spielen keine Rolle.«

Aber gerade im Moment nahm sie sich das nicht einmal selbst ab, denn seine Annäherung war wie ein Feuer, das auf sie übergegriffen hatte und das mit nichts auf der Welt mehr zu löschen war.

Er sah ihr prüfend in die Augen, nickte, so als würde er ihr zustimmen, und dann kamen seine Lippen ganz nah an ihr Ohrläppchen. Er knabberte leicht daran und sandte einen Schauer durch ihren Körper. Sie schloss die Augen, atmete tief und gequält aus und versuchte mit aller Macht, ruhig zu bleiben.

Sag ihm, dass er aufhören soll, versuchte sie sich selbst zur Vernunft zu bringen. Er würde seinen Willen jetzt nicht durchsetzen. Nicht bei ihr. Nur weil sie gerade einen netten Nachmittag miteinander verbrachten, bedeutete das noch lange nicht, dass sie ihren Entschluss und ihre Selbstbeherrschung fallen ließ und sich seinen Reizen hingab. Sie würde ihm widerstehen. Das musste sie sogar.

Sein Daumen fuhr ihr Schlüsselbein entlang und dann langsam nach unten, und er sah ihr dabei in die Augen und achtete auf jede Regung in ihrem Gesicht. Immer tiefer wanderte seine Hand, und seine Fingerspitzen auf ihrer nackten Haut zu spüren, entlockte Rebecca ein leises Wimmern. Er fuhr mit den Fingern sachte an der Kante ihres Ausschnitts entlang.

»Nein? Das macht dir nichts?«, fragte er.

Heute trug Rebecca eine der leichten Korsagen, aus feiner, dünner Seide, die ihre Brüste zwar stützte, aber dennoch locker saß. Und das musste auch Somerville merken, denn er gab ein Geräusch von sich, ein leises Knurren, als sich seine Hand um ihre Brust schloss. »Du spürst nichts dabei?«, hauchte er und legte seine Stirn auf ihrer ab. Sie konnte seinen Atem auf ihren Lippen spüren, und Rebecca hatte das Gefühl, dass ihr gesamter Körper zu glühen anfing. Ihr Herz pochte so rasend schnell, dass auch Henry es hören musste. Sie sah nichts mehr, außer seinen Lippen, sie spürte nichts mehr, außer dieser unfassbaren Nähe, und mit aller Macht versuchte sie, das Verlangen in ihr im Zaum zu halten, das mit jedem Atemzug stärker wurde.

Seine Hand fand den Weg in ihren Nacken, der Griff darum wurde fest, und er zwang sie, ihn anzusehen. »Sag, dass du es nicht willst, und ich höre sofort auf, Rebecca«, erklärte er heiser und musste schwer schlucken.

Erwartungsvoll lag sein Blick auf ihr, und als sie sich nach vorne lehnte, ganz leicht nur, fanden seine Lippen ihre. Sie spürte seine Wärme, wie weich und sanft seine Lippen waren, und dieses unglaubliche Gefühl überwand alle Schutzschilde in ihrem Kopf und ließ all ihre Zweifel zu absoluter Bedeutungslosigkeit zerfasern.

Wie von selbst öffnete sie den Mund, sie wollte es, sie wollte es so sehr. Seine Zunge strich über ihre, und endlich bröckelte auch ihr letzter Widerstand, sie überließ ihrem Körper die Zügel und gab nach. Ihre Zungen umkreisten einander, einen leichten, aufreizenden Tanz, und sanft biss sie ihn in die Unterlippe. Als Antwort stöhnte er, sein starker Arm umfasste sie und er drückte seinen Körper gegen ihren mit einer plötzlichen Vehemenz, die Rebecca die Luft zum Atmen nahm. Sie begegnete seiner Begierde und begann, sich an ihm zu reiben, leicht und zögerlich, denn sie wusste nicht, ob sie damit zu weit ging und eine Grenze überschritt, die sie hier und jetzt nicht überschreiten durften.

Schwer atmend fragte er erneut: »Möchtest du, dass ich aufhöre?«

Sie öffnete die Augen und sah ihn an.

»Dann sag es mir«, verlangte er. »Sag es mir«, wiederholte er, und als sie statt einer Antwort ihre Hand unter seinen Frack schob und über seine Brust fuhr, seine angespannten, festen Muskeln spürte und ihr unwillkürlich ein Keuchen entkam, erstickte er es mit einem weiteren Kuss. Er war fast hart und rücksichtslos. Dann vergrub er seine Hand in ihren Haaren und bog ihren Kopf leicht nach hinten. Langsam und bedächtig ließ er seine Lippen an ihrem Hals nach unten wandern, er liebkoste sie, sie spürte seine Zunge auf ihrer Haut und erkannte, wie sie immer mehr unter seiner Berührung dahinschmolz.

Das muss aufhören, du …

Plötzlich biss er zu. Ganz leicht nur, aber der Schmerz sandte ein Beben durch ihren Körper und machte sie hilflos vor Verlangen. Rebecca spürte die Feuchtigkeit zwischen ihren Beinen, die beinahe schmerzvolle Wärme und eine weibliche, sinnliche Kraft wuchs in ihr, die stärker war als ihre Gedanken und ihre Ängste.

Vertrau ihm, flüsterte eine Stimme in ihrem Kopf, die sich in jeden Teil ihres Körpers fortpflanzte und so mächtig und bestimmend wurde, dass sie nicht mehr dagegen ankam. Rebecca drängte sich ihm entgegen und spürte seine Erektion an ihrem Bauch.

Eine heiße Welle schoss durch ihren Körper und sammelte sich zu einer verbotenen Energie in ihrem Unterleib und einem erwartungsvollen Zucken zwischen ihren Beinen.

23.

Als er merkte, wie sie sich gegen ihn drückte und an seiner Männlichkeit rieb, war es, als würde der letzte Rest Verstand, der noch in einem Winkel seines Geistes zurückgeblieben war, aus seinem Körper katapultiert.

Er fuhr mit seinen Händen ihren Rücken und ihre Arme auf und ab, wollte jede noch so kleine Stelle ihres Körpers spüren und entdecken, und mit einer schwungvollen, fließenden Bewegung raffte er ihr Kleid, und seine Hand lag auf ihrem nackten Hintern. Sie gab einen kurzen, erschrockenen Laut von sich, aber als er über ihre seidig weiche Haut streichelte, während seine Zunge ihre liebkoste, sank sie mit einem Stöhnen gegen ihn.

Er wusste, es fehlte nicht mehr viel. Einige Augenblicke noch, und er würde vollends die Kontrolle verlieren, und es würde geschehen, hier und jetzt.

Seine Hand wanderte nach vorne, seine Fingerspitzen berührten bereits die Haare, die die verheißungsvolle Stelle zwischen ihren Beinen bedeckten, als Rebecca scharf einatmete, einen Schritt nach hinten machte, und schwer atmend, aber deutlich sagte: »Nein.«

Ihre flache Hand lag auf seiner Brust, und mit erstaunlicher Kraft hielt sie ihn plötzlich auf Abstand.

Für den Bruchteil einer Sekunde kämpfte Henry noch mit sich, fügte sich aber dann und löste sich von ihr. Wenn es etwas gab, das er respektierte, dann war es das Wort *Nein* von einer Frau, die sich ihm hingab.

»Entschuldige, ich wollte mich dir nicht aufdrängen«, sagte er sofort, richtete seine Weste und beobachtete sie im Zwielicht des Flurs, wie auch sie ihre Kleider wieder in Ordnung brachte.

»Das haben Sie nicht, wir können nur nicht … es geht einfach nicht. Das hier.«

Henry nickte. Allmählich beruhigte sich auch sein Herzschlag wieder, und seine Hose kam ihm weniger eng vor als gerade eben noch. »Verstehe«, erwiderte er.

Bei ihren Worten hatte sich ein hohles Gefühl in seiner Brust breitgemacht. Damen wiesen ihn nur selten zurück, und vor allem nicht, nachdem sie sich geküsst hatten und die Frau dabei förmlich in seine Umarmung hineingeschmolzen war. Er blinzelte, denn der Kuss und die atemlose Leidenschaft, die gerade zwischen ihnen gebrannt hatte, schien noch immer in der Luft zu liegen.

Aber trotzdem hatte sie die Verbindung zwischen ihnen gerade gekappt.

Auf einmal spürte Henry ihre Hand, die sich in seine stahl, fast schon entschuldigend kam ihm diese Geste vor. Er umschloss sie, und sein Blick wanderte nach unten, als sich ihre Finger wie von selbst ineinander verschränkten, während sie beide wieder zu Atem kamen.

»Das geht nicht, Euer Gnaden«, flüsterte sie. »Ich kann einfach nicht.«

Er nickte. »Natürlich«, erwiderte er, obwohl ein leichtes Ziehen hinter seinen Rippen einsetzte.

Was war eigentlich los mit ihm? Es war doch nur ein Kuss gewesen. Dutzende Frauen hatte er in seinem Leben schon geküsst. Wenn er wollte, konnte er sich heute Abend eine andere, wunderschöne Lady in sein Bett holen, mit der er bedeutend weiter gehen würde als gerade eben.

»Gehen Sie, Eliza wartet sicher schon auf Sie«, sagte er schließlich und machte demonstrativ einen Schritt zurück. Einen Moment noch hielt sie seinem Blick stand und schüttelte dann den Kopf. Ganz leicht nur, als könnte sie selbst nicht ganz glauben, was gerade passiert war.

Er konnte es auch nicht.

Sein Körper hatte auf sie reagiert, reflexartig und intensiv. Kopflos hatte er sich in diesen Kuss hineingestürzt, und es hatte sich so unausweichlich und mächtig angefühlt wie eine Naturgewalt, der er nichts, aber auch gar nichts entgegenzusetzen hatte.

Er sah, wie Rebeccas Rock hinter der Ecke verschwand, und blieb noch einige Momente wie betäubt stehen.

Vorhin hatte sie ihn angestarrt, während er ihr etwas erklärt hatte. Sie hatte ihn berührt, und jedes Mal, wenn er ihre Finger an seinem Ärmel oder seiner Hand wahrgenommen hatte, war dieser animalische Drang in ihm stärker geworden, mehr von dieser Frau zu spüren und sie küssen zu wollen.

Er hatte es einfach nicht mehr ausgehalten. Es war beängstigend gewesen, wie sehr er sich zu ihr hingezogen fühlte. Wie das Verlangen nach ihr so groß geworden war, dass er sie wie ein Wilder in eine Seitennische gedrängt und ihr einen Kuss aufgenötigt hatte.

Er hatte sich das geholt, wovon er schon seit Tagen fantasierte. Außerdem hatte er auch herausfinden wollen, ob es ihr genauso ging. Ob sie es auch fühlte, dieser beinahe schmerzvolle Wunsch, die Nähe des anderen zu spüren und zu erleben.

Er hatte sich nicht getäuscht, und das, was gerade passiert war – es war wie ein Versprechen gewesen. Ein kleiner Vorgeschmack einer Leidenschaft, die er selten erlebt hatte. Wenn er genauer darüber nachdachte, eigentlich noch nie. Zumindest nicht in dieser Intensität.

Henry räusperte sich, als er ebenfalls um die Ecke trat und schließlich zu der Plattform hochstieg, von der aus man das Panorama von Edinburgh bewundern konnte. Suchend wanderte sein Blick über die Besucher, bis er Rebecca ausmachen konnte, und er stieß erleichtert die Luft aus. Gott sei Dank war sie nicht einfach davongelaufen. Er hätte seine liebe Not gehabt, Eliza ihre plötzliche Abwesenheit zu erklären.

Er schlenderte an das gegenüberliegende Ende der Plattform, rieb sich mit beiden Händen über das Gesicht und starrte auf das Gemälde, ohne irgendetwas zu sehen. Von seinen drei Begleiterinnen hielt er sich absichtlich fern. Jetzt gleich wieder in Rebeccas unmittelbarer Umgebung zu sein, würde vermutlich selbst ihn gerade überfordern.

Es dauerte nicht lange, bis Eliza sich neben ihn stellte und mit ihren behandschuhten Fingern auf dem Geländer hin und her strich.

»Ist alles in Ordnung mit dir?«, fragte sie schließlich und ließ ihren besorgten – oder eher argwöhnischen – Blick zwischen Henry und Rebecca hin- und herpendeln. Als hätte sie einen sechsten Sinn dafür, dass etwas zwischen ihnen passiert war. Oder als hätte sie nur darauf gewartet.

»Alles bestens«, sagte er nur und sah dabei zu Rebecca, die Miss Hartley gerade irgendetwas in der Stadtansicht erklärte.

Ihre Wangen waren ein ganz klein wenig gerötet, ihre Frisur bei Weitem nicht mehr so ordentlich wie vor ihrem Kuss, und überhaupt war sie …

Sie musste seinen Blick auf sich gespürt haben, denn sie wandte den Kopf und schaute zu ihm und Eliza herüber. Die Art und Weise, wie sie ihn jetzt ansah, ihr offener, durchdringender Blick, bei dem sofort die Erinnerung von ihren Lippen auf seinen in seine Erinnerung schoss, ließ nun selbst ihm warm werden.

»Ich glaube dir kein Wort. Du siehst so seltsam … aufgewühlt aus.«

Er nickte, schaffte es aber nicht, Eliza direkt in die Augen zu sehen. Aufgewühlt, das war er wirklich.

»Ich bin nur ein wenig übermüdet, Eliza, sonst nichts«, log er dann.

»Urplötzlich, was?«, stellte sie fest, schüttelte bloß den Kopf und ließ ihn wieder alleine stehen.

Was auch besser war, denn Henry musste nachdenken. Sehr wohl merkte er jedoch, dass Rebecca immer wieder zu ihm herübersah. Als könnte sie gar nicht anders. Zwar wirkte sie ruhig und entspannt, doch das war sie nicht, denn sonst würde sie ihn schlicht ignorieren.

Selbst als sie an den gegenüberliegenden Enden des Rondells standen, taxierten sie einander mit Blicken. Einmal versuchte er sich an einem Lächeln, das aber völlig an ihr abzuprallen schien.

Ihre Miene blieb ernst. Anders als so viele andere Frauen lächelte sie ihn nicht kokett oder gar etwas verschämt an, wie man es in ihrer Situation erwarten könnte. Sie spielte das Spiel mit ihm nicht weiter, um ihn aus der Reserve zu locken.

Sie bereut es, schoss es ihm durch den Kopf, und der Gedanke war ihm unerträglich. Denn Henry sah es. Er spürte es sogar. Diese Frau glühte vor Lust, aber trotzdem hielt sie sich zurück. Sie war wie ein Tier gefangen in einem Käfig.

Was würde passieren, wenn man sie befreite?

Und in diesem Moment fasste er einen Entschluss.

Er würde diese Frau verführen. Er würde sich von ihrer abweisenden Haltung nicht abschrecken lassen. Er würde herausfinden, was sie zurückhielt, und er würde all das überwinden.

Und er wusste auch schon, wie.

Das, was zwischen ihnen stand, war dieses Grundstück. So umsichtig ihm seine Zurückhaltung hinsichtlich eines möglichen Verkaufs bisher erschienen war, wusste er nun, wie er an die Sache herangehen musste.

Als sie das Panorama wieder verlassen hatten und Eliza und Miss Hartley nach einer der vielen Mietkutschen Ausschau hielten, um nach Hause zu kommen, nutzte er die Gelegenheit und bat Rebecca um ein Gespräch unter vier Augen.

24.

Was wollte er denn nun noch von ihr? Entschuldigt hatte er sich bereits, mehrmals sogar. Es gab wirklich nichts mehr zu bereden.

Nur ganz allmählich war der Rausch des Kusses aus ihrem Körper gewichen. Sie hatte sich mit Betty unterhalten und ihr einige wenige Dinge, die sie über die Stadtansicht von Edinburgh kannte, erklärt. Als Betty wiederholt ihre Frisur angestarrt hatte, war ihr klar geworden, dass diese doch in Unordnung geraten war, und unauffällig hatte sie noch einige lockere Strähnen zurück unter die Klammern geschoben.

Sobald Somerville den Raum ebenfalls betreten hatte, war jedoch das atemlose Herzrasen zurückgekehrt und hatte sich nur langsam wieder gelegt, als klar wurde, dass sie beide die Nähe des anderen zunächst meiden würden.

Aber jetzt stand er vor ihr, die Arme vor der Brust verschränkt und mit ungewohnt eindringlicher Miene, und schon wieder schnellte ihr Puls nach oben. Kurz sah sie das Bild vor sich, wie sie sich geküsst hatten, und erinnerte sich, wie es sich angefühlt hatte, seinen Körper ganz nah an ihrem zu spüren. Es kam ihr so unwirklich vor wie die Erinnerung an einen Traum von der letzten Nacht, die einen irgendwann am Tag plötzlich und unerwartet noch einmal heimsuchte.

»Somerville, es gibt nichts mehr zu besprechen«, versuchte sie ihn abzuspeisen. »Das, was vorhin passiert ist, war ein Fehler, und es wird nie wieder vorkommen. Und jetzt würde ich das Ganze gern hinter mir lassen.«

»Haben Sie mich deshalb die ganze Zeit über angesehen?«, wollte er wissen.

Somerville hatte recht. Mehrmals hatte sie sich im Panorama dazu hinreißen lassen, den Duke unverhohlen anzustarren.

Was sollte sie ihm jetzt antworten?

Dass sie diesen Kuss am liebsten weitergeführt hätte? Dass sie jedes Mal, wenn sie ihn ansah, Schmetterlinge im Bauch hatte? Dass ihr Körper sie mit einer beängstigenden Kraft zu ihm hinzog, sie sich aber nichts von alldem, was sie in diesem Moment so sehr wollte, erlauben durfte?

Sie tat das Einzige, was ihr einfiel. Sie schwieg, was der Duke offenbar als Einladung interpretierte.

»Ich habe es mir anders überlegt«, begann er in nüchternem, geschäftsmäßigem Tonfall.

Miss Langford und Betty sahen von der Kutsche, die sie inzwischen gerufen hatten, zu ihnen herüber, aber keine von beiden schien ungeduldig zu werden.

»Sie bekommen das Grundstück bei Walcott mitsamt dem Stimmrecht«, fuhr er fort.

Rebeccas Herz machte einen kleinen Satz. Damit hatte sie nun wirklich nicht gerechnet.

»Aber ich verlange eine Gegenleistung.«

Natürlich würde er das. Sie fuhr sich mit der Hand in den Nacken. Wie viel würde er verlangen? Sie konnte ihm nicht einfach Zugeständnisse machen, nicht, bevor sie die Countess of Cavan erneut gesprochen und den Kaufpreis mit ihr abgestimmt hatte. Sie benetzte die Lippen, als könnte sie damit Zeit schinden, bis ihr eine Lösung eingefallen war. Sie musste eben improvisieren. Sich auf einen Kaufpreis einigen, der nicht zu überzogen war und auf den sich auch die Countess einlassen würde.

Hat er womöglich ein schlechtes Gewissen wegen eures Kusses, durchzuckte sie der Gedanke. *Und gibt er dir deshalb plötzlich das Grundstück?*

Das wollte sie nicht. Es fühlte sich an wie Almosen. Es wäre unseriös und sogar schäbig, das Grundstück für einen Kuss zu verhandeln. Sie wollte ein ehrliches Geschäft mit ihm abschließen und keine Sonderbehandlung. Zumindest jetzt nicht mehr.

Somerville hielt den Kopf etwas gesenkt und sah ihr in die Augen. Einen Atemzug lang, dann noch einen. Wieso zögerte er jetzt? Hatte er es sich plötzlich doch noch einmal anders …

»Sie verbringen eine Nacht mit mir«, sagte er. »Sie geben sich mir hin, und das Grundstück gehört Ihnen.«

Rebecca starrte ihn an. Sie hörte das Blut in ihren Ohren rauschen, blinzelte, und einige Momente lang war sie nicht einmal mehr in der Lage, zu atmen.

Als sie nichts sagte, sondern einfach nur erstarrt war, streckte er die Hand nach ihr aus. »Rebecca?«, fragte er. »Haben Sie mich gehört?«

Sie sog tief die Luft ein, als ihr Körper reflexartig wieder zu funktionieren begann. Oder zumindest beschlossen hatte, sie am Leben zu erhalten.

»Niemals«, sagte sie dann, schnell und vehement.

Niemals würde sie so etwas tun. Ihren Körper und ihre Seele für ein Grundstück verkaufen und mit diesem Mann eine Nacht verbringen. Abgesehen davon würde sie ihm ihre Entstellungen sowieso nie offenbaren.

Es dauerte ein wenig, bis ihr die ganze Tragweite seines Vorschlags bewusst wurde, und sie verstand, was er bedeutete. Und was Somerville von ihr denken musste.

Er hielt sie für ein Flittchen. Er hielt sie für jemanden, dem man allen Ernstes so ein niederträchtiges Angebot machen konnte. Nüchtern und bei Tageslicht, und er erwartete noch nicht einmal eine Abfuhr von ihr.

Offenbar respektierte er sie nicht im Geringsten, und als eine mögliche Geschäftspartnerin betrachtete er sie schon gar nicht. Sonst würde er es nicht wagen, mit einer solch absurden, anmaßenden Idee auf sie zuzukommen.

Noch immer sah er sie erwartungsvoll an. Als hätte sie ihre Antwort gerade eben gar nicht ernst gemeint und würde sich besinnen und noch auf seine Forderung eingehen.

Und jetzt packte sie die Wut.

»Sie widern mich an«, stieß sie hervor und spürte, wie ihr das Blut in den Kopf schoss. »Wie können Sie es wagen, mir ein solches Angebot zu machen? Haben Sie denn nicht mal einen Funken Anstand im Leib?«

»Sie kennen doch meinen Ruf, Mrs. Seagrave. Wenn Sie ein Geschäft mit mir abschließen wollen, sollten Sie wissen, dass Sie sich auf gefährliches Terrain begeben.« Er sagte es mit samtig weicher, aber rauchiger Stimme, und irgendwo, tief in Rebeccas Körper, sprang etwas auf diesen lockenden, beinahe verruchten Tonfall an. Eine Begierde, die sie sofort wieder unterdrückte.

»Schämen Sie sich denn gar nicht?«, fuhr sie ihn an.

»Erzählen Sie mir doch nichts, Mrs. Seagrave.« Er ließ seine Arme locker an den Seiten hängen und schien sich überhaupt nicht aus der Ruhe bringen zu lassen, was Rebecca nur noch wütender machte. »Frauen nutzen Lust, um zu manipulieren, und Männer nutzen Lust, um zu herrschen und zu demütigen. Wir zwei haben genau das heute Nachmittag doch schon getan. Und was von beidem ist nun verwerflicher, frage ich Sie?«

Er meinte wohl, sie hätte ihn nur geküsst, um an sein Grundstück zu kommen.

Das konnte nicht sein Ernst sein.

Das durfte …

Rebecca verlor die Kontrolle. Ohne darüber nachzudenken, was sie da eigentlich tat, holte sie aus und verpasste ihm eine Ohrfeige. Trotz ihres Handschuhs klatschte es vernehmlich, und sie hatte den Eindruck, dass das geschäftige Treiben des Leicester Square um sie herum zum Erliegen kam. Einige der Umstehenden wandten die Köpfe zu ihnen, und Rebecca meinte, ihre schockierten Blicke auf sich zu spüren. Sie ließ sich nicht mehr genug Zeit, um eine Reaktion des Dukes abzuwarten, der prüfend seinen Kiefer hin und her bewegte. Seine Nasenflügel blähten sich bereits drohend, sicherlich um ihren Ausbruch mit einer scharfen Antwort zu parieren.

Aber Rebecca kam ihm zuvor, drehte sich um und schritt mit wehendem Rock in Richtung der Kutsche. Sie ignorierte

Bettys entsetzten Blick und auch Miss Langfords vor Überraschung offen stehenden Mund und verlangte vom Kutscher: »Bringen Sie uns zum Bedford Square, unverzüglich.«

Stur hielt sie den Kopf geradeaus und versuchte, ihre hektischen Atemzüge zu beruhigen, während Betty sichtlich verstört hinter ihr herkletterte und die Tür zuzog. Die Kutsche fuhr an, und erst als ihr Gefährt um die Ecke gebogen war, erlaubte sie sich, den Kopf zu senken und die Augen zusammenzukneifen. Sie fasste sich mit der Hand über das Herz, das so schnell und schmerzhaft gegen ihre Rippen hämmerte, dass sie Angst bekam, es könnte jeden Moment einfach seinen Dienst aufgeben.

25.

»Ich habe einen Strohmann für uns gefunden, es wird die perfekte Tarnung«, verkündete Lady Cavan drei Tage später, als sie wie verabredet Rebecca vor dem Eingang des King's Theatre traf.

Rebecca trug eines ihrer neuen Kleider aus zartem Musselinstoff, der mit roten Punkten bedruckt war. Zwei davon hatte sie sich hier in London anfertigen lassen und Betty bei der Gelegenheit auch gleich eines geschenkt. Immer öfter sah man nun die direkt unter der Brust geschnürten und locker fallenden Kleider aus den leichten Stoffen, die ganz neu in Mode waren.

Eine dunkelrote Schärpe war eng um Rebeccas Brustkorb gebunden und drückte ihr auf die Korsage. Die Narben darunter juckten schon jetzt fürchterlich, aber das war sie bereits gewohnt. Trotzdem würde sie sich zusammennehmen müssen, um nicht ständig an die Schärpe zu fassen oder darüberzureiben, schließlich war es wichtig, hier in der Oper und vor allem in der Begleitung der Countess eine gute Figur zu machen. Die Schärpe hielt den spitz zulaufenden Ausschnitt ihres Blusenkleides zusammen und befestigte auch das bodenlange bordeauxrote Überkleid mit den kleinen Puffärmeln. Es war nach vorne hin offen und ermöglichte einen unverstellten Blick auf ihr hauchfeines Musselinkleid. Ihre braune Mähne trug Rebecca locker hochgesteckt, und sie hatte sich ein schwarzes Samtband um den Kopf gelegt. Natürlich durften auch farblich passende rote Handschuhe nicht fehlen. Sie war zufrieden mit ihrem Auftritt, und offenbar war selbst die Countess beeindruckt. Rebecca meinte, ein kurzes Aufblitzen in ihren Augen zu erkennen, das jedoch sofort wieder der gewohnten blasierten Freundlichkeit wich.

»Ein Strohmann, sagten Sie?«, griff Rebecca das Gesagte auf.

Seit dem Vorfall mit dem Duke hatte sie weder von ihm noch von seiner Schwester etwas gehört oder gesehen. Was kein Wunder war, schließlich hatte sie Somerville in aller Öffentlichkeit geschlagen.

Auch wenn ihre Wut ihrer Meinung nach absolut gerechtfertigt war, ihre Reaktion war es ganz sicher nicht. Körperliche Gewalt war durch nichts zu entschuldigen, außer womöglich, man wurde bedroht und musste sich verteidigen.

Sie räusperte sich, denn alleine der Gedanke daran war ihr so unangenehm, dass ihre Wangen ganz heiß wurden. Sicherlich hatte auch die Countess von ihrem kleinen Zusammenstoß mit dem Duke gehört. Somerville war eine stadtbekannte Persönlichkeit, und es hatte genügend Augenzeugen von dem Vorfall gegeben. Die Frage, die sich Rebecca deshalb seit drei Tagen stellte, war: Sollte sie der Countess den wahren Grund verraten, warum ihr die Hand ausgerutscht war?

»Ich weiß nicht, ob das nötig sein wird«, erklärte Rebecca vorsichtig. »Inzwischen bin ich zu der Überzeugung gelangt, dass der Duke nicht verkaufen wird. An niemanden.«

Somerville hatte deutlich gemacht, was er mit diesem Grundstück beabsichtigte: Er wollte es als Hebel nutzen, um sie in sein erlauchtes Bett zu bekommen.

Zwar war ihre Abfuhr eindeutig gewesen, aber dennoch war sie sich nicht sicher, ob der Duke so schnell aufgab.

»Wie können Sie das so genau wissen?«, erkundigte sich die Countess, während sie die Oper betraten. Kurz hatte Rebecca der Verdacht beschlichen, dass sie vor dem falschen Gebäude wartete, so unscheinbar war die Backsteinfassade des King's Theatre. Doch diese täuschte nur darüber hinweg, dass sich dahinter eines der besten Opernhäuser des Landes befand. Sobald ihnen von innen das zweite Paar Türen aufgehalten wurde, hielt Rebecca die Luft an. Goldener Stuck, in dunklem Grün gehaltene Deckenverzierungen, unterbrochen von seidenen Wandtapeten in tiefem, sattem Rot – die Farben, die das Foyer dominierten, waren so edel, dass sie ebenso in einen royalen Palast gepasst hätten. Schwere bronzene Kronleuchter hingen von den Decken, und der Schein von Hunderten Kerzen tauchte alles in ein mystisches Licht. Die doppelten Eingangstüren dämpften das laute Treiben am Haymarket, und Rebecca hatte wirklich das Gefühl, mit zwei Schritten in eine völlig andere, geheimnisvolle Welt einzutauchen.

»Oder können Sie wohl nun schon in seinen Kopf schauen?«, stichelte Lady Sybil, die das Interieur der Oper wohl schon gewohnt war, neben ihr. Rebecca wandte sich ihr zu.

Nein, das konnte sie nicht. Aber nachdem er ihr dieses unmoralische Angebot gemacht hatte, war das auch gar nicht mehr nötig.

Und je länger sie vor der Countess stand und sie dabei beobachtete, wie sie ihr blaues Kleid richtete und mit ihrer behandschuhten Rechten prüfend über ihre blonde Lockenfrisur tastete, desto klarer wurde Rebecca, dass sie Lady Sybil keinesfalls die Wahrheit verraten konnte.

Die Countess war doch selbst noch ganz verschossen in den Duke. Ziemlich sicher war sie von ihm auch verletzt worden, sonst würde sie sich ja wohl nicht auf einen Rachefeldzug gegen ihn einlassen.

Ein kleiner Teil in Rebecca konnte sie sogar verstehen.

Der Kuss mit dem Duke war der beste Kuss ihres Lebens gewesen. Und obwohl Rebecca schockiert und wütend über seine Anmaßung und Respektlosigkeit war, sehnte sie sich trotzdem noch nach ihm.

»Meine Gesellschafterin ist mit der Schwester des Dukes eng befreundet«, gab Rebecca schließlich vor. Nun gut. Das stimmte nicht ganz, Betty und Miss Langford hatten sich erst zweimal getroffen. Aber diese kleine Notlüge war immerhin besser, als Lady Sybil zu gestehen, was zwischen Somerville und ihr alles vorgefallen war. »Das Grundstück scheint unverkäuflich zu sein.« Was ja auch der Wahrheit entsprach.

»Sie wollen es aber dennoch haben, nicht wahr?«

Das wollte sie. Denn nur, weil sie sich eine absolute Unverschämtheit dem Duke gegenüber erlaubt hatte und er ihr gegenüber genau betrachtet eine noch viel schlimmere, hieß das nicht, dass sie ihr Ziel plötzlich aufgab. Jetzt mehr denn je wollte sie es erreichen.

Gerade im Moment hatte sie jedoch nicht den blassesten Schimmer, wie genau sie das anstellen sollte.

»Es gibt noch andere Mittel und Wege«, stellte die Countess prompt in Aussicht und lächelte dabei zufrieden.

»Sie machen mich neugierig, Lady Cavan.« Das stimmte wirklich. Auch wenn Rebecca das Gefühl nicht loswurde, dass das, was die Countess ihr nun antragen würde, weder fair noch ehrbar war.

Aber der Duke war ihr gegenüber schließlich auch nicht fair gewesen, oder? Sie konnte sich zumindest einmal anhören, was Lady Sybil vorschlug.

Nein sagen konnte sie doch immer.

»Lassen Sie uns ein wenig abseits gehen«, flötete die Countess. Inzwischen hatte ihnen der Lakai aus dem Gefolge der Countess zwei Champagnergläser gebracht, und sie zogen sich in eine ruhigere, nur spärlich beleuchtete Ecke der Eingangshalle zurück.

Obwohl die Oper vor einigen Jahren einem Feuer zum Opfer gefallen und vollkommen neu erbaut worden war, vermisste Rebecca hier die moderne Leichtigkeit und Helligkeit, die das Theatre Royal in Bath besaß. Die kräftigen Rot- und Grüntöne der Decken und Wände schienen das Kerzenlicht zu verschlucken, und das Foyer und die Treppenaufgänge mit den verschnörkelten goldenen Geländern und den üppigen Deckenfresken wirkten seltsam überladen in ihrer Extravaganz.

Genauso überladen und übertrieben wie das Leben der High Society hier in London, sinnierte Rebecca, während sie an ihrem Glas nippte.

Der Champagner zumindest war hervorragend, und sie nahm einen weiteren Schluck. Das Foyer schwirrte nur so vor Besuchern. Besonders die Damen in ihren ausladenden, elaborierten Abendroben fielen Rebecca auf. Wie Schmetterlinge flatterten sie von einem zum anderen, begrüßten einander und plauderten. Ein Wirbel aus Seide, Parfum und Heuchelei.

Rebecca wandte den Blick wieder zur Countess.

»Dieses Grundstück, das Sie käuflich erwerben wollen. Das mit dem Gefängnis«, begann diese. »Sie waren doch schon einmal dort, oder?«

»Richtig«, bestätigte Rebecca, fragte sich aber im gleichen Atemzug, warum die Countess noch einmal darauf zurückkam. Hatten sie das nicht alles bereits besprochen?

»Ganz in der Nähe leben Franzosen, wenn ich mich recht erinnere?«

»Ein Franzose, genau.«

»Wissen Sie schon, wie lange?«

Rebecca schüttelte den Kopf.

»Macht nichts, ich werde es herausfinden.«

»Spielt das denn eine Rolle für unser Vorhaben?«, fragte Rebecca, denn ihr war noch nicht ganz klar, worauf Lady Sybil eigentlich hinauswollte.

»Aber ja, eine ganz bedeutende sogar.«

»Sie machen mich neugierig, Countess.« *Und ein bisschen machen Sie mir gerade Angst.* Denn alles, was mit Franzosen zu tun hatte, war dieser Tage auf irgendeine Weise gewagt oder gefährlich. Schließlich führten England und Frankreich Krieg. Rebecca versteckte ihre Bedenken jedoch hinter einem gewinnenden Lächeln.

»Lassen Sie uns doch Platz nehmen.« Einladend deutete Lady Sybil auf eines der vielen Sofas, die an den Wänden verteilt standen. Sie waren mit rotem Samt bezogen und die geschwungenen Füße – wie konnte es anders sein? – vergoldet. Als sie sich setzten, gaben die Polster unter ihnen deutlich nach. Darauf war Rebecca nicht gefasst gewesen und hätte beinahe etwas von dem Champagner auf ihr Kleid geschüttet. Die Countess bedachte sie mit einem spöttischen Blick, ehe sie fortfuhr: »Im Moment wird es nicht besonders gern gesehen, wenn man Franzosen beherbergt, müssen Sie wissen. Sie haben sicherlich auch schon von den Bemühungen der Krone und unseres Prime Ministers gehört, den Radikalen keinen Nährboden für ihre völlig deplatzierte und gefährliche Weltsicht zu bereiten.«

»Natürlich«, bekräftigte Rebecca. Wie konnte sie auch nicht, denn die Erlässe, die Prime Minister Pitt seit einiger Zeit vorangetrieben hatte, waren groß in der Presse diskutiert worden. Gerade im Moment wurde zum Beispiel die Aussetzung des *Habeas Corpus Act* diskutiert. Das würde Pitt und der Krone ermöglichen, gefährliche – oder angeblich gefährliche – Subjekte auch ohne feste Beweislage zu verhaften und einzukerkern.

»Nun, ein Duke, der Franzosen in seinen Bauernkaten leben lässt – Franzosen, die bestimmt keine edle Herkunft haben –, das ist durchaus ein wenig seltsam, meinen Sie nicht?«

»Ich …«

»Somerville steht aufgrund seines familiären Erbes den Whigs nahe, auch wenn er den Eindruck erweckt, er hätte nichts für die Politik übrig. Dass diese sich immer stärker gegen die Krone stellen, gefährlich stark sogar, muss ich Ihnen nicht erläutern. Aber war Ihnen klar, dass unser lieber Duke inzwischen sogar mit der radikalen *Society of the Friends of the People* und deren unstillbarer Gier nach parlamentarischer Reform liebäugelt?«

Das überraschte Rebecca wirklich. Sie kannte diese Society und befürwortete auch deren Standpunkte: häufigere Wahlen und eine faire Verteilung der Parlamentssitze. Sie selbst wollte ja einen Abgeordneten ins Unterhaus bringen, der für die Reform des Parlaments Vorschläge einbringen würde. Nur hatte sie nicht damit gerechnet, dass der Duke dieser regierungskritischen Organisation nahestand. Natürlich sagte Rebecca aber nichts davon.

»… und besonders die letzten Wochen über scheint er sich mit nicht gekanntem Elan in seine politische Arbeit zu stürzen.«

Das war ja wirklich interessant.

»Er steht außerdem Richard Brinsley Sheridan nahe, und wir wissen ja um dessen Sympathien für die Radikalen in Frankreich.«

»Worauf wollen Sie …«

Die Countess hob die Hand, und Rebecca verstummte.

»Wir müssen davon ausgehen, dass Somerville mit Revolutionären sympathisiert.«

Fast hätte sich Rebecca an ihrem Champagner verschluckt. »Ist das nicht eine etwas gewagte Behauptung?«

»Sie selbst haben doch Franzosen auf seinen Besitzungen angetroffen.«

»Das ist richtig. Aber der Duke of Somerville gehört dem Hochadel an. Er würde doch nicht an seinem eigenen Stuhl sägen.«

»Können wir uns da sicher sein? Finden Sie das Ganze nicht auch ein wenig seltsam? Außergewöhnlich vielleicht sogar? Einige Abgeordnete – und ich im Übrigen auch – finden es jedenfalls außergewöhnlich genug, um eine Anhörung im House of Commons darüber anzustrengen.« Sie musste Rebeccas erschreckte Miene erkannt haben, denn sie beeilte sich zu sagen: »Das heißt natürlich noch lange nicht, dass er auch schuldig ist. Die Umstände erfordern aber auf jeden Fall einen zweiten Blick.«

Jetzt verstand Rebecca. Es ging der Countess gar nicht unbedingt darum, mögliche nicht ganz legale Bestrebungen des Dukes aufzudecken. Sie wollte ihn ins Gerede bringen, Zweifel an seiner Integrität säen und seinem Ruf schaden.

Und endlich begriff Rebecca auch, wieso Lady Sybil so leicht für ihr Vorhaben zu gewinnen gewesen war. Erst als Rebecca ihr nämlich von dem französischen Bewohner des Walcotter Grundstücks erzählt hatte, war sie daran interessiert gewesen, Rebecca zu unterstützen.

Eigentlich ging es ihr gar nicht um Solidarität unter Frauen oder darum, Rebecca in ihren politischen Ambitionen zu unterstützen.

Sie wollte sich einfach nur an Somerville rächen. Nicht mehr und nicht weniger.

Das willst du doch auch, oder nicht? Vor allem nach seinem letzten Auftritt vor dem Panorama.

Der Gedanke, dass der Duke aufgrund ihres vertraulichen Gesprächs mit der Countess nun vor einen Ausschuss treten müsste, behagte ihr trotzdem nicht. Denn zu behaupten, dass der eine Franzose, den sie auf Somervilles Besitztümern angetroffen hatte, ein gefährlicher Revolutionär sei, der die britische Gesellschaft infiltrieren und die Monarchie stürzen wollte, war äußerst gewagt und entsprach ihrer Meinung nach auch nicht der Wahrheit. Allein schon das Gerücht könnte Somerville in ernsthafte Schwierigkeiten bringen.

»Und Sie, beste Mrs. Seagrave, werden als Zeugin vor der Anhörung auftreten«, vernahm Rebecca die enthusiastische Stimme der Countess.

»Bitte was?« Das üble Gefühl in ihrer Magengrube, das sich schon seit Beginn der Unterhaltung bei ihr eingenistet hatte, wurde immer stärker.

»Sie haben ganz richtig gehört. Der Ausschuss ist vorerst streng geheim, und ich brauche Sie für eine Zeugenaussage. Sollte Somerville Wind von der Anhörung bekommen, wäre es ihm nämlich ein Leichtes, seine französischen Freunde kurzfristig woanders unterzubringen.«

Rebecca trank aus ihrem Glas und ließ den Champagner auf der Zunge prickeln, ehe sie ihn in aller Ruhe herunterschluckte. Sie versuchte Zeit zu gewinnen, denn sie musste nachdenken. »Das klingt ja schön und gut. Aber was habe ich davon?«, fragte sie dann.

»Es geht darum, Somerville eine Lektion zu erteilen. Dass er sich nicht einfach mit Frauen anlegen und sie geringschätzen sollte. Das ist doch auch in Ihrem Interesse, nicht wahr?«

»Ja, das ist es absolut.« Trotzdem fühlte es sich falsch an, was die Countess da vorschlug. »Was, wenn ich nicht vor einem Ausschuss auftreten möchte?«

Das war ein valider Einwand, fand Rebecca, denn selbst wenn ihre Aussage nicht öffentlich wäre – der Report ihrer Anhörung würde dennoch in den Journalen des Parlaments veröffentlicht werden und für alle Welt einsehbar sein. Jeder, der sich dafür interessierte, würde wissen, dass sie, Rebecca Seagrave, eine belastende Aussage gegen den Duke of Somerville getätigt hätte.

Er würde es wissen.

Und das wollte Rebecca nicht.

»Ich habe ja so einiges über Sie und den Duke of Somerville gehört«, begann Lady Sybil nun und strich mit ihren behandschuhten Fingern den Stil der Champagnerflöte auf und ab. Dann sah sie zu Rebecca, prüfend – oder war es bereits vorwurfsvoll? »Es schien eine kleine Unstimmigkeit zwischen Ihnen beiden gegeben zu haben.« Der Blick der Countess wurde immer eindringlicher. »Wie kann es wohl sein, dass Somerville Sie so sehr ärgert, dass Sie sogar Ihre zweifellos gute Erziehung vergessen und ihm eine Ohrfeige verpassen? Wo Sie doch zuvor den ganzen Nachmittag mit ihm und seiner Schwester verbracht haben?« Sie stellte ihr Champagnerglas ab, ohne Rebecca dabei aus den Augen zu lassen, der inzwischen hektische, rote Flecken auf den Wangen glühten.

»Weil mir der Duke und seine Anzüglichkeiten ein Graus sind.«

»Anzüglichkeiten, sagen Sie? Seien Sie bloß vorsichtig. Er scheint es auf Sie abgesehen zu haben.« Das Funkeln in den Augen der Countess wurde noch eine Spur bedrohlicher, und Rebecca war sich sehr wohl bewusst darüber, dass dieses Gespräch allmählich in gefährliche Fahrwasser geriet.

Die Countess war eifersüchtig, und es war nicht das erste Mal, dass Rebecca dieser Verdacht beschlich. Es passte ihr nicht, dass Rebecca und der Duke Zeit miteinander verbracht hatten und dabei auch noch aneinandergeraten waren. Denn wenn Streit ausbrach, bedeutete das doch auch immer, dass starke Gefühle involviert waren.

»Und wenn Sie sich nun auch noch weigern, die Aussage gegen den Duke zu machen, muss ich ja fast schon glauben, dass Sie und er …«, sprach Lady Sybil nur das aus, was Rebecca sich gerade selbst gedacht hatte.

»Countess, wo denken Sie hin? Nichts läge mir ferner.«

»Sind Sie sicher? Ich habe da einen ganz anderen Eindruck.«

»Dieser Eindruck täuscht, Mylady. Ich verstehe Ihre Zweifel, denn Sie wollen bei jemandem, mit dem Sie ein Geschäft eingehen, vorsichtig sein. Wie Somerville zu mir steht, kann ich Ihnen nicht sagen, Sie kennen ihn vermutlich besser als ich. Was mich angeht, kann ich Ihnen jedoch versichern, dass ich nicht das Geringste für ihn übrighabe und hoffe, seine erlauchte Gesellschaft kein weiteres Mal ertragen zu müssen.«

Du Lügnerin.

Es stimmte einfach nicht, was sie da behauptete. »Deshalb: Ja, ich sage gern vor dem Ausschuss gegen den Duke aus.«

Noch während sie den Satz aussprach, spürte sie einen Knoten im Magen, den sie mit dem restlichen Champagner aus ihrem Glas zu vertreiben versuchte.

»Bravo, Mrs. Seagrave. Es wäre doch gelacht, wenn wir Somerville keinen Denkzettel verpassen könnten. Seiner Gesellschaft werden Sie heute Abend übrigens nicht ganz entfliehen können, denn ich habe das unbestimmte Gefühl, dass auch er heute in der Vorstellung anwesend sein wird. Er besitzt ein Abonnement, müssen Sie wissen, für die Loge neben unserer. London ist groß, die noblen Kreise, in denen wir uns bewegen, sind es allerdings nicht.«

Lady Sybil schenkte ihr ein Lächeln, das ihr mit einem

Mal fast bösartig vorkam, sodass sie einen Moment lang sogar glaubte, die Countess hätte die Anwesenheit des Dukes heute Abend absichtlich arrangiert. Rebecca öffnete den Fächer, der um ihr Handgelenk baumelte, und wedelte sich Luft zu.

Anscheinend hatte die Countess nun doch Mitleid mit ihr, da ihr der Schrecken wohl ins Gesicht geschrieben stand, denn sie tätschelte ihr beruhigend den Arm. »Machen Sie sich keine Gedanken. Wir werden das machen, was wir vornehmen Frauen ganz besonders gut können: Wir werden ihn schlicht ignorieren und im Verborgenen unsere Fäden spinnen, nicht wahr?«

»Ein fabelhafter Plan«, murmelte Rebecca und bedeutete dem Diener der Countess mit ihrem leeren Champagnerglas, dass sie ein neues wollte. Denn der Knoten in ihrem Magen war noch immer da, und ein wenig Alkohol würde zumindest ihren rasenden Herzschlag etwas zur Ruhe bringen.

26.

»Du verrätst mir sicher noch, warum wir ausgerechnet heute unbedingt in die Oper gehen mussten, oder?« Eliza zupfte einige Rüschen an ihren halblangen Ärmeln zurecht, als sie die wenigen Stufen der Eingangstür zum King's Theatre nach oben gingen.

»Es wird Paisiellos *La pazza per amore* aufgeführt«, erwiderte Henry und nickte dankend einem der Angestellten zu, die den Ankömmlingen die Tür aufhielten.

»Paisiello in allen Ehren, aber seit wann interessierst du dich für italienische Opern?« Eliza ließ nicht locker, denn sie kannte Henry gut genug, um zu wissen, dass er ihr etwas verschwieg.

Für gewöhnlich verpasste er nämlich die meisten der Dienstags- und Samstagsaufführungen im King's Theatre hier am Haymarket. Es machte ihm einfach keinen Spaß, stundenlang wie auf dem Präsentierteller zu sitzen, da jede Bewegung, die er in seiner Loge machte, und jedes Gespräch, das er dort mit seinen Gästen führte, von den anderen Opernbesuchern gesehen und interpretiert wurde. Deshalb nutzte die Loge der Langfords zumeist nur seine Mutter, die dann und wann Eliza und Jane mitnahm, ganz selten auch mal Amelia, und an den übrigen Abenden verlieh Lady Rosalind die Plätze an Freunde und Bekannte.

»Hat es vielleicht etwas damit zu tun, dass wir seit Kurzem wieder auffällig häufig Lady Cavan über den Weg laufen?«, hakte Eliza nach, während Henry noch nach einer sinnvollen Antwort suchte.

Ihr war es also auch schon aufgefallen. Nachdem er Sybil im letzten Jahr keine drei Mal begegnet war, trafen sie momentan beinahe täglich aufeinander. Aber immer nur zufällig, behauptete zumindest Sybil.

Dass er heute Abend ebenfalls wie Lady Cavan das King's Theatre besuchte, war jedoch kein Zufall mehr. Dieses Mal wusste Henry, dass sie hier sein würde, allerdings in Begleitung. Und genau deshalb war auch er hierhergekommen.

In der Zeit, in der Henry mit Lady Cavan liiert gewesen war, die leidenschaftlich gern die Oper besuchte, hatte er sich dann und wann breitschlagen lassen, sie zu begleiten. Aber nur, wenn an dem Abend weder seine Mutter noch seine Schwestern anwesend waren, und auch nie, wenn er in der gleichen Loge saß wie Sybil. Irgendwie war es ihm immer falsch erschienen, seine Liebschaften auf offiziellen Anlässen auf seine Familie treffen zu lassen. Dabei war es nicht so, dass sie nichts von seiner Liaison mit Lady Cavan gewusst hatten. Im Stadtpalais der Langfords war sie oft genug zu Besuch gewesen und seinen Schwestern und einige Male sogar seiner Mutter begegnet. Doch zu keinem Zeitpunkt hatte Henry mit dem Gedanken gespielt, das Verhältnis mit Lady Sybil zu legitimieren. Sich gemeinsam mit seiner Geliebten und seiner Familie in der Oper zu zeigen hätte die Gerüchteküche brodeln lassen und die Journalisten hätten bereits die Hochzeitsglocken läuten gehört. Das war das Letzte, was er gewollt hätte, zumal ihn mit der Zeit sogar der Verdacht beschlichen hatte, dass Sybil heimlich auf einen Antrag von ihm wartete. Deshalb hatte sie ihn stets so sehr gedrängt, gemeinsam auf öffentlichen Anlässen zu erscheinen. Offen zugegeben hätte sie das natürlich niemals.

In jedem Falle war ein Opernbesuch ein einziges Schaulaufen, und genau darum ging es Sybil auch, wenn sie mindestens einmal die Woche ihre Abende hier verbachte. Die teuren italienischen Opernproduktionen und die Berühmtheiten vom Kontinent, die für Unsummen engagiert wurden, um hier in London aufzutreten, waren dabei im Grunde nur Beiwerk.

Lady Sybil wollte von einem erlauchten Publikum gesehen werden, und das ging nirgendwo so gut wie in der Oper. Denn anders als in den Theatern überall im Land war die Oper den Aristokraten und einigen ganz besonders reichen Mitgliedern der Beau Monde vorbehalten. Logen konnten nur für eine ganze Saison angemietet werden, nicht für einzelne Abende, und kosteten ein halbes Vermögen. Die Regeln dabei waren einfach. Je weiter vorne sich die Loge befand, desto teurer und beliebter war sie. Nicht etwa, weil man dann einen besseren Blick auf die Bühne hatte und mehr von Sängern und Orchester hören konnte. Ganz im Gegenteil: Man sah die Sängerinnen meist nur von der Seite oder von hinten und hörte die Bläser und Bassgruppe immer besonders laut. Dafür hatte man aber einen völlig unverstellten Blick auf das gesamte Parkett und praktisch alle anderen Logen.

»Ich glaube, es verhält sich alles ein wenig anders, als du denkst«, erwiderte Henry schließlich wahrheitsgetreu. »Soll ich deinen Mantel an die Garderobe bringen?«, bot er dann an. Ein bisschen womöglich, um ihrer Fragerei zu entgehen.

»Ich weiß genau, was du tust, Bruderherz.«

»Ach?«

»Meine Fragen sind dir unangenehm.«

Sag bloß, erwiderte er in Gedanken, behielt das aber natürlich für sich und folgte Elizas Blick, der auf einigen jungen Frauen verharrte, die ein paar Meter von ihnen entfernt standen.

Sie waren ungefähr in Elizas Alter, schätzte Henry, trugen allesamt kurzärmelige, hochtaillierte Kleider in hellen Farben und kicherten hinter vorgehaltenen Fächern, während sie ihnen immer wieder verstohlene Blicke zuwarfen.

Das Seltsame war, dass sie dabei nicht ihn anzusehen und über ihn zu sprechen schienen, wie es für gewöhnlich der Fall war, sondern seine Schwester. Und was noch viel auffälliger war: Eliza stieg eine charmante Röte in die Wangen, als die dunklen Augen einer besonders schlanken, hochgewachsenen Dame auf ihr zum Liegen kamen.

»Ich habe es mir anders überlegt«, sagte Eliza rasch. »Bringst du meinen Mantel doch weg?«

Manchmal nahmen sie einen Diener mit in die Oper, der solcherlei Botengänge für sie übernahm und sie auch mit Getränken und Essen versorgte, denn so ein Opernabend mit Zwischenspielen und Ballettaufführungen nach jedem Akt zog sich in der Regel bis nach Mitternacht. Heute hatte Henry jedoch darauf verzichtet. Eliza zog rasch ihren nachtblauen Samtmantel mit dem Pelzbesatz von den Schultern, faltete ihn und legte ihn Henry auf den Arm, und ihn beschlich wirklich der Verdacht, sie wollte ihn gerade loswerden.

Mit einem leisen Seufzer wandte er sich in Richtung der Garderobe, die am Ende des Foyers lag. Als er die Menschentraube und das Gedränge vor dem Tresen sah, blieb er nach wenigen Schritten unschlüssig stehen. Was hatte ihn eigentlich geritten, sich heute Abend das alles anzutun?

Gestern hatte er Sybil in den Vauxhall Gardens getroffen, und sie hatte ihm voller Enthusiasmus von ihrem anstehenden Opernbesuch erzählt. Sie würde in der Loge der Duchess of Rutland sitzen, hatte sie voller Stolz berichtet, die ihr die Karten zu ihren Plätzen geliehen hatte, wie es so oft unter den Mitgliedern der High Society der Fall war. Es war beinahe schon ein Sport in der hochgestellten Gesellschaft, Theater- und Opernabonnements zu verleihen und zu tauschen. *Außerdem habe ich sehr nette Gesellschaft. Mrs. Seagrave aus Bath wird mich begleiten.* Das hatte Sybil nicht zufällig erwähnt, und er hatte bemerkt, dass sie dabei wie ein Habicht auf seine Reaktion geachtet hatte.

Sicherlich hatte sie von seinem kleinen Zusammenstoß mit Mrs. Seagrave Wind bekommen. Und wie er Sybil einschätzte, wollte sie nun Öl ins Feuer gießen und forderte auch ihn implizit dazu auf, an dem Abend in die Oper zu gehen.

Sie ahnte offenbar, dass da irgendetwas war, zwischen Rebecca und ihm.

Und das stimmte ja auch. Da war etwas. Die Frage war nur, was.

Die andere Frage war außerdem, ob Rebecca sich wieder beruhigt hatte und wie sie gerade auf ihn zu sprechen war.

Vermutlich nicht besonders gut. Was kaum verwunderlich war, nach dem ganz eindeutigen Angebot, das er ihr gemacht hatte.

Mittlerweile fühlte er sich ja noch nicht einmal selbst mehr wohl damit. Aber an diesem Nachmittag, als sie einander diese brennenden Blicke zugeworfen hatten und sein Gehirn noch ganz benebelt gewesen war von dem unglaublichen Kuss und der Leidenschaft zwischen ihnen, war es ihm wie eine gute Idee erschienen.

Erst sehr viel später, als Eliza ihn gefragt hatte, was denn eigentlich zwischen ihnen passiert wäre, und er es nicht über sich gebracht hatte, ihr von seinem Angebot zu erzählen – natürlich nicht, schließlich war Eliza seine kleine Schwester –, hatte ihm gedämmert, wie unmöglich sein Angebot war. Im Grunde hatte er Mrs. Seagrave erpressen und auf diese Weise dazu zwingen wollen, eine Nacht mit ihm zu verbringen. Das war respektlos und völlig vermessen und entsprach absolut nicht dem, was Henry über diese Frau dachte.

Aber Rebecca Seagrave war seine Gegnerin, das hatte sie selbst gesagt. Sie wollte sich mit ihm anlegen, und wenn sie das tat, musste sie wissen, dass nach seinen Regeln gespielt wurde.

Das hier war seine Welt, und sie ließ es sich nicht nehmen, darüber zu urteilen. Er würde ihr zeigen, dass Politik nicht nur bedeutete, ein wenig zu reden, einige Opernkarten auszutauschen und über einen Parlamentsabgeordneten Gesetzesentwürfe einzubringen.

Politik hatte so viele Facetten mehr, von denen die gute Mrs. Seagrave in ihrem Gasthof in Bath und der Lektüre des Parlamentsjournals keine Ahnung hatte.

Es war ein Sumpf, und wenn sie wirklich so eine abgebrühte Geschäftsfrau war, wie sie ihn glauben machen wollte, dann würde sie schon mit seinem Angebot umzugehen wissen.

Möglicherweise würde sie noch darauf eingehen – schließlich war sie Witwe und hatte bereits einiges an Erfahrung gesammelt, das hatte er auch bei ihrem Kuss gemerkt. Er verlangte also nichts Unmögliches. Damit würde er ihr auch beweisen, dass sie von ihrem hohen Ross herunterkommen konnte. Er würde ihr zeigen, wie einfach es war, Teil dieses Lebens der High Society und seinen Verlockungen zu werden.

Teil deines Lebens, schoss es ihm durch den Kopf, und er hielt verwundert inne, als er sich in die Schlange vor der Garderobe einreihte.

Das, was zwischen ihnen im Panorama passiert war, war unglaublich gewesen. Der Kuss hatte ihn völlig umgehauen, und er hatte auch etwas in ihm geweckt. Einen primitiven, aber mächtigen Drang, Rebecca besitzen zu müssen, mit Haut und Haar und allem, was sie zu geben hatte.

Deshalb würde er sein Vorhaben auch so schnell nicht aufgeben. Wenn er sich schon am Ende dieses Sommers verloben musste und sein Leben als Ehemann zur reinen Pflichterfüllung degradierte, würde er die Monate vorher zumindest noch ein wenig Spaß haben.

Und hinter die ablehnende und streitsüchtige Fassade einer gewissen Dame zu blicken und ihren Widerwillen zu besiegen, war eines der Ziele, die er sich gesetzt hatte.

Deshalb hatte er beschlossen, ebenfalls in die Oper zu gehen. Dass Sybil ausgerechnet in der Loge der Duchess of Rutland sitzen würde, die *ganz zufällig* direkt neben seiner war … nun gut.

Er würde herausfinden, was sich hinter Sybils Machenschaften versteckte, und sich nicht zum Gegenstand irgendwelcher Ränke und Intrigen machen.

Außerdem passte es ihm nicht, dass Rebecca sich mit Lady Sybil anfreundete. Wenn er ebenfalls anwesend war, hatte er zumindest das Gefühl, er hätte irgendeine Art von Kontrolle darüber, was zwischen Lady Sybil und Rebecca geschah.

Rebecca. In seinen Gedanken nannte er sie nur noch Rebecca, obwohl sie ihm das Du bisher nicht angeboten hatte. Ob sie wohl …

»Henry!« Er spürte Elizas Finger, den sie in seinen Oberarm bohrte. »Hast du gehört?«

»Ich, äh …«

»Champagner. Hol uns zwei Gläser Champagner«, wiederholte Eliza, die inzwischen wohl schon seit einem Weilchen neben ihm stand und ihm jetzt mit vorwurfsvoller Miene ihren Mantel wieder abnahm. »Besonders weit bist du ja nicht gekommen. Kriegst du das hin mit dem Champagner, oder bleibst du dann wieder bei der nächsten Säule stehen und starrst mit leerem Blick vor dich hin, wie gerade eben?«

»Hm«, brummte Henry und verzog die Mundwinkel zu einem erzwungenen Lächeln. Hatte er das tatsächlich gerade getan?

Eliza unterstrich das Gesagte mit einer wedelnden Handbewegung in Richtung der Refreshment Rooms. Das Foyer war weitläufig, und die Treppenaufgänge zu den Logen wurden von glatt polierten roten Marmorsäulen flankiert. Der Luftzug, der durch das stetige Öffnen der

Türen entstand, ließ die kleinen Flammen auf den vielen Kerzenhaltern flackern und warf tanzende Schatten auf die in Grün und Gold gehaltenen Deckenmalereien. Darauf war ein Mann in einem Streitwagen zu erkennen. Mit zwei prächtigen Rössern davorgespannt durchquerte er das Firmament.

»Mal wieder der gute, alte Apoll«, murmelte Henry, nickte jedoch gleichzeitig zustimmend in Richtung Eliza. »In Ordnung, Champagner. Aber nur ein Glas, ich bleibe heute nämlich nüchtern.«

Wie so oft in letzter Zeit, fiel ihm auf. Eliza warf ihm einen verwunderten Blick zu. »Was ist eigentlich los mit dir?« Sie hakte sich bei ihm unter, zog ihn verschwörerisch zu sich und verlangte: »Verrate es mir. Ist Lady Cavan doch wieder in deiner Gunst gestiegen?«

»Um Himmels willen, nein.« Sie wandten sich um in Richtung der Refreshment Rooms im ersten Stock.

»Besonders angetan von Miss Delmford kannst du ja auch nicht sein, sonst wäre schließlich sie deine Begleiterin und nicht ich.«

»Wir haben zwei nette, angenehme Nachmittage miteinander verbracht«, verteidigte sich Henry. Womit er den Nagel auch schon auf den Kopf getroffen hatte. Nett und angenehm war es gewesen – und entsetzlich langweilig. Vorgestern hatten sie gemeinsam eine Kutschtour durch den Hyde Park unternommen, und gestern hatte er Miss Delmford schließlich einen Besuch im Stadthaus ihres Vaters abgestattet und sich auch gleich mit ihrer Mutter und ihrer Tante unterhalten dürfen. Er hatte sich von seiner charmantesten Seite gezeigt und die Damen nach Kräften für sich einzunehmen versucht.

Miss Delmford war in Ordnung, eine zuvorkommende junge Dame, die wie so viele andere eine anerzogene, anmutige Einfachheit besaß und eine ganz wunderbare Zierde an seiner Seite abgeben würde.

Eine Zierde, aber keine Partnerin. Du würdest dich mit ihr genauso einsam fühlen, wie du es jetzt auch tust.

»Sollte ich also davon ausgehen, dass Miss Delmford bald meine … Schwägerin wird?«, wollte Eliza wissen.

»Nicht so eilig, Schwesterherz. Aber möglicherweise ja.«

Eliza blieb nun stehen und hielt Henry am Arm fest. »Magst du sie?«, fragte sie und war dabei ganz ernst geworden.

Henry zuckte nur mit den Schultern und lief weiter, denn er wollte nicht darüber nachdenken. Und schon gar nicht darüber reden.

»Henry«, Eliza stand noch immer mitten auf der Treppe, »wenn du nichts für sie übrighast, dann heirate sie auch nicht.«

»Vermutlich werde ich nie eine passende Kandidatin finden, für die ich wirklich etwas übrighabe. Also, was soll's.« Henry hob die Hände. Darum ging es ja auch gar nicht. Er hatte sich entschlossen, dem Wunsch seiner Mutter nachzukommen und seine Aufgabe als Duke zu erfüllen. Er würde irgendeine aristokratische Dame heiraten und sich mit seinem Schicksal abfinden. Bisher klang das nach einem ganz hervorragenden Plan. Auch wenn er immer stärker daran zweifelte.

»Auch du wirst eine Lady finden, für die du etwas übrighast. Jeder Topf findet seinen Deckel«, erklärte Eliza nun.

Das klang ziemlich absurd, fand Henry. Ausgerechnet Eliza erzählte ihm solche Märchen, wo sie doch diejenige war, die …

Moment.

»Du hast jemanden gefunden?«, fragte Henry verblüfft.

»Nein, aber immerhin laufe ich nicht meinen Verflossenen hinterher.«

»Du hast Verflossene? Davon weiß ich ja gar nichts.« Das Gespräch wurde immer interessanter.

Eliza versuchte, ihn einfach weiterzuziehen. »Habe ich nicht«, behauptete sie. Lief sie gerade rot an?

»Eliza, willst du mir sagen, dass du …«

»Nein, in Gottes Namen, ich habe keine Verflossenen! Ich habe das lediglich auf dich bezogen.«

Henry nickte, war aber nicht zufriedengestellt. Er sollte sich womöglich mal mit Elizas Gesellschafterin, Mrs. Martens, unterhalten. Vielleicht hatte Eliza ja ihr Herz schon jemandem geschenkt, den sie eben unmöglich heiraten konnte, und weigerte sich deshalb, eine Ehe mit jemand anderem einzugehen?

»Wieso schaust du mich so an?«, wollte sie wissen.

»Nichts, ich … denke nach.«

Nachdem er für Eliza ein Glas Champagner gekauft und sie die Plätze in der Loge eingenommen hatten, wanderte Henrys Blick immer wieder auf die verwaiste Loge von Lady Rutland.

Erst kurz bevor die Vorstellung losging, hörte er Schritte und Stimmen, und natürlich spähte er erwartungsvoll nach nebenan.

Die Countess war anwesend, ebenso wie Rebecca, die ein zauberhaftes helles Kleid trug. Sie unterhielt sich mit Lady Cavan, die ihnen einen kurzen Blick zuwarf, sich dann aber wieder Mrs. Seagrave widmete. Einmal wandte Rebecca den Kopf, schaute aber nur Eliza an und winkte ihr zu – und ignorierte Henry vollkommen.

Was hatte er auch erwartet? Dass sie ihn begrüßte, als wäre nichts geschehen?

Wenn sie ihm jetzt die kalte Schulter zeigen wollte – bitte schön. Er würde das Spiel mit ihr weiterspielen, und er hatte einen langen Atem. Außerdem war schließlich sie diejenige, die etwas von ihm brauchte, nicht wahr?

Die beiden Damen gingen nach vorne ans Geländer und beobachteten das Publikum, das die günstigeren Sitzplätze auf dem Parkett einnahm.

Und dann konnte er förmlich zusehen, wie sich Rebeccas Blick auf irgendetwas im Zuschauerraum fixierte und ihr alles Blut aus dem Gesicht wich.

27.

Somerville war da. Sie hatte seinen Blick auf sich gespürt, seit sie die Loge betreten hatten, und es hatte sie ziemliche Überwindung gekostet, nicht zu ihm herüberzusehen. Jeder Schritt nach vorne bis an das Geländer der Loge fühlte sich endlos lange an, denn sie merkte ganz genau, wie sein Blick ihr folgte. Sie würde es so machen, wie die Countess es eben gesagt hatte: ihn schlicht ignorieren. Wie sie das nun die nächsten vier oder fünf Stunden durchhalten sollte, zumal auch noch seine Schwester neben ihm saß, war ihr allerdings schleierhaft.

Sie konzentrierte sich auf andere Dinge. Zum Beispiel die ungewöhnliche Konstruktion an der Außenseite des Geländers. Sie hatte davon gehört – die Akustik im King's Theatre war deshalb so exzellent, weil die Logen zum Zuschauerraum hin mit leinenbespannten Rahmen verkleidet waren, wodurch die Stimmen der Sänger und die Klänge des Orchesters perfekt ausbalanciert und durch den ganzen Raum getragen wurden.

Dann hob sie den Blick und ließ ihn ohne viel Interesse genau wie die Countess auch durch den Zuschauerraum schweifen.

Und schließlich sah sie ihn, und bei seinem Anblick schoss ihr ein stechender Schmerz durch den Körper.

Mr. Leonard Peters. Der Mann, der sie mehr verletzt hatte, als es irgendjemand sonst in ihrem Leben bisher geschafft hatte.

Bis heute war es ihr nicht gelungen, ihn aus ihrem Gedächtnis zu streichen. Er suchte sie noch oft genug in ihren Albträumen heim, und jetzt war er sogar hier, im gleichen Raum wie sie, in Fleisch und Blut.

Es macht nichts, dass er da ist. Es macht nichts.

Hilflos wiederholte Rebecca den immer gleichen Satz im Kopf, während sich ihre Hände um das Geländer krampften.

Er ist derjenige, der sich schämen sollte für sein unbedachtes und beleidigendes Verhalten.

Sie redete es sich ein, und sie wusste auch, dass es stimmte. Aber sie fühlte die Wahrheit der Worte nicht.

Sie hatte eine Affäre mit ihm gehabt. Oder zumindest den Anfang einer Affäre, denn dann hatte er sie ja nackt gesehen und sich angeekelt von ihr abgewandt. Neben ihm saß eine Frau, zweifellos seine Ehefrau. Rebecca schluckte. Ein ums andere Mal, denn die Plätze der beiden waren von ihrem Balkon nur wenige Schritte entfernt.

Noch schien er sie nicht entdeckt zu haben, und Rebecca widerstand dem Impuls, einen hastigen Schritt vom Geländer wegzumachen und sich auf den hinteren Plätzen der Loge zu verkriechen. Die Augen der Countess flackerten zu ihr, deshalb atmete Rebecca tief aus und zwang ihren Körper, sich zu entspannen.

»Geht es Ihnen nicht gut?«, erkundigte sich die Countess, und Rebecca meinte, eher Neugierde aus ihrer Stimme zu hören als Mitgefühl. Kein Wunder, vermutlich dachte sie, dass die Anwesenheit des Dukes sie so sehr aus der Fasson brachte.

»Nein, mir geht es wunderbar. Es ist nur die Höhe des Balkons«, sie deutete nach unten, »mit der ich mich nicht ganz wohlfühle.«

Die letzten Worte hätte sie beinahe nicht mehr herausgebracht, denn als hätte er gespürt, dass ihn irgendjemand pausenlos anstarrte, hob Peters nun den Kopf. Ihre Blicke kreuzten sich, und Rebecca hatte das Gefühl, dass ihr Herz nach unten sackte.

Ein Erkennen legte sich auf seine Züge, er nickte ihr zu, und vielleicht bildete sie es sich nur ein, aber sie meinte wirklich, dass sich um seinen Mund ein spöttischer Zug bildete. Und fast so, als müsste er ihr zeigen, dass er jetzt verheiratet war, wandte er sich an seine hübsche blonde Ehefrau, die mit ihrer kleinen Stupsnase, ihrem zartblauen kurzärmeligen Kleid und der passenden bestickten Haube wie die Unschuld in Person wirkte. Wenn da nicht der kaum zu übersehende Kugelbauch gewesen wäre, den sie vor sich herschob.

Also hat er eine perfekte, makellose Ehefrau gefunden, die ihn mit Erben überschütten wird.

Die Worte in Rebeccas Kopf wurden immer bitterer, dabei wollte sie so etwas nicht einmal denken. Sie wollte nicht neidisch oder missgünstig sein. Aber sie konnte gerade nicht anders. Peters hatte sie damals angeblickt, als wäre sie eine Aussätzige, ein Ungeheuer, und dann hatte er ihr sogar das Gespräch verweigert und sich verleugnen lassen.

Als wäre sie eine wild gewordene Geliebte gewesen, die ihn behelligte und ihm hinterherlief. Dabei hatte sie sich nur für ihre unflätigen Worte entschuldigen wollen, als sie ihn hinausgeworfen hatte, und erklären, was in der Feuernacht passiert war.

Das Gefühl von Scham und Erniedrigung, das sie damals gespürt hatte, als sie vor der verschlossenen Tür gestanden und den mitleidigen Blick des Dieners auf sich gespürt hatte, kam wieder in ihr hoch, und ihr wurde so warm, dass ihr Schweißperlen auf die Stirn traten.

Sie biss die Zähne zusammen, riss den Blick los und versuchte sich auf den Opernsaal zu konzentrieren.

All das lag hinter ihr. Und wenn sich irgendjemand schämen musste, dann dieser Mann. Dafür, dass er sie so schäbig behandelt hatte.

Noch einmal atmete sie tief ein und aus und ließ den Blick über die Ränge schweifen. Der Saal des King's Theatre war geradezu gigantisch. Sicherlich fanden hier mehrere Tausend Zuschauer Platz. Zwischen den Logen waren rote Samtvorhänge angebracht, die gleiche Farbe, die der noch heruntergelassene Bühnenvorhang trug. Die Decke war über und über mit Stuck und Malereien von Himmelsszenen und Gottheiten verziert und wölbte sich kuppelartig über den Saal. Zwischen einigen der Logen reichten an vergoldeten Armen Kerzenleuchter in den Raum hinein, die auch während der Vorstellung nicht gelöscht wurden. Jede Loge war besetzt, und überall raschelte Seide und Taft in allen erdenklichen Farben, klimperte Schmuck, ringsherum waren Perücken, schwere Parfums, glockenhelles Lachen und gedämpfte Stimmen.

Das hier war sie – die Essenz der Londoner Beau Monde, vermutlich der Platz neben den königlichen Palais, der die Reichen und Betitelten auf einem Fleck konzentrierte. Wie immer lagen, kurz bevor eine Vorstellung begann, eine Erwartung und ein verheißungsvolles Vibrieren in der Luft.

Nur war Rebecca gerade nicht in der Lage, all das zu würdigen. Sie schaffte es nicht einmal, gebührend auf die Kommentare und Erklärungen der Countess einzugehen, so sehr drehten sich die Gedanken und Gefühle in endlosen Kreisen durch ihren Kopf. Ihr wurde schwindelig, sicherlich von dem Champagner, und sie war heilfroh, als die Vorstellung begann und sie sich auf die gepolsterten Stühle ganz vorne in der Loge setzen konnten, die außer von ihnen beiden unbesetzt blieb.

Rebecca hörte nur mit halbem Ohr auf die Ouvertüre des erstaunlich groß besetzten Orchesters und fächelte sich Luft zu. Immer wieder schweifte ihr Blick nach unten zu Peters, der ihr jedoch keinerlei Aufmerksamkeit mehr schenkte.

Genauso machst du es jetzt auch. Ignoriere ihn, ebenso wie den Duke.

Sie sollte alle Männer ignorieren, denn sie bedeuteten ja ohnehin nichts als Ärger.

Gegen Ende des ersten Akts passierte es dennoch: Peters und ihr Blick trafen sich erneut, woraufhin er sich zu seiner Ehefrau beugte und etwas zu ihr sagte. Nun sah auch seine Begleiterin nach oben, blickte Rebecca mit erstaunt aufgerissenen Augen an, und dann lachten beide hinter vorgehaltener Hand.

Rebecca blinzelte.

Sie lachten, das hatte sie sich doch gerade nicht eingebildet. Sie lachten sie aus, etwas anderes konnte es ja gar nicht sein.

Obwohl es hier im Opernsaal von den vielen Besuchern und dem Kerzenlicht, das überall brannte, so warm war, hatte Rebecca das Gefühl, innerlich zu frieren.

Als der Vorhang nach dem ersten Akt fiel und der Applaus aus dem Zuschauerraum brandete, erhob Rebecca sich ruckartig.

»Ich brauche etwas zu trinken«, beantwortete sie den fragenden Blick der Countess.

»Ich kann meinen Diener …«

»Das ist zu freundlich. Aber ich möchte gern selbst gehen und mir ein wenig die Beine vertreten.«

Außerdem fühlte es sich so an, als läge ein Felsbrocken auf ihrer Brust, und sie musste sich jeden Atemzug mit Mühe in die Lungen pressen. Etwas Bewegung und ein Schluck Portwein oder Champagner und so viel Abstand wie möglich zu Peters würde es wieder richten.

Schon war sie bei der Tür, hörte noch, dass Lady Sybil sich ebenfalls erhob, und eilte mit hastigen Schritten den Flur zwischen den vielen Menschen entlang, die das Zwischenspiel ebenfalls für eine Pause nutzen wollten.

28.

Irgendetwas stimmte heute nicht mit Mrs. Seagrave. Das hatte sogar Eliza bemerkt, die die Stirn runzelte und mit dem Kopf erst in ihre Richtung deutete und ihn dann fragend schüttelte.

Als Rebecca sich erhob, tat es Henry fast gleichzeitig auch. Er machte eine beschwichtigende Handbewegung in Richtung seiner Schwester, die sitzen blieb, um sich das Zwischenspiel anzusehen, und verließ die Loge. Der Gang war schon so voll von anderen Besuchern, dass er Rebecca nirgends entdecken konnte. Vermutlich war sie in Richtung der Refreshment Rooms gelaufen oder auch zum Abort, wobei diese kleinen, schmuddeligen Räumlichkeiten in den Tiefen des Kellers wirklich ein Ort waren, an den sich eine Dame nur in allerhöchster Not begab.

Er wusste gar nicht, warum er ihr eigentlich folgte, doch er wurde das Gefühl nicht los, dass es ihr nicht gut ging, und er wollte nicht, dass sie hier alleine herumlief.

Das mochte albern sein, aber so war es eben.

Langsam, den Blick suchend auf die vielen Menschen gerichtet, schritt er die Treppe nach unten ins Foyer.

Nur wenige Schritte vor sich konnte er die bekannte Silhouette und die wippenden Federn in der Frisur der Countess ausmachen.

»Sybil«, sagte er und streckte die Hand nach ihr aus. Als sie seine Berührung spürte, drehte sie sich um.

Ein zufriedenes Blitzen lag in ihren Augen. »Der Duke of Somerville! Bist du also doch in die Oper gekommen«, stellte sie fest. Ein gehässiger Unterton lag in ihrer Stimme, Henry ging allerdings nicht darauf ein, denn sein Blick fiel auf Rebecca, die keine zehn Stufen entfernt von ihnen unten im Foyer stand.

»Deine Freundin sieht ein bisschen blass aus«, merkte er an, während er sie beobachtete. Sie schien sich irgendwie an ihrem Champagnerglas festzuhalten und trank immer wieder mit zittrigen Fingern daraus. Kurz schwankte sie, griff aber schnell zu dem Geländer rechts von ihr und fand ihre Mitte wieder.

»Durchaus«, räumte Sybil nur ein.

»Ist sie betrunken?«

»Du scheinst ja richtiggehend besorgt um sie. Glaubst du, sie verdient deine Aufmerksamkeit überhaupt?«

Wenn sie in deinen Fängen ist, dann wird ihr ein bisschen zusätzliche Aufmerksamkeit von mir vermutlich nicht schaden.

»Und selbst wenn ich besorgt wäre?«

Das war zwar nun ein Geständnis, aber Sybil sollte ruhig wissen, dass er ein Auge auf Rebecca hatte. Das würde sie vielleicht abschrecken, irgendeine Intrige mit ihr – oder gegen sie – zu spinnen.

»Und ich dachte, du seist auf der Suche nach einer Ehefrau statt nach einer weiteren Liebschaft«, stellte Sybil mit einem vielsagenden Glanz in den Augen fest.

Eifersucht war kein Wort, das zu Lady Sybil passte. Dafür war sie viel zu kultiviert, wohlerzogen und weltgewandt. Eine Dame wie die Countess hielt sich nicht mit Kleinigkeiten wie einem verflossenen Liebhaber auf. Sie litt nach einer Trennung einige Tage an einer Migräne, zog sich aus dem öffentlichen Leben zurück, um dann wie ein Phönix aus der Asche mit neuer, elaborierter Garderobe in Erscheinung zu treten und sich in die Veranstaltungen der Beau Monde zu stürzen, als wäre nie etwas gewesen. Das war nach der Trennung von Henry nicht anders gewesen als mit ihren vielen anderen Liebhabern oder Gönnern – oder wie auch immer man die Männer nennen mochte, die sich ständig in der unmittelbaren Umgebung der Countess aufhielten.

Vor mehr als einem Jahr hatten sie ihr Verhältnis beendet, und es war unschön gewesen, für beide. Es hatte Auseinandersetzungen gegeben, in denen sie sich beleidigt und gekränkt hatten, und es war besser gewesen, getrennte Wege zu gehen und für geraume Zeit die Gegenwart des anderen zu meiden.

Einige Wochen lang hatte eisiges Schweigen geherrscht, und dann waren sie höflich, aber distanziert wieder ins Gespräch gekommen, und daran hatte sich bis heute nicht viel geändert. Des Öfteren begegnete Sybil ihm aber mit unverhohlenen Spitzen, ganz besonders, wenn es um seine Liebschaften ging, über die dann und wann eben in den Zeitungen berichtet wurde.

Dennoch hatte nach der Trennung eine Art Waffenstillstand zwischen ihnen geherrscht.

Nur bekam er immer mehr das Gefühl, dass Sybil gar kein Interesse daran hatte, diesen zu halten. Vielmehr beschlich ihn der Verdacht, dass sie sich für ihre Trennung rächen wollte.

Und es war geradezu erstaunlich, wie schnell seine Affären seit seinem beendeten Verhältnis mit Sybil wieder vorbei waren. Mehr als einmal hatte er vermutet, dass sie ihre Finger dabei im Spiel gehabt hatte. Aber er wusste es eben nicht genau, und bisher hatte er sich auch nicht die Mühe gemacht, weiter nachzuforschen. Sowieso hatte er nicht besonders an den Damen gehangen, denen er seine Gunst erwiesen hatte.

Henry verstand wirklich nicht, wieso Sybil nicht endlich all das loslassen und nach vorne schauen konnte. Im Bett hatten sie gut zusammengepasst, doch alles andere war stets anstrengend gewesen, und sie hatten sich andauernd gestritten – im Grunde war ihre Liaison ein beinahe ein Jahr andauernder Streit gewesen.

Sybil war Anfang dreißig, das mochte etwas spät sein, um noch eine Familie zu gründen, aber es war nicht unmöglich. Auf eine Ehe zumindest konnte sie sich auf jeden Fall noch einlassen, und es würde ihr nicht besonders schwerfallen, einige passende Kandidaten zu finden. Sie war der Inbegriff einer vollendeten englischen Lady, zumindest was ihr Aussehen betraf. Blonde Haare, die Haut so hell wie Alabaster, und ihre großen Augen waren graublau wie ein sturmumwölkter Himmel. Sie hatte gute Manieren und war noch dazu reich verwitwet. Aber sie besaß eben auch einen Hang zum Drama und zu Intrigen, und das hatte ihn schon immer gestört.

»Nur weil ich eine Ehefrau suche, heißt das noch lange nicht, dass ich mich anderen Damen gegenüber nicht mehr wie ein Gentleman verhalten kann, meinst du nicht?«

Sybil lachte ihr wohlklingendes Lachen, in dem immer noch etwas anderes mitschwang. Heute war es ein Hauch Herablassung. »Du magst sie«, stellte sie fest.

»Ich bitte dich, Sybil. Sie ist eine Freundin von Eliza, das ist alles.«

»Apropos Eliza, macht es dir nichts aus, sie so lange alleine in eurer Loge zu lassen?«

Wieder schauten sie in Richtung von Rebecca, die inzwischen kreidebleich geworden war, denn ein Gentleman war nun vor sie getreten und sagte etwas zu ihr.

»Und du willst sie nicht besser mit deiner Kutsche nach Hause schicken? Sie sieht nicht so aus, als würde sie noch die gesamte Oper durchstehen«, schlug Henry vor.

Was wollte dieser Mann von Rebecca? Unwillkürlich spannte Henry sich an.

»Ich glaube, sie ist alt genug, um das selbst zu entscheiden«, erwiderte Sybil nonchalant und machte Anstalten, zurück zu ihrer Loge zu laufen.

»Das werden wir ja sehen«, sagte Henry leise und bahnte sich einen Weg nach unten.

29.

Es war ein Fehler gewesen. Ein verdammter Fehler, einfach die neue Korsage anzuziehen, ohne vorher ein Polster hineinzunähen. Sie konnte spüren, wie die unnachgiebigen Verstrebungen über ihre Narben scheuerten und diese entsetzlich juckten. Außerdem drückte die Schärpe immer unangenehmer auf ihren Magen. So sehr, dass ihr davon bereits übel wurde. Ohnehin fühlte sie sich, seit sie die Oper betreten hatte, etwas wackelig auf den Beinen. Vermutlich kam es von dem Schock, plötzlich ihren ehemaligen Liebhaber wiederzusehen. Oder weil sie den ganzen Tag nichts gegessen hatte.

Aber nun half es nichts. Der Champagner würde sie wieder beleben, und sie würde den Abend schon überstehen.

Nicht sie war diejenige, die sich grämen sollte, sondern Peters. Und der Duke ebenfalls.

Sie vermutete, dass er sein Vorhaben, sie in sein Bett zu bekommen, noch nicht aufgegeben hatte, und deshalb hier war. Und im Grunde wartete sie die ganze Zeit darauf, dass er sie ansprach.

Vielleicht sollte sie ihn mit Peters bekannt machen. Er konnte dem Duke erzählen, welche Entstellungen unter ihren teuren Kleidern lauerten. Vermutlich wäre Somerville dann schneller weg, als sie bis drei zählen konnte.

Ein bitteres Lächeln machte sich auf Rebeccas Gesicht breit.

Die Vorstellung war unsinnig, natürlich würde sie das nicht tun, aber irgendwie befriedigte es sie gerade, ein wenig in ihrem Selbstmitleid zu baden.

»Rebecca.«

Sie sah auf und hätte beinahe ihr halb volles Glas fallen gelassen, denn Peters stand direkt vor ihr. War er ihr etwa nachgelaufen?

»Das ist ja eine Überraschung, dich nach so langer Zeit wiederzusehen«, stellte er fest. Arglos und freundlich, als wäre nie etwas zwischen ihnen passiert.

»Wenn ich mich recht erinnere, hast du unser letztes Zusammentreffen ja unterbunden, indem du mich wie eine Persona non grata vor deiner verschlossenen Tür hast stehen lassen.«

»Nachdem du mich wie eine Furie aus deinem Schlafzimmer geworfen hattest. Das hättest du dir nicht erlauben dürfen, in deinem ...« Er kam ins Stocken.

»Ja? In meinem was? Sprich ruhig weiter, Leonard. Hab wenigstens den Mut, mir deine Beleidigungen direkt ins Gesicht zu sagen, statt dich mit deiner Ehefrau über mich lustig zu machen!«

Seine Augenbrauen zuckten, und Rebecca spürte ein unangenehmes Kribbeln, das sich von den Zehen und Fingerspitzen ganz allmählich in ihrem Körper ausbreitete. Die Überraschung in seinem Gesicht schlug schnell in ein herablassendes, dünnes Lächeln um. Und Verachtung, es war eiskalte Verachtung, die aus seinen Augen sprach.

»Ich wusste schon, warum ich dich meide. Mit deiner Verbitterung kann man dich ja unmöglich ernst nehmen.

Außerdem bist du mir damals hinterhergelaufen wie eine liebestolle …«

»Noch ein Wort, Leonard, und ich vergesse mich«, brachte sie ihn zum Schweigen. Das Kribbeln griff nun auf ihre Arme und Beine über, und Rebecca versuchte immer verkrampfter, sich am Geländer festzuhalten, um einen sicheren Stand zu haben.

Wie durch einen Nebel hindurch registrierte sie, dass plötzlich auch Somerville neben ihr stand.

»Mrs. Seagrave«, sagte er. Sie sah zu ihm auf und blinzelte, denn sie hatte den Eindruck, nicht mehr klarsehen zu können.

Aber selbst sie merkte, dass statt des strahlenden Lächelns, das sein Gesicht für gewöhnlich erhellte, ein besorgter Ausdruck darauf lag.

»Störe ich wohl Ihre Unterhaltung mit …«

»Mr. Leonard Peters. Keinesfalls stören Sie, Euer Gnaden. Mrs. Seagrave und ich sind alte Bekannte aus Bath«, sagte er. »Aber keine besonders guten«, konnte er es offenbar nicht lassen, noch hinterherzuschießen.

Und allmählich dämmerte Rebecca, wie unmöglich die Situation eigentlich gerade war.

Auf der einen Seite stand ihr ehemaliger Liebhaber, der sie für eine menschgewordene Abscheulichkeit hielt, auf der anderen ein Duke, der versuchte, sie für ein Grundstück in sein Bett zu bekommen.

Es war geradezu absurd.

Als wären sie in einer dieser lasterhaften, altmodischen Komödien von Ben Jonson, in der sich die Figuren in

Zügellosigkeit und fehlender Moral gegenseitig den Rang abliefen.

»Einen angenehmen Abend wünsche ich noch.« Peters nickte, ging davon, und ein Rauschen setzte in Rebeccas Ohren ein, als sie seine Silhouette zwischen den anderen Gästen verschwinden sah.

Sie schlug die Augen nieder und versuchte, tiefer einzuatmen, denn das Schwindelgefühl in ihrem Kopf wurde immer stärker.

Als sie einen weiteren Schluck aus ihrem Glas nahm, erkannte sie, dass ihre Hand beinahe unkontrolliert zitterte.

Beruhige dich.

»Sie sind jetzt eine Freundin der Countess?«, hörte sie Somervilles Stimme wie aus der Ferne.

Rebecca schüttelte leicht den Kopf und konnte damit auch die grauen Flecken vertreiben, die plötzlich vor ihren Augen tanzten. Sie schluckte. »Macht Ihnen das Angst?«, konterte sie und erschrak sich selbst davor, wie dünn ihre Stimme klang.

»Mir? Sicher nicht. Aber vielleicht sollten Sie noch einmal über die Wahl Ihrer Freunde nachdenken.«

»Ich weiß sehr gut, was ich tue«, erwiderte sie und rieb sich mit den behandschuhten Fingern über die Augen, denn schon wieder blitzten Flecken in ihr Sichtfeld, und sie hatte das Gefühl, dass sie ihre Beine nicht mehr spürte. Außerdem krampfte sich ihre Hand um das Geländer, und auch wenn sie ihr Bestes gab, sich nichts anmerken zu lassen, sah der Duke es trotzdem.

»Sie haben Schmerzen, Mrs. Seagrave.«

»Blödsinn.«

»Schauen Sie mich an.« Er fasste sie am Kinn und hob es hoch, und sein Blick tastete über ihr Gesicht.

Rebecca spürte die Schweißperlen auf ihrer Stirn und wie einige davon in Streifen an ihren Schläfen nach unten liefen.

»Ich sehe es Ihnen doch an, es geht Ihnen nicht gut. Sie fahren jetzt sofort nach Hause.« Er griff nach ihrer eiskalten, klammen Hand.

»Lassen Sie mich. Es geht mir gut.« Sie entzog sich ihm, machte einen unsicheren Schritt die Treppen hinauf, das Rauschen in den Ohren wurde immer lauter und ihr Sichtfeld immer schmaler. Sie sah nur noch den roten, von vielen Sohlen verschmutzten Teppich auf den Treppen.

Du musst dich sofort setzen. Nur ganz kurz.

Eine Treppe schaffte sie noch und spürte selbst, dass sie schwankte. Dann noch eine. Nur kurz setzen, dann wäre wieder alles gut.

»Rebecca. Es ist mein voller Ernst. Sie haben Schmerzen, und Sie müssen nach Hause«, dröhnte eine Stimme hinter ihr, seltsam verzerrt.

»Das werde ich ganz sicher …« Sie machte einen weiteren, unsicheren Schritt, ihre Beine gaben unter ihr nach, Rufe hallten in ihren Ohren, irgendjemand schlang seinen Arm um sie, und dann versank sie in dem Rauschen und der Schwärze, die sie plötzlich umgaben.

30.

Männerstimmen, es waren eindeutig Männerstimmen, die Rebecca hörte, leise und entfernt. Sie versuchte, die Worte zu verknüpfen und die Sätze, die gesprochen wurden, zu verstehen, schaffte es jedoch nicht.

Als Rebecca mit flatternden Lidern die Augen aufschlug, wanderte ihr Blick zunächst orientierungslos in dem Raum umher, in dem sie sich befand. Ein riesiges Himmelbett mit dunklen, verschnörkelten Holzpfeilern, weinrote Samtvorhänge, das leise Knistern und der sanfte Schein eines flackernden Feuers.

Wie ein Schlag kam die Erinnerung zurück.

Die Oper, sie war ohnmächtig geworden, und sie war …

Mit einem Ruck setzte sie sich auf.

In einer Ecke auf einem gepolsterten Sessel, die Arme lässig auf den Lehnen abgelegt, saß Somerville und beobachtete sie. Im Halbdunkel des Raumes konnte sie sein Gesicht nicht genau erkennen, aber ihr war klar, dass er sie fixierte. Instinktiv sah Rebecca an sich herunter, erkannte entsetzt, dass sie lediglich ihr Unterkleid trug, und zog sich sofort die Bettdecke bis unter das Kinn.

»Wo bin ich?«, fragte sie mit brüchiger Stimme, räusperte sich und fragte erneut, bestimmter diesmal: »Und was tun Sie hier?« Das klang schon besser.

Somerville saß neben dem leise prasselnden Feuer, und eingekringelt zwischen seinen Füßen lag sein Hund, der nun neugierig in Rebeccas Richtung schnupperte.

»Ich sitze in meinem Schlafzimmer«, erwiderte er trocken, und Rebecca hielt die Luft an.

»In Ihrem Schlaf …« Ihr Blick schweifte im Raum umher auf der Suche nach einem Anhaltspunkt, was geschehen war. »O Gott …«, entfuhr es ihr, und einen irren Moment lang suchte sie sogar nach den Zeichen einer Liebesnacht. Achtlos fallen gelassene Kleidungsstücke, leer getrunkene Weingläser, zerknüllte Bettlaken …

Aber sie konnte nichts entdecken, außer einem braunen Fläschchen mit irgendeiner Tinktur und einem silbernen Löffel auf dem Nachtschränkchen neben ihr. Ihre Kleider und ihre Korsage waren feinsäuberlich auf einen Stuhl neben dem Bett drapiert.

»Keine Sorge – hier ist nichts Unsittliches passiert.«

Rebecca atmete hörbar aus.

»Ich habe einen Arzt gerufen, der Sie eingehend untersucht hat. Dabei war ich übrigens *nicht* im Raum und habe folglich auch nicht mitbekommen, wie er und eines unserer Dienstmädchen Sie entkleidet haben. Ich habe Doktor North davon abgehalten, Sie zur Ader zu lassen. Er sagte, es sei nur ein Schwächeanfall gewesen und Sie sollten ein wenig mehr auf sich achten. Ruhe, Schlaf, regelmäßige Mahlzeiten … damit haben Sie es wohl nicht so?«, erkundigte er sich, beugte sich nach vorne und kraulte, ohne hinzusehen, seinen Hund hinter den Ohren.

»Und sonst hat er nichts gesagt?«, hakte Rebecca nach und spürte, wie ihr der Puls panisch in den Schläfen hämmerte.

Hatte dieser Arzt ihre Narben entdeckt? Das musste er

ja, sie trug schließlich bloß ihr Unterkleid. Und hatte er dem Duke davon erzählt?

»Er hat Ihnen ein paar Tage Ruhe verordnet und Ihnen diese Tinktur zur Kräftigung dagelassen.« Er nickte in Richtung des Nachtschränkchens. »Das ist alles.« Einige Atemzüge wartete er, und als Rebecca ihn immer noch völlig entgeistert anstarrte, fragte er: »Was … hätte er denn sonst noch sagen sollen?«

»Nichts. Gar nichts«, antwortete Rebecca schnell. Verdächtig schnell, und jetzt erkannte sie auch die gerunzelte Stirn des Dukes, der wohl allmählich anfing, sich zu wundern. »Was ist denn passiert?«, fragte sie deshalb und wollte aufstehen, bemerkte aber, dass sich ihre Beine bleischwer anfühlten, und ließ sich zurück in die weichen Daunenkissen sinken.

»Sie erinnern sich also wirklich nicht?«

Als Rebecca lediglich den Kopf schüttelte, fuhr er fort: »Sie sind auf der Treppe in der Oper in Ohnmacht gefallen. Direkt mir in die Arme.« Er grinste breit.

Rebecca zog feindselig die Brauen zusammen. »Also haben Sie …«

»Vorsorglich habe ich Sie in mein Palais gebracht.«

»In Ihr Schlafzimmer«, kommentierte sie säuerlich.

Eigentlich war sie ihm dankbar, dass er sie sofort aus der Oper gebracht hatte, bevor ihr Schwächeanfall Aufsehen erregen hätte können. Schon geraume Zeit war ihr so etwas nicht passiert. Als sie jünger war, hatte sie oft damit zu kämpfen gehabt, aber war bereits seit Jahren davon verschont geblieben.

Und genau jetzt, wo sie sich selbst und allen anderen beweisen wollte, dass sie das harte Pflaster der Politik beschreiten wollte, fiel sie in Ohnmacht, wie eine dieser zart besaiteten, schwächlichen Heldinnen aus Samuel Richardsons Briefromanen.

Zu allem Überfluss ausgerechnet vor dem Duke. Als wollte ihr Körper ihm beweisen, dass er mit seinen kruden Behauptungen, sie wäre nicht stark genug für das politische Geschäft, auch noch recht hatte.

Und dann hatte er sie gerettet, wie ein echter Gentleman.

In sein verdammtes Schlafzimmer.

Von wegen Gentleman … Misstrauisch beäugte sie das geschmackvolle Interieur des Raumes, das ganz und gar in dunklem, auf Hochglanz poliertem Holz gehalten war. Wenn Rebecca sich nicht so fühlen würde, als wäre sie gerade die gesamte Themse einmal auf und ab gerudert, würde sie umgehend aufstehen und gehen. Nur gerade im Moment ging das einfach nicht.

»Bleiben Sie ruhig liegen.« Er erhob sich. »Schlafen Sie noch eine Stunde, dann werde ich wieder nach Ihnen sehen.«

Er hätte auch einfach eine seiner Bediensteten damit betrauen können. Oder seine Schwestern, die doch sicherlich auch im Palais anwesend waren. Aber nach einer Stunde – es war kurz nach zehn Uhr abends – klopfte es leise, und er streckte den Kopf zur Tür herein.

»Wie fühlen Sie sich?«

»Besser«, bestätigte Rebecca, und das stimmte wirklich.

»Sie müssen furchtbar hungrig sein«, stellte er fest und hielt inne, als müsse er nachdenken.

»Ein wenig, vielleicht?« Ihm zu verraten, dass ihr Magen gerade eben schon geknurrt hatte, weil sie so unglaublich hungrig war, wäre wohl zu unkultiviert.

»Fühlen Sie sich in der Lage, einige Schritte zu Fuß zu laufen?«

Als Rebecca verhalten nickte, sagte er, einen freudigen Glanz in den Augen: »Dann ziehen Sie sich rasch an und kommen Sie nach unten. Sie bekommen noch einen warmen Mantel von mir. Wir machen einen kleinen Ausflug.«

Stille entspann sich während der Kutschfahrt. Es schaukelte und schwankte, und die nächtlichen Geräusche der Stadt drangen gedämpft zu ihnen ins Innere. Das war etwas, was Rebecca wirklich verwunderte, denn ganz anders als Bath schien London nie zu schlafen. Sicherlich galt das nicht für jeden Stadtteil, aber hier, in unmittelbarer Nähe der Themse, stand das Leben selbst nachts nicht still.

Auf die Frage, wohin sie denn fuhren, hatte Somerville lediglich mit *an die Themse* geantwortet. Nun saß er ihr gegenüber und schwieg, aber immer wieder warfen sie sich verstohlene Blicke zu. Er trug einen Dreispitz und sehr unauffällige Kleidung, einen groben Wollgehrock und ein Leinenhemd, und auch seine dunkelblaue Hose war einfach geschnitten. Er hatte sie trotzdem extra für sich anfertigen lassen, denn alles passte ihm wie angegossen. Und, so musste Rebecca eingestehen, die simple Kleidung stand ihm hervorragend.

»Ich muss unbedingt Lady Cavan Bescheid geben, sie wird sich bestimmt fragen, wo ich plötzlich hinverschwunden bin«, sagte Rebecca in die Stille hinein.

»Einer meiner Butler hat Eliza und Lady Cavan unterrichtet, dass Sie sich unwohl gefühlt und die Oper verlassen haben.«

Er hatte wirklich an alles gedacht. Kein Wunder, wenn er stets eine halbe Armee an Bediensteten um sich hatte, die den ganzen Tag nichts anderes taten, als die Wünsche des Dukes und seiner Familie zu erfüllen.

»Wussten Sie eigentlich, dass Sie im Schlaf reden?«, fragte Somerville dann unvermittelt.

»Ich glaube Ihnen kein Wort.«

Sicherlich wollte er sie veräppeln. Noch nie hatte ihr jemand gesagt, dass sie im Schlaf redete. Selbst ihr Ehemann Robert hatte das nie erwähnt.

Somerville hielt die Vorhänge ein wenig von der Fensterscheibe weg und sah nach draußen. Seine Miene war dabei so nüchtern, dass sie allmählich der Verdacht beschlich, er sprach tatsächlich die Wahrheit.

»Robert hieß Ihr Ehemann, nicht wahr?«, erkundigte er sich dann, und Rebecca hielt die Luft an.

»Was habe ich gesagt?«, wollte sie wissen.

Somerville zuckte nur mit den Achseln, aber jetzt zogen sich seine Mundwinkel leicht nach oben, und Rebecca hatte wirklich das Gefühl, als bemühte er sich, nicht zu lachen.

»Was habe ich gesagt?«, wiederholte sie und versuchte dabei bedrohlich zu klingen, obwohl ihr die ganze Situation furchtbar peinlich war. Und vor allem ärgerte sie sich, dass Somerville anscheinend etwas wusste, mit dem er sie nun aufziehen konnte.

»Mal sehen, was der Abend noch so bringt. Vielleicht erzähle ich es Ihnen später.«

»Bis Sie mir nicht verraten haben, was ich angeblich von mir gegeben habe, glaube ich Ihnen ohnehin kein Wort«, erklärte Rebecca eingeschnappt. Einfach nur, um das letzte Wort zu haben.

Als die Kutsche stehen blieb, stieg der Duke beschwingt aus und hielt Rebecca die Tür auf. »Kommen Sie, den Rest gehen wir zu Fuß«, erklärte er. »Es sei denn, Sie fühlen sich außerstande …«

»Natürlich gehen wir.« Rebecca kletterte hinter dem Duke aus der Kutsche. Als sie den ersten Fuß auf den Boden setzte, landete sie in einer Pfütze, was ihr die feinen Satinschuhe, die sie für die Oper angezogen hatte, vermutlich niemals verzeihen würden. Und ihr Dienstmädchen Marissa, die versuchen musste, die Schuhe wieder zu säubern, ebenfalls nicht.

Probehalber machte sie ein oder zwei Schritte. Zwar fühlte sie sich tatsächlich noch ein wenig wackelig auf den Beinen, aber sie spürte, dass ihr Körper sie nicht wieder im Stich lassen würde. Außerdem war sie wirklich hungrig.

»In den Legal Quays ist es nicht so besonders ratsam, hochherrschaftlich vorzufahren, wenn Sie verstehen …«, erklärte der Duke.

»Und Sie kommen öfter hierher?« Zweifelnd sah Rebecca sich um. In ihrem Rücken war eine Reihe an

Wohn- und Lagerhäusern, die meisten davon aus rotem Ziegel, in denen bereits nächtliche Ruhe eingekehrt war. Vor ihnen erstreckte sich eine Ansammlung an Baracken und Bootsschuppen, die noch beleuchtet waren. Aus vielen Schornsteinen stieg Rauch auf, und der Geruch von gebratenem Fleisch und einigen anderen, sehr viel weniger angenehmen Dingen kitzelte Rebecca in die Nase.

Sie hörten Rufe und Lachen, irgendwo spielte jemand eine Melodie auf der Flöte, und zwischen den Holzhütten glitzerte das Wasser der Themse im Mondschein. Trotz der späten Stunde schrie ein Pärchen von Möwen über ihren Köpfen, und noch immer wurden auf einigen der Schiffe, die in Ufernähe ankerten, im Schein von Laternen Waren verladen. Sie befanden sich noch vor dem Tower of London, aber bereits ein gutes Stück entfernt vom noblen West End. Hinter ihnen, weiter westlich, ragte die dunkle Kuppel der St. Paul's Cathedral in den Nachthimmel.

Der Handel, den das Königreich betrieb, hatte sich die letzten Jahrzehnte so stark gesteigert, dass die Themse überfüllt war mit Schiffen, die gar nicht an den wenigen Kaianlagen landen konnten, sondern über kleine Beiboote ent- und beladen wurden. Selbst in der Dunkelheit konnte Rebecca noch das Gewirr an Schiffsmasten ausmachen, das sich über den Fluss erstreckte. Ein buntes Publikum an Schiffern, Händlern, Freudenmädchen und anderen, sehr viel zwielichtigeren Gesellen tummelte sich hier.

Umso mehr fragte sich Rebecca, was der Duke hier eigentlich wollte.

»Hin und wieder einmal statte ich den Legal Quays einen Besuch ab. Immer wenn mir nach anderer Gesellschaft ist.«

Das konnte nun alles oder nichts heißen, fand Rebecca.

»Deshalb auch Ihre etwas unauffälligere Kleidung«, stellte sie fest.

»Ja, das auch. Aber man kennt mich bereits. Außerdem habe ich immer einen recht beeindruckenden Begleiter dabei, wenn ich mich hierherbegebe.« Mit dem Daumen deutete er über die Schulter, und erst jetzt erkannte Rebecca den hochgewachsenen, breitschultrigen Mann, der sich einige Schritte hinter ihnen hielt. Er musste auf dem Kutschbock mitgefahren sein.

Sie bogen in eine Gasse ein, und ein ganz ungewohnter würziger Geruch schlug ihnen entgegen.

»Wo sind wir hier?«

»Einige Laskaren aus Indien haben hier ihre Essensbuden eröffnet. Für die Schiffer, die die Waren auf ihren kleinen Booten von und zu den großen Seglern bringen, und natürlich auch für die Matrosen, die hier warten müssen«, erklärte er.

Daher auch der Duft nach … Rebecca konnte gar nicht sagen, was es war, aber das Wasser lief ihr bereits im Mund zusammen.

Sie betraten eine nicht besonders große, aber saubere Holzhütte. Feuchtwarme, nach Essen und Gewürzen duftende Luft schlug ihnen entgegen, als sie in die heimelige Helligkeit eintraten.

»Euer Gnaden«, begrüßte sie ein kleiner, schmaler Mann mit dunkler Hautfarbe und kurz geschnittenem rabenschwarzem Haar hinter seinem Tresen, warf sein Geschirrtuch achtlos zur Seite und kam zu ihnen.

»Darf ich vorstellen – das ist Mrs. Seagrave aus Bath.«

»Hocherfreut, Madame.« Der Mann machte einen angedeuteten Kratzfuß und nahm sogar ihre Hand, um einen Kuss daraufzuhauchen, verzog sich dann aber recht schnell wieder in einen Nebenraum, offenbar die Küche, in der es in zwei verschiedenen Töpfen brodelte und zischte. Er hatte mit einem ungewohnten weichen Einschlag gesprochen, dann und wann hatte Rebecca ihn schon bei Matrosen aus Indien gehört. Rebecca nickte ihm freundlich zu und lächelte, als der Mann einladend zu einem der großen Weinfässer deutete, die aufrecht standen und eine Platte darauf festgenagelt hatten. Es handelte sich hierbei wohl um die Tische für die Gäste.

»Darf ich fragen, woher Sie sich kennen?«, wollte Rebecca wissen.

»Als ich bei der Marine war …«

»Sie waren bei der Marine?«, unterbrach sie ihn. Das sah ihm gar nicht ähnlich. Ziemlich sicher war er einer jener Adelssöhne, die sich direkt auf eine höhere Position eingekauft und ihre wohlige Kajüte kaum jemals verlassen hatten, um am harten Bordleben teilzunehmen.

»Zwei Jahre lang, ja. Das ist nun aber schon fast zehn Jahre her. Jedenfalls habe ich Ajeet damals kennengelernt. So ein Schiff ist kleiner, als man denkt, und vor allem, wenn es stürmt, kommt man sich näher, als man es sich vorstellen kann. Er war ein Schiffbrüchiger eines Seglers der East India Company, und wir haben ihn aus den Wellen gefischt, als der Segler direkt vor unserer Nase gesunken war.«

»Das klingt ja furchtbar.«

»War es auch. Ajeet und ich haben uns auf der Überfahrt nach London angefreundet. Und dann und wann statte ich ihm heute noch einen Besuch ab.« Gerade kam er wieder zu ihnen, drosch dem Duke auf die Schulter, als wäre er irgendein Kumpel, und fragte: »Zweimal das Übliche?«

Er nickte, und als Rebecca nichts sagte, meinte der Duke: »Sie sind sicherlich verwundert. Abgeschreckt, nicht wahr? Der Duke und seine liederlichen Eigenheiten. Er besucht sogar seine unmöglichen Freunde in Hafenbaracken …«

»Kokettieren Sie nicht so sehr, Somerville. Sie wollen mir beweisen, dass Sie nicht der Mann sind, für den ich Sie – meines Erachtens völlig zurecht – halte, und versuchen mich jetzt mit Ihrer Weltoffenheit zu beeindrucken«, erklärte Rebecca geradeheraus. Der ganze Ausflug hierher war wirklich durchschaubar, auch wenn sie sich eingestehen musste, dass sie das kleine Abenteuer ziemlich genoss.

»Und wenn es so wäre?«

»Ich frage mich, ob Sie die vielen anderen Damen, die Sie herumkriegen wollen, auch in solche Lokale bringen?«

»Nein, für gewöhnlich nicht. Aber für gewöhnlich muss ich Damen auch nicht erst mit einem Grundstück bestechen, damit sie eine Nacht mit mir verbringen.« Er zwinkerte ihr zu, was Rebecca mit einem verdrossen hochgezogenen Mundwinkel quittierte.

»Glauben Sie mir, Sie werden es auch nie wieder tun, denn die Erfolgsaussichten Ihrer Unternehmung sind äußerst gering. Ich werde Ihr Angebot ohnehin nicht annehmen.«

»Schade, wo Sie mir in dieser Hinsicht doch schon einiges voraushaben.« Das hatte so arglos geklungen, dass sich irgendetwas dahinter versteckte.

»Wie meinen Sie das?«, erkundigte Rebecca sich deshalb.

»Sie haben mich ja schon einmal kaum bekleidet gesehen, oder nicht? Und dann haben Sie mir sogar meine Kleider entwendet. Meinen Lieblingsgehrock, im Übrigen. Ich hoffe sehr, ich bekomme ihn wieder.«

Rebecca wurde warm. »Ihre Schwester hat es Ihnen verraten«, stellte sie fest.

Er nickte und lachte, herzhaft und offen, und um seine Augenwinkel bildeten sich Fältchen. Seine weißen Zähne waren nicht vollkommen gerade, aber auf seine ganz eigene Art sah dieser Mann perfekt aus. Wirklich perfekt. Und im sanften Licht der Talgkerzen erschien ihr sein Lächeln beinahe magisch. Rebeccas Herz machte bei dem Anblick einen Satz. Wie eigentlich immer, wenn er lächelte.

»Ich habe mich noch gar nicht bei Ihnen bedankt, dass Sie mir in der Oper geholfen haben«, sagte Rebecca schnell, um von dem Thema abzulenken. »Ich befürchte ja offen gestanden, Lady Cavan hätte mich einfach auf der Treppe liegen gelassen.«

»Sie hätte Ihnen geholfen. Aber sicherlich erst, nachdem einige ihrer Journalistenfreunde das ganze Malheur mitbekommen und sie sich schließlich als Retterin hätte profilieren können. Sie versorgt einige Journalisten gern mit Geschichten, und im Gegenzug wird sie in den Society-Berichten meist recht milde behandelt.«

Eigentlich sollte Rebecca von der Kaltschnäuzigkeit der Countess nicht überrascht sein. Alleine die Tatsache, dass sie eine Intrige gegen einen ehemaligen Liebhaber spann, sprach doch für sich. Allerdings hätte sie nicht damit gerechnet, dass Lady Cavan aus der Schwäche einer Verbündeten zuerst einen Nutzen ziehen würde, ehe sie half.

Dumm von ihr. Und naiv. Ihr hätte klar sein müssen, dass Lady Cavan trotz der Einladung in die Oper noch lange keine Freundin und auch niemand war, dem man vertrauen konnte. In Zukunft würde sie mehr auf der Hut sein.

»Dafür konnten Sie ja als wahrer Gentleman glänzen«, witzelte sie, wurde dann aber gleich wieder ernst. Und ohne darüber nachzudenken, sprach sie weiter und berührte ihn dabei mit der Hand am Unterarm. »Ich meine es ernst, Euer Gnaden. Danke, dass Sie mir so schnell geholfen und mir sogar einen Arzt gerufen haben.« Sein Blick wanderte zu ihrer Hand. Inzwischen hatte sie ihre feinen Satinhandschuhe ausgezogen und konnte den rauen Stoff seines Gehrocks unter den Fingern spüren.

Ein leichter Bartschatten lag auf seinen Wangen und seinem Kinn, und seine kräftigen blonden Locken standen ihm etwas widerspenstig vom Kopf ab, bemerkte Rebecca. Sie waren gerade so lang, dass er sie hinters Ohr streifen konnte. Auf seinem markanten Kiefer zeichneten sich die

Muskeln ab, als er plötzlich die Zähne zusammenbiss, während er wie gebannt auf ihre Hand starrte.

Und unvermittelt flammte es wieder in ihr auf, dieses ziehende Verlangen und der Wunsch, ihn erneut zu küssen, obwohl sie sich geschworen hatte, dass es nicht noch einmal passieren würde. Sie erinnerte sich daran, wie es sich angefühlt hatte, seine Zunge auf ihrer Haut zu spüren, wie seine Hände erst ihre Hüften umfasst und dann sanft und federleicht über ihre nackten Pobacken gestreichelt hatten, und alleine bei dem Gedanken daran bekam sie eine Gänsehaut.

Rebecca atmete tief ein, und als Somerville wieder aufsah, war sein Blick ganz eindringlich und intensiv geworden.

Ein Räuspern erklang hinter ihnen. Ajeet war mit zwei Schüsseln voll dampfender Suppe zurückgekehrt, was Somerville mit Begeisterung quittierte. Beinahe kam es Rebecca so vor, als wolle er diese seltsame Nähe überspielen, die gerade schon wieder zwischen ihnen geherrscht hatte. Mit einer Geste lud er Rebecca ein, dass sie nun essen konnten, und fing selbst an. Erst nach dem zweiten oder dritten Löffel bemerkte er, dass Rebecca ihre Suppe nicht anrührte.

»Was ist? Ich dachte, Sie sind hungrig?«

»Was ist das eigentlich, das wir hier vorgesetzt bekommen?«, fragte Rebecca misstrauisch. Sie stellte sich wirklich nicht an, was das Essen anging, außer womöglich, wenn es sich um Innereien handelte. Aber dieses exotische Gericht weckte dennoch ihren Argwohn.

»Mulligatawny-Suppe«, erwiderte Somerville, als wäre es das Selbstverständlichste der Welt.

»Klingt kompliziert.«

»Und schmeckt himmlisch. Sie mögen doch scharf gewürzte Speisen?«

Rebecca zuckte die Schultern. Außer mit Pfeffer hatte sie kaum Erfahrung damit gemacht. Zwar war Curry, ein Gewürz, das berühmt war für die indischen Kolonien, und nach dem die Suppe so stark duftete, Rebecca durchaus bekannt. Ein Gericht, das damit verfeinert war, hatte sie allerdings noch nie gegessen. Ajeet kehrte mit einem kleinen Körbchen zurück, in dem duftendes weißes Fladenbrot mit geschmolzener Butter darauf lag.

»Kommen Sie schon, probieren Sie«, drängte Somerville und hielt ihr den Brotkorb hin.

Ein amüsiertes Funkeln war in seine Augen getreten, was Rebecca ziemlich verdächtig fand. Zögerlich griff sie nach dem Brot, riss ein Stück davon ab und tauchte es in die Suppe. Als sie es sich in den Mund schob und einen Rest Suppe von ihrer Fingerkuppe leckte, folgte Somervilles Blick ihr bei jeder Bewegung. Sie erkannte noch das Lodern in seinen Augen, und dass er schwer schluckte, aber das spielte gerade keine Rolle.

Die Suppe war wie eine Geschmacksexplosion auf ihrer Zunge, eine fruchtige Süße, die sich mit einem sahnigen Geschmack und einer kräftigen Currynote verband und im Abgang ein leichtes Brennen in Rebeccas Mund hinterließ.

Sie konnte sich nicht erinnern, jemals etwas so Köstliches gegessen zu haben.

»Und?«, fragte Somerville.

»Es schmeckt fantastisch«, erwiderte Rebecca und tauchte ihren Löffel in die Suppe. Sie aßen in schweigender Eintracht, bestellten noch einmal von dem verführerisch duftenden Fladenbrot nach, und Rebecca bekam von dem Essen ein ganz warmes, wohliges Gefühl im Bauch.

»Sie legen sich ordentlich ins Zeug«, musste sie zugeben, als sie die Teller bis auf den letzten Tropfen leer gelöffelt hatten.

»Darf ich ganz ehrlich sein?«, bekannte der Duke. »Ich war einfach furchtbar hungrig und schon seit einem Weilchen nicht mehr bei Ajeet gewesen. Und so wie ich Sie einschätze, wären Sie einem kleinen Abenteuer in das andere London abseits von Mayfair und dem Westend nicht abgeneigt. Ich glaube, damit lag ich richtig.«

»Somerville, der Menschenkenner«, entgegnete Rebecca schalkhaft, fuhr dann aber fort: »Es ist selten, dass ein Mann Ihres Rangs so wenige Vorurteile hat. Immerhin stammt Ajeet aus Indien. Allein deshalb würden viele Engländer ihn gering schätzen.«

»Ja? Glauben Sie, ein Mann meines Rangs urteilt mehr als einer, der unter weniger privilegierten Verhältnissen groß geworden ist?«

»Meinen Sie nicht?«

»Ich habe meinen Vater damals verflucht, als er mich zur Royal Navy schickte. Aber in den zwei Jahren, die ich zur See gefahren bin, habe ich einige entfernte Flecken des Empires kennengelernt, die man sonst nur aus Büchern und von exotischen Malereien kennt. Ich bin mit mir völlig fremden Menschen in Kontakt gekommen, wie Ajeet zum Beispiel. Das war zwar sicherlich nicht die Absicht meines Vaters, dem es eher um Prestige und Disziplin ging, aber diese Zeit hat mich vor allem eines gelehrt: nicht sofort zu urteilen über etwas, was ich nicht kenne. Deshalb glaube ich auch, es gibt keinen Unterschied zwischen einem Bauern aus Yorkshire oder einem Duke aus Somerset. Das Unbekannte ist für jeden zunächst eine Bedrohung, bis man es eben kennenlernt.«

»Weise gesprochen«, sagte Rebecca. Das hatte flapsig geklungen, weil sie dem Duke schon aus Prinzip nicht zustimmen wollte. Heimlich für sich tat sie es aber dennoch. Konnte es sein, dass sich tief hinter seiner Fassade aus Luxus und Vergnügungssucht am Ende sogar ein guter Mensch versteckte?

»Natürlich ist es das«, erwiderte er mit der gewohnten Arroganz. »Genauso wie mein Angebot, im Übrigen. Um dieses Thema haben wir uns bisher ja erfolgreich herumlaviert. Offen gestanden verstehe ich nicht ganz, wieso Sie sich so sehr dagegen wehren.«

Es war nur eine Frage der Zeit gewesen, bis er es wieder anspricht. Nicht einmal ihre Ohrfeige schien ihn davon abgebracht zu haben.

»Weil es eine Anmaßung ist«, stellte sie ohne Umschweife fest. Denn genauso war es ja auch. Darüber zu reden machte es nicht weniger dreist und respektlos ihr gegenüber.

»Die Sache ist: Wenn Sie meine Gegenwart so unerträglich finden, wie Sie es mir die ganze Zeit weiszumachen versuchen, warum sind Sie dann hier und haben nicht darauf bestanden, mit meiner Kutsche sofort nach Hause zu fahren?«

Ein berechtigter Einwand, fand Rebecca. »Vielleicht ist mir daran gelegen, meinen Gegner etwas näher kennenzulernen?«

»Sie sehen mich also immer noch als Ihren Gegner.« Er klang fast ein wenig beleidigt.

»Worauf sonst würde Ihr Angebot denn schließen lassen?«

Aber statt einer Antwort stützte er sich mit den Ellenbogen schwer auf die Tischplatte, lehnte sich etwas in ihre Richtung und sah ihr in die Augen. Ein belustigtes Funkeln lag darin.

»Kaum sind Sie wach, haben Sie schon wieder Haare auf den Zähnen«, zog er sie auf. »Außerdem merke ich genau, was Sie tun. Sie plaudern so freundlich mit mir, aber eigentlich versuchen Sie doch, meine Schwachstellen herauszufinden.«

»Oh, die kenne ich schon«, antwortete sie leichthin.

»Jetzt machen Sie mich aber neugierig.«

Sie sah auf ihre verschränkten Finger hinunter und überlegte. Sie hatte nicht vor, den Duke zu beleidigen, deshalb musste sie ihre Worte mit Bedacht wählen. »Vieles von dem, was Sie tun, machen Sie bloß aus Prinzip und nicht, weil sie wirklich überzeugt davon sind«, erklärte sie dann, hob den Blick und sah ihm in die Augen.

Statt einer Antwort zog er nur leicht die Brauen hoch.

»Die Politik ist Ihnen nicht so egal, wie Sie es mir und allen anderen ständig weiszumachen versuchen. Weil die

Menschen Ihnen nicht egal sind. Sonst wären Sie nicht mit Ajeet befreundet oder würden sich Gedanken machen, wie es Ihrer Schwester mit den Heiratsabsichten Ihrer Mutter geht. Schauen Sie mich nicht so entsetzt an, ich bin ebenfalls ziemlich überrascht über diese Erkenntnis, glauben Sie mir. Ich hätte Ihnen das vor einigen Tagen nämlich selbst nicht zugetraut.«

»Wie schmeichelhaft …«

»Und noch etwas habe ich über Sie gelernt«, fuhr sie fort, und eine Stimme irgendwo in ihrem Kopf warnte sie, dass sie im Begriff war, sich zu weit aus dem Fenster zu lehnen. Sie sagte es trotzdem: »Manchmal sind Sie einsam.«

Er war ganz still geworden, sein Blick bohrend, und Rebecca musste ein- oder zweimal schlucken, ehe sie es schaffte, weiterzusprechen. Zumindest musste sie ihre Behauptung jetzt untermauern, oder nicht?

»Sie haben einen Hund, irgendeine abenteuerliche Mischung, der Sie überallhin mit begleitet.«

»Und das ist in Ihren Augen ein Indiz für Einsamkeit?«

Sie nickte. »Ich persönlich finde das ja äußerst sympathisch, aber Sie würden ihn nicht zu Ihrem stetigen Begleiter machen, wenn Sie nicht irgendwie einsam wären. Außerdem Ihre vielen, vielen Abenteuer mit gewissen Damen …«

»Das ist ja wohl der beste Beweis, dass ich nicht einsam bin?«

»Sind Sie sicher, dass nicht genau das Gegenteil der Fall ist?«, fragte sie nur, und der Duke spitzte ein wenig beleidigt die Lippen.

»Mit Einsamkeit kennen Sie sich also aus«, stellte er

dann fest. Es war schwer zu sagen, ob er ihr das Gesagte nun übel nahm oder nicht.

»Ich bin Witwe, ich habe keine Familie. Ich weiß ein oder zwei Dinge über Einsamkeit …« Ihre Stimme wurde leiser, und sie unterdrückte einen Seufzer.

»Warum ändern Sie dann nichts daran?«

Weil ich verdammt noch mal keine Wahl habe. Stattdessen antwortete sie: »Ich sagte Ihnen doch bereits, dass ich keinen Mann brauche, um glücklich zu sein. Und im Übrigen auch nicht, um meine Ziele zu erreichen.«

»Aber Sie müssen mit Männern zusammenarbeiten, wenn Sie in die Politik möchten. Und zwar beinahe ausschließlich. Ganz ohne Männer geht es also nicht.«

»Glauben Sie es mir oder auch nicht, aber als Gastwirtin tue ich das bereits, und zwar seit vielen Jahren. Und sollten Sie gerade auf Ihr Angebot angespielt haben – nennen Sie so etwas ernsthaft Zusammenarbeit?«

Langsam schob er seinen leer gegessenen Teller von sich und rückte von der gegenüberliegenden Seite des Weinfasses ein Stückchen näher an sie heran. »Es geht bei uns beiden doch nicht mehr nur um eine reine Zusammenarbeit, oder nicht?«

Er sah sie an, und ein weicher, lockender Ausdruck trat auf seine Züge. Langsam, mit fast schon bedächtigen Bewegungen streifte er ihr eine lockere Haarsträhne hinter das Ohr, und Rebecca merkte, wie sie einen ganz trockenen Mund bekam.

»Du hättest den Kuss nicht zulassen müssen«, fuhr er leise und vertraulich fort.

Rebecca sagte nichts.

»Aber du hast es, und es war dir auch nicht egal«, stellte er mit einem Blitzen in den Augen fest.

»Der Kuss war ein Fehler, und das habe ich Ihnen bereits gesagt. Bei mir werden Sie sich nicht durchsetzen. Zumindest einmal bekommen Sie nicht das, was Sie wollen. Auch wenn das für Sie vermutlich ein sehr ungewohnter Umstand ist.«

Der Duke lächelte, seine Augen lächelten mit, aber in den Tiefen seines Blicks lag eine gewisse Härte. Als hätte er so etwas Ähnliches schon einmal gehört und als hätte ihn das enttäuscht und sehr verletzt. Und als wären heute noch Narben davon auf seiner Seele.

Was konnte das schon sein? Er hatte nicht das Pferd bekommen, das sein Vater ihm hätte kaufen sollen? Oder eine Frau hatte ihn abblitzen lassen, so wie sie es gerade tat? Welche Enttäuschungen konnte ein Duke in seinem Leben im Überfluss wohl schon erfahren haben?

»Immer wenn Sie so etwas sagen, erwacht ein gewisser Instinkt in mir, wissen Sie? Nennen Sie es männliche Eitelkeit, nennen Sie es Jagdtrieb, aber inzwischen fühle ich mich fast schon genötigt, Ihnen das Gegenteil zu beweisen. Vor allem, weil Sie vorhin, in Ihrem Dämmerzustand, nicht die übliche Zurückhaltung haben walten lassen.«

Rebecca sah ihn zweifelnd an. »Nun rücken Sie schon raus mit der Sprache«, verlangte sie. »Was habe ich Ihnen denn während meines Schwächeanfalls angeblich erzählt?«

Er beugte sich zu ihr und flüsterte: »Henry, ich nehme dein Angebot an.«

Rebecca lachte laut auf und stieß ihm spielerisch gegen die Brust. »Veräppeln kann ich mich selbst.«

Ein breites, spitzbübisches Grinsen verzog sein Gesicht, zwei hinreißende Grübchen bildeten sich in seinen Wangen, und der Anblick ließ Rebeccas Herz stolpern.

»Ich wäre ziemlich dämlich, wenn ich es nicht zumindest versucht hätte, oder nicht?«, sagte er und hob entschuldigend die Hände. »Aber nein, tatsächlich haben Sie etwas ganz anderes gesagt: *Somerville darf es niemals sehen.*«

Rebeccas Magen verkrampfte sich bei den Worten. Das konnte er sich gar nicht ausgedacht haben. Sie musste es wirklich gesagt haben, als sie weggetreten gewesen war. Wieso um Himmels willen …

»Sie sehen so aus, als könnten Sie jetzt etwas Stärkeres gebrauchen.« Er drehte sich herum. »Ajeet, einen Gin für meine reizende Begleiterin und mich.«

»Gin? Sie trinken Gin?« Rebecca benetzte die Lippen und versuchte sich wieder zu fangen. Gerade war sie Somerville unendlich dankbar, dass er nicht weiter nachbohrte, was dieser Satz zu bedeuten hatte.

»Warum denn nicht?«, entgegnete er.

»Es ist nicht als besonders ausgesuchtes Getränk bekannt.«

Eher als Droge der Armen und Arbeiter. Dass ein Duke sich dazu herabließ, so etwas zu trinken, war erstaunlich.

»Gin gehört zu einem Ausflug in die Legal Quays dazu.«

Ajeet brachte ihnen zwei volle Gläser, Somerville prostete ihr zu, und sie tranken beide, ohne einander aus den Augen zu lassen. Das funktionierte prima, bis Rebecca ihre

Miene nicht mehr unter Kontrolle hatte und angewidert das Gesicht verzog.

Dieser Gin schmeckte grässlich und brannte außerdem wie Feuer in ihrem Rachen. Er wäre ganz sicher auch ein großartiges Mittel, um Fenster zu putzen.

Der Duke lachte und klopfte ihr tröstend auf den Rücken, während Rebecca mit aller Macht versuchte, nicht zu husten.

»Euer Hochwohlgeboren amüsiert sich mal wieder beim gemeinen Volk?«, höhnte eine Stimme von hinten, und Somervilles Lächeln wich einer wachsamen Miene, als er sich zur Tür drehte.

»Graham, lass das!«, hörten Sie Ajeet leise von hinter seinem Holztresen.

Drei Männer waren hereingekommen, ihrer Kleidung nach zu urteilen waren sie Schiffer oder einfache Händler. Sie trugen keine der Uniformen, die die offiziellen Mitglieder der *Watermen's Guild* auf der Themse auszeichneten.

»Lass ihn ruhig reden, Ajeet, und seinem Groll gegen mich Luft machen. Besser, er sagt es mir direkt ins Gesicht als hinter meinem Rücken.« Es lag eine gewisse Schärfe in Somervilles Stimme, als wolle er diesen Mann herausfordern. Überhaupt klang es so, als kannten sich diese Gentlemen bereits.

»Er schneit hier herein, wann es ihm passt, und tut so, als wäre er unser Freund. Dabei rümpft er über uns genauso die Nase wie alle anderen feinen Lords auch.«

»Meinen Sie wirklich, er wäre hier, in einer heruntergekommenen Hafenbaracke, wenn er so viel Verachtung für Sie übrighätte?«, meldete sich Rebecca nun zu Wort, stellte sich mit vor der Brust verschränkten Armen neben den Duke und starrte den Mann feindselig an.

Überraschte Blicke trafen sie. Vermutlich hatte keiner damit gerechnet, dass die Dame an Somervilles Seite das Wort ergriff. Das taten Marktfrauen und Fischweiber womöglich, echte Ladies jedoch hielten sich zurück.

Aber das war gerade nicht mehr gegangen. Ja, auch sie hatte ihre Meinungsverschiedenheiten mit dem Duke. Was dieser Mann hier allerdings behauptete, war blanker Unsinn. So wie sie Somerville heute Abend kennengelernt hatte, war er ganz sicher nicht jemand, der über die Hafenarbeiter und Matrosen die Nase rümpfte.

»Ausverkauft hat er uns und unser Land mit seiner Stimme. Es wird nicht mehr lange dauern, dann werden die Jakobiner auch hier ihr Unwesen treiben.«

Somerville seufzte angestrengt. »Ich habe vor zwei Jahren gegen den *Aliens Act* gestimmt, aber er ist doch ohnehin durchgekommen und in Kraft getreten. Jeder einzelne Immigrant, vor allem aus Frankreich, wird in England deshalb jetzt erfasst, samt Adresse, Beruf und Familienstand. Dass viele Immigranten noch gar keine Adresse in diesem Land haben können, wenn sie an der Grenze stehen, liegt zwar in der Natur der Sache, aber das hält die Obrigkeiten nicht davon ab, sie wieder in ihr ungewisses Schicksal nach Frankreich zu deportieren oder einzukerkern.« Er hob die Hände. »Es ist alles genau so gekommen, wir ihr es euch gewünscht habt. Was also wollt ihr noch von mir?«

Seltsam, dachte Rebecca. Es war nun schon das zweite Mal an diesem Abend, dass irgendjemand eine Verbindung zwischen dem Duke und Revolutionären herstellte. Und langsam beschlichen auch sie Zweifel. Was, wenn die Verdächtigungen stimmten und Somerville wirklich auf irgendeine Weise mit den Jakobinern paktierte? Was, wenn er ein gefährlicher Verräter war?

Das ist er nicht. Sie hatte doch gerade gesehen, wie er sich verhielt. Er war weder kaltblütig noch menschenverachtend und würde ganz sicher auch die Gräueltaten, die seit Jahren in Frankreich stattfanden, nicht unterstützen.

»Wir wollen, dass du deine Visage hier nicht mehr zeigst, denn du gehörst nicht hierher«, antwortete der Mann schließlich.

»Graham, es reicht«, warnte Ajeet. »Ein Wort noch, und du fliegst raus.«

»Sei bloß still, du Laskar!«, fuhr der Mann nun auf und gestikulierte anklagend in Richtung des Dukes. »Mit dem Blut deiner Brüder und Schwestern haben diese Verräter ihr Vermögen doch erst aufgebaut.«

»Hören Sie mir mal gut zu, Mr. Graham, oder wie auch immer Sie heißen. Sie kommen hier rein, beleidigen jeden Anwesenden und spielen sich auf, als gehöre dieses Land, auf dem Sie stehen, Ihnen«, wies Rebecca ihn zurecht. »Aber das tut es nicht. Jeder darf sich hier in den Legal Quays aufhalten. Ein Duke ebenso wie ein Bettler. Das Vereinigte Königreich ist ein friedliches Land, und wenn es in Gefahr ist, dann nur von Leuten wie Ihnen, die Vorurteile und Gemeinplätze auf Menschen überstülpen, die sie überhaupt nicht kennen. Und jetzt entschuldigen Sie mich, mir wird hier die Luft zu dick.« Sie machte einen drohenden Schritt nach vorne und streckte den Arm bereits aus, als wollte sie die Männer zur Seite schieben. Aber das war gar nicht mehr nötig, denn sie wichen vor ihr zurück wie vor einem bisswütigen Straßenhund, und Rebecca marschierte mit vorgerecktem Kinn an ihnen vorüber.

Sie hörte noch, wie Somerville eine Münze auf den Tisch legte, sah kurz über die Schulter, während sie die Tür aufriss, und lief dann mitten in den breitschultrigen, schweigsamen Begleiter des Dukes hinein, der sich offenbar direkt vor der Tür positioniert hatte. Der machte einen erschrockenen Schritt zur Seite und ließ sie passieren. Das Geräusch von Absätzen im feinen Kies musste von Somerville und seinem Wachmann stammen, aber Rebecca sah sich gar nicht mehr um, sondern hielt direkt auf die Kutsche zu, die sie am Ende der Gasse erkennen konnte und die der Kutscher gerade für sie öffnete. Hastig kletterte sie hinein, Somerville folgte ihr, und sobald er die Tür zuschlug, setzte sich das Gefährt mit einem Ruck in Bewegung.

31.

Ob es Zufall war oder im Eifer des Gefechts passierte, konnte Rebecca nicht sagen. Jedenfalls saßen sie sich nun nicht mehr gegenüber, sondern nebeneinander. So nah, dass sich ihre Oberschenkel berührten. Während sie zu Atem kam, bemerkte sie, dass Somerville sie die ganze Zeit über von der Seite anstarrte. Sie tat ihm den Gefallen und wandte den Kopf.

»Sie haben mich gerade verteidigt!«, sagte er überrascht und fasziniert zugleich.

Sie ging nicht darauf ein, denn inzwischen war ihr der Ausbruch vor diesen fremden Männern unangenehm. Als ob der Duke nicht selbst in der Lage wäre, sich zu behaupten.

»Was für ein Streit ist es eigentlich, den Sie mit diesem Graham haben?«, fragte sie, um die Aufmerksamkeit von sich zu lenken.

Somerville rieb sich mit der Rechten über die Stirn, atmete angestrengt aus und sagte schließlich: »Graham Norton ist der beste Freund eines Mannes, der mir nicht besonders wohlgesonnen ist.«

Rebecca nickte, aber sah ihn weiter an und forderte ihn damit zum Weitersprechen auf. »Dieser besagte Mann ist mein Halbbruder. Und einer der bekanntesten Journalisten in ganz London.«

Vor Schreck schlug sie sich die Hand vor den Mund.

»Mein Vater hat einige Bastarde in die Welt gesetzt, für

die er nicht besonders viel übrighatte. Ich zweifle bis heute daran, dass all die Liebschaften, die er neben der Ehe mit meiner Mutter pflegte, tatsächlich einvernehmlich waren … In jedem Falle hatte er sich weder um seine illegitimen Sprösslinge gekümmert noch sie oder ihre Mütter auf irgendeine Weise finanziell unterstützt. Ich kenne nur einen persönlich, aber es gibt sicher mehr. Es ist … nicht schön.«

»Und Sie werden nun in Sippenhaft genommen«, stellte Rebecca fest.

»Das auch, ja. Nicht nur deshalb habe ich mir vorgenommen, dass ich ganz anders leben möchte als mein Vater, und auch keine unehelichen Kinder in die Welt setzen werde … Wie dem auch sei, den ein oder anderen Streit mit Norton habe ich mir jedoch auch selbst eingebrockt.« Kurz verzog er die Mundwinkel, fuhr dann jedoch fort: »Von einer so schönen Frau wie Ihnen verteidigt zu werden, macht das alles aber wieder wett.«

Rebecca ging auf sein halbseidenes Kompliment nicht ein. »Was ist eigentlich dran an den Verdächtigungen, Sie seien ein Sympathisant der Revolutionäre?«, wollte sie stattdessen wissen.

Somerville starrte nach vorne auf die gegenüberliegende Sitzbank, schien kurz nachzudenken und schnaubte dann: »Gar nichts ist dran. Ich bin ein Mitglied der aristokratischen Elite dieses Landes, Rebecca. Nenne mir einen Grund, einen einzigen, warum ich Revolutionäre unterstützen sollte, deren Ziel es ist, mir den Kopf abzuschneiden?«

Rebecca musterte ihn und ließ sich Zeit mit einer Antwort. Dass er sie plötzlich so vertraulich ansprach, konnte ebenso eine Finte sein, um sie von ihrem eigentlichen Gesprächsthema abzulenken. So schnell würde sie sich davon nicht abbringen lassen.

»Sie bekommen dadurch mehr Macht?«, schlug sie vor.

Ein Weilchen war nichts zu hören, außer dem Rattern der Räder auf dem Pflaster.

»Damit ich meiner großen Leidenschaft, der Politik, noch mehr frönen kann?«, höhnte der Duke dann. »Der Mann, der es bis vor Kurzem nicht einmal über sich gebracht hat, die Verantwortung für sein Familienerbe zu übernehmen, soll sich freiwillig politische Pflichten ans Bein binden?«

»Sie geben stets vor, dass Sie das alles nicht interessiert, aber im Grunde tut es das ja doch. Sonst hätten Sie mir zum Beispiel das Walcotter Grundstück verkauft.« Rebecca wollte noch nicht aufgeben, denn immer mehr beschlich sie das Gefühl, dass Somerville irgendetwas vor ihr verbarg. Hatte er sich in etwas verstrickt, das ihm nun selbst über den Kopf wuchs?

»Ich komme damit zurecht, dass du mich für einen nutzlosen Aristokraten, einen Weiberhelden und einen ehrlosen Geschäftsmann hältst. Aber jetzt auch noch für einen Revolutionär?«

Etwas ratlos sah Rebecca auf ihre verknoteten Finger, die in ihrem Schoß lagen.

»Ich mache mir eben Sorgen«, murmelte sie und versteifte sich sofort. Hatte sie das tatsächlich gerade gesagt? Es war ihr einfach herausgerutscht.

Somerville starrte sie durchdringend an und rückte dann ganz nahe an sie heran. »Sag das noch mal«, verlangte er. Sein Atem streifte ihre Stirn und ließ eine feine Haarsträhne tanzen, die sich aus ihrer Frisur gelöst hatte. Ein leises Prickeln bewegte sich von genau dort ihr Rückgrat hinab.

»Vergessen Sie es. Sie haben sich verhört«, behauptete sie. Kindisch, das nun abzustreiten. Aber sie wollte dieses Gefühl wieder loswerden, diese Energie, die sich durch die unmittelbare Nähe zwischen ihnen gerade aufbaute.

Einen Augenblick lang sagte keiner etwas.

»Nein, Rebecca. Ich habe mich nicht verhört«, beharrte er mit rauer Stimme. Sie nahm wahr, wie er schluckte, und dann spürte sie seine Fingerkuppen auf ihrem nackten Handrücken. Ganz sachte strichen sie hin und her, und diese Berührung von Haut auf Haut war wie ein erster Regentropfen, der auf die sommertrockene Erde fiel und warm und verheißungsvoll mehr versprach. Als würde er ein Gewitter ankündigen, das binnen Augenblicken mit einer gefährlichen und unberechenbaren Flut über sie hereinbrach.

Somervilles Finger fuhren ihren Ärmel entlang nach oben. Sie spürte seine Fingerspitzen auf ihrer Schulter, bis sie bei ihrem Hals angekommen waren.

Er griff nach einer locker gewordenen Haarsträhne, kringelte sie um seinen Finger, starrte darauf und sagte dann: »Das muss aufhören.«

»Was muss aufhören?«

»Du kannst nicht einfach …« Er stockte. »Du kannst dich nicht einfach mit meiner Schwester anfreunden, mich vor meinen Feinden verteidigen, in die tiefsten Abgründe meiner Seele blicken und mir dann auch noch sagen, dass du dich um mich sorgst.«

»Wieso kann ich das nicht?«

Seine Finger fuhren in ihre Haare, er umfasste ihren Kopf, lehnte seine Stirn gegen ihre Schläfe und flüsterte: »Weil ich dann die Beherrschung verlieren werde. Und die Kontrolle. Über meinen Körper und über mein Herz«, gestand er.

Eine Hitze schoss bei diesen Worten durch Rebeccas Körper, bis in ihre Finger- und Zehenspitzen. Ein Pulsieren, das sich von ihrem wummernden Herzen in ihren Schoß fortpflanzte und ihr jeglichen Rest ihrer Vorsätze durch die Finger rinnen ließ. Langsam, ganz langsam drehte sie ihren Kopf in seine Richtung, Stirn an Stirn waren sie nun, und ihre Lippen schwebten übereinander. Sie überwand ihre Scheu und legte ihre Hand an sein Gesicht, spürte die Bartstoppeln unter ihrer Handfläche und seine weichen blonden Locken an ihren Fingerspitzen. Und sie wusste nicht, wieso sie es tat, denn es war das genaue Gegenteil von dem, was sie sich vorgenommen hatte. Dennoch flüsterte sie: »Und was passiert dann?«

Einen Herzschlag später lagen seine Lippen auf ihren, und es war wie eine Erlösung, nach so vielen Stunden, in denen sich die Spannung zwischen ihnen aufgebaut hatte.

Es war vollkommener Irrsinn, was sie da taten, aber Rebecca war nicht mehr in der Lage, sich zurückzuhalten. Sie hielt seinen Kopf fest und klammerte sich an ihn, als hinge ihr Leben davon ab.

Seine Lippen schmeckten noch nach dem Gin, und ihre Hand glitt in seine Haare und packte fest zu, als sich ihre Zungenspitzen umkreisten, erst zaghaft forschend und dann immer tiefer. Somervilles Kuss wurde eindringlicher und fordernder, während seine Rechte ihren Hals entlang bis zu ihrem Blusenkleid rutschte und über dem Stoff begann, ihre Brüste zu massieren. Er entlockte Rebecca ein leises Seufzen, und als seine Finger einen Weg in ihren Ausschnitt fanden und er mit der ganzen Hand ihre empfindsame Brust umfasste, rollte eine Woge der Lust durch ihren Körper.

Wieder stöhnte sie, lauter und ungehaltener diesmal, und strich über Somervilles breiten Rücken. Sogar durch den Gehrock hindurch spürte sie seine angespannten Muskeln und die schiere Kraft, die er besaß.

Sie wollte diesen Mann. Sie wollte ihn so sehr, dass sie gerade wirklich glaubte, den Verstand zu verlieren.

Ihre Hand wanderte nach vorne, tastete über seinen festen, flachen Bauch, immer weiter nach unten, und nur einen Herzschlag später lag sie auf seiner Männlichkeit, die hart und aufgerichtet gegen die Hose drängte.

Somerville sah über die Schulter, zog die Vorhänge vor beide Seiten der Kutschfenster und legte ihre Brüste frei, die von ihrer Korsage nun nach oben gedrückt wurden. Ein fast schmerzhaftes Stöhnen kam tief aus seiner Kehle, als er sie halb nackt vor ihm auf dem Polster sitzen sah. Beinahe ehrfürchtig fasste er sie an und streichelte sie, und Rebecca ließ sich zurück gegen die Kutschwand sinken und schloss die Augen.

»Ja«, entfuhr es ihr, als sie ihren Kopf in den Nacken legte und sich voll dem Gefühl seiner Lippen hingab, die ihren Hals küssend nach unten wanderten, bis sie bei ihrem Busen angekommen waren. Er saugte sanft an ihren Brustwarzen, knabberte ganz leicht daran und sandte ihr einen Schauer den Rücken hinab.

Das ist in Ordnung, er darf bloß nicht unter deine Korsage schauen, versicherte ihr der Funken an Verstand, der noch in ihrem Kopf zurückgeblieben war.

Nur dieser eine Kuss, nur diese wenigen Berührungen noch, redete sie sich ein. Die Korsage schützte ihr dunkles Geheimnis, und ihr konnte nichts passieren.

Aber seltsamerweise beschlich sie nicht die Angst, die sie für gewöhnlich lähmte, wenn irgendjemand Gefahr lief, ihre Narben aufzudecken. Sie war einfach Gefühl und Empfindung, es gab lediglich sie und Henry und das brennende Verlangen zwischen ihnen, das mit jeder Berührung stärker wurde.

Sie sah ihm in die Augen und erkannte die Begierde darin, als sie sanft, aber bestimmt über seine Erektion rieb. Er hielt ihrem Blick stand, als der Druck ihrer Hände fester wurde und seine Augen vor Lust ganz verschleiert waren. Eine ungekannte Nähe baute sich zwischen ihnen auf, die Rebeccas Herz zum Rasen brachte. Henry stöhnte. Sie spürte ein Zucken unter ihrer Handfläche, und dann begann es, kopflos zu werden.

Mit einer fließenden Bewegung machte er sich von ihr los, raffte ihre Röcke und ging vor ihr auf die Knie. Er umfasste ihre Pobacken und zog sie nach vorne an die

Kante der Sitzbank. Mit seinem Oberkörper drängte er ihre Knie auseinander, und nur einen Augenblick später lagen seine Lippen auf ihrer intimsten Stelle. Plötzlich wurde er wieder ganz zart und liebevoll und begann, sie mit sanften, leichten Küssen zu liebkosen. Sofort wollte Rebecca ihn von sich schieben, aber er nahm seine Finger zu Hilfe, spreizte sie leicht, und dann spürte sie seine Zunge wieder und meinte wirklich, sich unter seinen Berührungen aufzulösen. Er machte sie willenlos und hilflos, und sie konnte gar nicht mehr anders, als sich ihm hinzugeben.

Wie sehr hatte sie es vermisst, dieses ekstatische Gefühl der Erregung, das ihre Gedanken vollkommen verstummen ließ und ihren Körper und ihren Geist in eine andere Sphäre transportierte.

Sie krallte ihre Hand in seine Haare und spürte ein erwartungsvolles Zucken, als seine Zunge rhythmisch auf und ab wanderte, sachte, aber dennoch fordernd, und Rebecca merkte, wie sich ein Höhepunkt in ihr aufbaute, dem sie unweigerlich näher kam.

Ihr Stöhnen wurde lauter, ungezügelter, und auf einmal ließ er von ihr ab, kam zu ihr nach oben und küsste sie wild und ungestüm auf den Mund. Sie schmeckte sich selbst und spürte, wie er mit seiner Hand gleichzeitig ihre pochende Stelle zwischen den Beinen massierte. Als er mit einem Finger in sie hineinglitt, schloss sie wieder die Augen. Sie spürte selbst, wie feucht sie geworden war und wie sehr ihr Körper diesen Mann wollte.

»Du spielst ein Spiel mit mir, Rebecca, aber das steht

dir nicht zu«, hauchte er mit rauchiger, ernster Stimme in ihr Ohr.

»Nein, ich …« Wieder stieß er in sie, Rebeccas Worte gingen in ihrem Stöhnen unter, und ihre ganze Aufmerksamkeit war bei der kreisenden Bewegung seiner Finger und bei ihrer Lust, die sie immer stärker in Besitz nahm.

»Du wirst aufhören damit, denn wir schätzen einander zu sehr, um miteinander zu spielen. Verstehst du mich?«

»Ja. Ja, Henry.« Gerade im Moment würde sie zu allem Ja sagen, was er von ihr verlangte. Er rutschte wieder nach unten, hielt ihre nackten Schenkel fest und drückte sie erneut auseinander. Weit geöffnet saß sie vor ihm, und dann berührte er sie erneut mit seiner Zunge und ließ sie kreisen, während ein Finger in sie hinein- und wieder hinausglitt, und sie wusste, sie würde es nicht mehr lange aushalten.

Gleich würde sie kommen, und sie spürte bereits die gewaltige Energie, die sich in ihr zusammenbraute.

Es dauerte nur noch wenige Augenblicke, bis ihr Höhepunkt sie wie eine Welle überrollte. Sie stöhnte seinen Namen, ihr ganzer Körper zuckte, aber er machte weiter, kostete ihre Wonne bis zum letzten Augenblick aus, bis alle unglaublichen Empfindungen sie durchlaufen hatten und ihre Erregung beinahe schmerzhaft wurde.

Dann zog er sie zu sich hinab auf den Kutschboden, schloss sie in seine Arme, wiegte sie leicht und verteilte federleichte, sanfte Küsse auf ihrem Gesicht, während Rebecca wieder zu Atem und zur Besinnung kam.

Sie öffnete die Lider, blinzelnd zunächst, denn sie wollte

diese Welt, in der es nichts anderes gegeben hatte als sie und ihn und ihre überwältigenden Gefühle, noch nicht loslassen.

Dann sah sie ihm in die Augen, lange, sehr lange, und plötzlich umspielte seine Mundwinkel ein verschmitztes Lächeln.

»Wage es ja nicht, mich jetzt noch einmal zu schlagen«, drohte er mit gespielter Strenge, und auch Rebecca musste kichern.

»Ich glaube, dazu wäre ich gerade gar nicht in der Lage«, musste sie zugeben. Nicht unbedingt, weil sie ihm nun so wohlgesonnen war, sondern weil ihre Gliedmaßen auf einmal diese schläfrige Schwere besaßen, die es ihr beinahe unmöglich machte, sich auch nur eine Handbreit zu bewegen.

Außerdem hielt Somerville sie an sich gedrückt, so fest und sicher, und das fühlte sich gut und richtig an. Es verursachte ein sehnsüchtiges Ziehen in ihrer Brust, und vielleicht spürte er es ja genauso, denn der Ausdruck, der nun in seinen Augen lag, war ganz weich und liebevoll.

Rebecca räusperte sich. »Aber das war jetzt keine … Nacht … ich meine.«

»Rebecca, das hier war nur ein kleiner Vorgeschmack auf das, was dich erwartet, wenn du dich mir ganz hingibst«, erklärte er und streichelte ihr so vorsichtig über die Haare, als könnte sie jeden Moment unter seinen Händen zerbrechen.

Sie schmunzelte nun ebenfalls. »Vergiss es«, sagte sie bloß und erschrak sofort, denn sie hatte ihn geduzt. Zwar hatte er genau das Gleiche schon mehrmals getan, aber er stand im sozialen Gefüge auch so weit über ihr, dass er sich das im Grunde einfach erlauben durfte. Ihr hingegen stand es wirklich nicht zu, selbst wenn sie gerade intim … O Gott …

Sie schluckte, als die Erkenntnis sich allmählich in ihr formte. Was hatte sie nur getan?

»Weißt du, was ich mich seit Stunden frage?«, drang seine Stimme zu ihr, während eine erste Welle der Panik über ihr zusammenschlug.

»Hm?«, machte sie, und tastete hektisch über ihren Bauch, ob auch alles an Ort und Stelle war. Sie zog ihre Kleider wieder gerade.

Das Korsett hat alle Narben abgedeckt. Er hat sicher nichts gesehen, sonst hätte er doch auch anders reagiert, beruhigte sie sich.

»Was ist es wohl, das ich keinesfalls sehen darf?«, sinnierte er, und sie meinte bereits eine argwöhnische Note in seiner Stimme wahrzunehmen.

Mit einem Ruck kam Rebecca nach oben, kämpfte sich aus seiner Umarmung und setzte sich auf die Bank. Sie zupfte ihr Blusenkleid zurecht, sodass es ihren Ausschnitt wieder züchtig bedeckte, und zog sich den Mantel noch etwas enger um die Schultern.

»Gar nichts, es gibt nichts zu sehen, das war doch nur irgendein Gerede im Delirium …«

Sofort war er bei ihr und zog sie am Oberarm wieder zu sich. Suchend tastete sein Blick über ihr Gesicht, als könnte er dort irgendetwas entdecken, was sie verriet. »Nein, es gibt etwas, was du verschweigst oder überspielst. Ich merke es ganz genau«, beharrte er, wurde aber sofort wieder weicher. »Verrat es mir doch«, bat er sie.

Rebecca spürte es, das warme, lockende Gefühl in ihrer Brust, den Wunsch, sich ihm anzuvertrauen und ihm ihr Geheimnis einfach zu verraten.

Sie biss die Zähne zusammen und atmete tief und lange aus.

Hatte sie denn vollkommen den Verstand verloren?

Sie wappnete sich und rückte ein Stückchen von ihm ab, obwohl er sie ja noch immer festhielt. »Nein, es gibt kein Geheimnis, also gibt es auch nichts zu verraten.«

Das hatte kalt und abweisend geklungen, und es war genau das, was sie nun brauchte. Es war, als würde sie einen Schutzwall um sich herum nach oben ziehen und die Verbindung und die Nähe kappen, die zwischen ihnen gerade geherrscht hatte.

»Das, was hier passiert ist, darf und wird sich nie mehr wiederholen. Und dieses Mal meine ich es wirklich, glaub mir. Also versuch noch nicht einmal, mir näherzukommen, denn ich werde es sofort unterbinden.« Dabei schaute sie auffordernd auf seine Hand, die sie noch immer festhielt, aber Somerville reagierte nicht darauf.

Kurz herrschte Stille.

»Wieso?«, fragte er dann heftig. »Wieso wehrst du dich so sehr dagegen? Was ist schon dabei? Du bist Witwe, du musst dich vor niemandem rechtfertigen! Was, in Gottes Namen, ist dein verdammtes Problem?«

Sie spürte seine Wut, und sie musste sich so sehr zusammennehmen, um nicht sofort nachzugeben.

Mit geschlossenen Augen schüttelte sie den Kopf. »Das kann ich dir nicht erklären.«

»Und ob du das kannst«, verlangte er, und sein Griff um ihren Oberarm wurde fester. »Und das wirst du auch.«

»Nein, das werde ich nicht, und jetzt lass mich los!«

»Bin ich dir so ein Gräuel? Wegen meines Titels? Oder meines Geldes? Oder weil ich meine politische Verantwortung nicht wahrnehme? Ist es das?« Er schrie nun fast.

Rebecca antwortete nicht, denn das Brennen hinter ihrem Brustbein wurde immer stärker und pflanzte sich bis in ihre Kehle fort, die es ihr zuschnürte. »Ich will nach Hause«, sagte sie nur und musste mit den Tränen kämpfen.

Henry schnaufte angestrengt, rieb sich mit der Linken über den Hinterkopf, zerstrubbelte in einer verzweifelten Geste seine Haare und deutete dann mit einer fließenden Bewegung nach draußen. »Bitte schön. Wir sind längst da.«

Sie hatte gar nicht bemerkt, dass die Kutsche nicht mehr rollte. Einen Moment wurde es vollkommen still zwischen ihnen. Sie schaffte es nicht mal mehr, ihn anzusehen, sondern raffte ihr Kleid und kletterte hinaus. Mit Schwung knallte sie die Tür zu, und dem Himmel sei Dank folgte er ihr nicht.

Mit unsicheren, steifen Schritten querte sie den Vorgarten.

Es war ein Desaster. All das war ein Desaster. Heute küsste sie den Duke leidenschaftlich, und schon morgen würde sie gegen ihn vor einem Parlamentsausschuss aussagen. Sie würde ihn verraten.

Dabei glaubte sie noch nicht einmal, dass er Revolutionäre unterstützte. Somerville war kein schlechter Mensch und schon gar kein Verräter. Er war …

Er war der wunderbarste Mensch, den sie jemals getroffen hatte.

Die Gedanken formten sich in ihrem Kopf, als ein erster Schluchzer ihrer Kehle entkam.

Diese Anziehungskraft, die zwischen ihnen bestand. Die Schranken, die sie hatte fallen lassen, und das Vertrauen, das sie ihm einfach so geschenkt hatte – sie hatte sich in ihn verliebt.

Noch immer spürte sie die Feuchtigkeit zwischen ihren Schenkeln. Sie hatte es gewollt und genossen, breitbeinig vor ihm zu sitzen, er hatte sie befriedigt, und sie war gar nicht auf die Idee zu kommen, sich dafür zu schämen.

Es hatte sich so natürlich und richtig angefühlt.

Zwei Tränen lösten sich aus ihren Augen und liefen ihr über die Wangen, während sie leise die Tür aufschloss und einen weiteren Schluchzer unterdrückte.

Es war kurz nach Mitternacht, aber trotzdem begrüßte sie noch warmes Kerzenlicht aus dem Salon. Auf leisen Sohlen betrat sie den Raum und entdeckte Betty, die den Kopf auf ihren Armen abgelegt am Tisch saß. Offenbar war sie eingeschlafen, vermutlich während des Lesens.

Plötzlich schrak sie hoch, sah sich verwirrt im Raum um, und dann wurden ihre Augen ganz groß, als sie Rebecca weinend im Türrahmen stehen sah.

Einige senkrecht verlaufende Linien hatten sich auf ihrer Wange abgezeichnet, vermutlich von den Buchseiten, auf denen sie gelegen hatte. Und täuschte sie sich, oder waren da sogar schwarze Flecken auf ihrer Stirn? Als hätten sich Buchstaben abgedrückt.

»Rebecca, was … um Himmels willen, was ist denn passiert?«, wollte Betty wissen und stand auf.

Rebecca schniefte. Erst einmal, dann noch einmal, und schließlich schaffte sie es, zu antworten: »Ich habe einen Fehler gemacht. Einen riesengroßen Fehler.«

32.

Sie pustete auf den Becher heiße Schokolade, die Betty für sich und Rebecca gemacht hatte. Aus der Glut, die die ganze Nacht über im Küchenherd vor sich hin glomm, hatte sie in Windeseile ein kleines Feuer entfacht, über dem sie Milch erwärmt und mit Kakao und viel Zucker und auch einer Prise Zimt gemischt hatte.

Du brauchst das jetzt, und ich auch, hatte sie bestimmt und ihnen zwei der schnörkellosen Steingutbecher vollgefüllt, aus denen für gewöhnlich nur die Bediensteten tranken.

Rebecca war zum ersten Mal hier unten in der Küche. Über dem Herd hingen wie Perlen an der Kette ein knappes Dutzend Messingtöpfe an Haken in der Wand, und das Licht des Feuers spiegelte sich darin und gab dem Raum ein heimeliges, warmes Ambiente. Rechts und links der Feuerstelle befanden sich türkis gestrichene Wandschränke mit allerlei Geschirr, und die Mitte des Raumes wurde von einem klobigen Holztisch dominiert. Sicherlich diente er als Arbeitsfläche für die Köchin, denn er war schartig und abgenutzt, aber dennoch sauber geschrubbt. In einer Ecke verborgen im Halbdunkel konnte sie einen kleinen Napf mit Milch darin ausmachen – offenbar gab es hier sogar eine Hauskatze, von der Rebecca noch nie etwas gesehen hatte.

Sie setzten sich vor den Küchenherd, wärmten sich Hände und Füße auf, und Rebecca erzählte von dem ganzen unseligen – oder eigentlich auch wundervollen – Abend.

Sie wusste ja selbst nicht mehr, was sie eigentlich denken sollte.

»Aber ich darf mich nicht verlieben«, beharrte Rebecca.

Betty starrte sie vollkommen entgeistert an. »Wo ist eigentlich die Frau hin, die ich vor einem Jahr kennengelernt habe?«

Sie ging auf die provokante Frage gar nicht ein, sondern nahm kleine, vorsichtige Schlucke aus ihrem Becher und genoss einen Moment lang nur den kräftigen Geschmack des Kakaos und die süße, wohlige Wärme, die er in ihrem Bauch entstehen ließ.

»Du darfst dich verlieben, in wen du möchtest«, fuhr Betty fort. »Die Frage ist nur, wie du damit umgehst.«

Das klang logisch, fand Rebecca. Selbst wenn sie Gefühle für Somerville hegte – wenn sie ihm einfach nichts davon verriet und sich kühl und distanziert gab, wäre doch alles in bester Ordnung. Mit der Zeit würden ihre Gefühle wieder weggehen, vor allem, wenn sie sich wieder nach Bath zurückzog und er hier in London war und sie sich einfach nicht mehr über den Weg liefen.

Das Problem war nur: Er hatte bereits gemerkt, dass sie etwas für ihn empfand. Ihr Körper und ihre Leidenschaft in der Kutsche hatten sie verraten. Sie musste es ihm gar nicht extra verschweigen, er wusste es ohnehin.

Außerdem hatte sie den ganzen Ausflug lang zu den Legal Quays mit ihm geflirtet, das musste sie selbst zugeben.

Was, wenn er nicht aufgab und sie sich immer wieder begegneten? Wenn er weiter ihre Nähe suchte – eine Nähe, nach der sie sich ja selbst sogar verzehrte? Denn so, wie er in der Kutsche mit ihr gesprochen hatte, war er ihr gegenüber doch auch nicht vollkommen neutral. Obwohl er eigentlich auf Brautschau war. Aber Gefühle und Eheversprechen waren nun mal zwei grundverschiedene Dinge …

»Allerdings verstehe ich nicht ganz, wieso du nichts daraus machst«, drang Bettys Stimme an ihr Ohr.

»Weil er ein Duke ist! Und ich eine … eine Gastwirtin.«

»Du musst ihn doch nicht gleich heiraten!«

Hatte Betty ihr da gerade wirklich vorgeschlagen, dass sie mit dem Duke eine Affäre einging?

»Schau mich nicht so an!«, verteidigte sich Betty. »Warst du nicht diejenige, die sagte, man sollte sich von gesellschaftlichen Erwartungen nicht so gängeln lassen? Vor allem als Witwe? Was hält dich denn davon ab, einfach dein Leben ein wenig zu genießen?«

Rebecca senkte den Blick auf ihren dampfenden Becher. »Ich … ich kann eben nicht.«

»Du könntest seine Mätresse werden. Alle hochgestellten Herrschaften haben Mätressen. Das würde dich übrigens auch nicht davon abhalten, trotzdem in die Politik zu gehen. Viele Mätressen sind sehr einflussreich.« Tatsächlich. Betty schlug ihr eine Affäre vor. Sie griff nach dem Schürhaken und stocherte in den Flammen vor ihnen herum, während sie weitersprach: »Sogar die Magazine berichten darüber. Und eine Mätresse zu haben, der er sein Herz schenkt, hat auch gar nichts damit zu tun, dass er sich diesen Sommer noch verloben möchte.«

»Niemals könnte ich seine Mätresse werden«, wehrte Rebecca ab.

Betty sah sie an, als hätte sie nicht mehr alle Tassen im Schrank. »Verstehe ich nicht.« Vor lauter Entrüstung warf sie die Hände in die Luft, und Rebecca musste sich nach hinten beugen, um dem Schürhaken zu entgehen. »Du willst doch sowieso nie wieder heiraten. Er mag dich, und gerade eben hast du sogar selbst zugegeben, dass du dich in ihn verliebt hast. Zweimal hat er dir jetzt schon aus einer misslichen Lage geholfen, und du …«

»Ich habe der Countess mein Wort gegeben, gegen ihn auszusagen. Im Gegenzug gibt sie mir die finanziellen Mittel an die Hand, das Grundstück zu erwerben. Das ist der Handel, und daran muss ich mich auch halten«, versuchte Rebecca, ihre Freundin am Weiterreden zu hindern. Denn die Argumente, die sie hervorbrachte, waren alle einleuchtend. Leider.

»Warum einfach, wenn es auch kompliziert geht, oder? Du könntest mit dem Duke auch eine Nacht verbringen und hättest das Grundstück ebenso. Und du weißt doch gar nicht, ob er das Grundstück an euren Strohmann überhaupt veräußern würde. Euer Plan hinkt.« Etwas zu vehement ließ Betty ein weiteres Zuckerstück in ihren Kakao plumpsen, er spritzte heraus und ein Tropfen landete auf ihrem Rock. Missmutig starrte sie darauf und fragte sich vermutlich, ob sie sofort in ihren Schlafraum gehen und ihn herauswaschen sollte.

Rebecca musste ihrer Freundin recht geben. Sie hatte keinerlei Garantie, dass Somerville das Grundstück verkaufte. Wenn er allerdings unter politischem Druck stünde und der Verdacht bestand, dass er auf diesem Grundstück Franzosen beherbergte, gefährliche Franzosen, dann wären ihre Chancen bereits bedeutend besser.

»Du weißt, wenn ich jemandem mein Wort gebe, dann halte ich mich auch daran«, erklärte Rebecca dann aber nur.

»Das Argument hast du schon mal hervorgebracht. Vor ein paar Wochen, als du diesem elenden Castledown ein halbes Vermögen in den Rachen geworfen hast. Und auch da war es ein Fehler.« Offenbar hatte Betty sich dagegen entschieden, den Fleck auszuwaschen, sondern konzentrierte sich voll und ganz darauf, Rebecca umzustimmen. »Außerdem nehme ich dir das sowieso nicht ab. Du bist eine viel zu erfahrene Geschäftsfrau, um auf irgendeinem geschäftlichen Ehrenkodex zu beharren. Die Countess würde nicht einmal mit der Wimper zucken, bevor sie dich fallen ließe, wenn es für sie nur irgendwie lohnenswert wäre.«

»Es wäre unprofessionell und unmoralisch, auf sein Angebot einzugehen. Was sagt das über mich als Geschäftsfrau aus, wenn ich mich auf solcherlei Handel einlasse? Sollte es jemals irgendjemand erfahren, dass ich für eine Wahlstimme mit ihm ins Bett steige, würde ich meine Glaubwürdigkeit und mein Gesicht verlieren. Ganz zu schweigen davon, ob ich dann noch in den Spiegel schauen könnte. Ich würde doch genau die Vorwürfe erfüllen, die Frauen stets gemacht werden: Sie wären zu schwach, könnten nicht logisch denken und der rauen Geschäftswelt nur mit ihrer Körperlichkeit und nicht ihrem Intellekt begegnen.«

»Aber hinter dem Rücken des Dukes eine Intrige zu spinnen, von der du dir immer sicherer wirst, dass es im Grunde eine Lüge ist, findest du besser? Das ist doch mindestens genauso unehrbar.«

Rebecca schwieg, während sie mit ihrem Zeigefinger den Nasenrücken auf- und abfuhr. »Nein«, gab sie schließlich widerstrebend zu. »Das ist auch nicht viel besser. Aber ich …«

»Lassen wir das Geschäft mal außen vor. Im Grunde wärst du einer Affäre mit dem Duke doch auch selbst nicht abgeneigt, oder?«

»Hm«, brummte Rebecca bloß und nahm lieber einen großen Schluck heiße Schokolade, als zu antworten.

»Rebecca?«

»Ja?«

»Ich weiß, ich bin keine der gebildeten Society-Ladies, ich habe weder Manieren noch Raffinesse, aber ich habe zumindest ein klein wenig Menschenkenntnis. Du verschweigst mir irgendetwas«, stellte sie fest.

Rebecca starrte in die Flammen, auf das züngelnde Blau, das direkt über den verkohlten Holzscheiten zu schweben schien und oben zu einem blendend hellen Gelbton wurde.

Und sie rang mit sich. Der Blick aus Bettys warmen braunen Augen lag auf ihr, sie erkannte die Sorge darin, und auch die Zuneigung, und dann fällte sie eine Entscheidung.

»Ich kann mich ihm nicht zeigen. Ihm nicht und sonst auch keinem anderen Mann mehr. Nie mehr«, gab Rebecca leise zu. Offenbar so leise, dass Betty sie gar nicht richtig verstanden hatte.

»Wie meinst du das?«, hakte sie nach.

»Ich … ich kann mich niemandem zeigen«, wiederholte sie, kaum lauter als vorher und ohne Betty dabei ins Gesicht zu schauen. Das Herz schlug ihr trotzdem bis zum Hals.

Da. Sie hatte es ausgesprochen.

»Wieso?«

Natürlich würde Betty das fragen. Es war *Betty*, die da neben ihr saß, sie würde sich niemals mit einer so vagen Antwort zufriedengeben.

Mit einem einzigen Zug leerte sie ihren Becher. Dann atmete sie tief ein, füllte ihre Lunge bis zum Anschlag und begann zu erzählen.

Von der Feuernacht im White Lion, von ihrem Ehemann, den sie nicht mehr retten konnte, von ihren Verletzungen, die sie davongetragen hatte und die ihr Leben seither einschränkten. Zumindest, was ihr Liebesleben betraf. Und sie erzählte von ihrem Erlebnis mit Peters, als er sich voller Ekel von ihr abgewandt hatte. Das ein oder andere hatte Betty sicherlich bereits von ihren Bediensteten im White Lion erfahren, schließlich hatten viele davon schon vor dem Feuer im Dienst der Seagraves gestanden. Die Tatsache, dass Rebecca aber noch Narben davongetragen hatte, konnte sie nicht gewusst haben.

Betty hatte ganz still zugehört, bis Rebecca ihren Bericht abschloss. »Ich … das tut mir leid. Das tut mir so leid. Tun die Narben sehr weh?«, fragte sie dann und drückte Rebeccas Hand.

Rebecca zuckte mit den Achseln. »Hin und wieder schmerzen und jucken sie, und wenn ich nicht aufpasse, scheuern sie auf und nässen, aber sonst schränken sie mich kaum ein. Sie sind eben ein Teil von mir. Inzwischen habe ich mich daran gewöhnt.«

»Nicht alle Männer werden so reagieren. So unfair und unverschämt wie dieser Peters. Ganz sicher nicht.«

»Ich glaube schon.«

Betty schüttelte immer vehementer den Kopf. »Der Mann, der *dich* sieht. Deinen Intellekt und deinen Esprit, dein großes Herz und deinen Kampfgeist. Dein wunderschönes Gesicht, deine perfekte Figur – dem machen doch ein paar Narben nichts aus.«

Rebecca presste die Lippen aufeinander, denn allmählich schnürte es ihr die Kehle zu. »Aber ich traue mich nicht mehr, Betty. Verstehst du? Ich will mich nie wieder so minderwertig und … erniedrigt fühlen, ich …«

Schon wieder traten ihr Tränen in die Augen. Vielleicht waren es die vielen Komplimente, die Betty ihr gerade gemacht hatte, die ihr so nahegingen, vielleicht war auch der ganze Abend ein wenig viel für sie, aber gerade hatte sie die Kraft nicht mehr, sich zu beherrschen.

Betty strich ihr tröstlich den Rücken auf und ab, während sie weitersprach. »Der Mann, dem du vertrauen kannst und der dir vertraut, dem wirst du dich auch wieder zeigen können. Und der wird auch nicht angewidert sein von dir, glaub mir.«

Rebecca schnaubte. »Dann kann das ja schon mal nicht der Duke sein, denn sollte er mir jemals vertraut haben, werde ich das morgen alles zunichtemachen.«

33.

Das ungute Gefühl, das die ganze Nacht über in ihrer Magengrube gesessen hatte, verließ sie auch nicht, als sie am frühen Nachmittag an der Themse entlang in Richtung des Parlamentsgebäudes lief.

Ihre Absätze klackerten auf dem Pflasterboden, die Möwen kreisten über ihrem Kopf, und am liebsten hätte sie stundenlang dem geschäftigen Treiben der vielen Menschen und dem Gewirr an Booten am Ufer zugesehen, nur damit sie nicht ins Parlament musste. Verrückt eigentlich, wo sie doch so viele Jahre davon geträumt hatte, hierher zurückzukehren. In den Palace of Westminster.

Der Ort, an dem sowohl das Oberhaus als auch das Unterhaus tagten. Wie oft hatte sie sich vorgestellt, wieder im Speicher der St. Stephen's Chapel zu sitzen und einer Debatte zu folgen. Und nun war sie tatsächlich hier. Sie würde das Gebäude über eine Seitentür betreten, denn der Ausschuss tagte gar nicht offiziell. Die Untersuchung gegen Somerville war eine streng vertrauliche Angelegenheit.

Lady Cavan hatte ihr heute am frühen Morgen einen Besuch abgestattet und sie instruiert. Besser gesagt, sie hatte eine besorgte Miene aufgesetzt und sich nach Rebeccas Wohlbefinden erkundigt, war dann aber recht schnell mit dem eigentlichen Grund für ihr Erscheinen herausgerückt: dem Ausschuss am heutigen Nachmittag und was Rebecca dort genau sagen sollte. Rebecca hatte die Nacht zuvor kaum ein Auge zugetan, ihr Kopf hatte gedröhnt, und deshalb waren ihr die Antworten nur einsilbig über die Lippen gekommen. Der Countess gegenüber hatte sie behauptet, der Duke of Somerville hätte ihren Schwächeanfall mitbekommen, ihr seine Kutsche zur Verfügung gestellt und sie dann zur Sicherheit mit nach Hause begleitet. Dass sie den gesamten restlichen Abend noch miteinander verbracht hatten, verschwieg sie natürlich, und Lady Sybil schien die Vorkommnisse auch nicht weiter thematisieren zu wollen, denn sie hatte ohne Unterlass von dem Ausschuss gesprochen.

Rebecca wusste, was sie sagen musste, sie hatte die Sätze seither oft genug wiederholt.

In den leer stehenden Bauernkaten in Walcott beherbergt der Duke of Somerville Franzosen. Sie sind nicht adelig und haben sich kritisch der englischen Krone gegenüber geäußert. Ich habe es selbst gehört.

Es stimmte einfach nicht. Der eine Franzose, den sie angetroffen hatte – mit keiner Silbe hatte er die Krone erwähnt. Die Anschuldigungen waren im Grunde unhaltbar.

Sie waren eine Lüge.

Spätestens seit ihrer gestrigen Unterhaltung mit dem Duke war ihr das klar geworden.

Sobald die Gerüchte über die Anhörung an die Ohren des Dukes gelangten, würden sie und Lady Cavan einen Strohmann losschicken, um den Ankauf des Grundstücks anzubieten. Alleine schon, um die Anschuldigungen zu entkräften, würde er diesen Besitz vermutlich loswerden wollen. Das Grundstück würde ihr zum Spottpreis in den Schoß fallen.

Während Rebecca die Themse entlanglief, die hoch aufragenden Parlamentsgebäude im Blick, hatte sie das Gefühl, dass das Herzklopfen, das sie schon die ganze Nacht begleitet hatte, immer stärker wurde. Sie hatte nur bis zum Temple, dem Gerichtsviertel, eine Kutsche genommen und wollte den Rest zu Fuß gehen, um sich zu sammeln, einen klaren Kopf zu bekommen und die Aussagen noch einmal durchzugehen.

Aber je näher sie nun den Gebäuden kam, desto schwerer fiel es ihr, zu atmen. Als säße ein Ballon in ihrem Brustkorb, der mit jedem Schritt, den sie tat, ein Stückchen größer wurde.

Der Duke war kein schlechter Mensch und auch kein Umstürzler. Die Aussage, die sie im Begriff war zu machen, war schlicht absurd.

Außerdem war mittlerweile etwas zwischen Somerville und ihr passiert, das …

Rebecca atmete tief aus.

Sie mochte ihn, sehr sogar. Alleine bei dem Gedanken an ihn machte ihr Herz einen Satz, und sie bekam dieses eigenartige, nervöse Flattern im Magen.

Aber das durfte sie sich nicht erlauben. Er war der erste Mann, der sich ihren politischen Ambitionen in den Weg stellte, und sie entwickelte schon eine Schwäche für ihn. Hatte sie wohl vor, sich auch in alle anderen ihrer politischen Gegner zu verlieben, die halbwegs attraktiv waren oder mit ihr flirteten?

Sie streckte den Rücken durch, verknotete ihre zitternden Finger ineinander und lief weiter.

Sich zu verlieben war irrational und falsch, und deshalb brauchte sie sich jetzt auch mit ihrer Aussage nicht so anzustellen, redete sie sich ein. Wenn sie wirklich im Zirkus der Politik mitmischen wollte, würde das nicht die einzige fragwürdige Entscheidung bleiben, die sie treffen musste.

Das war eben der Preis, den sie für ihren Erfolg zahlen musste.

Du könntest auch einfach mit ihm schlafen. Dann würdest du das Grundstück ebenfalls bekommen.

Ein bitteres, hohles Lachen stieg in ihr auf.

Vielleicht war es seine chronische Ennui, die ihn dazu brachte, sie unbedingt in sein Bett bekommen zu wollen. Weil sie schon so oft miteinander gestritten hatten und sie ihn ständig herausforderte. Er hatte sicherlich seine ganz eigenen Absichten und Motive, wenn er ihr vorwarf, dass sie mit seinem Herz spielte, aber es war definitiv keine echte Zuneigung, wie Betty es vermutete.

Ihre Worte klangen noch in Rebeccas Ohren. *Der Mann, dem du vertrauen kannst und der dir vertraut, dem wirst du dich auch wieder zeigen können.*

Sie hatte doch keine Ahnung von Männern!

Sie glaubte an deren noble Absichten und ihre Ehrbarkeit. Betty las einfach zu viele dieser Romane und Society-Magazinartikel. Und es war auch in Ordnung, dass sie das dachte, denn die Welt war ein bedeutend hellerer Ort, wenn man noch nicht so viele Enttäuschungen und Rückschläge miterlebt hatte.

Aber es stimmte nun eben einfach nicht.

Deshalb kannst du auch gegen ihn aussagen, bläute sie sich ein.

Doch sosehr Rebecca sich diesen Mann auch gerade schlechtzureden versuchte – all das waren keine ausreichenden Gründe, um ihn derart vorzuführen.

Sprich es ruhig aus: Du würdest ihn verraten.

Und allmählich dämmerte ihr auch die Tragweite dessen, was sie gerade vorhatte. Eine Anklage, oder alleine schon der Verdacht, dass Somerville mit Jakobinern paktierte, schadete nämlich nicht nur seinem Ruf und sorgte für einen kleinen, lästigen Skandal.

Wenn sich die Vorwürfe auf wundersame Weise erhärteten – und Rebecca hegte keinen Zweifel an den Fähigkeiten der Countess, genau dafür zu sorgen –, konnte der Duke unter Hausarrest gesetzt werden. Oder sogar ins Gefängnis kommen. So selten Aristokraten mit harten Gefängnisstrafen rechnen mussten – er würde in ernsthafte Schwierigkeiten geraten, denn die Angst in England vor revolutionären Strömungen machte nicht einmal vor der gesellschaftlichen Elite halt.

Und es wäre nicht das erste Mal, dass politische Feinde in diesem Land dem Tod ins Auge sahen.

Willst du dafür wirklich verantwortlich sein? Willst du das Somerville und Miss Langford wirklich antun?

Noch gut hundert Schritte war sie nun von dem Gebäudekomplex des Westminster Palace entfernt. Früher war er tatsächlich einmal der Königssitz gewesen, inzwischen bewohnten die Royals allerdings andere sehr viel komfortablere Stadtresidenzen. Der Palace war mehrflügelig und ragte viele Stockwerke hoch in den Himmel. Einige der Dächer waren mit altmodischen Zinnen gesäumt, und überall befanden sich Türme, mittelalterlich anmutende Fenster und Torbögen.

Und in einem davon erschien jetzt eine edel gekleidete Dame. Sie stand aufrecht, schlug mit ihrem Fächer ungeduldig in die flache Hand und sah sich suchend um.

Lady Cavan. Sie wartete auf Rebecca, das war ihr klar. Und sie war nervös.

Rebecca konnte gar nicht sagen, wieso, aber jetzt ließ sie sich noch mehr Zeit. Ein klein wenig, weil sie genoss, dass auch die Countess, deren Idee das alles ja gewesen war, mit Nervosität zu kämpfen hatte. Selbst sie musste sich bewusst sein, was sie da gerade im Begriff war, zu tun.

Mittlerweile war die Countess auf Rebecca aufmerksam geworden, und ihre Blicke verschränkten sich ineinander. Kutschen querten die Westminster Bridge, unterbrachen ihren Blickkontakt, aber ihre Augen fanden einander wieder, sobald freie Sicht war.

Lady Sybil lächelte und winkte sie einladend zu ihr herüber. *Es dauert nur wenige Minuten, Mrs. Seagrave. Sie wissen, dass er es verdient hat. Der Ausschuss wartet nur auf Sie, verstehen Sie? Ich habe mein Wort gegeben, dass Sie heute erscheinen werden.*

Die Stimme der Countess spukte ihr durch den Kopf.

In einer Stunde wäre das Ganze hier vorbei. Sie würde im Nachgang ihr Grundstück bekommen, mehr als eine Woche würde es sicherlich nicht dauern, und dann würde sie nach vorne schauen können.

Rebecca schluckte schwer, als sie erkannte, wie die Miene der Countess allmählich ernster wurde.

Tu es nicht, flüsterte eine leise, aber eindringliche Stimme in ihrem Kopf. *Es gibt andere Mittel und Wege. Beginne deine politische Karriere nicht auf dem Rücken von Unschuldigen. Es wird dich dein Leben lang verfolgen.*

Lady Sybil machte eine deutende Bewegung mit ihrem Fächer. Inzwischen schien sie ungeduldig zu sein, und auch schon ein wenig verärgert. Sie starrten sich gegenseitig an, und es kam Rebecca vor wie ein stummer Kampf, den sie miteinander ausfochten.

Ihr Wille gegen den der Countess.

Sie hielt die Luft an, jeder Muskel in ihrem Körper war bis zum Bersten angespannt und ihr Inneres war erfüllt von ihrem rasenden Herzschlag, den sie bis in die Fingerspitzen spürte.

Es gab nur noch Lady Cavan und ihren brennenden Blick, der auch irgendwie leer und leblos war. Und es war wie ein kurzes Blinzeln in den Abgrund.

Ein so grässliches Gefühl rauschte durch Rebeccas Adern, dass sie unwillkürlich die Luft einsog. Einen Schritt weiter, und sie würde ihre Seele an diese Frau verkaufen und sich auf ewig schuldig machen. Und das alles nur, um recht zu behalten? Um sich zu beweisen, dass sie auch ohne Männer ihre politischen Ziele erreichte und dass sie hier in London einen Zusammenhalt unter Frauen gefunden hatte, der gar nicht existierte? Lady Cavan dachte immer bloß an ihren eigenen Vorteil, und Rebecca würde zum Werkzeug dieser Frau werden. Außerdem würde dieses Mal nicht das einzige Mal bleiben.

Und dann begann sie, den Kopf zu schütteln. Erst nur ganz leicht, und schließlich immer bestimmter.

Die Countess riss die Augen auf, aber mehr sah Rebecca nicht, denn sie drehte sich um und ging.

Langsamen, gemessenen Schrittes, ganz ohne Eile. Sie meinte, einen kurzen, wütenden Aufschrei hinter sich zu hören, vielleicht war es auch nur das Gekreische der Möwen.

Sie lief die Themse entlang zurück. Gerade hatte sie die Countess vor den Augen eines hochrangigen Ausschusses bloßgestellt und wusste daher eines schon jetzt: Die Rache dieser Frau würde fürchterlich werden.

34.

»Euer Gnaden, Mrs. Martens ist gerade aus den Ranelagh Gardens zurückgekehrt, ihr war nicht wohl«, berichtete Mrs. Leroy, die Hausdame. Sie war so aufgeregt, dass sie unablässig mit dem Schlüsselbund, der an einem Gürtel baumelte, herumspielte. Vermutlich, ohne es überhaupt mitzubekommen. Es klimperte leise, Lady Rosalinds Blick blieb ein oder zwei Momente lang vorwurfsvoll auf den Schlüsseln hängen, aber selbst das schien Mrs. Leroy zu entgehen, denn eilig fuhr sie fort: »Vielleicht brütet sie eine Erkältung aus, ich habe sicherheitshalber einen Arzt gerufen.«

»Das haben Sie gut gemacht, und das ist ja wirklich bedauerlich. Richten Sie ihr Genesungswünsche von mir aus«, antwortete die Dowager Duchess.

Was sie eigentlich damit sagen wollte, war: *Warum erzählen Sie mir das alles, seien Sie so gut und stören die Unterhaltung mit meinem Sohn nicht weiter.*

Sie warf der Hausdame einen freundlichen, aber völlig unmissverständlichen Blick zu. Mrs. Leroy blieb jedoch im

Türrahmen zum grünen Salon stehen und trat von einem Fuß auf den anderen.

Offenbar war ihr Bericht noch nicht zu Ende, erkannte Henry und stellte seine Teetasse ab. Das kam ihm ziemlich gelegen, musste er zugeben, denn er hatte mit seiner Mutter gerade wieder über die Vorzüge von Miss Delmford diskutiert – vielmehr hatte seine Mutter von ihr geschwärmt und er geistesabwesend genickt und versucht, in sich hineinzuspüren, ob er sich das alles nur einbildete oder ob Miss Delmford wirklich einfach so gar nichts bei ihm auslöste.

Die Hausdame ließ endlich von ihren Schlüsseln ab, verknotete ihre Finger vor dem Bauch und sagte: »Die Miss Langfords – sie … also sie wollten nicht mit Mrs. Martens zurückkehren. An einem so schönen Maitag …«

»Sie möchten mir sagen, dass meine drei Töchter ohne Begleitung in den Ranelagh Gardens unterwegs sind?«, ergänzte Lady Rosalind die Erklärungsversuche der Hausdame, schon bedeutend forscher als gerade eben noch.

»Ja«, brachte sie schließlich mit sichtlicher Erleichterung hervor.

Langsam, bedrohlich langsam drehte die Dowager Duchess den Kopf zu Henry und fixierte ihn.

Entschuldigend zog er die Schultern hoch. »Schau mich nicht so an, dafür kann ich nun wirklich nichts.«

»Du hast ihnen doch diese Flausen in den Kopf gesetzt!«, warf sie ihm vor.

»Glaub mir, ich bin unschuldig.«

Sie wandte sich zurück an Mrs. Leroy. »Ich werde mich darum kümmern, haben Sie vielen Dank für den Bericht.«

Als die Hausdame sich endlich zurückzog und sie die Tür fast lautlos geschlossen hatte, stellte Lady Rosalind fest: »Du fährst natürlich sofort hin.«

Henry runzelte die Stirn. Sein Plan wäre eigentlich gewesen, sich mit seinem Freund Bertram an der Themse auf eine Ruderpartie zu treffen. Der besaß nämlich exzellente Verbindungen zur *Watermen's Guild*, und sie könnten eines ihrer Boote für ein oder zwei Stündchen leihen.

»Sie werden schon …«

Lady Rosalind ließ ihn noch nicht einmal ausreden. »Du willst deine drei Schwestern ohne Aufsicht in den Ranelagh Gardens lassen?«, fragte sie scharf.

Jetzt, wo sie es laut aussprach, klang es tatsächlich etwas … schwierig. »Zwei von Ihnen sind bereits volljährig«, verteidigte sich Henry.

»Das ändert nichts daran, dass es sich für sie nicht schickt, ohne Anstandsdame unterwegs zu sein. Ich möchte mir gar nicht ausmalen, wozu sie fähig sind, wenn sie zu dritt ihr Unwesen treiben.«

»Wieso fährst du nicht einfach selbst hin?« Das war eine berechtigte Frage, fand Henry, denn er hatte gerade wirklich keine Lust auf einen Nachmittag voll von ermüdend langsamen Spaziergängen, einer Tasse Tee in der Rotunde und dem albernen Gekicher seiner drei Schwestern. Er wollte rudern, sich verausgaben und dann mit einigen Freunden in einen der Gentlemen's Clubs gehen und sich endlich mal wieder betrinken. Zu später Stunde würden sie dann vielleicht sogar in ein anderes Etablissement weiterziehen, denn Henry war frustriert. Und unbefriedigt.

»Und fange meine ungehörigen Töchter vor aller Augen ein, um sie nach Hause zu komplementieren? Stell dir nur die Schlagzeilen am nächsten Tag vor!«, holte ihn die Stimme seiner Mutter wieder in die Gegenwart zurück.

»Was voraussetzt, dass heute Nachmittag Journalisten in Ranelagh sind.«

»Ich bitte dich, Henry. Natürlich sind welche dort.«

Womit sie vermutlich recht hatte. Ein oder zwei waren jeden Tag vor Ort, um zu sehen, wer anwesend war, wer mit wem sprach oder wer wen ignorierte.

Mit einem Seufzer erhob sich Henry, verabschiedete sich von seiner Mutter mit einem Küsschen auf die Wange und rief im Hinausgehen nach Egbert, der ihm eine seiner Westen und einen Gehrock herrichten sollte.

Dann würde er eben wieder einen langweiligen Nachmittag im Park verbringen und auf seine kleinen Schwestern aufpassen. Definitiv würde er aber dafür abends in einen der Fechtclubs gehen und sich abreagieren. Zwar hatte er noch immer einen gehörigen Muskelkater von seiner Trainingseinheit vor zwei Tagen, aber er sehnte sich trotzdem nach mehr. Das Einzige, was seinen Ärger und die Kränkung momentan erleichterte, war ein geschundener Körper und müde Muskeln.

Das Hochgefühl, das ihm sein Abend mit Rebecca beschert hatte, war nämlich nicht von langer Dauer gewesen. Denn sie hatte ihn nicht nur in der Kutsche abblitzen lassen. Tags darauf war auch ein Brief von ihm unbeantwortet geblieben, und als er ihr mit Eliza zusammen einen Besuch hatte abstatten wollen, hatte sie sich verleugnen lassen. Obwohl er mit eigenen Augen gesehen hatte, wie sich in ihrem Apartment jemand hinter den dünnen Vorhängen im Salon versteckt und die Silhouette geradezu frappierende Ähnlichkeit mit der von Rebecca gehabt hatte.

Anscheinend hatte sie es nicht nötig, mit ihm zu sprechen, und dass sie sich nahegekommen waren, schien wohl auch keine Rolle zu spielen.

Ihr Verhalten ärgerte ihn. Und was ihn noch viel mehr ärgerte, war, dass bei dem Gedanken an ihre letzte gemeinsame Kutschfahrt die Lust in ihm wieder aufflackerte und ebenso der unbedingte Wille, diese Frau besitzen zu müssen. Und zwar ganz.

Er würde ihren Stolz schon noch überwinden und sie verführen.

Das hatte er sich damals im Panorama geschworen, und dieses Ziel würde er auch erreichen.

Obwohl er eigentlich wusste, dass es nicht gut war, für Rebecca eine solche … Obsession zu entwickeln. Oder vielmehr eine Schwäche. Das war es doch, eine kurzzeitige Schwäche. Mehr nicht.

Ein Ausgleich für seine wenig aufregende Brautschau.

Als er an den letzten beiden Tagen bei Miss Delmford zu Besuch gewesen und mit ihr durch den St. James's Park spaziert war, hatte er sich ertappt, wie er die beiden Damen verglichen hatte. Rebecca mit Miss Delmford. Ihr Aussehen, ihren Esprit, ihre Wortgewandtheit, ihren Intellekt.

Und ausnahmslos immer war seine zukünftige Braut hinter Rebecca zurückgeblieben.

Er hatte diese Erkenntnis ganz weit von sich geschoben und versucht, sich mit all seiner Energie auf Miss Delmford zu konzentrieren. Die junge Lady war ja wirklich nicht verkehrt, seine Mutter hatte durchaus recht. Sie würde eine standesgemäße Duchess an seiner Seite abgeben. Sich mit ihr zu verloben würde seine Mutter überglücklich machen und sie außerdem befrieden, damit sie nicht weiter Eliza zu einer Verlobung drängte. Im Herbst, zu Beginn der neuen Parlamentssaison, würde er heiraten und eine Familie gründen und die Dynastie der Dukes of Somerville fortsetzen. Und damit endlich die ihm obliegende Aufgabe erfüllen.

Das klang doch alles absolut … vielversprechend. Und vernünftig.

Trotzdem hatte Henry das Gefühl, dass sein Leben ihm gerade entglitt. Es fühlte sich so an, als würde er versuchen, mit gefesselten Händen eine rasende Kutsche zu lenken, die ständig an einer Klippe entlangfuhr und immer mehr ins Schlingern kam …

Ein erwartungsvolles Hecheln bei seinen Füßen riss ihn aus seinen trüben Gedanken.

»Na, Frederick? Wollen wir einen kleinen Ausflug nach Ranelagh machen?«

Egbert, der ihm in seinem Schlafzimmer gerade Weste und Gehrock angezogen hatte, war ihm nach unten zur Eingangstür gefolgt und hatte in weiser Voraussicht schon Fredericks Leine und sein Halsband mitgebracht.

Als sein Leibdiener ihm beides in die Hand drückte, führte Frederick einen kleinen Freudentanz um Henry herum auf, und der ganze, lang gezogene Hundekörper schien sich dabei zu kringeln.

»Deine nicht zu trübende Gemütsverfassung möchte ich mal besitzen«, murmelte Henry, während er ihm das Halsband anlegte und mit einem Zungenschnalzen bedeutete, dass es losging.

35.

Drei Tage lang hatte Rebecca sich nun schon zurückgezogen. Zwei Briefe von Eliza und einen von Somerville hatte sie unbeantwortet gelassen, und als beide sie an einem Nachmittag besuchen wollten, hatte sie Betty vorgeschoben und sich sogar verleugnen lassen.

Und es ging ihr nicht gut damit. Sie fühlte sich schuldig und auch ein klein wenig schäbig.

Alleine schon bei dem Gedanken, dass sie den Duke mehrmals geküsst und dann fast eine Falschaussage gegen ihn gemacht hätte, schämte sie sich. Sie fühlte sich grässlich.

Und sie *wollte* sich auch grässlich fühlen.

Wenn man es genau betrachtete, war ihr Aufenthalt in London bisher alles andere als erfolgreich gewesen. Nein, eigentlich hatte jede Sache, die sie angepackt hatte, in einem Desaster geendet.

Somerville hatte ihr ein unmögliches Angebot gemacht, und obwohl er ihr Widersacher war, bekam sie jedes Mal

Herzklopfen, wenn sie an ihn dachte. Sie hatte sich mit einer missgünstigen Gönnerin eingelassen und eine Abmachung zwischen ihnen gebrochen. Das geliehene Geld, das sie aus Bath mitgebracht hatte, wurde immer knapper, und zu allem Überfluss war sie auch noch Peters begegnet, dem Mann, den sie eigentlich nie wieder in ihrem Leben hatte sehen wollen.

Rebecca fand wirklich, sie hatte ein Recht darauf, deprimiert und niedergeschlagen zu sein. Den ganzen Tag im Bett zu liegen, sich von Marissa kannenweise heißen Kakao bringen zu lassen, die teuren Schokoladen von Fortnum & Mason in sich hineinzustopfen und sich selbst zu bemitleiden.

Ihre Freundin Isabella hatte das damals in Bath gemacht, als sie sich quasi zwangsverlobt hatte, und es schien ihr gutgetan zu haben, denn während der Hochzeit schien sie wieder Kraft getankt zu haben und auch bei sich gewesen zu sein.

Außerdem, musste Rebecca sich eingestehen, fürchtete sie sich auch ein klein wenig davor, nach draußen in die wirkliche Welt zu treten und der Countess in die Arme zu laufen. Oder dem Duke.

Noch dazu war sie sich nicht sicher, was nun ihre nächsten Schritte waren. Sich eine neue Unterstützerin suchen, die ihr Geld gab, damit sie dem Duke ein weiteres Kaufangebot machen konnte? An einige der *London Debating Societies* herantreten, in denen leidenschaftlich die politische Tagesordnung diskutiert wurde, und ihre Fühler ausstrecken, ob sie dort womöglich Unterstützer finden konnte?

Unverrichteter Dinge nach Bath zurückkehren und auf das Unmögliche hoffen, dass Tom Miller von irgendjemand anderem eine Stimme bekam?

Rebecca hob eines der bestickten Satinkissen im Bett nach oben, hielt es sich vor das Gesicht und stöhnte laut und angestrengt hinein.

Lady Sybil hatte Rebecca jedenfalls weder eine Nachricht zukommen lassen noch sie besucht. Nichts von ihr zu hören fand Rebecca beinahe bedrohlicher, als ihrem Zorn direkt ausgesetzt zu sein. Die Countess hatte ihr ja vorher erklärt, wie weit sie sich aus dem Fenster lehnte, indem sie einigen Abgeordneten von Somervilles angeblichen politischen Tätigkeiten berichtete.

Dass ihre Zeugin dann einfach nicht aufgetaucht war, hatte dem Ruf der Countess sicherlich geschadet. Jeder wusste, dass die Cavan mit Somerville liiert gewesen war, sie sich aber mittlerweile getrennt hatten. Man musste nur eins und eins zusammenzählen, um den Rachefeldzug einer geschassten Geliebten zu wittern.

Rebecca zog eine schmerzhafte Grimasse und griff nach ihrer Tasse, um den letzten Rest inzwischen kalten Kakao zu trinken.

Dabei kippte der gefährlich schiefe Stapel an Zeitungen von ihrem Nachtschränkchen und verteilte sich mit einem lauten Rascheln auf dem Dielenboden. Einige Momente starrte Rebecca indigniert darauf, rang mit sich, aber schälte sich dann mit einem Ächzen unter der wohlig warmen Decke hervor, um das ganze Papier zumindest auf einen einzelnen Haufen vor dem Bett zu schieben.

Mit einem klammen Gefühl in der Brust hatte sie jeden Tag die Zeitungen durchgeblättert, ob irgendetwas über den Duke berichtet wurde, hatte aber nichts finden können. Wenig überraschend, der Ausschuss war schließlich geheim gewesen und Rebeccas Abwesenheit hatte Lady Cavans Pläne vermutlich zunichtegemacht.

Ein Weilchen stand Rebecca in ihrem Schlafzimmer und lauschte dem Rattern der Kutschräder und den Stimmen der Passanten auf dem Bedford Square, die gedämpft durch ihr geschlossenes Fenster drangen.

Das Leben dort draußen ging trotzdem weiter.

Und du hörst jetzt endlich auf, dich selbst zu bemitleiden!

Wieso versteckte sie sich überhaupt vor der Countess?

Schließlich war nicht sie diejenige, die dem Duke mit einer Falschaussage hatte schaden wollen. All das hatte doch die Countess geplant, oder nicht? Sie hatte Rebecca sogar zu einem Meineid treiben wollen.

Sie würde mit der Frau reden und ihr erklären, dass sie nicht bereit war, zu lügen, um an das Grundstück zu kommen. Die Countess mochte durchtrieben sein, aber sie hatte zumindest eine Erklärung verdient.

Es war Sonntagnachmittag, und Betty hatte sich mal wieder mit dem brandneuen Stapel an Büchern, die sie zusammen mit Marissa gestern aus der Leihbibliothek geholt hatte, auf die Chaiselongue im Salon zurückgezogen und las. Es würde Stunden dauern, bis sie wieder aus ihrer Bücherwelt auftauchte, also beschloss Rebecca, alleine loszuziehen. Sie wusste, wo sich die Countess an einem so sonnigen und warmen Maitag aufhielt.

In den Ranelagh Gardens. Und deshalb nutzte Rebecca ihren neu gewonnenen Tatendrang, ließ sich von Marissa ein Bad zurechtmachen, wusch sich das ganze Selbstmitleid der letzten Tage vom Körper, frisierte sich, zog sich eines ihrer lilafarbenen Lieblingskleider an, warf sich ihr Mantelet über und rief sich draußen auf der Straße eine Mietkutsche.

Ob es wirklich eine kluge Idee war, die Countess an einem öffentlichen Platz anzusprechen, ohne ihr vorher geschrieben oder einen Besuch abgestattet zu haben, darüber wollte Rebecca gerade nicht weiter nachdenken. Sie war fest entschlossen.

Außerdem war sie sich ziemlich sicher, dass die Countess sie in ihrem Stadthaus gar nicht empfangen würde, selbst wenn Rebecca versuchte, die ganze Sache diskreter anzugehen.

Sie hatte sich nicht getäuscht. Ein Weilchen lief sie in den Gardens die lichten Spazierwege zwischen den Linden auf und ab und überlegte gerade, sich in der Rotunde ein Glas Milch zu kaufen, als sie zwischen den exakt angeordneten Baumstämmen die Countess mit einem Schwarm an ausnahmslos männlichen Begleitern ausmachen konnte. Sie waren so farbenfroh und auffallend gekleidet, mit knielangen goldbestickten Gehröcken, einige trugen gepuderte Perücken und Spazierstöcke, dass man sie gar nicht übersehen konnte.

Die Countess selbst hatte sich heute offenbar für ein ausladendes Kleid aus himmelblauem Satin mit spitzenbesetzten halblangen Ärmeln und einem ebenfalls spitzenbesetzten Brusttuch mit üppigen Rüschen entschieden. Auf ihrem breitkrempigen Strohhut wackelten zwei hohe, in pastelligem Blau eingefärbte Federn.

Welch illustre Gesellschaft, dachte Rebecca bei sich, atmete tief ein und aus, richtete ihr Mantelet und legte sich bereits einige Worte zurecht.

Wichtig war, freundlich zu bleiben. Und souverän, vor allem souverän, denn das würde der zornigen Countess den Wind aus den Segeln nehmen.

Außerdem würde sie hier in der Öffentlichkeit auch keine Szene machen. Sicherlich nicht.

Rebecca tupfte sich mit dem Handrücken über die erhitzten Wangen, denn die Seide ihrer Handschuhe kühlte sie.

Noch gut fünf Schritte war sie von Lady Cavan entfernt, als diese einen zufälligen Blick über die Schulter warf. Einen winzigen Moment, so hatte sie den Eindruck, blieben ihre Augen dabei auf Rebecca hängen, doch dann sah sie wieder nach vorne. Zwar hatte die Countess keine Miene verzogen, aber sie hatte Rebecca trotzdem gesehen.

Und anscheinend war ihre Strategie, Rebecca nun einfach zu ignorieren. Das war gut, denn es zeigte, dass Lady Sybil nicht ganz so selbstsicher war, wie sie erschien, und dass ihr ein Aufeinandertreffen vor aller Augen unangenehm war.

Eigentlich hatte Rebecca nur vor, einige Worte mit Lady Cavan zu wechseln und sich bei ihr zu entschuldigen. Es war das Mindeste, was sie tun konnte. Und es war auch nötig, denn die Countess zur Feindin zu haben, war etwas, was sie sich nicht leisten konnte.

Kurz vor dem chinesischen Pavillon hatte sie die kleine Gruppe beinahe eingeholt.

»Lady Cavan?« Rebecca näherte sich, und mehrere Köpfe aus der Entourage der Countess drehten sich zu ihr. Bestimmt waren auch einige Vertreter des *Spectator*, des *Gazeteer* oder des *Gentleman's Magazine* in der Nähe, die bloß darauf lauerten, dass an diesem schönen, aber ereignislosen Nachmittag etwas Berichtenswertes passierte.

Sollte Lady Sybil sie nun einfach weiter wie Luft behandeln, obwohl doch alle Anwesenden sie gesehen und gehört hatten, würde das morgen zweifellos in mindestens einer der Klatschspalten stehen. Natürlich bestand die Chance, dass Rebecca dabei nicht besonders gut wegkam. Aber das Risiko würde sie eingehen, schließlich war Lady Cavans stures und kindisches Verhalten genau das Gegenteil von guten Manieren, und das würden auch die versammelten Journalisten erkennen. Hoffte Rebecca zumindest.

»Auf ein Wort, Countess«, versuchte sie es erneut, und Lady Sybil wandte sich nun tatsächlich um.

Ihr Blick wanderte zwischen den anwesenden Gentlemen hin und her, und erst nach einer aufreizend langen Zeit blieb er auf Rebecca liegen.

»Was wünschen Sie?«, fragte sie kühl. Als ob sie sich noch nie begegnet wären. Als ob Rebecca und sie keine Abmachung gehabt hätten.

»Dürfte ich Sie kurz unter vier Augen sprechen?«

Wieder herrschte angespannte Stille.

»Besitzen Sie tatsächlich die Dreistigkeit, mich direkt anzusprechen?«, fragte die Countess sichtlich verärgert.

»Wie bitte?«

Einem von Cavans Begleitern zuckten die Mundwinkel, und ein höhnisches, herablassendes Grinsen legte sich auf sein Gesicht. Als wüsste er bereits, was nun passieren würde und als freue er sich schon auf das kleine Spektakel, das sich ihm gleich bot.

»Eine Frau von so zweifelhafter Herkunft sollte nicht in einem Etablissement wie den Ranelagh Gardens herumlaufen und die Gäste belästigen. Sie sollte sich besser unter den Matrosen und Arbeitern an der *Themse* vergnügen.«

Es passierte selten, aber Rebecca war für einen Moment sprachlos. Sie starrte die Countess an, und es war blankes Entsetzen, das ihr dabei den Rücken hinablief. Nicht nur aufgrund der haarsträubenden Beleidigung, die ihr die Cavan gerade an den Kopf geworfen hatte. Die Countess wusste davon, dass Rebecca an der Themse gewesen war.

Rebecca senkte einen Moment den Blick, um sich zu sammeln, als Lady Cavan bereits weitersprach: »Rogers?«, wandte sie sich an einen ihrer Begleiter. Den mit dem lilafarbenen Samtfrack und einem Gehstock in der Hand, an dessen Knauf einige Edelsteine glitzerten. Oder vielleicht war es auch einfach Glas, denn Rebecca wurde sich immer sicherer, dass es sich hier um eine Gruppe junger Schauspieler und Künstler handelte, die Lady Cavan als Mäzenin gewinnen wollten. »Seien Sie so gut und suchen Sie einen Parkwächter, um dieses Subjekt zu entfernen.«

»Subjekt«, wiederholte Rebecca scharf, noch bevor sie sich zurückhalten konnte.

Souverän. Bleib souverän, bläute sie sich in Gedanken ein.

Sie straffte die Schultern und versuchte sich an einem freundlichen Lächeln, als der Mann namens Rogers sich knapp verbeugte und suchend in Richtung Rotunde lief. Diese Gentlemen fraßen der Countess wirklich aus der Hand.

»Wir hatten eine Abmachung, Lady Cavan.« So schnell würde Rebecca nicht aufgeben. Wenn die Countess nun schmutzige Wäsche waschen wollte, würde sie eben auch mit ihrem Wissen auspacken. Die Umstehenden durften durchaus mitbekommen, dass Lady Cavan und sie Geschäftspartnerinnen sind. Oder waren, besser gesagt. Denn so wie es aussah, würde sie mit der Countess wohl nie wieder einen Handel eingehen.

»Glauben Sie allen Ernstes, dass ich mit jemandem wie Ihnen wirklich Abmachungen treffe und mich am Ende auch noch auf Ihr Wort verlasse?«

Ah, da war er endlich, der Vorwurf. Die Countess war beleidigt und wütend und wollte es Rebecca spüren lassen. Aber damit konnte sie umgehen.

»Es tut mir aufrichtig leid, Mylady.« Sie würde sich nicht auf den Zorn der Cavan einlassen und sich hier am Ende noch einen öffentlichen Streit liefern. »Ich kann Ihnen erklären, wieso ich nicht …«

»Nun seien Sie endlich still!«, zischte die Countess und trat einen drohenden Schritt auf sie zu. »Ich sage Ihnen mal eines. Eine Gastwirtin«, sie sprach das Wort aus, als wäre es eine ansteckende Krankheit, und erhob ihre Stimme, »die eine Schmugglerin ist und deren Mann auch noch unter ganz undurchsichtigen Umständen starb, ist niemand, mit dem ich auch nur im Traum daran denke, eine Abmachung zu treffen. Also hören Sie auf, mich zu belästigen!«

Atmen. Einfach atmen, redete Rebecca sich ein und fragte sich im gleichen Moment, warum die Countess um jeden Preis vermeiden wollte, dass irgendeine Verbindung zwischen ihnen bestand. Als wäre Rebecca eine Kriminelle, oder eine Hochverräterin, oder … Sie schluckte angestrengt. Das würde die Countess nicht wagen. Sie würde doch nicht ernsthaft Rebecca als Revolutionärin hinstellen wollen?

»Wovon sprechen wir hier eigentlich gerade?«, verlangte sie so ruhig wie möglich zu wissen, krampfte dabei aber ihre zitternden Hände um ihren Sonnenschirm. Das passierte immer, wenn sie aufgeregt war, und Rebecca hasste das an sich selbst. Ihre Hände verrieten sie stets als Erstes.

Als keine Antwort kam, versuchte sie den Gegenangriff. »Wie können Sie es wagen, das Andenken meines verstorbenen Mannes zu beschmutzen?«

»Meine gute Freundin, die Viscountess Parker, die ja auch Ihre Tante ist, hat mir die ganze, unselige Geschichte erzählt. Sie hat mich vor Ihnen ausdrücklich gewarnt.«

Die Viscountess, dachte sich Rebecca verdrossen. Mal wieder.

»Sie und Ihre wahnwitzigen Ambitionen gehören hinter Gitter, oder in eine Nervenanstalt, Mrs. Seagrave. Und ich werde sicherstellen, dass Sie auch genau dorthin kommen, wenn Sie es wagen, mich noch ein weiteres Mal zu behelligen«, sagte sie scharf und wandte sich um. »Gehen wir«, befahl sie ihren Begleitern und schritt mit erhobenem Kinn davon.

Das war eine Warnung. Rebecca verstand sie ganz genau.

Sie sollte sich zurückziehen und es gut sein lassen. Sie sollte die Gegenwart der Countess meiden, denn sie war gerade in ihrem Habitat. Lady Cavan war reich, gut vernetzt und noch dazu adelig, und Rebecca konnte diese Auseinandersetzung hier auf der Spielwiese der High Society in den Ranelagh Gardens nur verlieren.

Aber das ging einfach nicht.

Sie konnte diese Verleumdungen und diese öffentliche Demütigung nicht auf sich sitzen lassen. Nun zu schweigen käme einer Zustimmung gleich.

Und wenn es etwas gab, das Rebecca sich nicht vorwerfen konnte, dann war es, für den Tod ihres Mannes verantwortlich zu sein. Monate, eigentlich Jahre hatte sie gebraucht, um sich nicht mehr schuldig zu fühlen, weil ausgerechnet sie das Feuer überlebt hatte und er nicht. Es hatte sie innerlich aufgefressen, die Schuldgefühle hatten ihre Seele verdunkelt, bis Rebecca jeglichen Lebenswillen verloren hatte. So lange hatte es gedauert, bis sie neuen Mut geschöpft und wieder nach vorne hatte blicken können.

Diese Frau besaß nicht das Recht, ihre tiefsten Ängste auszusprechen und die dunkelsten Schatten in ihrer Seele heraufzubeschwören, um dann Lügen darüber zu verbreiten und Rebecca auch noch für etwas zu verurteilen, das nicht ihr Fehler war.

»Diese Unterhaltung ist noch nicht zu Ende!«, rief sie ihr hinterher, und ihre Stimme zitterte vor unterdrücktem Zorn.

Und dann ging alles ganz schnell. Sie sah noch, wie die Countess eine kleine Handbewegung machte, Rebecca konnte aber nicht ausmachen, was diese zu bedeuten hatte. Plötzlich standen zwei Männer neben ihr und drängten sie wie zufällig an den Rand des Wasserbeckens. Zuerst begriff Rebecca gar nicht, was gerade geschah, und wich vor den beiden Männern zurück.

Erst als sie den dumpfen Schmerz von einem Ellenbogen in den Rippen spürte und zu schwanken begann, verstand sie. Aber es war zu spät. Mit den Armen rudernd, versuchte sie vergebens, ihr Gleichgewicht wiederzufinden.

Einen winzigen Moment lang fühlte sie sich schwerelos, sie gab einen erschrockenen Aufschrei von sich, und dann schlug sie der Länge nach im Wasser auf. Eisige Kälte umfing sie und ließ ihr den Atem stocken. Ganz instinktiv versuchte sie, Luft zu holen, aber ihr Gesicht war unter Wasser, und sie verschluckte sich. Als ihr Kopf auftauchte und ihre Füße in dem schlammigen, algenbewachsenen Grund Halt fanden, begann sie erbärmlich zu husten. Sie richtete sich auf, der Kanal war nur etwa hüfttief, und blinzelte, denn ihre Sicht war von dem Wasser in ihren Augen ganz verschleiert. Während sie versuchte, die Haare, die ihr in nassen Strähnen auf dem Gesicht klebten, zur Seite zu wischen, bekam sie einige Algen zu fassen, die sich auf ihrem Kopf verheddert hatten.

Aber trotz ihres keuchenden Hustens hörte sie es, das gehässige Lachen aus so vielen Kehlen, und am lautesten von ihnen lachten die Countess und ihre Begleiter. Eine Dame direkt am Ufer bog sich sogar vor Vergnügen, und obwohl Rebecca in dem eisigen Wasser erbärmlich kalt war, spürte sie, wie ihr die Röte ins Gesicht stieg. Ein ihr völlig fremder Mann hatte sie gerade ins Wasser gestoßen, und statt ihr zu helfen oder den Mann dingfest zu machen, lachten die Umstehenden Rebecca einfach aus. Sie schaffte es nicht mehr, sich zu bewegen und zu reagieren, so sehr schämte sie sich. Noch immer musste sie husten und machte dabei hässliche, keuchende Geräusche, die nur noch mehr zur Belustigung der Umstehenden beizutragen schienen.

Am liebsten würde sie im Boden versinken.

Ein oder zwei Männer, die Rebecca bekannt vorkamen – vermutlich waren es Journalisten –, hatten am Ufer Stellung bezogen und ein kleines Büchlein gezückt. Aber keiner, wirklich niemand machte Anstalten, Rebecca zu helfen.

Warum auch? Sie war Gastwirtin und eine Schmugglerin, wie die Countess schon so treffend festgestellt hatte, und stand damit in der sozialen Stellung weit unter allen anderen Anwesenden. Jemand wie sie war nicht Teil dieser Gesellschaft. Sie war keine Lady, die man höflich und zuvorkommend behandelte oder der man half.

Hier in London war sie niemand. So viel wert wie eine niedere Bedienstete oder die käuflichen Frauen, die sich zu Tausenden an der Themse tummelten. Tränen traten ihr in die Augen, die sie mit aller Macht niederkämpfen musste.

Und einen Moment lang wünschte Rebecca sich wirklich, dass sie jetzt einfach sterben würde. Dass sie ertrunken wäre, bei ihrem Sturz gerade eben. Dann würden sie nicht mehr lachen, diese …

Hör auf damit.

Noch immer gab es einige schadenfrohe Lacher, auch wenn sie weniger geworden waren. Rebecca schloss die Augen, spürte in sich hinein und versuchte das letzte bisschen Stärke und Stolz zu sammeln, das irgendwo tief in ihr drinnen noch verblieben war. Sie würde sich nicht demütigen lassen. Man konnte über sie lachen, aber sie würde nicht erlauben, dass ein paar sensationslüsterne, kaltherzige Menschen ihr Innerstes zu Fall brachten.

Sie richtete sich auf, hob den Kopf, fasste ihre Röcke und watete mit einem kleinen Lächeln, das all ihre Kraft kostete, in Richtung Ufer. Sie sah nicht in die Gesichter der Umstehenden, denn es spielte keine Rolle, wer diese Menschen waren.

Sie alle spielten keine Rolle für sie.

Und dann, als sie an der Uferkante angekommen war und gerade überlegte, wie sie nach oben kommen sollte, ohne ihren letzten Rest Würde zu verlieren, bemerkte sie eine Hand, die sich ihr entgegenstreckte. Sie starrte darauf.

»Rebecca«, sagte jemand, leise, aber eindringlich.

Sie kannte die Stimme.

36.

Henry zeigte sein Jahresbillett vor, eine kleine, gestanzte Münze, und spazierte den Hauptweg in die Gardens hinein. Ein paarmal musste er stehen bleiben, damit Frederick einige offenbar unbedingt notwendige Markierungen an den hervorstehenden Rosensträuchern setzte, deren Knospen immer praller wurden.

Aber es dauerte gar nicht lange, bis er seine drei Schwestern entdeckte. Sie liefen einen der gut einsehbaren Spazierwege entlang und kicherten und gackerten dabei so laut, dass sogar Henry es hören konnte. Frederick wedelte bereits freudig mit der Rute und trommelte fiepend mit den Vorderpfoten in den Boden, weil er zu ihnen wollte, aber Henry schloss trotzdem nicht sofort zu ihnen auf.

Erst mal würde er sich in Ruhe ansehen, was die werten Damen hier in den Gardens eigentlich so trieben, wenn keine Aufpasserin dabei war.

Ersatz für Mrs. Martens hatten sie ja offenbar schnell gefunden, denn an Elizas Seite lief eine Frau. Henry sah nun etwas genauer hin. Die Dame mit den dunklen, zu einer lockigen Frisur zusammengesteckten Haaren kam ihm bekannt vor. Sie trug ein schmales, modisches Kleid aus einem hauchzarten Stoff, und Henry fragte sich, ob sie darin nicht furchtbar fror.

War das nicht eines von den jungen Dingern, die Eliza vor ein paar Tagen in der Oper so offensiv angelächelt hatten?

Sie mussten wohl befreundet sein. Eng befreundet, korrigierte Henry sich in Gedanken, denn die Dame hakte sich jetzt bei Eliza unter und die zwei steckten die Köpfe zusammen und kicherten albern. Das war seltsam, schließlich hatte Eliza damals im King's Theatre gar nicht erwähnt, dass sie diese Lady kannte. Sie war ungewöhnlich hochgewachsen für eine Frau, und während sie den Weg entlangliefen – sie waren nun fast auf Henrys Höhe –, legte Eliza ihren Kopf an der Schulter der Dame ab. Wäre sie ein Mann, könnte man fast sagen, die beiden turtelten wie ein … Henry schluckte. Ein Liebespaar. Erneut schluckte er.

Eher zufällig wandte Amelia den Kopf nach rechts und bemerkte ihn und Frederick auf dem parallel verlaufenden Weg. Nur ein etwa zehn Schritt breiter, kurz gemähter Rasenstreifen trennte sie.

»Henry!«, rief sie aus, und er sah es genau. Eliza zuckte zusammen und machte sich sofort von der fremden Lady los, die wiederum etwas beschämt die Lider senkte und peinlich berührt über ihre Frisur tastete.

Die beiden verhielten sich genau so, wie es zwei Verliebte tun würden, wenn man sie bei einem heimlichen Stelldichein erwischt hätte.

Einige Augenblicke starrte Henry die älteste seiner Schwestern an, ungläubig eigentlich, aber dann war es, als würde sich etwas in seinem Kopf zusammenfügen. Als hätte ihm noch ein letztes Puzzleteil gefehlt, um das Rätsel ihres Verhaltens die letzten Monate, eigentlich Jahre zu lösen. Alles ergab plötzlich Sinn.

Und dann begann Henry sich zu ärgern. Nicht weil Elizas Herz sich offenbar für keinen der vielen Heiratskandidaten erwärmen konnte. Gott nein, er war der Letzte, der das nicht nachvollziehen konnte. Auch nicht, weil er endlich den Grund dafür kannte, nämlich dass sie eine enge, offenbar sehr enge Freundschaft mit einer Frau pflegte und Gefühle für sie hatte. Gerade unter höhergestellten Damen war das keine Seltenheit. Die Duchess of Devonshire und ihr intimes Verhältnis mit Lady Foster war ein prominentes Beispiel dafür. Er verurteilte Eliza für ihre Vorliebe nicht.

Was er allerdings sehr wohl verurteilte, war, dass seine beiden jüngsten Schwestern offensichtlich Bescheid wussten, er jedoch nicht. Zwar war Elizas Verhalten und das ihrer Begleiterin dezent genug gewesen, um in der Öffentlichkeit kein Aufsehen zu erregen, schließlich waren enge Frauenfreundschaften sehr weit verbreitet. Jane und Amelia mussten trotzdem darüber im Bilde gewesen sein. Sonst hätten sie Eliza und wer auch immer diese Dame war nicht zehn Schritt hinter sich laufen lassen, sondern sie umringt und behelligt, wie es seine Schwestern eben so taten.

Wieso hatte Eliza ihm nicht davon erzählt? Hatte sie sich nicht getraut? Er hatte sich immer eingebildet, dass sie sich nahestanden und einander vertrauen konnten.

Anscheinend hatte er sich getäuscht.

»Oh, Henry, schau nicht so böse!«, begrüßte Amelia ihn mit der unverblümten Direktheit, die eigentlich nur ein Nesthäkchen besitzen konnte, querte den Rasen und beugte sich zu Frederick nach unten, der sich vor lauter

Freude in die Leine warf. Henry ließ sie los, und seine jüngste Schwester und der Hund wuselten über den Rasen.

»Bestimmt hat Mama ihm die Hölle heißgemacht, damit er hierherkommt und wir ja nicht unbegleitet sind«, stellte Jane fest und warf ihrem Bruder einen prüfenden Blick zu, um herauszufinden, wie sehr er gerade verstimmt war.

»So in etwa«, gab er verdrossen zurück, sah Jane und Amelia jedoch nicht an, sondern fixierte Eliza und ihre Begleiterin.

»Dann solltest du aber nicht auf uns sauer sein, sondern besser auf Mama«, redete Jane weiter und rollte ihren aufgespannten Sonnenschirm zwischen den Fingern hin und her. »Wir wollten noch eine oder zwei Runden drehen und wären dann sowieso ins Palais zurückgekehrt. Wieso sie sich immer so anstellt …«

Henry riss den Blick von der jungen Dame und Eliza los, und Letztere war inzwischen puterrot angelaufen. Eine bessere Bestätigung für seine Vermutung hätte Henry gar nicht haben können.

»Unreife Bemerkungen wie diese gerade eben sind genau der Grund, warum sie sich *so anstellt*. Und ich muss ihr ausnahmsweise einmal recht geben.« Drohend verschränkte Henry die Arme vor der Brust. »So junge Dinger wie ihr solltet nicht einfach ohne Begleitung durch den Park spazieren. Ihr wisst genau, dass ihr das nicht dürft.«

Jetzt wandte er sich mit einem aufgesetzten Lächeln an Eliza. »Aber ihr seid ja gar nicht ohne Begleitung, nicht wahr? Würdest du mir die Dame denn vorstellen?« Er starrte seine Schwester an, die sich unter seinem stechenden Blick immer unwohler zu fühlen schien.

Du hättest mir davon erzählen müssen, sagte er damit, und Eliza verstand ihn sehr wohl, ohne dass er den Vorwurf in Worte hätte fassen müssen. Sie hob entschuldigend – und auch ein wenig ratlos – die Arme und sagte dann: »Henry, darf ich dir Miss Wentworth vorstellen?«

Die Frau machte einen Knicks, wie es sich gehörte, schaffte es aber nicht, ihm in die Augen zu blicken.

Sie schämten sich vor ihm, alle beide.

Und das wollte Henry nicht.

Jane ließ den Blick zwischen den Anwesenden hin und her schweifen und räusperte sich. »Aber nun bist du ja hier, Bruderherz. Wollen wir alle zusammen in der Rotunde noch ein Stück Cheesecake essen gehen?«, schlug sie vor. Wie immer hatte Jane ein Gespür für angespannte Situationen und versuchte, diese zu entschärfen.

»Fantastische Idee«, willigte Henry immer noch etwas säuerlich ein.

Einladend zeigte er nach vorne, damit die Damen vorausgingen. Als Eliza Anstalten machte, ebenfalls zu gehen, bedeutete er ihr, einige Schritte hinter den anderen zurückzubleiben. Er wollte mit ihr sprechen und klarstellen, warum er verärgert war. Allerdings überforderte ihn die Situation gerade selbst noch, und er wusste nicht, wie er damit umgehen sollte.

»Interessant«, merkte er deshalb nur an, während sie die beiden jüngeren Schwestern dabei beobachteten, wie sie Miss Wentworth einige Kunststücke mit Frederick vorführten. Janes roter und Amelias blonder Haarschopf leuchteten in der Sonne, als sie sich zu ihm nach unten beugten und auf ihn einsprachen, und natürlich tat Frederick in diesem Augenblick nicht das, was sie ihm befahlen. Amelia kicherte so ausgelassen, dass der Hund sogar anfing, sie zu verbellen. Chaos. Es herrschte pures Chaos, wenn sie alle auf einem Fleck waren, wie immer.

Eliza zuckte statt einer Antwort mit den Schultern, und sie hatte auch die Lippen ein wenig gespitzt, ein untrügliches Zeichen, dass sie trotzig wurde.

»Versteh mich nicht falsch. Du musst dich nicht schämen für das, was du fühlst. Ich finde es nur sehr befremdlich, dass sowohl Jane als auch Amelia offenbar …«

Ein unterdrückter Aufschrei drang zu ihnen, gefolgt von einem lauten Platschen, und Henry hielt mitten im Satz inne.

Suchend sah er sich um und bemerkte eine kleine Menschenansammlung beim chinesischen Pavillon.

Auch Freddy schien irgendetwas in der Nase zu haben, denn er zog mit erstaunlicher Vehemenz in Richtung der Menschentraube, die sich vor dem Wasser gebildet hatte, sodass Amelia Mühe hatte, ihn zu halten. Das war ungewöhnlich, denn es gab wenige Dinge, die dieser Hund mehr hasste als Gewässer, oder wenn Egbert ihn baden musste, weil er sich wieder in Unaussprechlichem gewälzt hatte.

Alle fünf näherten sich dem Pavillon, und Henry konnte nicht einmal sagen wieso, aber er spürte ein leichtes Ziehen im Nacken. Seine Schultern verkrampften sich, als würde sein Körper ihn darauf vorbereiten, dass hier irgendetwas ganz und gar nicht stimmte. Inzwischen waren sie nah genug, um das Geschehen überblicken zu können, und er musste zweimal hinsehen, um wirklich zu glauben, was da vor ihm passierte.

»Oh Gott, die Ärmste«, hörte er Jane sagen, und er selbst hielt einen Moment lang die Luft an. War das wirklich …

»Mrs. Seagrave«, stieß Eliza erschüttert hervor.

Tatsächlich. Dort, vor dem chinesischen Pavillon, mitten im hüfttiefen Wasser, stand Rebecca. Sie war völlig durchnässt, und in ihren Haaren hatten sich einige Algen verfangen.

Und jetzt nahm Henry auch das schadenfrohe Gelächter der Passanten wahr, die um den Ort des Geschehens herumstanden, sich vor Lachen die Hand vor den Mund hielten, aber keine Anstalten machten, ihr zu helfen.

Als stünde Rebecca zu deren Belustigung im Kanal, wie ein Clown.

Ein oder zwei Herzschläge später erfasste Henry eine unglaubliche Wut, denn mittlerweile ahnte er, was hier vor sich ging. Am Eingang zum chinesischen Pavillon stand Sybil, die am lautesten von allen lachte und sogar mit der Hand auf Rebecca deutete.

»Das ist doch unglaublich!« Eliza hatte ihrer Schwester bereits ihren Sonnenschirm in die Hand gedrückt, um Mrs. Seagrave zur Seite zu stehen.

»Lass das, Eliza!«, befahl er barsch. »Ich habe Mutter versprochen, dass ihr wohlbehalten nach Hause kommt.

Und zwar ohne Aufsehen zu erregen oder am Ende noch an einem Skandal beteiligt zu sein.«

»Du kannst sie doch nicht ernsthaft dem ganzen Spott hier …«

»Nein, das habe ich nicht vor.« Er deutete in Richtung des Ausgangs. »Ihr fahrt jetzt ins Palais, alle drei. Und den Hund nehmt ihr mit«, herrschte er sie an. »Auf dem Heimweg bringt ihr auch Miss Wentworth nach Hause. Und zwar ohne zu zögern, wenn ihr keinen Hausarrest von Mama bekommen wollt. Ich kümmere mich um Mrs. Seagrave.«

Es war sein voller Ernst, und er würde sich auf keine Diskussion mehr einlassen – und das schienen auch seine Schwestern zu spüren, die ungewohnt folgsam nickten und mit Frederick in Richtung des Ausgangs liefen.

Henry wandte den Blick wieder nach vorne und beschleunigte seine Schritte, denn das Lachen ebbte allmählich ab. Es musste zwischen Rebecca und Sybil einen Streit gegeben haben, ging ihm auf, und schon wieder beschlich ihn das Gefühl, dass es irgendetwas mit ihm zu tun hatte.

»Schmugglerin«, hörte er jemanden in der Menschentraube zischen, an der er vorüberlief. »Das hat sie verdient«, sagte eine Frauenstimme, und Henry war drauf und dran, sich umzudrehen und den Herrschaften die Meinung zu sagen.

Aber dafür war jetzt keine Zeit. Noch während er sich unsanft einen Weg nach vorne bahnte, verbannte er jeglichen Groll aus seinen Zügen. Wenn er Rebecca wirklich helfen wollte, musste er nun entspannt und souverän wirken. Als wäre das alles nur ein Versehen, eine kleine Unachtsamkeit, nichts weiter.

Keiner nahm Notiz davon, dass er sich näherte, denn aller Augen waren nach vorne auf Rebecca gerichtet, die gerade dabei war, mit erhobenem Kopf an das Kanalufer zu waten.

Er bewunderte sie für ihre Ruhe. Sie hätte auch schreien oder weinen können, doch sie ertrug den Spott, der sich über ihr entlud, mit stoischer Gelassenheit. Wenn da nicht dieser Glanz in ihren Augen wäre, der Henry verriet, wie viel Anstrengung es sie kostete, ihre Contenance zu bewahren. Und er meinte auch die Wut und die Enttäuschung zu spüren, die hinter ihrer Fassade lauerte.

Und er fragte sich wirklich, was genau hier passiert war. Warum half ihr keiner, warum standen alle bloß herum und lachten, als wäre Rebecca eine Übeltäterin, die ihre verdiente Abreibung bekam?

Als sie am Ufer angekommen war und anscheinend überlegte, wie sie sich über die Kante hieven könnte, hatte sich ein junges Pärchen erbarmt und streckte ihr helfend die Hände entgegen. Henry stellte sich neben sie und machte nur eine kleine Handbewegung. Der Mann wandte sich um, erkannte, wer da neben ihm stand, und sofort wichen die beiden zurück.

Was hier auch passiert war, die Zuschauer, die Journalisten und vor allem Sybil sollten sehen, dass der Duke of Somerville Rebecca jetzt aus dem Wasserbecken half.

Er ging in die Knie und streckte ihr die Hand hin.

Zunächst starrte sie bloß darauf und reagierte nicht.

»Rebecca«, sagte er leise, und sofort sah sie nach oben. Als sich ihre Blicke trafen, hatte Henry einen kurzen Moment das Gefühl, dass der Boden unter seinen Füßen schwankte. Er fluchte unterdrückt, hatte sich gleich darauf aber wieder im Griff.

Er brauchte nicht mehr zu fragen, was sich hier gerade zugetragen hatte, denn er konnte es in Rebeccas Augen lesen.

Das hier war kein Missgeschick, kein dummer Zufall, oder was immer man als Erklärung finden könnte, warum Rebecca mitten im Wasser stand.

Es war mit böser Absicht geschehen und der Schmerz und die Wut – all das war für Henry so deutlich in Rebeccas dunklen Augen zu erkennen, als würde er es am eigenen Leib erfahren. Sie war kurz davor, die Nerven zu verlieren, Henry merkte es ganz genau, und es machte ihn so unglaublich zornig, dass er am liebsten laut losgebrüllt hätte. Aber er tat es nicht, sondern erwiderte Rebeccas verzweifelten Blick mit einem kaum merklichen Kopfnicken.

Mach dir keine Sorgen, teilte er ihr damit mit. *Ich bin jetzt da.* Und halblaut sagte er: »Alles ist gut.«

Plötzlich traten Rebecca Tränen in die Augen, die sie krampfhaft versuchte, wieder wegzublinzeln.

»Schhh«, beruhigte er sie kaum hörbar. »Nicht jetzt und nicht hier.«

Als wäre es genau das gewesen, was sie gebraucht hatte, nahm sie einen tiefen, zittrigen Atemzug und legte ihre eiskalte Hand in seine.

»Halt dich gut fest«, murmelte er. »Und hilf mir mit deinen Füßen.« Sie legte ihre zweite Hand um seine und stemmte einen Fuß gegen die Kanalwand, und er zog sie mit Schwung nach oben.

Ein ganzer Wasserschwall kam mit ihr auf die Wiese, und als er Rebecca mit seinem Arm stabilisierte, war sein Ärmel umgehend durchweicht. Ihre Robe klebte ihr schwer am Körper, kleine Sturzbäche von Wasser flossen von ihren Haaren und den Fingerspitzen und bildeten eine Pfütze im Gras.

Während er Rebecca festhielt und sicherstellte, dass ihre Knie nicht gleich unter ihr wegsackten, warf er Sybil einen Blick zu. Einen einzigen und auch nur einen Herzschlag lang. Aber das reichte, denn die Schadenfreude, die ihr bei seiner Ankunft noch ins Gesicht geschrieben stand, war inzwischen starr geworden. Feindselig sogar, und auch das hämische Gelächter ihrer Begleiter war nun verstummt.

Das hier trug Sybils Handschrift, und er schwor sich in diesem Moment, er würde sie dafür bezahlen lassen.

Rebeccas Schniefen zog seine Aufmerksamkeit wieder auf sich. Sie hatte die Augen niedergeschlagen, als hätte sie nicht mehr die Kraft, die neugierigen und schadenfrohen Blicke der Umstehenden zu erwidern. Ihre Hände zitterten immer stärker. Vor Kälte oder Schock, Henry wusste es nicht. Sofort zog er seinen Gehrock aus und legte ihn ihr über die Schultern.

Deutlich hörbar sagte er: »Kommen Sie, Mrs. Seagrave, wir rufen Ihnen eine Kutsche, damit Sie sich nicht erkälten.«

Dabei ließ er seinen Blick auffällig lange auf den beiden Journalisten ruhen, die er vorhin im Vorbeigehen identifiziert hatte. Ihre Notizbücher gezückt, hatten sie an der Uferkante Aufstellung genommen.

Sie verstanden, was er sagen wollte, einer von ihnen nickte sogar. *Diese Frau steht unter meinem Schutz. Und wer sie angreift, greift auch mich an*, teilte er ihnen damit mit.

Das würde sie vermutlich nicht davon abhalten, über das Ereignis hier zu berichten, aber es würde den Ton und den Inhalt des Artikels sehr wohl beeinflussen.

Er bot Rebecca seinen Arm an, und sie hakte sich bei ihm unter. Die Passanten hatten inzwischen wohl das Interesse verloren, die Ansammlung löste sich allmählich auf, und er lief mit Rebecca in Richtung des Ausgangs. Seine Mutter würde toben, wenn sie das hier mitbekam, doch das spielte gerade keine Rolle.

Der nasse Rock flappte um Rebeccas Beine, die Kiesel knirschten unter ihren Schuhsohlen, und beinahe hätte Henry es gar nicht gehört.

»Danke«, sagte Rebecca mit erstickter Stimme und hielt das Kinn dabei tief gegen den Brustkorb gezogen, als kämpfe sie gerade wieder mit den Tränen.

»Natürlich«, erwiderte Henry bloß.

37.

Wie immer stand eine ganze Reihe an Mietkutschen vor dem Eingang zu den Ranelagh Gardens. Henry winkte eine von den überdachten heran. In einem Gefährt ohne Verdeck würde Rebecca sich binnen kürzester Zeit erkälten.

Der Kutscher sah, dass Rebecca tropfnass war, und protestierte, aber Henry brachte den Mann mit einigen Münzen zum Verstummen. »Zum Bedford Square«, verlangte er, und als der Kutscher erkannte, dass Henry ihm locker die dreifache Summe zugesteckt hatte, die er für gewöhnlich auf einer solchen Fahrt verdiente, nickte er schließlich.

Henry half Rebecca beim Einsteigen, die immer unkontrollierter am ganzen Körper zitterte. Die Kutsche fuhr los, und während er ihr die triefenden Seidenhandschuhe von den Händen zerrte, fragte er: »Was ist passiert?«

Sie schloss die Augen und schüttelte nur den Kopf.

»Rebecca?«

Noch immer hielt sie die Augen geschlossen, und ihre Unterlippe, die schon ganz blau angelaufen war, zitterte leicht. Er ließ ihre langen Handschuhe achtlos auf den Boden fallen und begann, ihre eisigen Hände zu reiben. Sie ließ es geschehen.

»Sieh mich an«, befahl er nun, mit ernster, fast herrischer Stimme.

Dieses Mal folgte Rebecca und öffnete die Lider.

»Was ist passiert?«, wiederholte er und sah ihr dabei beschwörend in die Augen, damit sie ja nicht auf die Idee kam, sich ihm wieder zu entziehen.

Sie atmete tief ein und sagte schließlich: »Ich wollte mit Lady Cavan sprechen, aber sie nicht mit mir. Als ich darauf bestand, dass sie mir zuhörte, haben mich zwei ihrer Begleiter ins Wasser gestoßen.«

Er nickte. Nach allem, was er in der kurzen Zeit von der Szene mitbekommen hatte, klang das plausibel. Dass Sybil Rebecca während ihres kurzen Streits lautstark als Schmugglerin oder mit noch schlimmeren Bezeichnungen beschimpft hatte, konnte er sich selbst zusammenreimen. Sonst wären die Umstehenden Rebecca nicht mit so viel Verachtung begegnet. Immerhin war die Cavan eine Dame der Gesellschaft und eine angesehene Countess. Ihr Wort hatte Gewicht.

»Was hattest du mit ihr zu besprechen?«, wollte er wissen.

Ein Schatten flog über Rebeccas Gesicht. »Das kann ich dir nicht sagen.«

»Hat es etwas mit mir zu tun?« Er musste es fragen, auch wenn es fürchterlich selbstbezogen klang. Denn wenn es so wäre, müsste er ernsthaft überlegen, was er gegen Sybil unternehmen könnte.

Henry sah, wie Rebecca ganz kurz die Lippen aufeinanderpresste und drauf und dran war, ihm irgendeine Ausflucht aufzutischen.

Er zog warnend die Augenbrauen hoch. »Denk noch nicht mal dran, mir jetzt nicht die Wahrheit zu sagen.«

Sie schnaubte. »Die Wahrheit! Wann habe ich dir schon jemals die Wahrheit gesagt?«

Sie hielt seinem Blick stand. Immerhin das tat sie und wich ihm nicht aus. Trotzdem überschlugen sich die Gedanken in Henrys Kopf. Natürlich war sie ihm gegenüber nicht immer vollkommen ehrlich gewesen. Er hatte es geahnt, und außerdem hatten sie ja auch Geschäfte miteinander machen wollen. Oder vielmehr sie mit ihm. Aber das klang nun wirklich … bedenklich.

»Dann wird es Zeit, dass wir jetzt damit beginnen«, gab er zurück.

»Wieso sollten wir?«

»Weil ich dich gerade vor aller Augen aus dem Kanal der Ranelagh Gardens gezogen habe und du offenbar ein Problem hast?«, versuchte er es, bemerkte aber selbst, dass Rebecca sofort ein Stückchen von ihm wegrutschte. Und er spürte förmlich, wie sie sich ihm wieder verschloss.

»Weil du schon viel tiefer in meinem Leben steckst und ich viel tiefer in deinem, als du es zuzugeben bereit bist. Und es langsam Zeit wird, ehrlich zueinander zu sein«, schob er deshalb mit rauer Stimme und klopfendem Herzen hinterher. Denn er meinte jedes Wort genau so, wie er es sagte. »Spätestens jetzt ist es der Fall, denn die Tatsache, dass ich dir gerade geholfen habe, wird morgen in der ganzen Stadt bekannt sein.«

Ruckartig wandte Rebecca den Kopf ab, sie nahm sogar ihre Hand zurück, die allmählich wieder warm wurde, und starrte nach draußen. Er sah ihr an, wie es in ihr arbeitete.

»Was ist zwischen dir und Lady Cavan vorgefallen?«

Sie antwortete nicht.

Allmählich verlor Henry die Geduld. »Vertraust du der Countess wirklich mehr als mir?«

Sie sah ihn an, als hätte er gerade eine Ungeheuerlichkeit ausgesprochen. »Nein, natürlich nicht.« Und leiser fügte sie hinzu: »Aber ich darf dich nicht in mein Leben lassen.«

Henry atmete drohend ein, wollte schon etwas im Affekt erwidern, hielt sich allerdings im letzten Moment zurück. Ein oder zwei schmerzhafte Herzschläge später platzte es dann aber doch aus ihm heraus: »Warum, Rebecca? Warum baust du diese Mauern um dein Herz auf? Warum meidest du meine Gegenwart und entziehst dich Gefühlen so sehr? Und versuch gar nicht, es abzustreiten! Ich weiß, dass du vor zwei Tagen zu Hause warst und dich hast verleugnen lassen.« Er versuchte, sich wieder zu beruhigen. »Ist es die Trauer um deinen verstorbenen Ehemann?«, vermutete er, sanfter diesmal. Denn wenn es so wäre, würde er es akzeptieren können. Dann würde er zumindest wissen, weshalb Rebecca ihn immer wieder zurückwies.

Er konnte nicht einmal sagen, wieso er sich so sehr darauf verbiss, Rebecca näher kennenlernen zu wollen. Mehr als eine Affäre oder seine Geliebte würde sie ja ohnehin nie werden können.

Trotzdem musste er es wissen. Es war wie ein niederer Instinkt, wie der Drang zu atmen, zu essen oder zu trinken.

»Nein, das ist es nicht«, räumte sie fast tonlos ein.

»Ist es, weil du dir keine Liebschaften außerhalb einer Ehe erlauben möchtest? Denn das glaube ich dir nicht, sonst hättest du mich niemals geküsst.«

Ein kleines, bitteres Lächeln legte sich auf Rebeccas Lippen, doch sie schwieg. Und das machte ihn rasend. Aber auch wenn sein Innerstes in Aufruhr war, hielt er sich zurück, weil er wusste, dass es Rebecca nur noch mehr in die Defensive treiben würde. Das war das Letzte, was er wollte.

Die Kutsche hielt an, sie waren am Bedford Square angekommen. Unbehagliche Stille senkte sich auf sie herab, sie saßen sich gegenüber, starrten einander an und keiner sprach. Henry hatte seine Schuldigkeit getan, und Rebecca musste so schnell wie möglich aus ihrem durchnässten Kleid heraus. Aber obwohl sie nun einfach aufstehen und gehen könnte, hielt sie irgendetwas zurück.

Angestrengt schnaufte sie aus. »Komm mit mir mit«, bat sie mit belegter Stimme. »Ich muss dir etwas zeigen.«

38.

»Brennt das Feuer in meinem Schlafzimmer?«, fragte Rebecca, noch bevor Marissa irgendeinen Laut der Verwunderung äußern konnte. Sicherlich erkannte sie den Duke. Und sie sah, dass Rebeccas Robe durchnässt, verknittert und verschmutzt war. Ihr Blick pendelte zwischen beiden hin und her, und offenbar konnte sie sich keinen Reim auf das machen, was sie sah. Sie nickte, und Rebecca bat: »Kein Wort, zu niemandem, Marissa. In Ordnung?«

Was sie damit sagen wollte, war: *Erzähl jetzt um Himmels willen Betty nichts.*

Wieder nickte Marissa.

»Bringst du Wein auf mein Zimmer?«

Einen Moment brauchte das Dienstmädchen, dann nickte sie erneut.

»Und Whiskey. Bring auch Whiskey, bitte.« Jetzt musste Rebecca doch schmunzeln. »Und atmen nicht vergessen, Marissa.«

Die holte tief Luft. »Ja, Mrs. Seagrave.«

Glücklicherweise war die Tür zum Salon geschlossen. Es war still drinnen, bestimmt las Betty noch, denn länger als zwei Stunden war Rebecca insgesamt ja nicht unterwegs gewesen. Sie bedeutete dem Duke mit dem Zeigefinger auf den Lippen, dass sie sich leise verhalten sollten. Beschwichtigend hob er die Hände, und dann liefen sie über die Holztreppe ein Stockwerk höher. Dabei lächelte er, Rebeccas Heimlichtuerei schien ihm Spaß zu machen.

Das Lächeln würde ihm sehr schnell vergehen, davon war Rebecca überzeugt.

Es dauerte nicht lange, bis Marissa das Tablett mit Wein und Whiskey hereintrug, es abstellte und mit einem verschämten Knicks wieder ging. Bevor sie sich wegdrehte, atmete sie noch einmal ein, als wolle sie etwas sagen. Ihr Blick flackerte dann jedoch zu Somerville, der mitten im Raum stand, und sie schloss den Mund wieder, knickste erneut, und Rebecca meinte sogar, dass sich ihre Wangen dabei röteten. Lautlos schloss sie die Tür hinter sich. Vermutlich hatte sie ihre Hilfe mit Rebeccas nassem Kleid anbieten wollen. Somervilles Anwesenheit hatte sie dann aber wohl davon abgehalten.

»Setz dich«, sagte Rebecca mit einer einladenden Geste in Richtung der beiden Sessel neben dem Kamin.

Henry ließ seinen Blick durch den Raum schweifen. Bestimmt hielt er das Zimmer für schlicht oder vielleicht sogar ärmlich. Dabei hatte Rebecca hier alles, was sie brauchte. Zwar war es nicht so geräumig wie ihr eigenes Schlafzimmer in Bath, aber es war behaglich eingerichtet. Das Bett und die Möbel bestanden aus dunklem Walnussholz, an den hohen Wänden schimmerte eine hellgrüne Seidentapete, und die weiße Decke war mit filigranem Stuck verziert. Es war angenehm warm, und das Feuer prasselte leise. Sicherlich war es schon nach sechs Uhr, und obwohl es draußen noch hell war, steckte Rebecca die beiden Kerzenleuchter an und zog die Vorhänge zu. Insgeheim rechnete sie nun mit einem anzüglichen Kommentar des Dukes.

Aber der kam nicht.

Er hatte sich mittlerweile seine nasse Weste ausgezogen, sie über die Sessellehne gehängt und sich gesetzt. Auffällig lange war sein Blick auf dem Stuhl vor dem Fenster hängen geblieben, auf dem noch immer sein Gehrock, die Halsbinde und das Hemd lagen, die sie ihm damals im St. James's Park entwendet hatte, aber er verkniff sich einen Kommentar.

Überhaupt war er sehr schweigsam. Er beobachtete Rebecca einfach nur im schummrigen Kerzenschein bei dem, was sie tat. Als wolle er ihr Raum lassen für das, was sie nun vorhatte, obwohl er doch eigentlich gar nicht wissen konnte, was es war.

Auch wenn Rebeccas ganzer Körper von einer Gänsehaut überzogen und ihr wirklich, wirklich kalt war, ließ sie sich Zeit bei allem, was sie tat.

Sie ließ ihre Hand über dem Tablett schweben, das Marissa gerade hereingebracht hatte, und entschied sich dann für den Whiskey.

Zwei Gläser schenkte sie voll, reichte dem Duke eines und leerte ihres in einem Zug. Mit einem leisen Klack stellte sie es auf dem Mahagonitischchen ab und starrte darauf. Jede Bewegung kostete sie Überwindung. Aber jetzt hatte sie schon damit angefangen und würde es auch durchziehen.

Leise schob Rebecca den Riegel vor die Tür, ein kleiner Teil ihres Rituals, das ihr irgendwie Sicherheit gab. Unsinnig eigentlich, aber sie hatte das Gefühl, dass sie das Ganze, was gleich folgen würde, anders nicht über sich brachte. Als könnte sie damit die Welt aussperren, wo sie doch gerade im Begriff war, das genaue Gegenteil zu tun: die Welt hereinzulassen und sich ihrer Angst und ihrem Schmerz zu stellen.

Weil sie das Gefühl hatte, dass sie es Somerville schuldig war, und dass er endlich auf die immer gleichen Fragen, die er ihr stellte, eine Antwort verdiente.

Er nippte an seinem Whiskey, sagte aber noch immer nichts.

Also los.

»Ich habe gesagt, ich werde dir etwas zeigen«, erklärte sie mit zittriger Stimme und spürte, wie es ihr die Kehle zuschnürte. »Das werde ich jetzt.«

Er starrte sie an, ein Hauch von Neugier hatte sich auf sein Gesicht geschlichen, so meinte Rebecca, und sagte dann bloß: »In Ordnung.«

Gut. Dann machst du das jetzt. Aber die Zweifel in ihr und die Angst, die lähmende Angst in ihren Gliedmaßen wurden immer stärker.

Sie versuchte, sich auf ihre Atmung zu konzentrieren, auf die Luft, die in ihre Lunge hinein- und wieder herausströmte, um Kraft und Mut daraus zu schöpfen.

Du kannst es, redete sie sich ein.

Sie musste es sogar, denn er würde nicht aufgeben und sie mit seinen Gefühlen immer wieder konfrontieren.

Und sie würde es nicht mehr lange aushalten.

Denn diese Gefühle, von denen er sprach, bildete er sich nur ein. Schließlich kannte er die ganze Wahrheit noch nicht.

Sie wusste, wenn sie sich ihm nun offenbarte, würde sie sich angreifbar machen und vermutlich würde sie dafür bezahlen müssen. Mit ihrer Würde und ihrem Stolz, wie beim letzten Mal. Und vielleicht sogar mit ihrer Karriere.

Sie würde es trotzdem tun, denn Somerville, Henry, … berichtigte sie sich in Gedanken, war ihr wichtig.

Vertrau ihm und vertrau dir, dass du es kannst.

»Du fragst mich, warum ich dein Angebot nicht annehme«, begann sie.

Er antwortete nicht.

»Es ist eine Unverschämtheit, das wissen wir beide«, fuhr sie fort. Somerville wollte unterbrechen, aber sie ließ ihn gar nicht zu Wort kommen. »Der eigentliche Grund ist aber ein anderer. Es gibt etwas, das du nicht über mich weißt. Das du nicht einmal ahnst.« Er wollte sich erheben, doch Rebecca hielt ihm die erhobene Hand entgegen. »Versprich mir, dass du, egal was passiert, auf deinem Stuhl sitzen bleibst.«

Sie brauchte die Distanz zwischen ihnen. Die letzte Barriere, die ihr Kraft und Sicherheit gab, das hier durchzuziehen und seine Zurückweisung zu überstehen. Die würde kommen, daran hatte Rebecca nicht den leisesten Zweifel. Wenn er in ihrer unmittelbaren Nähe wäre, wenn sie ihn spüren, riechen und anfassen könnte, während er sich angewidert von ihr abwandte, würde es ihr Herz in Stücke reißen. Distanz war ihr Schutz, ihr letzter Schutz.

Er sah sie eindringlich an, nickte dann aber und rückte auf dem Stuhl ein wenig nach hinten.

»Aber du sollst es sehen, damit du verstehst, warum ich keine Affäre mit dir haben kann. Denn glaub mir, Henry, ich möchte es. Ich möchte es so sehr«, erklärte sie, und ihre Stimme brach. Seine Beine zuckten, als wäre er drauf und dran, doch aufzustehen, hatte sich im letzten Moment jedoch im Griff. Sein Blick wurde so brennend und so intensiv, dass Rebecca für einige Momente die Augen schließen musste.

Sie hörte ihn tief einatmen, als wolle er ihr zumindest etwas erwidern.

»Nein. Lass mich sprechen. Bitte«, hielt sie ihn davon ab. Wenn er sie jetzt in eine Unterhaltung verwickelte oder sogar mit ihr diskutierte, würde sie die Kraft vermutlich nicht mehr aufbringen, weiterzumachen.

Und das schien auch er zu merken, denn er stellte sein Glas ab, ließ sich in den Sessel sinken und legte die Arme auf den Lehnen ab. Breitbeinig saß er da und trug nur noch sein Hemd und seine Hose, darüber Stiefel und sah dabei so unfassbar gut aus, dass Rebeccas Herz bei seinem Anblick einen Satz machte.

»Du wirst es noch bereuen, mir jemals dieses Angebot gemacht zu haben«, sagte sie.

»Oh nein, das werde ich nicht, glaub mir, Rebecca«, erwiderte er, ganz leise nur, wie zu sich selbst.

Rebecca reagierte nicht darauf.

Sie konzentrierte sich auf das, was sie als Nächstes tun würde. Mit hämmerndem Herzen löste sie ihr feuchtes Brusttuch und ließ es zu Boden fallen. Alles in ihr drinnen schrie sie an, es nicht zu tun. Es war wie ein Reflex, den ihr Körper inzwischen gelernt hatte.

Zeig dich niemandem, sonst wirst du verletzt.

Sie kämpfte dagegen an, denn sie musste das Risiko nun eingehen. Sie würde ihm zeigen, wonach er so sehr gierte.

Sie merkte, wie es in ihren Augen zu brennen begann, als sie aus den Ärmeln ihrer nassen Robe schlüpfte und sie mit einem schweren Klatschen zu Boden fiel.

»Doch, das wirst du«, flüsterte sie und blinzelte, denn ihre Augen füllten sich mit Tränen.

Henry antwortete nun nichts mehr, sondern sah sie einfach nur an.

Sie entknotete das Band ihrer Hüftpolster und begann, ihre Korsage aufzuschnüren. Eine Öse nach der anderen fädelte sie die Schnur vorne auf. Als sie auch diese fallen ließ, löste sich eine erste Träne.

»Es gibt etwas, das du nicht von mir weißt«, begann sie erneut, als die Träne ihr über die Wange lief.

Henry sah ihr in die Augen, die ganze Zeit über. Es war, als wolle er sie mit seinem Blick auffangen und rückversichern, damit sie der Mut nicht verließ. Als wolle er sie bestärken, weiterzumachen.

»Damals bei dem Feuer im White Lion habe ich versucht, meinen Mann zu retten. Ich …« Sie schloss die Augen, unter ihren Lidern quoll eine weitere Träne hervor. Sie schluckte, damit ihre Stimme nicht den Dienst versagte. »Ich habe es nicht geschafft.« Sie öffnete die Augen wieder und sah Henry durch ihren Tränenschleier noch auf seinem Sessel sitzen. Reglos, gebannt. »Ich wurde dabei ebenfalls verletzt. Ich habe überlebt. Aber ich habe etwas daraus mitgenommen, und es wird nie, nie wieder weggehen.«

Jetzt war es so weit.

Sie würde es tun. Noch einmal atmete sie tief ein, und dann zog sie sich ihr Unterkleid über den Kopf und stand nun völlig nackt vor ihm.

Ihre Narben, ihre dicken, wulstigen, leuchtend roten und bläulichen Narben, die sich über ihren gesamten Bauch zogen, waren sichtbar. Alles war sichtbar.

Aber noch immer sah er ihr nur in die Augen. Mit ernstem, düsterem Blick. Dann erhob er sich. Langsam und bedacht, als wolle er sie nicht verschrecken. Er würde gehen. Er würde die Tür entriegeln und gehen. Davonlaufen, vor ihrem entstellten Körper. Es würde genau so kommen, wie sie es sich zuvor ausgemalt hatte. Sie schloss die Augen, denn sie wollte es, sie konnte es nicht mitansehen. Vollkommen nackt und frierend stand sie da, ihr Körper bebte, und sie schlang ihren rechten Arm um sich. Doch es half nichts. Ihr wurde weder warm, noch würde es sie vor seinem abschätzigen, angewiderten Blick bewahren. Da war nichts mehr, was sie vor ihm und seiner Verachtung beschützen konnte, und sie verfluchte sich in diesem Moment, dass sie sich ihm in all ihrer Verletzlichkeit preisgegeben hatte. Gerade hatte sie den letzten Rest Würde und das kleine bisschen Stolz, das ihr geblieben war, verspielt.

Weil sie sich eingebildet hatte, ihm vertrauen zu können. Wie dumm von ihr.

Das leise Ziehen, das schon die ganze Zeit über in ihrer Brust gesessen hatte, wurde stärker und war zu einem Brennen geworden, das ihr Herz in Flammen setzte. Ein Schluchzer bahnte sich seinen Weg nach oben, sie konnte ihn einfach nicht mehr zurückhalten.

»Rebecca«, hörte sie seine tiefe Stimme vom anderen Ende des Raumes, »mach die Augen auf.«

Sie atmete tief aus, nahm all ihren Mut zusammen und tat dann, was er von ihr verlangt hatte.

Ohne Eile kam er auf sie zu und ließ seinen Blick über ihren Körper wandern, blieb an ihren Brüsten hängen, und sie konnte sehen, wie sein Atem heftiger wurde.

Er sah nicht erschrocken aus, oder angewidert. Trotzdem schluckte er schwer, bevor er mit rauer Stimme fragte: »Wieso nimmst du dir heraus, für mich zu urteilen? Woher willst du wissen, was ich denke?«

Er stand noch einen Schritt entfernt von ihr. Rebecca spürte ein gefährliches Zittern in ihrem Brustkorb und die Tränen, die ihr die Kehle zuschnürten.

»Weil ich Angst habe«, flüsterte sie und musste den Blick senken. Sie schaffte es einfach nicht mehr, ihn anzusehen. Es war zu viel. Ihre Nacktheit, ihre Narben, seine unmittelbare Nähe.

»Angst wovor?«

»Die Narben sind abstoßend und hässlich«, erklärte sie.

»Findest du dich selbst etwa abstoßend und hässlich?«

Rebecca zögerte. »Nein, aber es ist schon einmal passiert.«

»Was ist passiert?«

»Jemand hat … also …«

Er gab einen leisen, knurrenden Laut von sich. »Wer?«

Sie schüttelte den Kopf und presste die Lider aufeinander, denn schon wieder brannten ihre Augen.

»Wer?«, fragte er erneut, und dieses Mal klang es wie eine Drohung.

»Es spielt jetzt keine Rolle«, sagte sie und blinzelte die Tränen fort.

Er atmete angestrengt aus, sie spürte den Lufthauch auf ihrem Schlüsselbein, und eine Gänsehaut überzog ihren Körper. Das schien auch Henry zu bemerken, denn er machte einen Schritt zurück in Richtung des Kamins und streckte einladend den Arm aus. »Komm zu mir ans Feuer«, bat er sie.

Rebecca gehorchte. Inzwischen zitterte sie am ganzen Körper.

Er nahm die grobe Wolldecke vom Bett und legte sie ihr um die Schultern. Sofort konnte sie die durchdringende Wärme spüren, die das Feuer abstrahlte, aber es war nicht genug. Noch immer bibberte sie, und Henry fragte: »Darf ich dich wärmen?« Als Rebecca verhalten nickte, legte er seinen Arm um sie, ganz langsam und bewusst, und zog sie eng an sich heran, und es war, als würde er jede Handbreit ihres Körpers mit seinem bedecken wollen, wie ein Schutzwall, der sie von der Welt und ihrer Grausamkeit abschirmte.

Seine Körperwärme sickerte auf ihre Haut, und unwillkürlich entspannte sie sich und schmiegte sich in seine Umarmung. Behutsam legte er seinen Kopf auf ihrem Scheitel ab, und da sein Hemd ein Stück weit offen stand, spürte sie einige Härchen an ihrem Wangenknochen. Und sie hörte seinen Herzschlag. Langsam, gleichmäßig und beruhigend.

Endlose Augenblicke standen sie einfach nur so da. Er atmete ein und sagte dann: »Ich kenne deine Narben doch längst.«

Und für einen Moment hatte Rebecca das Gefühl, dass ihr Herz einfach stehen blieb. Sofort machte sie sich los von ihm.

»Was …«

»Vor einigen Tagen, als du in Ohnmacht gefallen bist, habe ich deine Korsage ein wenig gelockert. Du hast so flach geatmet, und ich wusste einfach nicht, was ich tun sollte, bis der Arzt kam. Auf das Riechsalz hast du nicht reagiert, und ich war verzweifelt.« Er hob beide Hände in einer ratlosen Geste. »Ich habe sie gesehen. Und der Arzt hat sie ebenfalls gesehen und mir davon berichtet. Und glaube mir, sie haben mich nicht eine Sekunde davon abgehalten, dich zu begehren. Im Gegenteil: Anschließend wollte ich dich nur noch mehr.«

»Aber warum?«

»Weißt du, was von einem Sohn – dem einzigen Sohn eines Dukes – erwartet wird?«

Sie schüttelte den Kopf.

»Fehlerlos zu sein. Makellos. Deine Rolle zu erfüllen und genau das zu tun, was deine Familie von dir erwartet. Bist du es nicht, liebst du es etwa nicht zu jagen, sondern ruderst lieber. Ziehst du es vor, dich mit dem schönen Teil der Menschheit zu vergnügen oder mit deinen Schwestern auszureiten, als in Gentlemen's Clubs langatmige politische Diskussionen zu führen – dann wirst du bestraft. Makellosigkeit und Perfektion werden deine Feinde – weil du sie niemals in deinem Leben erreichen wirst. Und weil, egal, was du tust, deine Familie sowieso niemals mit dir zufrieden sein wird.«

»Aber …«

Ein seltsamer Glanz lag in seinen Augen und ein strenger Zug um seinen Mund, als er weitersprach: »Du beginnst, Makellosigkeit zu verabscheuen. Sie zu hassen. Ich brauche keinen makellosen Körper, Rebecca. Ich will es nicht einmal.« Und dann begann er, mit abgehakten Bewegungen seinen Ärmel nach oben zu krempeln. »Außerdem sind Narben«, erklärte er, und mittlerweile hatte er den gesamten Ärmel nach oben gerollt, »ein Zeichen von Stärke. Ein Zeichen dafür, dass dein Körper und dein Geist stärker waren als was oder wer auch immer dir etwas angetan hat.«

Und er drehte ihr die Armunterseite zu. Eine lang gezogene Narbe, die einmal genäht worden sein musste, ein roter Strich, der seinen kompletten Unterarm entlangführte, wurde sichtbar.

»Und du, Rebecca, bist doch nicht nur deine Narben. Du bist viel mehr, tausendfach mehr, als dieses bisschen rote Haut.«

Sie machten etwas mit ihr, diese Worte, sie hatte das Gefühl, dass etwas aufbrach, tief in ihr drinnen, und weit und offen wurde und irgendwie auch frei. Unwillkürlich atmete sie ein, und ihr Herz hämmerte wie wild im Brustkorb.

»Deine Narben sind einfach nur ein Teil von dir, eine Facette, genauso wie deine dunklen Haare, deine unergründlichen Augen und die Handvoll Sommersprossen auf deiner Nase«, sprach er weiter. Einen Moment hielt er noch ihrem Blick stand, bevor er seine Hand an ihre Wange legte, sich langsam zu ihr herabbeugte und sie küsste. Seine Lippen berührten ihre, sanft und vorsichtig, aber so eindringlich, dass Rebeccas Knie zu zittern begannen. Er küsste sie mit einer Intensität, die sie noch nie erlebt hatte. Es war, als würde er alle Energie, die er hatte, und all sein Gefühl in diesen einen Kuss legen. Ohne bewusstes Zutun öffnete sie die Lippen und gewährte ihm Einlass, spürte seine warme Zunge auf ihrer, aber sie schaffte es nicht, sich zu entspannen und von seiner Nähe forttragen zu lassen.

Henry löste sich von ihr und murmelte an ihrem Mund: »Vertrau mir, Rebecca. Du bist wunderschön.«

Und dann bedeckten seine Lippen wieder ihre, aber jetzt war es mehr ein Necken. Er küsste ihre Mundwinkel, knabberte ganz sanft an ihrer Unterlippe und strich leicht mit seiner Zunge darüber. Seine Hand lag noch immer auf ihrer Wange, ganz zärtlich und beschützend.

Er lockte sie und zog sie aus ihrer Erstarrung und dem Nebel aus Angst und ihrer Scham, und langsam, ganz langsam und allmählich begann Rebecca, wieder zu spüren, und bekam mit, was um sie herum geschah. Sie sog seinen verführerischen Duft in sich auf, der plötzlich überall um sie herum war. Sie nahm seine angespannten Muskeln wahr, als seine Arme sie festhielten. Die Wärme, die zurück in ihre Gliedmaßen strömte und sich mit fast schmerzhafter Intensität in ihrem Schoß sammelte.

»Ich will dich«, stöhnte er an ihrem Mund. »Du kannst dir gar nicht vorstellen, wie sehr ich dich will.« Seine Hand fuhr über ihre Seite nach unten, und seine Daumen strichen dabei sanft und forschend über die Erhebungen ihrer Narben. »Tut es weh, wenn ich sie berühre?«, fragte er schließlich.

»Nein, überhaupt nicht.«

Er nickte, als bräuchte er nicht mehr zu wissen, dann drängte er sie nach hinten, während er sie küsste. Rebecca merkte, wie sie mit ihren Waden gegen den Bettrahmen stieß, der Druck von Henrys Arm in ihrem Rücken verstärkte sich, und langsam sank er mit ihr zusammen auf das Bett.

Bewundernd streichelte er über ihre nackten, runden Brüste, und dann wanderte seine warme Hand weiter nach unten. Zu spät bemerkte Rebecca, dass er schon längst ihre Narben berührte, und sie versteifte sich sofort.

Henry hielt inne und wartete einen Moment, doch Rebecca schaffte es nicht, sich wieder zu entspannen.

»Willst du, dass ich dich berühre?«, fragte Henry und taxierte sie dabei.

»Ja, aber …« Wie sollte sie ihm sagen, dass sie sich zutiefst schämte, sobald er ihre knotige Haut am Bauch anfasste? Das musste ihn doch …

»Aber?«, hakte er nach.

»Das kann dir doch keinen Spaß machen«, versuchte sie es.

Als Antwort rückte er näher an sie heran und drängte sich mit seinen Lenden gegen ihre Hüfte, und sie spürte ganz genau seine Männlichkeit und seine Begierde.

Fast schon grob packte er ihre Hand und führte sie nach unten, bis sie seine Erektion durch seine Hose hindurch fühlen konnte, die heiß und pochend gegen den Stoff drängte.

»Sieht das für dich so aus, als hätte ich keinen Spaß?«, wollte er wissen, wartete aber gar keine Antwort von ihr ab, sondern begann, ihr Gesicht mit Küssen zu bedecken, und fuhr mit der Zunge ihren Hals hinab, bis er bei ihren Brüsten angekommen war.

Rebecca gab sich seinen sinnlichen Liebkosungen hin, die sie vollkommen willenlos machten. Ganz leicht biss er in ihre rechte Brustwarze, während er ihre linke Brust behutsam knetete, und beruhigte den Schmerz sofort wieder mit sanftem Lecken. Rebecca stöhnte, denn augenblicklich schoss Hitze in ihren Unterleib, und sie hatte wirklich das Gefühl, dass ihre Haut überall dort, wo seine Hände, seine Lippen und seine Zunge waren, zu glühen anfing.

»Du solltest aufhören, mir vorzuschreiben, was ich denken und fühlen soll.«

»Aber …«

Er unterbrach sie, indem er ihre beiden Hände an den Gelenken fasste und sie über ihrem Kopf festhielt, während er sich über sie rollte. »Oder schreibe ich dir etwa vor, was du über mich denken und fühlen sollst?«

Drohend sah er auf sie hinab, die Locken waren ihm in die Stirn gefallen und das Kerzenlicht spiegelte sich als leichtes Funkeln in seinen blauen Augen. Rebecca war vollkommen gefangen von diesem Anblick. Langsam begann er, sich an ihr zu reiben, und Rebecca spürte, wie feucht sie wurde, sie konnte sogar den dunklen Fleck auf seiner Hose erkennen.

»Tue ich das, Rebecca?«, fragte er. »Antworte mir.«

»Nein«, keuchte sie, hob ihre Hüften ein kleines Stückchen und presste sich gegen ihn. Es passierte wie von selbst, als hätte ihr Körper das Kommando übernommen. Er gab einen hilflosen Laut von sich, und plötzlich lagen seine Lippen wieder auf ihren. Er brach in ihren Mund ein, rücksichtlos und ohne Vorwarnung. Noch immer hielt er ihre Hände fest, presste sie mit seinem ganzen Gewicht nach unten auf die Decken und die Matratze, und eine dunkle, primitive Lust strömte durch Rebeccas Körper. Es war wie ein Instinkt in ihr, nachzugeben und loszulassen, so als würde ihr Körper ihr längst sagen, dass sie genau das wollte und brauchte – sich seiner Stärke und seiner Männlichkeit zu fügen und sich ihm hinzugeben.

Seine Lippen lösten sich von ihren, und einen Moment noch hielt er die Augen geschlossen, als müsse er sich selbst beruhigen und zur Räson bringen. Dann rollte er sich zur Seite.

»Ich begehre dich, Rebecca«, stieß er leise hervor, und sein Brustkorb hob und senkte sich schwer. Seine Hand wanderte zu ihren weichen Schenkeln, fuhr auf und ab, und auf einmal packte er zu, seine Finger gruben sich in ihr Fleisch, und Rebecca gab einen erschrockenen Laut von sich. »Spürst du nicht, was du mit mir machst?«, fragte er.

»Doch«, erwiderte sie. »Doch, ich spüre dich.«

Sie atmete tief ein und rutschte etwas nach hinten, sodass sie sich gegen die Kissen am Kopfende des Bettes lehnen konnte.

»In Ordnung. Aber wenn wir das hier machen, dann unter gleichen Voraussetzungen«, stellte sie klar.

Henry sah sie nur erwartungsvoll an.

Sie spürte die Röte auf ihren Wangen, als sie forderte: »Zieh dich aus.«

Ein Lächeln saß ihm in den Mundwinkeln, aber er befolgte ihre Anweisung, kam auf die Knie und streifte sich das Hemd über den Kopf. Bei dem Anblick seines nackten Oberkörpers erfasste Rebecca ein geradezu übermächtiges Verlangen. Natürlich hatte sie ihn schon einmal gesehen, damals, als er im St. James's Park gerudert war. Doch da war sie furchtbar weit weg gewesen und hatte gar nicht viel erkennen können, aber jetzt …

Sie schluckte. Er kniete vor ihr auf dem Bett, und der Schein des Feuers tauchte seine leicht gebräunte Haut in einen sanften Ton. Ganz genau konnte sie die geschwungenen Linien seiner Schultern erkennen, die in seine Oberarmmuskeln übergingen, die wenigen goldenen Haare auf seiner kräftigen Brust, die nach unten hin bei seinem Hosenbund zu einem schmalen Streifen wurden. Sie sah die Atemzüge auf seinem flachen Bauch, das Spiel der Muskeln auf seiner Brust, als er seinen Hosenbund aufschnürte, und sie musste mit aller Kraft den Drang bekämpfen, ihn berühren zu wollen und ihre Hände über seine weiche Haut fahren zu lassen.

»Lass mich dir helfen«, bot sie an, beugte sich zu ihm und fädelte mit geschickten Fingern die Schnüre an seinem Hosenbund auf.

Als sie versuchte, die geöffnete Hose über seinen Hintern nach unten zu ziehen, es aber nicht schaffte, legte Henry seine Hand auf ihre, damit sie innehielt.

Ohne etwas zu sagen, rutschte er nach vorne an die Kante des Betts und schnürte die Hose an den Knien auf, zog seine Strümpfe aus und schließlich auch die Hose.

Dann wandte er sich wieder ihr zu und fragte mit schräg gelegtem Kopf: »Wann hast du eigentlich das letzte Mal …«

Kurz herrschte Stille.

»Seit meinem Mann nicht mehr«, gab Rebecca zu. Ein wenig kleinlaut klang es, und Henry warf ihr einen prüfenden Blick zu. Oder vielmehr huschte ein Erkennen über sein Gesicht. Er nickte und rutschte wieder zu ihr auf das Bett.

»Mach dir keine Gedanken darüber«, erklärte er mit einem warmen Glanz in den Augen und legte ihr dabei eine Hand an die Wange. Beschützend und liebevoll.

Er würde geduldig sein und Rücksicht auf sie nehmen, und ihr Herz machte einen kleinen Satz bei dieser Erkenntnis, denn das war sie nicht gewohnt. Ja, die Beziehung zu ihrem Ehemann war erfüllend gewesen. Aber sie hatte nicht erlebt, dass ein Mann sich ihr so zuwandte, sich um sie kümmerte und sie nach allen Regeln der Kunst verführte. Denn das war … gefährlich.

Sie spürte ganz genau, wie sie abglitt und die Kontrolle verlor, wie sie Henry ansah und ihn bewunderte und das Flattern in ihrem Magen auch auf ihr Herz übergriff, das nun schmerzhaft und schwer in ihrer Brust schlug. Sie war bereit, ihm alles zu geben, was sie hatte und was sie war. Ohne Vorbehalte und ohne zu zögern.

Sie liebte diesen Mann.

Sie liebte Henry Langford, sie liebte den Duke of Somerville und wusste gleichzeitig, dass es ihr Verderben sein würde.

Unwillkürlich brachte sie Abstand zwischen sie, rutschte wieder nach hinten und zog die Beine ein wenig an.

Und als würde er spüren, dass sie anfing, sich ihm zu entziehen, war er sofort wieder bei ihr mit seiner Wärme, seinem großen nackten Körper und seiner Präsenz, die ihren Verstand völlig außer Kraft setzte. Er machte beruhigende Geräusche, streichelte sanft über ihre Wange, gab ihr einen zärtlichen, behutsamen Kuss, und Rebecca entspannte sich wieder.

Es ist nur diese eine Nacht, mehr nicht, versuchte sie sich zu beruhigen. *Eine Nacht wird keinen Schaden anrichten.*

Sie ließ ihre Hand über seine Schultern wandern, fasste zu, als sie bei seinen Oberarmen angekommen war, und strich über seinen muskulösen Bauch. Aber auch wenn Rebecca genügend Erfahrung hatte, schließlich war sie vier Jahre lang verheiratet gewesen, wurde sie nun trotzdem unsicher und schaffte es nicht, *dorthin* zu schauen, geschweige denn, ihn anzufassen.

Doch Henry erlaubte nicht, dass ihre Schüchternheit Überhand gewann. Er ließ seine Fingerspitzen von ihrem Fußknöchel nach oben wandern, und als er bei der empfindlichen Haut ihrer Kniekehle angekommen war, hielt er inne, drückte ihr Bein sachte nach unten und fuhr dann mit der flachen Hand die Innenseite ihrer Schenkel entlang. Ein Kribbeln erfasste Rebecca, das immer stärker wurde, je näher seine Hand ihrer Mitte kam. Er schob ihre Beine noch ein wenig auseinander, und dann lag seine Hand dort, zwischen ihren Beinen, und ein erwartungsvolles Pochen machte sich in ihrem Unterleib breit.

»Du bist schon feucht, meine Liebste«, flüsterte er in ihr Ohr, als seine Finger über ihre Haare streichelten und danach langsam, ganz langsam begannen, sie zu liebkosen. Es war nur der Hauch einer Berührung, wie ein sanfter

Luftzug, und es brachte Rebecca um den Verstand. Jedes Mal, wenn er über ihre empfindlichste Stelle strich, wallte mehr Lust durch ihren Körper, und sie konnte nicht anders, sie presste sich gegen seine Hand.

»Henry«, keuchte sie, während er immer weiter die gleichen Bewegungen machte, aber nun fester, und Rebecca war beinahe nicht mehr in der Lage, zu sprechen. »Sag mal«, fuhr sie mit heiserer Stimme fort, »machst du das jede Nacht?«

Er lachte an ihrem Ohr. »Was genau meinst du?«

»Das … das …« Sein Kreisen wurde stärker. Rebecca stöhnte, spürte, wie sie in pure Wonne abdriftete und sich ihr Verstand einfach auflöste. Aber sie war noch nicht bereit, ihn ganz loszulassen.

Zarte, federleichte Küsse an ihrem Hals, das leichte Kratzen seiner Bartstoppeln auf ihrer Haut. Sie wollte sich ihm hingeben und ihm die Kontrolle überlassen. Nichts wollte sie in diesem Augenblick mehr. Doch sie musste wissen …

»Hast du jede Nacht eine andere Frau?«, schaffte sie es, zu fragen.

»Spielt das denn eine Rolle?«

Rebecca stöhnte erneut, als ein Finger in sie hineinglitt, und sie merkte, wie sie offen und hilflos vor ihm lag.

»Ja, denn wenn du mich jetzt nimmst, stiehlst du mir auch das Herz«, sagte sie mit erstickter Stimme, öffnete die Lider wieder und sah ihm in die Augen. Sie musste sein Gesicht sehen, denn sie musste wissen, wie er reagierte.

Einige Momente hielt er inne und sah sie mit unergründlichem Blick an. Dann kam er mit seinen Lippen ganz nah an ihr Ohr heran und flüsterte: »Ich weiß, Rebecca. Ich weiß. Und ich will es unbedingt.«

Seine warme Hand lag wieder zwischen ihren Beinen, und nun verstärkte er sogar die Bewegungen, sachte, aber unerbittlich, und Rebecca gab einen unkontrollierten Laut von sich. Sie merkte, wie wenig sie ihm entgegenzusetzen hatte und wie ausgeliefert sie ihm war. Sie, ihr Körper, ihre Seele, ihr Herz.

Tränen stiegen in ihr nach oben, sie saßen ihr bereits in den Augenwinkeln, und Rebecca kniff die Lider zusammen.

Das schien auch Henry zu bemerken, denn mit Schwung zog er sie plötzlich mit sich nach unten und drückte sie auf die Matratze. Sie spürte seinen angespannten, bebenden Körper auf ihrem und nahm sogar seinen galoppierenden Herzschlag wahr. »Ich will es so unbedingt, weil du meines schon längst hast«, erwiderte er rau, fast aggressiv. Als wollte er es sich selbst noch nicht einmal eingestehen.

Rebecca war so überrumpelt von seinem Geständnis, dass sie gar nicht wusste, was sie antworten konnte.

Beinahe grob umfasste seine Linke ihren Kiefer und zwang sie, ihn anzusehen. »Hast du mich verstanden, Rebecca?«, wiederholte er.

Sie blinzelte, denn sein Blick war hart und intensiv, und er nahm sie vollkommen gefangen.

»Das hier«, sagte er. »All das hier ist nicht mehr einfach nur das Angebot, das ich dir gemacht habe. Es ist mehr, viel mehr. Verstehst du?«

Sie nickte leicht, im Einverständnis, und dann ließ sie ihre Zurückhaltung und ihre Unsicherheit los, ebenso wie die Angst, die sich immer noch in einem Winkel ihres Bewusstseins hielt.

Heute Nacht wollte sie frei sein und fliegen, und genau das würde sie auch tun.

39.

Mit ernstem Blick setzte sie sich auf, und ihre verführerischen, weichen Lippen bedeckten seine. Ihre Zunge drängte in seinen Mund, hungrig, zügellos, und plötzlich war da nichts mehr außer Rebecca. Nur noch Rebecca.

Er wollte diese Frau so sehr. Er hatte vermutet, dass ihre Narben ihr Geheimnis waren, dass sie darunter litt, und der Verdacht hatte ihn beschlichen, dass vielleicht genau das der Grund war, warum sie ihn so oft abgewiesen hatte.

Es hatte ihn bestürzt, zu sehen, wie sehr sie sich für ihre Narben schämte und wie groß ihre Angst war, dass sie ihn damit abschrecken würde. Und als sie ihre Augen geschlossen und zitternd und nackt vor ihm gestanden hatte, war eine düstere, unbezwingbare Kraft in ihm emporgekommen. Das archaische Bedürfnis, diese Frau zu besitzen und sie zu beschützen. Sie gehörte ihm, und er schwor sich in diesem Moment, dass sie sich niemals, wirklich niemals wieder schlecht fühlen musste, denn sie war unbegreiflich schön. Sie war die attraktivste Frau, die er jemals gesehen hatte.

Trotz ihrer Narben.

Und er wollte, dass sie das spürte.

Deshalb hatte er sich Zeit genommen. Sie sollte sich wohlfühlen. Aber es war ein Geduldsspiel, und er wusste nicht, wie lange er es noch aushalten würde, denn er begehrte sie so sehr, dass er immer wieder die Kontrolle verlor und rau und grob wurde.

Das Seltsame war, er hatte sogar das Gefühl, dass ihr das gefiel. Und er wollte, dass ihr alles gefiel, was sie machten, und dass sie die Welt um sich herum vergaß.

Ihre kühlen, kleinen Hände lagen auf seiner Brust und seinen Armen, als wollten sie jedes bisschen Haut entdecken, eifrig, aber dennoch so zärtlich, dass ihm ein leises Stöhnen entkam.

Vielleicht war es dumm, sich und seine Gefühle offenbart zu haben, ging es ihm durch den Kopf. Vielleicht hatte er sich gerade lächerlich gemacht …

»Worüber denkst du nach?«, flüsterte Rebecca an seinen Lippen.

»Darüber, wer von uns der Stärkere ist«, antwortete er, und es war sogar die Wahrheit.

Kurz hielt sie inne. »Das werden wir noch sehen«, sagte sie dann, und langsam, ganz langsam rutschte ihre Hand seinen Bauch hinab. Im letzten Moment hielt sie jedoch inne, als traue sie sich nicht so recht, weiterzumachen.

»Fass ihn an«, verlangte Henry leise, aber bestimmt, und er hatte gar nicht damit gerechnet, dass sie es tat. Doch sie fügte sich ihm, wie jedem seiner Befehle bisher, und ja, vielleicht war er ein schlechter Mensch, ein Schuft, aber ihre Folgsamkeit erregte ihn. Als er ihre Hand auf seinem erigierten Glied spürte und sie mit sanftem Druck über seine empfindsamste Hautpartie streichelte und leicht darüberrieb, stöhnte er. Lust schoss durch seinen Körper, und er war kurz davor, sich einfach auf sie zu werfen und sie zu nehmen, wie ein Tier.

»Großer Gott«, entfuhr es ihm. »Wenn du das weitermachst …«

»Was dann?«

Er antwortete, indem er sie wieder nach unten zog und seine Hand zwischen ihre Beine legte. »Dann werde ich mich nicht mehr im Griff haben«, sagte er ernst. Das könnte binnen eines Wimpernschlages passieren. »Dann werde ich nicht mehr so langsam und sanft weitermachen können, wie wir es bisher getan haben, und werde dir womöglich sogar wehtun.«

»Vielleicht ist es genau das …«, erwiderte sie mit halb geschlossenen Lidern und stöhnte, denn er hatte einen Finger in sie hineingeschoben, nur ein bisschen, weil er sie spüren wollte, ihre Wärme, ihre Feuchtigkeit, »… was ich will.«

»Willst du das? Wirklich?«, vergewisserte er sich und spürte, wie sie unter seiner Berührung erbebte.

»Oh ja«, hauchte sie, wölbte sich ihm entgegen, und ihr ganzer Körper spannte sich.

»Dann sag es mir, Rebecca!«

Sie keuchte, als seine Finger sie wieder streichelten und sachte auf ihre empfindlichste Stelle drückten. »Sag es!«, wiederholte er.

Halb öffnete sie ihre Lider und sah ihm in die Augen. »Nimm mich.«

Er wartete nicht länger. Er atmete tief aus, rollte sich über sie und positionierte seine Hüften zwischen ihren Beinen. Dabei hielt er die ganze Zeit über ihrem Blick stand. Mit einem Arm stützte er sich neben ihrem Kopf ab, drängte seine Hüften näher an ihre und spreizte sie noch ein wenig weiter auf. Sie schloss die Augen, als er sich gegen sie presste und den Druck verstärkte, und dann, endlich, drang er mit einem einzigen, gewaltigen Stoß in sie ein. Sie stöhnten beide, und es fühlte sich so fantastisch an, so unglaublich, dass er einen Moment lang befürchtete, sofort zu kommen.

Aber das wollte er nicht. Er zog sich zurück, und wieder stieß er in sie hinein, langsamer und sanfter diesmal, und sie keuchte und spannte ihren Körper wie einen Bogen, dass ihre Brüste sich gegen ihn drückten. Er wollte mehr von ihr spüren und sie berühren, verlagerte sein Gewicht und lehnte seinen Oberkörper zurück, ohne seinen Rhythmus zu unterbrechen.

Sie kam jeder seiner Bewegungen nach, verschränkte ihre Beine in seinem Rücken und drängte sich ihm in der gleichen Geschwindigkeit wie er entgegen, als wollte sie ihn noch tiefer in sich aufnehmen.

Dabei hielt sie die Augen geschlossen, ging ganz in ihren Empfindungen auf, so kam es ihm vor, und erst als er seine Hand an ihre Wange legte, sah sie ihn wieder an. Ihr Mund war leicht geöffnet, ihre Lippen glänzten feucht, und er strich mit den Daumen darüber und musste sich wirklich konzentrieren, um seinen Höhepunkt zurückzuhalten. Seine rechte Hand fuhr nach unten, er legte sie auf ihrem Bauch ab, spreizte die Finger und spürte seine eigenen Stöße. Es war eine besitzergreifende Geste, denn er berührte ihre Narben mit sanftem Druck. Aber er war jederzeit bereit, seine Hand wieder zurückzuziehen, sollte er das leiseste Anzeichen erkennen, dass es ihr nicht gefiel. Doch sie reagierte gar nicht, gab sich vollkommen ihrer Ekstase hin, und als seine Finger noch tiefer rutschten und er begann, ihre empfindlichste Stelle zu liebkosen, während er in sie hineinstieß, merkte er, dass er sie auf diese Weise zum Höhepunkt trieb.

Und er wollte genau das. Er veränderte den Winkel noch ein klein wenig, Rebecca stöhnte lauter und heftiger, und dann spürte er, wie sich ihr ganzer Körper anspannte und sich ihre inneren Muskeln um ihn zusammenzogen. Sie explodierte förmlich unter ihm und kam so heftig, dass sie dabei schrie.

Er spürte die Kontraktionen um sein Glied, ihr ganzer Körper zuckte, und er hielt inne, um den Anblick zu bewundern, wie Rebecca kam, wie ihre Haut glühte und sie sich völlig verlor, und er wollte es bis zum letzten Moment auskosten.

Langsam öffnete sie die Augen wieder, und ihr verschleierter Blick wurde klarer, als er sich mit seinem verschränkte.

»Komm für mich, Henry«, keuchte sie, packte eine seiner Pobacken, und ihre Fingernägel gruben sich in sein Fleisch, um ihn noch näher an sie heranzuziehen.

Er hatte vorgehabt, sich wie ein Gentleman im letzten Moment zurückzuziehen und seinen Höhepunkt ganz diskret im Betttuch zu vollziehen.

»Hast du denn keine Angst, dass du …«

»Schhh«, machte Rebecca nur, legte ihm einen Finger auf die Lippen und begann dann, unter ihm mit ihren Hüften zu kreisen. Es war eine verführerische, sinnliche Bewegung, mit der sie sich an ihn drängte, immer enger und immer tiefer.

Henry gab auf. Er stieß in sie, rücksichtlos und hart, dass es ihm fast brutal vorkam. Sie stöhnte lustvoll, ihre Hüften schlugen aufeinander, und sie trieb ihn weiter an, und dann kam er, so gewaltig und lange, dass er einen kurzen Moment Angst hatte, ihm könnte schwarz vor Augen werden.

Mit einem erschöpften Stöhnen sank er auf sie, schwer atmend, und es dauerte ein Weilchen, bis er wieder Herr seiner Sinne wurde.

Sie hielt ihn fest, streichelte über seinen Rücken, und Henry durchströmte ein so ungewohntes Gefühl von Glück und Geborgenheit, dass er sich wünschte, dieses Bett mit Rebecca nie wieder verlassen zu müssen. Er konnte nicht sagen, wie lange sie dort aneinandergeschmiegt lagen, Haut auf Haut, und die Nähe und Wärme des anderen genossen. Ein paar Minuten vielleicht, oder womöglich sogar eine halbe Stunde? Er wusste es nicht.

Irgendwann stützte Rebecca sich auf die Unterarme, lächelte und küsste seine Nasenspitze. Sofort schlang Henry die Arme wieder um sie. Er wollte mehr von ihrer Nähe und ihrem betörenden Duft, er war geradezu süchtig danach, und hielt sie so fest, dass sie ein überraschtes Quieken von sich gab.

»Du bist grob«, wehrte sie ihn ab.

»Und es gefällt dir«, erwiderte Henry, ein klein wenig zu selbstgefällig, das war ihm klar.

»Und wenn schon?«

»Oh, ich bin der Letzte, der sich darüber beschweren würde.« Henry hob entschuldigend die Arme, und gerade, als sie sich ihm entwinden wollte, schloss er sie wieder um sie. »Was du allerdings besser in den Griff bekommen musst, ist deine diebische Ader.« Mit dem Kopf deutete er auf seinen Gehrock und das Hemd am Fenster.

»Ein kleiner politischer Schachzug …«, verteidigte sie sich vage.

»Oder einfach nur ein *kleiner dummer* Mädchenstreich, nicht wahr? Ich war überrascht, dass du so etwas machst. Du bist immerhin schon …«

»Fünfundzwanzig«, beendete sie den Satz für ihn. »Wenn man Karriere machen möchte, muss man eben zu allen verfügbaren Mitteln greifen.«

»Du hast mir also um deiner Karriere willen meine Kleidung gestohlen?«, fragte er ungläubig.

Sie zuckte mit den Schultern. Offenbar fiel selbst ihr gerade keine passende Erwiderung ein. »Ich wollte dich zum Einlenken zwingen«, gestand sie dann.

Henry verzog einen Mundwinkel. »Ich sage es dir jetzt nicht zum ersten Mal, aber du solltest besser lernen, mit Männern zu kooperieren, statt sie dir ständig zum Feind zu machen. Das ist für alle Seiten … angenehmer«, erwiderte er mit einem Augenzwinkern. Denn er konnte ihr nicht böse sein, vor allem nicht, wenn sie mit so hinreißend geröteten Wangen und vollkommen nackt und zerzaust in seinen Armen lag.

»Damit sie mir das Heft wieder aus der Hand nehmen können? Sicher nicht.«

Henry schüttelte den Kopf und fuhr mit einem Finger ihre Augenbrauen ab. Sie ließ es sich klaglos gefallen, und er hatte sogar den Eindruck, dass sie seine Aufmerksamkeiten genoss. Er konnte von ihr nicht genug bekommen. Ständig musste er sie anfassen und festhalten, als wäre sie nur eine Traumgestalt, die sich jeden Moment verflüchtigen könnte. »Nein, so habe ich das nicht gemeint. Natürlich kannst du in die Politik gehen, Rebecca. Was ich damals in Bath gesagt habe, war … nun ja. Ich habe mich von dir provozieren lassen. Aber du weißt ja selbst, wie klein der Kreis der politischen Elite in England ist«, gab er zu bedenken. »Und natürlich spielen innerhalb dieses Kreises Frauen eine wichtige Rolle. Als Gastgeberinnen, als Wahlkampfhelferinnen. Es sind die Frauen, die entscheiden, wer sozial akzeptiert wird und dazu gehört, und wer nicht.«

Rebecca nickte und schaffte es in einem unaufmerksamen Moment von Henry, ihm aus den Armen zu schlüpfen und zu dem Mahagonitischchen zu gelangen, wo sie zwei Gläser Wein einschenkte.

»Aber die Einladungen zu Diskussionsabenden in den …« Sie war auf nackten Sohlen zu ihm zurückgetapst und hielt ihm nun ein Weinglas hin. Es war erstaunlich, mit welcher Selbstverständlichkeit sie sich plötzlich ganz unbekleidet vor ihm bewegte, jetzt, da er ihr Geheimnis kannte.

Er liebte dieses neu gefundene Selbstbewusstsein an ihr. Überhaupt liebte er so vieles an ihr … Sein Blick wanderte von dem Weinglas zu ihren vollen, runden Brüsten und den dunklen Brustwarzen, die sich gerade ein wenig aufgestellt hatten. Er hätte nicht übel Lust, den Wein darauf zu träufeln, um sie dann eine nach der anderen wieder sauber zu lecken …

»Henry?«, hörte er ihre Stimme.

Er sah zu ihr auf.

»Du starrst auf meine Brüste.«

»Hm«, machte er nur und nahm endlich das Glas entgegen. Zur Sicherheit nahm er einen großen Schluck, denn zwischen seinen Beinen begann sich etwas zu regen. Und er konnte sie ja schlecht schon wieder überfallen. »Jedenfalls beraten Frauen die Männer der politischen Elite, und ihre Aufgabe ist es, über ihre Verbindungen zu Nachbarn und Freunden den Informationsfluss zu steuern. Genauso wie Lady Cavan es heute Nachmittag in den Ranelagh Gardens gemacht hat. Eine Sache darfst du dabei aber nicht übersehen: Sie machen es immer *für* jemanden. Und zwar für einen Mann. Und nicht für sich selbst und ihre eigenen Interessen.«

Rebecca ließ sich neben ihm auf dem Bett nieder, und

es schaukelte leicht, als sie sagte: »Dann wird es Zeit, dass jemand damit beginnt.«

»Mag sein, aber dann musst du dich nicht wundern, wenn du Gegenwind bekommst.«

Sie nickte. »Lady Cavan war eifersüchtig«, stellte sie fest und fuhr mit dem Finger Henrys Handrücken auf und ab.

»Auf deine politischen Ambitionen«, pflichtete er ihr bei. »Das kann gut sein, sie ist durchaus aktiv …«

»Nein, auf mich. Also eher auf mich und dich. Sie hat gemerkt, dass da etwas zwischen uns ist.«

Henry stellte sein Glas ab, strich ihr eine Strähne hinter das Ohr, und er konnte nicht anders, er zog ihren Kopf an sich und küsste ihr auf die Haare. Und auch wenn es albern war, durchströmte ihn dabei ein ungewohntes Glücksgefühl.

Er hatte schon unzählige Nächte mit Frauen verbracht, und natürlich hatte er auch schon mit ihnen anschließend im Bett gelegen, wo sie sich unterhalten, Wein getrunken und das Tagesgeschehen erörtert hatten. Aber es fühlte sich nie so … gut an. Geborgen und einfach richtig. Und er erkannte mit klopfendem Herzen, dass es keinen Menschen auf der Welt gab, mit dem er es lieber tun würde als mit Rebecca.

»Vermutlich hast du recht. Der Verdacht hat mich schon seit einem Weilchen beschlichen«, gab er schließlich zu. »Aber bisher war sie noch nie so offen feindselig gewesen. Es war richtiggehend bösartig, das was sie da in den Gardens …«

»Schhh«, brachte Rebecca ihn zum Schweigen. »Ich habe keine Lust, weiter über die Cavan zu sinnieren«, sagte sie und drängte ihren kleinen Körper an seinen. Fast so, als wolle sie vom Thema ablenken – und das gelang ihr verdammt gut, musste er zugeben. Sie kam ihm jetzt ganz nah und musterte sein Gesicht.

»Ich weiß genau, was du vorhin gedacht hast«, raunte sie. Ihre Lippen waren rot verfärbt, und er konnte den Wein in ihrem Atem riechen.

»Ach?«, machte er in gespieltem Erstaunen.

Sie tauchte einen Finger in den dunklen Rotwein und ließ einige Tropfen auf ihre Brüste fallen. »Das hast du gedacht, nicht wahr?«

Lust durchzuckte ihn bei dem Anblick wie ein Peitschenhieb. Henry schloss die Augen und spürte, wie sich das Verlangen schon wieder in seinen Lenden ballte. Dabei hatten sie sich doch erst vor wenigen Minuten geliebt. Diese Frau würde ihn noch um den Verstand bringen, dachte er bei sich, öffnete die Augen wieder und rollte sich mit einem Schwung auf sie drauf.

Und bei Gott, er würde jede Sekunde davon genießen.

40.

»Henry?«, fragte die Dowager Duchess am reich gedeckten Frühstückstisch, der auf der Terrasse im Garten aufgebaut war. Ein großes weißes Sonnensegel spannte sich über ihnen und bot Schatten, und die Blüten des exotischen und seltenen dunkelvioletten Rhododendronstrauchs spiegelten sich im Silbergeschirr auf der Tafel. Wie immer war sie makellos gedeckt, obwohl Henry als Letzter zum Frühstück erschienen war und seine Schwestern den Tisch schon längst wieder verlassen hatten. Kleine Plundergebäckstückchen waren auf mehreren Etageren angerichtet, knusprige Brötchen und frische Scones stapelten sich neben Marmeladentöpfchen und Butterschalen, und dazwischen befanden sich Schüsselchen mit duftenden Erdbeeren und Himbeeren.

Henrys Magen war jedoch so angeschlagen, dass er versuchte, das viele Essen zu ignorieren. Was er nach einem Weilchen allerdings nicht mehr ignorieren konnte, war der stechende Blick, mit dem ihn seine Mutter musterte.

»Hm?«, brummte er deshalb, denn er hatte Kopfweh und der Sonnenschein kam ihm heute noch viel greller vor als sonst. Er konzentrierte sich darauf, Frederick hinter dem Ohr zu kraulen, der den Kopf genüsslich schief legte, damit Henry besser hinkam.

»Wie ich höre, bist du letzte Nacht sehr spät nach Hause gekommen«, sagte seine Mutter dann betont beiläufig. »Oder sollte ich vielleicht besser sagen heute Morgen?«

»Richtig«, gab er zu. Die Sonne war gerade aufgegangen gewesen, als Henry wieder in das Palais zurückgekehrt war. Beschwingt, euphorisch, und ja, glücklich.

Er hatte sich richtiggehend berauscht gefühlt. Mit offenen Augen hatte er in seinem Bett gelegen, Rebeccas Rundungen vor sich gesehen, ihr Seufzen gehört, ihren Geschmack noch auf seinen Lippen gehabt, und in seinem ganzen Körper hatte es gezogen. Es war ein angenehmes und aufregendes Gefühl – aber es hatte Henry vom Schlafen abgehalten. Also hatte er sich um sieben Uhr morgens zwei randvolle Gläser Portwein genehmigt und war dann endlich betrunken weggedämmert.

Jetzt, um halb elf Uhr vormittags, sah er ein, dass das wahrscheinlich keine besonders gute Idee gewesen war.

Suchend glitt sein Blick über den Frühstückstisch. Keinesfalls konnte er jetzt etwas essen, aber ein Glas Wasser wäre womöglich …

Mit einem Arm versuchte er, nach dem Wasserkrug zu greifen. Dabei hörte er für einige Momente auf, seinen Hund zu streicheln, der sofort ein vorwurfsvolles Winseln von sich gab. Ergeben kraulte Henry weiter, und inzwischen war auch Egbert zur Stelle, der ihm ein Glas voll Wasser reichte. Henry leerte es in einem Zug und hielt es Egbert dann auffordernd hin, damit der es noch einmal füllte.

Die Dowager Duchess beobachtete ihn dabei mit schmalen Augen. »Außerdem sollst du gestern in den Ranelagh Gardens einer Gastwirtin aus dem Kanal geholfen haben.«

Obwohl Henry es gar nicht für möglich gehalten hatte, klang ihre Stimme nun noch eine Spur kühler als zuvor, und er wappnete sich für eine Standpauke.

»Und falls du dich fragst, woher ich das weiß – es stand im *Spectator*«, schloss sie und klatschte die Zeitung so fest auf Henrys Teller, dass die gottlob leere Kaffeetasse daneben umfiel.

Etwas dümmlich starrte er darauf, denn das Pochen in seinen Schläfen war schlagartig wieder stärker geworden, und gerade fiel es ihm schwer, sich zu konzentrieren.

»Deine Aufgabe war es, deine drei Schwestern wohlbehalten nach Hause zu bringen, und nicht, irgendwelche Frauenzimmer aus dem Wasser zu fischen. Oder sollte ich besser sagen: Geliebte? Ich dachte, wir haben eine Abmachung«, fuhr Lady Rosalind fort. Sie klang enttäuscht. Oder vielmehr verärgert.

Henry sah sich entsetzt um. »Nicht so laut, Mama!«

»Sie sind alle unterwegs, auf einer Kutschtour mit Mrs. Martens.«

Noch bevor Henry die Titelzeile zu Ende gelesen hatte, irgendetwas mit *Der Kampf der Mätressen*, nahm Egbert mit spitzen Fingern die Zeitung von seinem Teller und setzte ihm stattdessen einen anderen mit frischem, dampfendem Rührei und Würstchen vor. Alleine bei dem Geruch drehte sich Henry der Magen um.

»Einer von euch beiden wird diese Saison heiraten, hast du versprochen. Und du sagtest auch, dass du derjenige sein würdest.«

»Das werde ich ja auch.«

Wieder hob Lady Rosalind die Zeitung und hielt sie in der Hand, wie eine Waffe. »Wenn du so offensichtlich deine Liebschaften und Affären hofierst, völlig unpassende Affären im Übrigen, wird es schwer, eine anständige und angemessene Partie für dich zu machen. Was glaubst du, muss die arme Miss Delmford denken, wenn sie dieses Geschmiere hier liest?«

Nun ja. Ganz unrecht hatte seine Mutter damit vermutlich nicht. Wenn Henry sich zu sehr auf seinem Titel und seinem Vermögen ausruhte, sich aber weiterhin einen Skandal nach dem nächsten leistete, würden die meisten aristokratischen Damen – oder vielmehr ihre erlauchten Mütter – dafür sorgen, dass er weder mit den Töchtern sprechen noch sie hofieren konnte. Doch das änderte gerade nichts.

»Mrs. Seagrave wurde ungerecht behandelt, und ich habe ihr lediglich den angemessenen Respekt gezollt, wie es jeder Gentleman hätte tun sollen. Mehr nicht.«

»Nur komisch, dass es keiner der anderen anwesenden Gentlemen gemacht hat, findest du nicht?«

»Was soll das heißen, Mutter?«

»Du hättest es durchaus auch dabei belassen können, ihr aus dem Wasser zu helfen, statt sie vor aller Augen an deinem Arm in eine Kutsche zu verfrachten und selbst gleich mit einzusteigen. *An deinem Arm*, Henry! Das macht man mit seiner Schwester oder seiner Verlobten und nicht mit irgendeiner …«

Henrys warnender Blick hielt Lady Rosalind davon ab, den Satz zu beenden.

»Und dann verschwindest du für den restlichen Tag. Ich möchte gar nicht wissen, wie du ihn verbracht hast«, konnte sie sich dennoch nicht zurückhalten.

»Spionierst du mir hinterher?« Allmählich beschlich ihn wirklich der Verdacht, und der verdrossene Blick, den seine Mutter ihm gerade zuwarf, erhärtete diesen sogar noch. »Ernsthaft? Du lässt mich beschatten?«, fragte Henry ungläubig.

»Bei deinen skandalösen öffentlichen Auftritten brauche ich das nicht. Denn überall, wo du auftauchst, bricht irgendein Chaos aus. Bist du wirklich so dumm und lässt dich in einen Streit zwischen deinen Mätressen hineinziehen?«

»Es war nicht …« Er verstummte und massierte sich angestrengt die Nasenwurzel. Denn schon wieder musste er seiner Mutter recht geben. Seine ehemalige Geliebte hatte sich mit seiner neuen Geliebten in die Haare bekommen, so könnte man es – wenn man eine sehr ungnädige Sichtweise auf den Lauf der Dinge hatte – durchaus betrachten. Doch so war es nicht. Zwar hatte Rebecca ihm partout nicht verraten wollen, weshalb sie eine Auseinandersetzung mit Lady Cavan hatte, aber hatte das nicht jeder einmal, der zum Bekanntenkreis der Countess gehörte?

»Heute Nachmittag sind wir übrigens bei den Delmfords eingeladen.«

»Wie bitte?«

Seine Mutter bekam einen harten Zug um den Mund. »Wir sind bei den Delmfords zum Tee eingeladen, und bis dahin wirst du dir auch eine glaubhafte Version der

Geschichte einfallen lassen, in der du nicht wie ein hoffnungsloser Skandal-Duke und Schürzenjäger dastehst.« Ihr Blick bohrte sich in seinen. »Haben wir uns verstanden?«

»Wenn Miss Delmford sich von den Schlagzeilen abschrecken lässt, dann ist das ihr Problem.«

»Es gibt Grenzen, mein Sohn, und Skandale, die sich nicht mal ein Duke leisten kann, um nicht vollends in Verruf zu geraten.«

»Ich bitte dich, Mama. Die Ehrenrettung von Mrs. Seagrave kann doch wohl nicht …«

»Nein, eigentlich geht es auch gar nicht um diese Gastwirtin. Es geht um den Ausschuss, der vom House of Commons über deine Person und deine gefährlichen politischen Machenschaften ins Leben gerufen wurde.«

Henry wurde ganz still, er hörte sogar auf, Frederick zu kraulen. Der merkte sofort, dass die Stimmung am Tisch kippte, und verzog sich unter einen der Rhododendronbüsche im Garten.

Langsam drehte Henry den Kopf zu seiner Mutter, und die Übelkeit in seinem Magen stieg ihm nun bis in die Kehle hinauf. »Was für ein Ausschuss?«

41.

Henry war so perplex gewesen, dass er am Nachmittag sogar versäumt hatte, sich bei Rebecca zu melden, obwohl er es ihr eigentlich versprochen hatte. Stattdessen hatte er einige anstrengende Stunden im Hause des Earl of Grafton verbracht, dem Vater von Miss Mary Delmford, der aber wie immer mit Abwesenheit geglänzt hatte. Natürlich hatte die Countess of Grafton neben ihrer Tochter im Salon gethront, und am Kartentisch hatten gleich drei Tanten von Miss Mary gesessen. Die hatten sich leider weniger auf ihr Spiel als vielmehr auf die Unterhaltung zwischen Henry und ihrer jungen Nichte konzentriert und ihm dann und wann strenge Blicke zugeworfen.

Am nächsten Tag hatte er nach Wochen zum ersten Mal wieder seinen Sitz im House of Lords in Westminster wahrgenommen und war zu einer der mehrstündigen Sitzungen erschienen. Weniger als die Hälfte der Plätze waren belegt gewesen, und Henry hatte die Gelegenheit genutzt, um sich bei einigen der Anwesenden diskret über den angeblichen Ausschuss im Unterhaus umzuhören.

Nachdem er so selten an den Sitzungen teilnahm, kannte er aber kaum einen der anwesenden Lords persönlich. Entsprechend wenig ergiebig waren deshalb die Antworten gewesen, die er bekommen hatte. Was auch daran liegen konnte, dass sich die Abgeordneten im Unterhaus bei ihrer Arbeit ungern über die Schulter schauen ließen.

Dann hatte er William Windham, einen der mächtigsten Männer im House of Lords, um ein kurzes Gespräch gebeten, und der hatte ihm tatsächlich Auskunft geben können. Der Untersuchungsausschuss sei eine Anstrengung der regierungsnahen Tories gewesen, wusste der zu berichten. Außerdem solle es eine Augenzeugin gegeben haben, eine Coffee-House-Besitzerin aus Bath, die auf Henrys Besitztümern einen französischen Revolutionär angetroffen haben will. Den Namen der Zeugin konnte Windham ihm leider nicht nennen. Er wisse nur, dass sie eine Bekannte der Lady Cavan sei.

Bei Windhams Worten bekam Henry das Gefühl, als hätte ihm jemand die Faust in die Magengrube gerammt.

Die Parlamentssitzung ging weiter, und wie betäubt sank Henry zurück auf die glatt polierte Holzbank an seinem Platz.

Eine Coffee-House-Besitzerin aus Bath, eine Bekannte von Lady Cavan. Konnte es wirklich sein, dass … Es musste sich um ein Missverständnis handeln.

Niemals würde Rebecca ihn derart hintergehen. Er kannte sie doch. Sie hatten eine ganze Nacht miteinander verbracht, und sie vertrauten einander.

Sicherlich handelte es sich hier um eine andere Dame aus Bath. Der Bekanntenkreis von Lady Sybil war schließlich groß.

Obwohl Henry sich all das einredete, war sein Mund wie ausgetrocknet. Sein rasender Herzschlag pochte ihm in den Schläfen, und sein Hemd klebte ihm unter seiner Weste und dem Gehrock unangenehm am Rücken.

Noch ehe der erste Redner abtrat, beschloss Henry, die Sitzung zu verlassen.

Er musste mit Rebecca reden und diesen ganzen Wahnsinn hier aufklären und wies seinen Kutscher deshalb an, ihn zum Bedford Square zu bringen.

Sowieso hatte er vorgehabt, nach seiner Parlamentssitzung ein Blumenbouquet bei einem der Händler am Golden Square zu erstehen und Rebecca zu besuchen. Er hatte versprochen, sich bei ihr zu melden, und er hatte unbedingt mit ihr sprechen und herausfinden wollen, was das zwischen ihnen war. Was diese eine Nacht, die er mit ihr verbracht hatte und die sich so anfühlte, als wäre es die schönste Nacht seines Lebens gewesen, bedeutete. Und vor allem hatte er mit ihr besprechen wollen, wie es nun weiterging. Denn Henry wollte auf jeden Fall, dass das Verhältnis zwischen ihm und Rebecca nicht bei dieser einen Nacht blieb. Jedes Mal, wenn er an sie dachte, entstand ein ungewohnt aufgeregtes Gefühl in seinem Brustkorb, wie der vibrierende Flügelschlag eines Kolibris.

Henry mochte es. Es fühlte sich gut an.

Nur jetzt war dieses Gefühl etwas Schwerem, Düsterem gewichen. Und je länger er in der Kutsche saß und über diese ganze Situation nachdachte, desto größer wurden seine Zweifel und seine Wut.

Sollte Rebecca wirklich etwas mit dem Ausschuss zu tun haben, würde sie es ihm gegenüber dann überhaupt zugeben? Würde sie es nicht vielmehr abstreiten und ihm eine ganz andere Geschichte aufzutischen versuchen? Sie wäre nicht die erste Liebhaberin, die auf irgendwelchen verschlungenen Wegen ihren Vorteil aus einer Liaison mit ihm schlagen wollen würde. Meistens ging es dabei um Geld. Oder um …

Henry presste Daumen und Zeigefinger auf seine geschlossenen Lider und versuchte, ruhig weiterzuatmen.

Oder um ein Grundstück. Ein Burgage.

Und nun wurde ihm wirklich übel.

Rebecca würde ihm doch keinen Verrat anhängen, nur um an dieses Grundstück zu kommen? Das wäre absurd.

Aber Lady Cavan hatte mit Rebecca schließlich auch eine Auseinandersetzung gehabt und sie sogar in den See stoßen lassen. So ein Verhalten war selbst für Sybil … außergewöhnlich. Vielleicht hatte sie gute Gründe dafür gehabt?

Der Verdacht, der Henry beschlich, war so ungeheuerlich, dass er ihn selbst gar nicht glauben konnte.

Hatte ihn sein Gefühl denn so sehr getäuscht? Hatte Rebecca ihm ihre Leidenschaft, ihre Verletzlichkeit, ihre Zuneigung, das alles, was sie miteinander geteilt hatten, einfach vorgespielt?

Er würde es herausfinden, und er wusste auch schon, wie.

Zuerst würde er nämlich mit Sybil sprechen. Er würde ihr auf den Zahn fühlen und herausfinden, ob sie etwas über die ganze Angelegenheit wusste, auch wenn ihr letztes Zusammentreffen in den Ranelagh Gardens alles andere als freundlich verlaufen war. Und erst dann würde er zu Rebecca fahren. Er brauchte Sicherheit darüber, womit er sie konfrontieren konnte, und die würde er sich jetzt holen.

Zwar musste er später mit seiner Mutter und allen drei Schwestern noch auf ein Dinner zu einer befreundeten Familie (und er würde seine Perücke verwetten, dass Miss Delmford ebenfalls dort eingeladen war), aber er würde dann eben nachkommen.

Er teilte seinem Kutscher die Planänderung mit, und es dauerte nicht lange, ehe er am Grosvenor Square angekommen war.

Seine Kutsche ließ Henry vor Sybils Haus warten, es würde nicht lange dauern. Mit seiner Karte ließ er sich ankündigen, und ein Butler führte ihn sofort in den Salon. Während seiner Liaison mit Sybil war er nicht oft hier gewesen, denn wie in vielen aristokratischen Haushalten hatten sich ihre intimen Zusammenkünfte im exquisit eingerichteten Ankleidezimmer oder im Schlafzimmer abgespielt. Der Salon diente lediglich offiziellen Empfängen oder Soireen und als Rückzugsort der Damen bei Dinnerparties. Er war dafür da, den eigenen Reichtum und Status darzustellen und die Besucher damit zu beeindrucken.

Und das tat Lady Sybils Salon definitiv. Alles hier drinnen war in Gold und Weiß gehalten, und schon auf den ersten Blick erkannte man einen eleganten, weiblichen Stil. Das mit Goldornamenten versehene Cembalo verriet ihn ebenso wie der mit zahlreichen Figuren und Blumenranken bemalte, weiß gestrichene Buchschrank, sicherlich ein Hepplewhite, denn die Möbel des Londoner Tischlers waren gerade so sehr in Mode. Nach dem verfrühten Tod des Earl of Cavan vor beinahe zehn Jahren hatte Lady Sybil es sich zur Aufgabe gemacht, das gesamte Anwesen nach ihrem Geschmack umzugestalten. Und der war nun einmal extravagant und teuer.

»Euer Gnaden«, flötete sie und begrüßte Henry bereits an der Türschwelle. »Welch eine Ehre, dass du mich zu Hause besuchst.«

Hörte er da schon den ersten Hauch Ironie in ihrer Stimme?

Sie deutete auf einen der gepolsterten Stühle. »Setz dich, mein Lieber«, sagte sie und ließ sich selbst aufs Sofa nieder. Und sie sah sehr selbstzufrieden dabei aus, fand er. Als hätte sie nur auf seinen Besuch gewartet.

Sie griff nach einem vergoldeten Glöckchen, mit dem sie durchdringend bimmelte. Erst jetzt fiel ihm auf, dass sie bereits ein apricotfarbenes Abendkleid und ein hauchzartes Brusttuch darüber trug. Selbst ihre Frisur war mit einem hellen Seidentuch elegant nach oben drapiert.

»Ich halte dich doch wohl nicht von einer Verabredung ab?«

»Keineswegs, Henry.«

Als eine Bedienstete erschien, sagte sie: »Rose, würden Sie uns Tee bringen?« Ein kurzer Seitenblick zu Henry. »Oder ist dir wohl nach etwas Stärkerem?«

Henry stieß die Luft durch die Nase und bemühte sich um ein Lächeln, das bestimmt recht freudlos wirkte. Im Grunde lag ihre Vermutung nämlich richtig, ihm war tatsächlich nach Alkohol. Das würde er aber nicht zugeben, denn er hatte wirklich den Eindruck, dass in Sybils Augen so etwas wie Genugtuung glänzte. Er schüttelte also lediglich den Kopf, und die Bedienstete verschwand.

»Du bist sicher hier, um mir Vorwürfe zu machen, dass ich vorgestern deiner kleinen Gastwirtin so übel mitgespielt habe«, begann sie das Gespräch.

»Nicht ganz. Zu Anfang dachte ich wirklich, du hättest dieses ganze Theater vor zwei Tagen aus Eifersucht veranstaltet. Zumindest würde dir das ähnlichsehen.« Es klang arrogant, und genau das sollte es auch. Sybils selbstgefälliges Lächeln, das sie schon die ganze Zeit über erahnen ließ, ärgerte Henry, obwohl er sich doch vorgenommen hatte, ruhig und freundlich zu bleiben.

Statt einer Antwort trat ein Funkeln in ihre Augen. »Wie missgünstig du klingst«, stellte sie fest. »Schließlich hast du das Vorkommnis ja als Chance genutzt, dich als Mrs. Seagraves Retter aufzuspielen und bei ihr zu landen, wo du dich doch die ganze Zeit so verzweifelt um ihre Aufmerksamkeit bemühst.«

»Es war Zufall, dass ich an dem Tag auch in den Ranelagh Gardens war. Außerdem klingt das gerade so, als wolltest du mich mit ihr verkuppeln.«

»Natürlich nicht«, räumte sie ein. »Aber du hast es dir ja nicht nehmen lassen, sie anschließend bis nach Hause zu begleiten, oder nicht?« Sie klang richtiggehend neugierig, doch Henry würde sich hüten, ihr auch nur ein Sterbenswörtchen davon zu verraten, was nach Rebeccas unfreiwilligem Bad alles passiert war.

»Kommst du dir nicht albern vor? Nach so langer Zeit noch die Rolle der rachsüchtigen Countess zu spielen?« Das fragte er sich wirklich. Ihre Affäre war bereits so lange vorbei. Wieso konnte sie es nicht einfach gut sein lassen, nach vorne blicken und sich ein anderes Objekt für ihre Besessenheit suchen?

Ein Dienstmädchen brachte Tee herein, Sybil ließ es sich aber nicht nehmen, Henry selbst einzuschenken, wie es der Gastgeberin gebührte.

Er rührte seine Tasse nicht an.

Er war nicht hier, um über Sybils völlig deplatzierte Eifersucht zu sprechen. Die Countess fühlte sich trotzdem bemüßigt, das Thema noch einmal aufzugreifen.

»Ich bin doch nicht eifersüchtig auf sie. Ich bitte dich, Henry. Ich wundere mich bloß, wie tief du bei der Wahl deiner Mätressen gesunken bist.« Sie klang eingeschnappt. »Dass du dich mit einer Gastwirtin abgibst und dich mit ihr sogar vor den Journalisten zeigst, sehe ich ja fast schon als Beleidigung an.«

Henry atmete tief ein, und er musste sich anstrengen, ruhig zu bleiben. Das war es, was ihn damals so an Sybil gestört hatte: ihre Selbstbezogenheit. Als würde sich alles, was passierte, nur um sie drehen.

Außerdem wollte sie ihn verletzen, merkte er, und zwar um jeden Preis, und je ruhiger er blieb, desto stärker wurden ihre Bemühungen, ihn zu treffen. Seltsam, welche Wendung dieses Gespräch sofort genommen hatte …

»Ich bin nicht gekommen, um mit dir über irgendwelche Gefühle zu sprechen, sondern weil es offenbar einen Ausschuss gibt, der im Unterhaus über mich getagt hat«, sagte er schließlich. »Oder noch tagt.«

Sie schnalzte mit der Zunge. »Also reden wir über Politik, wie überaus ermüdend.« Sie begann sich mit ihrem

Fächer Luft zuzufächeln. Dabei war es hier im Salon alles andere als warm. Einen Augenblick lang beschlich Henry sogar der Verdacht, dass ihr das Gesprächsthema unangenehm war.

»So wie es aussieht, wird mir Hochverrat vorgeworfen. Angeblich wurde der Ausschuss von einigen Abgeordneten aus dem Lager des Königs ins Leben gerufen.« Er pausierte. »Du hast nicht zufällig etwas darüber gehört, Sybil?«

Er erwähnte Rebecca absichtlich nicht. Vielleicht, weil er es selbst nicht wahrhaben wollte. Vielleicht, weil noch ein Funken Hoffnung in ihm glomm, dass das alles ein ganz furchtbares Missverständnis war.

Er würde herausfinden, ob und was Rebecca mit diesem Ausschuss zu tun hatte. Nicht nur besaß Lady Sybil ausgezeichnete Verbindungen zu den königstreuen Abgeordneten und war für gewöhnlich auch bestens darüber informiert, was geklatscht und getratscht wurde. Es war auch völlig offensichtlich, dass Lady Cavan Rebecca verabscheute. Sollte sie wirklich in diese ganze Angelegenheit involviert sein, würde Sybil es sich nicht nehmen lassen, ihm das mitzuteilen.

»Wie du nur wieder auf mich kommst, Henry«, seufzte sie und strich gedankenverloren das Kleid über ihren Knien glatt. Sie spielte mit ihm und zierte sich, obwohl sie etwas über die Sache wusste. Doch sosehr es ihm auch widerstrebte – gerade hatte Henry keine andere Wahl, als darauf einzusteigen. Schließlich war *er* es, der etwas von ihr brauchte, und nicht umgekehrt.

»Du erfüllst eine wichtige Rolle in der Beau Monde und genießt das Vertrauen vieler einflussreicher Männer. Es liegt nahe, dich zu fragen.« Das Kompliment kam ihm nur schwer über die Lippen. Er kannte Sybil jedoch gut genug, um zu wissen, dass sie genau das hören wollte. Sie war eitel und suchte Anerkennung, und er würde ihr eben nun das geben, wonach sie so sehr lechzte.

Sie stellte in aller Ruhe ihre Teetasse ab, wandte sich ihm zu und sah ihn mit großen, arglosen Augen an, in denen das Blau verführerisch schimmerte. Einmal klimperte sie noch gekonnt mit den Wimpern, ehe sie sagte: »Frag doch lieber deine neue Mätresse, Mrs. Seagrave.«

Er wollte es nicht, aber er hielt unwillkürlich den Atem an und merkte, wie sich jeder Muskel in seinem Körper versteifte.

»Wie kommst du ausgerechnet auf Mrs. Seagrave?«, fragte er und versuchte dabei so ruhig wie möglich zu klingen. Was ihm vermutlich nicht besonders gut gelang.

»Du überraschst mich, Henry. Sie wäre doch schließlich die Zeugin gewesen, die vor dem Ausschuss aufgetreten wäre. Irgendetwas schien sie im letzten Moment allerdings an ihrer Aussage gehindert zu haben.«

Sybils Worte trafen Henry wie eine eiskalte Welle, die über ihm zusammenschlug. Es stimmte also doch.

Windham hatte behauptet, es sei eine Coffee-House-Besitzerin aus Bath gewesen, die auf seinen Besitztümern unterwegs gewesen war und ihn angeschwärzt hatte. Und nun bestätigte Sybil seine schlimmsten Befürchtungen, nämlich dass es sich dabei tatsächlich um Rebecca handelte.

Irgendetwas an der ganzen Geschichte war trotzdem nicht stimmig, fand Henry.

»Weißt du, was ich mich wirklich frage? Woher Mrs. Seagrave die sagenhaften Beziehungen hat, um vor dem Parlament eine Aussage zu machen. Und wieso mir ausgerechnet *dein* Name genannt wurde, als ich im House of Lords mehr über den Ausschuss erfahren wollte.« Wie ein Habicht achtete er auf Sybils Reaktion. Wenn die Countess nun log, würde er es bemerken.

Sie blinzelte, aber ihr Gesicht blieb dennoch freundlich und zugewandt. Sie gab einen kurzen, wohlklingenden Lacher von sich, beugte sich vertraulich zu ihm und legte ihm sogar die Hand auf den Unterarm. »Aber, Henry! Was fragst du das denn überhaupt! Weil ich mit den Tories gut vernetzt bin und anders als die Parlamentarier keinen Zwängen unterliege, Informationen zurückzuhalten. Über die Vorgänge hinter den Kulissen des Parlaments weiß ich ebenso gut Bescheid wie die Abgeordneten. Besser vielleicht sogar.«

Er schob ihre Hand weg. »Und auf die Idee, dein Wissen erst mal mit mir zu teilen, bist du nicht gekommen? Du wusstest, dass ein Ausschuss über Hochverrat tagen würde, und hast mir nichts davon gesagt?«, fragte er nach, und es fühlte sich an, als würden Tausende Nadelstiche seinen Nacken bis unter seine Kopfhaut malträtieren.

»Ich dachte wirklich, du wusstest davon.«

»Sybil …«, sagte er drohend.

Statt einer Antwort legte sie den Kopf schräg, fast schon so, als bemitleide sie ihn.

»Das mit Mrs. Seagrave geht dir wohl nahe«, stellte sie fest. »Was hast du denn gedacht? Dass sie sich mit dir einlässt, weil sie dir gern eine Bettgespielin wäre? Sie hat ganz andere Motive, glaub mir. Jeder weiß doch, von welch kurzer Dauer die Gunst für deine Mätressen ist.«

Er hörte diese Spitze schon gar nicht mehr. »Das kann nicht sein.«

Er sagte es mehr zu sich selbst als zu Sybil. Weil er sich weigerte, ihren Worten zu glauben, und weil gerade ein so grässliches Gefühl seinen Rücken hinaufkroch und sich wie eine eiserne Faust um seinen Brustkorb schloss, dass er meinte, nicht mehr richtig Luft zu bekommen.

Er atmete tief ein, um die Beklemmung zu vertreiben, und versuchte in ihrem Gesicht irgendetwas zu erkennen. Einen Anhaltspunkt, dass sie sich einen Scherz mit ihm erlaubte, damit ihm noch ein letzter Rest Hoffnung blieb. Dabei wusste er doch längst, dass es umsonst war.

»Du bist zu mir gekommen, um meinen Rat zu hören und zu erfahren, was mir über die Sache bekannt ist. Bitte schön, jetzt weißt du es. Mach damit, was du willst«, sagte sie mit einer wedelnden Handbewegung. Offenbar verlor sie allmählich die Geduld. Als Henry nichts antwortete, verharrte ihr Blick auf ihm, und mit einem Mal trat ein triumphierender Glanz in ihre Augen. »Jetzt verstehe ich! Du magst sie.«

»Blödsinn.«

»Natürlich magst du sie. Anscheinend so sehr, dass du ganz blind bist vor lauter Liebe. Ihr Verrat verletzt dich«, fuhr sie dann mit einer gewissen Befriedigung fort. »Du hast doch wohl nicht ernsthaft geglaubt, dass diese Gastwirtin oder Schmugglerin irgendwelche Gefühle für dich hat? Sie ist eine gewissenlose Verbrecherin und wollte dich ausnutzen. Das Bad im Kanal hatte sie mehr als verdient. Das siehst du, jetzt, da du ihre wahren Motive kennst, hoffentlich auch ein.«

»Du hast sie deshalb in den Kanal stoßen lassen? Weil sie gegen mich aussagen wollte?«

»Nun kann ich ja zu dir offen sein. Sie wollte dir schaden. Durch einen Zufall hatte ich davon erfahren und sie deshalb auch so behandelt. Ganz einfach. Unser Verhältnis mag sich die letzten Monate über abgekühlt haben, aber das heißt nicht, dass ich dir in den Rücken falle. Diese Frau hatte eine Strafe verdient.«

Henry schnitt ihr mit einer resoluten Handbewegung das Wort ab. »Ich habe jetzt keine Lust mehr, über *diese Frau* zu sprechen. Sie ist mir egal.« Interessant, wie leicht die Worte ihm über die Lippen kamen. »Es geht mir um den Ausschuss. Nichts von den Anschuldigungen stimmt. Ja, auf diesem Grundstück wohnen Franzosen, aber sie sind Künstler, deren Gönner hingerichtet worden waren und die selbst vor den Jakobinern flüchten mussten. Sie wären die Letzten, die hier in England eine Revolution anstacheln würden.«

»Du wirst sicher deine Chance bekommen, vor dem Ausschuss zu sprechen, wenn er wieder tagt.«

»Was ich noch herausfinden muss, ist, wer Mrs. Seagrave bei ihrem Komplott unterstützt hat. Sie mag als Zeugin gegen mich auftreten, aber ihr Wort hat nicht genügend

Gewicht, um einen ganzen Ausschuss über mich ins Leben zu rufen. Immerhin bin ich der Duke of Somerville und sie ein … Niemand. Die Idee muss von jemand anderem stammen.«

Henry beobachtete sein Gegenüber ganz genau, und er bildete sich ein, dass sich Sybils Augen ein winziges bisschen unter seinem forschenden Blick weiteten. Beinahe so, als hätte sie Angst. Sie wusste mehr, als sie zuzugeben bereit war.

»Du stellst genau die richtigen Fragen, Henry, wie immer. Allerdings weiß ich darauf auch keine Antwort«, hauchte sie. »Aber ich werde mich umhören, versprochen.«

Sie beugte sich ein wenig nach vorne, wodurch sich ihm sicherlich nicht ganz zufällig ein tiefer Einblick in ihr Dekolleté bot. Mitfühlend ergriff sie seine Hand. Trotz seiner Handschuhe musste er sich zusammennehmen, um sich nicht sofort von ihr loszumachen, so unangenehm war ihm die Berührung.

Er nickte knapp, ging aber auf ihre Annäherung nicht ein und griff stattdessen nach seinem Spazierstock, den er gegen das Sofa gelehnt hatte. »Danke für deine Offenheit, Sybil. Du wirst verstehen, ich habe jetzt einiges zu erledigen.«

Sie erhob sich ebenfalls. »Selbstverständlich. Wenn es irgendetwas gibt, das ich für dich tun kann, lass es mich wissen«, bot sie ihm an, während sie ihn den Flur entlangbegleitete.

Die Haustür fiel hinter ihm ins Schloss, er blieb noch einige Sekunden lang auf dem Treppenabsatz zwischen den zwei Töpfen mit den Rosenranken stehen und ballte seine Hand so fest um den Gehstock, dass sie zu zittern anfing.

Verrat.

Es war ein komisches Gefühl, verraten zu werden.

Überraschend schmerzhaft, stellte Henry fest, während er wie betäubt in seine Kutsche stieg, ohne irgendetwas um sich herum wahrzunehmen. Der Kutscher schien auf keine Anweisung von Henry zu warten, denn er lenkte sein Gefährt von alleine in Richtung St. James's Square.

Er hatte Feinde, erkannte er. Und zwar überall um sich herum. Selbst Personen, denen er vertraute, konnten sich plötzlich als seine Gegner entpuppen. Oder Gegnerinnen, besser gesagt, und ein dumpfes, hohles Gefühl breitete sich bei dieser Erkenntnis in ihm aus. Es lag nahe, was Windham ihm angedeutet und die Countess bestätigt hatte. Rebecca hatte bestimmt ganz eigene Motive gehabt, sich mit ihm einzulassen – und das war keine Zuneigung gewesen, wie er verliebter Trottel es sich eingebildet hatte.

Im Grunde war ihre Agenda doch klar: Sie wollte um jeden Preis einen Abgeordneten ins Unterhaus schicken – und er stand ihr dabei im Weg.

So abgelenkt war er von seinem Wunsch nach ihrer Nähe gewesen, dass er gar nicht mitbekommen hatte, wie sie hinterrücks etwas gegen ihn plante.

Aber warum war sie dann vor ihrer Aussage zurückgeschreckt? Und warum hatte sie selbst *nach* dem Tag des Ausschusses noch eine Nacht mit ihm verbracht und ihm sogar ihre Narben gezeigt und sich damit vor ihm bloßgestellt? Er hatte ihr doch angesehen, wie schwer ihr das gefallen war.

Vermutlich war auch das alles nur Kalkül gewesen, um ihn von den wahren Vorgängen abzulenken. Die ganze Zeit hatte sie sich heimlich darüber amüsiert, was für ein naiver Tölpel er war. Und ihr Ohnmachtsanfall in der Oper? War der am Ende auch bloß vorgespielt gewesen?

Henry zerrte sich die Krawatte vom Hals, denn er hatte das Gefühl, dass sie ihm gerade viel zu eng geworden war.

Er war einer Betrügerin aufgesessen und hatte den unverzeihlichen Fehler begangen, sich dabei auch noch in sie zu verlieben.

Jede einzelne, verdammte Nacht träumte er von dieser Frau. Kaum eine Stunde verging bei Tag, in der er nicht an sie dachte.

Aber er würde jetzt wieder die Kontrolle über sein Leben erlangen und die Zügel selbst in die Hand nehmen.

Im House of Lords Präsenz zeigen. Bei Abstimmungen für die oppositionellen Whigs stimmen, damit er sich im Falle einer Anklage auf ihre Unterstützung verlassen konnte. Sich mit einer Aristokratentochter verloben.

Wirst du wohl doch der Mustersohn, den sich dein Vater immer gewünscht hat, flüsterte ihm eine gehässige Stimme in seinem Kopf zu, und mit einem Schrei schlug er die Faust so hart auf den gepolsterten Sitz neben sich, dass feine Staubkörnchen durch die Luft tanzten.

Genau auf diesem Platz hatte er mit Rebecca gesessen, als sie sich leidenschaftlich und zügellos geküsst hatten.

Damals war er von dieser Nähe zwischen ihnen wie von Sinnen gewesen.

Er schloss die Augen und atmete lange aus, um sich zu sammeln.

Und dann beschlich ihn ein weiterer, noch viel beunruhigender Gedanke. Wer garantierte ihm eigentlich, dass Sybil die Wahrheit sagte? Dass nicht doch sie es war, die irgendeinen nebulösen Rachefeldzug gegen ihn plante und die ganze Angelegenheit viel, viel größer war?

Wem konnte er überhaupt noch glauben?

Mit beiden Händen rieb er sich über das Gesicht und stöhnte. Dann sah er wieder auf, starrte auf die leere Sitzbank ihm gegenüber und lachte bitter auf.

Er kam sich vor, als wäre er Teil eines Bühnenstücks. Irgendeines von Shakespeares Dramen. *King Lear.* Oder *Macbeth.*

Und seine Rolle war die der tragischen Narrenfigur.

42.

Er muss sich melden.

Aber das hatte er nicht, obwohl er es ihr versprochen hatte. Heute nicht und gestern auch nicht, ebenso wie den Tag zuvor.

Seit einer geschlagenen Woche wartete Rebecca nun schon.

Er hatte bestimmt viel zu tun. Das war es. Er war ein Duke und hatte seine Verpflichtungen und schaffte es deshalb nicht, Kontakt mit ihr aufzunehmen.

Sie war sich sicher, dass er sich noch melden würde, denn sie hatte doch gespürt, was in dieser Nacht zwischen ihnen passiert war. Henry hatte die Vertrautheit und Nähe ebenso sehr genossen wie sie selbst. Und auch wenn der Gedanke eigentlich lächerlich war, hatte Rebecca sich eingebildet, dass die unsichtbare Verbindung, die von Anfang an zwischen ihnen bestanden hatte, dadurch noch stärker geworden war.

Alleine bei der Vorstellung, dass sie diese Nacht wiederholen würden, rauschte ein aufgeregtes, erwartungsvolles Kribbeln durch Rebeccas Körper.

Aber sie war eben nur eine Liebschaft, rief sie sich zur Vernunft. Und deshalb konnte sie ihn auch nicht einfach so in seinem Palais besuchen und Ansprüche stellen. Zumindest noch nicht. Erst mussten sie miteinander reden und eine Art … Arrangement finden.

Eine Nachricht hatte sie ihm allerdings sehr wohl geschickt. Vor vier Tagen.

Sie war ganz unverfänglich gewesen, mit frechem Tonfall. *Sie sind wohl sehr beschäftigt, Euer Gnaden?* – So etwas in der Art, sie konnte sich nicht mehr an den genauen Wortlaut erinnern. Jedenfalls hatte sie sichergestellt, dass es nicht bedürftig klang. Oder unsicher und ängstlich, denn das wollte sie auf keinen Fall.

Bis heute hatte sie keine Antwort erhalten.

Und sosehr sich Rebecca dagegen gewehrt hatte, drängte sich allmählich doch die Erinnerung an Peters auf. Nach ihrer desaströsen Liebesnacht damals hatte auch er sie schlicht ignoriert. Sie war zu ihm gefahren und wollte ihn zur Rede stellen, mit dem Resultat, dass er sie wie eine Bettlerin von seiner Eingangstür hatte abweisen lassen. Damals hatte sie sich geschworen, keinem Mann mehr hinterherzulaufen, und daran würde sie sich auch halten.

Aber mit Henry war es ja sowieso ganz anders. Sie musste ihm einfach vertrauen, dass er seine Gründe hatte, warum er sich nicht meldete, und sie musste geduldig sein.

Letzteres hatte nur leider noch nie zu Rebeccas Stärken gezählt.

Immer mitleidiger waren Bettys Blicke geworden, als Rebecca sich auf ihren Spaziergängen in den Vauxhall Gardens suchend umgeblickt hatte, ob sie vielleicht den Duke oder zumindest eine seiner Schwestern entdecken konnte. Die ganze Familie Langford schien seit Tagen wie vom Erdboden verschluckt.

Und heute, genau eine Woche nach dem Eklat in den Ranelagh Gardens und der Nacht mit Henry, beschloss Rebecca, dass ein wenig Ablenkung nicht schaden konnte. Und sie wusste auch schon, wie das am besten ging.

»Betty, wir gehen einkaufen!«, rief sie den Flur entlang und fischte sich ihr Mantelet von der Garderobe.

Ihre Freundin steckte den Kopf durch die Tür und blies sich eine Strähne aus dem Gesicht. »Tun wir das?« Sie hatte ganz gerötete Wangen, vermutlich hatte Rebecca sie gerade wieder bei einem ihrer Schreibversuche gestört.

»Oh ja. Beeil dich, ich will sofort los.«

Natürlich war es einfach, ihre Unsicherheit und Nervosität jetzt mit einem oder zwei schönen Gegenständen, neuen Kaffeetassen aus dem exquisiten Chelsea-Porzellan oder einer Tagesdecke mit hübschen Stickereien für kurze Zeit zum Verstummen zu bringen.

Aber sie wollte sich etwas gönnen. Das Leben genießen und dieses seltsame, nagende Gefühl in ihrer Brust verdrängen, das jeden Tag stärker wurde.

Es war ein sonniger und frühsommerlich warmer Maitag, und das würden sie ausnutzen, um einen kleinen Spaziergang zu machen. Sie würden sich ein wenig treiben lassen und sehen, wohin es sie verschlug.

Betty war schnell zur Stelle, und ein Weilchen spazierten sie nach Süden in Richtung Themse, vorbei an einigen Schaufenstern von Modisten und Kurzwarenhändlern, aber nichts davon konnte Rebeccas Interesse wecken. Mitten auf dem Gehsteig hielt sie inne, und beinahe wäre ihr ein Mann mit Hut und schwingendem Spazierstock in die Fersen gelaufen. Er entschuldigte sich ausführlich, doch Rebecca winkte nur ab.

»Weißt du was?«, sagte sie dann. »Wir kaufen gar nichts für mich, sondern für dich!«

Denn eigentlich war es viel schöner, jemand anderem, den man gernhatte, eine Freude zu machen, anstatt sich selbst mit Geschenken zu überhäufen. Und wenn es jemanden gab, dem sie ein Lächeln auf die Lippen zaubern wollte, war es definitiv Betty.

»Für mich? Aber ich brauche doch gar nichts«, wehrte sie ab. Natürlich würde sie das sagen. Sie war sehr genügsam.

»Doch, das tust du! Dein Rücken ist schon ganz krumm, weil du ständig auf unserem Esstisch schreibst. Du bekommst ein Schreibpult. Ein richtiges, wo du Platz für Tintenfässchen, Bücher und Schreibpapier hast. Keine Widerrede!«

Betty war im Begriff, etwas zu entgegnen, hielt sich jedoch zurück. Und dann erschien ein kleines Lächeln auf ihren Lippen, das sich binnen Augenblicken in ein Grinsen auswuchs, obwohl sie dagegen anzukämpfen schien.

»Siehst du!«, triumphierte Rebecca. »Wir gehen jetzt in die Marshall Street. Zu Ince and Mayhew, und schauen uns dort mal um.«

Schon seit einigen Jahren war Ince und Mayhew der beliebteste Innenausstatter in ganz London, eigentlich im ganzen Königreich. Wenn man sich neu einrichten wollte, führte kein Weg an dieser Werkstatt vorbei, und jeder, der etwas auf sich hielt, besaß mindestens ein oder zwei der kunstvollen und sündhaft teuren Möbelstücke. Zwar würden Rebecca und Betty sich gerade im Moment wahrscheinlich nicht mal den kleinsten und billigsten Hocker aus diesem Laden leisten können, aber sie konnten sich zumindest umsehen und ein oder zwei hübsche Stücke genauer in Augenschein nehmen, um dann einen günstigeren Schreiner in Bath für einen ähnlichen Schreibtisch zu beauftragen.

Das wäre doch ein hervorragender Plan, fand Rebecca.

43.

Wir gehen zu Ince and Mayhew, hatte seine Mutter ihm mitgeteilt und ihn dabei vielsagend angesehen, als warte sie nur auf ein Widerwort, damit sie ihm endlich ganz unverblümt ihre Meinung sagen konnte. Seit der Episode in den Ranelagh Gardens und dem Ausschuss, der noch immer über ihm schwebte wie ein Damoklesschwert, schien Lady Rosalind ganz besonders gereizt und unnachgiebig zu sein.

Eine Woche war inzwischen vergangen. Henry hatte mehrere Nachmittagsausflüge – selbstverständlich immer in Begleitung der gesamten Familie – mit seiner Zukünftigen hinter sich gebracht und zweimal im Hause des Earl of Grafton diniert. Und nun wollte seine Mutter die Angelegenheit von Henrys Verlobung mit einem gemeinsamen Ausflug in eine Möbelwerkstatt wohl etwas beschleunigen.

Nach Chippendale waren Ince and Mayhew die berühmtesten Kunsthandwerker in ganz London. Man besuchte ihre Ausstellungsräume in der Marshall Street bevorzugt, wenn man einen gemeinsamen Haushalt plante. Selbstredend musste man dabei die Dame des Herzens – zumeist war es bereits die Verlobte oder Frischvermählte – nach ihrer Meinung und ihrem Geschmack bezüglich der neuen Einrichtung fragen. Denn wie alle anderen Mitglieder der respektablen Londoner Beau Monde würde auch Henry Unsummen für Mahagonischränkchen, Brokatkissenbezüge oder Seidentapeten ausgeben müssen, sobald er mit Miss Delmford einen eigenen Haushalt gründete.

Was die Dowager Duchess damit bezwecken wollte, war offensichtlich: den Druck auf Henry erhöhen, damit er endlich um Miss Marys Hand anhielt. Wenn die Öffentlichkeit nämlich mitbekam, dass der Duke of Somerville gemeinsam mit Miss Delmford Möbel ansah, bedeutete es, dass eine Hochzeit bereits in der Planung war. Im Grunde hatte Henry nun gar keine andere Wahl mehr, als Miss Delmford so bald wie möglich einen Antrag zu machen, wenn er nicht den nächsten Eklat verursachen wollte. Und das durfte er keinesfalls. Ein geschickter Schachzug seiner Mutter.

Deshalb stand er jetzt auch hier, in dieser Werkstatt, und sah sich zusammen mit Miss Mary, seiner Mutter, Eliza und Miss Wentworth eine auf Hochglanz polierte Kommode nach der nächsten an. In allen Außenwänden der luftigen Werkstätten waren Fenster bis unter die Decke eingelassen, damit die Künstler für ihre filigranen Holzarbeiten genug Licht hatten. Von überallher drang leises Hämmern und Klopfen, und der eigentümliche Geruch von trockenem Holz und teuren Lacken lag in der Luft. Gerade befanden sie sich in dem Raum mit den Kommoden und Beistelltischen, und Henry linste verstohlen nach vorne, um abzuschätzen, wie viele Räume denn noch folgen würden.

»Finden Sie nicht auch, dass sich eine solche Kommode ganz wunderbar zu hellgrüner Rankentapete macht?« Miss Mary deutete auf ein dunkel eingelassenes Mahagonikästchen mit hellen Einlegearbeiten, die … waren das tatsächlich kleine Kätzchen, die Henry dort erkannte?

Rankentapete. Kätzchen. Um Himmels willen.

Es gab wenige Dinge, denen Henry weniger abgewinnen konnte, als gemeinsam mit seiner Mutter, seinen Schwestern und seiner Zukünftigen einkaufen zu gehen.

Hätte er Frederick mitgenommen, hätte er zumindest den Hund vorschieben können, der dringend rausmüsste. Er hätte vor der Tür warten können, bis sich die Damen hier drinnen ausgetobt hatten.

Das Schlimme war: Miss Mary war in diesem Laden genau in ihrem Element. Seine Mutter hatte mal wieder das richtige Gespür bewiesen, wie sie die junge Frau aus der Reserve locken konnte. Hatte sie sich ihm gegenüber vor einigen Tagen noch reserviert gegeben, und auch ein klein wenig beleidigt, was kein Wunder war bei den Schlagzeilen über Henry, schien sie jetzt wieder Feuer und Flamme für ihn zu sein.

Beziehungsweise für die Möbelstücke, die sie sich für ihren gemeinsamen Landsitz in Willow Hall vorstellte.

Sie lächelte Henry schüchtern an und wartete offenbar auf eine Antwort von ihm. Dabei zeigte sich wieder ihre Zahnlücke zwischen den beiden Schneidezähnen, und sie sah wirklich niedlich aus. Überhaupt war Miss Delmford eine unauffällige Zeitgenossin. Weder laut noch aufdringlich, und sie beharrte auch nie auf ihrer Meinung, sobald sie wahrnahm, dass Henry diese nicht unbedingt mit ihr teilte.

Wenn er sich allerdings die nächsten dreißig Jahre mit dieser Frau an seiner Seite vorstellte, wurde ihm flau im Magen, und immer stärker drängte sich ihm die Erkenntnis auf, dass das alles hier schiefgehen würde. Er würde es aushalten, ein paar Monate, vielleicht sogar Jahre.

Und dann würde er ausbrechen.

Ohne es zu beabsichtigen, gab Henry ein unwilliges Brummen von sich, und Miss Mary sah erschrocken zu ihm. Sofort beruhigte er sie mit einem Lächeln, und sie widmete sich wieder der Kommode.

Manchmal versuchte Henry, sich vorzustellen, wie die Hochzeitsnacht zwischen ihnen ablaufen würde – aber er schaffte es einfach nicht. Denn, so musste er sich im Stillen eingestehen, seine Gedanken waren nach wie vor vollkommen von Rebecca erfüllt.

Das ärgerte ihn. Schließlich hatte diese Frau ihm Hochverrat anhängen wollen. Jedes Mal, wenn er sich das vor Augen führte, fühlte es sich an wie ein Stich zwischen die Rippen mit einem rostigen Messer.

»Ich finde die Kommode ja eigentlich viel passender für einen Ankleideraum«, hörte er Elizas Stimme von hinten. »Oder was meinst du, Catherine?« Sie trat neben ihn.

Es war nun schon das dritte Mal innerhalb der letzten Woche, dass Eliza Miss Catherine Wentworth auf gemeinsame Ausflüge mitnahm. Es kam ihm so vor, als hätte seine Schwester nur darauf gewartet, dass Henry ihre Begleiterin einmal kennengelernt und nichts gegen sie auszusetzen hatte.

Bald musste er sich ein Herz fassen und mit Eliza ein klärendes Gespräch führen. Wobei er das eigentlich gar nicht bräuchte, denn er sah doch, welch verliebte Blicke sich die beiden Frauen zuwarfen, immer dann, wenn sie meinten, dass sie keiner beobachtete. Zwar konnte er ihre Gefühle nicht ganz nachvollziehen – aber es war der Wunsch seiner Schwester, mit dieser Frau Zeit zu verbringen, und das war in Ordnung. Er wollte, dass sie glücklich war. Und er konnte sich gar nicht erinnern, wann er Eliza das letzte Mal so selig wie in den letzten Tagen gesehen hatte.

»Wo genau meinst du denn in deinem Ankleideraum?«, erkundigte sich Miss Wentworth nun.

In einem so großen Palais wie dem der Somervilles waren die Ankleideräume die heimlichen Treffpunkte für die Familie und die engsten Freunde. Dort konnte man sich ungezwungen unterhalten, Musik machen oder einfach Zeit miteinander verbringen, ohne fein herausgeputzt zu sein und der Etikette folgen zu müssen, die im prunkvollen Salon des Palais herrschte. Die Ankleideräume waren geräumig, mit Sitzgelegenheiten wie Sofas und Stühlen und einem Tisch, von dem man essen konnte. Außerdem gab es dort natürlich Spiegel und Kommoden oder was auch immer man eben benötigte.

»Neben dem Schminktisch«, erwiderte Eliza.

»Oder direkt neben dem, dem …« Miss Wentworth kam ins Stottern.

»… Waschtisch«, kam Eliza ihrer Freundin zu Hilfe, und vielleicht bildete Henry es sich nur ein, aber sie errötete dabei.

Beide Frauen senkten die Blicke, versuchten ein Kichern zu unterdrücken, und Henry brummte: »Ich will lieber gar nicht wissen, was euch gerade durch den Kopf geht …«

»Also ich finde, neben einen Waschtisch würde die Kommode ganz hervorragend passen«, klinkte sich nun auch Miss Delmford in das Gespräch ein. Freundlich und naiv, wie sie eben war.

»Ja, nicht?«, stieg Eliza dankbar darauf ein. »Ich glaube, ich möchte sie kaufen.«

Wie schön. Die Damen waren sich also einig, dachte Henry sich verdrossen und schloss zu seiner Mutter auf.

Die Dowager Duchess war bereits einen Raum weiter und begutachtete mit prüfenden Fingern die Stoffproben, die fächerartig an der Wand angebracht waren. Sie trugen die unterschiedlichsten Muster und Farben, Rot wechselte sich mit Grün und Blau ab, einige der Stoffe waren sogar mit feinen Goldfäden durchwirkt.

Als Henry sich neben sie stellte, sah sie kurz auf.

»Eliza macht auffällig viel mit ihrer neuen Freundin, findest du nicht auch?«, begrüßte sie ihn. Sie war zwar nicht im gleichen Raum gewesen wie die anderen, aber das hielt Lady Rosalind nicht davon ab, jedes gesprochene Wort mitzubekommen.

Sein Blick blieb prüfend auf seiner Mutter hängen. Dieser Satz konnte tausend Bedeutungen haben. Die Dowager Duchess war Meisterin darin, ihn so nebensächlich und harmlos klingen zu lassen, dass man versucht war, munter draufloszuplaudern, und damit unabsichtlich die wichtigsten Begebenheiten verriet. Aber er kannte sie besser.

»Und wenn schon?«, erwiderte er provokativ und zuckte mit den Achseln.

»Vielleicht sollte sie sich lieber auf die Männer …«

»Mama«, unterbrach Henry sie entschieden, »wir hatten eine Abmachung, oder nicht? Ich verlobe mich und heirate, und dafür lässt du Eliza in Frieden.«

»Aber sie ist doch schon …«

»Nein, Mutter. Du lässt sie.«

Sie warf ihm einen überraschten Blick zu.

»Außerdem finde ich Miss Wentworth eine ganz reizende junge Dame. Ich habe nichts dagegen, wenn sie uns öfter im Palais besucht. Wenn Eliza das möchte, natürlich.«

Das konnte seine Mutter nun gar nicht mehr missverstehen. Er war der Duke of Somerville, und er entschied auch, wer in seinem Haus ein und aus ging. Die Gesellschaft von Catherine Wentworth war wirklich angenehm, Unterhaltungen mit ihr oftmals geistreich und manchmal sogar richtig witzig. Sie war zwar sehr schlank und groß gewachsen, aber trotzdem hübsch mit ihren vollen Lippen, dem etwas zu breiten Mund und ihren großen dunkelbraunen Augen. Er konnte die Schwäche seiner Schwester für diese Frau durchaus nachvollziehen.

Er hätte diesen Satz jedoch auch gesagt, wenn Miss Wentworth weit weniger beeindruckend gewesen wäre, denn er hatte etwas klarstellen wollen.

Nämlich, dass er Elizas Wahl an Freundinnen respektierte und auch nicht hinterfragte. Egal, welche Art von Freundschaft oder Zuneigung sich dahinter versteckte.

»Wenn du das sagst«, räumte seine Mutter schließlich ein. Und es hatte irgendwie schnippisch geklungen. Sie wusste – oder zumindest ahnte sie wohl –, welche Verbindung wirklich zwischen Eliza und Miss Wentworth bestand. Und sie schien damit nicht einverstanden zu sein. Eigentlich hätte Henry seine Mutter gerne um Rat gefragt. Ob seine Entscheidung, Eliza ihre Freiheiten zu lassen, wirklich die richtige war, ob es vielleicht sogar nur eine Phase war, wie viele junge Frauen sie durchliefen. Und ob sie meinte, dass Eliza mehr von Frauen wollte, als nur zu experimentieren. Aber er riss sich zusammen. Sicherlich würde seine Mutter sich eine solche Frage gar nicht stellen. Und ganz bestimmt war gerade nicht der richtige Zeitpunkt, um sich darüber Gedanken zu machen. Zumal die Dowager Duchess mit der ganzen Situation ohnehin nicht einverstanden zu sein schien.

Sie war schon zu den anderen Damen in den Raum mit den Kommoden zurückgekehrt, Henry folgte ihr, und gemeinsam begutachteten sie Elizas Auswahl.

Irgendetwas passierte an der Eingangstür, die Glocke darüber bimmelte, offenbar war neue Kundschaft angekommen. Das passierte dauernd, Henry wandte sich deshalb gar nicht um. Einer der Verkäufer schien sich um die Neuankömmlinge zu kümmern.

»Ich suche einen Schreibtisch«, hörte er eine Stimme in seinem Rücken, und er konnte förmlich spüren, wie sich jeder Muskel in seinem Körper versteifte. Sein Puls schnellte nach oben, und er erkannte, wie Marys Gesicht jegliche Farbe verlor und der Blick seiner Mutter stechend wurde.

+++

Rebecca öffnete die Tür, das Glöckchen darüber bimmelte laut, und sobald sie die Schwelle überschritten hatte, befiel sie eine eigenartige Nervosität.

»Sie wünschen?«, wandte sich ein Verkäufer mit schütterem Haar und Brille auf der Nase an sie. Jedoch nicht, bevor er ihr und Betty einen prüfenden Blick zugeworfen hatte.

»Ich suche einen Schreibtisch«, erwiderte sie und musste sich räuspern. Sie fühlte sich beobachtet. Und ihre Schultern waren ganz verspannt, als würde sich ihr Körper für einen Angriff wappnen. Das war lächerlich, wer sollte denn bitte …

Und dann sah sie ihn. Nur von hinten, aber die Silhouette würde sie unter Tausenden erkennen.

Henry war hier, mit seiner Schwester Eliza und wohl auch seiner Mutter. Und noch anderen jungen Damen.

Rebeccas Herz zog sich schmerzhaft zusammen.

Der Verkäufer sagte irgendetwas zu ihr, das sie nicht verstand, denn sie schaffte es nicht, ihren Blick von Somerville loszureißen. Sie konnte nicht sagen, wie lange sie dort stand und ihn anstarrte. Erst einige Atemzüge? Oder doch sehr viel länger?

Eine von seinen Begleiterinnen musterte Rebecca mit aufgerissenen Augen und wurde plötzlich furchtbar blass. Und dann, endlich, drehte auch Henry sich zu ihr. Ihre Blicke kreuzten sich, aber bloß einen Wimpernschlag lang. Seine Miene blieb dabei so ungerührt, als wäre Rebecca eine Fremde. Trotzdem meinte sie einen harten Glanz in seinen Augen erkennen zu können. Oder war es sogar schon Verachtung? Angespannte Stille herrschte im Raum, als er den Kopf wieder wandte und seinen Blick noch einen Moment ins Leere gerichtet hielt.

»Ich wusste gar nicht, wie wenig ausgesucht Ihre Kundschaft ist«, wandte er sich mit kalter, feindseliger Stimme an einen der Verkäufer. Sie hörte, wie Eliza nach Luft schnappte. Der Angestellte blickte Somerville nur entsetzt an und stammelte dann irgendetwas Entschuldigendes, und Rebecca hatte das Gefühl, dass ihr Herz in diesem Moment einfach stehen blieb.

Sie erkannte, wie sich der Duke zu der auffällig blassen Dame beugte. »Welche Kommode gefällt Ihnen noch einmal am besten, sagten Sie?«, erkundigte er sich eine Spur zu laut und deutlich, sodass es jeder im Raum hören konnte. Dabei legte er ihr vertraulich die Hand auf den Arm.

Und jetzt erkannte Rebecca sie auch wieder. Damals, an dem Abend in den Ranelagh Gardens, hatte Henry mit ihr getanzt und sich länger mit ihr unterhalten.

Seine Mutter stieg in das Gespräch mit ein und wandte Rebecca nun ebenfalls den Rücken zu, ganz sicher nicht zufällig. Einzig Eliza warf ihr einen mitleidigen Blick zu, ehe sie nach vorne sah.

Völlig perplex stand Rebecca da und starrte die Versammelten an. Vor lauter Entsetzen war sie nicht einmal in der Lage, sich zu bewegen. Ihr ganzer Körper vibrierte vor Anspannung, und gleichzeitig war er taub. Alle Geräusche um sie herum hörten sich so entfernt und gedämpft an, als würde sie ihren Kopf unter Wasser halten.

Sie sah Bettys Hand auf ihrem Arm, erkannte, wie ihre

Freundin sie wieder auf die Marshall Street hinauszog und mit ihr in Richtung des Bedford Square lief, aber sie spürte noch nicht einmal, wie sie einen Fuß vor den anderen setzte.

Es passiert wieder, waren die ersten Worte, die sich in der gähnenden Leere in Rebeccas Kopf formten.

Genauso wie es mit Peters passiert war, dachte sie, und schlagartig breitete sich ein so gewaltiger Schmerz hinter ihren Rippen aus, dass sie unwillkürlich nach Luft japste. Rebeccas Herz stand in Flammen, und es tat so weh, dass sie begann, sich mit der Faust auf das Brustbein zu schlagen. Einfach nur, um von der Qual in ihrem Inneren abzulenken.

Die ganzen Tage über hatte sie sich zusammengerissen und die Haltung bewahrt.

Sie hatte sich eingeredet, dass alles gut war und Henry nur zu beschäftigt, um sie zu besuchen oder ihr zu schreiben.

Wie blauäugig sie gewesen war!

Somerville hatte nichts für sie übrig, und vielleicht fand er sie sogar genauso abstoßend wie Peters damals. Die Art und Weise, wie er sie gerade angesehen hatte, dieser kalte Ausdruck in den Augen und seine verletzenden Worte ließen keinen Zweifel daran.

Rebecca versuchte gar nicht mehr, ihre Tränen wegzublinzeln, und nach dem dritten oder vierten Schlag mit der Faust auf ihre Brust schloss sich Bettys Hand um ihre und hielt sie fest.

»Wir gehen jetzt nach Hause, Rebecca.« Sie sah zu ihrer Freundin und erkannte einen entschlossenen Zug um ihren Mund. »Und dann betrinken wir uns.«

44.

»Das hätte ich nie von ihm gedacht«, sagte Betty. Bestimmt zum zwanzigsten Mal an diesem Abend. Ihre Aussprache war etwas undeutlich geworden, aber Rebecca stand ihr sicherlich in nichts nach. Statt einer Antwort nahm sie einen tiefen Zug aus ihrem Glas. Inzwischen hatten sie die zweite Flasche des herben Rotweins angefangen, der im Keller des Anwesens lagerte. Irgendein uralter französischer, aus einer Zeit, in der England noch nicht im Krieg mit Frankreich gelegen hatte. Auf den bauchigen Flaschen hatte sich bereits Staub gesammelt, und die Korken rochen ein wenig modrig. Aber das machte nichts, denn der Wein erfüllte seine Aufgabe.

Er machte sie betrunken, und er betäubte Rebeccas Schmerz.

»Er hat mir sogar weiszumachen versucht, dass sein Herz mir gehöre.« Rebecca schnaubte. »So ein Lügner!«

Vorhin, als sie noch nüchtern war, hatte sie einen furchtbaren Moment lang der Verdacht beschlichen, dass Somerville am Ende doch von dem Ausschuss Wind bekommen hatte und wusste, dass Rebecca als Zeugin gegen ihn hätte auftreten sollen.

Und er deshalb so abweisend zu ihr war und sie schlicht ignorierte.

Aber das konnte nicht sein, denn die ganze Angelegenheit war streng geheim gewesen, und ohne sie ja sowieso hinfällig. Sonst hätte die Countess in den Ranelagh Gardens auch nicht so wütend reagiert. Sicherlich hatte Lady Cavan alles darangesetzt, die ganze Sache unter den Tisch zu kehren, das war schließlich in ihrem eigenen Interesse. Wobei Rebecca die letzte Woche über in keine der Zeitungen geschaut hatte, ob irgendwo nicht vielleicht doch ein Bericht darüber stand …

Als hätte Betty ihre Gedanken lesen können, fiel ihr Blick auf eben jenen Zeitungsstapel, der noch unberührt auf dem Esstisch lag. Sie kniff ihr linkes Auge zusammen, als könne sie dadurch besser erkennen, was auf dem Titelblatt des obersten Exemplars geschrieben stand.

»Weißt du was, Rebecca? Wir suchen dir einfach einen anderen Verehrer. Einen mit Rückgrat.« Ihr ausgestreckter Finger machte einen Bogen und landete dann auf der obersten Zeitung, dem *Gazetteer*. »Da. Aus dieser Liste.«

Rebecca musste sich wirklich konzentrieren, um zu verstehen, was dort geschrieben stand. »Skala für moderne Talente … was … was soll das denn bitte sein?«

»Eine Bewertung. Der bekanntesten Männer der Beau Monde. Jetzt schauen wir doch mal …« Betty vertiefte sich in den Artikel.

Offenbar handelte es sich hier um eine Liste mit verschiedenen Namen und jeweils einem kurzen Beschreibungstext. Aus der Entfernung konnte Rebecca ihn jedoch nicht entziffern. Außerdem würden die kleinen Buchstaben sowieso vor ihren Augen hin und her wuseln wie ein Haufen Ameisen.

»Politische Talente«, las Betty vor und schnaubte. »Da kann Somerville schon mal nicht dabei sein. Hm …

Edmund Burke – viel zu langweilig für dich. Charles James Fox. Zu alt. Außerdem hat er seit Jahren eine Geliebte … William Pitt! Der Prime Minister!« Betty sah auf und grinste. »Na, wie wär's? Stell dir mal Somervilles Gesicht vor, wenn er davon erführe«, rief Betty laut und begann sich vor lauter Freude auf den Oberschenkel zu klopfen.

»Ich habe genug von Männern. Ich hätte meine Überzeugung nie aufgeben dürfen: In meinem Leben ist einfach kein Platz für einen Mann.«

Betty gab einen missbilligenden Laut von sich. »Für einen wie Somerville natürlich nicht. Aber es gibt auch andere, auf die man sich verlassen kann und die auch zu haben sind.«

Ja, nicht alle waren schlecht. Nur langsam beschlich Rebecca das Gefühl, dass sie sich zu Männern, die in Ordnung waren, einfach nicht hingezogen fühlte. Und das machte die ganze Sache äußerst kompliziert.

Betty zog noch eine weitere Zeitung aus dem Stapel. »*The Man of Pleasure's Pocket Book*. Um Himmels willen, wer hat die denn gekauft!«, murmelte Betty, nur einen Augenblick später vertiefte sie sich aber trotzdem darin. Sie blätterte.

»Marissa, nehme ich an«, erwiderte Rebecca, auch wenn Betty ihr schon gar nicht mehr zuhörte. Sie angelte sich die halb volle Weinflasche, um ihnen beiden erneut einzuschenken.

»Oh, schau nur. Hier gibt es sogar eine Skala für …« Betty kicherte hoch und albern. »… Kurtisanen! Oh, das müssen wir uns unbedingt durchlesen. Vermutlich finden wir deine Lieblingsfreundin Lady Cavan auch darunter. Ich würde es ihr so gönnen!« Sie nahm einen tiefen Zug Wein, stellte das Glas achtlos ab und begann voller Elan zu lesen. »Kitty Fisher. Nancy Armstrong. Grace Elliot … nie gehört. Wer soll das sein?«

Rebecca zuckte bloß mit den Schultern.

Betty holte Luft und wollte weiter vorlesen, schien es sich dann im letzten Moment aber anders zu überlegen. »Hm«, brummte sie dann nur und legte die Zeitung auffällig rasch weg. Weit weg.

Rebecca verengte die Augen. »Warum hast du nicht weitergelesen?«

»Langweilig«, sagte Betty schnell.

»Betty?«

»Hm?«

»Gib mir die Zeitung!«

»Lass uns doch lieber die andere Damenbewertung ansehen. Die Skala für Moderne Schönheit …«

»Gib mir die Zeitung!«, verlangte Rebecca, und etwas linkisch schob Betty sie zu ihr.

»Das ist nur Geschmiere, weißt du«, sagte sie ein wenig kleinlaut.

Rebecca runzelte die Stirn und kniff die Augen zusammen, damit die verschwommenen Buchstaben wieder scharf wurden. Sie überflog einige unbekannte Namen, und dann blinzelte sie. Las erneut, und in ihren Ohren begann es zu rauschen.

Da, auf Platz neunzehn, stand ihr Name. Ihr eigener Name. *Rebecca Seagrave, Gastwirtin aus Bath und seit Neuestem die Geliebte des Duke of Somerville. Eine exotische Schönheit mit Ambitionen und zweifelhaftem Ruf.*

Exotische Schönheit. Zweifelhafter Ruf.

Das konnte nicht sein. Das durfte nicht sein.

Sie sah zu Betty, die sie gebannt anstarrte.

Das war es also, was die Londoner Gesellschaft in ihr sah. Eine Kurtisane. Eine Frau, deren Lebensinhalt darin bestand, eine Geliebte zu sein. Es konnte gar nicht weiter von der Realität entfernt sein. Oder zumindest davon, was Rebecca eigentlich in ihrem Leben erreichen wollte.

Schlagartig wurde ihr schlecht. So übel, dass sie würgen musste.

Sie legte die Zeitung weg, erhob sich und lief schwankend in Richtung Flur. Gerade noch schaffte sie es die Treppen nach oben, wo sie sich in ihren – Gott sei Dank leeren und gesäuberten – Nachttopf übergab.

Erschöpft blieb sie darüber gebeugt sitzen. Irgendwann kam Betty in den Raum und hielt ihr ein Glas mit Wasser hin, das sie dankbar entgegennahm. Sie spülte sich den Mund aus, lehnte sich gegen das Fußende ihres Bettes und sagte schließlich: »Betty, es reicht. Wir reisen ab.«

»Aber du hast doch …«

»Gar nichts habe ich, und genau das ist das Problem! Ich habe weder das Grundstück kaufen können noch hier in London irgendwelche Gönner gefunden. Und so wie es aussieht«, anklagend deutete sie auf die Zeitung, die Betty unter den Arm geklemmt hatte, »werde ich das auch nicht mehr. Zumindest keine anständigen, die mich politisch unterstützen, statt mit mir ins Bett zu wollen.«

Mit diesem Artikel war ihr Ruf quasi in Stein gemeißelt. Kaum eine respektable Dame der Gesellschaft würde Rebecca nun noch auf einen Empfang oder eine Soiree bei sich zu Hause einladen. Ihre Ambitionen als Frau, die über Verbindungen verfügte, mit Parlamentariern sprach und auf die Abstimmungen Einfluss nehmen konnte, waren zunichtegemacht.

Sie hatte sich verkalkuliert und sich mit den falschen Leuten eingelassen, das war ihr nun auch klar. Zunächst mit der Countess und dann mit dem Duke of Somerville, der ihr sogar Gefühle vorgegaukelt hatte, damit sie ihm vertraute und sich mit ihm einließ.

Und sie Idiotin hatte sich sogar in ihn verliebt!

Dabei hatte er ja schon an ihrem ersten Treffen vor dem Crescent gesagt, was er wollte: mit ihr ins Bett gehen. Mehr nicht.

»Wir packen, und morgen früh reisen wir ab«, wiederholte Rebecca.

»Wir machen erst mal gar nichts, außer uns vielleicht ins Bett zu legen und unseren Rausch auszuschlafen«, erwiderte Betty mit einem sehnsüchtigen Blick auf Rebeccas gemachtes Bett.

»Ich will jetzt nicht …«, aber zu mehr kam sie nicht mehr, ehe sie die nächste Welle der Übelkeit überfiel und sie sich wieder über ihren Nachttopf beugte.

45.

»Euer Gnaden.« Robert Steele lehnte mit vor der Brust verschränkten Armen an einer der moosbedeckten Holzwände, die Mundwinkel verächtlich nach oben gezogen, und senkte den Kopf. Es war keine höfliche Geste, sondern der reine Spott, der aus seiner Begrüßung sprach.

Sie befanden sich am östlichen Ende der Legal Quays, zwischen einigen abgelegenen Hafenbaracken. In großen Pfützen stand das Wasser von den Regenfällen des Abends auf dem schlammigen Boden, eine Ratte war gerade an ihnen vorübergelaufen und hatte winzige Spuren im Dreck hinterlassen. Sonst war hier niemand. Sich in einem der unzähligen Coffee Houses der Stadt zu treffen war Steele wohl zu wenig … eindrücklich, mutmaßte Henry und warf einen schnellen Blick über die Schulter. Immerhin hatte er Rowland, seinen schlagkräftigen Begleiter, dabei, der diskret hinter der nächsten Ecke auf ihn wartete. Sollte ein Trupp zwielichtiger Gesellen seinen Weg kreuzen, was hier am spärlich beleuchteten Ende der Legal Quays durchaus keine Seltenheit war, hätte Henry zumindest eine reelle Chance, dass ihm nichts zustieß.

In jedem Fall bestand kein Zweifel daran, dass Steele diese Zusammenkunft geheim halten wollte. Und schon jetzt fragte Henry sich, ob es nicht ein Fehler gewesen war, hierherzukommen.

Denn dieser Mann war einer der wichtigsten Journalisten des Landes. Er schrieb mal für das *Gentleman's Magazine*, mal für den *Gazetteer* oder die *World* – je nachdem, wer für die Geschichte, die er im Angebot hatte, am meisten zahlte. Seine Artikel waren prägnant und scharfsinnig, oft ging es um politische Entwicklungen oder hochgestellte Persönlichkeiten, und Steele nahm dabei kein Blatt vor den Mund. Außerdem pflegte er beste Beziehungen, sogar zum Königshof. Es gab kaum ein Mitglied der High Society oder der Politik, zu dem er nicht irgendeine Verbindung hatte und über die er nicht das eine oder andere schmutzige Geheimnis wusste. Er schien seine Augen und Ohren überall zu haben. Er wusste viel, und immer mal wieder gab er in seinen Artikeln einige pikante Details preis. Er besaß die Macht, mit der Propagandamaschinerie, die ihm zu Diensten war, den Ruf von Männern und Frauen aufzubauen oder ihn zu zerstören. Meistens war Letzteres der Fall, und über die Jahre hatten sich in seinem Kielwasser Dutzende ruinierte Leben angesammelt.

»Was verschafft mir die Ehre?«, fragte Steele ohne Umschweife, und eine gewisse Feindseligkeit schwang in seiner Stimme mit. Dabei hatten sie sich noch nie miteinander unterhalten, obwohl sie sich dann und wann schon einmal begegnet waren.

Henry wunderte das allerdings nicht, denn man sagte Steele nach, er hätte Vorbehalte gegenüber der Aristokratie – das war kaum überraschend, schließlich sah der Adel in Journalisten meist eher Feinde als Verbündete und behandelte sie auch entsprechend.

Für gewöhnlich hielt Henry es nicht anders, nur gerade im Moment hatte er keine Wahl.

Heute Nachmittag war er Rebecca begegnet, und er war von ihrem Anblick wie elektrisiert gewesen. Sie hatte bestürzt ausgesehen und ihre Züge nicht halb so gut im Griff gehabt wie er selbst und die beleidigenden Worte, die er über ihre Anwesenheit zu dem Verkäufer gesagt hatte, bereute er inzwischen zutiefst. Aber als er sie plötzlich vor sich gesehen hatte, waren so viele widerstreitende Gefühle in ihm nach oben gekommen, und so viel unterdrückte Wut, dass er einfach nicht nachgedacht hatte. Anschließend waren jedoch seine Zweifel, die er an Sybils Version der Geschichte gehabt hatte, noch größer geworden.

Rebecca hatte nicht wie die berechnende, kaltherzige Verräterin gewirkt, als die Sybil sie hatte dastehen lassen. Schmerz und Enttäuschung hatten ihr ins Gesicht geschrieben gestanden, und die Tränen, die ihr binnen Sekunden in die Augen getreten waren, hatten ihm einen Stoß mitten ins Herz versetzt.

Lange hatte er am frühen Abend in seiner Kutsche am anderen Ende des Bedford Square gesessen, zu ihrem Schlafzimmerfenster geblickt und mit sich gerungen, ob er mit ihr sprechen sollte.

Aber er hatte sich dagegen entschieden. Bevor er sie zur Rede stellte, wollte er endlich die Fakten über die Intrige gegen ihn kennen. Und genau deshalb war er hier.

»Ich brauche Informationen«, erklärte Henry.

Steeles Augenbrauen wanderten nach oben.

Womit, in Gottes Namen, hatte dieser Mann gerechnet? Einer Einladung zum Dinner? Er konnte außerdem nicht der Erste sein, der den Journalisten um so etwas bat.

Steele nickte knapp, was Henry dazu veranlasste, sein Anliegen hervorzubringen.

»Was wissen Sie von dem Ausschuss über meine Person im House of Commons?«

Ein schiefes Lächeln erschien auf dem Gesicht des Journalisten, und Henry war sich nicht sicher, ober er vielleicht doch die Zähne fletschte. Dieser Mann war genauso groß wie er selbst, aber noch breiter und kräftiger gebaut. Auf seinen Wangen konnte man selbst im Halbdunkel zwischen den Hafenbaracken den Schatten eines Dreitagebarts erkennen, und eine seiner rabenschwarzen Augenbrauen war durch eine senkrechte Narbe zerteilt. Das Beeindruckendste an ihm waren allerdings seine hellbraunen Augen, die wach und intelligent leuchteten und denen zweifellos nicht einmal das kleinste Detail an seinem Gegenüber entgingen. Seine ungezähmten dunklen Haare fielen ihm in die Stirn und über die Ohren. Vermutlich hatte dieser Mann noch nie eine Perücke getragen, und statt in Schnallenschuhen steckten seine Füße in klobigen Stiefeln. Der militärische Kleidungsstil kam in London zwar gerade in Mode, zweifellos aufgrund der vielen Helden und Würdenträger, die der Krieg mit Frankreich hervorbrachte – aber dieser Mann war bereits in kniehohen Stiefeln unterwegs gewesen, als sie noch als ungehobelt und stillos galten.

Steele sah eher aus wie ein Lord aus der Unterwelt statt wie einer der einflussreichsten Journalisten des Landes. Einzig die vielen schwarzen Tintenflecke an seinen großen Händen verrieten ihn als jemanden, der viel schrieb.

»Wieso genau sollte ich Ihnen irgendetwas darüber erzählen?«, wollte er wissen.

Interessant. Er bestritt noch nicht einmal, dass er davon gehört hatte, und so wie es aussah, wusste er auch mehr darüber. Die Affäre um den Ausschuss hatte also schon die Runde gemacht, stellte Henry frustriert fest.

»Weil ich Sie darum bitte.« Er griff in seine Manteltasche und förderte einen prall gefüllten Geldbeutel zutage.

Ein freudloses Lächeln spielte um Steeles Lippen. Sein Blick schweifte zu dem Geldbeutel, als wolle er abschätzen, wie viel er enthielt, dann sah er Henry wieder in die Augen. »Das könnte ich als Beleidigung auffassen.«

Weil es dir zu wenig ist? Das sagte Henry natürlich nicht. Aber er sah nicht ein, Steeles ständige Provokationen unkommentiert zu lassen. »Versuchen Sie mir gerade weiszumachen, Sie wären ein ehrbarer Journalist?«

»Ehrbar im Sinne, dass ich meine Quellen nicht preisgebe? Denn ich kann Ihnen nichts über den Ausschuss verraten, ohne genau das zu tun.«

Eigentlich wunderte es Henry nicht, dass er sich zierte. Oder zumindest so tat. Steele war nicht umsonst exzellent vernetzt, und Henry würde ihm mehr bieten müssen als nur Geld.

»Vielleicht sollten Sie anders denken. Sie gelten als talentierter Journalist mit einem guten Gespür für Geschichten. Ihre Anhänger behaupten sogar, Sie seien der beste in ganz London.« Henry unterbrach kurz seine Argumentation, um die Komplimente sacken zu lassen. Dann fuhr er fort: »Sie kennen meine Familie und meine Verbindungen, unter anderem in das House of Lords und an den Königshof. Sie können sich also nun entscheiden, wer in Zukunft Ihr Verbündeter werden soll: Ihre ominöse Quelle oder ein Duke?«

»Das kommt ganz darauf an, wer wertvoller für mich ist. Und zwar nicht nur heute oder morgen.«

Beinahe hätte Henry missbilligend geschnaubt, aber er hielt sich zurück. Wenn sie jetzt einen Handel eingingen, würde Steele immer wieder für Informationen oder Gefallen auf ihn zukommen, und er machte noch nicht einmal einen Hehl daraus.

Er war im Begriff, sich mit einem Journalisten zu verbünden. Einer von jenen Menschen, die ihm seit seiner Jugend das Leben schwer gemacht, ihn mit unzähligen Karikaturen verspottet und mit reißerischen Artikeln bloßgestellt hatten. So oft hatte er sich geschworen, niemals mit einem von ihnen zusammenzuarbeiten. Schon aus Prinzip nicht. Aber gerade im Moment sah er keine andere Möglichkeit.

»Dann schlage ich Ihnen etwas anderes vor. Wir machen ein Tauschgeschäft: Skandal gegen Skandal, ganz einfach. Alles, was in der Zukunft liegt, kann ich nicht vorhersehen. Allerdings habe ich keinerlei Interesse daran, Sie zu meinem Feind zu machen. Außerdem«, Henry wog den Geldbeutel in seiner Hand, »bekommen Sie den Skandal sogar noch fürstlich vergoldet, ganz im Gegensatz zu mir.«

»Ich bin ja schließlich auch nicht derjenige, der darin verwickelt ist, sondern ich berichte lediglich darüber. Ich frage mich allerdings, ob Sie wirklich Informationen für mich haben, die ich noch nicht kenne.«

»Oh, ganz zweifellos. Einige Details über besonders vorbildliche Abgeordnete im House of Lords, zum Beispiel. Oder meine vielen Bastard-Brüder …«

Ja, es war schäbig, entfernte Bekannte, mit denen er bisher kaum ein Wort gewechselt hatte, ins Spiel zu bringen, oder seine vielen Halbgeschwister, von denen kaum einer wusste. Aber er musste Steele aus der Reserve locken, und sein Plan schien hervorragend aufzugehen, denn ein gieriger Glanz trat nun in die Augen des Mannes. »Wer denn zum Beispiel?«

Henry schnalzte mit der Zunge. »Zuerst sind Sie am Zug.« Er traute diesem Mann nicht, und er würde sich nicht übertölpeln lassen und eine Geschichte von sich preisgeben, nur damit Steele, ohne selbst ein Wort verraten zu haben, auf dem Absatz kehrtmachte und ihn stehen ließ. »Also. Der Ausschuss«, wiederholte Henry.

»Eine Anstrengung von Lady Cavan«, erwiderte Steele.

Henry gab einen missbilligenden Laut von sich.

Ungerührt sprach sein Gegenüber weiter: »Sie wollte mir die Geschichte exklusiv verkaufen, einer meiner Kollegen hat dann allerdings den Zuschlag bekommen. Er war wohl liquider als ich. Oder … anderweitig verbandelt. Mein Glück, da sich die ganze Angelegenheit dann als heiße Luft herausgestellt hatte – zumindest vorerst. Sonst stünden Sie ja auch nicht hier, sondern würden längst in einem Gefängnis vor sich hin schimmeln.«

Erst jetzt merkte Henry, dass er Steele die ganze Zeit über anstarrte. Außerdem hatte er die Kiefer so fest aufeinandergebissen, dass seine Wangen schmerzten.

Natürlich hatte er Zweifel gehabt an der Geschichte, die Sybil ihm aufgetischt hatte. Zwar hatte sie plausibel und logisch geklungen, sein Bauchgefühl hatte ihm trotzdem etwas anderes gesagt.

Das Ganze jedoch nun aus dem Mund eines Mannes zu hören, der keinerlei Grund hatte, Henry die Unwahrheit zu sagen, brachte sein Herz kurzzeitig aus dem Takt.

Und nun schlug es umso härter und schneller in seinem Brustkorb, denn er brauchte Gewissheit. »Was hat Mrs. Seagrave mit der ganzen Geschichte zu tun?«, fragte er.

Steele schmunzelte. Zumindest versuchte er es. Henry war sich nicht sicher, ob dieser Mann überhaupt in der Lage war, richtig zu lächeln, ohne dabei auszusehen, als plane er gerade eine Ermordung.

»Sie ist nichts weiter als ein Bauer auf dem Schachfeld. Vielleicht noch ein Läufer.«

»Will heißen?«

»Schon mehrmals hat die Countess Anstrengungen unternommen, Sie im House of Commons – wie soll ich sagen? – in Verruf zu bringen. Sie hatte sicherlich Mittel und Wege, Ihre Mrs. Seagrave dazu zu bringen, als Zeugin aufzutreten.«

Henry spürte, wie sich seine Hand um den Geldbeutel krampfte, und ließ mit einem tiefen Atemzug locker. Sybil, dieses Biest.

»Ich bin überzeugt davon, dass die Idee zu dem Ausschuss von Lady Cavan stammte und weniger von dieser Gastwirtin aus Bath«, fuhr Steele fort. »Die hat dann ja ohnehin einen Rückzieher gemacht und der Countess damit empfindlich geschadet. Ich weiß aus sicherer Quelle, dass einige der Ausschussmitglieder vor Wut schäumten, weil die ganze Bemühung ohne Zeugen hinfällig geworden war.«

»Was absolut richtig ist, da kein Wort der Anschuldigungen stimmt«, erwiderte Henry verärgert.

Steele zuckte mit den Achseln. »Die Wahrheit ist doch immer eine Sache der Perspektive, meinen Sie nicht? Außerdem scheinen Sie dieser Mrs. Seagrave ja sehr gewogen zu sein, so wie Sie ihr zur Seite standen«, bemerkte er, und sein Blick heftete sich dabei auf Henry. Er lauerte auf eine Information über sein Verhältnis zu Rebecca, die er unwissentlich enthüllte. Mit einer unüberlegten Reaktion, vielleicht nur mit einem Zucken im Gesicht.

»Über Mrs. Seagrave werden Sie nichts von mir erfahren«, sagte Henry und zwang sich zu einem Lächeln.

»Die gute Mrs. Seagrave interessiert mich auch nicht.« Steele blickte ihn erwartungsvoll an.

Henry nickte. Er war am Zug. Er schluckte, um den Kloß in seinem Hals loszuwerden, denn es fiel ihm schwer, darüber zu sprechen. Das Thema war im Hause der Langfords stets ein Tabu gewesen, das niemals und unter keinen Umständen ausgesprochen wurde. Das, was Henry darüber wusste, hatte er sich in mühevoller Arbeit nach und nach über die verschlungenen Pfade der Dienerschaft, der Mieter auf den Besitztümern seines Vaters und teilweise sogar aus der Londoner Unterwelt angeeignet. »Einer Ihrer geschätzten Kollegen ist mein Halbbruder«, sagte er.

Steele starrte ihn einige Momente einfach nur an, und dann legte sich tatsächlich so etwas wie Überraschung auf seine Züge. »George Nestor ist einer der vielen illegitimen Sprösslinge meines Vaters. Seine Mutter war eine russische Kurtisane namens Sonja Nestor«, fuhr Henry fort. »Wir sind uns erst ein Mal begegnet, in Almack's Club, und es verlief … nicht schön. Dass er ein Bastard des alten Dukes of Somerville ist, weiß kaum jemand. Er selbst natürlich schon. Allerdings scheint er darauf etwas, wie soll ich sagen, empfindlich zu reagieren. Er möchte keinesfalls, dass dies an die Öffentlichkeit gerät.«

Es waren nur eine Handvoll Männer, die sich hier in England den Olymp der Journalisten teilten. Steele war einer von ihnen, Nestor und die Herren der Robinson-Dynastie, einer Familie, die zu den berühmtesten Buchdruckern und Zeitungsmachern im Vereinigten Königreich gehörte, die anderen. Sie waren erbitterte Konkurrenten, wenn es um die Jagd nach den besten Geschichten ging, und er hatte Steele gerade einen riesigen Gefallen getan, ihm das Geheimnis von Nestors Herkunft zu verraten.

Und er hatte dabei nicht einmal mit der Wimper gezuckt. Mehr als einmal hatte Nestor eine ganz besonders reißerische Geschichte über Henry oder seine Familie veröffentlicht, und es dem Mann jetzt zumindest ein wenig heimzahlen zu können, erfüllte Henry mit Genugtuung. Es spielte keine Rolle, dass er Henrys Halbbruder war und sie damit ja blutsverwandt.

Steele nickte. »Sie begehen gerade einen Fehler, Somerville.«

»Ach?«

»Sie vermischen Geschäftliches mit Privatem.«

Henry lachte freudlos. »Ein Duke vermischt immer seine öffentlichen Aufgaben mit Privatem, unser ganzer Lebenszweck besteht darin, es zu tun.«

Leider, ergänzte er in Gedanken. Er hielt Steele den Geldbeutel hin, und dieser griff zögerlich danach. Was seltsam war, wieso sollte er plötzlich Bedenken haben, das Geld anzunehmen?

Schließlich nahm er es aber doch und warf Henry dabei einen langen, schwer zu deutenden Blick zu. »Es macht Sie angreifbar, wenn Sie das tun. Und Sie verlieren den Blick für das Wesentliche.«

»Was ist denn Ihrer Meinung nach das Wesentliche?«

Aber Steele lächelte nur – beinahe traurig kam es Henry vor –, wandte sich um und lief grußlos in Richtung des Flusses davon.

Ein Weilchen stand Henry noch da, lauschte dem Kreischen der Möwen und den entfernten Stimmen aus einer Taverne, die der Wirt für heute schloss und deshalb die sicherlich betrunkenen Besucher vor die Tür setzte.

Es war schon kurz nach Mitternacht, als er mit Rowland zurück zu seiner Kutsche lief. Im Grunde musste er Steele recht geben. Henry war von seiner Wut und seiner Enttäuschung so geblendet gewesen, dass er den Blick für das Wesentliche verloren hatte – nämlich, dass Sybil hinter der ganzen Geschichte steckte und Rebecca lediglich ihr Mittel zum Zweck gewesen war.

Henry ärgerte sich trotzdem. Denn eigentlich sollte all das keine Rolle spielen. Ob nun Rebecca oder Sybil hinter dieser Intrige steckten – er sollte beide Frauen keines Blickes mehr würdigen und sie für immer aus seinem Gedächtnis streichen. Was Rebecca sich erlaubt hatte, egal ob sie es bis zum bitteren Ende durchgezogen hatte oder nicht, war ungeheuerlich. Sie hatte ihn ans Messer liefern wollen. Sie war eine kleine Verräterin, womöglich hatte sie ihn sogar ganz gezielt ausspioniert.

Henry stöhnte vor angestautem Frust, und Rowland warf ihm einen unsicheren Blick zu.

Das Problem war: Er hatte Rebecca trotzdem vermisst, an jedem einzelnen Tag. Mit einer unabwendbaren körperlichen Macht, die ihm selbst geradezu unheimlich war. Und zu wissen, dass sie nicht die treibende Kraft hinter dem Komplott war, ließ die Sehnsucht nach ihr neu aufflammen. Sie erfüllte seinen Körper und sein Herz mit einer Rastlosigkeit und einer Aufregung, die fast schon wehtat.

Und das machte ihn wütend, rasend wütend sogar.

Trotzdem musste er mit ihr reden. Unbedingt.

Morgen, sobald es ihm der Anstand erlaubte, würde er ihr einen Besuch abstatten.

Denn eines war ihm gerade klar geworden: Er musste Rebecca in seinem Leben haben.

46.

Sie hatten die erste Postkutsche des Tages aus Kensington genommen, und bereits im Morgengrauen hatten sie London hinter sich gelassen.

Zu dem flauen Gefühl in Rebeccas Magen gesellten sich dröhnende Kopfschmerzen, und das Rattern der Kutschräder fühlte sich an, als hämmere jemand mit einem Holzknüppel von innen gegen ihre Schädeldecke.

Der Schmerz passte so gut zu ihrer Gemütslage.

Das Wichtigste war nun, so viel Abstand wie möglich zwischen sich und Henry zu bringen. Nicht nur, weil sie dem Gerücht, dass sie seine Geliebte sei, den Wind aus den Segeln nehmen wollte. Sie ertrug es einfach nicht mehr, in der gleichen Stadt zu sein wie er.

Jederzeit könnte sie ihm in einem der Pleasure Gardens oder auf der Straße begegnen, mit seiner zukünftigen Verlobten oder womöglich noch einer Geliebten an seiner Seite. Es würde ihr jedes Mal vor Augen führen, wie unzulänglich sie selbst war und dass dieser Mann schon nach einer Nacht genug von ihr gehabt hatte.

Und es tat so weh. Alleine der Gedanke daran fühlte sich an, als hätte man ihr eine Kugel durch den Körper gejagt. Ein kleiner, vollkommen lächerlicher Teil in ihr hatte tatsächlich erwartet, dass Somerville anders war als die anderen Männer, und dass sie ihm vertrauen konnte. Was für eine naive Vorstellung. *Weil du schon eine Schwäche für ihn hattest, seit ihr euch vor einem Jahr das erste Mal begegnet seid.*

Rebecca schloss die Augen, lehnte den Kopf gegen die Kutschwand und versuchte, so gut es ging durch den Mund zu atmen. Der Mann, der ihr gegenübersaß, schien vor der Fahrt in Parfum gebadet zu haben und beglückte seine Mitreisenden nun mit einer Mischung aus durchdringendem Veilchenduft und Tabak.

Zu sechst saßen sie nebeneinander gequetscht in der Kutsche, die eigentlich nur vier Personen komfortabel Platz bot, und das Schaukeln und Rattern des Gefährts führte dazu, dass Rebecca wieder speiübel wurde. Als sie eine kurze Rast machten, sorgte sie im Anschluss dafür, dass sie einen Platz am Fenster bekam.

Nur für alle Fälle.

Am frühen Nachmittag wurden die Kopfschmerzen so stark, dass Rebecca ihre Freundin darum bat, eine Pause einzulegen. Sie waren gerade in Woolhampton und hatten gut fünfzig Meilen geschafft, das war etwa die halbe Strecke. Morgen Mittag würden sie mit einer anderen Postkutsche weiterfahren, damit sie bei Einbruch der Dunkelheit in Bath ankamen.

Sie stiegen im Angel Inn ab, einem Gasthof, in dem für gewöhnlich bloß Pferdewechsel stattfanden. Und obwohl es eine Wohltat war, die Nase in die frische Luft halten und sich die Beine wieder vertreten zu können, war Rebecca so erledigt, dass sie sich hinlegen wollte.

Mit Betty zusammen bezog sie ein Zimmer, das einfach eingerichtet war mit einem Himmelbett, Tisch und Stühlen und einem offenen Kamin, in dem ein kleines Feuer prasselte.

Ihre Freundin zog es wieder hinaus, sie wollte nach so vielen Stunden des Sitzens die Frühsommersonne genießen und spazieren gehen.

Rebecca ließ sich schwer auf das Bett fallen, und obwohl sie noch ihr Reisekleid trug, lehnte sie sich zurück. Nur kurz, um zu testen, ob das Bett auch bequem war. Außerdem war es so angenehm, endlich kein Schaukeln mehr zu spüren.

Geradezu himmlisch war es.

Sie schloss die Augen.

Es war wirklich das schönste Gefühl, das man sich vorstellen konnte …

Das Nächste, was Rebecca wahrnahm, war ein vehementes Klopfen an der Tür. Eigentlich war es ein Hämmern.

Sie fuhr nach oben und sah sich blinzelnd um. Einen Moment brauchte sie, ehe sie sich erinnerte, wo sie war. Betty musste inzwischen zurückgekommen sein, denn ihr Mantel und ihre Haube lagen sauber gefaltet auf einem der Stühle.

Draußen war es dämmrig. Anscheinend hatte jemand Feuer nachgelegt, das noch immer mit kleiner Flamme brannte und eine heimelige Wärme ausstrahlte.

Aus dem Erdgeschoss drang das Klappern von Geschirr zu ihr in den ersten Stock, und der leichte Duft von Essen zog in das Zimmer.

Wieder das Hämmern.

Mühsam kam Rebecca auf die Beine und strich sich einige widerspenstige Haare aus dem Gesicht.

Betty konnte es nicht sein, sie würde einfach eintreten.

»Rebecca«, hörte sie gedämpft von draußen, und bei dem Klang der Stimme bekam sie eine Gänsehaut.

Das war nicht möglich.

Mit zitternden Fingern öffnete sie die Tür, spähte durch den Spalt nach draußen und schlug sie reflexartig sofort wieder zu.

Somerville.

Da draußen stand wirklich Somerville. Sie musste schon Wahnvorstellungen haben.

Erneut öffnete sie die Tür und riskierte einen weiteren Blick. Noch immer war er da, genau vor ihrem Zimmer, hier im Angel Inn in Woolhampton, fünfzig Meilen von London entfernt.

Seine Haare waren zerzaust, und er fixierte sie mit einem so wilden, wütenden Blick, dass Rebecca unwillkürlich einige Schritte in den Raum zurückwich.

Mit der flachen Hand stieß er gegen die Tür, sie schwang quietschend auf, und er trat ein.

Rebecca schüttelte den Kopf, als wäre er eine Erscheinung, die sie damit wieder zum Verschwinden bringen konnte.

Aber nichts passierte. Er war noch immer da, keine drei Armlängen von ihr entfernt, und seine Brust hob und senkte sich schwer unter seinen Atemzügen. Einige feine Schweißperlen standen ihm auf der Stirn.

Er musste geritten sein, dämmerte Rebecca. Er musste von London bis hierher geritten sein, wie der Teufel.

»Was willst du hier?«

»Wir müssen reden«, bestimmte Henry, schloss sorgsam die Tür und drehte sogar den Schlüssel um.

»Wo ist Betty?« Ihre Stimme klang genauso flattrig, wie sich der Herzschlag in ihrer Brust anfühlte.

»Beim Abendessen. Sie weiß, dass ich hier bin.«

Rebecca bemühte sich, das Zittern ihrer Hände hinter den verschränkten Armen zu verstecken. »Ich will nicht mit dir …«

»… reden?«, unterbrach er sie. »Das ist mir egal, wir werden es trotzdem tun.« Er strahlte einen unbedingten Willen aus, und sie wusste, dass es sinnlos war, sich ihm zu widersetzen.

Einige Atemzüge lang sagte keiner etwas, und sie sahen sich einfach nur an. Kleine Schlammspritzer sprenkelten seine Stiefel und seine Hose, seine Wangen waren gerötet, die Haut in seinem Gesicht von den Stunden im Sattel leicht gebräunt, und ein eigentümlicher Glanz lag in seinen Augen.

War er wirklich gerade fünfzig Meilen geritten? Wie hatte er sie überhaupt gefunden?

Und während ihr tausend Fragen durch den Kopf gingen und sie einander in die Augen sahen, war es, als würde etwas in Rebeccas Brust aufbrechen. Ein Gefühl quoll hervor, düster und stark, aber unaufhaltsam.

Sehnsucht, Schmerz, Enttäuschung, alles vermischte sich und wurde so mächtig, dass sie schluchzen musste.

Sein ganzer Körper spannte sich an, Rebecca sah es ganz genau, und sie meinte sogar, dass das Blau in seinen Augen dunkler wurde.

»Läufst du vor mir davon?«, fragte er schließlich.

Er klang verärgert, und Rebecca biss die Zähne aufeinander. »Wie kann ich vor jemandem davonlaufen, der mich nicht kennt?«

Ein freudloses, fast bitteres Lächeln legte sich auf seine Lippen. »Glaub mir, ich habe mir die letzten Tage mehrmals gewünscht, ich hätte dich niemals kennengelernt.«

Seine Worte trafen sie wie ein Peitschenhieb. War er ihr dafür hinterhergeritten? Um ihr zu sagen, wie sehr er sie verachtete?

»Und was willst du dann hier?«, blaffte sie ihn an und nahm sich fest vor, ihm keinerlei Schwäche zu zeigen. Nicht mehr. Sie würde sich diesem Mann nicht mehr öffnen, und eigentlich sollte sie ihm nicht einmal mehr zuhören.

Er machte einen schnellen Schritt auf sie zu und hob die Hände zu einer ratlosen Geste. »Es ging nicht. Sosehr ich es auch versucht habe, ich habe dich nicht aus meinem Kopf bekommen.« Er klang wütend. Es war schwer zu sagen, ob auf Rebecca oder auf sich selbst.

Der Widerstand in Rebecca wurde immer stärker. Die vielen durchwachten Nächte der letzten sieben Tage und die vielen Stunden, die sie mit immer kleiner werdender Hoffnung auf die Eingangstür ihres Salons gestarrt hatte. Die Sehnsucht nach ihm und seiner Nähe, ihr gekränkter Stolz nach seinen beleidigenden Worten in der Möbelwerkstatt und das Gefühl ihrer eigenen Unzulänglichkeit – all das kam mit ungeminderter Kraft zurück, und es machte sie rasend.

»Was redest du nur für einen Unsinn!«, warf sie ihm vor. »Du und mich nicht aus dem Kopf bekommen? Hast du getrunken und vergessen, was die letzten sieben Tage passiert ist? Du hast meine Narben gesehen, und schon am nächsten Morgen behandelst du mich wie eine, wie eine …«

Er verzog das Gesicht, als hätte er Schmerzen. »Deine Narben? Glaubst du ernsthaft, es geht hier um deine Narben?«

»Ja, worum denn sonst?«

»Du hättest mich beinahe verraten!«, donnerte er. »Du warst als Zeugin vor einem Ausschuss geladen, den Lady Cavan ins Leben gerufen hat, um mir Hochverrat anzuhängen!«

Rebecca starrte ihn an, nahm die Wut wahr, die er nur mühsam zügelte, und gleichzeitig kroch ein so grässliches Gefühl in ihr nach oben, dass sie am liebsten im Erdboden versunken wäre.

Er wusste von ihrem Plan mit Lady Cavan.

Ein Moment verging, dann noch einer, Henry sah sie an und wartete offenbar auf eine Antwort, doch Rebecca war wie gelähmt.

»Aber ich habe es nicht getan«, flüsterte sie dann und zwang sich, ihm in die Augen zu sehen. Sie würde sich jetzt nicht von ihren Schuldgefühlen und ihrer Scham übermannen lassen und sich von ihm abwenden. Zumindest das war sie ihm schuldig. »Ich habe es nicht getan, und ich bereue es so sehr, es überhaupt in Erwägung gezogen zu haben«, fuhr sie mit festerer Stimme fort. »Es tut mir alles so unendlich leid. Sobald ich dich besser kannte und verstanden hatte, dass ich bloß Teil von Lady Cavans Vendetta bin, habe ich davon Abstand genommen.«

»Du hast es nicht getan, aber du standest offenbar kurz davor, denn der Ausschuss hatte schon getagt. Und nur einen Tag später tust du so, als würdest du dich mir anvertrauen, bittest mich in dein Zimmer und verbringst auch noch eine Nacht mit mir. Das …« Er fuhr sich durch die Haare, die ihm anschließend wild vom Kopf standen. »Hast du mir das eigentlich auch alles vorgespielt? Deine Unsicherheit wegen deiner Narben? Deine Schüchternheit? War das alles Teil deines Plans, mich zu ruinieren?«

»Nein, natürlich nicht«, gab sie vehement zurück. »Ich war nach London gekommen, um Unterstützer für meine Kampagne zu finden. Ich brauchte eine reiche Gönnerin, oder meinetwegen auch einen Gönner, der mir Geld leiht, damit ich dir ein weiteres Angebot für das Grundstück machen kann. Aber du? Was machst du? Du unterbreitest mir einen unmoralischen Vorschlag, der so respektlos und degradierend war, dass ich überhaupt nicht wusste, was ich tun sollte!«

»Und deswegen versuchst du, mein Leben zu zerstören?«, rief er so aufgebracht, dass sich seine Stimme beinahe überschlug. Rebecca meinte wirklich, Abscheu auf seinen Zügen erkennen zu können, und das traf sie bis ins Mark.

Sie wollte nicht, dass er sie verabscheute. Sie liebte diesen Mann. Mit jeder Faser ihres Seins spürte sie, dass sie ihn liebte und dass sie bei ihm sein wollte. Jetzt, da er vor ihr stand, war dieses Gefühl in ihr so stark, dass sie es kaum mehr aushielt.

Sie wollte seine Arme um sich spüren, die Geborgenheit seiner Nähe in sich aufsaugen und alles vergessen, was die letzten Tage passiert war.

Aber das ging nicht, denn er war enttäuscht und verletzt, vollkommen zu Recht, und das war unerträglich für sie.

Sie machte einen Schritt auf ihn zu, doch er wich vor ihr zurück, und allmählich flatterte Panik in Rebecca nach oben.

Sie versuchte, den Kloß in ihrem Hals herunterzuschlucken, und begann mit zitternder Stimme: »Weißt du, wie schwierig es ist, als Frau ohne Titel, als adoptierte Bastardtochter innerhalb der High Society einen guten Ruf zu erlangen? Kannst du dir das überhaupt vorstellen?«

»Nein, kann ich nicht«, räumte er ein, und es klang schon versöhnlicher.

»Ansehen und Respekt ist nichts, was uns einfach in die Wiege gelegt wird, so wie dir womöglich.«

Er betrachtete sie mit leicht schräg gelegtem Kopf, und dann war er plötzlich ganz nah bei ihr. »Ach ja? Das ist es, was du willst? Ansehen und Respekt?«

Bewegungslos und wie gebannt standen sie voreinander. Als wüssten sie beide nicht, was nun passieren würde. Rebecca hörte seine schweren Atemzüge und erkannte, wie er die Hände zu Fäusten ballte und versuchte, seine heftigen Emotionen im Zaum zu halten.

Ein leises Knurren entfuhr seiner Kehle, und sein Blick irrte hinter Rebecca, wo auf dem Tisch einige leere Holzbecher standen. Mit nur einer Armbewegung fegte er alles herunter, packte Rebecca an der Taille und setzte sie auf den Tisch. Rechts und links stützte er sich an der Kante auf und fixierte sie, sein Gesicht eine Handbreit entfernt von ihrem.

»Erzähl mir nicht, dass es dir um Ansehen und Respekt geht, Rebecca«, sagte er mit rauer Stimme. »Denn wenn es so wäre, hättest du schon vor Wochen einen weiten, weiten Bogen um mich gemacht.«

Die Nähe zu ihm machte es ihr völlig unmöglich, einen klaren Gedanken zu fassen.

Aber das brauchte sie gar nicht mehr. Das, was gerade zwischen ihnen passierte, diese Anziehung, die sich zwischen ihnen aufbaute, sobald sie zusammen in einem Raum waren, verselbstständigte sich schon wieder.

»Du hast recht, es geht mir nicht um mein Ansehen. Es geht mir darum, dass ich das, was ich mir vornehme, auch erreiche.«

»Und was genau ist das?«, fragte er.

»Du weißt genau, was ich möchte. Meinen Kandidaten ins Unterhaus einziehen lassen. Und dazu brauche ich dein Grundstück«, sagte sie, ohne den Blick von ihm abzuwenden.

»Du hast dich also mit mir eingelassen, weil du das Grundstück wolltest«, wiederholte er.

Seine Lippen schwebten über ihren, gefährlich nahe. Für einen Kuss müsste sie den Kopf lediglich ein winziges Stückchen bewegen. »Nur das Grundstück? Ist das alles, was du von mir willst?«, fragte er.

Rebecca atmete schwer, aber sie schwieg, und Henrys Blick zuckte zu ihren Lippen. *Er kämpft gegen seine Instinkte. Genauso wie du.*

Trotzdem überwand er das letzte bisschen Abstand zu ihr nicht.

»Los, sag es mir. Egal wie die Antwort lautet, ich will sie aus deinem Mund hören«, verlangte er. »Hast du mit mir geschlafen, weil du das Grundstück wolltest? War das der Grund?«

Rebecca schluckte. »Ich …«

»Ja?«

»Es ging mir nicht um das Grundstück«, flüsterte sie an seinen Lippen und sah ihm dabei in die Augen, deren tiefes Blau so intensiv funkelte, dass sie seinem Blick bloß ein oder zwei Atemzüge lang standhielt. Dann schloss sie die Lider.

»Worum ging es dann?«, hörte sie ihn fragen. »Ich will, dass du es sagst.« Seine Hand lag plötzlich in ihrem Nacken und rutschte nach oben um ihren Hinterkopf. Er hielt sie fest, sein Gesicht noch immer unmittelbar vor ihrem. Sie konnte ihn riechen, überall um sie herum war der Duft nach seiner Seife, nach frischem Schweiß und ihm, Henry, und die Sehnsucht in Rebecca wurde übermächtig. Es war, als würde sie in einem Ozean aus Nähe und Verlangen schwimmen und als rollte eine gigantische Welle auf sie zu, der sie nichts entgegenzusetzen hatte.

»Ich will dich«, flüsterte sie, mit Tränen in den Augenwinkeln, weil sie es einfach nicht mehr aushielt, und einen Herzschlag später bedeckte er ihren Mund mit seinem.

Als ihre Lippen aufeinandertrafen, spürte Rebecca, wie Henry ganz ruhig wurde und sich sein Körper entspannte. Als wäre alles, worüber sie gerade gestritten hatten, nicht mehr von Belang, jetzt, da sie einander endlich berührten. Als wäre der Kuss nur das gewesen, worauf er die ganze Zeit über gewartet hatte.

Er knabberte an ihrer Unterlippe und forderte Einlass, den Rebecca ihm sofort gewährte. Und mit jedem Mal, das seine Zunge ihre sanft umkreiste, verlor alles andere um sie herum mehr an Bedeutung.

Endlich spürte sie ihn wieder, sie schmeckte ihn und fühlte ihn. Ihre Hände fuhren von der verschwitzten Haut an seinem Nacken über seine Schultern und seine angespannten Arme, hungrig, ungestüm und ziellos, denn sie konnte von ihm und seiner Nähe nicht genug bekommen.

Der raue Stoff seines Fracks kitzelte ihre Handflächen, während sie von seinen Armen nach vorne zu seinen festen Bauchmuskeln tastete. Ihre Hand glitt unter sein Hemd, lag auf seiner heißen Haut, und dann wurde alles hektisch und schnell.

Noch während er sie küsste, zog er seinen Mantel und seinen Frack aus und schnürte mit einer Hand seine Hose auf. Rebecca half ihm dabei, ohne ihre Lippen von seinen zu lösen. Sie spürte, wie groß und hart er schon war, und ihr Körper antwortete mit einem schmerzhaften Ziehen zwischen den Beinen.

Seine Hand glitt unter ihr Kleid, und er zog sie mit ihren Pobacken bis ganz nach vorne an die Tischkante. Prüfend fuhren seine Finger über ihre Mitte, und er spreizte ihre Schenkel weit offen. Rebecca merkte selbst, wie feucht sie war und wie bereit für ihn, und wollte keine Sekunde mehr warten, sondern ihn sofort in sich spüren. Sie musste ihn in sich spüren.

Ihr Kleid bauschte sich um ihre Hüften, und Henry hielt sie an beiden Oberschenkeln fest, als er sich zwischen ihren Beinen platzierte. Mit nur einer einzigen, kraftvollen Bewegung stieß er in sie.

Sie stöhnten beide, als er in ihr war und sie vollkommen ausfüllte, und einen Moment hielt er inne.

»Ich habe es so sehr vermisst«, flüsterte er unter halb geschlossenen Lidern und begann ganz langsam und vorsichtig, sich in ihr zu bewegen.

»Ich auch«, erwiderte sie und kam seinen Bewegungen mit ihrer Hüfte nach, passte sich an, und die Erregung, die sich heiß und pulsierend in ihrem ganzen Körper ausbreitete, machte sie gierig. Sie wollte mehr von ihm spüren und ihn tiefer in sich aufnehmen. Ihr Gewicht auf die Unterarme gestützt, schlang sie ihre Beine um seine Hüften und wölbte ihren Rücken. Die Tischkante presste sich bei seinen Stößen in ihren Hintern, aber das machte nichts. Sie genoss den Schmerz sogar, und sie konnte nicht anders, als von der Flut an Gefühlen laut und ungezügelt zu stöhnen. »Oh ja«, trieb sie ihn an, und es war verrückt, aber sie war so erregt, dass sie schon jetzt spürte, wie sie rasend schnell auf ihren Höhepunkt zusteuerte. Das sanfte Reiben, das jede seiner Bewegungen auf ihrer empfindlichsten Stelle verursachte, ließ sie in völliger Ekstase zerschmelzen.

»Es ging mir immer um dich, Rebecca«, stieß er hervor, während seine Stöße energischer und fester wurden. Er berührte einen Punkt tief in ihr drinnen, der sie keuchen ließ und einen Schauer durch ihren Körper sandte.

Er sah auf sie herab, und einige Strähnen klebten ihm vom Schweiß auf der Stirn. »Ich wollte dich wiedersehen und dich herausfordern, ich wollte herausfinden, was dein Geheimnis war, deswegen habe ich dir das Grundstück vorenthalten«, erklärte er atemlos, beugte sich zu ihr herab und biss ihr spielerisch in den Hals und ihr Ohrläppchen. Sie bäumte sich unter dem leichten, süßen Schmerz auf, aber dann krallten sich seine Hände in ihre Hüften, und er hielt sie fest. Sie konnte sich nicht mehr bewegen, und er zwang sie, still auf der Kante zu sitzen, während er tief in ihr drinnen war und nun begann, sich an ihr zu reiben. Nur ein kleines Stückchen bewegte er sich jedes Mal auf und ab, ruhig, aber stetig, und die Erregung in Rebecca wurde beinahe unerträglich.

»Ich verehre dich«, sagte er. »Dich, deinen Körper, deine Seele, alles an dir.« Rebecca schluchzte. Es war zu viel, alles war zu viel.

Vielleicht spürte er es, denn er presste seine Lippen auf ihre, seine Zunge brach in ihren Mund ein, als wollte er sie auffangen, während sein Körper weiter ihre empfindlichste Stelle rieb.

Rebecca gab auf. Ein oder zwei Herzschläge dauerte es noch, bis sie kam, heftig und endlos lange. Ein Pulsieren zog sich durch ihren ganzen Körper, von ihren Zehen bis in ihre Fingerspitzen. Sie stöhnte in seinen Mund, als sich alle Muskeln in ihr zusammenzogen, und noch während sie zuckte, kam auch er, seinen Mund auf ihrem, und er presste ihren Oberkörper mit einem Arm an sich.

Geraume Zeit verharrten sie eng umschlungen in ihrer Position, hielten sich aneinander fest und warteten, bis sie beide wieder zu Atem kamen. Er hatte seinen Kopf ganz eng an ihren geschmiegt, als wolle er die Verbindung zwischen ihnen nicht kappen.

Als sich ihr Herzschlag wieder beruhigt hatte, zog Henry sich vorsichtig aus ihr zurück, richtete sich auf und sah ihr in die Augen, lange und unverwandt, und ohne irgendetwas zu sagen. Dann barg er ihr Gesicht in beiden Händen und küsste sie erneut, unendlich sanft und gefühlvoll.

»Ich hätte dich nicht so überfallen dürfen«, sagte er. »Verzeih mir bitte.«

»Hast du nicht. Es war … als hätte es passieren müssen«, erwiderte sie, und sie meinte es auch genau so. Tagelang hatte sich eine Anspannung in ihr aufgebaut, die mit diesem wütenden, schnellen Akt von ihr gewichen war. Sie hatte keine Ahnung gehabt, wie sehr sie es gebraucht hatte, Henry so nahe zu sein und ihn in sich zu spüren, und sie war noch völlig überwältigt davon, wie sehr ihr Körper auf ihn reagiert hatte.

Zögerlich schob sie ihn von sich, glitt vom Tisch und ließ ihr Kleid nach unten fallen. Sie querte den Raum bis zur Kommode, auf der schon seit ihrer Ankunft der Weinkrug mit ein paar Bechern unangetastet stand.

Ihr war schwindelig, und ihre Beine fühlten sich weich und kraftlos an, als sie in zwei davon eingoss.

»Ich hätte gleich mit dir reden sollen, als ich das mit dem Ausschuss erfahren hatte«, sagte Henry in ihrem Rücken. »Entschuldige bitte. Auch dafür, was ich bei Ince und Mayhew gesagt habe. Das war unverzeihlich. Aber ich war so … vor den Kopf gestoßen von der Nachricht, dass du mit dem Ausschuss etwas zu tun hattest.«

»Du hattest ja recht. Ich hatte mich von der Countess überreden lassen, gegen dich auszusagen«, räumte sie ein. »Das war so dumm von mir. Sich überhaupt mit ihr einzulassen, war dumm von mir«, gab Rebecca zu, während sie ihm einen Becher reichte.

»Sie hat versucht, mir weiszumachen, die ganze Untersuchung über meine politischen Allianzen wäre deine Idee gewesen«, erklärte Henry. »So wirklich abgenommen habe ich ihr das nie, aber sie hatte es damals so plausibel dargestellt, und ich wusste ja, dass du als Zeugin geladen warst … ich hatte keine Ahnung mehr, was ich glauben sollte.«

Eigentlich sollte Rebecca nicht überrascht sein. Nach der Episode in den Ranelagh Gardens hatte sie doch nichts anderes mehr erwarten dürfen.

Sie nickte nur. »Ich habe mich von ihr genauso blenden lassen wie du.« Sie nahm einen Schluck Wein und unterdrückte den ungewohnten Impuls, ihn sofort wieder auszuspucken. Ihr Magen rebellierte, was kein Wunder war, schließlich hatte sie sich gestern Abend erst heillos betrunken und heute kaum etwas zu sich genommen.

Henry musste ihr verzogenes Gesicht bemerkt haben, denn wortlos nahm er ihr den Becher ab, leerte ihn in einem Zug, klaubte dann einen weiteren vom Boden auf und schöpfte ihr Wasser aus dem Waschkrug.

Dankbar nahm sie ihn an sich und trank. Der Becher zitterte in ihrer Hand.

»Leg dich hin, du bist ja völlig erschöpft.« Er manövrierte sie in Richtung des Himmelbetts.

»Bist du hungrig? Ich lasse uns was kommen. Im Gastraum wird gerade das Dinner serviert«, bot er ihr an, aber Rebecca schüttelte nur den Kopf und ließ sich auf die Matratze sinken.

»Hast du gelesen? Im *Man of Pleasure's Pocket Book* werde ich als Kurtisane bezeichnet. Stimmt offenbar«, sagte sie.

»Es würde mich nicht wundern, wenn Sybil auch dabei ihre Finger mit im Spiel hatte«, erwiderte Henry, zog sich die Stiefel von den Beinen und gesellte sich zu ihr auf das Bett. Sein Arm legte sich schützend und warm um sie, Rebecca spürte seinen Körper dicht an ihrem und schmiegte sich an ihn. Dann drückte sie ihre kalten Fußsohlen gegen seine Schienbeine, genoss die Wärme, die er ausstrahlte, und für einen Moment war sie einfach nur glücklich.

»Wie geht es eigentlich Eliza?«, wollte sie nach einem Weilchen wissen. Das hatte sie sich die letzten Tage über öfter gefragt, denn auch wenn sie Henry am liebsten auf den Mond geschossen hätte, mochte sie seine Schwester trotzdem.

»Jetzt, da sie so viel Zeit mit Miss Wentworth verbringen kann und nicht mehr einen Verehrer nach dem nächsten kennenlernen muss, strahlt sie förmlich.«

»Du hast bei der Dowager Duchess also wirklich durchgesetzt, dass sie ihre ambitionierten Heiratspläne für ihre Tochter aufgibt?«, stellte Rebecca fest und begann, mit ihren Fingerkuppen die raue Haut auf Henrys Handrücken nachzufahren.

»Nun, wir haben eine Abmachung. Wenn ich diese Saison heirate, lässt sie Eliza in Ruhe.«

Rebecca wusste nicht, ob er es absichtlich gesagt hatte, aber ihr Herz stolperte bei seinen Worten, und sie war heilfroh, dass er ihr nicht ins Gesicht sehen konnte. Und schon im gleichen Moment ärgerte sie sich darüber, schließlich wusste sie doch längst, dass er auf der Suche nach einer Ehefrau war.

Dennoch tat es weh, zu wissen, dass er bald einer anderen Frau gehörte.

»Und wie stehst du dazu, dass Eliza sich offenbar nicht für Männer interessiert?«, versuchte sie das Thema zu wechseln.

»Ganz ehrlich? Ich kann es zwar nicht nachvollziehen. Aber ich habe gesehen, wie glücklich sie ist. Und das ist das Einzige, was zählt, oder? Wenn ich etwas in meiner Macht Stehende tun kann, damit es meinen Schwestern gut geht, dann werde ich das auch. Das habe ich mir geschworen.«

»Warum ist dir das so wichtig?« Sie drehte sich zu ihm und sah ihm in die Augen. Das war eine berechtigte Frage, fand sie. Schließlich kannte sie genügend Familien, in denen die Geschwister nicht sonderlich viel füreinander übrighatten.

»Weil ich meine Schwestern liebe«, erwiderte er, als wäre es das Selbstverständlichste auf der Welt. »Und weil es meinem Vater völlig gleichgültig war, wie es ihnen geht. Er hat stur auf Konventionen beharrt und unter keinen Umständen Gefühle zugelassen, weder bei sich noch bei anderen. Er hat nie über irgendetwas gesprochen, was in dieser Familie passierte. Ich habe mir geschworen, es als Familienoberhaupt ganz anders zu machen. Besser.«

Rebecca musste schmunzeln und küsste ihn sanft auf die Nasenspitze.

»Und auf die Gefahr hin, dass du das jetzt vielleicht lächerlich findest, aber: Du hast dazu beigetragen«, gab er zu, und es konnte sogar sein, dass Rebecca errötete.

Natürlich hatte sie versucht, ihm ins Gewissen zu reden. Aber dass er tatsächlich beherzigte, was sie gesagt hatte – *sie*, die unbedeutende Coffee-House-Besitzerin aus Bath –, das freute sie wirklich.

Sie schmiegte sich ganz eng an ihn. Wenn sie so dalagen, passten ihre Körper perfekt zueinander.

»Ob unsere Kinder wohl blaue oder braune Augen hätten?«, fragte er dann unvermittelt, während er mit den Fingerspitzen ihren Arm auf und ab fuhr.

Ein Stich fuhr in Rebeccas Brust. Und weil sie sich von ihm weggedreht und den Kopf halb im Kissen vergraben hatte, erlaubte sie sich, die Augen zusammenzukneifen.

Es spielt keine Rolle, denn wir werden niemals Kinder haben, ganz einfach.

Natürlich sagte sie das nicht, sondern schaffte es lediglich, mit den Schultern zu zucken.

»Ich dachte, du wolltest nicht so wie dein Vater werden und Bastarde in die Welt setzen?«, fragte sie und versuchte, dabei unbeteiligt und vage amüsiert zu klingen.

»Wer redet denn von Bastarden?«

Langsam, ganz langsam drehte sie sich erneut zu ihm und schaute ihm prüfend in die Augen. Sie musste sich verhört haben.

»Wie meinst du das?«

Er richtete sich auf und nahm ihre beiden Hände in seine, und es war seltsam, aber ihr Herz begann plötzlich zu rasen.

Auf seinem Gesicht lag ein ungewohnt ernster, feierlicher Ausdruck. Ohne den Blickkontakt zu ihr zu unterbrechen, senkte er ganz leicht den Kopf und sagte: »Heirate mich, Rebecca.«

Ihr Herz setzte einen Schlag aus, nur um anschließend mit rasendem Tempo so hart gegen ihren Brustkorb zu pochen, dass sie Henry ihre Hände entziehen und sie darüberlegen musste, denn sie hatte Angst, es würde in ihrer Brust zerspringen.

»Das werde ich niemals.«

»Warum nicht?«

»Du kannst doch keine Frau ohne Titel und Rang heiraten. Es wäre ein Skandal!«

»Ich bin der Skandal-Duke, schon vergessen?«, scherzte er und war sich seiner Sache noch immer völlig sicher. Er griff wieder nach ihrer Hand.

War dieser Mann denn verrückt geworden?

»Du hast mit deiner Mutter vereinbart, eine angemessene Kandidatin zu ehelichen. Tust du das nicht, wird sie sich wieder auf Eliza stürzen und sie zu einer Heirat zwingen, und deine Schwester wird todunglücklich werden, und es …«

»Schhh«, machte Henry nur und streichelte sachte über ihre Hand. »Beruhige dich, Rebecca.«

Erst jetzt bemerkte sie, dass sie vor Panik schnell ein- und ausatmete, als bekäme sie nicht genug Luft. Denn genau so fühlte es sich gerade an. Als würde sie ersticken.

»Du vergisst, dass ich der Duke of Somerville bin. Der Herr des Hauses Langford. Ja, meine Mutter hat eine gewichtige Stimme, aber ich bin derjenige, der die Entscheidungen trifft, was mein eigenes Leben und auch das meiner Schwestern betrifft. Ich werde das tun, was ich für richtig halte, und meine Mutter wird das zu akzeptieren haben, ganz einfach.«

Du hast dir geschworen, nie wieder zu heiraten. Du hast dir geschworen, eigenständig zu bleiben und dein Leben unabhängig von einem Mann zu leben.

Dennoch spürte Rebecca die Verlockung. Die Möglichkeiten, die eine Ehe mit einem Duke mit sich brachte, wenn sie einmal davon absah, dass die Beau Monde sie schneiden und ignorieren und bis an ihr Lebensende als unrechtmäßige Aufsteigerin betrachten würde.

Sie würde Land besitzen, viel Land, und damit auch politischen Einfluss. Sie stünde auf der gleichen Stufe wie eine Duchess of Devonshire, die eine gesellschaftliche Ikone war.

Sie würde genau das tun können, wovon sie schon so lange geträumt hatte: wirklichen politischen Einfluss nehmen.

»Es geht trotzdem nicht. Es wäre dein sozialer Untergang, mich zu heiraten«, versuchte sie es erneut. »Eine Kurtisane.«

»Ja und? Seit Jahren stehe ich im öffentlichen Interesse, und es sind bereits Dutzende Artikel über mich erschienen, die mich in ein schlechtes Licht rücken. Ich komme damit zurecht. Und du auch, Rebecca. Vor allem, wenn du den ganzen Spott nicht alleine ertragen musst. Als Ehepaar sind wir immer zu zweit, wir werden allen Stürmen da draußen trotzen.«

Ein Leuchten trat in seine Augen, als er den letzten Satz sagte. Er meinte seinen Antrag wirklich ernst.

»Du kannst doch nicht alles, was deine Familie und die Gesellschaft von dir erwartet, einfach über den Haufen werfen?«

»Du siehst doch gerade, dass ich es mache, oder nicht?«

Sie antwortete nicht.

»Rebecca. Sag ja«, verlangte er leise und klang dabei so liebevoll, dass sie das Gefühl hatte, ihr Herz würde anfangen zu bluten.

Es wäre so einfach, jetzt Ja zu sagen. Denn egal, wie sehr es gegen ihre eigenen Überzeugungen war, sie liebte den Duke of Somerville.

Alles in ihr drinnen schrie sie an, Ja zu sagen.

Doch das durfte sie nicht.

Sie durfte es ihm nicht antun, denn es würde das Ende seiner Dynastie bedeuten. Niemals würde sie ihm einen Erben schenken können, und die Langfords, eine Adelsfamilie, die seit Jahrhunderten Bestand hatte, würden untergehen. Die Gesellschaft würde es als Strafe Gottes sehen und voller Genugtuung auf ihre Kinderlosigkeit herabblicken. Seine Mutter würde verbittern und ihrer unsäglichen Schwiegertochter das Leben zur Hölle machen.

Rebecca konnte es schon vor sich sehen.

Und auch wenn Henry noch so wenig von den Konventionen hielt, er liebte seine Familie, und natürlich wollte er auch selbst Kinder haben.

Er wäre enttäuscht und traurig und würde sich vielleicht sogar von ihr abwenden. Das wäre vermutlich das Schlimmste von allem.

»Nein, Henry. Du wirst Miss Delmford heiraten. Das bedeutet ja nicht, dass wir uns nicht sehen können. Ich wäre deine Mätresse, und …«

»Aber ich will das nicht. Ich will sie nicht, sondern dich! Nur dich! Ich möchte nicht so enden wie meine Eltern, in einer unglücklichen Ehe, aus der ich ständig versuche zu fliehen und nebenbei womöglich noch Dutzende Bastarde in die Welt setze. Jede freie Minute würde ich mit dir verbringen wollen statt mit meiner Gattin. Es würde alle Beteiligten unglücklich machen. Und ich will nicht so frustriert und hart und freudlos enden wie mein Vater!«

»Genau das würde dir mit mir passieren«, sagte sie leise. Er hatte es dennoch gehört.

»Niemals würde mir das mit dir passieren«, beharrte er. »Du bist die Frau, mit der ich mein Leben verbringen möchte.«

»Es geht dir doch nur darum, anders zu sein als deine Eltern! Deinem Vater selbst im Grab noch eins auszuwischen, indem du eine von niedrigerem Stand heiratest.«

»Nein, es geht mir um dich.« Er rutschte ganz nah zu ihr und nahm ihren Kopf zwischen seine Hände.

»Ich liebe dich, Rebecca. Und jeder Tag ohne dich ist ein verlorener Tag.«

Sanft, unendlich sanft drückte er seine Lippen auf ihre, und Rebecca spürte, dass ihr Tränen über die Wangen liefen.

»Wieso weinst du?«, flüsterte Henry, und sein Blick tastete über ihr Gesicht auf der Suche nach einem Hinweis, was in ihr drinnen los war. »Jetzt wird doch alles gut.«

Rebecca konnte nicht mehr. Es ging nicht mehr. Sie befreite sich aus seinem Griff und stand auf.

»Gar nichts wird gut!«, schrie sie. »Du weißt doch gar nicht, worauf du dich einlässt. Ich werde niemals …«

Ihre Worte gingen in einem Schluchzer unter, und sie schlug sich die Hand vor den Mund.

Sie brachte es nicht über sich, ihm die Wahrheit zu sagen. Dass sie nicht nur eine Bastardtochter und entstellt, sondern auch unfruchtbar war. Dass sie als Frau in allen Belangen eine Versagerin war. Dass ihr Körper nicht das tat, was er sollte, und dass eine Ehe mit ihr eine Verdammnis zu lebenslanger Kinderlosigkeit war. Sie schluchzte erneut.

Aber sie war feige. Zu feige, Henry die Wahrheit über sich zu verraten. Außerdem würde es vielleicht noch nicht einmal etwas bewirken. Allein, dass er ihr einen Antrag gemacht hatte, zeigte doch, wie wenig er sich um Tradition und Konvention scherte. Wenn sie ihm sagte, dass sie keine Kinder kriegen könnte, würde er auch das noch ignorieren und behaupten, es mache ihm nichts aus.

Aber das stimmte nicht, denn natürlich tat es das. Vielleicht jetzt noch nicht und auch in zwei Jahren noch nicht.

Doch die Erkenntnis würde kommen, und sie würde wie ein Berg aus Unzufriedenheit, Missgunst und Enttäuschung auf ihrer Beziehung liegen und sie beide erdrücken. Henry würde seine Entscheidung, sie zu heiraten, bitter bereuen, und nach und nach würde er anfangen, sie für ihre vielen Unzulänglichkeiten zu verabscheuen.

Henry stand auf, kam auf sie zu und streckte die Hand nach ihr aus. Aber sie ertrug die Nähe zu ihm einfach nicht mehr und wich zurück, bis sie die Kommode in ihrem Rücken spürte. Er blieb nun ebenfalls stehen, und sie wusste sich nicht mehr anders zu helfen.

»Willst du wissen, warum ich dich nicht heiraten möchte?«, fragte sie heftig und mit tränenerstickter Stimme. »Weil ich für dich nichts übrighabe, genauso wenig wie für all die anderen privilegierten und aufgeblasenen Vertreter der High Society. Was ich vorhin gesagt habe, stimmt einfach nicht. Ich will dich nicht, verstehst du? Das Einzige, was ich will, ist das Grundstück und die politische Stimme, die damit verbunden ist, und vielleicht noch ein bisschen Spaß mit dir im Bett, mehr aber auch nicht.«

Sie würde erhobenen Hauptes aus dieser Sache gehen. Sie würde sich nicht weiter erniedrigen und ihm die wahren Gründe verraten, warum eine Ehe mit ihr unmöglich war. Ihren fürchterlichen Makel würde sie niemandem offenbaren, und ihre kleine Lüge würde sie beide vor einem Leben voller Unglück bewahren.

Deshalb musste sie sich jetzt auch gegen ihre Gefühle stählen.

»Wir haben mehrmals miteinander geschlafen, das Grundstück ist also jetzt meines. Mehr wollte ich mit unserer Liaison niemals erreichen«, behauptete sie und spürte, wie sich schon wieder Übelkeit in ihrem Magen regte, und sie schluckte verkrampft, um sie in Schach zu halten.

Vollkommen entgeistert starrte er sie an.

Er würde über seine verletzten Gefühle hinwegkommen, das hatte er schließlich schon sein ganzes Leben lang gemacht. Der alte Duke hatte seinem Sohn nie Zuneigung gezeigt. Das mochte bedauerlich sein, aber es würde Henry helfen, diese Situation schnell zu überwinden. Und das würde er auch, schließlich war seine Fixierung auf Rebecca doch sowieso nur ein Hirngespinst. In einer Woche hatte er sicherlich die nächste Herzensdame und würde ihr am Ende ebenfalls einen Antrag machen.

»Das … Das meinst du nicht ernst.« Völlig ratlos stand er vor ihr.

Rebecca blinzelte sich die Tränen aus den Augen. »Es ist mein voller Ernst. Ich werde dich niemals heiraten. Ich respektiere dich nicht und bewundere dich schon gar nicht, ganz im Gegensatz zu Miss Delmford oder den vielen anderen Kandidatinnen, die eine perfekte Ehefrau sein und dich mit Erben überschütten werden.«

»Wieso sagst du das?«, fragte er argwöhnisch und betrachtete sie aus schmalen Augen.

»Weil es stimmt!«

»Nein, tut es nicht. Ich weiß nicht, was es ist, das dich gerade so sehr erschreckt, aber ich glaube dir kein Wort. Du bist gar nicht du selbst.«

Wieder streckte er seine Hand nach ihr aus und wollte nach ihr greifen, aber das durfte er nicht. Unter keinen Umständen durfte er sie anfassen, denn dann würde ihre Mauer aus Abweisung bröckeln und sie hätte ihm nichts mehr entgegenzusetzen.

»Komm keinen Schritt näher«, warnte sie ihn. »Du hast keine Ahnung, wie es wirklich in mir drinnen aussieht.«

Er sah sie an, bestürzt, verletzt, und es zerriss Rebecca das Herz.

»Geh jetzt«, verlangte sie. »Wir haben nichts mehr zu besprechen.«

Er rührte sich nicht. »Raus!«, schrie sie.

»Das wirst du bereuen«, sagte er, während er seinen Mantel und seine Stiefel zusammensammelte und sich hastig anzog. »Ich weiß nicht, was auf einmal mit dir los ist, aber du wirst es bereuen. Jedes einzelne Wort, das du gerade zu mir gesagt hast.«

Das tat sie schon jetzt, doch er würde es niemals erfahren.

Im Türstock blieb er noch einmal stehen und warf einen so wütenden, kalten Blick auf sie zurück, dass sie sich zusammenreißen musste, nicht davor zurückzuschrecken. »Und übrigens: Das Grundstück, das, wofür du dieses ganze Theater anscheinend veranstaltet hast, wirst du niemals bekommen. Das schwöre ich dir!«

Inzwischen war Rebecca innerlich und äußerlich wie erstarrt und reagierte schon gar nicht mehr auf diesen Satz. Sie hörte, wie er die Treppe hinunterpolterte und die Haustür zuschlug. Sie wartete noch darauf, dass der Hufschlag verklang, und erst dann erlaubte sie sich, auf die Knie zu sinken und loszulassen. Sie kauerte sich auf dem Boden zusammen, und die Tränen flossen unablässig aus ihren Augen und tropften auf das Kleid über ihren Knien. Sie schlug die Hände vor ihr Gesicht, wiegte ihren Körper hin und her, denn sie hielt den Schmerz nicht mehr aus, der in ihrer Brust wütete. Haltlos schluchzte sie in ihre Handflächen und ließ ihrem Leid freien Lauf.

Sie hatte gedacht, sie würde es nie wieder erleben.

Das Gefühl, den Mann, den sie liebte, für immer zu verlieren. Das Gefühl, wenn ein Teil von ihr starb und nichts als Leere zurückblieb. Aber sie erlebte es wieder, und es war schlimmer, sehr viel schlimmer, als jemals zuvor.

47.

Rebecca seufzte leise, als sie einige Wochen später durch den Gastraum im White Lion schlenderte. Die Absätze klackerten über den Holzboden, hinter dem Tresen brodelte und dampfte der Kessel, und der Duft von frisch gekochtem Gewürzkaffee und warmer Milch lag in der Luft. Es war, als würde ein grauer Schleier über dem Raum liegen, denn trotz des anhaltenden Regens draußen waren die Kerzenhalter, die sich mit Spiegeln an den hohen, stuckverzierten Wänden abwechselten, nicht angesteckt. Der Kamin war sauber ausgefegt, die Tischplatten geschrubbt und die leuchtend roten Bezüge der vielen Stühle sogar frisch gewaschen. Trotzdem saß kein Gast darauf. Der ganze Raum atmete Stille. Und Stillstand.

Es war ein Dienstagvormittag, eigentlich die Zeit, in der hier geschäftige Betriebsamkeit herrschen sollte. Aber die Gaststube des White Lion war leer.

Das ging bereits seit einem Weilchen so. Um genau zu sein, seit dem Tag, an dem das *Man of Pleasure's Pocket Book* auch hier in Bath angekommen war und sich die Damen der Gesellschaft wie die Aasgeier darauf gestürzt hatten. Selbstredend hatten sie anschließend Rebeccas Coffee House nicht mehr besucht, denn wer trank schon Kaffee oder wohnte in den Apartments im Haus einer Kurtisane? Ihre Übernachtungsgäste waren allesamt ausgezogen, die weibliche Kundschaft ausgeblieben, und nur kurze Zeit später hatten sie dann auch ihren Männern verboten, hierherzukommen. Ein paar Tage lang waren noch einige unbeirrbare Bachelors in ihr Coffee House gekommen, aber selbst denen wurde es zu langweilig, weil die Society sich eben bei der Konkurrenz tummelte.

Es würden wieder Gäste kommen, daran bestand kein Zweifel. Aber andere als zuvor. Im White Lion würde nicht mehr die respektable High Society ein und aus gehen, sondern der andere Teil der Gesellschaft. Die Sorte Mann, die sich sonst in Tavernen und Spielhöllen aufhielt und die

Rebecca noch aus ihren Schmugglerzeiten kannte. Und dann würden auch die leichten Mädchen nicht mehr lange auf sich warten lassen. Vermutlich wäre das White Lion innerhalb kürzester Zeit so verschrien wie die vielen Coffee Houses in London, deren zweiter Einkommenszweig das Geschäft mit der käuflichen Liebe war.

Das Schlimme war, dass Rebecca nicht einmal etwas dagegen tun konnte. Denn sie brauchte wieder Gäste im White Lion, und zwar dringend. Nicht genug, dass sie letzte Woche ihre alte Kaffeedame und eines ihrer Zimmermädchen hatte entlassen müssen. Wenn es so weiterging, würde sie auch Renata nicht mehr bezahlen können, obwohl die doch sogar ein Kind zu versorgen hatte.

Zudem war ihre Ratenzahlung an Mrs. Timsbury, die ihr vor ihrem Aufenthalt in London ja eine beträchtliche Geldsumme geliehen hatte, seit einer Woche fällig.

Rebecca war hinter ihrem Tresen angekommen, griff nach einem Topflappen und stellte den brodelnden Kaffeekessel neben das Feuer.

Zumindest heute würde sie aber nicht Trübsal blasen und ihre Probleme wälzen, denn sie bekam Besuch. Es war Ende Juni, und endlich kehrten ihre Freundin Isabella und deren Ehemann Alexander von ihrer Hochzeitsreise auf dem Kontinent zurück.

Gerade eben hatte schon wieder die Glocke geläutet, die in Bath immer Neuankömmlinge ankündigte, und es würde sie nicht wundern, wenn das vielleicht sogar bereits ihre Freunde wären. Schließlich müsste ihr Schiff heute früh planmäßig am Bristoler Hafen angelegt haben.

Die Tür zur Gaststube wurde aufgerissen, und die Silhouetten einiger Gestalten in Mänteln tauchten im Rahmen auf. Irgendjemand schüttelte einen Regenschirm aus.

»Rebecca!« Isabella Wilkinson stürmte mit ausgebreiteten Armen auf sie zu, ein strahlendes Lächeln auf dem Gesicht, und noch ehe Rebecca etwas erwidern konnte, hatte ihre Freundin sie fest in die Arme geschlossen. »Oh Gott, ich kann nicht fassen, dass wir uns über ein halbes Jahr nicht gesehen haben«, murmelte sie an Rebeccas Ohr.

»Eine Ewigkeit«, erwiderte Rebecca, machte sich los und schob Isabella auf Armlänge von sich weg. »Lass dich mal anschauen, du siehst fabelhaft aus.«

Die blonde Isabella hatte ein wenig Farbe und rote Wangen bekommen, und endlich war sie auch nicht mehr ganz so furchtbar dünn wie damals, als sie das erste Mal nach Bath gekommen war. Das stand ihr ausgenommen gut.

Natürlich trug sie ein wunderschönes Kleid samt passender Redingote-Jacke, beides aus schimmernder blaugrüner Seide, und einen dieser modernen Strohhüte. Dass es regnete, spielte ja keine Rolle. Schließlich hatte sie einen Ehemann, der den schweren, klobigen Regenschirm über sie hielt, wenn sie draußen ein paar Schritte gehen musste.

Alexander war inzwischen neben sie getreten, schenkte Rebecca ein warmes Lächeln, griff nach ihrer Hand und hauchte einen höflichen Kuss darauf. Auch er sah blendend aus, hochgewachsen, mit dunklem Haupthaar und graublauen Augen, und seine Gesichtszüge waren ungewohnt entspannt. Selbstverständlich war auch er makellos gekleidet: Er trug einen dunkelblauen Samtfrack, modische Reitstiefel und einen zylinderförmigen Hut. Nicht umsonst war er der erfolgreichste Tuchhändler des Landes, der sogar die Krone belieferte.

»Wie schön, dich wiederzusehen«, platzte es aus Isabella heraus. Sie drängte sich an ihrem Mann vorbei und umarmte Rebecca erneut.

Sie wusste nicht wieso, aber plötzlich traten ihr Tränen in die Augen. Sofort blinzelte sie, um den verräterischen feuchten Schimmer zu vertuschen.

Mach dich nicht lächerlich.

Die letzten Wochen über passierte ihr das öfter. Sicherlich war es die Belastung und die vielen Sorgen, die sie sich ständig um ihre Zukunft und auch die des White Lion machte.

Sie schniefte, ganz leise nur, wie sie gedacht hatte. Nicht leise genug.

Isabella machte sich von ihr los. »Rebecca?«, fragte sie. »Was ist mit dir?«

»Ich freue mich bloß, dich zu sehen«, behauptete sie. Das tat sie auch wirklich. Nur für gewöhnlich fing sie dann nicht zu heulen an wie ein kleines Kind. »Im Moment ist vielleicht alles ein bisschen viel …«, entschuldigte sie sich.

Erst jetzt sah Isabella sich um. »Hast du heute geschlossen? An einem Dienstag?«

»Nein, aber das spielt jetzt überhaupt keine Rolle. Ich will alles von eurer Reise wissen. Alles! Los, gehen wir in den Salon.« Sie wedelte mit den Händen in Richtung Treppenhaus und ignorierte die vielsagenden Blicke von Betty und Tom Miller, die im Schlepptau von Isabella und Alexander angekommen waren, sich bisher aber im Hintergrund gehalten hatten. Tom war Alexanders bester Freund und bei ihrer kleinen Wiedersehensfeier selbstverständlich mit eingeladen. Ohnehin ging er im White Lion ein und aus, als gehöre er zur Familie, und ein klein wenig sah Rebecca das auch genau so. Betty, Tom, Isabella und Alexander – sie waren wie eine Familie für sie, und die Tatsache, dass sie jetzt alle wieder versammelt waren, ließ ein ganz warmes, heimeliges Gefühl in ihrer Brust entstehen.

In Rebeccas Salon ließen sie sich von Renata Kaffee, Tee und Gebäck servieren, und Isabella und Alexander erzählten. Von ihrer Reise nach Italien, wo das Leben fröhlicher und angenehmer zu sein schien als hier im grauen England. Von Isabellas dreimonatiger medizinischer Ausbildung bei Professor Mai in Heidelberg und der Prüfung, die sie auf Deutsch hatte ablegen müssen und in einem abenteuerlichen Kauderwelsch aus der Fremd- und ihrer Muttersprache irgendwie geschafft hatte. Isabella schwärmte richtiggehend von ihrem Aufenthalt in Heidelberg. Sie war die Tochter eines Chirurgen, und ihre große Leidenschaft galt der Medizin. In England war es nicht möglich, sich als Frau medizinisch weiterzubilden, ganz besonders nicht für adelige Damen wie Isabella. Ihr Ehemann Alexander hatte als Hochzeitsgeschenk jedoch Kontakt mit Professor Mai aufgenommen und ihr den Unterricht an der Universität Heidelberg ermöglicht. Mai bildete Menschen in der Krankenpflege und dem Hebammenwesen aus, egal welchen Geschlechts und welcher Konfession.

Und dann sprachen sie von Alexanders neuen Händlerkontakten auf dem Kontinent, den neuesten Moden (in der nächsten Saison trugen die Damen wohl vornehmlich weiß und am besten noch so durchscheinend, dass man ihre Silhouette erkennen konnte), und für einige Zeit dachte Rebecca endlich nicht mehr über ihre eigenen Probleme nach.

Isabella aber offenbar schon. Sie beugte sich zu Rebecca und flüsterte: »Wo sind alle deine Gäste?«

Sie hatte es wirklich leise gesagt, trotzdem wurde es plötzlich still im Raum. Tom und Betty schauten sie erwartungsvoll an. Als hätten die zwei nur darauf gewartet, dass das Thema endlich angesprochen wurde, und als wären sie jetzt verdammt neugierig darauf, welche Geschichte sie ihren Freunden auftischen würde.

»Du kannst es ruhig vor allen anderen aussprechen«, erwiderte Rebecca deshalb laut und schenkte Betty und Tom einen verdrossenen Blick. Schon seit ihrer Rückkehr nach Bath vor einigen Wochen hatten die beiden sich verbündet und versucht, mehr über ihren Streit mit Somerville in Woolhampton zu erfahren. Aber Rebecca hatte eisern geschwiegen. »Meine politischen Ambitionen – oder soll ich es inzwischen besser meinen finanziellen Ruin nennen? – betreffen auch Betty und Tom.«

Weiterhin herrschte nur Schweigen.

Rebecca wurde es unangenehm, dass alle sie so entgeistert anstarrten, daher fuhr sie fort: »Ich kann euch die Kurzversion erzählen: Ich habe versucht, in London Kontakte zu knüpfen und an Geld zu kommen, damit ich hier in Somerset noch mehr Grundstücke aufkaufen kann und noch mehr Wahlstimmen bekomme. Es lief nicht besonders gut, und das Ende vom Lied war, dass ich als Kurtisane betitelt wurde. In einer Zeitung, die im ganzen Land gelesen wird. Das hat nicht nur meiner Suche nach einer reichen Gönnerin einen Riegel vorgeschoben, sondern hält offenbar auch meine erlauchte Kundschaft davon ab, weiterhin mein Coffee House zu besuchen.«

Nun gut. Das war die sehr, sehr kurze Kurzversion, aber alles andere, besonders das, was Somerville betraf, war ja auch gerade nicht von Bedeutung, nicht wahr?

»Ich kann dafür auch niemandem einen Vorwurf machen, außer vielleicht mir selbst.« Sie seufzte. »Ich wollte eben zu viel. Ich wollte politischen Einfluss, und gleichzeitig bin ich auf den geschäftlichen Erfolg meines Coffee Houses angewiesen. Das verträgt sich wohl nicht besonders gut. Zumindest nicht in meinem Fall.«

Tom, der neben ihr auf dem Sofa saß, legte ihr die Hand auf den Unterarm. »*Entre nous*: Das Leben in London, die täglichen stundenlangen Sitzungen in der verstaubten St. Stephen's Chapel – das wäre vermutlich auch gar nicht nach meinem Geschmack gewesen.«

»Du hättest es geliebt«, warf Alexander trocken ein.

Tom runzelte die Stirn und machte eine unwirsche, fuchtelnde Handbewegung. »Falls es dir entgangen sein sollte: Ich versuche sie gerade zu trösten. Könntest du also bitte aufhören, meine Bemühungen zunichtezumachen?«, wies er seinen Freund mit der ihm ganz eigenen Theatralik zurecht. Regelmäßig lieferten sich die beiden äußerst amüsante Schlagabtausche.

»Bitte«, Alexander machte eine einladende Geste. »Tröste sie. Aber wir helfen ihr nicht, indem wir ihr gut zureden, sondern indem wir die Probleme angehen, in denen das White Lion gerade steckt.«

Das war typisch für Alexander. Immer pragmatisch und lösungsorientiert.

»Ach«, erwiderte Tom und zog die Brauen hoch.

»Wir brauchen wieder Gäste«, erläuterte Alexander nun an Rebecca gewandt. »Und zwar angesehene und einflussreiche Gäste.«

»Sag bloß …«, konnte Tom es nicht lassen.

Und Rebecca musste ihm recht geben, natürlich waren sie auch selbst schon darauf gekommen. Nur war es eben nicht so einfach, plötzlich wieder Gäste ins White Lion zu bekommen.

»Niemand besucht das Coffee House einer Kurtisane. Ganz besonders nicht, wenn es sich eine bestimmte Viscountess Parker zur Aufgabe gemacht hat, in der gesamten Society von Bath über die – ich zitiere – liederliche Besitzerin herzuziehen«, erklärte Rebecca. »Sinnvoller wäre es, ich würde einfach eines meiner Grundstücke wieder verkaufen. Das würde mich und das White Lion ein Weilchen liquide machen, bis sich die Wogen geglättet haben.«

»Wo wir doch monatelang so sehr für die Grundstücke gekämpft haben? Kommt nicht infrage«, mischte sich nun Betty in die Unterhaltung ein.

»Dann brauchen wir eben jemand noch höhergestellten als die Viscountess, der das White Lion besucht, hier absteigt und am besten gleich seine ganze Entourage mitnimmt. Dann kommen die Gäste wieder von ganz alleine«, sagte Alexander.

»Und wer schwebt dir da wohl vor?«

»Der Duke of Somerville zum Beispiel. Er …«

»Unter keinen Umständen«, fuhr ihm Rebecca dazwischen, und auch Betty wirkte ganz erschrocken. Was Alexander nicht entging. Leider.

»Wieso schaut ihr so entgeistert?«, wollte er wissen.

»Ich vermute, sie beziehen sich auf den Ruf des Dukes. Schwerenöter, Weiberheld. Er wäre wahrscheinlich der Letzte, der das Ansehen des White Lion wiederherstellen könnte«, kam Isabella ihr nun zu Hilfe.

»Aber er ist einflussreich und der höchste Adelige hier in Somerset. Außerdem wird er bei der Illuminationsfeier dabei sein.«

Rebecca war gerade dabei, Tee zu trinken, und verschluckte sich fürchterlich. Tom klopfte ihr mitfühlend auf den Rücken, während sie erbärmlich hustete, und sie brauchte ein Weilchen, bis sie sich erholt hatte. Von dem Verschlucken. Mehr noch aber von Alexanders Bemerkung.

Somerville kam hierher nach Bath!

Ihr Herz raste, als sie sich mit einer Serviette über die Lippen tupfte, um Zeit zu gewinnen und ihre Gesichtszüge unter Kontrolle zu bekommen.

Trotzdem entging ihr nicht, wie Isabella den Blick zwischen Betty und Rebecca hin- und hergleiten ließ.

»Alexander, Liebling, wolltest du nicht Tom die vielen Warenproben vorführen, die wir aus Italien mitgebracht haben?«, fragte sie dann freundlich lächelnd.

Ihr Ehemann schaute sie ein oder zwei Wimpernschläge lang überrascht an, verstand dann aber doch. »Selbstverständlich wollte ich das. Los, Tom, wir gehen ins Geschäft. Du wirst die neuen Stoffe lieben!«

»Aber ich …«

»Tom«, sagte Alexander nur.

Widerwillig erhob sich sein Freund und trank im Stehen die noch halb gefüllte Kaffeetasse aus. Sie verabschiedeten sich rasch, Alexander drückte seiner Frau noch einen Kuss auf die Wange, und die beiden Männer machten sich auf den Weg.

»Immer wenn es interessant wird …«, hörte Rebecca Tom noch auf der Schwelle murmeln, aber dann schloss sich die Tür, und alle Aufmerksamkeit richtete sich auf Rebecca.

»Der Duke of Somerville also«, stellte Isabella fest und klang kein bisschen überrascht dabei. »Jetzt bin ich aber wirklich gespannt.«

Und dann begann Rebecca erneut zu erzählen. Nur dieses Mal ohne irgendetwas auszulassen.

48.

Einige Zeit nach der Episode in Woolhampton war Henry wie betäubt gewesen. So gefühllos, als wäre er betrunken, nur dass er eben stocknüchtern war und selbst der Alkohol ihm keine Linderung verschaffen konnte.

Manchmal hatte er sich sogar eingebildet, dass er nun auch verstand, warum der alte Duke immer so gefühlskalt gewesen war.

Das Leben war nämlich einfacher, wenn man nichts fühlte. Definitiv freudloser, aber eben auch bedeutend einfacher.

Und dann hatte Henry beschlossen, dass er endlich nach vorne schauen musste. Deshalb hatte er zugestimmt, als seine Mutter ihm vorgeschlagen hatte, seine Verlobungsfeier nicht auf Willow Hall, sondern in Bath in den neu eröffneten Spring Gardens abzuhalten. Als Teil der Illuminationsfeier, die dort anlässlich des Besuchs von King George stattfand. Die Hälfte der Londoner Beau Monde war zu dieser Zeit sowieso auf Sommerfrische hier.

Außerdem wollte er sich beweisen, dass er über den Dingen stand und seinen verletzten Stolz und seine Sehnsucht nach Rebecca überwunden hatte. Ebenso wie seine Wut und seinen Schmerz.

»Und, was sagen Sie?«, fragte Tom Miller ihn mit leuchtenden Augen. Henry hatte sich für die Feierlichkeiten einen neuen, luxuriösen Frack schneidern lassen und war dafür natürlich in das Geschäft von Wilkinson gegangen. Sie hatten die edelsten Stoffe und die fingerfertigsten Schneiderinnen, und Henry wollte und musste auf der Grand Gala des Königs beeindrucken. Sein Frack bestand aus einem dunkelblau schimmernden Stoff, vielleicht ein Taft, denn er knisterte ganz fein, wenn man sich bewegte. An den Knopfleisten waren reiche Verzierungen aus Goldfäden und Perlen angebracht, und darunter trug er eine ebenso verschwenderisch bestickte Weste.

»Schön«, erwiderte Henry abwesend. Vorhin hatte er einen flüchtigen Blick in den Spiegel geworfen, hatte es überall schimmern und glitzern gesehen, was seine Mutter äußerst befriedigen würde, und war dann mit den Gedanken wieder abgedriftet.

»Hm«, machte Miller und kontrollierte den Sitz des Fracks an Henrys Schultern. »Sie scheinen nicht besonders begeistert.« Er trat einen Schritt nach hinten, um Henry in voller Größe im Spiegel betrachten zu können. »Dabei sehen Sie fantastisch aus! Die Damen werden Ihnen zu Füßen liegen.«

»Ich weiß nicht, ob sie das auf meiner Verlobungsfeier unbedingt sollten«, erwiderte Henry mit einem Augenzwinkern. Ein vergeblicher Versuch, einen Scherz zu machen, denn offenbar war seine Miene so niedergedrückt, dass Miller ihn überhaupt nicht verstanden hatte.

»Euer Gnaden, natürlich sollten Sie das! Beschwingte Damenherzen gehören doch zum Ruf eines Dukes.«

Henry wandte sich um und musterte den Verkäufer. Tuchhändler, dunklerer Teint, gute Beobachtungsgabe.

»Sie wären Mrs. Seagraves Kandidat gewesen, der ins Unterhaus hätte einziehen sollen«, stellte er dann fest.

Miller sah ihn erstaunt an. »Sie wissen davon?«

»Natürlich weiß ich davon. Mrs. Seagrave wollte mir dafür schließlich ein Grundstück abkaufen.« Kurz hielt er inne. »Um jeden Preis.«

Der Nachsatz wäre nicht notwendig gewesen, aber Henry hatte es einfach nicht lassen können. Schon seit Wochen hatte er das Bedürfnis, über Rebecca zu reden oder mehr über sie zu erfahren, und dieser Mann kannte sie schließlich.

Es war nur ein kurzer Moment, als sich ihre Blicke im Spiegel kreuzten. Henry meinte, einen warmen, besorgten Ausdruck in Millers Augen zu lesen, und sicherlich zählte der Mann gerade sowieso eins und eins zusammen.

»Wie geht es ihr?«, platzte es aus Henry hervor.

»Gut«, antwortete Miller zögerlich und fegte einen Fussel von Henrys Ärmel. »Jetzt, da sie ihre *echten Freunde* um sich herum hat …«

Henry überlegte, ob er auf den offenkundigen Vorwurf eingehen sollte.

Plötzlich hielt Miller in der Bewegung inne und sagte: »Nein, das stimmt nicht. Es geht ihr nicht gut. Die Geschäfte gehen sehr schleppend, obwohl die Sommersaison schon begonnen hat.«

»Weshalb?«

»Sie haben wohl das *Man of Pleasure's Pocket Book* noch nicht gelesen?«

»Ach das.«

»Was einen hochgestellten Mann kaum tangiert, kann für eine Dame bereits ein unüberwindbarer Fallstrick sein.«

»Steckt sie in Schwierigkeiten?« Auch wenn er es gar nicht wollte, machte Henry sich jetzt Sorgen.

Miller zuckte mit den Schultern. »Nichts, was sie nicht bewältigen würde. Wie immer.«

Ja, den Eindruck hatte er auch bekommen.

Vor einigen Tagen hatte er sie nämlich gesehen, als sie mit ihrer Freundin Betty das White Lion verlassen hatte. Die Milsom Street war so voll gewesen, dass sie ihn nicht entdeckt hatten. Sie waren an einigen Schaufenstern stehen geblieben und hatten sich über die Handschuhe und Hauben in den Auslagen unterhalten. Rebeccas Lippen waren leicht geschminkt und ihre Wangen etwas gerötet gewesen, und ihre wunderschönen braunen Locken hatte sie mit einem Tuch zu einer hinreißenden Frisur aufgetürmt gehabt. In ihrem Nacken hatten sich einige Strähnen gelockert, und Henry hatte sie völlig gebannt angestarrt. Er hatte gesehen, wie sie beim Nachdenken mit den Fingerspitzen über ihre Lippen strich, und bei dem Anblick war es, als wäre ein Stoß durch seinen Körper gegangen, der bis in seine Lenden nachgehallt war. Er hatte die zwei sogar die halbe Milsom Street verfolgt, in gebührendem Abstand, verstand sich, damit er mehr von ihr sehen konnte.

Es war irrsinnig. Dabei kamen der Earl und Lady Grafton samt ihrer Tochter heute an, morgen verlobte er sich offiziell, und in ein paar Wochen fand bereits die Hochzeit auf Willow Hall statt.

Miller sagte irgendetwas, und erst nach einem Weilchen merkte Henry, dass die Worte an ihn gerichtet waren.

»… Mrs. Seagrave ist eine starke und zielstrebige Frau. Und meistens ziemlich eigensinnig«, schloss Miller.

In letzter Zeit passierte es ihm öfter, dass jemand mit ihm redete, er aber so in Gedanken war, dass er es gar nicht mitbekam.

»Ja, das habe ich auch schon gemerkt«, antwortete er rasch.

Miller zuckte mit den Achseln. »Ich bewundere sie trotzdem. Oder vielleicht gerade deshalb.«

»Ach«, machte Henry und warf seinem Gegenüber einen scharfen Blick zu, denn ohne dass er es verhindern konnte, spürte er Unwillen in sich aufsteigen. War er gerade wirklich eifersüchtig? Auf Miller? Er räusperte sich und sagte schnell: »Der Frack sieht fantastisch aus. Hervorragende Arbeit.«

Dennoch wurde er das Gefühl nicht los, dass Miller ganz genau mitbekam, was in ihm vorging. Der Mann setzte ein unverbindliches Lächeln auf, während er Henry in seinen eigenen Frack half und zur Tür begleitete.

»Um ein Grundstück ging es zwischen Ihnen beiden also«, stellte Miller nebenbei fest, und als Henry bereits über der Schwelle war, meinte er noch ein leise gemurmeltes, ironisches »aber sicher doch« gehört zu haben.

49.

»Du vergräbst dich jetzt nicht hier in deinem Salon und versteckst dich vor ihm«, drang Isabellas strenge Stimme zu Rebecca. Sie schritt durch den Raum, schob die schweren Vorhänge zur Seite, öffnete mit energischen Bewegungen alle Fenster und ließ die warme Sommerluft herein.

Rebecca nahm das Kissen von ihrem Gesicht und sah ihre Freundin verständnislos an. »Natürlich tue ich das.«

Sie legte das Kissen wieder zurück auf ihre Augen, verschränkte die Finger über ihrem Bauch und überkreuzte sogar demonstrativ die Beine. Schon seit einem Weilchen lag sie auf ihrer Chaiselongue, lauschte dem geschäftigen Treiben auf der Milsom Street und hatte beschlossen, sich miserabel zu fühlen.

Was sie ja auch wirklich tat. Sie fühlte sich furchtbar schlapp und müde, und außerdem war ihr die ganze Zeit flau im Magen. Das war eigentlich bereits seit Wochen so, und es war ihr schon fast recht, dass im White Lion so wenig los war, denn dann hatte sie auch weniger zu tun und konnte stundenlang in ihrem Bett oder auf dem Sofa liegen und vor sich hin dösen.

»Du bist melancholisch«, stellte Isabella fest.

»Müde. Ich bin müde, das ist alles«, erwiderte Rebecca in ihr Kissen.

Sie vernahm ein angestrengtes Schnaufen irgendwo im Raum.

»Egal, was zwischen euch vorgefallen ist, ihr müsste es hinter euch lassen«, bestimmte Isabella. »Er tut es, und du wirst es genauso machen.«

»Woher willst du das wissen?« Sie nahm das Kissen wieder ab und stützte sich auf die Unterarme.

»Dass du es tust? Weil ich es dir anordne. Dass er es tut? Weil er heute seine *Verlobung* bekannt geben wird.«

Mit einem Ruck kam Rebecca nach oben.

»Ich dachte, das wäre der Grund, dass du dich so …« Isabellas Stimme wurde immer leiser, als sie den Schrecken auf Rebeccas Zügen erkannte.

Die letzten Tage über hatte Rebecca alle Zeitungen gemieden, denn sie hatte geahnt, was der Grund für Somervilles Anwesenheit in Bath war. Oder zumindest hatte sie es befürchtet, schließlich war es nur eine Frage der Zeit gewesen, bis er sich verlobte.

Du wusstest doch, dass er noch diese Saison heiraten würde.

Es jetzt aus dem Mund ihrer Freundin zu hören und zu wissen, dass es wirklich passierte, sogar heute, und dann auch noch hier in Bath, fühlte sich für Rebecca trotzdem so an, als hätte ihr jemand einen Dolch ins Herz gerammt.

Sie schluckte verkrampft. »Mit der Tochter des Earl of Grafton, habe ich recht?« Das Stechen in ihrem Herzen wollte einfach nicht aufhören.

Isabella nickte, und nun kam Betty mit einem Tablett herein, auf dem sich einige Tassen, eine dampfende Kaffeekanne und ein Berg mit frischen Pancakes stapelten.

Gerade im Moment war Rebecca froh um die Ablenkung, denn das gab ihr Zeit, sich wieder zu sammeln.

Vielleicht war es die Nachricht über Henrys Verlobung oder der Geruch der gebackenen Pancakes, auf die Rebecca sich eigentlich schon den ganzen Vormittag gefreut hatte, jedenfalls nistete sich schon wieder Übelkeit in ihrem Magen ein. Das ärgerte sie, denn im Grunde war sie hungrig. In letzter Zeit passierte es ihr aber öfter, dass ihr eine Speise nicht mehr zusagte, die sie sonst sehr gern mochte. Oft aß sie dann nur trockenes Brot. Und Beerenobst. Sie hatte eine Leidenschaft für Him-, Brom- und Erdbeeren entwickelt und konnte nicht genug davon bekommen.

Betty stellte das Tablett vorsichtig auf dem edlen Esstisch aus Mahagoniholz ab, schenkte in drei Tassen ein, ließ in jede auch einige Klümpchen braunen Zucker hineinplumpsen, rührte einmal um und füllte sie dann noch bis zum Rand mit Sahne auf. Die letzten Wochen über hatte Betty viel hinter dem Kaffeetresen im White Lion gestanden und die Kunst des Kaffeezubereitens inzwischen perfektioniert. Sie reichte jeder ihrer Freundinnen eine Tasse.

Sofort trank Isabella einen ersten Schluck und schloss genießerisch die Augen. »Nirgendwo ist der Kaffee so gut wie im White Lion«, schwärmte sie.

Betty nahm auf einem der Polstersessel Platz und balancierte einen Teller auf den Knien, auf dem ein dick mit Marmelade bestrichener, in kleine Vierecke geschnittener Pancake lag. Sie bot Isabella ein Stück davon an, die beherzt zugriff.

Rebecca hingegen starrte lediglich auf die Tasse in ihrer Hand, hob sie an die Lippen, schnupperte daran und spürte bereits, wie ihr die Galle hochkam. Sie unterdrückte ein Würgen, stellte die Tasse zurück auf die Untertasse und schloss die Augen für einen Moment. Mit tiefen Atemzügen versuchte sie, die Übelkeit unter Kontrolle zu bekommen. Das klappte nicht immer, auch wenn sie diese Technik die letzten Wochen über perfektioniert hatte. Als sie die Augen wieder öffnete, bemerkte sie, wie beide Freundinnen sie unverhohlen anstarrten.

»Du trinkst keinen Kaffee«, stellte Isabella fest. »Und du magst plötzlich auch keine Pancakes mehr.«

»Nervöser Magen«, antwortete Rebecca.

Isabella rückte näher, legte den Kopf schräg und musterte sie. »Ah ja? Seit wann denn?«

»Seit wir wieder hier in Bath sind«, warf Betty ein, schob sich ein weiteres Stück Pancake in den Mund und beobachtete Isabella und Rebecca kauend und so gespannt, als wäre das hier ein Theaterstück.

»Aber sonst geht es dir gut?«, wollte Isabella wissen.

»Fabelhaft! Wie es einem eben geht, wenn man kurz vor dem Ruin steht und der Mann, in den man verliebt ist, sich mit einer anderen verlobt.«

»Weil du ihn nicht haben wolltest«, erwiderte Isabella nüchtern. »Das tut aber nichts zur Sache. Sonst hast du keine Beschwerden? Herzrasen, schlaflose Nächte, übermäßige Müdigkeit?«, zählte sie auf.

»Ja. Liebeskummer eben«, entgegnete Rebecca ungeduldig und fragte sich, worauf ihre Freundin eigentlich hinauswollte.

»Nur dass man sich bei Liebeskummer nicht täglich übergibt. Wochenlang«, kommentierte Betty.

Rebecca warf ihr einen vernichtenden Blick zu. Machte Betty jetzt auch schon mit?

»Entschuldige meine Indiskretion, aber wann hattest du deine letzte Monatsblutung?«, wollte Isabella wissen.

»Ich weiß nicht.« Rebeccas Herz raste nun wirklich, als sie nachdachte. Sie hatte sie schon ein Weilchen nicht mehr gehabt, aber der ganze Stress, die Probleme hier in Bath. Sie hatte einfach nicht daran gedacht. »Im … April?«

»Wir haben Anfang Juli, Rebecca«, sagte Isabella, wartete noch einen Moment und rief dann: »Du bist schwanger!«

Rebeccas Herz setzte einen Schlag aus. »Unmöglich. Absolut unmöglich. Ich kann nicht schwanger sein«, wehrte sie ab, und ihre Hand krampfte sich um die Armlehne des Sofas, denn ihr war plötzlich schwindelig.

»Natürlich ist das möglich. Es ist die natürlichste Sache der Welt«, erwiderte Isabella verständnislos.

»Aber ich kann gar nicht schwanger werden, das habe ich euch doch längst erzählt! Ich war mit meinem Mann vier Jahre verheiratet und bin während der ganzen Zeit nicht schwanger geworden. Der Arzt, bei dem ich damals war, hat mir gesagt, ich solle diesen Tee trinken. Frauenschuh? Oder Frauenmantel? Ich erinnere mich nicht genau. Jedenfalls hat es nichts gebracht.«

»Du weißt aber schon, dass das auch an deinem Ehemann gelegen haben könnte? Dass nicht du unfruchtbar bist, sondern er es war?«, gab Isabella zu bedenken.

Natürlich hatte irgendwo in einem Winkel ihres Hirns und ihres Herzens diese Möglichkeit bestanden. Aber ihr

Mann und auch der Arzt waren sich einig gewesen, dass es nur an ihr liegen könnte – sie hatte es nicht mehr hinterfragt. Auch weil sie sich so sehr dafür geschämt und das ganze Thema einfach von sich geschoben hatte.

Die letzten Wochen über hatte sie sich aber tatsächlich anders gefühlt. Gar nicht mehr wie sie selbst. Ständig hatte sie Herzrasen gehabt und ihr war übel gewesen, und jedes Mal, wenn ihr das komisch vorgekommen war, hatte sie es auf ihre Geldsorgen und ihren Liebeskummer geschoben.

Der Gedanke, dass sie schwanger sein könnte, wäre völlig absurd gewesen. Es war seltsam, aber jetzt, da Isabella es einfach so ausgesprochen hatte, kam es ihr gar nicht mehr so unmöglich vor.

Sie sah an sich herunter, legte die Hand auf ihren Bauch, dort, wo sie in letzter Zeit so oft das Gefühl hatte, dass eine Armee an Ameisen zu Werke war.

»Das kann doch gar nicht sein«, flüsterte sie.

Isabella rutschte zu ihr und griff nach ihrer Hand. »Es kann sein, Rebecca, oder? Spürst du denn nichts? Dein Körper, verändert er sich?«

»Ich glaube … ja. Er hat sich verändert. Meine … also«, Rebecca räusperte sich, denn das war nun selbst ihr unangenehm. »Meine Brüste sind empfindlich, und sie sind gewachsen, habe ich das Gefühl. Und meine Korsagen werden mir auch eng, obwohl ich so wenig esse.«

»Du bist schwanger. Ich bin mir ganz sicher«, sagte Isabella rundheraus. »Und du dir doch eigentlich auch, oder?«

»Ich habe es wirklich nie als Möglichkeit betrachtet.«

Ich bekomme ein Kind.

Der Satz hallte in ihrem Kopf nach und schwang durch ihren gesamten Körper, und ihr Herz hämmerte so schnell, dass sie sicher war, Betty und Isabella müssten es auch hören.

Ein Kind von Henry.

Sie schloss die Augen, und ein warmes, weiches, mächtiges Gefühl breitete sich in ihrer Brust aus. Etwas, von dem sie gar nicht wusste, wo es auf einmal herkam.

Es war Freude. Und Glück.

Wie viele Tage, Wochen und Monate hatte sie damals damit verbracht, zu hoffen, dass sie endlich schwanger wäre. Dass sie endlich das Kind bekam, das sie und ihr Mann sich so sehr gewünscht hatten.

Und jetzt war es einfach passiert, und sie hatte es noch nicht einmal bemerkt.

Oder hast du es einfach nicht bemerken wollen?

Denn das Kind war von dem Mann, der sich heute verloben würde. Der ihr, trotz aller Widrigkeiten, einen Heiratsantrag gemacht und den sie abgelehnt hatte, obwohl er sich dafür dem Zorn und dem Spott so vieler Menschen ausgesetzt hätte.

Rebecca schloss die Augen vor dem grässlichen Gefühl und dieser unendlichen Traurigkeit, die in ihr nach oben stieg.

Sie hatte einfach alles vermasselt.

»Rebecca?«, hörte sie Isabellas Stimme.

Sie öffnete die Augen, und unter dem Tränenschleier erkannte sie, wie ihre beiden Freundinnen ganz nah bei ihr saßen und sie besorgt beobachteten.

Inzwischen hatte Betty den Teller beiseitegestellt und ihre Hand beruhigend auf Rebeccas Oberschenkel abgelegt. »Es wird alles gut, Rebecca. Wir werden das hinbekommen. Egal was kommt. Hörst du mich?«

Sie schaffte es gerade noch zu nicken, bevor sie vollends die Beherrschung verlor. Es war genau der Satz, den sie hatte hören müssen. Kein Erschrecken, keine Vorwürfe, kein Verurteilen.

Tränen begannen ihr aus den Augen zu laufen. Sie wusste gar nicht, was es war. Erleichterung darüber, dass ihre Freundinnen bei ihr waren? Freude darüber, dass sie wirklich ein Kind erwartete? Traurigkeit, dass sie Henry gegenüber zu feige gewesen war, ihre wahren Beweggründe zu offenbaren?

In ihr drinnen herrschte vollkommenes Chaos, und mit tiefen, unkontrollierten Schluchzern suchte es gerade seinen Weg aus ihr heraus.

Isabella legte ihr einen Arm um die Schulter, zog sie noch näher an sich heran und streichelte ihr sanft über den Kopf.

Es dauerte eine Weile, bis Rebecca sich wieder beruhigt hatte. Isabella hielt ihr ein Glas mit Wasser hin, das sie dankbar an sich nahm und einige große Schlucke daraus trank. Das kalte Wasser rann ihre Kehle hinab, und sie hielt sich das kühlende Glas an die Wangen, die von der ganzen Heulerei heiß und gerötet waren.

»Und was machen wir jetzt?«, wollte Betty wissen, die aufgestanden und zum Tisch gegangen war, wo sie einen Löffel tief in das Marmeladenglas tauchte und den nächsten Pancake dick bestrich. »Ich meine, wegen Somerville.«

»Nichts. Er verlobt sich heute Abend, schon vergessen?«

Betty setzte sich vor Rebecca und hielt ihr den vollgeladenen Teller vor die Nase. »Erst mal isst du etwas. Keine Widerrede.«

Widerwillig griff Rebecca nach einem Stück, das kleinste, das sie finden konnte, und zwang sich, darauf herumzukauen.

»Es spielt keine Rolle, ob er sich heute verlobt«, stellte Isabella mit einer resoluten Handbewegung fest. »Du musst ihm von deiner Schwangerschaft erzählen.«

»Nach allem, was passiert ist, glaube ich nicht, dass es ihn überhaupt interessieren wird.« Rebecca griff nach einem zweiten Stück Pancake. Sie war hungrig, merkte sie, und gerade im Moment schien ihr von dem Essen auch nicht schlecht zu werden.

»Sag es ihm«, meinte nun auch Betty mit einem eigenartigen Glanz in den Augen. »Heute, noch vor seiner Verlobung. Sonst tun wir's.«

50.

Die Flügeltüren zur Terrasse standen offen, ein lauer Sommerwind wehte herein und ließ die langen, durchscheinenden Musselinvorhänge hier im großen Saal von Willow Hall sanft hin und her schwingen. Zwischen den bodentiefen Fenstern standen einige Vasen mit Blumenbouquets und die Zimmerpalmensammlung von Lady Rosalind. Im Winter fristeten die Pflanzen ihr Dasein in der Orangerie, im Südflügel des Palais, im Sommer durften sie jedoch in den Saal umziehen und brachten in den vergoldeten Töpfen ein exklusives exotisches Flair in den hohen Raum. Henry stand auf der Schwelle nach draußen, die Vögel zwitscherten träge in der Sommersonne, und Frederick ließ sich von Amelia Stöckchen über den Rasen werfen. Mit unerfreulicher Regelmäßigkeit landeten die Wurfgeschosse aber im Teich, wo sie für Frederick endgültig verloren waren. Keine Zehe würde dieser Hund ins Wasser stecken. Dann und wann erbarmte sich allerdings einer der Gärtner und fischte ganze Kollektionen an Stöckchen wieder aus dem Gewässer, sehr zu Fredericks Freude.

Lady Rosalind stand zusammen mit Eliza, Miss Mary und deren Mutter auf der Terrasse im Schatten. Es gab Cheesecake und Scones, die vier Damen tranken eine erfrischende Champagnerbowle mit Erdbeeren und unterhielten sich angeregt, ziemlich sicher über die Feierlichkeiten des heutigen Abends.

Es war ein idyllisches und friedliches Bild.

So wird deine Zukunft aussehen, schoss es Henry durch den Kopf. *Bald sind es nicht nur Amelia, sondern deine eigenen Kinder, die dort mit Frederick über die Wiese laufen und toben.*

Eigentlich sollte das ein schöner Gedanke sein, bei dem ein warmes und glückliches Gefühl durch Henrys Körper strömte.

Aber es wollte sich einfach nicht einstellen. Als er Miss Delmford vor zwei Wochen einen Antrag gemacht hatte, war er noch nicht einmal aufgeregt gewesen. Er hatte die Frage aller Fragen gestellt, Miss Mary war überglücklich gewesen und ihre beiden Familien ebenfalls.

Henry hingegen hatte sich leer und einsam gefühlt, als er seine Braut umarmt und ihr einen keuschen Kuss auf die Stirn gedrückt hatte.

Jane stand neben ihm auf der Türschwelle, mit der neuesten Ausgabe des *Bath Chronicle* in der Hand, und überflog die Seiten. »Der *Chronicle* hat sicherlich über die Grand Gala heute Abend geschrieben. Was für eine Ehre, dass wir ebenfalls eingeladen sind!«

Eigentlich war eine Verlobung keine große Angelegenheit. Selbst bei Adeligen wurde sie nur im kleinen Kreis gefeiert, und zumeist gab es nicht einmal eine Zeitungsannonce. Die vielen zweifelhaften Berichte, die kürzlich über Henry und sein angebliches Liebesleben erschienen waren, hatten seine Mutter allerdings bewogen, sich etwas Besonderes einfallen und ihre guten Beziehungen zum Königshof spielen zu lassen. Deshalb würde Henry sich heute Abend mit seiner Verlobten vor King George präsentieren. Wenn er mit Mary einen gemeinsamen Auftritt vor dem König hatte, wäre seine Verlobung in Stein gemeißelt. Bestimmt wollte Mutter ihm damit vor Augen führen, welch wichtige, repräsentative Stellung er als Duke in der Gesellschaft innehatte. Und dass er sich endlich am Riemen reißen und diese ernst nehmen sollte.

»Hier steht was: King George und sein Gefolge sind bereits für die Illuminationsfeierlichkeiten eingetroffen … Blabla … erlauchte Gäste und ihre elaborierten Kleider werden auf der Grand Gala im Pavillon der Sydney Gardens vorgestellt werden … Hier! Außerdem soll es einige hochinteressante Bekanntmachungen geben, wie wir aus verlässlicher Quelle erfahren konnten«, las Jane vor, und ihre Augen sprühten vor Vergnügen. »Das seid sicher ihr zwei«, kommentierte sie dazwischen. »… Unsere geneigten Leser wissen, dass sich der Duke of Somerville kürzlich einige Eskapaden mit der berüchtigten Kurtisane, Schmugglerkönigin und Möchtegern-Society-Lady Mrs. Rebecca Seagrave aus Bath erlaubt hatte. Aber nun wird er endlich auf dem Pfad der Tugend wandeln und sich in den …« Sie ließ die Zeitung sinken. »Um Himmels willen, Henry, entschuldige, ich …«

»Nichts davon stimmt«, fiel er ihr ins Wort. So laut, dass sogar Eliza und Mary ihn draußen auf der Terrasse gehört hatten. »Mrs. Seagrave ist nichts von alledem!« Das passierte ihm jedes Mal, wenn er eine weitere Verunglimpfung über Rebecca hörte. Es machte ihn einfach wütend.

Mary stellte ihr Bowleglas ab und kam mit einem ungewohnt ernsten Ausdruck im Gesicht auf ihn zu. Heute trug sie ein waldgrünes Tageskleid mit eng gebundener Schärpe und züchtig verdecktem Ausschnitt. Ihre hellbraunen Haare hatte sie unter einer Haube versteckt. Rebecca trug niemals Hauben, schoss es ihm durch den Kopf.

»Entschuldigt mich.« Jane schien die aufgeladene Stimmung zwischen dem jungen Paar wahrzunehmen, legte die Zeitung auf einer der Konsolen neben der Terrassentür ab und schlüpfte, den Kopf zwischen den Schultern eingezogen, an Mary vorbei nach draußen.

Marys Blick fiel auf die Zeitung. »Das ist kein schöner Artikel«, kommentierte sie und tippte mit ihrem behandschuhten Finger darauf. Dabei ließ sie Henry nicht aus den Augen. Sie hatte den Bericht also auch schon gelesen. Reflexartig zog Henry ihr die Zeitung unter den Fingern weg und nahm sie an sich. Das war ziemlich kindisch, aber gerade im Moment konnte er nicht anders.

»Überhaupt nicht«, pflichtete er ihr bei.

Einige Momente lang herrschte angespannte Stille.

»Ich möchte nicht, dass du diese Frau weiterhin in Schutz nimmst«, verlangte Mary dann.

Henry konnte ihr noch nicht einmal verübeln, dass sie ihn darauf ansprach. Sie war weder blind noch schwer von Begriff, und es war offensichtlich, dass irgendetwas zwischen ihm und Rebecca vorgefallen war, das ihn noch immer nicht losließ. Und die Presse ja offenbar auch nicht.

»Ich kann und will deine Vergangenheit nicht ungeschehen machen. Aber ich möchte, dass du mir zumindest ein klein wenig Respekt entgegenbringst, indem du diese Frau nicht mehr verteidigst und auch nicht mehr über sie sprichst.«

So gut es ging, versuchte Henry den Widerwillen zu unterdrücken, der sich augenblicklich in ihm aufbäumte. Denn egal, wie fest er sich vorgenommen hatte, die Beziehung zu seiner Ehefrau partnerschaftlich zu gestalten – es stand Mary nicht zu, ihm den Mund zu verbieten.

»Sie verdient deine milden Worte nicht«, fuhr sie in immer ärgerlicherem Tonfall fort, weil Henry schwieg.

»Und du meinst das beurteilen zu können?«, fragte er schließlich kühl. Er hatte gar nicht vorgehabt, sich mit Mary auf eine Diskussion einzulassen. Aber ihre Beharrlichkeit reizte ihn nun doch.

»Natürlich kann ich das«, antwortete Mary. »Ich hatte kürzlich eine überaus erhellende Unterhaltung mit Lady Cavan über diese Mrs. Seagrave. Sie hat der Countess übel mitgespielt. Und dir ebenfalls.«

Henry spürte förmlich, wie sich alles in ihm drinnen verhärtete und die Wut sich in seinem Brustkorb zu einem kleinen, gefährlichen Klumpen ballte.

Noch immer hielt er die Zeitung in der Hand, und ohne dass er es beabsichtigte, zerknüllte er sie. Das Papier knisterte leise zwischen seinen Fingern, als sich die Blicke von ihm und Mary herausfordernd kreuzten.

»Tu mir den Gefallen und halte dich von Lady Cavan fern. Sie hat weder dein noch mein Wohlergehen im Sinn, wenn sie mit dir spricht«, antwortete er brüsk und sah, wie Mary unter seinem scharfen Tonfall zusammensank.

Er hatte davon Abstand genommen, Sybil über die Intrige, die sie gegen ihn gesponnen hatte, zur Rede zu stellen. Das wäre auch gar nicht möglich gewesen, denn obwohl die Saison in London noch in vollem Gang gewesen war, hatte die Countess sich schon vor Wochen auf eines ihrer Landhäuser zurückgezogen. Natürlich würde er ihr nicht hinterherreisen, um sie zu konfrontieren, denn sein Verhältnis mit Rebecca war ohnehin in die Brüche gegangen und Sybil ihm schlicht und ergreifend egal gewesen.

Bis jetzt.

Wenn sie aber nun anfing, selbst seine Verlobte beeinflussen zu wollen, und diese gegen ihn aufbrachte, war er mit seiner Geduld am Ende.

»Sie ist eine angesehene …«, wagte sich Mary vor.

»Sie ist eine gewissenlose und gefährliche Frau«, unterbrach er sie streng. »Und wenn du dir dessen nicht bewusst bist, dann höre zumindest auf das, was ich sage. Ich kenne sie besser als du.«

Mary presste die Lippen aufeinander, blinzelte zornig, und nach einem oder zwei aufgebrachten Atemzügen raffte sie ihr Kleid und lief nach drinnen davon.

Na wunderbar. Ihr streitet euch schon am Tag eurer offiziellen Verlobung.

Wegen Rebecca, in Gottes Namen. Einer Frau, die dir inzwischen vollkommen gleichgültig sein sollte.

Von der Terrasse her warfen ihm seine Mutter, Eliza und Lady Grafton verwunderte Blicke zu. Als Lady Rosalind auch noch vorwurfsvoll die Lippen spitzte, hatte Henry endgültig genug und stapfte in Richtung seines Schreibzimmers davon.

Immerhin hatte er hier hoffentlich Ruhe vor den Damen des Hauses und ihren Befindlichkeiten.

Er trat zu der kleinen Etagere, die neben einem Globus auf einem Mahagoniständer stand, und goss sich ein Glas mit Brandy randvoll.

Vielleicht war das die beste Möglichkeit, diesen Tag zu überstehen. Er sollte sich betrinken. Das Glas in den Händen schlenderte er durch den Raum und blieb vor seinem

Sekretär stehen, wo sich bereits wieder Briefe stapelten, die er noch beantworten musste. Das meiste davon waren sicherlich Glückwünsche zur Verlobung. Darauf konnte er gerade wirklich verzichten …

Dann fiel sein Blick auf ein Buch, das halb zwischen einigen Papieren hervorragte, und er zog es heraus.

Es war die alte, zerfledderte Ausgabe von Shakespeares *Ein Sommernachtstraum*, die auf dem Maskenball letztes Jahr von dem Schuss aus Ashbrooks Waffe in Mitleidenschaft gezogen worden war.

Mit den Fingerspitzen fuhr er über das Einschussloch im Buchdeckel und die Fetzen des Ledereinbands.

Es war der Abend gewesen, an dem er Rebecca zum ersten Mal begegnet war, und bei der Erinnerung legte sich ein bleiernes Gefühl über ihn.

Ein leises Klopfen an der Tür riss ihn aus seinen Gedanken. Er bat herein, und Eliza schlüpfte nach drinnen.

Das überraschte ihn nicht, denn es war nur eine Frage der Zeit gewesen, bis sie ihn auf die unangenehme Szene zwischen ihm und Mary ansprach.

Ihr Blick wanderte von seinem halb gefüllten Brandyglas zu dem Buch in seinen Händen, als sie neben ihn trat, und leise fragte sie: »Bist du sicher, dass du die richtige Entscheidung getroffen hast?«

Er antwortete nicht.

»Ich habe das Gefühl, du stehst völlig neben dir«, fuhr sie fort und hob bereits die Hand, um sie ihm mitfühlend auf den Arm zu legen. Schwungvoll drehte Henry sich zur Seite und entging damit ihrer Berührung, und er sah ganz genau, dass Eliza stutzte. Eine so abweisende Haltung war sie von ihm nicht gewohnt.

Gerade konnte er aber nicht anders.

»Ich stehe nicht neben mir, ich übernehme Verantwortung für mein Leben. Und das ist eben nicht immer schön. Um ehrlich zu sein, ist es eine Bürde, der ich jetzt einfach nicht mehr auskomme. Sagen wir es doch, wie es ist.«

Und das war furchtbar, fand Henry, denn im Moment fühlte es sich wirklich an, als säße er in einer Falle.

»Aber Verantwortung übernehmen heißt doch nicht gleich, dass es auch eine Bürde ist?«, erwiderte Eliza.

»Wenn du an meiner Stelle wärst schon.«

Dir wurde diese Bürde ja auch abgenommen, denn für das dynastische Fortbestehen bin schließlich ich verantwortlich. Deswegen bist du glücklich und ich nicht. Und das ist gut so.

»Ich weigere mich zu glauben, dass du deinem Schicksal so ausgeliefert bist. Und dass du gezwungen warst, dich für etwas zu entscheiden, das dir so offensichtlich widerstrebt.«

»Weil du naiv bist.«

»Weil ich nicht aufgebe.« Jetzt fasste sie ihn doch am Arm, hielt ihn fest und sah ihm in die Augen. »Ich weiß, was du für mich getan hast. Ich weiß, dass du Mutter dazu überredet hast, ihre Heiratspläne für mich zu begraben. Damit Miss Wentworth unter dem Deckmantel einer Gesellschafterin an meiner Seite leben kann. Ich habe es dir zu verdanken.« Etwas Kämpferisches hatte sich in ihre Augen geschlichen. »Aber glaube mir, selbst wenn du es nicht getan hättest, hätte ich andere Mittel und Wege gefunden, Catherine um mich herumzuhaben.«

Henry nickte grimmig. »Und was genau willst du mir damit sagen?«

»Noch hast du die Möglichkeit, das hier aufzuhalten.« Sie deutete nach draußen auf die Terrasse, wo sich Lady Grafton mit ihrer Mutter unterhielt. »Und das zu tun, was dein Herz dir rät.«

Ein unwilliger Laut entfuhr Henry. »Mein Herz hat schon vor Langem aufgehört, mir irgendetwas zu raten. Stattdessen hat mein Verstand das Ruder übernommen – auch wenn die meisten, inklusive unserer Mutter übrigens, mir diesen absprechen wollen. Und mein Verstand sagt mir, dass ich genau das Richtige tue.«

»Was du tust, ist feige«, warf Eliza ihm ungehalten vor, und es konnte sogar sein, dass Henry ganz kurz der Mund offen stehen blieb.

»Wie bitte?«

»Du tust einfach nur das, was du kennst. Zuerst hurst du dich ein Jahrzehnt durch Londons Betten, so wie es unser Vater immer gemacht hat …«

»Eliza«, unterbrach Henry sie drohend. Nein, eigentlich war er schockiert über ihre Wortwahl.

»Lass mich ausreden«, fuhr sie ihn an. »Und dann lässt du dich doch plötzlich auf eine standesgemäße Verlobung ein. Das passt überhaupt nicht zu dir! Mary Delmford passt nicht zu dir, nicht im Geringsten, aber du traust dich nicht, auszubrechen und dein Leben selbst zu gestalten. Du bist verdammt noch mal der Duke of Somerville! Du hast Macht und Einfluss, und trotzdem hältst du an alten Mustern fest, die unsere Eltern, Großeltern und

Urgroßeltern schon unglücklich gemacht haben«, schloss Eliza.

Henry stierte sie an und wandte sich dann abrupt ab, denn er spürte, wie Wut in ihm aufstieg. »Du bist wirklich nicht in der Position, darüber zu urteilen«, sagte er dann. Es stand ihr nicht zu, seine Entscheidungen zu hinterfragen. Er tat es bei ihren ja schließlich auch nicht. Ganz im Gegenteil: Er half ihr und unterstützte sie bei ihren Wünschen.

»Was ist zwischen dir und Mrs. Seagrave nur vorgefallen?«, fragte sie leise und wieder ganz sanft. »Wieso willst du sie denn nicht?«

»Ich? Sie nicht wollen?«, schrie Henry ihr ins Gesicht. »Sie hat meinen Antrag abgelehnt und mich aus ihrem Zimmer geworfen, das ist passiert!«

Ein kleines bisschen genoss er den Schrecken, der sich bei dieser Antwort auf Elizas Züge legte.

»Und das nächste Mal, wenn du denkst, mich mit wohlmeinenden Ratschlägen und deiner unendlichen Lebenserfahrung beglücken zu müssen … lass es lieber«, sagte er barsch und ließ sie alleine in seinem Schreibzimmer stehen.

51.

Wie von selbst glitt Rebeccas Hand zu ihrem Dekolleté, während sie in der Abenddämmerung die Milsom Street entlanglief. Unter dem feinen Seidenstoff ihres Kleides konnte sie die Kanten des klein gefalteten Briefs ertasten, den sie bei sich trug. Drei Anläufe hatte sie gebraucht, bis sie damit zufrieden gewesen war. Einmal war ihr die Schrift zu zittrig vorgekommen, und dann hatte sie sich tatsächlich verschrieben, dabei waren es doch nur ein paar Sätze. Trotzdem waren sie ihr schwergefallen.

Sie hatte heute wieder ihr Lieblingskleid angezogen, das aus der dunkelroten Seide. Dazu trug sie schwarze Spitzenhandschuhe und ihre Ohrringe und die Halskette mit den Rubinen. Darin fühlte sie sich wohl und selbstbewusst, und sie brauchte für heute Abend so dringend etwas, das ihr Sicherheit gab.

Während sie die Straße entlanglief, spürte sie haargenau, wie Passanten ihr auffällige Blicke zuwarfen. Sie bildete sich sogar ein, das eine oder andere geflüsterte Wort zu hören, als sie an einigen Herrschaften vorbeiging. Trotzdem grüßte sie sie mit stoischer Miene und einem Kopfnicken.

Obwohl die Geschäfte um diese Uhrzeit bereits geschlossen hatten, war noch einiges los. Überall leuchtete es im dämmrigen Abendlicht, an den Straßenecken spielten Musikanten, und der Weg bis zur Pulteney Bridge war gesäumt von Buden, die Leckereien und Getränke anboten. Der feine Duft von herzhaften Pies, gewürztem Wein und frisch gebackenen Waffeln wehte zu Rebecca herüber, während sie den Gehsteig entlangspazierte. An den meisten Häuserfronten, an denen sie vorüberkam, waren farbige Laternen angebracht, und über vielen Eingangstüren hingen bunte Papiergirlanden. Wirkliche Kunstwerke konnte man aber innerhalb der Fenster entdecken. Dort waren mit durchscheinenden Farben Bilder auf dünnes Papier oder auch Glasscheiben gemalt. Lustige Szenen mit Figuren, Tieren und Naturdarstellungen, die von hinten beleuchtet waren und jedes Fenster erstrahlen ließen. In manchen waren auch Kronen aus Silberpapier angebracht, die im Kerzenschein schimmerten und funkelten.

Die Stimmung auf den Straßen war ausgelassen, die ganze Stadt feierte, und natürlich waren Rebeccas Freunde schon längst in den Sydney Gardens und vergnügten sich. Auch Rebecca war auf dem Weg dorthin und würde sich zu ihnen gesellen.

Nachdem sie *die Sache* erledigt hatte.

Obwohl Rebecca gerade im Moment alles andere lieber täte. Aber sie hatte Isabella und Betty hoch und heilig versprochen, dass sie es tun würde. Und sie hatten ja recht.

Je näher sie allerdings der Parkanlage kam, desto nervöser wurde sie.

Erst vor wenigen Monaten waren die Sydney Gardens eröffnet worden, und sie standen der Pracht und Extravaganz der berühmten Pleasure Gardens in London in nichts nach.

Nahe des Eingangs befand sich der Pavillon mit dem großen Banqueting Room, zu dem heute ausschließlich die geladenen Gäste des Königs Zutritt hatten. Die gesamte Front des weiß getünchten Gebäudes war mit Dutzenden bunten Lampions geschmückt, die im dämmrigen Abendlicht strahlten. Im hinteren Teil des Parks gab es einen kleinen Wasserfall, eine einsame Grotte, einen Irrgarten und eine Schaukel. Um zehn Uhr würde die Gala beginnen, hatte Rebecca im *Bath Chronicle* nachgelesen, und um Mitternacht mit einem Feuerwerk kulminieren. Zuvor würden die Gäste die laue Sommernacht in den Gardens genießen, spazieren, tanzen und sich vergnügen. Wer das Eintrittsgeld bezahlen konnte, durfte zumindest den Park betreten und sich draußen im Grünen unter die Besucher der Grand Gala mischen.

Rebecca positionierte sich direkt am Pavillon, genau dort, wo die geladenen Gäste das Gebäude betraten und wieder verließen, wenn sie frische Luft schnappen wollten.

Und es dauerte nicht lange, bis sie Eliza Langford in Begleitung einer jungen Dame ausmachen konnte. Das musste Miss Wentworth sein. Eben hatten sie die Eingangstür passiert. Sie befanden sich noch im abgezäunten Bereich und machten auch keine Anstalten, weiter in den Park hineinzulaufen.

Deshalb versuchte Rebecca die beiden mit dezentem Winken auf sich aufmerksam zu machen, allerdings ohne Erfolg.

»Pst …«, machte Rebecca dann und kam sich reichlich blöd dabei vor. Einige der Gäste drehten irritiert die Köpfe zu ihr und sahen sie fragend an, aber Rebecca schüttelte den Kopf. Eine Dame ganz in Lila mit einer besonders auffälligen Frisur – sie hatte sich wirklich kleine lilafarbene Papierschmetterlinge in ihr Haar gesteckt – schnalzte missbilligend mit der Zunge.

»Miss Langford«, versuchte Rebecca es erneut. Sie und Miss Wentworth lachten über irgendetwas, hielten sich die behandschuhten Hände vor den Mund und amüsierten sich prächtig. Bestimmt waren sie schon etwas angetrunken.

»Eliza«, rief Rebecca schließlich lauter, und zumindest ihre Begleiterin schien nun etwas gehört zu haben und sah sich suchend um. Rebecca winkte verhalten, und endlich hatte auch Miss Langford sie gesehen.

»Rebecca«, sagte sie überrascht, raffte ihr blütenweißes Kleid und kam eilig auf sie zu. »Sie sind ja auch hier!«

Kunststück, ich wohne in dieser Stadt. Auch Elizas Begleiterin hatte nun zu ihnen aufgeschlossen.

»Darf ich vorstellen, das ist Miss Catherine Wentworth, meine Gesellschafterin.« Jetzt wandte sie sich an ihre Begleiterin. »Mrs. Rebecca Seagrave, die Besitzerin des White Lion und …«

»Nicht so wichtig«, unterbrach Rebecca sie verlegen. Sie wollte lieber nicht hören, welche weitere Bezeichnung Eliza ihr gab, auch wenn sie ihr noch wohlgesonnen schien.

»Ah«, machte Miss Wentworth dann aber trotzdem, als erinnere sie sich.

»Können Sie mir einen Gefallen tun?«, fragte Rebecca schnell. »Es ist wirklich wichtig.«

Eliza bekam große Augen und nickte.

Rebecca nestelte an ihrem Ausschnitt und förderte den kleinen Brief zutage. »Der ist für …«

Noch ehe Rebecca den Namen aussprechen konnte, nickte Eliza. »Ja, verstanden.«

»Unauffällig, wenn es geht. Und es eilt«, sagte Rebecca noch. Elizas Blick blieb prüfend auf ihr hängen, als versuche sie herauszufinden, worum es in dem Brief ging, aber Rebecca schüttelte nur den Kopf und schluckte, weil sie schon wieder diesen Kloß im Hals spürte.

»Ich suche ihn sofort«, sagte Eliza und lief davon.

Bevor Miss Wentworth ihr folgte, legte sie die Hand auf Rebeccas Unterarm und sah ihr in die Augen. Leicht, aber bestimmt drückte sie zu. Miss Wentworth wollte ihr Mut machen und Zuspruch geben, erkannte Rebecca, und jetzt kämpfte sie wirklich mit den Tränen.

Ein paar Sekunden später folgte sie ihrer Begleiterin nach drinnen.

Die Uhr schlug neun, in einer Stunde etwa wäre der Einzug in den Banqueting Room und die Bekanntgabe von Henrys Verlobung.

Das, was sie vorhatte, musste sie vorher erledigt haben.

Sie drehte sich weg, lehnte sich gegen einen der dünnen Baumstämme und hielt sich die Hand auf den Bauch, denn allein bei dem Gedanken an das, was nun folgen würde, hämmerte ihr Herz so stark, dass ihr ganz schwindelig wurde.

Aus dem Augenwinkel sah sie eine Bewegung am Pavillon, jemand verließ das Gebäude. Es war Henry, der die Treppen herunterlief und sich etwas abseits stellte. Er sah atemberaubend aus in dem mitternachtsblauen bestickten Frack und der glitzernden Weste, die seine athletische

Figur perfekt zur Geltung brachten. Toms Näherinnen hatten wirklich ganze Arbeit geleistet. Trotzdem war ihm die Anspannung anzusehen, unter der er stand.

Hastig blickte er sich um und faltete den Zettel in seiner Hand auf. Rebecca war sich nicht sicher, ob er ihre Handschrift erkannte. Sie hatte nicht mit ihrem Namen unterschrieben, weil sie sich viel zu sehr davor fürchtete, dass er zu dem Gespräch, um das sie ihn darin bat, einfach nicht erscheinen würde. Er las mit konzentrierter Miene, Rebecca konnte sehen, dass sich seine Brust unter heftigen Atemzügen hob und senkte, und dann knüllte er den Zettel in seiner Hand und starrte nach oben in den dämmrigen Abendhimmel.

Sie erkannte ganz genau, dass seine Kiefer mahlten.

Er wusste, wer die Nachricht geschrieben hatte.

Und er würde nicht kommen.

Rebecca wandte sich ab.

Das macht nichts, redete sie sich ein. *Du gehst hin und wartest auf ihn und hast damit deine Schuldigkeit getan. Dann wirst du dir nichts vorzuwerfen haben.*

Ohne abzuwarten, was Henry nun tat, machte sie sich auf den Weg zu dem vorgeschlagenen Treffpunkt. Sie entschied sich, ein paar kleinere, verschlungene Pfade zur Grotte zu nehmen, die sich ganz hinten, am Ende der Sydney Gardens, befand. Das war zwar ein kleiner Umweg, aber sie wollte nicht gesehen werden. Sowieso befand sich der hintere Teil des Parks noch im Bau und war nicht für die Öffentlichkeit zugänglich. Deshalb eignete er sich auch so gut, um unbehelligt ein Gespräch zu führen.

Sie zwängte sich an der hölzernen Absperrung vorbei und passierte einige Schubkarren mit Schaufeln und Harken und einen Stapel an Holzbalken.

Als sie sich der Grotte näherte, war Henry schon dort.

Er war also doch gekommen, obwohl sie gar nicht damit gerechnet hatte.

Sie hielt inne, als sie seine Silhouette vor dem dunklen Tuffstein stehen sah, und das Herz wummerte ihr so wild und hart in der Brust, dass es wehtat. Wie viel hielt ein Herz eigentlich aus, bevor es seinen Dienst aufgab?

Er musste das Geräusch ihrer Sohlen auf dem Kies wahrgenommen haben, denn er drehte sich rasch zu ihr um.

»Henry.« Während sie näher kam, holte sie tief Luft, um ihre Nervosität in Schach zu halten.

Mit versteinerter Miene und ohne sie zu grüßen sah er ihr entgegen. Er verabscheute sie. Seine ablehnende Körperhaltung und sein Schweigen machten es nur zu deutlich. Und die Erkenntnis fühlte sich für Rebecca an wie ein Schwelbrand, der sich schmerzhaft und langsam von ihrem Herzen durch ihren gesamten Körper fraß.

Es ist doch kein Wunder, dass er nichts mehr für dich übrighat, so, wie du ihn behandelt hast.

Natürlich war ihr das schon vor ihrem Treffen klar gewesen. Doch jetzt, da er plötzlich vor ihr stand, nur wenige Armlängen entfernt, aber dennoch völlig unerreichbar, brachte sie das an den Rand des Zusammenbruchs.

Vor allem, weil sie wusste, was sie ihm nun mitteilen musste.

Das Mondlicht ergoss sich silbrig über seine harten Züge, und sie bewunderte die kühle, beinahe überirdische Schönheit, die dieser Mann selbst in seiner Abneigung noch ausstrahlte.

Er hob die Hand, in der er ihren kurzen Brief hielt. »Du wolltest mich sprechen?«

Seine Stimme war tief und rau, und obwohl sie so distanziert klang, brachte sie etwas in Rebecca zum Schwingen. Eine Sehnsucht und eine Begierde, die es ihr schwer machten, einen klaren Kopf zu bewahren. Und den brauchte sie so sehr für dieses Gespräch.

»Ja«, erwiderte sie mit brüchiger Stimme, hielt sich die flache Hand auf ihre Brust und nahm sich ein paar Atemzüge Zeit, um sich zu sammeln. Es fiel ihr schwer. All das fiel ihr so unglaublich schwer, und das schien auch Henry zu merken.

Etwas an ihm veränderte sich. Zwar betrachtete er sie noch immer mit einer geradezu unerträglichen Gelassenheit im Gesicht, aber er war ihr jetzt ganz zugewandt und seine Hand zuckte, als wolle er sie zu ihr ausstrecken. Rebecca hatte sogar den Eindruck, er müsste sich zu seiner Abweisung zwingen.

»Du siehst müde aus«, sagte er schließlich. War es Sorge, die sie aus seiner Stimme hörte?

Vielleicht hasste er sie doch nicht so sehr und hatte noch irgendwo, tief in seinem Herzen, einen …

Hör auf damit, unterbrach sie sich.

Sie hatte sich vorgenommen, ihn über ihre Schwangerschaft zu unterrichten. Er hatte ein Anrecht darauf,

Bescheid zu wissen, bevor er sich verlobte. Damit er seiner zukünftigen Ehefrau gegenüber ehrlich sein konnte. Außerdem wusste Rebecca nicht, ob sie später, wenn er verheiratet war, noch den Mut aufbringen könnte, es ihm zu sagen. Sie würde die ganze Angelegenheit kurz und schmerzlos hinter sich bringen, und dann würden sie ein für alle Mal getrennte Wege gehen.

Was sie ganz sicher *nicht* tun würde, war, sich von seinem Anblick einlullen zu lassen und schwach zu werden und ihm am Ende noch zu gestehen, wie sehr sie ihre Entscheidung in Woolhampton bereute.

Deshalb durfte er nun auch nicht freundlich werden, sich ihr zuwenden und ihr vielleicht noch näher kommen. Das würde sie nicht aushalten. Sie würde innerlich zerbrechen, und das durfte sie nicht. Nicht jetzt und nicht hier. Vielleicht würde sie es sich später erlauben, wenn sie zurück im White Lion war und alleine in ihrem Salon saß.

Sie schüttelte daher nur leicht, aber unmissverständlich den Kopf und sagte: »Es gibt etwas, das du wissen solltest.«

Das heftige Pochen ihres Herzens dröhnte in ihren Ohren, und sie wollte es gar nicht, aber sie spürte, wie Tränen in ihr nach oben stiegen. Sie schloss die Augen. Weil es dann leichter war, zu reden. Weil sie dann nicht sehen würde, wie sich seine ungerührte Miene in Verachtung verwandelte.

Wieder zögerte sie und schluckte.

Sag es ihm jetzt einfach.

Tief atmete sie ein. »Ich erwarte ein Kind von dir.«

Keine Reaktion. Sie hörte nichts, sie wusste noch nicht einmal, ob er überhaupt noch vor ihr stand, und deswegen sprach sie schnell weiter.

»Meine Ehe mit Robert war kinderlos geblieben, und der Arzt sagte damals, es läge an mir. Ich sei unfruchtbar, und deshalb hatte ich während unseres Verhältnisses auch keine Bedenken, dass ich schwanger werden könnte. Offenbar stimmte es nicht, was der Arzt damals gesagt hatte.«

Und ich habe dir, ohne es zu wollen, ein uneheliches Kind untergeschoben. Einen Bastard.

Sie schlug die Augen wieder auf.

Er starrte sie an, er fixierte sie richtiggehend, die Hände an beiden Seiten zu Fäusten geballt, und sein Blick brannte. Und sie hatte das Gefühl, das Feuer darin griff auch auf ihre Seele über.

Er war wütend, Rebecca spürte es und sah es auch, aber sie hielt den Rücken aufrecht und versuchte erhobenen Hauptes, seinem Blick standzuhalten.

»Ich weiß, welch Gräuel dir Bastarde sind, deshalb werde ich dich niemals mit diesem Kind behelligen. Niemand wird erfahren, wer der Vater des Kindes ist, und es wird auch deine Ehe mit Miss Delmford nicht überschatten. Ich möchte dich nur bitten, deine Besuche in Bath auf das Nötigste zu beschränken.«

Noch immer stand er völlig reglos da und sah sie an. Sie hatte Angst gehabt vor seiner Reaktion, definitiv. Denn die Chance bestand wirklich, dass er sich an ihr würde rächen wollen, jetzt, da sie in einer Position der Schwäche vor ihm stand. Dafür, wie sie ihn in Woolhampton behandelt hatte. Dass sie ihn beleidigt und so grob zurückgewiesen hatte.

»Seit wann weißt du es?«, fragte er barsch.

Seine Worte taten weh. Obwohl sich Rebecca fast gewünscht hatte, dass er abweisend reagierte, weil es für sie damit so viel leichter war, mit der ganzen Sache abzuschließen und ihn zu vergessen.

»Wirklich sicher konnte ich erst seit ein paar Tagen sein. Ich habe es dir nicht absichtlich vorenthalten. Und auch wenn du es mir jetzt vielleicht nicht glauben wirst, ich habe das getan, von dem ich glaubte, es sei in deinem und meinem Interesse.«

Sie fragte sich, ob er genau das schon einmal erlebt hatte und deswegen so abgeklärt reagierte. Er war bekannt für seine Liebschaften. Bestimmt war sie nicht die einzige Frau, die ihm ein uneheliches Kind schenkte. Obwohl dieser Impuls vollkommen lächerlich war, versetzte ihr der Gedanke, er könne mit einer oder gleich mehreren anderen Frauen Kinder haben, einen Stich.

Noch immer sagte er nichts, deshalb sprach Rebecca weiter: »Du musst auch gar nichts antworten. Ich wollte nur, dass du es weißt, bevor du …«

»Ich verstehe«, sagte er schnell.

Seine Reaktion half ihr. Zwar hatte sie das Gefühl, dass etwas in ihm brodelte, aber er hielt sich zurück.

Auf diese Weise würde auch sie ihre Beherrschung nicht verlieren.

Sie weinte nicht, obwohl ihr innerlich zum Heulen zumute war. Das Herzklopfen, als sie ihn vorhin gesehen hatte, und das Aufflackern von Hoffnung in ihrer Brust, als er auf sie reagiert hatte, waren etwas Dunklem, Schwerem und Endgültigem gewichen.

Weil es vorbei war.

Sie hatte ihn über ihre Umstände aufgeklärt, und endlich konnte sie nach vorne schauen.

Sie würde sich von ihm verabschieden, und sie und ihr Kind würden ihr Leben ohne ihn weiterleben.

Die Wahrheit hast du ihm trotzdem vorenthalten.

Dass sie ihn liebte, dass sie ihn damals nur abgewiesen hatte, weil sie meinte, keine Kinder bekommen zu können. Dass sie ihn dafür um Verzeihung bitten musste und nicht wollte, dass er sich heute verlobte. Dass sie in diesem Moment das Gefühl hatte, ihr Herz zerbreche in tausend Stücke, weil er so unnahbar und unerreichbar für sie war.

Der Drang in ihr, all das herauszulassen, war mächtig. Aber sie riss sich zusammen, denn Henry hatte sich entschieden. Außer Wut und Enttäuschung empfand er nichts mehr für sie, das war offensichtlich. Jedes weitere Wort zwischen ihnen wäre sinnlos.

»Leb wohl, Henry«, sagte sie und wusste nicht, wie sie es schaffte, einen Fuß vor den anderen zu setzen und ihn alleine bei der Grotte stehen zu lassen.

Doch es ging. Mit mechanischen Bewegungen lief sie den Weg entlang, und Henry verschwand hinter ihr in der Dunkelheit des Parks. Genauso, wie er aus ihrem Leben verschwinden würde. Für immer.

52.

Ein Weilchen stand Henry noch wie erstarrt neben der Grotte. Die Flut an widersprüchlichen Gefühlen, die durch seinen Körper gerauscht war, als Rebecca ihm gerade von ihrer Schwangerschaft erzählt hatte, überforderte ihn.

Also hatte er genau so reagiert, wie er es von klein auf gelernt hatte. Mit undurchdringlicher, kontrollierter Miene und ohne seine Gefühle zu offenbaren.

Sie bekommt ein Kind von dir.

Langsam, ganz langsam breitete sich die Erkenntnis in ihm aus, und ein seltsames Gefühl entfaltete sich hinter seinem Brustbein. Etwas Warmes, ganz Zärtliches und Hoffnungsvolles. Wie eine Knospe, die sich im Frühling unter den Sonnenstrahlen öffnete.

Dein Kind.

Mit jedem Herzschlag wurde die Empfindung stärker. Sie war erhebend, fast berauschend, fand Henry. Aber dann traf ihn die bittere Erkenntnis: Er ging mit einem Bastard in seine Ehe.

Eine Ehe, die er eigentlich gar nicht wollte, zumindest sein Herz wollte sie nicht. Eliza hatte ihm sowieso schon vorgeworfen, dass er sehenden Auges das Schicksal seiner Eltern und Großeltern wiederholte. Obwohl er doch aus ihren Fehlern hätte lernen können und sein ganzes bisheriges Leben darauf ausgerichtet hatte, nie so zu werden.

Henry lachte bitter. Nun, ihr Vorwurf hatte gerade eine weitere, erstaunliche Facette bekommen.

Irgendwo in seinem Kopf war wohl ein letzter Rest Vernunft übrig geblieben, der ihm sagte, dass er zurück zum Pavillon musste. Widerwillig setze Henry sich also in Bewegung, ließ die Grotte und den kleinen Bach, der daran vorbeifloss, hinter sich und bog auf den Hauptweg zurück. Dort spendeten bunte Lampions am Wegesrand Licht, und vereinzelte Besucherpaare spazierten entlang und unterhielten sich leise. Vermutlich waren sie auf der Suche nach einem ruhigen, abgeschiedenen Plätzchen. Keiner schenkte Henry Beachtung, worüber er ziemlich froh war, denn im Moment wusste er nicht, ob er den Tumult, der in seinem Inneren herrschte, noch aus seinen Zügen verbannen konnte.

Ich habe das getan, von dem ich glaubte, es sei in deinem und meinem Interesse. Rebeccas Worte hallten ihm noch in den Ohren.

Abrupt blieb er stehen.

Sie hatte seinen Antrag nicht abgelehnt, weil sie ihn verachtete, so wie sie behauptet hatte. Sie hatte es getan, weil sie seine Zukunft im Blick gehabt hatte. Sie hatte gedacht, sie könnte ihm keine Erben schenken, obwohl Kinder zu bekommen die wohl wichtigste Aufgabe für sie als Duchess an seiner Seite gewesen wäre.

Er stöhnte und rieb sich mit beiden Händen über das Gesicht.

Damals hatte sie mit ihrer Entscheidung sich und Henry schützen wollen. Wobei sie das gar nicht gemusst hätte, wie sich nun herausgestellt hatte, denn sie war ja doch schwanger geworden. Welch Ironie des Schicksals.

Am Ende des Weges erstrahlte der Pavillon hell und weithin sichtbar, und erst jetzt bemerkte Henry im Gegenlicht die Gestalt, die auf ihn zugeeilt kam.

»Wo in Gottes Namen bleibst du?«, fuhr seine Mutter ihn schon von Weitem an, während sie ihr breites tiefgrünes Taftkleid mit beiden Händen anhob, um schneller laufen zu können. Einige der Spaziergänger wandten die Köpfe zu ihnen, dann war die Dowager Duchess schon bei ihm, fasste ihn am Arm und zog ihn mit sich etwas abseits in den Schatten einiger Sträucher.

»Ich wollte frische Luft schnappen«, verteidigte sich Henry.

»Du lügst.«

Er blinzelte. Sie hatte recht, und gerade im Moment hatte er auch keine Lust mehr, seiner Mutter etwas vorzuspielen. »Rebecca Seagrave hat mich um ein Gespräch gebeten.«

Schlagartig wurde der Griff seiner Mutter um seinen Arm fester. »Was hast du noch mit dieser … Dame zu schaffen?«, fragte sie scharf. Die Art, wie sie das Wort *Dame* aussprach, ließ keinen Zweifel daran, wofür sie Rebecca wirklich hielt. »Am Abend deiner Verlobung lässt du deine Zukünftige auf der großen Gala alleine und triffst dich mit deiner Mätresse?«

»Wir haben uns nur unterhalten, Mama«, erwiderte Henry, so ruhig er konnte.

»Wenn du deine Ehefrau schon betrügen musst, dann tue es in Gottes Namen so, dass es keiner mitbekommt«, zischte sie, und Henry hatte das Gefühl, dass es nicht nur sein Verhalten war, das seine Mutter so in Rage brachte, sondern dass es auch Erinnerungen an ihre eigene Ehe waren, die sie gerade wieder heimsuchten.

»Noch ist Mary nicht meine Ehefrau, und Mrs. Seagrave ist auch nicht mehr meine Geliebte«, konterte Henry. Warum sagte er das jetzt? Weil er sich selbst beweisen wollte, dass sie es nicht war?

»Es ist mir egal, was diese Frau für dich ist. Du gehst auf der Stelle zurück in den Pavillon und verhältst dich zumindest ein einziges Mal so, wie es sich gehört. Wie deine Verlobte und ich es zu Recht von dir erwarten. Und die gesamte heute anwesende Gesellschaft ebenfalls.«

Was hatte er eigentlich an sich, dass alle plötzlich an seinem Verhalten Anstoß fanden? Seine Schwester, weil er sich dem gesellschaftlichen Druck fügte, seine Mutter, weil er genau das nicht tat, und die Frau, die ein Kind von ihm erwartete, weil er ihr einen Heiratsantrag gemacht hatte? Egal, was er tat, irgendjemand warf es ihm immer vor.

»Darum geht es dir also? Dich stört, was die heute anwesende Gesellschaft von mir denkt? Ich pfeife auf das, was diese Leute von mir halten, und das solltest du inzwischen auch wissen.«

Sie hatte ihn losgelassen und stand nun kerzengerade vor ihm.

»Nein, das tust du nicht«, widersprach sie ihm und bedachte ihn mit einem eiskalten Blick. »Die Möglichkeit, frei zu entscheiden, was du tun und lassen möchtest, hast du dir bereits vor einiger Zeit verbaut. Durch dein eigenes Verhalten.«

»Habe ich das wohl?«

»Das Gerücht, du seist ein möglicher Revolutionär, ein Feind der Krone, ist noch immer nicht aus der Welt. Es brodelt weiter, und auch der Ausschuss, der im Unterhaus über dich und andere Verdächtige ins Leben gerufen wurde, steht noch immer im Raum. Mittlerweile haben die Gerüchte über deine zweifelhaften Allianzen auch den Königshof erreicht, und du wirst heute Abend deine Loyalität und Gefolgschaft vor dem König zeigen. Du wirst deinen Titel und deine Familie repräsentieren und vor der Königsfamilie einen demütigen Kniefall zeigen, genau so, wie es von dir erwartet wird. Außerdem wirst du deine Verlobung mit der Tochter eines königstreuen Adeligen bekannt geben. Genau deshalb machen wir dieses ganze Brimborium hier in Bath doch überhaupt!«

Henry antwortete nichts, denn das bedrückende, aussichtslose Gefühl, das sich bei den Worten seiner Mutter in seiner Brust eingenistet hatte, wurde immer stärker.

»Es geht hier nicht mehr nur um dich und deine Befindlichkeiten, Henry! Es geht um deine Existenz und die deiner Schwestern. Möchtest du, dass unsere Besitztümer beschlagnahmt werden? Dass wir auf den Kontinent ins Exil gehen, wo Krieg herrscht und die Köpfe des Hochadels rollen? Möchtest du, dass deine Schwestern in Armut und Not leben müssen und ihr Leben zerstört wird, weil du deine eigenen Wünsche mal wieder über das Wohl von allen anderen stellst?«

Er wandte sich ihr zu, sah sie an, und er wusste nicht, was ihn ritt, aber er sagte: »Sie bekommt ein Kind von mir, Mama. Rebecca Seagrave bekommt ein Kind.«

Ein eigenartiges Funkeln trat in die Augen seiner Mutter. Schmerz und Wut, und etwas, was er die letzten Jahre über ganz selten in ihrem Gesicht gesehen hatte, spiegelten sich darin: Enttäuschung. Und die traf Henry.

»Es war wohl nur eine Frage der Zeit, bis du in die Fußstapfen deines Vaters trittst«, sagte sie leise.

Henry schüttelte nur den Kopf. Gerade war er nicht in der Lage, irgendetwas zu erwidern, denn seine Mutter hätte gar nichts Schlimmeres sagen können.

Lady Rosalind schloss die Augen, atmete tief ein und aus, als müsste sie selbst an sich halten. »Wie dem auch sei, heute Abend vor dem König kannst du dir keinen Fauxpas mehr leisten«, sagte sie dann. »Geh jetzt nach drinnen und tu deine Pflicht. Deine Existenz steht auf dem Spiel, Henry. Und entschuldige dich um Himmels willen bei Mary für deine Abwesenheit. Das war etwas, was dein Vater nie gemacht hat«, hörte Henry noch, als er bereits losgelaufen war.

+++

Mary sagte nichts, als er sich neben ihr in der Schlange vor dem Banqueting Room einreihte. Aber Henry hörte, dass sie erleichtert ausatmete.

Sie befanden sich im Flur vor dem lang gezogenen Saal, an dessen Ende, erhöht auf seinem Thron, King George und seine Gemahlin saßen. Nach und nach würden nun Paare der Gesellschaft angekündigt und hereingeführt werden. Die Seiten des Saals waren bereits gut gefüllt mit Mitgliedern des Adels, der Society und natürlich auch jeder

Menge Journalisten, die ganz genau aufpassten, was gesagt und welche Kleidung getragen wurde und wer sich mit wem unterhielt.

Mary trug ein hochtailliertes weißes Kleid mit Perlenstickerei, seidene Handschuhe, die ihr bis über den Ellenbogen reichten, und in ihre hellbraunen Haare waren ebenfalls Perlen eingeflochten. Sie hatte sich für ihren großen Auftritt herausgeputzt, und sie sah auch wirklich schön aus. Und während sie neben ihm wartete und er sie von der Seite betrachtete, meldete sich immer dringender ein Gefühl in seiner Brust.

Er hatte verstanden, was seine Mutter ihm gesagt hatte. Er trug Verantwortung. Für sich selbst und auch für seine Schwestern, und der musste er nun nachkommen.

Deswegen stand er jetzt hier, neben Mary, und hielt ihre Hand.

Doch alles daran fühlte sich falsch an.

Sein Herz raste und sein Mund war ganz trocken, und er kam sich vor, als stünde er neben sich und beobachtete sich selbst bei dem, was er gerade tat.

Die Vorhänge vor dem großen Eingangsportal waren geschlossen und wurden für jedes Paar, das den Raum betrat, zur Seite geschoben.

Noch drei Paare standen vor ihnen, die sich vor dem König präsentieren würden.

Jedes Mal, wenn die schweren roten Brokatvorhänge erneut zur Seite geschoben wurden, drangen Stimmen und Musik zu ihnen. Henrys Griff um die Finger seiner Zukünftigen wurde fester, und Mary lächelte ihn nervös an.

Noch zwei Paare.

Gleich würde er mit seiner Verlobten gemessenen Schrittes in den Banqueting Room einziehen. Sie würden gemeinsam vor den König treten, und dann würde seine Verlobung vor den Augen aller Anwesenden verkündet werden.

Er würde niederknien, den Kopf senken und damit seine Gefolgschaft zeigen.

Er wusste, dass vielleicht ihrer aller Existenz davon abhing.

Davon, dass er jetzt das Richtige tat.

Das Paar vor ihnen betrat den Saal, die Vorhänge fielen ein letztes Mal nach unten, und er spürte den kühlen Luftzug von der Bewegung im Gesicht.

Seine Finger zuckten, denn sein Widerwille wurde immer stärker. Eine Stimme verkündete die Namen des Paares vor ihm.

Er wollte das hier alles nicht. Er wollte Rebecca. Er wollte ihr gemeinsames Kind. Aber es war zu spät. Alle Anwesenden warteten auf den Auftritt des Duke of Somerville und seiner Zukünftigen. Wenn er nicht erschien, wäre es ein Eklat von einem Ausmaß, vor dem ihm selbst seine gehobene Stellung keinen Schutz mehr bot. Möglicherweise wäre es sogar der Untergang seiner Familie, genau wie seine Mutter es prophezeit hatte.

Die zwei Diener legten ihre Hände auf die Kordeln des Vorhangs. Gleich würden sie ihn öffnen.

Er hatte keine Wahl mehr. Er musste diesen Raum betreten.

Oder?

53.

Rebecca stand auf der Wiese vor dem Crescent und schaute über die Stadt, die wie ein Lichtermeer vor ihr lag. Die vielen beleuchteten Lampions und Fenster ließen sie erstrahlen und legten einen warmen Orangeton über den Horizont, der nur allmählich in die dunkleren Schattierungen des Nachthimmels überging. Es war ein wunderschöner Anblick.

Aber dennoch weinte Rebecca.

Dabei war es doch längst vorbei. Es war weit nach zehn Uhr. Henry hatte seine Verlobung bekannt gegeben, die High Society hatte ihm sicherlich applaudiert und ihn beglückwünscht, und vermutlich verschwendete er keinen Gedanken mehr an ihr unangenehmes Geständnis.

Sie erlaubte sich zu trauern. Sie vergoss Tränen um den Mann, den sie liebte, der aber nichts mehr als Zorn und Abscheu für sie übrighatte. Weil sie unehrlich gewesen war und sich von ihren Ängsten und ihrer Scham hatte leiten lassen, hatte sie ihn für immer verloren.

Es würde trotzdem alles gut werden, redete sie sich ein und legte eine Hand auf ihren Bauch, der unter ihrem Seidenkleid schon spürbar gegen ihre Schnürung drückte. Lange würde sie die nicht mehr tragen können, dann musste sie sich eine neue anfertigen lassen, die ihrem Bauch erlaubte, zu wachsen.

Sie würde ein oder zwei Grundstücke verkaufen, vielleicht sogar das Sommerhaus ihres verstorbenen Mannes, denn das würde sie für geraume Zeit liquide machen. Und ihre politischen Ambitionen legte sie erst einmal auf Eis.

Das bedeutete ja nicht, dass sie sie für immer begraben musste. Wenn sie nicht an den Wahlen nächstes Jahr teilnehmen und einen Kandidaten ins Unterhaus bringen konnte, dann eben in sieben Jahren, in der Wahl darauf.

Ihre Aufgabe war es nun, auf sich selbst aufzupassen – und auf das Kind. Das war das Einzige, was jetzt für sie zählte.

Aber es tat weh. Der Gedanke, dass Henry verlobt war, dass er einer anderen gehörte, tat so unfassbar weh, dass es sich in ihrem Brustkorb anfühlte, als hätte sie Glassplitter geschluckt.

Sie ließ einen lauten Schluchzer los, und ihre Schultern zuckten, als sie ein neuer Heulkrampf überkam.

»Rebecca«, hörte sie eine tiefe Stimme hinter sich.

Reglos verharrte sie und traute sich nicht einmal, sich umzublicken. Sie musste sich verhört haben. Sie musste Halluzinationen haben. Ihr Geist, der vollkommen erfüllt war von ihrem Schmerz, machte ihr etwas vor.

Sie vernahm Schritte im Gras, und jetzt schaute sie doch und musste sich die Tränen aus den Augen blinzeln, damit sie überhaupt etwas erkennen konnte.

Hinter ihr stand Henry.

»Was tust du hier?«, fragte Rebecca völlig überrumpelt.

Ein Lächeln spielte um seine Mundwinkel. Wieso lächelte er?

»Das Gleiche könnte ich dich fragen«, erwiderte er. Sein Lächeln wurde immer breiter und hallte in Rebeccas Körper und ihrem wummernden Herzschlag wider.

»Nachdenken«, antwortete sie fast tonlos, und langsam, ganz langsam sickerte eine Erkenntnis in ihr Bewusstsein.

Dasselbe habe ich damals gesagt, als wir uns vor dem Crescent begegnet sind.

Sein Blick wurde eindringlich und intensiv. »Gut, dann werden wir das nun gemeinsam tun.«

Rebecca erbebte bei seinen Worten. Seine Perücke trug er nicht mehr, auch seine Krawatte schien er irgendwann an diesem Abend abgelegt zu haben. Die oberen Knöpfe seiner Weste waren aufgeknöpft, der Hemdkragen stand weit offen.

Alles, wirklich alles erinnerte sie an ihre erste Begegnung vor ein paar Monaten. Und genauso wie damals war dieser Mann so attraktiv, dass sich bei seinem Anblick ihr Herz zusammenzog.

Trotzdem sah er verändert aus. Erleichtert kam er ihr vor, und befreiter, auch wenn sie gar nicht sagen konnte, wieso sie diesen Eindruck von ihm hatte. Vielleicht war es das Lächeln, das auf seinen Lippen lag? Oder der eigentümliche Glanz in seinen Augen?

»Solltest du nicht auf der Grand Gala bei deiner Verlobten sein?«, fragte Rebecca und ärgerte sich, dass ihre Stimme so stark zitterte.

Sein Blick war nach vorne über die Dächer der Stadt gerichtet. Er schwieg eine Weile, als würde er nachdenken.

Dann wandte er sich ihr zu. »Ich habe meine Verlobung mit Mary gelöst«, sagte er.

Ein Kribbeln erfasste Rebeccas Körper, das so stark wurde, dass sie einige Augenblicke lang Angst hatte, ihre Beine würden unter ihr nachgeben.

Er war nicht mehr verlobt.

+++

»Aber das geht doch gar nicht!« Der Schock, der sich so deutlich auf Rebeccas Gesicht abgezeichnet hatte, wich allmählich Ärger.

»Was geht nicht?«

»Du kannst doch eine Verlobung nicht so einfach lösen! Du hattest deinen Auftritt vor dem König, deine ganze Familie …«

»Ich bin nicht erschienen«, erklärte er schlicht.

Nun ja, ganz so einfach war das natürlich nicht. Kurz bevor sich der Vorhang für ihn und Mary erneut geöffnet hätte, vorhin am Eingang des Banqueting Room, hatte er sich entschieden. Er hatte seine Verlobte mit sich die Treppe heruntergezogen und vor den Pavillon hinausgebracht, denn er hatte sie nicht der Schmach und Schande aussetzen wollen, alleine vor den König treten zu müssen.

Er hatte ihr erklärt, dass er sie nicht heiraten könne, dass es vollkommen offensichtlich war, dass sie einander nur unglücklich machen würden, und zu seiner Überraschung hatte Mary nur genickt. Der Verdacht hatte ihn beschlichen, dass sie über seine Entscheidung sogar erleichtert war. Dann schien ihr aber doch gedämmert zu sein, was ihre gelöste Verlobung bedeutete und welchen Eklat Henry gerade herbeigeführt hatte, und sie hatte die Nerven verloren und ihn mit einer Mischung aus Tränen und Wut beschimpft. Wortreich hatte er sie um Verzeihung gebeten, aber seine ehemalige Verlobte hatte ihn nicht einmal mehr angesehen.

Glücklicherweise war Eliza zusammen mit Miss Wentworth ebenfalls nach draußen geeilt, sobald ihnen klar geworden war, dass er und Mary den Saal nicht betreten hatten. Er hatte seine Schwester gebeten, gemeinsam mit Mary nach Hause zu fahren.

»Bist du verrückt geworden?«, fragte Rebecca nun.

»Ganz im Gegenteil.« Er kam einen Schritt näher und bemerkte die Tränen, die ihr noch wie kleine Diamanten an den Wangen hingen, und ohne weiter darüber nachzudenken, streckte er seinen Arm nach ihr aus und wischte sie mit dem Daumen weg.

Sie hielt die Luft an, als seine Finger ihr Gesicht berührten, und sah ihm dabei forschend in die Augen. Als versuche sie herauszufinden, was diese kleine, vertraute Geste zwischen ihnen bedeutete.

»Aber damit hast du doch einen riesigen Skandal losgetreten.« Sie brachte wieder einen Schritt Abstand zwischen sie beide.

Er merkte, was sie machte. So, wie sie es immer machte, wenn es etwas gab, vor dem sie sich am liebsten verstecken würde, weil es ihre Gefühle und ihr Herz in Mitleidenschaft ziehen könnte.

Sie begann zu reden und zu argumentieren. Sie lenkte ab, um nur ja nicht über die eine Sache sprechen zu müssen, um die es eigentlich ging.

»Übermorgen wird es im *Morning Chronicle* einen großen Zeitungsbericht geben«, erklärte Henry. »Dort wird geschrieben stehen, dass ich, Henry Langford, Duke of Somerville, ab sofort den *Freunden von Mr. Pitt*, also den Tories, beitrete und mit der jahrhundertelangen Tradition meiner Familie und meiner Anhängerschaft für die oppositionellen Whigs brechen werde. Ab der nächsten Parlamentssaison werde ich im House of Lords die Interessen des Prime Ministers und des Königs vertreten.«

Er hatte beschlossen, seine politische Lethargie hinter sich zu lassen und sich so zu positionieren, dass kein Zweifel mehr an seinen Allianzen und an seiner Gefolgschaft der Krone gegenüber bestünde. Als er einige Jahre Abgeordneter im Unterhaus gewesen war, weil sein Vater ihn damals dazu gezwungen hatte, war er den Beschlüssen der königstreuen Partei ohnehin näher gewesen als den Positionen seines Vaters. Henry hatte erkannt, dass er sich weniger verbiegen musste, wenn er sich den Tories anschloss, als wenn er der Linie seines Vaters und den Whigs folgen würde. Zudem bedeutete ein Lagerwechsel von Henry, dass der Ausschuss nicht mehr gegen ihn tagte, denn sie würden niemanden verfolgen, der sich offen auf die Seite der Krone schlug. Und all das könnte er, ohne dabei sich selbst oder seine Gefühle zu verleugnen und ohne eine Frau heiraten zu müssen, die er eigentlich gar nicht mochte.

Dafür hatte er Steele gebraucht. Robert Steele, den Journalisten, der selbstverständlich heute Abend auch in Bath war.

Ich habe den Blick für das Wesentliche doch nicht verloren, hatte er den Journalisten begrüßt und ihn für eine obszöne Geldsumme damit beauftragt, die Meldung vorzubereiten.

»Außerdem habe ich Prime Minister Pitt einen persönlichen Brief geschrieben und ihn von meinen neuen Allianzen unterrichtet«, fügte Henry an und fixierte Rebecca. »Aber das spielt doch gerade alles keine Rolle, meinst du nicht?«, fragte er leise, und erneut überwand er die Distanz zwischen ihnen. Seine Bewegungen waren langsam und bedächtig, denn er wollte nicht, dass sie sich ihm wieder entzog. »Ich bin wegen etwas anderem hier, und das weißt du genauso gut wie ich. Denn ich habe sehr wohl vor, mich heute Abend zu verloben.«

Rebeccas Augen wurden groß. Behutsam hob er seine Hände und umfasste ihr Gesicht.

»Ich weiß nicht, was das zwischen uns ist, aber von Anfang an hast du etwas in mir ausgelöst. Diesen völlig unpassenden Wunsch, ständig in deiner Nähe zu sein und Zeit mit dir zu verbringen, egal auf welche Art und Weise. Jeder Tag, an dem ich dich nicht gesehen habe, war ein verlorener Tag«, bekannte Henry, und das Herz schlug ihm dabei bis zum Hals.

Deutlich hörbar atmete Rebecca aus, er spürte den Luftzug auf seinen Handgelenken, doch er ließ sie nicht los.

»Aber ich habe dich doch beleidigt und beschimpft und aus dem Zimmer …«, begann sie.

»Ja, das hast du. Und ich müsste lügen, wenn ich behauptete, es hätte mich nicht getroffen.«

Sie presste die Lippen aufeinander, er konnte ihr ansehen, dass sie ihre scharfen Worte von damals bereute. »Es tut mir so leid. Es tut mir so unendlich leid«, flüsterte sie. »Ich habe gedacht, es wäre das Richtige. Für dich und für mich.«

»Ich weiß«, erwiderte Henry, und noch bevor sie weitersprechen konnte, legte er ihr den Daumen auf die Lippen und hinderte sie daran. »Aber manchmal sind es eben nicht die Umstände und Äußerlichkeiten, die unsere Entscheidungen beeinflussen sollten. Manchmal ist es das Herz, das sprechen muss, denn es spricht die Wahrheit. Und zwar immer.«

Er pausierte, denn er musste die Aufregung, die seinen ganzen Körper ergriffen hatte, wieder unter Kontrolle bekommen.

»Ich habe dir vor ein paar Wochen den Heiratsantrag gemacht, weil ich dich liebe, Rebecca.«

Er sah, wie sich eine weitere Träne aus ihrem Augenwinkel löste. Vorsichtig näherte er seine Lippen ihrer Wange und küsste die Träne weg.

»Und bei Gott, nichts hat sich daran geändert.« Er hielt inne. »Nur eine Sache gibt es, die ich wissen muss …«, fuhr er fort, ernster diesmal.

Ein leichtes Erschrecken schlich sich in ihre Augen.

»Liebst du mich?«, fragte er und versuchte dabei so ruhig wie möglich zu klingen.

Sie zögerte, sah ihn einfach nur an, und eine Sekunde

lang lief ihm vor Angst ein Schauder den Rücken hinab. Wenn sie jetzt Nein sagte, würde es ihn zerstören.

Es wäre der schlimmste Moment seines Lebens.

»Ja«, sagte sie dann. »Ich liebe dich, Henry, ich glaube, schon seit dem ersten Tag, an dem ich dich gesehen habe.«

Er atmete aus, tief und lang, es war mehr ein Aufstöhnen als ein Atmen. Er hatte es gewusst. Er hatte es gespürt, die ganze Zeit über. Das, was zwischen ihnen bestand, war echt und wahrhaftig, und es war über alle Widrigkeiten und Konventionen erhaben. Das Kind, das Rebecca von ihm erwartete, war nur die Krönung, die ihnen das Schicksal geschenkt hatte.

»Rebecca?«

»Ja?«

»Wenn ich dich noch einmal frage, wirst du mich dann wieder …«

»Frag. Henry, bitte. Frag mich noch einmal«, unterbrach sie ihn sofort. Unablässig flossen ihr die Tränen aus den Augen, und ein kleines, hoffnungsvolles Lächeln saß in ihren Mundwinkeln.

Ohne ihre Hand loszulassen, ging er vor ihr auf ein Knie und sah zu ihr hoch. »Rebecca Seagrave, willst du meine Frau werden?«

Sie nickte, heftig und unter Tränen. »Ja. Ich will«, sagte sie, ohne zu zögern.

Und dann war er bei ihr, zog sie an sich, schlang seine Arme um sie und küsste sie. Begierig und voller Leidenschaft, als hinge sein Leben davon ab. Er hatte das Gefühl, sein Herz quoll über vor lauter Liebe zu dieser Frau. Und zu diesem Kind, und bei dem Gedanken daran wurde sein Puls noch ein klein wenig schneller. So fühlte es sich also an, glücklich zu sein. Nichts mehr zählte außer dem Hier und Jetzt.

Hinter ihnen, am Fuße des Hügels in den Sydney Gardens, begann das Feuerwerk zu zischen und zu knallen. Bunte Farben verzauberten den Nachthimmel in Kreisen und Fontänen, und bewundernde Rufe drangen von der Stadt zu ihnen herauf.

Sie lösten ihre Lippen voneinander und schauten sich in die Augen. Rebecca legte ihre kleine, kalte Hand an seine Wange und flüsterte leise seinen Namen, so als könne sie noch nicht ganz begreifen, dass sie nun wirklich zu ihm gehörte und er zu ihr.

Er stellte sich hinter Rebecca und schlang die Arme um sie. Und während sie gemeinsam das Farbenspiel am Himmel bewunderten, breitete sich ein Lächeln auf Henrys Gesicht aus, ohne dass er es noch kontrollieren konnte. Er lehnte seine Wange gegen ihren Kopf, sog tief ihren Duft ein und drückte sie ganz fest an sich.

Er liebte diese Frau bedingungslos und aus ganzem Herzen, und er wusste, es war gar nicht möglich, aber er hatte das Gefühl, dass seine Liebe zu ihr mit jedem Atemzug noch größer wurde. Und dass sie niemals enden würde.

Epilog

»Sie mochte dich«, sagte Henry, während er den Knoten in seiner Seidenkrawatte öffnete.

»Glaube ich nicht. Sie war so … reserviert.« Rebecca ließ sich auf die Bettkante von Henrys ausladendem Himmelbett sinken. Genauso wie alle anderen Räume auf Willow Hall war sein Schlafzimmer großzügig geschnitten und nur mit den luxuriösesten Möbeln ausgestattet. Mahagoni- und Kirschholz, feinste Seidentapeten und so viele vergoldete Details, dass Rebecca in manchen Räumen das Gefühl hatte, sich in einem gigantischen Schmuckkästchen zu befinden.

Eigentlich sollte sie gar nicht hier sein, sondern in ihrem eigenen Schlafzimmer in einem anderen Trakt von Willow Hall. Zumindest bis zu ihrer Hochzeit in ein paar Wochen in der kleinen Kapelle nahe des Schlosses würde das der Anstand gebieten. Henry hatte sie trotzdem hierhergelotst. Das sei zwar nicht üblich, aber was, um Himmels willen, wäre an ihrer Beziehung denn überhaupt schon üblich, hatte er ihr augenzwinkernd zugeflüstert und sie dann einfach hinter sich hergezogen.

Dabei war Rebecca heute Abend ausnahmsweise wirklich einmal nach Ruhe gewesen, denn sie hatte ihr zweites Dinner mit der Dowager Duchess und ihren Töchtern hinter sich gebracht. Während des gesamten, nicht enden wollenden Abends hatte sie unter ständiger Anspannung gestanden, weil sie nichts Falsches sagen oder tun wollte.

»Oh, du kennst sie nur nicht gut genug. Lady Rosalind kann auch ganz anders. Sie mag dich wirklich. Wenn sie keine Schwäche für dich hätte, wäre sie ja auch nie ins White Lion gekommen.«

»Ich habe meinen Augen nicht getraut, als sie vor ein paar Tagen zur Tür hereinkam und nach dem berühmten Kaffee von Mrs. Seagrave verlangte. Noch dazu mit all ihren hochgestellten Freundinnen!«

Rebecca war regelrecht der Schweiß ausgebrochen, als plötzlich die Dowager Duchess mit einer ganzen Schar an adeligen Damen im gesetzteren Alter in der Gaststube gestanden und wieder Leben in das White Lion gebracht hatte. Anschließend war nämlich genau das passiert, was auch Alexander Wilkinson schon Wochen zuvor prophezeit hatte: Es hatte sich in Windeseile herumgesprochen, dass eine Berühmtheit wie die Dowager Duchess of Somerville das White Lion besuchte, und schon am nächsten Tag waren wieder Gäste gekommen.

»Und ich weiß auch, warum sie dich mag«, fuhr Henry fort und legte seinen samtenen Gehrock achtlos auf einem der Sessel neben dem Kamin ab. Vorhin hatte sein Leibdiener Egbert vor der Tür gestanden und ihm beim Auskleiden helfen wollen, aber Henry hatte ihn fortgeschickt. Morgen früh würde der Butler – wahrscheinlich mit Frederick dicht auf den Fersen – die über den gesamten Raum verstreuten Kleidungsstücke mit dezent vorwurfsvollem Blick aufsammeln und wieder in Ordnung bringen und dabei Rebeccas Anwesenheit im Bett des Dukes geflissentlich ignorieren. Ganz anders Frederick, der sich über

Rebecca jedes Mal so sehr freute, dass sich sein ganzer Körper vor Aufregung kringelte. Meistens hob sie ihn dann zu sich hoch aufs Bett, weil er es mit seinen Stummelbeinchen nicht schaffte, von alleine hochzuspringen, und knuddelte ihn ausgiebig.

Die Hundehaare, die dabei immer auf dem Bettzeug hängen blieben, versuchte sie anschließend mit der flachen Hand herunterzubürsten. Meist ohne nennenswerten Erfolg, sehr zum Missfallen von Egbert. »Jahrelang lag mir meine Mutter in den Ohren, dass ich die perfekte Duchess an meiner Seite finden müsse. Eine, die organisieren kann, die charmant ist und Konversation betreiben kann. Die einen riesigen Haushalt führt, sich trotzdem politisch vernetzt und umfassende Korrespondenzen übernimmt. Außerdem soll sie schön anzuschauen sein und repräsentieren können und – ganz wichtig – eine Schar Enkel auf die Welt bringen.«

Rebecca stöhnte vor unterdrücktem Frust und ließ sich schwer nach hinten auf das Bett fallen. Da die mit Gold- und Silberfäden verzierte Tagesdecke noch darauf drapiert war, lag sie nicht einmal sonderlich bequem.

Henry zog sich nacheinander die Schuhe von den Füßen. »Sie hat eine äußerst gute Menschenkenntnis und ziemlich schnell gemerkt, dass du all das erfüllst. Deshalb war sie auch bei dir im White Lion.«

Sie stützte sich auf ihre Ellenbogen. »Unsinn.«

Es hatte einige Wochen gedauert, bis die Dowager Duchess ihrem Sohn seinen verpatzten Auftritt vor dem König verziehen und sie sich daran gewöhnt hatte, dass ihre zukünftige Schwiegertochter ein uneheliches Kind war, das im ganzen Land als Kurtisane gesehen wurde. Doch dann schien sie erkannt zu haben, dass das Glück ihrer Kinder wichtiger war, als vor der Gesellschaft eine Fassade aufrechtzuerhalten, die schon ihre eigene Ehe so unglücklich gemacht hatte. So zumindest hatte Henry es Rebecca erklärt.

»Aber genau so ist es. Abgesehen von deiner niedrigen Geburt bist du alles, was sie sich von ihrer Schwiegertochter wünscht.« Henry hielt ihr die Hand hin, Rebecca ergriff sie, und er zog sie wieder auf die Beine. »Und alles, was ich mir von meiner Ehefrau wünsche, ebenfalls.«

Er holte sie ganz nah an sich heran und rieb seine Nase zärtlich an ihrer Wange. »Meine Duchess.«

Langsam begann er, sie auszukleiden. Zuerst ihre Abendrobe, dann die leichte Korsage, die nicht nur vorne, sondern auch an den Seiten geschnürt wurde und ihrem wachsenden Babybauch mehr Platz gab. Rebecca half ihm dabei und löste anschließend die Bänder an seinen Handgelenken, damit sie ihm das Hemd über den Kopf ziehen konnte. Sich gegenseitig zu entkleiden waren mittlerweile vertraute Bewegungen zwischen ihnen geworden. Sie kümmerten sich umeinander, vorsichtig und liebevoll, und das genoss Rebecca sehr.

Seine Lippen streiften ihre, und er küsste sie sanft und sinnlich und dirigierte sie wieder nach hinten auf sein Bett. Er ging vor ihr auf die Knie, und schob ihre seidenen Strümpfe langsam zu ihren Knöcheln und hinterließ eine Spur von zarten Küssen auf jedem ihrer Schienbeine. Ein angenehmer Schauer durchlief Rebecca, und ungeduldig zog sie ihn zu sich nach oben auf das Bett.

Es war verrückt, aber seit ihrer Schwangerschaft wollte sie Henry noch mehr, nicht nur einmal, sondern mehrmals täglich. Sie war geradezu unersättlich geworden und ging in der Nähe und Körperlichkeit, die sie miteinander teilten, richtig auf.

Henry schmunzelte, als er sich neben ihr auf die Matratze ausstreckte und mit beiden Händen ehrfürchtig über die sanfte Wölbung strich, die sich auf Rebeccas Unterbauch gebildet hat. Vor dem Dinner hatte sie ihre Narben wieder eingecremt, und der feine Duft von Mandel- und Rosenöl lag noch auf ihrer Haut. Kurz nach ihrer Verlobung mit Henry hatte Rebecca ihrer Freundin Isabella ihre Narben gezeigt. Sie hatte ihr einige Cremes und Öle zur täglichen Behandlung empfohlen. Der Bauch wuchs, und deshalb musste die Haut geschmeidig bleiben.

Henry verteilte Küsse darauf, auch auf ihren Narben, und das Komische war, es machte ihr überhaupt nichts aus. Er ging so selbstverständlich damit um und scheute sich nie, sie zu berühren, dass Rebecca die letzten Wochen über angefangen hatte, sich in ihrem eigenen Körper wieder wohlzufühlen.

Henry verehrte sie und wertschätzte alles an ihr, und wie immer, wenn sie das Bett miteinander teilten, trug er sie auf Händen und war ganz bei ihr. In diesen Momenten fühlte Rebecca sich wie eine Göttin. Und das nahm ihr auch den letzten Rest an Selbstzweifeln, die noch in ihr verblieben waren.

Sie strich über seine breiten Schultern, packte fester zu, als sie seine angespannten Muskeln darunter spürte, und sie wimmerte leise, als sie seine Zähne auf ihren Brustwarzen spürte und er zärtlich daran knabberte.

»Ich möchte dich verwöhnen«, sagte er. »Genau so, wie es einer Duchess gebührt.« Seine Lippen fanden ihren Weg zu Rebeccas Hals und liebkosten die weiche Haut.

Rebecca stöhnte. »Aber ich bin doch noch gar keine Duchess.«

Er streichelte sanft und gleichmäßig über ihre Brüste, die die letzten Wochen über immer empfindlicher und praller geworden waren. Seine Berührungen waren nur federleicht, jedoch so sinnlich, dass Rebecca ihren Rücken durchbog und sich ihm schamlos entgegenstreckte.

Er umschloss eine Brust mit seiner Hand und knetete sie zärtlich, während die Finger seiner anderen sachte zu ihrem Schoß wanderten. Er brachte sie dazu, ihre Beine zu spreizen, und legte seine Hand auf ihrem Schritt ab. Sie lag nur darauf, mehr tat er gar nicht, aber das reichte schon, dass Rebeccas empfindlichste Stelle erwartungsvoll zuckte. Sie sah Henry in die Augen, erkannte das pure Verlangen darin und begann, sich an seiner Hand zu reiben, fordernd und selbstbewusst und ohne den Blick von ihm abzuwenden.

»Du bist heute wohl ungeduldig«, neckte er sie und fing an, sie mit wissenden Fingern zu streicheln, und schon jetzt war Rebecca so erregt, dass sie unter seinen Berührungen atemlos keuchte.

Sie forderte ihn und seinen Körper ohne Scheu. Die Verbundenheit, die zwischen ihnen herrschte, und die Geborgenheit, die Henry immer schaffte, wenn sie zusammen waren, ließen Rebecca all ihre Zurückhaltung aufgeben.

Er bedeckte ihre Lippen, strich mit seiner Zunge über ihre und verstärkte die ruhigen Bewegungen seiner Finger in ihrem Schoß, und es dauerte nur wenige Momente, bis sich die Wärme und Lust in ihrem Unterkörper ballte und zu einem Höhepunkt aufbaute. Sie hatte das Gefühl, in die Bewegungen seiner Finger und seiner Zunge hineinzuschmelzen und vollkommen in eine andere Welt abzutauchen, in der es nur sie beide, ihre Körper und die Innigkeit zwischen ihnen gab. Der Höhepunkt, der sie erfasste, ließ sie laut stöhnen, und sie klammerte sich an ihm fest. Haltlos und unendlich lange schwebte sie in dieser Sphäre der Lust, und nur langsam ebbte der Rausch in ihrem Körper wieder ab und sie sank erschöpft und verschwitzt in Henrys Arme.

»Ich könnte dir den ganzen Tag dabei zusehen«, flüsterte Henry an ihrem Ohr. »Es ist der schönste Anblick auf der Welt. Ich möchte es immer sehen und erleben, am liebsten an jedem einzelnen Tag unseres Lebens.«

Rebecca lächelte mit geschlossenen Augen, und es dauerte geraume Zeit, bis sie wieder zu Atem kam und ganz bei sich war. Henry streichelte ihr währenddessen über Stirn und Schläfen und küsste ihre geschlossenen Lider.

»Wenn mein Bauch erst einmal dicker ist, weiß ich nicht, ob ich dir noch so ausgiebig standhalten kann. Vielleicht hättest du körperliche Gefälligkeiten doch in unseren Ehevertrag schreiben sollen«, erwiderte sie schließlich augenzwinkernd.

Es war Rebecca wichtig gewesen, dass das White Lion und all ihre Grundstücke in ihrem persönlichen Privatvermögen verblieben waren. Und auch das Grundstück in Walcott hatte Henry ihr inzwischen überschrieben. Das war zwar nicht üblich, aber wie Henry vorhin schon so treffend festgestellt hatte – was war schon üblich an ihrer Verbindung? Sie hatten einen Vertrag aufgesetzt, der Rebecca ein eigenes Vermögen unabhängig von dem ihres Mannes zugestand. Darauf hatte sie bestanden und sich auch durchgesetzt.

Natürlich hatte sie nun ihre Aufgaben an Henrys Seite, auch politisch musste sie ihn unterstützen. Doch das bedeutete noch lange nicht, dass sie Tom nächstes Jahr nicht dennoch ins Unterhaus wählen würde und er dort ihre und seine eigenen Interessen vertrat.

»Oh, du wirst mir schon standhalten«, sagte er. »Und nicht, weil es in irgendeinem Vertrag steht, sondern weil du es selbst genau so sehr willst wie ich.«

Rebecca musste lächeln. »Möglicherweise«, gab sie zu, und ihre Hand glitt schützend zu ihrem Bauch, wie so oft in letzter Zeit.

»Ich liebe dich. Euch beide«, verbesserte sich Henry und drückte einen sanften Kuss unter Rebeccas Nabel.

»Und ich liebe dich auch, Henry«, flüsterte Rebecca. »Mit meinem Körper, mit meiner Seele und mit meinem ganzen Herzen.«

Vielleicht war es der schummrige Kerzenschein, aber sie meinte, einen feuchten Glanz in seinen Augen zu erkennen. Er blinzelte verstohlen und atmete tief ein, als wolle er etwas sagen, doch sie ließ ihm keine Zeit mehr, sondern bedeckte seine Lippen mit einem sanften, zärtlichen Kuss.

»Und jetzt, mein Liebster, machen wir da weiter, wo wir vorhin aufgehört haben«, sagte sie mit einem spitzbübischen Lächeln und genoss das Leuchten, das nun wieder in Henrys Augen trat. Und auch das Glücksgefühl, das ihr Herz erfasste und es mit beinahe schmerzhafter Heftigkeit in ihrem Brustkorb pochen ließ. Denn das, was sie mit Henry teilte, war mehr, als sie jemals zu träumen gewagt hatte. Und dieses Mal würde es für immer bleiben, das wusste Rebecca genau.

Danke

Rebeccas Geschichte zu erzählen war in vielerlei Hinsicht eine ziemliche Herausforderung für mich. Deshalb möchte ich mich bei einigen von euch ganz besonders bedanken. Als Allererstes bei meiner Agentin Vanessa Gutenkunst, die sich in Nachtschichten mein Manuskript reingezogen hat und immer für mich da war, egal wie dämlich mir die Frage erschien. Du bist Beta-Leserin, Kummerkasten, Life-Coach und deine gute Laune und dein Lachen haben mir einfach so oft weitergeholfen.

Danke an das gesamte Team des Penguin Verlags und mein fantastisches Lektorinnenteam Anna Mezger und Anita Hirtreiter für euer Vertrauen und eure Geduld – Rebeccas Geschichte hat mir tatsächlich mehr abverlangt, als ich es mir ausgemalt hatte, und ihr habt mich wirklich immer dabei unterstützt und mir Zeit eingeräumt, als ich sie wirklich gebraucht habe.

Danke an Ana, fürs Dasein, für stundenlange Plotwalks, fürs Testlesen, fürs Beruhigen und einfach … für alles.

Danke an Jessie, die irgendwie vom ersten Moment an, vom allerersten Telefonat mit meiner Agentin bei jedem Milestone der Somerset-Reise dabei war und selbst als ich kein Land mehr gesehen habe, immer mit der richtigen Frage kam, nämlich: Wie geht's dir eigentlich?

Stephi, danke für das Social-Media-Coaching und deinen Zuspruch, der in einigen wütenden Momenten genau das gewesen war, was ich gebraucht habe.

Ganz besonders möchte ich mich bei meiner Sensitivity-Readerin Mae bedanken für ihre unfassbar klugen Anmerkungen, die mir sehr geholfen haben.

Und danke natürlich an Can, dass du immer an meiner Seite bist, mich immer bestätigst und den ganzen Wahnsinn da draußen von mir abhältst. Ich liebe dich!

Und zu guter Letzt danke an alle Leser:innen, Blogger:innen und Buchhändler:innen, die die Somerset-Saga lesen, rezensieren und platzieren und die Reihe so leidenschaftlich und mit so viel Liebe aufgenommen und der Buchwelt nähergebracht haben.

Ich hoffe natürlich, Rebeccas Reise nach Bath und London hat euch Spaß gemacht, und dass wir uns ganz bald in Somerset wiedersehen werden!

Alles Liebe,
Eure Emma

Lesen Sie weiter >>

LESEPROBE

»*Bridgerton*-Fans werden dieses Buch lieben.« OK!

Bath, 1794. Isabella Woodford hat ein Problem: Nach einer leidenschaftlichen, verbotenen Liebesnacht mit einem Offizier ist ihr Ruf als tugendhafte junge Adlige in Gefahr. Nun gilt es, den Skandal zu vertuschen und sich schnellstmöglich einen Ehemann zu sichern. Mit einer List mietet sie sich bei ihrer Tante in der mondänen Stadt ein, wo die englische High Society auf rauschenden Bällen die Nacht zum Tag macht. Ein erster Verehrer ist bald gefunden. Aber dann macht Isabella die Bekanntschaft des reichen, unnahbaren Tuchhändlers Alexander, der ihr Herz auf bisher nie gekannte Weise zum Glühen bringt. Doch Alexander ist ein Lebemann, der niemals heiraten will. Als schließlich der Offizier wieder auftaucht, um sie mit dem Wissen um die gemeinsame Nacht zu erpressen, muss Isabella sich entscheiden, was ihr wirklich wichtig ist: ihr Ruf oder die Liebe …

1.

»Brief? Welcher Brief?«

Der unnachgiebige, beinahe ärgerliche Blick von Viscountess Alice Parker schien Isabella regelrecht festzunageln, und sie spürte, wie ihr unter ihrem seidenen Mantelet warm wurde. Unangenehm warm.

Sie straffte die Schultern. »Mama hat dir geschrieben, vor mehr als einer Woche«, log sie mit einer Selbstverständlichkeit, die sie selbst überraschte. Denn es gab überhaupt keinen Brief. Isabella hatte sich von zu Hause fortgeschlichen und war ohne Ankündigung nach Bath gekommen.

Ein Anflug von Verwirrung zog über das Gesicht ihrer Tante. Doch gerade als die Stille zwischen ihnen peinlich zu werden begann, breitete Lady Alice endlich die Arme aus, kam auf sie zu und drückte sie an sich. Isabella spürte den enormen Busen, den die Korsage ihrer Tante nach oben schob, und roch ihr pudriges, süßliches Parfum.

»Aber nun bist du ja hier, Kindchen. Welch überraschender Besuch.« Das schwere dunkelviolette Seidenkleid ihrer Tante knisterte und raschelte bei jeder Bewegung. Mit einer ungeduldigen Handbewegung bedeutete Lady Alice einem der Bediensteten, die Eingangstür zu schließen. Inzwischen war nicht nur der junge Butler anwesend, der ihr geöffnet hatte, sondern auch zwei weitere Dienerinnen. Wie viele Menschen beschäftigte die Viscountess eigentlich in diesem Haus?

Unauffällig sah Isabella sich um, als sie den breiten, ganz

in Weiß und Gold gehaltenen Flur entlanggingen. Eine Marmortreppe beherrschte ihn, flankiert von zwei halbhohen, griechisch anmutenden Säulen. Auf ihnen stand jeweils eine Vase mit frisch geschnittenem weißem Flieder. Isabella war versucht, daran zu schnuppern, ließ es aber lieber sein. Sie hatte sowieso noch Lady Alice' Parfum in der Nase, das vermutlich auch auf ihr neues türkisfarbenes Reisekostüm abgerieben hatte.

Wobei es ja eigentlich gar nicht ihres war, sondern das von Elizabeth, die es ihr in einem seltenen Akt von schwesterlicher Loyalität überlassen hatte. Zähneknirschend. *Das ist deine letzte Chance. Mach sie nicht zunichte*, hatte Elizabeth sie ermahnt und ihr vorwurfsvoll den Berg an blaugrünem Taft auf den Arm geladen. Als ob Isabella das nicht selbst klar gewesen wäre …

»Wie seltsam, dass der Brief noch nicht angekommen ist«, begann Isabella wieder und fragte sich, ob sie gerade etwas dick auftrug.

»Die Post hier in Somerset ist die letzten Monate über so unzuverlässig geworden. Vermutlich sind die Boten mal wieder einigen Highwaymen in die Hände gefallen«, beschwerte sich ihre Tante, während sie durch die Eingangshalle voranlief.

»Genau so muss es gewesen sein.« Isabella entspannte die Hände, die sich in den weißen Kalbslederhandschuhen ganz undamenhaft um den Griff ihres Sonnenschirms gekrampft hatten. »Entschuldige bitte, Tante Alice. Ich wollte dich nicht mit meinem Besuch überfallen.« Sie gab ihr Bestes, schuldbewusst zu schauen.

Natürlich wolltest du das. Genau das war dein Plan gewesen.

»Aber, aber, du bist uns doch immer willkommen, Kind!« Lady Alice warf ihr ein Lächeln über die Schulter zu, das liebenswürdig und ausgesprochen herzlich wirkte. Als sie sich wegdrehte, erkannte Isabella allerdings aus dem Augenwinkel, dass es viel zu starr war, um echt zu sein.

Doch was wusste sie schon über die Mimik der Viscountess Parker? Sie kannte diese Frau eigentlich gar nicht. Isabellas Eltern lebten mit ihren beiden Töchtern auf dem Land in Devonshire, und es war Jahre her, dass Lady Alice mit ihrem Ehemann und den drei Söhnen sie besucht hatte. Isabella musste damals vierzehn oder fünfzehn gewesen sein. Der Aufenthalt war kurz und gezwungen gewesen, und die Gespräche waren über leere Floskeln und ritualisierte Höflichkeiten nicht hinausgekommen. Seitdem hatte sie ihre Tante nicht mehr zu Gesicht bekommen. Noch nie war Isabella auf dem Landsitz der Parkers nördlich von London oder im Stadthaus hier in Bath gewesen. Überhaupt war sie noch nie über die Grenzen von Devonshire hinausgekommen oder in einer größeren Stadt wie Bath oder gar London gewesen. Lady Alice war die Schwester von Isabellas Mutter und hatte eine höchst vorteilhafte Partie gemacht mit Viscount John Parker. Sie hatte Devonshire verlassen, und es schien, als wäre sie nicht sonderlich erpicht darauf, den Kontakt mit Isabellas Familie aufrechtzuerhalten. Die Kreise, in denen sich die Parkers bewegten, waren kultiviert, reich und – wie Isabella allmählich das Gefühl beschlich – sehr darauf bedacht, ganz unter sich zu bleiben.

Darauf konnte Isabella aber nun mal keine Rücksicht nehmen.

Ihre Tante war vor einem Raum mit weit geöffneten Flügeltüren stehen geblieben. Vermutlich handelte es sich dabei um den Salon. Und vermutlich war dies nur einer von mehreren. Sie waren das Habitat der Damen eines vornehmen Haushalts. Für gewöhnlich verbrachten sie dort ihre Nachmittage, tranken Tee, stickten oder lasen vielleicht sogar. Allerdings nicht zu viel und keine zu anstrengende oder gar politische oder akademische Lektüre. Diese würde das sanfte Gemüt der vornehmen Damen aus dem Gleichgewicht bringen und im schlimmsten Falle in einem Nervenleiden enden, hatte Pastor Williamson bei seinem letzten Besuch in Roswell Park, Isabellas Elternhaus, erklärt. Dabei hatte er anklagend auf die Klappe des Buches gestarrt, das Isabella auf dem Schoß gehalten hatte. Es war Giovanni Battista Morgagnis *Sitz und Ursachen der Krankheiten, aufgespürt durch die Kunst der Anatomie* gewesen, und um des lieben Friedens willen und um die Nerven ihrer Mutter zu schonen, hatte Isabella das Werk schnell gegen eine alte, abgegriffene Ausgabe des *Ladies' Magazine* getauscht.

Natürlich wusste Pastor Williamson, womit Isabella ihre freie Zeit verbrachte, und ihm als Geistlichem war das schon seit Jahren ein Dorn im Auge.

Denn Isabella stickte nicht, sie malte kaum und übte nur auf dem Cembalo, wenn man sie dazu zwang.

Es gab etwas anderes, wofür sie sich interessierte. Brennend sogar.

Isabellas Vater war Chirurg, und wann immer sie konnte, begleitete sie ihn auf Krankenbesuchen und assistierte ihm sogar bei Operationen. Ein Unding für eine Frau, fand ihre Mutter. Aber für sie war ja auch bereits der Anblick der leichtesten Verletzung ein Gräuel, und es war ihr auch vollkommen egal, was ihr Mann den lieben langen Tag eigentlich tat. Die einzige Verbindung, die Isabellas Mutter zur Medizin hatte, war, das Geld auszugeben, das ihr Vater damit verdiente.

Frauen verrohen in diesem Tätigkeitsfeld, hatte der Pastor ihrem Vater eingebläut. *Sie verlieren jegliches Gefühl für Anstand und Sitte und verstümmeln ihre Empfindsamkeit, das höchste Gut, das sie besitzen.*

Nun ja. Angesichts von Isabellas Fauxpas auf dem Ball der Duchess of Devonshire hatte Pastor Williamson vielleicht gar nicht so unrecht gehabt.

»Und wer hat sich dir angeschlossen?«, wollte Lady Alice wissen und sah dabei zu der jungen Frau, die ihnen gefolgt war. Zweifellos, um herauszufinden, ob sie diese auch mit in den Salon bitten sollte.

»Das ist Betty, meine Reisebegleitung von zu Hause.« Sie zögerte. »Und auch mein Dienstmädchen.«

Das war ziemlich dumm.

Man hatte entweder ein Dienstmädchen oder eine Anstandsdame dabei – niemals jedoch war das ein und dieselbe Person. Langsam würde Lady Alice sicher kapieren, dass hier irgendetwas nicht stimmte.

Betty machte einen höflichen Knicks, hielt aber den Kopf sittsam gesenkt. Überhaupt war Isabella überrascht von Bettys Zurückhaltung, und sie fragte sich, woher sie wissen konnte, wie man sich als Bedienstete in einem so vornehmen Haus benahm. Lady Alice musterte sie, nur wenige Sekunden lang. Mehr war auch gar nicht notwendig. Bettys Kleid und ihr Mantel waren aus einem groben braunen Baumwollstoff, statt eines Huts, wie es einer Dame von Stand gebührte, trug sie lediglich eine weiße Haube, und ihre Schuhe zierte ein unübersehbarer Schmutzrand. Mit einem gezwungenen Lächeln richtete Lady Alice die nächsten Worte an eine der beiden Dienerinnen. »Rose, kümmern Sie sich doch um unseren weiteren Gast.« Das letzte Wort hatte sie besonders betont, und Isabella konnte ganz genau die Missbilligung heraushören.

Natürlich war Betty keine standesgemäße Gesellschafterin, das wusste Isabella selbst. Sie war die ledige Tochter des Pächters auf ihrem Anwesen, gerade mal ein paar Jahre älter als Isabella. Im Grunde kannte sie Betty nicht einmal richtig. Sie hatte immer mal wieder ein paar Worte mit ihr gewechselt, wenn sie sich über den Weg gelaufen waren. Mehrmals war Isabella dabei gewesen, wie ihr Vater einen von Bettys Brüdern verarztet hatte, die sich mit erstaunlicher Regelmäßigkeit irgendwelche Knochen brachen. Isabella war so verzweifelt gewesen, dass sie eine ihr beinahe unbekannte Frau gebeten hatte, mit ihr zu kommen. Sie hatte Betty nicht einmal viel Geld bieten können, doch sie hatte um jeden Preis eine Anstandsdame finden müssen. Irgendeine. Eine junge Dame durfte nicht einfach so das Haus verlassen, geschweige denn verreisen, wenn sie keine Begleitung an ihrer Seite hatte. Für gewöhnlich war das eine Frau mittleren Alters, nicht besonders attraktiv, dafür aber festgefahren in ihrer Meinung.

Böse Zungen würden sogar behaupten, Anstandsdamen wären konservativ und angestaubt. Besonders, was ihre Weltsicht und ihre Manieren betraf.

Alte Jungfern eben. Verarmt, einsam und verbittert.

Das, was auch dir blüht, wenn du dich jetzt nicht zusammenreißt.

An dem merklich abgekühlten Blick ihrer Tante erkannte Isabella, dass sie allmählich ahnte, warum Isabella hergekommen war. Denn ein Dienstmädchen nahm man nicht auf eine kurze Stippvisite mit. Ein Dienstmädchen nahm man nur mit auf Reisen, wenn man plante, länger zu bleiben. Mehrere Wochen, wenn nicht gar Monate. Isabella formte mit den Lippen ein lautloses *Danke*, was Betty mit einem kaum merklichen Nicken erwiderte, und irgendwie fühlte es sich ganz kurz so an, als wäre Betty schon zu einer Verbündeten geworden. Sie entfernte sich zusammen mit der Dienerin namens Rose – wahrscheinlich in die Bedienstetenküche im Hinterhaus oder Keller.

»Was verschafft uns denn die große Freude deines Besuchs, Isabella?«, fragte Lady Alice ganz nebenbei, während das zweite Dienstmädchen, eine schmale, freudlos dreinblickende junge Frau mit einer Haube über den stumpfen braunen Haaren, Isabella das Mantelet und den Sonnenschirm abnahm.

Dabei fiel Isabellas Blick auf die Hand der Angestellten, und unter dem Ärmel lugte ein Flecken dunkelroter Haut hervor. Nässende, dunkelrote Haut, als hätte sie sich verbrüht. Isabella warf einen prüfenden Blick in das Gesicht des Mädchens. War sie nicht auch zusammengezuckt, als sie ihr den Überwurf gegeben hatte?

»Das steht natürlich alles in dem Brief, der dich nicht erreicht hat. Mama hatte gefragt …«

Nein, es geht nicht.

»Haben Sie sich verbrüht?«, fragte Isabella und zeigte auf die Verletzung.

Die junge Frau starrte sie mit wachsendem Entsetzen an, bevor sie der Viscountess einen unsicheren Blick zuwarf.

»Zeigen Sie mal her.« Schneller, als das Dienstmädchen die Hand hinter dem Rücken verstecken konnte, hatte Isabella danach gegriffen. Oft genug passierte es, dass die Patienten ihres Vaters ihre Verletzungen verbargen. Weil ihnen das Geld fehlte, eine Behandlung zu bezahlen, oder weil sie sich dafür schämten. Der Mensch erfand tausend gute Gründe, warum er sich nicht helfen lassen wollte.

»Das ist schon ein paar Tage her, habe ich recht?«

»Isabella, ich muss mich doch sehr wundern …« Der Anflug von Ärger in Lady Alice' Stimme war nicht mehr zu überhören.

Ganz und gar nicht das, was Isabella gerade gebrauchen konnte.

Um Zeit zu gewinnen, nahm sie sich auch den Hut ab, und während sie ihn dem Dienstmädchen ebenfalls in die Hand drückte, erklärte sie leise, aber rasch: »Gehen Sie zur Köchin und lassen sich Eiweiß geben, das Sie daraufstreichen. Oder machen Sie Umschläge mit Lindenblütentee.«

Mit einem Knicks verabschiedete sich die junge Frau, doch Isabella meinte, ein kleines, dankbares Nicken erkannt zu haben.

Lady Alice' Blick war etwas starr geworden.

»Entschuldige, Tante Alice.«

Deine Aufgabe ist nicht, die Bedienstete der Viscountess zu versorgen. Deine Aufgabe ist, deine eigene Haut zu retten, also mach das auch.

»Mama hatte dich jedenfalls um etwas gebeten«, nahm Isabella das Gespräch wieder auf und erlaubte sich einen Blick in den mehr als mannshohen, goldumrahmten Spiegel im Rücken ihrer Tante. Mit geübten Handgriffen zog sie eine ihrer blonden Locken wieder fester in die Hochsteckfrisur, die durch das Abnehmen des Hutes locker geworden war. So, als wären das Gespräch, das sie gerade führte, und das, wonach sie nun fragte, eine Nebensächlichkeit. Eine Selbstverständlichkeit sogar.

Aber das war es nicht, und Isabella war so aufgeregt, dass sie ihr Herz bis zum Hals schlagen spürte. »Sie wollte dich fragen, ob ich nicht womöglich die ganze Saison bei euch verbringen könnte«, schloss sie, und ihre Augen hefteten sich wieder auf ihre Tante. Abwartend, prüfend und auch ein klein wenig flehend. Als Isabella Letzteres bewusst wurde, bemühte sie sich sofort wieder um ein gewinnendes Lächeln. Ihre Tante durfte nicht merken, dass sie ängstlich war. Oder schuldbewusst, keinesfalls durfte ihre Tante das denken. Sie durfte auch niemals erfahren, dass Isabella nur einen erklärenden Brief auf ihrem Kopfkissen hinterlassen hatte und ohne das Wissen ihrer Eltern hierher nach Bath geflohen war. Als nichts anderes konnte man ihren überhasteten Aufbruch aus Lydford nämlich bezeichnen.

Eine Flucht.

Denn Isabella brauchte einen Ehemann, und zwar so schnell wie möglich. Sonst wäre ihr Ruf und auch der ihrer Schwester ruiniert. Alles hing davon ab, dass ihre Tante sie nun unter ihre Fittiche nahm und ihr half, eine angemessene Partie zu machen.

Lady Alice sagte nichts, sondern bedeutete Isabella, ihr in den Salon zu folgen. Die stuckverzierten Decken waren hier ebenso hoch wie in der Eingangshalle, die Einrichtung farblich abgestimmt in Gelb und hellem Grün, und Isabella versuchte, nicht zu starren. Ihre eigene Familie gehörte dem niedrigen Landadel in Devonshire an. Neben der Chirurgenpraxis betrieb ihr Vater auch eine bescheidene Schafzucht. Sie waren beileibe nicht arm. Aber der Gutshof von Roswell Park und die Wohnräume ihrer Familie erschienen Isabella rustikal, geradezu ärmlich, verglichen mit dem Pomp und Glanz, der im Haus von Onkel John und Tante Alice im Royal Crescent herrschte.

Die zusammengehörenden Gebäude waren ein erst vor wenigen Jahren fertig gestellter, gigantischer Prachtbau für Dutzende von adeligen und reichen Familien, die die Saison in Bath verbringen wollten. Sogar das *Gentleman's Magazine* hatte darüber berichtet. Und da Isabella abends, wenn ihr Vater einnickte, regelmäßig die Zeitschrift von seinem Schoß klaute, hatte sie bereits darüber gelesen. Als die Kutsche näher gekommen war, hatte das Bauwerk Isabella mehr an die Zeichnungen des Kolosseums in Rom erinnert als an ein Wohngebäude. Offenbar war es eine der begehrtesten Adressen der Stadt, und man musste nicht nur über ausreichend finanzielle Mittel verfügen, um in einer der zahlreichen Wohnungen im Royal Crescent Unterkunft beziehen zu können, sondern auch über entsprechende Verbindungen. Und die besaßen Viscount John und Viscountess Alice Parker zweifelsfrei zur Genüge.

Elegant ließ sich Lady Alice auf das mit gelber Seide bespannte Sofa nieder und bedeutete Isabella, sich ihr gegenüberzusetzen. Auf dem Tischchen zwischen ihnen standen schon eine Kanne und mehrere Tassen aus hauchdünnem, mit feinen Rosen bemaltem Porzellan.

»Ich kann dir gleich sagen, mein Kind, das geht nicht.«

Isabella spürte einen Anflug von Panik und unterdrückte ein nervöses Räuspern. »Weißt du, Tante Alice. Ich bin jetzt beinahe einundzwanzig, und bei uns auf dem Land gibt es so wenige Möglichkeiten, herauszukommen und …« Die Worte wollten ihr nicht so recht über die Lippen kommen. Das, was sie da gerade behauptete, stimmte nicht ganz. Eigentlich stimmte es gar nicht, denn natürlich gab es Bälle und Soireen und auch eine Menge Gentlemen in Devonshire. »… einen jungen Gentleman kennenzulernen«, beendete Isabella mühsam den Satz, griff dankbar nach der ihr angebotenen Teetasse und nahm mehrere große Schlucke.

Die Augenbrauen ihrer Tante wanderten nach oben, und sofort setzte Isabella die Tasse wieder ab. Sie war durstig, unglaublich durstig nach der langen Kutschfahrt und vor allem erleichtert gewesen, ihr Anliegen endlich vorgebracht zu haben, und einen Moment lang hatte sie die Kontrolle verloren. Sie spürte, wie ihre Wangen heiß wurden.

Eine junge Dame trank nicht einfach so mehrere Schlucke aus einer Tasse. Sie nippte daran und stellte diese anschließend lautlos und mit anmutigen Bewegungen wieder ab. Ganz zu schweigen von den Gebäckteilchen, die auf dem goldgerahmten Teller vor ihr lagen und verführerisch dufteten. Vermutlich waren sie gerade frisch aus dem Ofen gekommen. Eine Dame rührte sie nicht an. Nicht nur war es unelegant, sie zu essen, denn sie krümelten und hinterließen womöglich sogar Fettflecken auf den feinen Seidenkleidern. Besonders aber die Korsage, die Isabella wie jede andere Frau von Stand trug und die ihre Taille einschnürte, würde ihr keine Luft mehr zum Atmen lassen, wenn sie zu viel aß.

»Wer wäre denn deine Gesellschafterin, wenn du dich hier in Bath aufhältst?«, gab ihre Tante zu bedenken. »Ich selbst habe wohl kaum die Zeit, gebührend auf dich achtzugeben und dich zu begleiten.«

»Selbstverständlich nicht, Tante Alice. Aber ich habe doch Betty dabei.« Ein kläglicher Versuch, Isabella wusste es selbst.

»Dein Dienstmädchen? Ganz sicher ist sie keine passende Begleitung. Möglicherweise dort auf dem Land, wo ihr herkommt.«

Nein, das war sie auch auf dem Land nicht. Doch Betty war die einzige unverheiratete Frau gewesen, die Isabella in der Eile eingefallen war. Vor allem aber hatte sie Isabella versprochen, niemandem von ihrem geplanten Aufbruch zu erzählen, was die wichtigste Voraussetzung war. Isabellas Ansprüche waren wirklich nicht besonders hoch gewesen.

»Hier in Bath ist die Etikette von enormer Wichtigkeit.«